U0756034

中西叙事理论研究

Studies of Chinese and Western Narrative Theories

第六届叙事学国际会议暨第八届全国叙事学研讨会论文集

乔国强　主编

上海外语教育出版社
外教社 SHANGHAI FOREIGN LANGUAGE EDUCATION PRESS

图书在版编目(CIP)数据

中西叙事理论研究：第六届叙事学国际会议暨第八届全国叙事学研讨会论文集／乔国强主编.
—上海：上海外语教育出版社,2019
ISBN 978-7-5446-5807-2

Ⅰ.①中… Ⅱ.①乔… Ⅲ.①叙述学-文集 Ⅳ.①I045-53

中国版本图书馆 CIP 数据核字(2019)第 076532 号

出版发行：**上海外语教育出版社**
（上海外国语大学内） 邮编：200083
电　　话：021-65425300（总机）
电子邮箱：bookinfo@sflep.com.cn
网　　址：http://www.sflep.com
责任编辑：奚玲燕

印　　刷：上海书刊印刷有限公司
开　　本：635×965　1/16　印张 24.75　字数 403千字
版　　次：2019 年 9 月第 1 版　2019 年 9 月第 1 次印刷
印　　数：1 100 册

书　　号：ISBN 978-7-5446-5807-2 / H
定　　价：78.00 元

本版图书如有印装质量问题，可向本社调换
质量服务热线：4008-213-263　电子邮箱：editorial@sflep.com

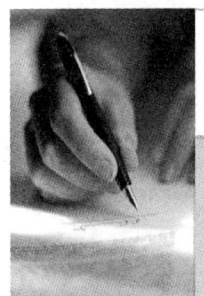

中西叙事理论研究
Studies of Chinese and Western Narrative Theories

目　录

中国叙事研究

叙事批评实践

序

    自 2005 年在武汉召开"第二届全国叙事学研讨会暨中国中外文艺理论学会叙事学分会成立大会"以来,迄今已 13 年了。在这 13 年中,叙事学分会已经召开了六届国际会议暨八届全国叙事学研讨会,并出版了多部会议论文集。这些会议的召开和论文集的出版对促进国内叙事学研究和发展起到了很大的促进作用。这里结集出版的是 2017 年 10 月 20 日至 22 日在上海外国语大学召开的第六届叙事学国际会议暨第八届全国叙事学研讨会的部分论文。

    叙事研究已经走过了半个多世纪。大致说来,西方叙事学(叙述学)经历了两个时期,即 20 世纪 60—80 年代的叙事理论的建构期和 20 世纪 80 年代以来的叙事批评实践期。进入 21 世纪后,西方叙事理论又呈现出多领域和跨学科的发展趋势,如认知叙事学、女性主义叙事学等,其探讨的范围和深度也在不断地扩大和拓展。这些新出现的研究领域和方法为进一步夯实叙事学理论基础做出了贡献。国内叙事学研究也大致可以分为两个时期,即以 20 世纪 90 年代为主的译介时期和进入 21 世纪后的理论建构和批评实践并举的时期。在这一时期,国内的叙事研究蒸蒸日上,先后提出了广义叙述学、双重叙事、物叙事学等重要叙事理论;中西叙事理论比较研究、诗歌叙事研究、文学史叙事研究、空间叙事研究等也开展得有声有色。这些理论的提出和研究的开展为国内叙事研究提出了一些新的理论和研究方法,同时也拓展了新的研究领域。

    这部论文集辟有"域外来稿""叙事理论探究""中国叙事研究"以及"叙事批评实践"四个栏目。在"域外来稿"这一栏目中,我们选译了詹姆斯·费伦的《修辞诗学、非自然叙事学和模仿、主题、综合的叙事》、彼得·海居的《描述在乌托邦写作中的功能》以及利斯贝特·科塔尔斯·阿尔泰斯的《文学作品、价值与阐释框架:叙事学面临的挑战》三篇文章。"叙事理论探究"和"叙事批评实践"两个栏目论题广泛,如双重叙事进程、虚构叙事的"双区隔"原则、诗歌叙事、后殖民语境下的非自然叙事学、图像叙事理论、英国当代女性小说叙事的主题话语、"经典重写"小说叙事结构分析、赛博时代的可能世界叙事、当代小说的生态叙事空间等。这些论题内容新颖,在一定程度上了反映了目前国内叙事研究的新动向。

　　"中国叙事研究"是这部论文集中的一个特色栏目,也是 2017 年 10 月召开的这次会议出现的一个新的研究"增长点"。在这个讨论中国叙事的栏目中,论文话题广泛且理论性强,如中西叙事传统比较论纲、中国诗歌叙事及其传统、古典小说叙事的意图伦理、唐诗宋词的年段叙事及其审美特效、唐传奇"史才""诗笔"的叙事功能及文体意义、中国传统文论中的反讽思想、闽南民间故事的惩戒叙事及其审美价值等。这些话题的提出既为构建中国叙事理论和开展中国叙事批评打下了很好的基础,也为丰富叙事学这门学科做出了贡献。

　　叙事研究犹如旅人行走在路上。有人会走得较为顺畅,有人会走得有些磕绊,还有人会选择那条少有人走的路。但是,不管如何行走或路有多艰难,我们都会相向结伴而行,一起体悟行走的快乐。

乔国强

2018 年 10 月

中西叙事理论研究
Studies of Chinese and Western Narrative Theories

域外来稿

修辞诗学、非自然叙事学和模仿、主题、综合的叙事

◎ [美]詹姆斯·费伦*/文 舒凌鸿**/译

引 言

近年来,布莱恩·理查森①和简·阿尔贝②提出了一些重要的论点,认为叙事理论需要进行调整,以解释他们所谓的非自然叙事。他们认为,叙事理论存在一种模仿的偏见,因此也有损其解释的有效性。对于非自然的定义,理查森和阿尔贝的观点有所不同。理查森强调其理论与所谓的"自然"或"模仿的叙述"的对话关系,偏离和背离了模仿的传统。在阿尔贝的部分,他专注于非自然叙事的内在属性,根据其在物理、逻辑或人类之不可能等元素的表现来定义它。总体而言,关于非自然叙事学的优势和局限,已有多种说法,其中也包括理查森和阿尔贝的版本。本文将集中讨论修辞理论如何回应这两个主要挑战。修辞理论,或者修辞诗学,存在一种模仿的偏见吗?修辞诗学如何来解释非自然叙事?本文认为修辞诗学不存在模仿的偏见,它所提出的叙事概念,可以包含那些非自然叙事

* 【作者简介】詹姆斯·费伦(James Phelan),美国俄亥俄州立大学教授,email:phelan.1@osu.edu。

** 【译者简介】舒凌鸿,云南大学文学院副教授,email:Shulinghong@126.com。

① Brian Richardson. *Unnatural Narrative: History, Theory, Practice*. Columbus:Ohio State University Press, 2015.

② Jan Alber. *Unnatural Narrative: Impossible Worlds in Fiction and Drama*. Lincoln:University of Nebraska Press, 2016.

学所认为的重要内容。此外,本文还将通过分析几部关于鬼魂的经典小说:亨利·詹姆斯的《螺丝在拧紧》①、艾米丽·勃朗特的《呼啸山庄》②以及托尼·莫里森的《宠儿》③,对它如何解释所谓的非自然叙事进行论证。

一

为阐释清楚修辞理论并没有模仿的偏见,需要更新修辞理论读者模型,以及模仿、主题和综合的叙事(此后称之为 MTS)概念。首先,本文将对 MTS 模式解释叙事中人物性质和功能进行讨论,并进一步扩大其讨论范围,阐释叙事结构的三个主要部分和读者兴趣。概念更新如下:

- 模仿成分是指作者对读者兴趣的塑造。这一兴趣是读者对现实世界进行叙事模仿的回应或者提及,包括那些遵循文本外世界事件的因果逻辑进行叙述的事情,人物的功能是可能出现的人或者现实世界中人类的代表,时间和空间都符合已知的物理法则等。
- 主题成分是指作者对读者兴趣的塑造,以及对叙事的概念、伦理和意识形态规模大小的回应。
- 综合成分首先是指叙事是被建构的对象,包括了各种参与建构的元素;其次,作者对读者兴趣的塑造和对叙事的被建构性的反应。

从这个角度看,非自然叙事学家对叙事综合成分的理论化具有浓厚的兴趣,包括它与模仿成分的关系。修辞诗学将为这个广受欢迎的理论增加对读者进行研究的部分。修辞诗学确定了小说的四类读者:真实的或有血有肉的读者、作者的读者、叙事的读者和受述者。受述者是作者通过叙述者直接传达信息的对象,有时显得非常重要。但在探讨非自然叙事学与修辞诗学之间的关系时,侧重于真实的或有血有肉的读者、作者的读者、叙事的读者之间的关系会更有帮助。

首先,要做修辞阅读,真实的读者要同时进入作者的读者和叙事的读

① Henry James. *The Turn of the Screw: A Case Study in Contemporary Criticism*. Peter Beidler (ed.). Boston: Bedford-St. Martin's, 2010.

② Emily Brontë. *Wuthering Heights*. Guelph, Ontario: Broadview Press, 2007 [1847].

③ Toni Morrison. *Beloved*. New York: Knopf, 1987.

者。本人在最新的一篇文章(《虚构性、读者和人物》)中谈到:在进入叙事的读者时,有血有肉的读者将采取两种行动:(A)顺便致敬 J·K·罗琳,本人建议真实的读者可以披上一种"隐形斗篷",并在他或她不被觉察的情况下,在故事世界中占据一个位置,去观察(听、看等)一切;(B)一旦在观察者的立场上,叙事的读者就可以采用故事世界规范的观念和态度。例如,《德古拉》的叙述者相信吸血鬼是真实的;罗琳的"哈利·波特"系列小说的叙述者相信,世界上的人可以分为有魔力的人(巫师和女巫)和不具备这种超能力的人(麻瓜)。进入叙事的读者为真实的读者对小说的情感反应提供了一个基础,但并不是唯一的基础。

在小说中,作者的读者仍然意识到人物和事件是综合的构造。小说中作者的读者也与作者的信仰、知识和伦理价值观有着特殊的关联。有时,作者会假设一个作者的读者与她分享她的信仰、知识和价值观,然后依赖于她的这些人物和事件所代表的这个共享的位置。"要展示,不要讲述!"的格言正是部分基于这样一种作者和作者的读者之间的关系。但在其他时候,作者会设定一个作者的读者,最初并不分享一个或多个重要的信仰或价值观,然后逐渐采用叙述来转移读者去分享她的立场。此外,作者的读者,尽管最终只是一个假想的实体,是作者针对"谁是她的读者""读者们需要知道和理解的叙事是什么"的一种推测。这种推测通常基于作者对真实读者的了解。①

二

举一个我随后会进行更深入讨论的例子。如果一个作家在她的叙述中创造了一个幽灵,那作者可能会假定有相信鬼魂的读者,或者有不相信鬼魂的读者,特别是当一些真实的读者相信,另一些(甚至更多的人)是不相信的时候。假如我作为真实的读者,我相信有鬼魂,作者的读者却不相

---

① 修辞理论的一些评论家关注的是,作者的读者是一个理想的读者,他有足够的知识和解释的技巧来对叙述进行"正确的"阅读,当那些可能犯错的修辞批评家们宣称了解作者的读者做了什么,他们是会反对的。本人想讨论清楚:本文所做的,关于作者的读者的活动都应该被看做是假设,类似于任何批评家在他的评论中对某种叙述所作出的解释一样。换句话说,或许本人的观点是错误的,但本人愿意向其他批评家学习。但对真实读者的解释的错误并不会削弱这种概念的效用。

信(或者我不相信,作者的读者相信),那么除非在我阅读体验的区间内,我的信仰与他们的信仰相匹配,否则我将很难进入作者的读者。一旦我成功进入,我可能就会发现,与作者辩驳我们的不同信仰是有利的。更重要的一点是,修辞阅读涉及真实读者阅读过程的两个步骤:(1)进入作者的读者和叙事的读者的尝试;(2)对这些努力结果的评价。基于今天的目标,将重点讨论步骤(1)。这两类读者的概念指向了他们各自的知识和信仰之间存在的广泛关系的可能性。此外,这两类知识和信仰之间的距离越大,综合(或非自然)的特征就越有可能变得突出。① 同样重要的是,关注这些不同读者之间的关系,使得模仿和综合的概念呈现为动态,而不是静态。也就是说,读者之间的不同关系可能会产生同样的现象,在一部作品中是模仿的,而在另一部中则可能是反模仿/非自然的或是综合的。

举例来说,可以比较对亨利·詹姆斯的《螺丝在拧紧》中的鬼魂的不同解读间的差异。在第一种读法中,可以将其视为一种传统的鬼故事,彼特·昆特和杰塞尔小姐的鬼魂是真实的,而女家庭教师讲述了她与他们进行英勇斗争的故事。在这种读法中,根据阿尔贝的说法,这是一种非自然叙事,但根据理查森的说法,却是一种非模仿叙事。在第二种读法中,鬼魂是她的幻觉,她无意中讲述了她心理崩溃后导致多重负面后果的故事。从这个意义上说,詹姆斯写了一本高度模仿的小说。

从修辞的角度来看,在一种解读中,家庭教师看到了鬼魂,那么叙事的读者相信鬼魂,而作者的读者则不相信。真实的读者会在隐形斗篷下体验到快乐和满足,并默默地分享詹姆斯和他的读者的信念,那就是没有真正的鬼魂。换句话说,真实的读者相信自己是安全的,所以感到快乐和满足,因为他们知道现实世界并不授予这样的许可。在这段经历中,詹姆斯的作者的读者就有一种双重意识:模仿的成分来自家庭教师的指控和挑战,综合的成分则来自这些幽灵。这两种意识促使詹姆斯被家庭教师的付出和勇气所吸引,因为她试图勇敢地保护孩子们不受鬼魂的影响。

如果我们倾向于将故事中的鬼魂解读成一种幻觉(正像有那么多的读者像埃德蒙·威尔逊第一次在1934年所提出的那样),然后我们假定一个作者的读者不相信有鬼魂,我们就有两种可能的叙事读者,每一种都

---

① 不同类型的读者与叙述者、隐含作者的伦理和政治价值观之间的关系也是值得注意的,但限于篇幅,将不在这里进行讨论。

为与众不同的体验提供基础。在一种变体中,叙述者相信鬼魂,但不相信女家庭教师看到了昆特和杰塞尔的鬼魂。在这种读法中,故事的大部分力量源于这样一种可能性:对于叙事的读者来说,家庭教师可能是对的。女家庭教师的故事恰恰如此心酸,因为她错了,她不必这样做。作者的读者对模仿和综合成分感兴趣的程度与相信有鬼魂的版本相似,但是,当然,在女家庭教师的人物塑造上,模仿的细节则是完全不同的:她在心理上是不健康的,虽然勇敢,但却不坚定,易受到迷惑。因此,主题成分的细节也发生了变化,因为詹姆斯引导着作者的读者去思考性别、欲望、压抑等问题,这就是女家庭教师产生幻觉的基础。

在第二个版本中,无论是作者的读者还是叙事的读者都不相信有鬼魂。在这种读法中,叙述的力量在于,这种判断和情感伴随着女家庭教师缓慢变化至惊恐状态的过程,她对远方雇主的欲望受到压抑,导致了她的幻觉,也造成了迈尔斯和弗洛拉的灾难。从这个版本的观点出发,詹姆斯正在进行一种模仿错觉版本的写作,以模仿为主、综合为辅,将中篇小说从一个传统的鬼故事转变为一种心理现实主义的版本。尽管这个故事使人们对鬼魂存在的普遍问题的版本有了更深入的了解,但主题成分仍然很突出,家庭教师仍然产生了幻觉。

现在本人不会认为,对理查森或阿尔贝来说,发展这些不同的读法是逻辑上不可能或是人力上不可能的,但本人认为,他们不太可能恰恰是因为他们没有那么强大的读者模式。因为修辞诗学明确地提出了关于不同读者的信仰和知识的问题,其实践者更有可能同时看到这两者。

让我们跳出詹姆斯的《螺丝在拧紧》的角度来看,考虑虚构作品中更为广泛的鬼魂的问题。它们是模仿的/自然的,还是反模仿的/非自然的?如果我们只是用文字来衡量大多数西方读者对现实世界的看法,那么答案很明显:鬼魂是反模仿的。但显然,一些西方读者确实相信鬼魂。有些小说家也相信鬼魂,有些则不相信。那么我们如何判断他们的状态呢?我认为,修辞理论的方法是通过观众得到一个适当层次的答案:鬼魂可以是模仿的/自然的,或者是反模仿的/非自然的,这取决于作者如何建构作者的读者和叙事的读者之间的关系,特别是取决于他是否构建了一个相信鬼魂的作者的读者。在修辞阅读的第二步,真实的读者既可以采用也可以抗拒作者的读者的信念,甚至也可以探究二者兼得所产生的结果。当然,还存在以下更为普遍的四个主要选项:

a. 作者可以建构都相信鬼魂的叙事的读者和作者的读者。在这样的建构中,鬼魂将会是一个带着幽灵色彩的模仿的角色,而不是其外在的形式。我认为在《呼啸山庄》中,艾米丽·勃朗特的作品就带有这样一种描述。

b. 作者可以建构都不相信鬼魂的叙事的读者和作者的读者。在这样的建构中,鬼魂是对模仿者想象的臆造,标志着这个角色产生了错觉。这一选项在第二种变体的阅读中得以实现,即:"在《螺丝在拧紧》中,家庭教师产生了幻觉。"

c. 作者可以建构相信鬼魂的叙事的读者,而作者的读者则不相信。在这样的建构中,鬼魂将是反模仿的。在这种读法中,对《螺丝在拧紧》的阅读与阅读标准的鬼故事一样,让"女家庭教师真的见到了鬼魂"现实化了。接下来,本文将要谈一谈,这一读法在托尼·莫里森的《宠儿》中所使用的完全不同的版本。

d. 作者可以建构一种不相信有鬼魂的叙事的读者,而作者的读者却相信。在这样的建构中,鬼魂最终是模仿的。① 本人并没有意识到有一个这样的作者建构了这两种读者之间的关系,但这并不意味着没有人这样做,或者很快就会这么做。

三

通过对《呼啸山庄》和《宠儿》中对鬼魂问题的探讨,本文将给出更多额外的文本例证来说明这些理论要点。

勃朗特的叙事计划是探索凯瑟琳和希斯克利夫之间这种超乎寻常的关系的起源、演变、考验和磨难,并最终找到他们之间关系的解决之道。采用洛克伍德和丁耐莉经常不可靠的解释和评估报告,勃朗特描绘了一种非常奇异的关系,以及它如何采用暴力破坏了恩肖和林顿的家庭,直到这个问题得到解决:希斯克利夫终于意识到与凯瑟琳在死后团聚的意义,也就促成了这些家庭的一个新的、积极的整合。勃朗特安排了一种创新的叙事进程,以改变这两种读者对鬼魂的看法。她开始把两个读者都塑

---

① 可以很容易地想象出这样一种叙述,即作者的读者相信鬼魂,受述者(叙述者信息传达的对象)则不相信。此外,也可以想象叙述的进程可能包括叙述者要么完全相信鬼魂,要么彻底不相信。但在这种情况下,叙事的读者将会和相信鬼魂的作者的读者站在一起。

造成不信教的人,洛克伍德讲述了他真实的噩梦,因为凯瑟琳试图进入画眉山庄房间。然而,在小说的结尾,勃朗特使用了许多策略来说服叙事的读者相信:已故的凯瑟琳和希斯克利夫在荒野上行走。尽管丁耐莉和洛克伍德认为这是不可能的。从某种意义上说,勃朗特将她的叙事的读者引导到接受凯瑟琳和希斯克利夫的鬼魂出现是一种例外情况。关于鬼魂是否存在,作者的读者的理解从以综合为主导变为以模仿为主导。一旦被说服,勃朗特的叙事的读者就会将洛克伍德的噩梦重新演绎为他真的遇到了凯瑟琳的鬼魂。因此,作为凯瑟琳超越死亡的额外证据——这也激发了希斯克利夫的信念,即她并没有被死亡所限制。更为彻底的是,勃朗特使用了叙事的读者的版本,以及她对凯瑟琳与希斯克利夫关系的描述,作为作者的读者也会认真接受在坟墓之外他们的爱情将会继续的可能性。换句话说,通过套住读者,以及叙事的读者从不信到信的转变过程中,勃朗特邀作者的读者接受这种可能性,即这样的例外也可以适用于现实世界。(当然,作者的读者绝不相信凯瑟琳和希斯克利夫会真的走在荒野上,因为作者的读者依然保留了他们的辅助意识,即,他们是虚构的人物。)

这样,勃朗特挑战了她的读者,去接受更为广泛的模仿的概念。此举也对他们共同关心的综合和主题成分产生了连锁反应。虽然作者的读者仍然能意识到小说为营造鬼怪魅力所采取的一些综合的推介手段,但比它出现在《螺丝在拧紧》中叙事的读者相信鬼魂而言,这种意识已经产生了不同的结果。在那些变体中,作者的读者对他们自己不信鬼魂的信念从未动摇。然而,在很大程度上,《呼啸山庄》的魅力就在于勃朗特具有说服作者的读者从不相信到相信的能力,或者让读者与这种信念连接发生松动。同时,在作者的读者所关注的内容上,勃朗特对模仿及综合的关系的处理,把与进程相关的爱、恨、欲望及和解等多重主题的问题移到了一个显著的位置。就像以前一样,真实的读者可能会或者可能不会接受作者的读者的位置,但就本人的观察而言,在漫长的阅读接受史上,小说特有的魅力证明,读者往往都是买账的。

莫里森的作品还有另一种叙事的读者和作者的读者之间的关系,这反过来又建立了小说的模仿和综合成分之间的另一种互动关系。莫里森的计划是写一部历史小说,它借鉴了奴隶小说叙事的传统,正如它坚持认为奴隶制在美国还有持续不断的影响。为了服务于这些目标,她结合非虚构性或依靠与相当的非虚构性保持关联。她将小说情节的发生地设定在一个貌似合理的虚构地点（肯塔基的"温馨之家"种植园,蓝石路 124 号,辛辛那提,俄亥俄州）。她还依赖于她叙事的读者和作者的读者都是知识渊博之人,对诸如内战、《解放黑奴宣言》和《逃亡奴隶法案》等历史事件有充分地了解,这使得奴隶主有权抓捕并再次奴役那些从奴役中逃脱的奴隶。莫里森随后要求叙事的读者和作者的读者利用这一知识,来理解这些事件发生的两个主要的时间框架(1855 年和 1873 年)在文化背景上的巨大差异。在 1855 年的内战前,塞丝从"温馨之家"逃到辛辛那提,但被她的奴隶主的奴隶捕手所追捕。在 1873 年的内战后,小说主要讲述了塞丝的生活一直受到 1855 年她杀婴行为的影响。因为当年,塞丝宁愿杀死婴儿,也不愿让她长大后成为奴隶。运用这样的方法,莫里森让她的读者对她小说的模仿成分产生了浓厚的兴趣。

然而,在这部彻底的历史小说的中心,莫里森为作者的读者塑造了一个以综合成分为主的人物形象——宠儿。她有多重矛盾的身份,其小说主题中一个是塞丝的"被谋杀的女儿复活了"。此外,莫里森还让宠儿的幽灵成为小说主题的一部分。莫里森的第一段,设定在南北战争后不久,涉及蓝石路 124 号鬼魂活动的数年。在小说中,叙述了包括多个具有预示性的事件,宠儿身上呈现了超自然的力量,而在最后一章中,包括了那些她不断出现在叙述当前的时间(1987 年)里的神秘事件。此外,莫里森还为宠儿提供了一个貌似合理的身份:她是一名逃亡者,刚从一名新近死亡的白人男子家里逃脱,她被他囚禁,成为一种被奴役的象征,在故事中,他们都失去了生命。

在《作为修辞的叙事》中,本人指出莫里森的作品是一个顽固的例子,文本中有一种顽固的文本现象,决不屈从于读者克服其顽固性的努力。[①]此外,本人认为,与宠儿的顽固性进行交战的阅读法,尝试对宠儿主要性格进行解读的努力,既持续不断又最终失败,这成为了小说力量的主要来源。现在需要补充的是,莫里森设计了宠儿的顽固,让莫里森的叙事的读者和作者的读者都体会到这一点,而每一类读者都会产生不同的体验。叙事的读者都接受了宠儿的现实性和最终的不可知性。承认她的身份具有多重性,叙事的读者就无法将其与一个更大的、可理解的整体关联,也无法背离将宠儿看成一个令人着迷的谜的感觉。作为综合建构宠儿的结

---

① James Phelan. *Narrative as Rhetoric: Technique, Audiences, Ethics, Ideology*. Columbus: Ohio State University Press, 1996.

果,作者的读者回应了宠儿的顽固。事实上,这是莫里森想要突出她的综合和主题成分的一个信号。的确,对于作者的读者来说,彻底综合的宠儿成了非裔美国人具有丰富主题的奴隶经历的隐喻。莫里森使她的读者从这一经历的多个侧面认识到这个隐喻的应用,从中间的段落一直到它困扰着整个国家的经历。这部小说的魅力就在于:莫里森能够在叙事的读者面前,表现出既生动而又难以理解的形象,并为作者的读者创造一个强大的隐喻。这部小说的力量还在于莫里森在叙述史实的过程中,既兼顾了叙事的读者,又兼顾了作者的读者,同时还能为文本中人物的经历提供语境,包括宠儿。

结　语

这种对待鬼魂的处理方法显示了修辞诗学如何整合更为普遍的非自然叙事。面对这样的问题,它还是非自然叙事吗? 非自然性到底造成了哪些不同? 为回应这些问题,修辞理论将遵循以下准则:

1. 如果作者邀请他的作者的读者接受这种观点,那么叙事的元素将是非自然的。这样的邀请势必造成叙事的读者关于这一元素自然性的信仰和作者的读者对其非自然性的信仰之间产生分歧。(当然,这一步也并不能保证真实的读者会接受这一邀请。)
2. 非自然性的程度将取决于:作者的读者和叙事的读者之间,在信仰与知识上的距离远近的程度。在西方文化中,对鬼魂的信仰并不是那样激进,人物的信仰可以呈现出多种状态。
3. 在叙事作品的模仿与综合的关系中,非自然叙事的整体效果将取决于它/它们与叙事作品中所有其他元素的关联。

综上所述,修辞诗学并不同意非自然叙事学家的说法,认为修辞诗学受到模仿偏见的影响,不过修辞诗学欢迎大家关注更多的非自然叙事。通过 MTS 模型及读者研究的方法,非自然叙事学的见解是可以融入到修辞诗学总体方法之中的。

描述在乌托邦写作中的功能

◎ [匈牙利] 彼得·海居*/文 王雅琼**/译

叙事学对时间和事件的一贯关注,让读者误以为描述在叙事中可有可无(或只能起到修饰叙事文本的作用),然而描述并非是叙事中无足轻重的因素。在《叙述话语》中,热拉尔·热奈特在定义描述性休止①时,限定零故事时间需对应一定时间长度的叙述时间。这一限定,难免会给读者造成这样一种印象:描述只是叙述话语(sujet)的特征之一,和故事(fabula)没有多大关系;描述是讲故事时用的修辞策略,对故事而言并不重要。另外,热奈特对时间的强调,让他决定用休止(而不是描述)作为描述性休止的简称。热奈特甚至发明了一个类似于数学公式一样的方程式来形容故事时间和叙事二者之间的关系:"如果休止的叙述时间 = n,故事时间 = 0,那么叙述时间无限 > 故事时间。"②在这个方程式中,因为故事时间为零,所以假定的叙述时间要无限长于其故事时间。但是,在热奈特的文本中,休止几乎总是被同一个形容词修饰;它总是叫做"描述性休止"③。在脚注中,热奈特竭力避免这两种误解:一方面,如果叙述话语和

* 【作者简介】彼得·海居(Péter Hajdu),匈牙利科学院文学研究所学术顾问,佩奇大学教授, email: pethajdu@gmail.com。

** 【译者简介】王雅琼,上海外国语大学英语学院博士生,email: jessicaw1776@126.com。

① "描述性休止"及下文出现的"第一百任妻子"和"炮门"这三处译文,承蒙江西师范大学外国语学院蔡芳副教授在上海叙事学会会议手册(2017 年 10 月)中特别指出,特此致谢。

② Gérard Genette. *Narrative Discourse*. Jane E. Lewin (trans.). Ithaca, NY.: Cornell University Press, 1980, p.95.

③ Ibid., pp.93-95, 99, 106.

零故事时间相对应,叙述评论可能就会出现另外一种情形,但热奈特并不认为这些段落"严格来说,属于叙述";另一方面"不是每一处描述都能构成叙事中的停顿"。①

实际上,热奈特叙述了 19 世纪的法国小说是如何朝着普鲁斯特式的叙事风格向着他所说的非休止式的描述风格逐步靠拢和发展的。如上述方程式形容的那样,巴尔扎克详细阐释了"一种典型独立于时间之外的描述标准"②,司汤达虽然"通过粉碎描述的办法,来避免那种描述标准"③,其作品却始终难以进入主流,而福楼拜却是普鲁斯特式描述的先驱者④,正是福楼拜让描述和人物沉思时所需的停顿一起发生,并使其形成了一条准则⑤。热奈特的叙述,似乎暗含了一种目的论(也许出于无意),即他把普鲁斯特假定为 19 世纪法国小说发展的终点。仿佛普鲁斯特完成了一项使命:凭借最终摆脱掉描述性休止或巴尔扎克式的描述标准,来表达自己的叙事风格——人物如何在欣赏风景或体验其他事物的过程中,让故事时间不会出现停滞。但是,我们也可以考虑关注空间,而不是有关时间的叙事学的可能性,关注一个虚构的或想象的故事如何创建了一个世界的问题。这种关注空间转向的叙事学应该对描述予以高度重视。

一

毋庸置疑,叙事是指叙述事件。我并不想挑战这一不言而喻的事实。况且从详细阐释叙事的定义入手,来证明描述的必要性,并不是一件容易的事。讨论最小单位的叙事⑥,极有可能对描述只字不提。但是,描述性段落的重要性,在不同的文学作品、不同的文学体裁之间,会有很大差别。

---

① Gérard Genette. *Narrative Discourse*. Jane E. Lewin (trans.). Ithaca, NY.: Cornell University Press, 1980, p.94.

② Ibid., p.100.

③ Ibid., p.101.

④ Ibid.

⑤ Ibid., p.102.

⑥ 原文为 minimal narrative,这里参考乔国强、李孝弟翻译的《叙述学词典》里的译法。其他专业术语的翻译也都参考《叙述学词典》中的译法,以下将不再一一注明。(译注)

比如像笑话这类非文学类的叙事体裁,甚至无需描述就可以达到叙事的目的。例如,下面这则笑话就没有描述:一匹马走进一家酒吧,酒保问他,"怎么一副拉长着脸的样子?"如果我们认定这样的文本达到了最小单位的叙事的要求,那么我们就得承认它也许无需描述,就能达到既定效果。热奈特认为任何口头话语都能构成一个叙事事件。他列举的最小单位的叙事形式就是"我在走路"①,这个例子甚至没有讲述一个事件。这一叙事事件也许可以通过在其他事件中插入描述的方式,来使其进一步得到扩展,但问题是扩展之后,并不能使这一事件具备更多的叙事性。

在 1989 年,杰拉德·普林斯认为对一个叙事事件而言,至少应该包含一个事件。② 而大多数理论家认为,一个事件也可以是一种状态的变化。③ 我们能在不描述状态 1 和状态 2 的情况下,叙述状态的变化吗?或者至少能够叙述其中一种状态的变化?如果我们把热奈特关于最小单位的叙事的第二个例子,"皮埃尔来了"④,看成是一个叙事事件,就会对上述问题得出肯定的答案。这里既没有描述状态 1(皮埃尔现在不在这里),也没有描述状态 2(皮埃尔在这里),只叙述了改变这一状态的动作,即,他来了。但是,单从行为的角度来看,我们能够相对容易地重新建构这两种状态。当然,叙述者也可以通过扩展,让叙事更加翔实、有趣,只不过会需要一些细节和对这两种状态的描述。因为只有最小单位的叙事形式让描述看起来不那么重要。在 1982 年和 1983 年,杰拉德·普林斯和什洛米斯·里蒙—凯南分别认为,最小单位的叙事的前提条件是至少要有两个按照时间顺序排列的事件。⑤⑥ 依据他们的说法,甚至我们在前文提到的那个笑话也能符合这个要求。状态 1:一匹马在酒吧外面。事件 1:这匹马

---

① Gérard Genette. *Narrative Discourse*. Jane E. Lewin (trans.). Ithaca, NY.：Cornell University Press, 1980, p.30.

② Gerald Prince. *A Dictionary of Narratology*. Lincoln：University of Nebraska Press, 1989, p.58.

③ Michael J. Toolan. *Narrative: A Critical Linguistic Introduction*. London：Routledge, 1988, p.14.

④ Ibid.

⑤ Gerald Prince. *Narratology: The Form and Functioning of Narrative*. Berlin：Mouton, 1982, p.4.

⑥ Shlomith Rimmon-Kenan. *Narrative Fiction: Contemporary Poetics*. London：Methuen, 1983, p.19.

走进了酒吧。状态2：一匹马在酒吧里，不过和酒保没有交流。事件2：酒保和马说了话。状态3：他们在酒吧里，有了口头交流。以上分析证明，只有杰拉德·普林斯在1973年提出的关于最小单位的叙事的复杂定义，让我们这个笑话难以符合要求。这是因为在普林斯的定义中，需要按照时间顺序、因果关系和闭合原则的要求，才能将三个事件串联起来。①

像上述这样最小单位的叙事事例可以没有描述。但是，我们也能够这样说，"长脸"这一表达方式已经包含了一个最小单位的描述，因为有形容词"长的"。如果对比"一张脸"和"一张长脸"，我们可以清楚地看到对后者的描述，已经非常简约。在贾斯波·福德（Jasper Fforde）的小说《掉进一本好书里》（*Lost in a Good Book*）里，郝维香小姐（Miss Havisham）和佘思德·南克斯特（Thursday Next）看到了一只语法寄生虫（"一种寄生生物种类，居住在书里，专门以语法为食"），更确切地说，是一种专吃形容词的语法寄生虫，即形容词噬食虫。在《远大前程》后面一些的故事中，这个形容词嗜食虫就出现在关于炮门的对话中。"炮门"是指《远大前程》中用作监狱船只残骸上的炮门。笔者引用几句他们颇具教育意味的对话：

> "你能看见它正在吞噬的炮门吗？"
> "是的。"
> "给我描述一下。"
> 我看着这个炮门，皱了皱眉。我之前预想它要么是黑黑的、旧旧的，要么是木制的、腐烂的、潮湿的，但都不是。它也不是寸草不生、空白一片或者干脆什么都没有——它仅仅是个炮门，不多什么也不少什么。
> "这只形容词嗜食虫专吃描述名词的形容词，但却通常不会动动词的一根毫毛，"郝维香解释道。②

福德的奇思妙想让读者对没有描述存在的叙事世界的可能性心生疑惑。因为如果要描述事物，就需要形容词，没有形容词，就不会有描述。但奇怪的是，这些形容词噬食虫却使名词丝毫未伤。炮门还在那里，但它也仅仅只是一个炮门而已。这里不妨想象一下本文开篇所讲的笑话，要是受到形容词嗜食虫的攻击，酒保就无法描述马脸的样子，那它就不再是一则笑话。

热奈特在一篇题为《叙述界限》的文章中甚至走得更远，他认为任何

---

① Gerald Prince. *A Grammar of Stories: An Introduction*. The Hague：Mouton, 1973, p.31.

② Jasper Fforde. *Lost in a Good Book*. New York：Penguin, 2002, Chapter 6.

没有修饰成分的名词"也许可以看成是描述性的,其唯一的依据是这些名词指明了有生物和无生物"①。如果指示了什么就意味着描述,那么就会推导出这样的结论:可能存在没有叙事的描述,而没有描述的叙事则不可能存在。除了理论建构上的可能性,热奈特还断言"从来没有任何纯粹属于描述的题材"②。这一论断是否准确,也许取决于如何定义体裁及其纯粹性。可以想象,在一些文学传统中,能够把简短的描述性诗歌当做一种体裁,比较明显的是日本的俳句,有一些最标准的俳句完全是描述性的。热奈特另一个重要观点是,描述"当然"是叙述的附属品,是叙事的一个仆从,而且为叙事扮演着辅助的角色。③

二

虽然指示某人或某物可以算作是描述,但是笔者更愿意思考如下情况是否也可能存在:根据认知叙事学家的见解,笔者会思考在"一家酒吧"和"那个酒保"中的冠词,是否也有描述的功能。"一"和"那个"甚至不是最小单位的描述,所以笔者更倾向于把这样的冠词称为"零描述"。认知叙事学家认为,我们对叙事的理解或多或少来自于我们如何理解支配着我们预期的情景框架(scenarios)。如果有新的细节添加进来,我们之前的预期就会发生改变。而如果故事是按照一般的情节来发展的,就不需要太多细节。一个情景框架通常不会包括框架内部事物过多的细节描述。如果对这个特定酒吧什么都没交代,那么作为叙事场景,我们不会想象这一场景有任何奇特之处。但即使叙述的场景只是"一家酒吧",我们仍然会设想里面有几张桌子、几把椅子、坐在桌前喝酒的人,最重要的是,还会有一个酒保。这就是为什么在这个笑话的第二句中,我们听到的是由定

① Gérard Genette. "Boundaries of narrative." Ann Levonas (trans.). *New Literary History*, 8 (1), May 1976, pp.1–13.

② Ibid., p.6.

③ 热奈特指出了一种例外的情况,在道德说教和半道德说教的作品中,描述可能为叙述起着辅助作用(Ibid.)。从结构主义时代开始,道德说教类的、引发人情感共鸣类的文学作品似乎在文学中扮演着越来越重要的角色。今天,我们也许很难轻易将道德说教类的文学作品排除于严肃文学的讨论之外。无论如何,乌托邦作品可能属于说教类作品那一类。

冠词 the 所修饰的"那个酒保"。原因是提到酒吧,酒保的存在就已经暗含其中。当然,我们内心会期待有不寻常的事情发生。当一匹马走进酒吧,之前默认的情景框架就不再适用了。但是我们仍然可以坚持最小偏离原则,不去修改那些不必要修改的情景特征。而听笑话的读者也许会期待马和酒保有一些口头交流。所以,笔者认为上述叙事为我们举例说明了何为"零描述"。零描述要求受叙者依靠之前默认的、已经在情景框架中发生过的描述场景来理解故事。这并不是说如果叙事为我们提供了一些新的细节之后,我们就不能改变对之前默认的情景的认知。只要有新的细节,我们依然可以改变我们对事物的认知。笔者再引用一则笑话。盲人走进了一家酒吧(考虑到英文中 walk into 和 bar 的双重含义,这个笑话也可以理解为盲人"撞到"了"栏杆")。桌子、椅子……我们之前对酒吧默认的情景框架并不适用于这则笑话。在第二句话之后,我们就不能再继续想象之前默认的酒吧的样子,而需要在脑海中设想出一个长长的金属物体。同时,这也意味着我们得放下最开始设想的情形,去设想另外一种可能存在的情景框架。

笔者认为零描述并没有偏离之前默认的描述情形。像笑话这样的非文学体裁,就可以用最小单位的描述或零描述来分析。而在此频谱的另一端,描述在叙事文本中起着非常重要的作用。笔者将举乌托邦的例子来说明描述的重要性。乌托邦作品有叙事的倾向,但几乎没有读者为了读故事而选择阅读乌托邦小说。至少自托马斯·莫尔的《乌托邦》以来,在这个因他这部作品而得名、但并非由他所创造的体裁中,一种典型的和旅行见闻相关的结构就和乌托邦体裁的小说联系在了一起:一名游客去了一个未知的、隐蔽的地方,在导游的带领下,见识了另外一种有些理想社会色彩的地方。然后这名游客返回故土,向其他人讲述了自己的所见所闻。虽然在旅行往返的途中也许会有一些奇遇,但是在讽刺类和反乌托邦的小说中,关注旅行本身的故事却更为常见。在真正的乌托邦小说中,叙事框架不过是一个托辞,或是描述另一个社会的载体。因为比起小说所描述的经历,获取故事这一过程明显要无趣的多。

三

自从 18 世纪以来,越来越多的作者将乌托邦中的背景设置在未来。

虽然时间旅行可以算作是一种叙事工具——它保留了"美好时光"类乌托邦小说中旅行类体裁小说的叙事结构,但是随着乌托邦小说的不断发展,其主人公在以前乌托邦小说所描述的另一种社会中,并未产生"不在家"的疏离感。因此,当主人公身处这样的社会中时,并不需要学习如何适应新环境,自然也不需要别人给他们提供向导和指南。但是对读者而言,要学的东西可不少,因为新知识的消化吸收并不发生在故事层面。在这类文本中,也有大量的描述性段落,因为各种奇物异景、机构组织、社会机制、风俗习惯等都需要解释。从这个角度来看,乌托邦小说和非乌托邦小说之间,推敲不出什么不同之处。

为了说明上述观点,笔者将列举19世纪匈牙利的两部小说——一部是约卡伊(Mór Jókai)的《下一个世纪的小说》,一部是提图斯·托沃尔基(Titusz Tóvölgyi)的《新世界》——来说明描述在乌托邦作品中发挥的作用。这两部小说的共同之处是描述的部分很长,而故事情节比较松散。如果小说的背景设置在未来,那么对某个物体或社会公共机构的描述,就会使人很容易将其和过去发生的历史故事联系起来。读者不仅能了解它们的运行方式、外观样貌、还能了解它们的发展过程。甚至在托马斯·莫尔的《乌托邦》中,就连希斯洛德也同样需要获取国王乌托巴斯征服一座半岛的消息。这一半岛后来变成了乌托邦岛(包括在第二本书中,情况也是如此)。然而,这并不是描述质疑零故事时间定义的唯一方式,因为在乌托邦作品中,通常描述的是服装、仪式和节日。以仪式为例,它由一连串的事件构成。因此,说仪式是叙述出来的,而不是描述出来的,也合乎逻辑。基于这种构想,重复的异故事叙事可能大量存在于乌托邦文本中。但是,如果作者向人物或者读者解释事情通常是如何在一个完全陌生的社会中进行的,笔者就更倾向于认为上述情况不是在讲故事,而是在描述。然而,这种情况到底属于讲故事还是属于描述,这一界限常常并不容易划分。描述可以包含叙事元素,在一些条件下,一系列事件也能构成一个描述事例。对于这样的描述事例,笔者可以举一个颇具说服力的例子,譬如我们可以追溯到荷马所著的《伊利亚特》。在第二册船舶目录那一章(494—759),就有能够划归为叙事类型的陈述句;这些陈述句的口头形式指的是行动或者事件,比如"皮奥夏人……来自许利叶""他们带来30艘空船""头领让属于自己阵营的佛西斯人站到皮奥夏人左边,准备开始战斗""洛克里斯人跟随着俄琉斯步伐轻快的儿子小埃阿斯"①。后面数百行都在讲述行动,但结果并不是叙述希腊的军队如何集结起来、来到亚洲,而是描述了整支军队和构成这支军队的各个团体。约卡伊的乌托邦作品写于1872年至1874年之间,讲述了大卫·陶兰加,这位集特兰西瓦尼亚—匈牙利籍的发明家和政治经济天才于一身的人物,在1952年至2000年之间,如何创建了世界和平,创造了一个充满和平与幸福的全球社会。在这部小说前面的章节里,有一章名为"维泽哈洛姆的阿尔罕布拉宫",主要描述了一处豪华的建筑群。该建筑群是一座医院,暂时属于流亡在外的俄罗斯公主,并由其经营。维泽哈洛姆(Vezérhalom,字面意思是"酋长之山")是一座在布达的小山,现在在布达佩斯(在约卡伊的时代,非常接近布达佩斯)。尽管这个六页长的章节中有四个页面是对建筑的描述,这部小说却是这样开头的:"这是一个关于阿尔罕布拉如何来到布达的维泽哈洛姆的故事。"②第二段讲述了一位富有的商人如何建造了这座宫殿,描述完其建造过程之后,读者就会得知房屋在其建造者去世之后,将会经历的产权的更迭。描述部分堪称是关于建筑风格、各种颜色的材料和不同历史时期艺术品的丰富目录。在该故事后面的段落中,那些描述建筑物外观的段落确实起到了重要的作用。但是这一章除了为作者的描述天赋提供一个良好的平台之外,还通过后面段落的说明,证明了赝品存在的合法性。文中写到,这座宫殿中大多数的艺术品都是品质良好的复制品,也许通过科技的发展,到20世纪的时候,人们只需花费原价百分之二十的费用③,就能复制这些伟大的艺术品。所以,这一章不仅描述了一幢建筑,还为我们展示了未来某个有代表性的世界和其视觉环境方面的相关信息。

提图斯·托沃尔基的小说《新世界》,出版于1888年。这部小说的副标题是"来自社会主义和共产主义社会的小说",第二章的题目是"新世界中属于一个人的宫殿"④。这个题目似乎给人一种全文都是描述的感觉,

---

① Homer. *The Iliad*. A. S. Kline (trans.) , 2009. CreateSpace Independent Publishing Platform:http://www. poetryintranslation. com/PITBR/Greek/Iliad2. htm # anchor_Toc239244713.

② Mór Jókai. *A jövő század regénye* [*The Novel of the Next Century*], Zsuzsa D. Zöldhelyi (ed.), 2 vols. Budapest:Akadémiai, 1981, chapter 1, p.119.

③ 在这部作品的不同版本中,复制这些艺术品的费用也有所不同。

④ Titusz Tóvölgyi. *Az új világ* [*The new world*]. In Eszter Tarjányi (ed.), *XIX századi magyar fantasztikus regények* [*Nineteenth Century Hungarian Fantastic Novels*]. Piliscsaba:PPKE, 2002, pp.212−216.

但是这一章描述的对象却是将要举办派对的房子。关于房子的描述、为开派对所做的准备，和对未来共产主义社会人们衣着服饰的介绍，都混杂在一起，让人心生疑惑。这一章的第一句是这么开头的："佐尔坦·泽克莱（Zoltán Sziklai），玻璃建筑的发明者，收入丰厚，现在正在和他的第一百任妻子庆祝周年纪念日。"①对这间房子的描述，先是被两段解释一个人如何在未来的共产主义社会（国家拥有所有房地产的情况下），不仅能有如此巨额的收入，还能租到如此奢华的宫殿的描述打断。接着在描写到挂着主人71幅前任妻子肖像画的门廊时，又插入了六行宫殿主人简短的婚姻史的叙事，让读者不禁回想到在第一章中规约新世界性生活方面的描述。婚外情会受到严厉的处罚，但是一段婚姻也只持续两个月。虽说如此，如果配偶双方都愿意，他们也有权再一起待两个月，继续之前的婚姻生活。但是这段需要对彼此承担责任的时间，往往只有两个月的期限。②"在泽克莱多达71位的妻子中间，对有些妻子，他额外多承担了两个月的责任，而对另一些妻子，他甚至多承担了六个月的责任。"他和他的现任妻子，也就是他的第71位③妻子，已经生活了整整一年了。泽克莱的这段婚姻，被世人认为理所当然地会持续到他们生命的终点。④ 这位主人的性爱史对于理解这次派对的布局极其重要：派对上，一桌是为主人的32名子女准备的，另外一桌是为他的40位前妻准备的（其他31位前任妻子要么过世了，要么住在别的地方），还有一桌是为其邀请的40位前任妻子的现任丈夫们准备的。"第四张桌子是给客人准备的。"⑤这一章中，大约有百分之二十五的篇幅是关于主人公泽克莱和他的姐夫、妹夫们的聊天对话。但这些对话似乎并没有推动故事情节的发展，因为他们只谈论了他们有多么地喜欢现在这个社会的结构和组织，而过去的社会又在哪儿出现了

---

① 颇具讽刺意味的是，玻璃建筑的绝妙发明，使托沃尔基书中的建筑师如此富有，以至于他们变成了扎米亚京《我们》中全面集权主义的代表。

② Titusz Tóvölgyi. *Az új világ*［The new world］. In Eszter Tarjányi（ed.）, *XIX századi magyar fantasztikus regények*［*Nineteenth Century Hungarian Fantastic Novels*］. Piliscsaba：PPKE, 2002, p.210.

③ 疑原文有误。（译注）

④ Titusz Tóvölgyi. *Az új világ*［The new world］. In Eszter Tarjányi（ed.）, *XIX századi magyar fantasztikus regények*［*Nineteenth Century Hungarian Fantastic Novels*］. Piliscsaba：PPKE, 2002, p.213.

⑤ Ibid., p.214.

问题。从我们一般持有的时间观念来看他们之间的对话,不妨称它为一个场景。如果整部小说的目的不是为了叙述故事,而是为了描述未来的理想社会,那么说话者就应该被称为描述者,而不是叙述者,这一特定的对话似乎也变成了两个次级的或故事内描述者的一次合作。

在约卡伊的小说中,俄罗斯后革命民粹主义国家的首相发动了一场政变,宣称自己是女沙皇。这位女沙皇试图引诱西弗勒斯(西弗勒斯是主人公最亲密的盟友之一)。女沙皇在建造一处绝美的盛景时,制造了一场大规模的屠杀。这次屠杀事件可谓是女沙皇长期成功勾引西弗勒斯从而让其彻底投降和叛国的最后一招。叙述者首先描述了巴甫洛夫斯克宫殿里的池塘,池塘上面,西弗勒斯和亚历山德拉女沙皇悠闲地划着船。① 西弗勒斯觉得这处景色很美,说这是他曾见到的第二大壮丽景色。于是亚历山德拉就问他,在他眼中,最漂亮的风景是什么,同时答应他,她会为他在俄罗斯重建这样的风景。然后西弗勒斯就描述了在埃及的一个池塘,这个池塘之所以比一般的池塘更加美丽,是因为池塘里有红莲、火红色的火烈鸟(不是北方的天鹅),还有反射着夕阳暖色红光的一汪池水。② 亚历山德拉在池塘边上安装了一个蒸汽断头台,这台机器可以同时将四人斩首,一天便可以杀害两万政敌。就这样,池水被敌人的鲜血染成了红色,天鹅白色的羽毛随之也变成了红色,就连埃及的红莲也有了其替代品——漂浮着的一颗颗人头。蒸汽断头台的工作方式和对由鲜血染成红色的池塘的描述让人印象如此深刻,以至于故事中的叙事变成了传情达意的框架,而叙事本身也变成了从一处描述到另一处描述的“描述”文本。叙述者(描述者)描述人物看到的一处风景。故事中的一个人物(作为内故事描述者)描述了另外一处风景,然后比较了两者的不同。另外一个人物(内故事描述中的受描述者)将其看到的第一处风景转换成和第二处风景更加相似的描述,最终结果由外故事叙述者/描述者描述出来。但是,不可否认,观看湖边断头台上上演的屠杀场面,给西弗勒斯造成了不可磨灭的影响。他把消除异己势力看成是亚历山德拉得以持久维护其权威和势力的有力保障。正是受这种硬派政治作风的影响,他决定改变自己的立场。由此,我们可以看出描述会推动叙事向前发展。笔者最开始做的

---

① Mór Jókai. *A jövő század regénye* [*The Novel of the Next Century*], Zsuzsa D. Zöldhelyi (ed.), 2 vols. Budapest: Akadémiai, 1981, chapter 2, pp.206-207.

② Ibid., p.207.

假设是叙事不能在没有描述的情况下单独发挥作用,现在笔者将用描述无法离开叙事而单独发挥其作用的结论来总结以上陈述。在乌托邦小说中,描述起到十分重要的作用,描述和叙事很难真正区分开来。如果非要把二者区分开来,试图找到他们之间互相依存的关系,那就必须把描述看成是占据主导地位的方法,而叙事则是附加于描述的辅助方法。

文学作品、价值与阐释框架：
叙事学面临的挑战

◎ ［荷兰］利斯贝特·科塔尔斯·阿尔泰斯*/文　袁渊**/译

引　言

本文旨在对阐释在叙事学中的重要性达成更好的认识，并尝试对作为一种研究对象而非研究方法的阐释展开新的探讨。更确切地说，本文将提出一种对人们（包括叙事学家）的宏观框架行为（over-arching framing acts）进行研究的实用方法，这些框架行为实际上决定着他们如何构建、阐释和评价叙事作品。本文提出的理论假设是：在这些框架行为中，阐释者对叙事作品的话语类型、文类、作家类型以及作者或叙述者气质的把握扮演了显著的角色。

本文第一部分将就叙事学对阐释所持的不同态度进行简要回顾，以作为全文的一个总体背景。第二部分将提出并探讨宏观框架行为的概念，并将其与其他相关概念和理论相结合，如欧文·高夫曼（Erving Goffman）提出的框架（frame）和框架行为（framing）、法语话语分析和修辞学（Amossy）的一些核心概念（如作家创作姿态和气质、价值领域的关联性）和视角以及波尔坦斯基（Boltanski）和泰维诺（Thévenot）对艺术与价值的社会学研究中提出的一些观点。本文最终目标是对阐释的多样性中所呈现出的规律性有一种我称之为"元阐释"似的理解，这种理解与其他叙事

*　【作者简介】利斯贝特·科塔尔斯·阿尔泰斯（Liesbeth Korthals Altes），荷兰格罗宁根大学艺术学院文学教授，email：e.j.korthals.altes@rug.nl。

**　【译者简介】袁渊，上海外国语大学博士，email：chuanwaiyuan@126.com。

研究方法——包括认知叙事学对我们如何理解小说及一般叙事作品的意义的研究——形成互补。米歇尔·维勒贝克 2015 年的小说《服从》(*Soumission*)将被拿来证实本文所提出的理论分析架构的适用性。虽然本文关注的焦点是文学叙事交流,但其提出的分析视角也应该适用于其他各领域的叙事作品。

一、一些"烫手的山芋"

正如时常所注意到的那样,叙事学与阐释保持着一种即便不是对立或暧昧,也是模糊不清的关系①②③④⑤⑥⑦。这种含混不清的关系涉及阐释的主观性或价值诉求,涉及文学接受端阐释的多样性,也涉及一些用于文本分析和理解的叙事学概念所暗含的阐释前提。学者对阐释所持的微妙态度可能一定程度上与他们对叙事学的目标或使命多种多样的、甚至

---

① Marco Caracciolo. "Cognitive literary studies and the status of interpretation: An attempt at conceptual mapping." In *New Literary History*, 2016, 47 (1), pp.187-207.

② Tony E. Jackson. "Literary interpretation and cognitive literary studies." In *Poetics Today*, 2003, 24 (2), pp.191-205.

③ Tom Kindt & Harald Mueller. "Narrative theory and/or/as theory of interpretation." In Tom Kindt & Harald Mueller (eds.), *What Is Narratology? Questions and Answers Regarding the Status of a Theory*. Berlin: de Gruyter, 2008, pp.205-219.

④ Liesbeth Korthals Altes. "Narratology, ethical turns, circularities and a meta-ethical way out." In Jakob Lothe & Jeremy Hawthorn (eds.), *Narrative Ethics*. Amsterdam: Rodopi, 2013, pp.25-40.

⑤ Liesbeth Korthals Altes. *Ethos and Narrative Interpretation: The Negotiation of Meanings and Values in Fiction* (Frontiers of Narrative Series). Lincoln, NE.: University of Nebraska Press, 2014.

⑥ Bo Pettersson. "Narratology and hermeneutics: Forging the missing link." In Sandra Heinen & Roy Sommers (eds.), *Narratology in the Age of Cross-disciplinary Research*. Berlin: de Gruyter, 2009, pp.11-34.

⑦ Steven Willemsen. "Interpretation: Its status as object or method of study in cognitive and unnatural narratology." In *Poetics Today*, 39(3), pp.597-622.

截然相反的认识有关①②③。这些不同的使命包括：

（1）叙事学应该成为一门*研究叙事的科学*。因此，叙事学应该致力
于那些具有普适性的、或在精准界定的条件下适用的发现和观
点，这些发现应独立于学者自身对叙事总体功用的认识，独立于
他自己对某个叙事作品的理解；阐释一部叙事作品并不是作为
一门科学的叙事学的任务，但阐释应该属于它研究对象的一部
分，叙事学在理想中应该可以就阐释过程作出解释。

（2）叙事学应该为一种*历史的、文化的、民族或国际化的诗学*的发展
作出贡献。它应该寻求众多叙事作品所呈现出的共性和规律，
并依据文类、主题，或具有历史、文化、文类典型性的技法与结
构，对叙事作品进行分类；对单个叙事作品的阐释本身并非是作
为诗学的叙事学的任务，尽管这个意义下的叙事学可以协助归
类、分析和阐释个别或某类叙事作品；尽管没有明说，但这样的
诗学研究常常仅涉及某一个叙事作品库（如某个国家的文学作
品），这必然限制其准确性。

（3）叙事学应该为文本分析或叙事作品阐释提供*"工具箱"*（这里的
"文本"是一个广义上的概念，包括文字或口头之外其他媒介下
的作品）。叙事学这些年来为叙事作品的分析和解读提供了丰
富的实用工具和手段，但这并不意味着基于叙事分析的阐释就
更为"科学"或准；这类分析或阐释的优势在于它能呈现出合
理而又让人大开眼界的解读，在于它能传达出叙事作品自有的
创造故事世界的功能，在于它能系统、客观地组织自己的观点并
在文本分析中得到求证；正因为如此，这一点也就和下面的第四
个方面具有关联性。

---

① Tom Kindt & Harald Mueller. "Narrative theory and/or/as theory of interpretation."
In Tom Kindt & Harald Mueller （eds.）, *What is Narratology? Questions and
Answers Regarding the Status of a Theory*. Berlin：de Gruyter, 2008, pp.205-219.

② Ansgar Nünning. "Narratology or Narratologies?" In Tom Kindt & Harald Mueller
（eds.）, *What is Narratology? Questions and Answers Regarding the Status of a The-
ory*, Berlin：de Gruyter, 2008. pp.239-275.

③ Liesbeth Korthals Altes. *Ethos and Narrative Interpretation: The Negotiation of
Meanings and Values in Fiction* （Frontiers of Narrative Series）. Lincoln, NE.：Uni-
versity of Nebraska Press, 2014.

（4）叙事学应该为叙事作品分析和批判构建理论架构,这些理论架
构通常建立在某一明显的规约性基础之上(美学的、伦理的、政
治的、社会的或基于其他价值与规范的),比如现在就有"伦理叙
事学""后殖民叙事学""女性叙事学"等;这些前面带着一个形
容词的叙事学通常也被称作"场景化了的叙事学"
(contextualised narratologies),大致相当于我所说的"阐释程式"
(hermeneutic programme),即一个(规约性的)批评流派,它融和
了一般叙事研究所采用的文本、形式分析方法。

很多叙事学家对于他们的专业的认识就基于以上某一种或几种看
法,这可能也不是问题,比如以上第(3)和第(4)点就可以兼容。但如果有
人既想借鉴上面第(1)点中提到的对确切性和普适性知识的追求,又实际
上倡导一种(有某种思想倾向的)阐释程式,那么就会引起话语类型与学
术实践间的混淆。这种混淆不清在学界广泛存在,甚至已为文学研究所
接受。然而,为了使自身话语清晰、统一,学者应该洞察并明晰自己的思
想倾向,因为这可能决定了什么研究步骤应该被采用(或传授),什么论证
方法才是合适的,以及自己的研究方式可能从哪些方面受到反驳。对于
一个出于视叙事研究为一门科学的观点——比如说有关阐释多样性由何
而生——的批评,就应该有别于对一个出于将叙事学视为文化或历史性
的诗学研究而提出的观点,或有别于对于维勒贝克最新的小说或鲁迅的
一个短篇基于叙事学的分析或解读而提出的观点。

在以上对叙事学的四种理解之外,我想再提出一个元阐释的视角,它
以意义的理解过程和阐释的多样性为研究对象。认知叙事学研究倾向于
借助社会或认知科学的工具,聚焦我们在与叙事作品打交道时的心理过
程,而元阐释分析叙事分析现有或可能的接受理解过程所体现出的、远在
其主观性特征之外的各种规律,其分析方式和一般人文学科的方法并无
差异。它的工具就是推理论证,即论辩和批判性反思。然而它也从其他
相邻学科汲取灵感,比如文学与文化的社会历史研究、符号学、修辞或传
播学,这些学科尝试厘清人们理解叙事,特别是那一类我们称之为"文学"
的特殊的一类叙事的历史、文化、社会和其他条件。元阐释研究也可以和
那些经验性的叙事接受研究展开有效合作。

明确无误地区分我们在"叙事学"这个宏观的标签之下所玩的不同
"游戏",这也有助于澄清有关叙事学的普适性的疑问。其实早有学者指
出,叙事理论与它们诞生的特殊文化环境间存在复杂的关联。这种观点

中西叙事理论研究

认为叙事学起源于西方,其对叙事技法和结构的分析主要基于某一个叙事(亚)文类,比如现实主义小说,特别是某一时间段的现实主义小说,比如 19 世纪①。在我看来,基于有限的作品库通过归纳的方法得出理论模型和用于分析的概念,这本身并不存在问题:如果研究者想要使叙事研究成为一门科学,那么他就应当致力于将其归纳出的结果运用于其他时间、文化、文类的叙事上,以对其加以测试、改进,以使其具有普适性,我们也可以尝试准确地界定其适用条件;或者,如果视叙事学为历史性的诗学研究,研究者也可以力求做到对某一个叙事作品库或其叙事传统进行系统性的认识;或者他也可以进一步发展出一套用于叙事分析的"工具箱",它既包含那些普遍适用的(可以持续更新和改进的)"叙事要素",也包含那些仅适用于某个作品库或某种文化的概念和分析视角。无论是作为历史性诗学研究的叙事学,还是作为"工具箱"的叙事学,它们都可以为比较叙事研究提供丰富的素材,这种研究致力于比较不同时间、文化、媒介和文类下的叙事的异同。②

在强烈的历史、文化意识之外,对叙事作品的符号学特性的系统性认识——或对所研究的文化实践或文物的符号特性的认识——多多益善。这些认识包含对学者以及普通读者在叙事交流过程所依赖的那些稳定或脆弱的、或是不断变化的历史文化传统的敏感性,正是因为这些传统的存在,他们才可以识别叙事作品中的结构、技法、文类和意蕴。对叙事的符号学性质的清醒认识也有助于对叙事概念、模型和分析所涉及的那些参与性构建、阐释和情景化过程进行反思。③

本文接下来的第二部分将提出一些用于阐释多样性研究的概念,作为对这个接下来略显程式化的部分的过渡,请容我在此提出三个关联的假设:

1. 在叙事受众对故事世界的想象以及判断一个叙事作品的意义或主

---

① Qiao Guoqiang. "On the possibility of developing a Chinese version of narratology." *Neohelicon*, 2015, XLII/2, pp.639-655.

② Ansgar Nünning. "Towards a cultural and historical narratology: A survey of diachronic approaches, concepts, and research projects." In B. Reitz & S. Rieuwerts (eds.), Anglistentag 1999 Mainz, *Proceedings*, Trier: WVT, 2000, pp.345-373.

③ Shen Dan. "Contextualized poetics and contextualized rhetoric: Consolidation or subversion?" In Per Krogh Hansen & John Pier (eds.), *Emerging Vectors of Narratology*. Berlin: de Gruyter, 2017, pp.3-24.

旨时,他们会完成一些宏观的、相互联系的框架行为。它们包括:确定其话语类型、文类框架及其作者的创作姿态和精神气质(这些术语的解释请参见下文)。

2. 这些相互联系的框架行为同时暗示了哪些价值的、伦理的、美学的或其他的规约会在阐释者那里得到"正确"的运用。

3. 阐释者的框架采纳和对其中的不确定性因素的处理很大程度上取决于他们的阅读策略、文化背景、阅历以及其他社会规约或个人标准,这些规约界定了文学的实质和功用、交流的进行方式,等等。这些宏观框架的采纳也取决于阐释者的心理特征,特别是其认知失调耐受能力①,这种能力可以理解为个人应对不确定性因素、混乱或疑难的能力(本文在接下来的部分不会对这个方面展开探讨)。

二、叙述学与分析叙事阐释的关联性

为了对接下来这个部分的话题有个大致了解,让我们先从一个案例开始(事实上,任何具有争议性的叙事作品,文学的还是其他,都可以用于接下来的论证)。

米歇尔·维勒贝克的小说 *Soumission*②(2015 年出版;英译名为 *Submission*,意为服从、屈服)描绘了 2022 年的法国为了遏制玛丽娜·勒庞(时下法国右翼政党领袖)的势头而意外地选出了一名信仰伊斯兰教的总统之后,如何转变成了一个伊斯兰教国家。此时伊斯兰教教法在法国国内得到推行,父权制和一夫多妻制得到恢复,法国在聪明老道、信仰伊斯兰教的总统本·阿布的引领下重拾并有条不紊地实现其领土、政治野心。在书中,索邦大学文学教授弗朗索瓦对这些变化都看在眼里并加以评论。弗朗索瓦专门研究于斯曼(Joris-Karl Huysmans,1848-1907),一个具有自然主义倾向的、颓废的神秘主义者。弗朗索瓦是一个带有典型的维勒

---

① Leon Festinger. *A Theory of Cognitive Dissonance*. California:Stanford University Press,1957.

② Michel Houellebecq. *Soumission*. Paris:Flammarion,2015 (*Submission*,English translation by Lorin Stein,William Heinemann,2015).

贝克风格的人物：他孤独，抑郁，对性和微波炉加热的食物着迷，与他的塑造者维勒贝克本人一样才思敏捷、博闻强识，且对人类和其所处时代有敏锐洞察。

现实中，在这部小说出版的当天，即 2015 年 1 月 7 日，法国讽刺漫画杂志《查理周刊》的办公室即遭到伊斯兰教极端分子发动的恐怖袭击，事件造成 12 人遇害。虽然预计到当期杂志出版势必引发热议，但显然没料到会有这样一场残忍的恐怖袭击，当天出版的《查理周刊》在其封面刊登了没有牙齿的维勒贝克的漫画肖像，并配题："天才维勒贝克的预言"。事件发生后，维勒贝克因为自己或其作品所谓的政治立场和缺乏公民责任感而广受责难。"米歇尔·维勒贝克并不能代表法国，"法国时任总理曼努埃尔·瓦尔斯不得不赶紧在媒体上申明；他还说现在是时候"拒绝（……）狭隘、仇恨和那些制造创伤的言论"了，包括维勒贝克的小说，因为它煽动着反伊斯兰的恐惧。民粹主义政客玛丽娜·勒庞（她也在这部小说中作为一个人物出现）也迅速宣称，针对《查理周刊》的恐怖袭击证实了维勒贝克"预言"的正确性。这样戏剧性的现实背景显然会促使人们在一种非虚构的、政治宣言似的框架内解读这部作品，并追问作者对其作品或其人物所呈现的政治立场是否持支持态度。

在各种媒体上，批评家、评论员还有"普通读者"都被问到这样一些问题：小说叙述者弗朗索瓦所展现出的世界观是否与现实中作者的世界观一致？现实中的作者是否真的认为法国的知识分子或他自己，会像作品中的弗朗索瓦的同事们那样，适时地转而拥抱伊斯兰主义？这部作品是在严肃地警示伊斯兰主义接管法国的危险吗？或者它只是意在讽喻，但其所讽究竟为何物呢？这些问题展现了一种分类焦虑，它涉及的不是该如何阐释这个叙事作品本身，而是在这个戏剧性的政治、社会背景下，这本"书"或其作者意在表达怎样的意识形态或政治立场。

很少有人注意到，在这部作品问世之初，人们在理解它时还会毫不犹豫地将其置于某种虚构作品或文学作品的框架之内。当然作品中也有很多线索促使人们这样做：比如小说与于斯曼其作其人的互文性互动以及其他的文学性的指涉；其首章有关文学的陪伴功能、文学风格、读者与作家的联系以及文学作为时代的晴雨表这些话题的长篇思索——如果读者熟悉围绕维勒贝克其作其人的一系列争议，作品中这些主题和观点可能让他感到惊讶，他也可视其为一种反讽或讽喻的标志，提醒他注意作品的模糊性并从更多的层面去理解它。

　　显然，读者不同的框架选择也会促使他们在阅读这部作品时以截然不同的方式参与建构他们所阅读的故事。叙事学——或不同类别的叙事学——可以对此展开分析，并揭示读者在阐释这部作品或决定其叙述者、作者的可靠性与立场时的不同路径选择吗？

　　——如果我们视叙事学为一门关于"叙事的科学"，（认知）叙事学可以帮助我们了解大体有哪些机制参与了读者建构意义以及对作品世界观、价值观产生共鸣的过程；但这样的研究却不大可能对阐释的多样性中呈现出的规律性作出解释。

　　——作为"（历史性）诗学"的叙事学可以为我们提供阐释框架、为我们提供背景知识，以帮助我们将这部作品归类、分析、理解为一部讽刺性的作品、政治小说、反乌托邦小说或者主题小说（为某一政治或其他主题辩护的小说）。

　　——作为"工具箱"的叙事学可以为我们的阐释服务，为我们提供概念（如不可靠叙述者、隐含作者、复调叙述）和实用方法，让我们可以客观、系统地表达和论证对作品的直观理解，比如关于这部小说的叙述者弗朗索瓦的叙述可靠性。

　　——作为"阐释程式"的叙事学会主张某种（规约性的）明晰作品背景的过程，或提倡某种阐释模式（女性主义的、同性恋主题的、伦理的、后殖民主义的……）；比如"伦理叙事学"可能就会致力于揭示叙述者的不可靠性，并由此延伸到该作品的作者具有（或缺乏）的道德立场，并据此推断或论证在法国如今的社会背景下，这是应该受到批评的；或者叙事学者要是更倾向于一种解构主义的伦理旨趣，他也可能运用叙事学的分析方法来揭示作品所呈现的意识形态的多元性，并辩称小说所暗含的那些令人琢磨不透的美学特性与思想倾向和其伦理诉求是相关联的。

　　除开以上第一种想法之外，很多人观念中的叙事学确实应该为叙事作品的分析和阐释作出贡献；他们也同样视阐释为一种方法，这种方法要求他们"冻结"文本的意义和其作者的交流意图，排除或拒绝其他现有或潜在的对这部作品的解读（规约性的观点立场——比如关于叙事的实质或功用——也出现在那些视叙事学为科学或历史性诗学的研究派别中；但它们却致力于得出可被验证或批判的知识）。

　　上述看法并非意在批判阐释应该是叙事研究的一部分的观点；阐释至关重要，在任何文化中皆是如此。我只是想指出有些叙事研究自相矛盾的目的取向,它们在倡导或推行某些阐释模式的同时,又追求具有普适性、客观性的知识,而在此过程中,它们往往忽视了自身的参照标准和阐释实践所具有的主观性。对阐释本身进行正面、直接的分析,特别是对很容易观察到的阐释的多样性现象进行分析,叙事学在这方面的研究还有空间。但是,这种研究会在一定程度上质疑叙事学家所声称的其研究的描述性和分析性(即客观性)(参阅 Stanley Fish [1980]关于阐释共同体的论述;以及 Jonathan Culler [1980]关于传统对叙事理论和分析的重要性的论述)①②。对于阐释我并不是持有一种不加挑剔地接受的态度:我自己不时也做一些文学批评,深知不同的阐释在其相关度或深度上存在差异,我们也必须对此有所区分评判。我想让大家注意的是,这种与叙事作品的符号特性和形式相关的阐释的多样性,对它的研究可以成为一个大有可为的研究领域。

本节余下的部分探讨的是可以从哪些方面对阐释及其多样性加以研究。要实现这个目标,叙事学现阶段对文本、修辞以及认知的关注应该和那些关于叙事交流的语用学、社会学的视角以及我粗略地称之为"元阐释"的视角形成互补。以下简要介绍的核心概念对这样一种元阐释研究视角尤其有用,它们特别有助于我们分析那些争议性叙事作品,这些作品常常在其话语类型(纪实还是虚构)、文类及其作者的性情方面表现出一种难以捉摸的模糊性。

(一) 框架和框架行为

上世纪六七十年代,为了理解和解释意义建构的过程,很多社会、认知或人文学科的学者们的研究都以不同方式凸显了"框架"概念或"框架行为"的重要性。人类和社会学家欧文·高夫曼在他的代表作《框架分析》中指出了框架(及框架行为)的关键作用,认为框架是个人或群体用来"寻找、发现、识别和归类各种事件的工具,它们具有赋予意义、组织经验、

---

① Stanley Fish. *Is There a Text in This Class? The Authority of Interpretive Communities*. Cambridge, MA.: Harvard University Press, 1980.

② Jonathan Culler. "Prolegomena to a theory of reading." In Susan Suleiman & Inge Karalus Crosman (eds.), *The Reader in the Text: Essays on Audience and Interpretation*. Princeton, NJ.: Princeton University Press, 1980, pp.46–66.

指导行为的功能"①。框架——及框架行为——"引导我们在经验世界里穿行,辅助我们的认知活动,且是阐释的前提条件"②。几乎在同一时期,马文·明斯基(Marvin Minsky)和其他研究者也从认知的角度将"框架"界定为存储于记忆中的、图像模式化的、分类性的经验,人们借助它们去理解新的境况。③ 无论高夫曼和明斯基对"框架"这个概念的界定有何不同,二者都向我们揭示了人们在与新的境况打交道时,会利用之前的知识和经验对其加以理解,这种理解以人们社会生活中积累的关于不同境况、行为的典型化记忆为基础,这些记忆会引导我们的知觉、注意力和意义构建。

框架的选取与运用属于我们不可或缺的程式化的知识,它决定着我们的理解与评价的取向旨趣,也决定着我们行为上的反应。我们"需要采用合适的框架从而做出合乎时宜的行为"④⑤。在这里"框架转调"⑥或(辅助我们选取具体框架的)线索就显得重要了,它们包含那些约定俗成的文内或文外的标志性成分,它们提示我们该把作品放在哪种话语、实践体系或哪种体裁内去分析⑦。框架转调提示我们将一个特定的框架运用到话语或交流之上,以促使我们对其加以理解;因此,有关话语类型和文

---

① Erving Goffman. *Frame Analysis: An Essay on the Organization of Experience*. New York: Harper and Row, 1974, p.21.

② Werner Wolf. "Introduction: Frames, framings and framing borders in literature and other media." in Werner Wolf & Walter Bernhart (eds.), *Framing Borders in Literature and Other Media*. Amsterdam: Rodopi, 2006, p.5.

③ Marvin Minsky. "Frame-system theory." In Philip Johnson-Laird & Peter Wason (eds.), *Thinking: Readings in Cognitive Science*. Cambridge: Cambridge University Press, 1977, pp.355-376.

④ Dan Sperber & Deirdre Wilson. *Relevance: Communication and Cognition*. Oxford: Blackwell, 1995.

⑤ Werner Wolf. "Introduction: Frames, framings and framing borders in literature and other media." In Werner Wolf & Walter Bernhart (eds.), *Framing Borders in Literature and Other Media*. Amsterdam: Rodopi, 2006, p.5.

⑥ 高夫曼的原文中这一概念的原文为"frame keys",出处见下一条注释。在其原文注释中,高夫曼明确指出"key"一词应取其在音乐中的意味。因为这个概念涉及框架转换机制及其标示性因素,这里翻译成"框架转调"。(译注)

⑦ Erving Goffman. *Frame Analysis: An Essay on the Organization of Experience*. New York: Harper and Row, 1974, pp.44-43.

类的线索自然也就为我们提供了怎样"组装"或拆解某一叙事作品的说明。这同样适用于对所谓的文学作品或虚构性作品的理解。基于作者和读者共处的文学或其他传统,标志话语类型或(亚)文类的"框架转调"会使我们对交流的过程、作品的情节或主旨抱有一定的期待,这种期待也涉及作品中人物的心理与现实生活、历史背景和作家生平究竟存在多大程度的相关度。然而,就像其他的传统一样,这些框架转调并不一定为所有阐释者所共有,它们也可能被不同或错误地理解——这是交流过程固有的风险。进一步说,任何传统一旦推行,它也可能被反讽性或被欺骗性地利用。作家、导演、艺术家还有他们的经纪人和市场营销人员也熟悉并善于利用一些含糊的、矛盾的或者多义性的框架转调以取得艺术或商业上的效果和回报。

(二) 创作姿态

有趣的是,当阐释者对某一叙事作品的话语类型或(亚)文类框架拿捏不准时,即使是专业的批评家或叙事学家,也经常求助于他们对该作品作家的印象。这种情况特别容易发生在当他们为一部作品的交流意图和其表现出的意识形态或伦理取向犯难时,比如维勒贝克的 *Soumission* 甚至他其余所有小说作品。20 世纪 70 年代的文论家否认有关作家的信息对于理解其作品的重要性,这似乎略显草率,也有可能是出于论战的需要。然而,出于我们的目的,"作家形象"这个通俗的概念有必要得到细致的界定。在这个方面,法语修辞学或文学的社会学研究经常讨论到的创作"姿态"(*posture*)与"气质"(*ethos*)这两个概念会很有帮助。

瑞士学者杰罗姆·梅佐兹(Jérôme Meizoz)参照维亚拉(Viala)和布迪厄(Bourdieu)的观点,将作家创作姿态定义为作者呈现和表现自我的模式,"他个性化地经营或扮演一个角色,甚至以某个社会阶层的形象示人的方式"①。作家的创作姿态决定着他的"解读范围"。结合这里的框架理论,我希望在梅佐兹的基础上将创作姿态定义为一种框架,阐释者可以借助它对作家及其作品进行归类。梅佐兹还补充道,创作气质也标示出了一个作家在文学领域的位置,并"参照其前辈的信念、主题、艺术形式和

---

① Jérôme Meizoz. *Postures littéraires: Mises en scène modernes de l'auteur: Essai*. Genève: Slatkine, 2007, p.51.

创作姿态为其自身写作提供合法化的基础"①。

作家可以通过各种语言或非语言的讯号传达出其创作姿态：比如选择某种写作风格、文类、语言特征、主题；但也可以通过他们在媒体上展现出的个人形象、衣着打扮甚至他们抽烟的方式。②梅佐兹强调，与其创作气质类似，作家的创作姿态也是一个交互过程的产物：二者"都是作家和那些服务于大众读者的中介人员（记者、批评家、传记作者）共同构建起来的。创作姿态始于作品出版的时刻——因此也始于出版社的出版时间——甚至牵涉到书本的样式（开本大小、封面等）"③。然而，无论作家试图呈现出哪种气质，都难以保证结果可以得偿所愿。但是，作家也经常会高超地利用作品主要人物、叙述者、隐含作者几者的姿态和气质上的冲突，利用作家在社会中和传记中的形象间的冲突；他们也经常采取不同的姿态，这些不同姿态可以共同构成、丰富他的"形象"，也可以互不兼容，营造悬疑，甚至使人质问其是否真实或真诚。梅佐兹指出，在当代传媒文化下，作家有大量机会自觉"扮演他们营造的形象并将其注入其作品；他们的写作以及其以何种姿态出现在公众面前总是紧密结合的"④。梅佐兹的分析倾向于揭示创作端的作者如何无意识地或是有目的性地将各种形象姿态注入其作品从而影响其作品的理解，我的视角却更偏向于接受端，这在随后的论证中便会体现出来。我分析了两部专著对维勒贝克不同形象的构建；对评论家多米尼克·诺格兹（Dominique Noguez）来说，维勒贝克显然应该被划归到那类崇高的政治小说家之列，或是那类通过自己具有前瞻性的声音搅动乃至挑战大众舆论的作家；诺格兹在推断维勒贝克的价值观、关联度以及作为一名作家的权威性时参考了一些常见的作家创作姿态，但他并未对此作明确分析论证。在另外一部专著中，帕特里克拉（Patricola）将维勒贝克描绘成一个骗子，一个伪

---

① Jérôme Meizoz. *Postures littéraires: Mises en scène modernes de l'auteur: Essai*. Genève：Slatkine，2007，p.2.

② Liesbeth Korthals Altes. *Ethos and Narrative Interpretation: The Negotiation of Meanings and Values in Fiction* (Frontiers of Narrative Series). Lincoln, NE.：University of Nebraska Press，2014.

③ Jérôme Meizoz. "Modern posterities of posture." In Grüttemeier Dorleijn & Korhals Altes (eds.), *Authorship Revisited: Conceptions of Authorship around 1900 and 2000*，2010，pp.84-85.

④ Jérôme Meizoz. *Postures littéraires: Mises en scène modernes de l'auteur: Essai*. Genève：Slatkine，2007，pp.19-20.

装的政治小说家和道德家;他的观点其实也参照了一些常见的创作姿态,但他的目的却在于想要拆穿他眼中的这个被高估的欺世盗名者。①

(三) 精神气质

就像前一个部分所暗示的那样,作家创作姿态也会同时引发人们对他的精神气质产生期待。"精神气质"的概念在修辞学中具有悠久的历史。文学或其他任何话语形式可以通过它来确立自己的权威性和可信度,影响读者或听众的理智与情感。

在《论修辞》中,亚里士多德将精神气质(ethos)与情感(pathos)和逻辑(logos)并称为演说具有说服力的三大要素。② 在法语修辞研究中,鲁斯·阿莫西(Ruth Amossy)的成果影响深远(尽管对我来说,是加拿大学者阿尔伯特·哈尔索尔[Albert Halsall]的著作让我开始关注起了"精神气质"这个概念)。阿莫西将"精神气质"定义为"一个演说家为感染其受众而营造的自我形象"③。作家的原有气质(prior ethos)也有很大的作用。"原有气质"这个概念是西塞罗所提出的,指的是演说家基于之前的名望、言行、事迹以及个性在其听众中已经树立起来的形象。以维勒贝克的作品 *Soumission* 为例,他个人的原有气质在他这部作品的各种(有记录的)接受过程中明显扮演了重要的角色:之前每部新作出版时他几乎都会制造一桩"丑闻";他也似乎总是喜欢和一些敏感话题或情绪搅和在一起(比如妇女解放运动、性的权利以及他作品人物和他自己的一些可疑又具挑衅性的立场)。

受众根据演说者或作家的言谈举止、写作的整体方式推知其精神气质;事实上,他们可以通过文本内外一切途径对此进行推断:人的任何表情、表述都可以被理解为是其精神气质的标志,这种理解以具有普遍性的文化规约为基础,甚至我们也可以基于一些基本的身体或生物性的机制从对方的身体、行为讯号感知其权威、真诚、狡黠或其他精神气质。和任

---

① Liesbeth Korthals Altes. *Ethos and Narrative Interpretation: The Negotiation of Meanings and Values in Fiction* (Frontiers of Narrative Series). Lincoln, NE.: University of Nebraska Press, 2014.

② Aristotle. *On Rhetoric: A Theory of Civic Discourse*. George A. Kennedy (trans.). New York, 2007.

③ Ruth Amossy. "Ethos at the cross-roads of disciplines: Rhetoric, pragmatics, sociology." *Poetics Today*, 22(1), 2001, p.1.

何一个演说家一样,文学家也会根据其写作的需要广泛地去援引或利用那些被文化传统所认可的修辞手段或气质类型(参阅 Dominique Maingueneau 在这方面的丰富著述,他考察了作家、出版商或批评家如何利用传统主题或类型为文学提供合法性辩护①②)。

对亚里士多德来说,精神气质的主要基础是理(good sense)、德(virtue)还有善(goodwill)。推广到多种交流形式以及我们所处的时代和西方文化,权威性和信任感这些显著的气质效果大体基于四种来源③:伦理的(道德)、真理的(真理)、认识的(专业素养和渊博的知识)和社会政治的(权力)。但精神气质的基础,特别是有关作家创作姿态的方面,会随着时代或文化环境的变迁而相应改变,这为比较研究提供了极佳的素材:通过分析专业或普通读者对作品的接受记录,我们可以重构出作者的权威性具有哪些恒定和变化的基础。这些精神气质的基础局限于他们作品或表述的特征,还是也涉及作家公开或私下的举止?作家私下或公开场合展现出的气质以及特定的气质规约如何影响作品的接受?特定的文类会让读者对作家——以及叙述者、主要人物——的气质产生怎样的期待?比如拿当代西方文学来说,一些涉及现实、社会或作家自身的亚文类(自传、纪实、散文、历史、乌托邦或反乌托邦、政治小说以及它们的混合,甚至包括现实主义或自然主义小说)都会在很大程度上要求作者尊重事实并为其作品或副文本中表达的观点负责(参阅 Korthals Altes,2014,其中一个章节追溯了"真诚"——一个重要的气质要素——怎样随着时代变迁,另一个章节探讨了"反讽"及它引起的令人困惑的气质效果)④。

(四) 价值域(value regime)

作品的话语类型、文类和作者类型这些宏观框架的选择和运用直接

① Dominique Maingueneau. "Ethos, scénographie, incorporation." In Ruth Amossy & Jean-Michel Adam [etc.], *Images de soi dans le discours*. Lausanne: Delachaux et Niestlé, 1999.

② Ibid., p.132.

③ Liesbeth Korthals Altes. *Ethos and Narrative Interpretation: The Negotiation of Meanings and Values in Fiction* (Frontiers of Narrative Series). Lincoln, NE.: University of Nebraska Press, 2014.

④ Ibid., pp.205–248.

关系到价值和价值评判的问题,这些问题对于理解伦理或有关其他价值标准的考量如何影响我们对叙事作品的理解和评价尤其重要。关于框架运用在价值判断中所扮演的角色,波尔坦斯基和泰维诺在其 1991 年的《论辩护》(De la justification)中有系统论述①。他们的思想隐含的基础其实就是框架行为。波尔坦斯基和泰维诺探讨了这样一个观点,即,人们通常会将某一事物划归到某一"世界",将其置于相应的某一特定"价值域"之内。他们认为,冲突常常源于我们将事物置于了不同"世界"即框架之中。

波尔坦斯基和泰维诺对八九十年代法国社会做出了六种"世界"的区分:

——灵感世界,以艺术为其首要代表;代表性价值:创造性、原创性、模糊性;

——驯养世界,以家庭为其首要代表;代表性价值:互爱、关怀;

——观点世界,以媒体为其首要代表;代表性价值:名气;

——公民世界,以政治为其首要代表;代表性价值:责任、公正、秩序、公益;

——工业世界,以专业领域为其代表;代表性价值:效率、热忱;

——商业世界,首要代表性价值:逐利。

他们的理论模型尚有不少值得仔细商榷之处,但其实质上基于框架理念的基本思想却对我们有所启发:人们会将某一事物或行为归入某一特定领域,比如私人的、商业的、政治的或者法律的领域;这样的归类会唤起某一个"价值域",并促使人们将其运用到当前的情形之上。尽管价值域的概念在系统性上尚有欠缺——其概念系统似有轻微冲突之嫌,偶现重叠,以致出现一些含混不清的"价值领域"——这个理论模型却具有较强的释义价值。别的不说,它暗示了分析宏观框架行为在价值判断中的重要性。部分文学作品会因其自身模棱两可地、反讽性地或欺骗性地运用话语类型或文类线索而引发一些争议,借助于价值域的分析非常有助于我们处理这类争议;一些容易让人想到的例子就是部分最初以自传或纪实、记录类作品示人的文学作品,声称是根据真实的苦难经历写成,但结果却被证实是虚构的。这样的新发现要求我们在新的宏观框架或新的

---

① Luc Boltanski & Laurent Thévenot. *De la justification: les économies de la grandeur.* Paris:Gallimard, 1991 (English translated by Catherine Porter, *On Justification:Economies of Worth.* Princeton:Princeton University Press, 2006).

价值域中重新看待相关作品。然而,很多情况下那些伪装自己的话语类型或文类的作品不会被纳入"灵感世界"(各类艺术一般属于这个领域)内得到评价。人们会将它们归入"市民世界"或"商业世界",并根据这些领域相应的价值标准对其加以评价,认为它们是不诚实的、商业化的产物——但如果它们的那些欺骗性的类型特征可以被重新理解为反讽或元小说似的戏仿,情况就另当别论了。

结　语

我认为本文所呈现的这种建构性的、元阐释似的视角可以对当前叙事学中蓬勃发展的修辞和认知分支形成较好的补充。它立足于符号学和认知文化理论(详细内容参阅 Korthals Altes,2014①),将阐释行为中发生的意义理解与价值判断纳入考察范围,且关注社会、文化、历史等传统因素与叙事作品形式、内容的互动。对于叙事理论和研究来说,阐释成了一个内涵丰富的研究对象,而不再是因其"主观性"而应该回避的东西,或与客观、普适性的研究价值诉求格格不入的一种方法。

从文化的、跨文化的和历史的视角对作家创作姿态和气质类型进行考察为我们提供了一些极好的研究方向:某种特定文化下作家营造其权威性和可靠性的基础是什么?这些基础会怎样因时而变或是延续?作家气质在读者身上引发的期待在不同的文化中如何影响读者看待叙述者的可靠性、真实性、权威性?作家气质类型与社会文化规约在文学与作家的活动的不同领域中,比如在公共、艺术和商业领域中,会有怎样的相互关系?

本文提出的这种研究视角对作为"工具箱"的叙事学与作为分析、批评作品的实用方法的叙事学也大有益处,因为它的理论假设认为话语类型、文类、创作姿态、气质以及价值域这些宏观框架其实是相互联系的。处于某个文化中的人们通过对意义、价值以及相关性的判断来表达和衡量他们看重的东西,本文提出的这个"元阐释"研究视角可以帮助我们深入这个过程的核心。

---

① Liesbeth Korthals Altes. *Ethos and Narrative Interpretation: The Negotiation of Meanings and Values in Fiction* (Frontiers of Narrative Series). Lincoln, NE.: University of Nebraska Press, 2014, pp.205-248.

中西叙事理论研究
Studies of Chinese and Western Narrative Theories

叙 事 理 论 探 究

双重叙事进程：对"隐含作者"和 "作者的读者"的挑战和拓展

◎ 申 丹*

北京大学

　　自古希腊亚里士多德以来,叙事批评界仅仅关注情节发展这一种叙事进程,而我发现,在不少作品的情节发展背后,实际上存在一股具有主题意义和审美价值的叙事暗流,我将之称为"隐性叙事进程"。隐性进程与情节发展并列前行,贯穿文本始终。在主题意义上,隐性进程和情节发展之间的关系因作品而异,可能互为补充,也可能互为颠覆,以不同方式使读者的反应更为丰富复杂。

　　这是我在国际上发表的相关论文：

　　Dan, Shen. "Covert progression behind plot development：Katherine Mansfield's 'The Fly'"（"情节发展背后的隐性进程：曼斯菲尔德的《苍蝇》"）. *Poetics Today*, 34.1–2 (2013)：147–175.

　　Dan, Shen. *Style and Rhetoric of Short Narrative Fiction: Covert Progressions behind Overt Plots* （《短篇叙事小说的文体与修辞：情节发展背后的隐性进程》）. London & New York：Routledge, [2014] 2016.

　　Dan, Shen. "Dual textual dynamics and dual readerly dynamics：Double narrative movements in Mansfield's 'Psychology'"（"双重文本动力和双重读者动力：曼斯菲尔德《心理》中的双重叙事运动"）. *Style*, 49.4 (2015)：411–438.

　　Dan, Shen. "Joint functioning of two parallel trajectories of signification：Ambrose Bierce's 'A Horseman in the Sky'"（"两条并列运行的表意轨道的共同作用：安布罗斯·比尔斯的《空中骑士》"）. *Style*, 51.2 (2017)：125–145.

*　【作者简介】申丹,北京大学教授,email：shendan@pku.edu.cn。

Dan, Shen. "Dual narrative progression as dual authorial communication: Extending the rhetorical model"("作为双重作者型交流的双重叙事进程:拓展修辞模式"). *Style*, 51.4 (Winter, 2017).

Dan, Shen. "Dual narrative movement and dual ethics"("双重叙事运动和双重伦理"). *Symplokē*, 25.1-2 (2018): 511-515.

Dan, Shen, "Covert progression, language and context."("隐性进程、语言与语境"). In *Rethinking Language, Text and Context*. Ed. Ruth Page, Beatrix Busse and Nina Nørgaard. London: Routledge, 2019, pp.17-28.

在情节发展背后,隐性进程表达出不同的主题意义,塑造出相异的人物形象,并具有自身的艺术价值,可以引起读者作出(与对情节发展)不同的甚或完全相反的反应。双重叙事进程以各种方式对叙事诗学提出了严峻挑战。

本文集中探讨双重叙事进程如何挑战和拓展"隐含作者"和"作者的读者"。我关心的两个核心问题是:双重叙事进程对"隐含作者"和与之对应的"作者的读者"概念提出了什么样的挑战?应如何拓展相关理论模式才能涵盖双重叙事进程之更为复杂的"隐含作者"和"作者的读者"?

韦恩·布斯(Booth)1961年在《小说修辞学》中提出的"隐含作者"这一概念①,已经成为叙事理论中一个非常重要的概念。笔者在2011年春发表于美国 *Style* 期刊的《什么是隐含作者?》一文中指出,就编码过程而言,布斯的"隐含作者"实际上指的就是作品写作过程中的作者,其以特定立场和方式来进行创作;而"真实作者"指的则是在创作过程之外的、日常生活中的这个人。如果我们把注意力转向解码(阅读)过程,隐含作者就是读者从文本成分中推导出来的作者(文本的创作者)的形象。②

如果文本的情节发展后面还存在隐性进程,文本会邀请读者推导出两个不同的隐含作者的形象:一个是从情节发展推导出来的,另一个则是从隐性进程推导出来的。这两种形象常常对照鲜明,甚或迥然相异。凯特·肖邦(Chopin)的《美丽的佐拉伊德》(1894)③就是一个很好的例子。这是一个悲剧性的爱情故事,作为女主角的佐拉伊德是个很美的女黑奴,

① Wayne C. Booth. *The Rhetoric of Fiction*, 2nd edition. Chicago: University of Chicago Press, 1983 [1961].

② Shen Dan. "What is the implied author?" *Style*, 45(1), 2011, pp.80-98.

③ Kate Chopin. "La Belle Zoraïde." In *Bayou Folk*. Boston: Houghton, Mifflin and Company, 1894, pp.280-290.

她爱上了另一农场的一个英俊黑奴,但她的女主人则要她嫁给那个农场主的贴身奴仆,而她很厌恶那位混血男仆。佐拉伊德没有服从女主人的安排,与心上人偷情,并怀上了孩子。她的女主人让另一农场的农场主把佐拉伊德的心上人卖到他乡,并让人抱走了她刚生下的孩子(谎称孩子死了),导致佐拉伊德一辈子精神失常。西方批评家一致认为这是反种族压迫的作品,同时也具有女性主义意识,呼吁妇女应该有选择自己丈夫的权力。①②

而实际上,在情节发展背后,还存在一个隐性进程,暗暗为美国南方的奴隶制辩护,并加以神话化(mythologization)。作品把女农场主与她的黑奴佐拉伊德的关系美化成亲如母女的关系,前者完全是为了后者好才为她选择结婚对象。此外,女主人完全是为了佐拉伊德,才让人抱走了她的孩子,以为这样她就能"回归以前那种自由、幸福、美丽的"状态,但仁慈的上帝却做出了不同的安排,决定让佐拉伊德一辈子处于悲伤之中。因为上帝的意志强于女主人的意志,女主人的善良愿望才未能实现。佐拉伊德精神失常之后,她的女主人为了拯救她,让人找回了她的孩子,并亲自把孩子给她送来,对她说:"我可怜的亲爱的佐拉伊德,这是你的孩子。留下她,她是你的。我不会让任何人再把她从你这儿夺走。"这样一来,作为佐拉伊德的迫害者的白人女农场主就被美化成佐拉伊德的母亲般的保护者。由于上帝决定惩罚佐拉伊德,她在精神错乱之中不认自己的亲骨肉,女主人拯救她的努力才无法成功。在西方文化中,上帝代表正义,具有无上的权威。可以说,《美丽的佐拉伊德》在某种意义上成了一个种族主义的寓言:若黑奴违背主人的善意安排,就会导致自我毁灭。

若要了解隐含作者为何要创造种族主义的隐性进程,还需要考察"真实作者",即日常生活中的肖邦。③ 肖邦出身于富商兼奴隶主的家庭,家里有很多黑奴,南北战争爆发时,她的家庭坚定地站在南方奴隶制一边。他们居住的圣路易斯城当时处于北方联邦的铁腕统治之下,10 岁的肖邦反抗北方人的统治,冒着坐牢的危险,将北方人系在她家门口的联邦旗帜扯

---

① Peggy Skaggs. *Kate Chopin*. Boston:Twayne, 1985, p.20.

② Catherine Lundie. "Doubly dispossessed:Kate Chopin's *Women of Color*." *Louisiana Literature*, 11, 1994, pp.136-138.

③ Shen Dan. *Style and Rhetoric of Short Narrative Fiction: Covert Progressions behind Overt Plots*. London & New York:Routledge, 2016 [2014], pp.84-85.

了下来。肖邦的公公是残酷无情的农场奴隶主,丈夫是种族主义"白人同盟"活动的积极分子。[①]

肖邦创作《美丽的佐拉伊德》时,美国南方的奴隶制已经废除,种族主义遭到抨击,在这种情况下,显然难以公然为其呐喊,而只能暗暗加以辩护。因此,作品中出现了两个不同的从"隐含作者"到"作者的读者"的交流渠道:(1)作为一种"修辞伪装",隐含作者创作了一个反种族主义的情节发展,交流对象是反种族主义的"作者的读者";(2)隐含作者暗暗创作了一个美化白人奴隶主和黑人奴隶的隐性进程,交流对象是怀念种族主义的"作者的读者"。

也就是说,就编码过程而言,隐含作者是写作过程中的肖邦,她持有两种截然不同的种族主义立场,创造出了双重叙事进程。真实作者则是处于创作过程之外的、日常生活中的肖邦。而就解码过程而言,读者被邀请从作品中推导出两个迥然相异的隐含作者形象:从情节发展推导出来的反种族主义的作者形象和从隐性进程推导出来的支持种族主义的作者形象。这样就有了两种"作者的读者":一种是情节发展的理想的接受对象,持反种族主义的立场;另一种则是隐性进程的理想接受对象,持支持种族主义的立场。

总而言之,情节发展与隐性进程的并列运行在不同方面使"隐含作者"这一概念复杂化,并在范畴上加以重要拓展:

(1) 在写作过程中,隐含作者不是持某一种特定立场,而是同时持两种互为对照,甚或大相径庭的立场。

(2) 文本不是邀请读者推导出某一种隐含作者的形象,而是邀请读者从双重叙事进程中推导出两种不同的隐含作者形象。

(3) 反种族主义的读者会试图进入情节发展邀请的(表面上反种族主义的)"作者的读者"的阅读位置,但在发现隐性进程之后,他们会抵制文本真正的捍卫种族主义的"作者的读者"的阅读位置。

(4) 种族主义的读者会抵制情节发展呈现的反种族主义的立场,而只会接受捍卫种族主义的隐性进程邀请进入的"作者的读者"的

[①] Helen Taylor. *Gender, Race, and Region in the Writings of Grace King, Ruth Mcenery Stuart, and Kate Chopin.* Baton Rouge: Louisiana State University Press, 1989, pp.143-145.

阅读位置。

在具有双重叙事进程的作品中,隐性进程常常构成一种更具有实质性的叙事运动,它暗暗颠覆表层的情节发展,后者只是一种伪装性质的表象。与此相对照,在有的作品中,这两种叙事进程均具有实质性,它们严格并列运行,缺一不可,联手表达出作品的主题意义。在安布罗斯·比尔斯(Bierce)的《空中骑士》①中,就存在这样的双重叙事运动。

《空中骑士》显而易见的叙事进程具有悲剧性:弗吉尼亚州一位名叫"卡特·德鲁士"的年轻人和他父亲分别加入了北方和南方的部队。德鲁士放哨时,在对面的悬崖顶上看到了敌军的一个侦查骑兵,对方已经发现了自己部队的埋伏。他想射杀这个敌人时,意外发现此人竟是自己的父亲。为了保护埋伏中的几千战友,他不得不射杀父亲骑的马,导致人和马均坠下万丈悬崖。

批评界认为,这个作品很好地刻画了南北战争中,家庭成员不得不加入敌对阵营相互残杀的悲剧。② 杀死父亲的儿子被批评家视为比尔斯战争小说中的典型主人公:他们都被困在令人费解的噩梦般的世界里,这个世界充满突如其来、偶然任意的毁灭;这个作品中的困境由"错位的爱国主义"构成。③ 这一作品表达了很深的心理创伤,中心人物丧失了主体性,沦为了军事机器的一部分。④

以往的所有阐释均围绕这一表意轨道展开。然而,在其背后,实际上还存在着另外一个与之并列前行、交互作用的表意轨道,它围绕履行职责的重要性展开,正面强调这种职责,并采用多种手法将履职加以神圣化。我权且将前者称为"表意轨道A",后者称为"表意轨道B"。虽然这两条表意轨道沿着不同的主题方向运行,其实并没有虚实之分,它们同等重

---

① Ambrose Bierce. "A horseman in the sky." In *Civil War Stories*. New York: Dover, 1994 [1891], pp.27-32.

② S. T. Joshi. "Ambrose Bierce: Horror as satire." In Laurie DiMauro (ed.), *Twentieth Century Literary Criticism*, 44, Detroit: Gale, p.46.

③ Roy Morris, Jr., " 'So many, many needless dead': The Civil War witness of Ambrose Bierce." In David B. Sachsman, S. Kittrell Rushing, Roy Morris, Jr. & West Lafayette (eds.), *Memory and Myth*, Ind.: Purdue University Press, 2007, pp.122-123.

④ Eric Solomon. "The bitterness of battle: Ambrose Bierce's war fiction." *The Midwest Quarterly*, 4(2), 1964, pp.150-151.

要,作品的主题意义在于两者的交互作用。但由于亚里士多德以来的批评传统仅关注一个主题方向上的表意轨道,以往的批评忽略了"表意轨道 B"。

在近期发表于美国 *Style* 期刊的一篇长文中①,我一步一步详细分析了这两种同样具有实质性的叙事进程的交互作用。此外,我还详细比较了《空中骑士》中的双重叙事进程与比尔斯同年发表的《峡谷事件》②中的单一叙事进程。《峡谷事件》聚焦于一位炮兵被迫服从将军出于个人目的而发出的残忍荒唐的命令,结果在炮击敌人时,也杀害了自己的妻子和孩子。

比尔斯的《峡谷事件》与其同年发表的《一种军官》③大同小异,均仅有单一的表意轨道。《一种军官》用辛辣的讽刺笔触,描写了一位上尉在明知对方是友邻部队的情况下,也盲目服从荒唐的命令,导致了友邻部队的不少伤亡。这两篇作品均对军人盲目履职或不得不履职的行为进行了强烈反讽,整个作品都以反战为基调,其主要人物被迫服从或盲目服从命令,导致悲剧性的伤亡,体现出战争的缺乏理性、残忍无情和毫无意义。隐含作者做出的文本选择仅仅表达出一种主题意义,邀请"作者的读者"做出一种反应。

与此相对照,在《空中骑士》中,有两条并列运行的表意轨道。尽管主要人物被迫杀死了亲生父亲,在一条表意轨道上突出反映出战争的残酷无情,但他是为了保护数千战友、依照父亲自己的嘱咐,来执行"神圣的命令",这在另一条表意轨道上得到隐含作者的暗暗赞许,甚至被加以神化。隐含作者做出的文本选择沿着两条不同的表意轨道向前运行,同时产生两种不同的主题意义,它们相互制约又相互补充,在矛盾冲突中联手表达出丰富的主题意义,塑造出多面的人物形象。

在提出隐含作者这一概念时,韦恩·布斯指出同一作者名下的不同作品具有不同的隐含作者。他说:"正如某人的私人信件会隐含该人的不同形象(这取决于跟通信对象的不同关系和每封信的不同目的),作者会

---

① Shen Dan. "Joint functioning of two parallel trajectories of signification: Ambrose Bierce's 'A horseman in the sky'." *Style*, 51(2), 2017, pp.125-145.

② Ambrose Bierce. "The affair at coulter's notch." In *Civil War Stories*, pp.69-76.

③ Ambrose Bierce. "One kind of officer." In *Civil War Stories*, pp.105-113.

根据具体作品的特定需要而以不同的面目出现。"①

　　然而,如果作品中存在并列运行的两条表意轨道,隐含作者之间的互文关系就不会如此简单。就表意轨道 A 来说,《空中骑士》的隐含作者与《峡谷事件》和《一种军官》的隐含作者可谓实质相同,均持反战立场,着力揭示战争的残酷无情。但就表意轨道 B 而言,《空中骑士》的隐含作者与《峡谷事件》和《一种军官》的隐含作者则形成鲜明对照,前者正面强调战士履职的重要性,对为了履行神圣职责而大义灭亲的行为表示赞赏;而后者则对战士盲目履职加以辛辣反讽。以往的批评家没有看到这种差别,认为这些作品立场一致,《空中骑士》和《峡谷事件》均是抨击为了履职而杀死亲人的愚蠢行为②③④⑤。

　　我们不妨这样总结隐含作者之间的关系:

　　1. 当作品具有双重叙事进程时,会出现两种不同的隐含作者形象(如《空中骑士》)。

　　2. 当作品仅有单一叙事进程时,仅会出现一种隐含作者的形象(如《峡谷事件》和《一种军官》)。

　　3. 这些不同种类作品之间隐含作者的关系:既相同又相异。

　　不难看出,对双重叙事进程的探讨,可以拓宽我们对"隐含作者"这一理论概念的认识,使我们能看到作品中隐含作者的复杂性和不同作品之间隐含作者关系的复杂性。

　　不言而喻,文本中的双重叙事进程邀请读者作出双重反应。读者会首先对更为明显的叙事进程做出反应,而当读者逐渐发现相对隐蔽的另

---

① Wayne C. Booth. *The Rhetoric of Fiction*, 2nd edition. Chicago: University of Chicago Press, 1983 [1961], p.71.

② S. T. Joshi. "Ambrose Bierce: Horror as satire." In Laurie DiMauro (ed.), *Twentieth Century Literary Criticism*, 44. Detroit: Gale, pp.44–47.

③ M. Roy Morris, Jr., "'So many, many needless dead': The Civil War witness of Ambrose Bierce." In David B. Sachsman, S. Kittrell Rushing, Roy Morris, Jr. and West Lafayette (eds.), *Memory and Myth*, Ind.: Purdue University Press, 2007, pp.122–123.

④ David Yost. "Skins before reputations: Subversions of masculinity in Ambrose Bierce and Stephen Crane." *War, Literature, & the Arts*, 19(1–2), 2007, pp.249–252.

⑤ Lawrence I. Berkove. "The heart has its reasons: Bierce's successful failure at philosophy." In *A Prescription for Adversity: The Moral Art of Ambrose Bierce*. Columbus: The Ohio State University Press, 2002, pp.64–65.

一叙事进程以及两种叙事进程之间的交互作用时,就会改变对各种文本成分的理解和判断,不断修正自己对隐含作者的修辞目的、作品的主题意义、人物关系和审美效果的看法。

在美国 *Style* 期刊上发表的一篇书评中,H·波特·阿博特指出,笔者的方法所"揭示的意义之所以被读者错过,不是因为意义过于隐蔽,而主要是因为读者的阐释框架不允许他们发现其实就在眼前的意义"①。阿博特所提到的"读者"并非普通读者,而是撰文著书的批评家,其中不乏造诣精深的专家。也就是说,除非修正和拓展阐释框架,无论功底多么深厚,多么敏锐细致,也可能难以发现作品中的双重叙事进程。

为了更好地发现和解释双重叙事进程,我们需要改进叙事学的理论概念和研究模式。也就是说,双重叙事进程的存在,为我们进一步修正、拓展和丰富叙事学理论和批评提供了宝贵的机会。

中西叙事理论研究

---

① H. Porter Abbott. "Review: Style and rhetoric of short narrative fiction: Covert progressions behind overt plots." *Style*, 47(4), 2013, pp.560−565.

论虚构叙述的"双区隔"原则

◎ 赵毅衡[*]

四川大学

一、问题的边界

关于虚构的讨论,是人类思想史上最迷人也最令人困惑的课题之一。尚未展开讨论之前,笔者对本文讨论范围稍作说明:

首先,本文讨论的是"虚构叙述"(fictional narrative),不同于语言哲学关于虚构命题(fiction),也不同于"小说"(西文亦作 fiction),这三者必须区分。

第二,虚构性叙述,是相对于纪实性叙述(factual narrative)而言的,这是叙述的两种基本表意方式:明白了什么是虚构性,也就明白了什么是纪实性。

第三,本文讨论的是所有各种虚构性叙述的共同特点,即各种符号、各种媒介叙述中的各种虚构性体裁,包括记录性媒介的虚构叙述,如小说、史诗;表演性媒介的,如戏剧、比赛、游戏;记录演示性媒介的,如故事片电影、演出的录音录像等;也包括"类演示性"媒介的虚构叙述,如幻觉、梦境等。本文的目的是从所有这些体裁中抽象"虚构性",笔者最后总结的原则,必须适合所有这些体裁。

热奈特在 1990 年发表的论文《虚构叙述,纪实叙述》中指出,"叙述学"(narratology)这个术语严重地名不副实:从这个学科名称来看,应当讨论所有的故事,实际上却把小说奉作不言而喻的范本,叙述学几乎雷同于

---

* 【作者简介】赵毅衡,四川大学教授,email:zhaoyiheng2011@163.com。

"小说技巧"。他检讨似地指出:他本人的《叙述话语》,与巴尔特的《叙述学原理》一样,都排除了如历史、传记、日记、新闻、报告、庭辩、流言等纪实性叙述。① 他还承认:甚至"非语言虚构"如戏剧、电影,通常也不在叙述学研究范围之中。② 悖论的是,热奈特此文依然以小说为中心:他详细对比了纪实与虚构这两大类叙述,对比的标准却是他在《叙述话语》一书中勾勒的小说叙述学体系,因此他讨论的,只是纪实叙述偏离"小说叙述学"形态的程度,并没有辨明两类叙述的本质差别。

叙述学的画地为牢,是这个学科的学者们心里清楚、却始终未能弥补的缺陷。2003 年汉堡"超越文学批评的叙述学"讨论会,产生了一批出色的论文,但主持者迈斯特教授也坦承:叙述学的总框架依然没能突破文学叙述学的范围③;施密德的叙述学新作,依然认为"文学研究之外很难有独立的叙述学范畴"④。

虚构叙述问题之所以值得讨论,而且能够讨论,是因为几乎所有的纪实性体裁,都有对应的虚构性体裁;反之亦然。可以说:虚构与纪实,是人类叙述活动甚至思维方式的最基本分类。纪实性叙述,并不是事实叙述,无法要求其叙述的必定是"事实"(facts),只能要求做的是"有关事实"的讲述;反过来,虚构性叙述的讲述"无关事实",说出来的却未必不是事实。这中间的差别很细微,很纠缠,却是我们定义虚构性的出发点。

二、从风格形态识别虚构叙述与纪实叙述?

叙述学既不讨论所有媒介中的虚构叙述,也不讨论虚构之所以为虚构的原因。叙述学对小说的形态做了极其详细的讨论,只是认为这些之所以为小说的特点,是经验惯例性的,也就是说,并不讨论这一系列特点与小说的虚构本质之间的关系。因此,传统叙述学的工作基本上留在形态学层次上。的确,虚构叙述与纪实性叙述有相当大的形式差别。找到

---

① Gérard Genette. "Fictional narrative, factual narrative." *Poetics Today*, vol. 11, no. 4, Winter 1990, p.755.

② Ibid., 注 4.

③ J. Ch. Meister (ed.), *Narratology beyond Literary Criticism: Mediality, Disciplinarity*. Berlin: de Gruyter, 2005, p.2.

④ Wolf Schmid. *Narratology: An Introduction*. Berlin: de Gruyter, 2010, p.5.

这些风格上的"标示符号",就能知道是虚构还是纪实的文本。这种文体标示符号相当多,例如,纪实性叙述:

1. 不宜用直接引语方式引用人物的话语;
2. 不宜连续用直接引语形成人物对话;
3. 不宜摹写人物心情,哪怕加委婉修饰语,例如"他当时可能在想",也不宜多;
4. 不宜采用人物视角来观察情节;
5. 不宜过于详细地提供细节,除非通过见证人的报告。

以上五种"不宜",出现在任何一种纪实叙述中,都会让读者起疑:"作者怎么会知道的?"从而对"纪实性"产生怀疑。叙述为了让读者信服其纪实性,也就会在文体上回避这些特征性写法,从而形成"纪实风格"。

热奈特承认这种风格有可能因时风、因作者个人不同而出现相当大的差异。① 但风格标准,经常不可靠,尤其是当作者故意标新立异、有意混淆体裁时。某些"纪实叙述",例如"非虚构小说"或"新新闻主义",风格上很可能非常接近虚构叙述。诺曼·梅勒的《黑夜大军》副标题就挑衅地称作"一部如小说的历史,一部如历史的小说"。反过来,某些小说也可能维持相当长的篇幅几乎没有这些"小说标记"。芭芭拉·史密斯曾经以托尔斯泰的《伊凡·伊里奇之死》开头为例,说明小说与传记可能难以区分。② "客体主义"(objectivist)写作法,例如海明威与罗布—格里耶的某些作品,缺乏这些小说标记。③ 最重要的是:自传或日记,与第一人称叙述,很难靠这些标示区别,因为心理描写、人物视角和直接引语,这三者在两类叙述中都可以用。

正因为标准如此散乱,很多论者认为从文本风格区分虚构与纪实是不可能的任务。因此热奈特认为只能靠统计区分二者。④

难道这两者之间没有根本性的区分原则?塞尔首先提出否定的结论:"不存在某种句法或语用上的文本性质能够将一个文本认定

---

① Wolf Schmid. *Narratology: An Introduction*. Berlin: de Gruyter, 2010, p.758.

② Barbara Smith. *On the Margin of Discourse*. Chicago: University of Chicago Press, 1978.

③ Gérard Genette. "Fictional narrative, factual narrative." *Poetics Today*, vol. 11, no. 4, Winter 1990, p.762.

④ "More precise comparisons would only be a statistical matter." In Gérard Genette, "Fictional narrative, factual narrative." *Poetics Today*, vol. 11, no. 4, Winter 1990, p.758.

为小说。"①他的意思是,读者只能看到文体风格的文学性,是否虚构却是作者意图。科恩对这个问题做了仔细检讨,她的结论也很悲观:"叙述学可以提供将虚构叙述与非虚构叙述区别开来的标准,但这并不意味着它能提供一个一致的、可以完全整合的虚构性理论。"②热奈特更进一步认为:"纪实与虚构之间的互相模仿、互相转换不可避免,因为没有叙述学、风格学上的绝对分界,只有指示符号。"③

在实践中,这个问题实际上并不那么让人为难,各种条件综合起来考虑,感觉不出两种体裁的区别,反而是少见的事。但如果考虑文字之外的所有媒介,例如区别一场报告与一场演出,区别一部纪录片与一部故事片,虚构与纪实的界限问题就很难凭感觉处理。

三、用"指称性"区分纪实与虚构?

"指称"问题的现代理解,最早是由分析哲学提出的。弗雷格的《论意义与指称》(Gottlob Frege, *Über Sinn und Bedeutung*, 1892)和罗素的《论指义》(Bertrant Russell, *On Denoting*, 1905)是指称问题上奠定基础的两篇论文,但他们的讨论局限于命题的指称之真伪,在句子水平上讨论问题,他们没有专门讨论虚构叙述文本。这就出现了一个难题:虚构叙述中可以有大量有指称的命题,完全由非指称句子组成的叙述不可能存在。笔者曾有文讨论艺术的"跳越指称"特征④,但艺术性不等于虚构性,例如纪录电影可以是艺术,但并非虚构。

在虚构研究上做出比较切实突破的,是"言语行为"理论。塞尔1975年的文章《虚构话语的逻辑地位》提出了对虚构的新见解。⑤ 塞尔理论的

① "The logical status of fictional discourse." In John R. Searle, *Expression and Meaning: Studies in the Theory of Speech Acts*. Cambridge: Cambridge University Press, 1979, p.58.

② 多里特·科恩,"论虚构性的标记",《叙述》第三辑,第 77 页。

③ Gérard Genette. "Fictional narrative, factual narrative." *Poetics Today*, vol. 11, no. 4, Winter 1990, p.768.

④ 赵毅衡,"论艺术'虚而非伪'",《比较文学研究》2010 年第 2 期,第 21—31 页。

⑤ "The logical status of fictional discourse." *New Literary History*, vol. 6, no. 2, 1975. 此文后来收于塞尔的著作《表达与意义》: John L. Searle. *Expression of Meaning: Studies in the Theory of Speech Act*. Cambridge: Cambridge University Press, 1976, pp.58—75.

特点是把虚构视为一种作者明知其虚而"假作真实宣称"(imitating the making of assertion)①,是一种有意作假的言语方式。这样就把指称问题从符义学平面,提升到符用学平面:把虚构的虚假指称,归之于作者与读者(发出者与接收者)之间的共谋。

玛丽·普拉特1977年出版《建立一种文学讲述的言语行为理论》②一书,进一步发展了塞尔理论。但也有论者,例如肯达尔,指出塞尔理论无法处理所有的叙述,因为图像没有"言语行为"。③ 这就是本文论述的线索:我们先以语言指称作为模式,讨论虚构叙述体裁的特征,然后再讨论非语言符号的虚构共同特征。

一般认为虚构叙述具有双层结构,即所谓的底本/述本④,但多里特·科恩提出:纪实叙述有三层构造:"虚构只需分两层,而非虚构需要分三层",即需要多一个"指称层"(reference level)。⑤ 她的意思是纪实性叙述,其叙述行为始终指向叙述行为之外(之上?)的一种"实在"。与"实在"的关系问题,是讨论虚构/纪实的核心论题。无论本体论哲学家如何定位这个存在,称之为"事实"亦可,称之为"指称"亦可,称之为"被再现的经验"亦可,它在叙述研究中占着至关重要的位置。

是否"有关真实",与是否有"真实根据"是两个完全不同的概念。虚构叙述完全可以用经验或文献证明自己"事出有据"。白居易《新乐府序》说:"其事核而实,是采之者传信也",又说"篇篇无空文,句句比尽规……唯歌生民病,愿得天子知"。⑥ 因此《新乐府》满足本文下面所说的两条"证实"方式:核实,采信。白居易的这批叙述诗,不仅成为新闻报导,而且被当做呈交朝廷的调查报告。叙述诗体裁风格上无法忽视的虚构特征,

---

① "The logical status of fictional discourse." *New Literary History*, vol. 6, no. 2, 1975. 此文后来收于塞尔的著作《表达与意义》:John L. Searle. *Expression of Meaning: Studies in the Theory of Speech Act*. Cambridge:Cambridge University Press, 1976, p.324.

② Mary Louise Pratt. *Toward a Speech Act Theory of Literary Discourse*. Bloomington:Indiana University Press, 1977.

③ Walter Kendall. *Mimesis as Make-Believe*. Cambridge, Mass.:Harvard University Press, 1990.

④ 参见赵毅衡,"论底本:叙述如何分层",《文艺研究》2013年第1期,第5—14页。

⑤ Dorrit Cohn. *Transparent Mind: Narrative Modes for Presenting Consciousness in Fiction*. Princeton:Princeton University Press, 1978.

⑥ 白居易,《白居易集》(卷三),北京:中华书局,1979年。

完全被忽视。可以说这是在现代之前,在体裁分工意识不明确的时代发生的情况。但在当代,小说作家列出文献出处的,也不在少数。虚构叙述作者的这种强调宣言,无法让我们把文本视为"假作真实宣称"。

纪实与虚构之间,有一批中间体裁,具有"事实根据"。第一种是"半小说"(semi-fiction)即"纪实小说"(factual fiction,或称 faction),即具有纪实指称性的小说。诺曼·梅勒写"非虚构小说"《刽子手之歌》,声称"访问数百人,积累一万五千页素材"。

第二种是所谓的"虚构自传"或"自传小说",第一人称叙述,作者与叙述者同名。科恩认为这类小说是"作者直接引用的一个虚构话语"①,从文本本身很难判断是否为虚构。这种小说,有作者自己的"真实"生平材料作为指称层。例如郁达夫的中篇小说《茑萝行》,读起来像是写给妻子的一封家信,可能也真是用家信的材料改写的。

反过来,"反事实历史"(counterfactual history)是虚构某种情况的"历史写作",例如假定希特勒入侵英国成功,历史走向会如何?假定没有西方影响,中国是否会产生现代性?这种叙述"无指称事实",却有相当严肃的历史学术价值,可以说是"虚构纪实叙述"。

因此,可以说虚构文本指称对象少,却无法如科恩那样用有没有"指称层"来做判断,指称材料的多少,也和形态特征一样,只是个程度问题。

用"指称性"作为标准的第二个大难题,是如何判断"真实"。可以设想两条"证实"的途径:一是直观体验,二是从文本间性获得"证据间性"。有了这两条,哪怕采用了小说风格手法的新新闻主义作品,也可以是"纪实叙述"。《冷血》的作者卡波特声称,"在这本书中,凡不是我亲身观察得来的材料,不是来自官方的记录,就是来自采访有关人士的结果"②。他在这里说得相当清楚:"亲身观察"是直观体验而得的直接经验;采访与阅读文件,是用文本间性做"证据间"互证。③ 对读者来说,"亲身观察"是难以做到的,因为所叙述的事件不再;而证据间的互证,也因为事势的变化,原证据不再就手。这两种"证实"方式,显然都只是作者的特权,更确切地说,是作者做如此声言的特权。

---

① 多里特·科恩,"论虚构性的标记",《叙述》第三辑,第84页。

② 约翰·霍洛韦尔,《非虚构小说的写作》,沈阳:春风文艺出版社,1988年,第113页。

③ "真实关联度强的符号,也叫做证据符号。"孟华,"真实关联度、证据间性与意指定律",《符号与传媒》第二辑,2011年,第41页。

如果虚构的本质特征是"假作真实宣称",那么卡波特的"真作真实宣称",《冷血》是虚构还是纪实,就取决于我们是否相信作者的声言,或是信任他有从这两个方面"证实事实"的能力。但这一点显然是有争议的。不少人指责《冷血》中有大量场面、对话、情节,没有文件根据,也没有采访记录,是想象出来的。① 这不足为奇,对历史以及其他纪实性叙述中的场面(例如《史记》中著名的"鸿门宴"),"事实根据"的确值得怀疑。因此,对纪实叙述的信任,实际上只是对纪实规程的信任:相信作者在意图上对此编程做了最真诚的遵循,也相信他对此尽了最大的努力。

从社会文化的规定性来说,纪实叙述的特点,是读者可以要求纪实叙述的作者提供"指称性"证据,而并不在于作品中究竟有多少指称性。纪实性叙述是"与指称有关"的叙述,而虚构是"与指称无关"(referentially irrelevant)的叙述。这并非因为虚构与经验世界无关,而是体裁程式并不要求有关。虚构作者可以在指称性上下工夫,正如纪实叙述作者可以在"生动手法"上下工夫,由此产生各种挑战体裁规范的文本:处处考证的"新新闻主义",与细节特别丰富的小说难以区别;以"事实"为依据的传记,与生平材料相当贴合的传记小说难以区别;有意点实的映射小说,与标榜纪实的"调查报道"难以区别;被科技发展史证明"真实"的凡尔纳式科幻小说,与只是把知识生动化的科普小说难以区别。如此等等不胜枚举,直到最后,即使对具有指称性的语句作统计比较,都难以区分纪实与虚构叙述文本。

面对这样的局面,我们就不得不同意塞尔让人绝望的公式:"一件作品是否为文学,由读者决定;一件作品是否为虚构的,由作者决定。"②这话实际上是说,形态标记只是风格性的,而虚构则是作者的意图,如任何他人之心,意图实为不可测。也就是说:作者的"非指称"写法,是他的意图,读者的"非指称"读法,是体裁的阅读期待。③

问题在于,既然上面第二节讨论了文本形态本身无法做出明确的区

---

① 转引自 Ralph F. Voss. *Truman Capote and the Legacy of* In Cold Blood. Tuscaloosa:University of Alabama Press, 2011, p.67.

② "The logical status of fictional discourse." In John L. Searle, *Expression of Meaning: Studies in the Theory of Speech Act.* Cambridge:Cambridge University Press, 1976, p.59.

③ Jonathan Culler, *Structuralist Poetics: Structuralism, Linguistics and the Study of Literature*, Ithaca:Cornell University Press, 1976, p.129.

别,第三节讨论了作者的意图也不是明确的保证,读者如何能做到对这两类叙述的"指称性"作区别对待? 他们是如何明白应当采取不同阅读态度的? 热奈特对此提出的建议颇为悲观:"真正起作用的标记,是副文本,如封面注明'小说'。"①他这话是宣判虚构问题无解,因为许多作品并不注明文体,中国出版界至今封面无"小说"二字。

至此为止,我们还只是在文字叙述的范围中讨论问题,还没有考虑其他媒介。本文开始时所说的三类中的各种媒介的叙述,都有虚构与纪实之分,只是区分更为困难,因为上一节讨论的若干风格"指示符号"都不复存在,而作者的意图也更不容易显露。显然,为区分纪实与虚构叙述,我们需要找到更有效、更普遍的依据。

四、虚构/纪实叙述文本与"经验事实"的区隔

因此,笔者提出一个可能比较抽象,但可能更合理的判别标准,即"区隔"。所有的纪实叙述可以声称(也要求接受者认为)始终是在讲述具有"事实性"的事。不管这个叙述是否讲述出"真实"。虚构叙述的文本并不指向"真实性",但它们不是如塞尔说的"假作真实宣称",而是区隔出一个框架内层,容载一个声称真实性叙述,这就是笔者所说的"双层区隔"。

这是一个形态方式,是一种作者与读者都遵循的表意—解释模式,也是随着文化变迁而变化的体裁规范模式。也就是说,区隔看上去是个形态问题,实际上在符形、符义、符用三个层次上都起作用。

一度区隔是再现框架,把符号再现与经验区隔开来。这区隔的特征是媒介化:经验直观地作用于感知,而经验的再现,则必须用一种媒介才能实现,符号必须通过媒介才能被感知。这里的"媒介"指符号载体,或符号传达物(狭义的媒介)加符号载体。②

一旦用某种媒介再现,被再现的经验之物已经不在场,媒介形成的符号代替它在场。再现是以一种媒介感知取代经验,这种感知因为携带了经验之意义,因此是符号。我们可以称这个一度区隔为"符号区隔",而区

---

① Gérard Genette. "Fictional narrative, factual narrative." *Poetics Today*, vol. 11, no. 4, Winter 1990, p.774.

② "当代媒介学,研究的对象事实上是载体以及/或者媒介。"见赵毅衡"媒介与媒体:一个符号学辨析",《当代文坛》2012 年第 5 期,第 31 页。

隔出来的,不再是被经验的世界,而是符号文本构成的世界,存在于媒介性中的世界。

符号对经验的这种替代,在某些情况下不容易辨认:例如梦见(或幻觉到)某事物,与经验到某事物,似乎方式相同,这是因为作为替代性符号的"心像",与经验形象构成相同,心像媒介是"非特异的"(non-specific)。这有点像演示叙述:身体动作作为符号,与身体动作作为经验,两者并无区分。真的挥拳打人,与表演挥拳打人,可以完全一样。霍尔对"再现"的功用解释得非常简明清晰:"你把手中的杯子放下走到室外,你仍然能想着这只杯子,尽管它物理上不存在于那里。"①这就是脑中的再现:意义生产过程,就是用媒介(在这个例子中是心像)来表达一个不在场的对象或意义。

但"媒介替代"是符号再现的本质,这种替代经常有言语、姿势、场合、入梦等指示符号,例如上台、开场白、封面、标题、哨声、画框、文字等,形成一个"再现框架"以区隔出符号文本。这些区隔有时难以辨认,但不存在绝对没有再现区隔的符号文本。

再现文本有两种:叙述文本与非叙述文本。叙述文本与非叙述文本的不同,只在于叙述卷入情节。对于这个问题笔者已有讨论②,此处不赘。叙述文本与非叙述文本,在媒介再现这一点上没有区别,因此没有独特的叙述框架:它们都在对某种经验事实做出再现,基础的叙述文本是"纪实的"。

五、虚构叙述的"二度区隔"

虚构叙述则不同,它必须在符号再现的基础上再设置第二层框架,也就是说,它是再现中的进一步"再现",为此,虚构文本的传达、作者的人格中将分裂出一个虚构叙述发出者人格,而且必须提醒接收者,他期盼接收者分裂出一个人格,接受虚构叙述。虚构文本的传达就形成虚构的叙述者—受述者两极传达关系。这个区隔里的再现,不再是经验的一度再现,而是二度媒介化,与经验世界就隔开了双层距离。正因为这个原因,接收者不问虚构文本是否指称"经验事实",他们不再期待虚构文本具有指

---

① 斯特亚特·霍尔著,徐亮、陆兴华译,《表征》,北京:商务印书馆,2005 年,第 4 页。
② 赵毅衡,"建立一门广义叙述学",*Narrative*(中国版)2010 年第 2 期,第 45 页。

称性。

这个过程说起来有点抽象,实际上并不难想象,而且是我们经常在做的事。下面举几种双层媒介区隔的设置方式,足以推见类似机制之常用。

一位演员就他的一出戏的排演过程做演说,这是纪实性叙述;然后他用一个手势,或戴上面具,或是灯光集束,场内转暗,此时进入演出(例如单口相声),进入一场虚构性叙述。这个区隔设置当然可以有无数变化方式,添加区隔的指示符号本身可以变得非常细微,但报告中的区隔,可以使他的身姿与言语成为二度再现,成为虚构叙述。那么,此人能不能直接进入虚构叙述,不用一度再现(纪实式的报告)作背景或先行? 一度再现可以缩得很短,但依然能找出双区隔的痕迹:例如这个演员可以演小品,一上台就直接进入相声,但是启幕与上台本身,就是从一度再现进入二度再现。

此种区隔造成如下对比:在经验世界中,他是我们面对的一个人;在一度区隔中,他是演员身份,以言语身体为媒介说明某个事件;在二度区隔中,他是角色身份,以演出为媒介,替代另一个人物(不是他自己)。虽然观众还能认出他作为演员(身体媒介)的诸种痕迹,但是也明白他的演出是让我们尽量沉浸在被叙述的"人物世界"中。就这位演员自己而言,他变化了三重身份。

我们可以延伸霍尔给再现举的简单例子作说明:我看到某人甩了一个杯子,这是经验。我转过头去,心里想起这个情景,是再现;我画下来,写下来,回放当时拍的录像,是用再现构成纪实叙述文本。当我把这情景画进连环画,把这段情景写进诗歌、小说,把这段录像剪辑成电影,就可以是虚构叙述的一部分,因为它可以不再纪实。

电影的开场和结束,打出标题,是一度再现区隔,是对经验世界(创作过程)作的纪实性(纪录片式)一度再现。然后有演员表(角色转换提示)、免责声明之类的虚构框架标记,接着影片的叙述进入二度再现,即虚构性的故事片。而在结束时,片尾灯光师、化妆师之类职员表,就又回到一度再现的报道。热奈特说类文本("这是一部小说"之类说明)是虚构体裁的唯一可靠标记,应当说它们是二度虚构区隔的痕迹。哪怕这些痕迹全部被仔细抹去,虚构区隔依然存在。

同样的区隔,可以见于比赛的裁判吹哨开场隔断练球,仪式的起头隔断入场,电子游戏的起头信号隔断示例说明,戏剧幕布的升起隔断入座,乐队指挥举手隔断调弦,做梦的入睡隔断清醒思想。这种隔断可能只是一个表情,一个几乎难以察觉的信号,但它非常重要,因为它隔开了两个世界。

影视中的穿帮镜头,结束"片花"如《撒谎大王》(Liar Liar)、《杜拉拉升职记》《泰囧》片尾那样的 NG 镜头(拍电影时越出框架的镜头,例如演员念错台词引起爆笑),之所以让人觉得可笑,是因为它们违反常理地反过来回向了一度再现层,破坏了虚构世界的隔离,实际上它们经常与职员表同时出现,因为都是区隔痕迹。

正因为虚构叙述需要双层区隔,巴尔特对 20 世纪 60 年代电影中已经开始出现的"片头直接进入故事"——也就是把电影开场虚构设置模糊化的做法——非常反感,他认为这是"我的社会尽最大努力消除叙述场面的编码,有数不清的方式使叙述显得自然"①。而布莱希特等实验戏剧专家,则不断点破戏剧的虚构框架,用以向观众提醒"资产阶级艺术的欺骗性"。西方戏剧学家体会到在演员与角色中,有另一个层次。布莱希特说,"(保持间离)这种困难,在中国艺术家身上并不存在,因为他们否定这种进入角色的想法,而只限于'引证'他扮演的角色"②。这就是布莱希特"间离效果"理论的"中国灵感"。这是一个绝对敏感的观察,所谓"引证"即演出虚构叙述的二度性。

纪实性叙述一度区隔,与虚构性叙述的二度区隔,二者的戏剧性对比,可见于下面这篇报道:

> 2012 年 11 月 30 日,WGN 电视台第 9 频道的新闻采访直升机拍到地面有一架小型飞机坠毁,机上的记者赶紧把现场情况拍下来传回台里,作为独家新闻紧急插播。从播出的画面可以看到,失事飞机左翼折断,机身在混凝土路面上砸出了一个大坑。播报完 3 分钟后,导播就发现所谓的飞机失事现场只不过是电视剧《芝加哥救火队》的一个拍摄现场。尽管非常尴尬,主播还是硬着头皮向观众道了歉。事后有眼尖的网友挑刺:电视台播出的"飞机失事"画面,现场有很多摄像设备,还有升降机和摇臂等,如果电视台仔细一点就不会发现不了这是影视剧拍摄现场。③

---

① 巴尔特,"叙述结构分析导言",赵毅衡编《符号学文学论文集》,天津:百花文艺出版社,2004 年,第 432 页。

② Bertold Brecht. "Alienation effects in Chinese acting." *Brecht on Theatre, the Development of an Aesthetics*. London:Methuen,1964,p.94.

③ 见《城市信报》2012 年 12 月 1 日。http://www.hbtv.com.cn/tv/2012/1203/158969.shtml.

在直升机上进行拍摄的摄影师,把直接经验(直观体验),放进一度再现媒介之中,做成电视新闻记录送到直播室。但已经媒介化的坠机场面,落在摇臂摄影机的再度媒介化之中,如果有摄像设备等痕迹,飞机失事就落在二度再现的框架中,不可能纪实性地再现经验世界。而忽视这些区隔,电视剧就会还原成飞机失事经验的纪实再现。实际上《芝加哥救火队》的拍摄现场,经常有显眼告示"请勿打911呼救"!这是最明显的区隔。

我们也不可能把这种区隔绝对化,因为任何符号都有一定程度的文化规约性,也就是约定俗成的意义解释。某些区隔设置在某种文化中会被忽视,原因并不是如这位摄影师那样忽视区隔痕迹,而是对这些符号认知方式的文化规范性已经发生改变。

例如本文开头时把神话与历史对列,因为神话现在被认为是虚构体裁,其基本叙述方式划出了虚构区隔,但对于产生神话时代的人们,口述的神话是历史,写下的神话也是历史。它们当时不可能看出神话的虚构框架。当代的"神话"依然如此:一旦接收者忽视叙述区隔,神话就从虚构叙述变成纪实性叙述,变成经验事实的直接再现。正如巴尔特说的"当代神话",如美式摔跤、职业艳舞女等明显的虚构性演出叙述,对于接受神话的"资产阶级社会",也是"纪实"的。

这就牵涉到下一节要谈的问题:虚构在什么意义上是"真实的"? 或者用巴尔特的话来说,虚构在什么意义上可以获得"难以忍受的'自然'感""获得家常的、熟悉的属性"[1]?

六、虚构在什么意义上是"真实的"?

处在任何一个再现区隔中的人格(无论是真实的人格,还是假定的人格)都无法看到区隔的符号构成方式,因为区隔的定义,就是把让区隔中再现的世界与外界隔绝开来,让它自成一个世界。巴尔特也指出:"单层次的调查找不到意义。"[2]

因为在同一层次上,再现并不表现为再现,虚构也并不表现为虚构,而是再现显现为经验事实。也就是说:对小说中的人物,小说世界中发生

---

[1] Roland Barthes. *A Barthes Reader*. New York: Hill & Wang, 1982, p.88.

[2] 巴尔特,"叙述结构分析导言",赵毅衡编《符号学文学论文集》,天津:百花文艺出版社,2004 年,第 410 页。

的事件并不是虚构的。比如,对我们来说,大观园与其中的林黛玉是虚构的,而对于贾宝玉来说却是实在的,否则《红楼梦》的叙述就无法成立。梦对梦中之人也并不表现为梦:梦者绝大部分情况下并不能意识到自己在做梦,除非他正从梦中挣脱出来。瓦尔许指出:叙述者(叙述区隔的人格化)的作用,就在于让作品读起来像"了解之事",而非"想象之事";像"事实报道",而非"虚构叙述"。①

这种区隔,在韩国金泰勇导演的电影《晚秋》中,有一个戏剧性的表现:汤唯饰演的安娜,看见公园里一对男女在争吵,声音渐渐模糊消失,突然两人成为舞台上的男女,争闹成为双人舞。对安娜来说,电影的场面是经验事实,而幻觉以舞台形式出现,区隔出一个虚构叙述文本。

正因为虚构世界中的人物并不认为自己是被虚构出来的,这些人格存在于一个被创造出来的世界中,被叙述世界对于人物来说,具有足够的事实性。因此,塞尔指出,虚构文本中的"以言行事",是"横向依存"的②,也就是说,在同组段(同一文本)中有效。在经验现实中,宣布 A 与 B 结婚,这个婚姻就延续到离婚或死亡为止;在一度再现文本(例如在警察报告)中,A 与 B 的婚姻有效,到离婚或死亡为止,或此文本被证明非真实为止,因为再现文本直接指称经验现实;而在二度虚构文本中(例如在一出戏中),宣布 A 与 B 结婚,这个婚姻就延伸到戏中离婚或死亡为止,哪怕戏落幕,陈述的"语意场"也并未终结,例如戏中说 A 与 B"幸福地白头百年",那么戏结束也无法终止这场婚姻。所以,用虚构叙述来证明爱情天长地久或英雄神勇不死,是最有效的。

纳博科夫虚构了《洛丽塔》,但在这个虚构世界里的叙述者不是纳博科夫,而是亨伯特教授,此角色按他主观了解的事实性写出一本忏悔录,给典狱长雷博士看。在这部小说区隔出来的世界里,亨伯特教授的忏悔不是骗局,所以小说有一个虚构的序言:雷博士读了亨伯特的忏悔,下了一个道德判断:"有养育下一代责任者读之有益。"③这是包裹在虚构叙述中的"真实性"。纳博科夫已经说谎(虚构)了,他就没有必要让亨伯特再

---

① Richard Walsh. "Who is the narrator?" *Poetics Today*, vol. 18, no. 4, Winter 1997, p.34.

② "The logical status of fictional discourse." In John R. Searle, *Expression and Meaning: Studies in the Theory of Speech Acts*. Cambridge: Cambridge University Press, 1979, p.59.

③ Vladimir Nabokov. *Lolita*. New York: Putnam's Sons, 1955, p.8.

说谎。

这样的转折之所以可能，就是因为被叙述世界如同叙述世界一样，叙述最基本的品格是纪实性。虚构叙述之所以可能，就是因为它在虚构框架之内是纪实性的，否则被叙述世界中的受述者就没有理由接收这个叙述，例如典狱长雷博士如果认为亨伯特的临终忏悔没有纪实性，他就没有理由读。想象力的汪洋恣肆、文采的斐然成章，是读者阅读某文本的理由，却不是受述者接收叙述的理由：受述者是"传播游戏"必须有的一方，与叙述者联合构成了文本传播的途径①，但是受述者必须有个理由才会站在这位置上：如果受述者认为文本是虚假的、信息是不真实的，他就不会接收，传播游戏就无法构成。②

由于同样的原因，在游戏世界里，游戏的叙述是"纪实的"，电影《感官游戏》(eXistenZ)，主人公为避开杀手，躲进游戏世界里；而在电脑程序编出的叙述里，叙述是纪实的，《黑客帝国》(Matrix)说的是电脑程序与"现实"究竟哪一个更真实；在梦里，梦者见到的世界是真实的，《盗梦空间》(Inception)的情节就是在纠缠如何摆脱梦的"纪实性"。可以说这些都只是电影虚构出来的故事，但在电影虚构区隔出来的世界中，正如我们在经验现实中，面对游戏世界、电脑世界、梦中世界，我们做的一度再现是纪实的，才能将关于经验的故事说出来。

正是因为纪实性是叙述最基本的特征，对于落在同一区隔内的世界，任何叙述都是纪实性的，也就是说，无论何种叙述都是纪实的，只是相对于实际作者的经验世界而言，虚构叙述才并非纪实。所谓虚构或纪实，取决于作者是否在针对他的经验作出叙述，因此塞尔的公式在这点上是对的：只有作者才知道他的叙述是否以他的经验世界为"基础语义域"。

本文的论辩不同于赛尔的地方是：塞尔认为读者只能判断文体是否具有文学性，笔者认为读者识别的首先是虚构框架。例如看一场电影、一场戏，观众首先注意到的，不是文本的文学性—艺术性，他首先知道的是这是一个故事片、一出戏，他面对的是一个虚构叙述。这种识别根据的是

---

① E. Tory Higgins. "Achieving 'shared reality' in the communication game: A social action that creates meaning." *Journal of Language and Psychology*, vol. 11, no. 3, September 1992, pp.107—131.

② 赵毅衡，"诚信与谎言之外：符号表意的'接受原则'"，《文艺研究》2010 年第 1 期，第 27—36 页。

文化程式与阅读经验,因此他的识别不一定是绝对准确的。但塞尔以作者的意图作为虚构的标准,完全是主观的,而且观众不得而知,相比而言,观众对虚构叙述区隔的这种程式化识辨要可靠得多。

这就是小说与谎言之类的根本不同点之所在:两者都无指称性,但谎言在一度再现框架中展开,被要求有指称性;小说在二度虚构框架中展开,对小说无指称性要求。谎言之所以是作假,因为它是"纪实性"的再现。忏悔可以翻案,因为它是纪实性的。流言之所以可以证明是造谣,因为它也是纪实性的。虚构叙述无法被证明为作假、造谣,也无案可翻,因为它们根本就不是纪实性的。流言的叙述者必须对是否对应经验事实担责,固然他会设法以"传闻"为借口逃避担责,但在堂皇的纪实性叙述(例如审判书,例如历史,例如预言),作者也一样可以以各种借口逃避担责:逃避担责本身就是对被要求担责的反应。

这种内在纪实性,也是读者对被虚构叙述"搁置不信"、虚构作品产生"浸没"(immersion)效果的由来。既然虚构叙述的作者无论如何设置区隔,区隔内的世界依然被该世界的人格当做经验事实。这就是为什么读者也可以认同区隔内的受述者,忘却或不顾单层或双层区隔。只要搁置框架,虚构叙述文本本身与纪实性叙述文本就没有本体地位的不同,但可以有风格形态的巨大差异。

这就是文学虚构的"真实性"悖论的由来:"现实主义"小说的大量细节真实(例如《战争与和平》的真实细节量可以与历史相比),只是帮助读者搁置虚构叙述的二度区隔。此种助推力量,不是决定性的,不能保证读者搁置虚构区隔。对产生"浸没"起决定作用的是读者感情上的投入,而这种感情投入,又多半来自读者认同虚构作品最下工夫渲染的"做人的道义"。"真实性"的产生,最主要原因是道德情感的强大力量,如橡皮一样擦抹掉虚构区隔,把一切还原成纪实叙述。

此时,读者觉得自己生活在真实的经验之中,感同身受,任何明显的区隔标记(例如类文本说明是"一部小说"),任何风格形态的差异标记(例如人物视角的个人化),甚至任何情节的怪诞(例如野兽故事),任何不现实的媒介(例如动画电影),都能通过这种框架擦抹,变成经验事实。叙述文本的底线纪实性,为这种心理变化提供了认知基础。

论诗歌的叙事研究

◎ 乔国强*

上海外国语大学

    国内学者在谈及诗歌叙事研究时,以为诗歌叙事研究是一种"跨文类"的叙事研究①,或是一种实现了跨学科、跨文类转向的具体表现②。这些研究成果为诗歌叙事研究打下了良好的基础。诗歌的确是一种有别于小说或电影、戏剧等其他叙事的文类。在文学研究领域,许久以来就有按文类来构建学问的做法,这种"文类式"的研究方法似没有什么不妥。

    不过,假如从叙事研究的角度来看,这种"文类式"研究在取得一定针对性的同时,也在一定程度上失去了其涵盖性,从而缺乏了普适性。而从理论的角度来看,一种研究方法假如失去了其涵盖性或普适性,那么,这种研究方法则会给研究造成一定程度的局限。目前国内外诗歌叙事研究方法就面临或至少尚未关注到这种问题。要克服由这类问题所带来的局限和困惑,一要回到问题的原点,即需要对这些不够妥当的研究方法追根溯源,厘清问题的根源之所在;二要有一个相对宏观的讨论,以便能够在理论上说清楚诗歌叙事研究需要什么样的"文类式"研究更为合理。

---

* 【作者简介】乔国强,上海外国语大学教授,email:qiaoguoqiang@163.com。

① 参见尚必武,"跨'文类'的叙事研究与诗歌叙事学的建构",《外国文学》2012年第 2 期,第 14—22 页。

② 参见李孝弟,"叙事作为一种思维方式",《外语与外语教学》2016 年第 1 期,第138—149 页。

一、诗歌叙事研究与元理论

究其根源,把诗歌叙事研究看成是"跨文类"或"跨学科"研究的滥觞者近期可以追溯到戴维·赫尔曼。面对日益分化和细化的叙事研究,赫尔曼在 1997 年提出了"后经典叙述学"这一概念,把一些在 20 世纪 90 年代前后被各式各样"理论模式和视角——女性主义、修辞学、语言学、计算机,所激活了的"①叙述学统称为"后经典叙述学"。他的这一提法不仅诱使新出现的一些针对专门对象的叙事研究自觉或不自觉地划归到后经典叙述学之中;而且还导致此后出现的针对某具体文类和非小说类的叙事研究呈现出多元化和细致化的趋势。

作为一门学科,叙述学真的有"经典"与"后经典"之分吗?② 其实,赫尔曼自己也并不确定。他在提出这种区分之后,又同时承认,所谓"后经典叙述学"也还是延续了所谓"经典叙述学"的一些基本理论观念和研究方法。用他的话来说,"后经典"未必是"后结构主义的",而是一种"吸纳了经典叙述学所未能吸纳的观念和方法"③的叙述学。赫尔曼的追随者简·阿尔伯和莫尼克·弗鲁德尼克在他们合编的《后经典叙述学》(Jan Alber and Monika Fludernik, *Postclassical Narratology*, 2010)一书的序言中,说得可能更为清楚一些:"后经典叙述学引入了经典叙述学苦心经营的成果,使叙述学基本理论的核心既得到了加强又使其多元化。[……]另外,后经典叙述学将经典叙述学的模式进行了拓展,将较为集中和有所限制的叙述学[研究]领域向方法论、主题以及外界语境影响等方面开放。"④显然,在阿尔伯和弗鲁德尼克看来,后经典叙述学并没有完全抛弃经典叙述学,而是在经典叙述学这个"孵化器"中,通过拓展或延伸等方法孵化出一些依据经典叙述学基本理念的新的研究方向或方法。由此看来,既然提出"经典"与"后经典"概念的赫尔曼,承认"经典"与"后经典"

---

① David Herman. "Scripts, sequences, and stories: Elements of a postclassical narratology." *PMLA*, 112, 1997a, p.1049.

② 参见乔国强,"叙述学有'经典'与'后经典'之分吗?"《江西社会科学》2014 年第 9 期,第 208—215 页。

③ David Herman. "Scripts, sequences, and stories: Elements of a postclassical narratology." *PMLA*, 112, 1997a, p.1049.

④ Jan Alber & Monika Fludernik (eds.), *Postclassical Narratology: Approaches and Analysis*. Columbus: The Ohio State University, 2010, p.2.

之间的承续关系;依据赫尔曼观点编辑"后经典"文集的阿尔伯和弗鲁德尼克,也指出了"经典"与"后经典"之间的继承与演化,那么,继续使用旨在表明叙述学发展呈现多元化趋势的术语(即"经典"与"后经典"),是没有多大意义的。将叙述学分裂成"经典"与"后经典"的影响之一,是直接或间接地鼓励了叙述研究的多元化和细致化。或许,这种多元化和细致化是最终走向具有普适性叙述学过程的一个阶段。但是,不可忽略的是,假如不在总体上把握叙事研究的走向,这种多元化和细致化则极容易导致琐碎化,从而使叙事研究流向庸俗化或泛叙事化。

我们知道,20 世纪欧美诗学理论基本上是围绕着"什么"与"怎样"这两个轴线展开的。结构主义叙述学要解决的就是一定系统内出现的有关"怎样"的问题。然而,要研究这个有关"怎样"的问题,从叙事研究系统性的这个角度来说,这个"怎样"既与具体的内部构造因子相关联,更与这些构造因子的排列组合、个体与整体之间的关系、排列模式的转换以及自身规律等相关联。从文学叙事研究大系统这层意义上说,诗歌叙事研究不仅与一般意义上的文类研究相关,而且还与叙述学本身的构建相关。换句话说,诗歌叙事研究理论与方法的构建,不仅要关照到诗歌这一叙事文类本身,还要考虑到这一构建要与一般意义上的叙述学构建相通达,使之成为叙述学总体构建的一个有机组成部分。二者之间的关系应该是子结构与母结构之间的关系,即前者是诗歌这一特殊叙事文类研究的出发点,后者则是这一研究的落脚点。也就是说,我们对诗歌叙事理论的研究,应该是在叙述学这个高一层级的"元理论"基础上展开,而不能将研究仅局限于诗歌叙事这次一层级的对象范围内。仅仅对诗歌叙事本身进行研究,只可能在诗歌叙事这一研究对象之内讨论或解决问题,而并不能解决诗歌叙事理论本身的问题。

国内外有关诗歌叙事研究有诸多观点,其中之一是美国学者布莱恩·麦克黑尔(Brian McHale, 1952-   )在《关于建构诗歌叙事学的设想》一文中提出的关于研究叙事与诗歌形式之间互动关系的构想。麦克黑尔从诗歌话语形式特征入手,运用迪普莱西的"段位性"观点,探讨了叙事序列与诗歌文本的相互关系,以及叙事性与段位性之间的相互强化、相互对位、相互抵消的方式。[①] 麦克黑尔的这种探讨,说到底还是拘泥于诗歌叙

[①] 参见布莱恩·麦克黑尔著,尚必武、汪筱玲译,"关于建构诗歌叙事学的设想",《江西社会科学》2009 年第 6 期,第 33—42 页。

事次一层级的对象性研究。国内学者对诗歌叙事的探讨在一定程度上是循着麦克黑尔的路径,也没有突破这个层级,即多撇开高一层级的叙事研究而聚焦诗歌叙事本身,如谭君强的《论抒情诗的叙事学研究:诗歌叙事学》①、李孝弟的《叙事作为一种思维方式——诗歌叙述学建构的切入点》②、罗军的《走进诗歌叙事学研究新领域:构建诗歌叙事语法》③等。

当然,这不是说诗歌叙事研究不应该做一些对象性研究——恰恰相反,这种次一层级的对象性研究是高一层级的诗歌叙事研究的基础;而是说这种次一层级的对象性诗歌叙事研究,倘若撇开叙事的总体性研究,就会带有一定的"偶然性"而不具有必然性,不属于一种推理的"真理"。说到底,叙事作品是一种与想象、模仿等相关联的作品。抑或说,是一种由多种具有各种不同性质的事物所构成的可能事物的组合,其构建的世界是一种可能世界。从叙事研究总体的角度(叙事研究的元理论),推演出来的叙事因子、结构或模式等是一种克服了孤立片面的一种必然存在;相对于这种总体研究而言,从某一或某些具体诗歌中推演出来的叙事因子、结构或模式等,则不是一种必然的而是偶然的存在,因而在大多数情况下不具有普适性。比如说,有论者在探讨诗歌中叙事问题时认为,"诗歌叙事学所要研究的诗歌主要属于抒情诗歌"④的观点,虽说对这一类别的诗歌叙事研究有所帮助,但其实还是局限于次一层级的对象性研究,而没有或甚少将这种对象性研究与叙述学的总体性研究相关联,因而极可能在这种对象性研究中遇到抒情诗歌所具有的叙事性,不同于一般意义上的叙事性,或抒情诗歌中叙事因子之间的关系不同于一般意义上的叙事因子之间的关系;还有可能出现一般意义上的叙事性在抒情诗歌中不发生,或某些一般意义上不发生的叙事性在抒情诗歌中发生了。

叙事研究的元理论虽在其构建伊始主要是针对小说叙事研究而言的。不过,现在看来,叙述学的基本理念和术语不仅适用于小说叙事研

① 谭君强,"论抒情诗的叙事学研究:诗歌叙事学",《思想战线》2013 年第 4 期,第 119—124 页。
② 李孝弟,"叙事作为一种思维方式——诗歌叙述学建构的切入点",《外语与外语教学》2016 年第 1 期,第 138—150 页。
③ 罗军,"走进诗歌叙事学研究新领域:构建诗歌叙事语法",《长春工业大学学报》(社会科学版)2012 年第 2 期,第 103—105 页。
④ 谭君强,"论抒情诗的叙事学研究:诗歌叙事学",《思想战线》2013 年第 4 期,第 120 页。

究,而且也适用于对诗歌(抒情诗和叙事诗)及其他叙事文类的研究。就诗歌叙事研究而言,无论是针对抒情诗的叙事研究还是针对叙事诗的叙事研究,其实都需要在叙事研究元理论的观照下进行。比如说,我们无论是分析李白的《望庐山瀑布》还是卞之琳的《断章》,其分析框架都还是处在叙事研究元理论的框架之中,运用叙事研究元理论的一些基本理念和术语来进行分析和评价。我们可以细化或有所"外溢"的是针对这两种不同类型的诗歌各自叙事特点而进行的分析和评价。但是,无论如何细化或"外溢",这类研究仍然受叙事研究性质所限定。

简言之,虽说具有针对性的诗歌叙事研究源自于众多叙事现象之中,但诗歌叙事研究不能脱离具有总体性的叙事元理论研究。二者之间的关系不是孤立的或断裂的,而是相互关联、相互作用的:叙事研究的元理论是一门学问的总体理论假设;诗歌是众多叙事文类中的一种,是这门学问的一个分支。诗歌叙事研究是在元理论这个总体框架内进行的;诗歌叙事研究的成果反过来也会丰富甚或修正元理论的某些假设。诚如魏晋哲人王弼所言:"纯修下道,则居上之德废,纯修上道,则处下之礼旷。"①诗歌叙事研究要"上""下"兼修,始得善终。

二、诗歌叙事研究的"道"与"理"

西方学者依据结构主义的基本理念构建了叙事研究的元理论,诗歌叙事的研究也由此开始。中国的诗歌叙事研究的元理论可谓源远流长,只是尚欠认真研究、总结而已。在这里做一个扼要的回顾和阐释,有助于我们从宏观或源头认识诗歌叙事研究的性质和内涵。

中国古典诗论的观点和方法虽各有不同,但其实都讲究"道"和"理"。比如说,中国古典诗论把"道"放在首位。南朝梁文学理论批评家刘勰在《文心雕龙》的开篇就谈了文之"原道"②,说明"文之根源在道"和"创作本于自然"。③ 中国古典诗论还讲究"理"。王弼于《易经》原有的"道"的

---

① 王弼,《王弼集校释》(上),北京:中华书局,1980 年,第 212 页。
② 刘勰著、周振甫注,《文心雕龙》,北京:人民文学出版社,1981 年,第 1 页。
③ 周振甫,《文心雕龙》"前言",见刘勰著、周振甫注,《文心雕龙》,北京:人民文学出版社,1981 年,第 24 页。

观念之外,另提出了"理"的观念。① 他在评注《易经》时说,"物无妄然,必有其理"。用钱穆话解释说,"宇宙间一切万物,决不是随便而成其为这样的,宇宙万物,必有其一个所以然之理"②。

这里借用中国古人有关"道"和"理"的概念,主要是用来说明作为宇宙万事万物之一的叙事,自然也包含有"文之根源"之"道"和一个所以然之"理"。当然,这里所说的叙事之"道"和"理",在层级和体量上均不及中国古人所说的"道"和"理",但是,它在统宗会元叙事规律方面与古人说的"道"和"理"有着类似的指向、作用和意义。我们在此权且把"道"看成是叙事研究"行之而然"的那个"常然";而"理"则是指在叙事研究中需要发现和进行推衍出的那个所谓"先事物而存在"的法则。从这层意义上来说,诗歌叙事研究是在"道"和"理"的构架内进行的,其终极目标应该是"道"和"理"。诗歌叙事研究既不能撇开叙事的"理"来谈"道",也不能只谈"理"而忽略"道",二者应该是相互关照和相辅相成的。

不同的叙事文类有大致相同的"理"和不同的"道",正所谓"理是规定一切的,道是完成一切的"③——"道"是"行之而成"的。清人黄生在论及诗歌写作时说:"诗有写景,有叙事,有述意,三者即三百篇之所谓赋、比、兴也。事与意,只赋之一字尽之,景则兼兴、比、赋而有之。"④董乃斌认为,黄生把诗歌的内容(构成诗歌内容的要素)概括为景、事、意三者。⑤董乃斌说这话时其实已经是在说黄生的这一概括就是诗作内容之"理";而他随后所说的"赋比兴之法在中国诗歌创作史上既呈一以贯之之势,又

---

① 钱穆,《中国思想通俗讲话》,北京:三联书店,2013 年,第 6 页。

② 同上,第 5 页。不过,钱穆对"道"和"理"另有自己的看法。他认为,"道"和"理"其实是因时代的不同而有不同的偏重,即所谓"东汉以上中国思想偏重在讲道,魏晋以下中国思想偏重在讲理"。换句话说,在钱穆看来,东汉之前讲究自然规律;而魏晋以后则侧重法则。钱穆将"道"与"理"换位,各有不同所指。参见钱穆,《中国思想通俗讲话》,北京:三联书店,2013 年,第 8 页。

③ 同上,第 11 页。

④ 黄生,《一木堂诗麈》卷二《诗学手谈》,载张寅彭选辑《清诗话三编》(第一册),上海:上海古籍出版社,2014 年,第 101 页。转引自董乃斌,"从赋比兴到叙抒议——考察诗歌叙事传统的一个角度",《徐州工程学院学报》(社会科学版)2016 年第 1 期,第 83—88 页。

⑤ 董乃斌,"从赋比兴到叙抒议——考察诗歌叙事传统的一个角度",《徐州工程学院学报》(社会科学版)2016 年第 1 期,第 83 页。

并非一成不变、始终如一,而是随时代不断变化着的"①,则说出了诗作之"道",即说出了诗歌创作的发展演化规律。诗歌叙事研究假如只探求作为诗作之"理"的"赋比兴",而无视其变化,则无法探究诗作之"道"的多样性;反之,假如只探究随着时代变化的诗作之"道",而无视作为其根本的"理",则不能准确把握"理"之嬗变。简言之,诗歌叙事之研究要"道""理"兼顾,不可片面或孤立地进行。

西方学者虽然没有直接用"道"和"理"这两个概念来讨论叙事问题,但是,他们的研究方法却间接地反映了"道"和"理"的一些内涵。罗兰·巴尔特说:"叙事分析不得不使用推论的方法,即首先要设置一个用来描述的假设模式(即美国人所说的理论),然后再据此模式来推演各种不同的叙事文类,看看它们哪些与此模式相一致,哪些背离了这一模式。"②巴尔特在这里所说的"假设模式"其实就是前面所提到的一种"先事物而存在"的法则,而其随后所说的推演各种不同的叙事文类等,其实就间接地反映了他想在这个法则框架里,观察各种叙事文类都是如何来实践这个法则的"道"。只是应该指出的是,巴尔特所说的"先事物而存在"的法则其实应该是在一定的"定量分析"的基础上得来的,而并非是凭空想象而来的,即所谓的先有"道"而后有"理"。

中国古人讲"道"其实是分层级的:有"天道""地道""人道""鬼神之道"之分,"谁所行走着的,便得称为谁之道"③,即所谓"道"是行之而成的。中、西方叙事研究在不同"理"的关照之下,各自"行之而成"了不同的"道"。比如说,曹丕的诗论之"理"依据古人和他自己对"气"的认识,故在《典论·论文》中提出了"文以气为主""诗赋欲丽"以及文学的三"自觉"(文体自觉、创作主体自觉、文学批评自觉)等观点。他所提出的"文以气为主""诗赋欲丽"是两种不同层级的为诗之"道"。陆机的诗论之"理",依据的是"取代'言志'说又能吸收其'本于心'"的"意",故在《文赋》提出了言"意"言"理"而不言"志"与"道"的主张。显然,这一主张在层级上与曹丕的不同。此类例子还可以举出很多,如挚虞的诗论之理依

① 董乃斌,"从赋比兴到叙抒议——考察诗歌叙事传统的一个角度",《徐州工程学院学报》(社会科学版)2016年第1期,第83页。
② Roland Barthes, "Introduction to the structural analysis of narratives." *Image-Music-Text*. London:Fontana, 1977, p.81.
③ 钱穆,《中国思想通俗讲话》,北京:三联书店,2013年,第3页。

据的是"雅音之韵,四言为正",故在《文章流别论》中提出了"古诗之赋,以情义为主,以事类为佐"的主张;范晔的诗论之"理",依据的是"以文传意"。他在《狱中与诸甥侄书》中,独标"以意为主";沈约的诗论之"理",依据的是"'民禀天地之灵'而有喜愠之情需要抒发的精神产物",故在《谢灵运传论》中提出了"文以情变"的创见;①刘勰诗论所依据的"理"是汉代已经确立了的诗歌文体、诗的意蕴、抒情与叙事方式、诗的形象、意象以及语言表达等,故在《文心雕龙》中提出"六观"说("一观位体,二观置辞,三观通变,四观奇正,五观事义,六观宫商")②;严羽也依据类似的"理"提出了"五种诗法"("曰体制,曰格力,曰气象,曰兴趣,曰音节")③。这些古代诗论家各依据自己的"理"而形成了各自不同种类和层次的"道"。

　　西方古代诗论也大概如此,因篇幅关系,恕不赘言。需要再次指出的是,今人诗歌叙事研究也应该在探源其"理"的同时,分出其"道"的层级。

三、诗歌叙事研究的"元""宗""道"

　　在展开讨论诗歌叙事研究的"元""宗""道"之前,首先需要说明我们的研究姿态。西方叙事研究已经提出了大致的研究框架。我们的诗歌叙事研究是应该在这个框架内进行,还是在这个框架的基础上,以拓展或另辟蹊径的方式来构建适合阐释我们诗歌叙事研究的框架?前一节已经提到中国叙事研究的"道"与"理"。这些"道"与"理"似更能说明诗歌叙事研究的问题。从这个角度上看,我们似乎不应该再囿于西方叙事研究所构建的框架,而应该在借鉴西方已有研究成果的基础上,构建一个符合我们自己研究的理论框架。基于这种姿态,下文尝试从"元""宗""道"来探讨诗歌的叙事研究。

　　王弼在评注《易经》时,提出了两个十分重要的概念,即把"元"和"宗"作为理解宇宙万事万物的一种方法。钱穆把"元"解说为"同一的起

---

① 以上有关曹丕等人提出的观点详见陈良运,《中国诗歌批评史》,南昌:江西人民出版社,1995年,第96—119页。

② 刘勰著、周振甫注,《文心雕龙》,北京:人民文学出版社,1981年,第518页。

③ 严羽著、普慧等评注,《沧浪诗话》,北京:中华书局,2014年,第7页。

始",而"宗"则为"同一的归宿"。① 诗歌叙事是万事万物中的一种,也有它的"元"和"宗"。它们是诗歌叙事研究,尤其是中国诗歌叙事研究无法回避的两个方面。不过,"元"和"宗"还不能完全涵盖诗歌叙事研究的整个过程,还需要把这个"元"与"宗"理念拓展开来,在其间加入"道",即把"元"与"宗"视为形之而成之"道"的首尾两端,与"道"共同构成一个由始而终的完整框架。"元""宗""道"三者之间的关系是:(一)"元"与"宗"相同,其"道"相同;(二)"元"与"宗"相异,其"道"则异;(三)"元"与"宗"相同(异),其"道"既可相同,也可相异,同中有异,异中有同。"元""宗""道"三者相生相克,演化出多种不同的关系,形成了诗歌叙事及其研究之"道"的一个层级。

决定或助推这个层级发生相生相克之演化的动力有多种,其中最主要的是与诗歌叙事及其研究相关的政治、文化、时代精神等。在诗歌叙事之"元""宗",特别是与"道"相关的一个层级是其发展、演化的历史阶段、形态和规律。它们与"元""宗""道"及其演化这些上位层级,共同构成了一个完整且富有动态变化的多维研究框架。我们应该在这个多维研究框架中,找出诗歌叙事及其研究过程中主要的、本质的和必然的因素。

在中国文学发展史上,向来都有"言志"与"言情"②两大传统说之争。古人把文学创作的本源看成是写心言志,如挚虞所言诗"以情志为本"③,因此传统上,习惯把中国文学之"元"归结到抒情上,而把叙事放在"为言志抒情服务的次要地位"④,即所谓"古诗之赋,以情义为主,以事类为佐"⑤。从"元"与"宗"这个角度来看,抒情与叙事其实是并存的,有两种情况可辨:(一)在古代诗歌中,其"元"可以为抒情,也可以为叙事;其"宗"则抒情多于叙事。挚虞所说的诗"以情志为本"或许应改为"以情志为宗";(二)从某种意义上说,抒情与叙事其实也不可分。这里的关键问题是如何理解中国诗歌中的叙事。

---

① 钱穆,《中国思想通俗讲话》,北京:三联书店,2013 年,第 6 页。
② 董乃斌提出"抒情"与"叙事"两大传统,见董乃斌,《中国文学叙事传统研究》,北京:中华书局,2012 年。
③ 挚虞,"文章流别论",转引自董乃斌,《中国文学叙事传统研究》,北京:中华书局,2012 年,第 9 页。
④ 董乃斌,《中国文学叙事传统研究》,北京:中华书局,2012 年,第 9 页。
⑤ 挚虞,"文章流别论",转引自陈良运,《中国诗歌批评史》,南昌:江西人民出版社,1995 年,第 108 页。

诗歌叙事研究不能只谈"事"而不谈"叙";诗歌叙事研究中的"叙事"既可以将"叙"与"事"分开,也可以放在一起进行研究。这样一来,既可以避免为在诗歌里单纯"找事"而徒生烦恼,也可以更加开放地讨论诗歌的叙事问题。这与西方的叙事研究(narrative study)既相同,也有所不同。

西方学者把叙事(narrative)一词界定为"由一个、两个或数个(或多或少显性的)叙述者向一个、两个或数个(或多或少显性的)受叙者传达一个或更多真实或虚构事件的表述"[1]。西方学者对英文 narrative 的解释主要是针对西方小说,特别是现实主义小说而言的;与汉语"叙事"一词的解释并不完全对等——汉语的叙事,特别是针对古代文学而言的叙事,其所指范围更为广泛,不仅包括了明清时期出现的小说,而且还包括魏晋前后出现的史传、汉赋、诗歌等。另外,对西方学者而言,这个词其实还有一层意思,指的是"事件或故事的艺术表达或再现"(the representation in art of an event or story[2]),这层意思接近我们古典叙事思想的意蕴。古典文学,特别是古典诗歌在叙事或纪事时,更多的是在"感事"。这个"感事"与情感表达有着密切的关系,可以理解为"事件或故事的艺术表达或再现"。

汉语"叙事"这个动宾词组原本就有两层意思:其一是表示动作的"叙";其二是表示动作对象的"事"(即宾语)。若重点在"事","叙事"一词强调的是所叙之"事";若重点在"叙","叙事"一词强调的则是所叙之"法",与艺术相关。我们在阐释诗歌叙事时,既可以依据西方有关叙事的观点来进行,也可以依据我们自己对"叙事"的理解,或融合二者以求圆通。

上文对"叙事"一词的解释其实已经与"道"相关联了。这种关联主要体现在叙事这个过程之中。大体上说,叙事之"道"有二:其一是始于"元"而止于"宗",即"道"是由其初始状态通过叙说而达到其终极状态的。"道"在这里指的是由"元"及"宗"的一个叙说过程,既与"叙"相关,也与"事"相关。其二是受之于"元"而效之于"宗",即"道"的采用受初始之元的激励或制约(所叙之事/所叙之法),但最终还要效力于或服从叙事之宗(感事)。"道"在这里反映的是受之于"元"而效之于"宗"之法。叙事之

---

[1] 杰拉德·普林斯著,乔国强、李孝弟译,《叙述学词典》,上海:上海译文出版社,2011 年,第 136 页。

[2] *Webster's Ninth New Collegiate Dictionary*. Springfield:Merriam-Webster INC. Publishers,1983,p.787.

"道"的这两个方面互为表里,相辅相成。

国内有些学者在探讨中国诗歌叙事时往往出现一些偏见,没有弄清诗歌叙事中的"元""宗""道"之间的关系。比如说,陈平原认为,"中国诗歌的语言、形式,均利于抒情而不利于叙事"①。这一观点其实只道出了诗歌语言和形式与抒情相关的一面,而没有道出诗歌语言和形式与叙事相关的另一面。甚或说,他只是从西方的叙事观点来看待中国的诗歌叙事,从而把中国诗歌中的叙事与抒情二元对立起来,而没有从中国诗歌叙事的具体情况出发,看到中国诗歌中叙事与抒情的融合。中国诗歌叙事有自己的特点,讲究在情景交融中"感事"。其叙事策略也会围绕着这一特点展开。比如说,中国古人提出的"兴"就是一些与抒情相融合的叙事策略。《诗经·关雎》中的"关关雎鸠,在河之洲。窈窕淑女,君子好逑"的前两句就运用了"兴"这个与"元"有着同样功能的叙事手法,通过叙说这个"道"将一个线性时间的叙事转化为多维空间的叙事,从而引出了后两句抒情与叙事相融合的表达了"宗"之诉求的诗句。这里对"事"的指涉并不完全是西方人所说的事件或故事,而是指已发生或正在发生的完整或不完整的事情,甚或是一种外在于叙述者的单一的客观存在。

上文的分析说明,诗歌叙事中的"元""宗""道"其实既可以是宏观的,也可以是微观的,即是说诗歌叙事研究的"元""宗""道"既可以放到整个诗歌的发生与发展上来看,也可以运用到每一首具体诗歌的分析中,可以根据研究的兴趣,各有所侧重。只是层级不同而已。不过,从诗歌叙事研究整体性角度考虑,只有将宏观和微观二者结合起来才能更清楚地弄清诗歌叙事的本质、内涵及其发展的轨迹。

---

① 　陈平原,《中国小说叙事模式的转变》,北京:北京大学出版社,2004 年,第 307 页。

思辨实在论与物叙事学建构

◎ 唐伟胜 *

广东外语外贸大学

一、思辨实在论与"物"自体的叙事再现

在"后人文主义"和"去人类中心"的整体思潮下,国内学界对文学叙事中"物"的关注大大增加。这类研究大致可以分为三类:一类对"物"自身并不关注,而是重点考察"物"的社会政治涵义;一类是研究"物"与"人"如何交互以推进叙事运动;一类是关注叙事中"物"自身是如何被再现的。目前,国内学界对"物"的关注,基本上集中在前两类。比如,研究瓷器与 18 世纪大英帝国的话语政治之间的关系①,人与物的交缠如何凸显叙事的文化意义②,时尚之物如何控制女主人公同时又给女主人公提供了一种解放的可能③,中世纪英国动物叙事与远东想象④,等等。这类研究当然很有价值,在某种程度上,它们将文学研究的关注点从"人"转移到"物",然而,从"后人文主义"的视角看,这类研究还有欠缺,因为它们的落脚点终究还是人类本身,"物"只是它们借以观照人类的工具而已。当然,

* 【作者简介】唐伟胜,广东外语外贸大学教授,email:iamtws@126.com。

① 侯铁军,"'茶杯中的风波':瓷器与 18 世纪大英帝国的话语政治",《外国文学评论》2016 年第 2 期。

② 徐蕾,"人与物的交缠:拜厄特小说《玫瑰色茶杯》之物语",《外国文学评论》2015 年第 3 期。

③ 程心,"时尚之物:论伊迪斯·华顿的美国'国家风俗'",《外国文学评论》2015 年第 4 期。

④ 张亚婷,"中世纪英国动物叙事与远东想象",《外国文学研究》2016 年第 3 期。

也有论者提出应关注物质本身,包括物质的施事能力、意义建构能力和叙事能力①,但这类论述还仅仅停留在理论层面,到底如何认识和再现"物"的这些能力,这是被目前国内学界完全忽略的话题。

如果把目光转向欧美,我们发现,无论在哲学领域,还是文学创作和批评领域,以上提及的关于"物"的第三类研究,即"物"及其本体存在方式已经成为近十年的学术热点。就哲学领域而言,2007 年在伦敦大学金匠学院一次学术会议上首次使用的"思辨实在论"(speculative realism)成为这一热点的代名词。思辨实在论是欧美近年兴起的一个哲学流派,主要代表人物有昆丁·梅亚苏(Quentin Meillassoux)、格拉汉姆·哈曼(Graham Harman)、雷·布雷希亚(Ray Brassier)、利维·布赖恩特(Levi R. Bryant)等。2011 年出版的《思辨转向:大陆唯物论与实在论》(*The Speculative Turn: Continental Materialism and Realism*)一书汇聚了该理论核心人物的主要思想。虽然这些人的理论框架多样,甚至相互矛盾,但思辨实在论最重要的一个靶子就是梅亚苏所谓的后康德"关联论"(correlationism)。关联论要么否认物自体的存在,要么认为物自体处于人类理性之外,根本无法认识。总之,在通向物自体的道路上,关联论总要凸显人类中介的作用,从而搁置本体论,转向认识论。20世纪出现的很多转向,包括语言学转向、符号学转向、叙事转向、认知转向等,在某种意义上都是"关联论"思维方式的结果。思辨实在论则意在克服或绕开关联论陷阱:它相信物自体的存在,因此是"实在的";它相信通过想象(而非理性)可以抵达物自体,因此是"思辨的"。这样,思辨实在论的主要任务就是最大限度地摆脱人类理性框架的局限,走进实在的"物"本体世界。然而,思辨实在论追求的"实在之物"(real object),有别于之前认为人类可以完整再现"物"世界的"天真现实主义"(naive realism),是更为复杂的"物"本体存在方式。在通向"实在之物"的道路上,不同哲学家有不同重点,甚至不同立场。比如,梅亚苏②、布雷希亚③旨在想象没有

---

① 唐建南,"物质生态批评:生态批评的物质转向",《当代外国文学》2016 年第 2 期。

② Q. Meillassoux. *After Finitude: An Essay on the Necessity of Contingency*. New York: Continuum, 2008.

③ Ray Brassier. *Nihil Unbound: Enlightenment and Extinction*. London: Palgrave Macmillan, 2007.

人的"广大世界"的模样,认为物的存在前提是偶然性和非理性,哈曼①的重点是指出物自体的无穷尽性,认为物与人、物与物之间的关系根本无法穷尽物本身,而依恩·伯古斯特②、布赖恩特③等则将重点放在对物的运作、物与物互动关系的描述上。但无论如何,思辨实在论者基本都会同意如下要点:(1)在人与物的关系上,去除人类至上的观念,人和物处于同一本体地位;(2)物具有独立于人类的生命及活性;(3)在抵达物的过程中,人类要充分想象,超越理性,忘掉自我。由此可见,思辨实在论总体上很符合"后人文"的精神旨趣,试图从本体上解构"人类中心主义",但又有自己的诉求重心,包括追求人和物的平等、追寻物的本真、突破人类理性极限等。

思辨实在论注重对不依赖于人类的世界进行想象,因此被认为是一种思辨美学④。西方学界在用思辨实在论来观照文学作品再现"物"自体以及人与"物"的关系时显示出与众不同的视角,笔者将其归纳为四类:(1)研究认识有限的人与无限可能性的物之间的张力关系及其文学效果。该派代表人物之一哈曼讨论其"面向物的本体学"(Object-oriented Ontology, OOO)时,在科幻作家 H·P·勒夫克拉夫特(H. P. Lovecraft)的作品中发现了一种"怪异的现实主义",作者故意营造物与其外显特征以及物与其留给其他物的感受之间的巨大鸿沟,以此凸显物的神秘性,实现恐怖的文学效果。⑤ 另有论者则沿着哈曼的方向,继续挖掘勒夫克拉夫特作品中"地点""物""声音""环境"的思辨实在性。⑥ 思辨实在论的另一重要人物史蒂芬·夏维洛(Steven Shaviro)在英国作家格威尼斯·琼斯

① G. Harman. *Tool-being: Heidegger and the Metaphysics of Objects*. Chicago:Open Court, 2002.

② I. Bogost. *Alien Phenomenology: Or What It's Like to Be a Thing*. Minneapolis:University of Minnesota Press, 2012.

③ Levi R. Bryant. *Onto-cartography: An Ontology of Machines and Media*. Edinburgh:Edinburgh University Press, 2014.

④ Steven Shaviro. *The Universe of Things: On Speculative Realism*. Minneapolis, London:University of Minnesota Press, 2014, p.156.

⑤ G. Harman. *Weird Realism: Lovecraft and Philosophy*. Winchester, UK:Zero Books, 2012.

⑥ Carl H. Sederholm & J. A. Weinstock (eds.). *The Age of Lovecraft*. Minneapolis, London:University of Minnesota Press, 2016.

（Gwyneth Jones）的小说中，发现作者有意强调物的生命性，而这个生命性给人类带来了惶惑和恐慌。① （2）想象没有人类的物及自然世界。凯瑟琳·贝琳（Catherine Belling）追问文学如何叙述癌症的起源，她认为将身体的某种状况视为癌症的起源是人类用叙事的方式对经验进行的主体重构而非癌症的真正起源，这就使我们去重新想象处于人类叙事之外的癌症本原所在。② 布赖恩·史蒂芬斯（Brian K. Stefans）在当代诗歌和小说中发现了一种思辨次文类，这些文学作品使用数字、文字集、句法和结构的递归等技巧创造出了非常复杂的文学形式，试图揭示出没有人类的世界的运作机制。③ （3）再现物的时空。物内涵丰富，物与物关系错综复杂，传统的叙事方式无法再现物体的时空。伯古斯特提出用列举的方式再现物的丰富性④，布赖恩特提出用量子时空来描述物的"运行图"⑤。（4）探索思辨实在论与其他批评理论的关系。伊凡·葛特里伯（E. Gottlieb）利用思辨实在论视角，重新审视19世纪英国浪漫主义重要诗人（华兹华斯、柯勒律治、雪莱、济慈等）如何在其诗歌中处理人与自然的关系。⑥ 拉蒙·萨迪瓦尔（R. Saldivar）更是直接借用思辨实在论来讨论他所谓的"后种族"美国文学，认为当代美国作家不再直接描写种族冲突，而是创造出奇异的场景，间接揭示种族主义的隐性存在，只有彻底摧毁当代生活，肤色之间的界线才会消失⑦。

---

① Steven Shaviro. *The Universe of Things: On Speculative Realism*. Minneapolis, London: University of Minnesota Press, 2014, pp.45-64.

② Catherine Belling. Narrating oncogenesis: The problem of telling when cancer begins. *Narrative*, 2, 2010, pp.229-247.

③ B. K. Stefans. Terrible engines: A speculative turn in recent poetry and fiction. *Comparative Literature Studies*, 51(1), 2014, pp.159-183.

④ I. Bogost. *Alien Phenomenology: Or What It's Like to Be a Thing*. Minneapolis: University of Minnesota Press, 2012, p.38.

⑤ Levi R. Bryant. *Onto-cartography: An Ontology of Machines and Media*. Edinburgh: Edinburgh University Press, 2014, p.144.

⑥ E. Gottlieb. *Romantic Realities: Speculative Realism and British Romanticism*. Edinburgh: Edinburgh University Press, 2016.

⑦ R. Saldivar. The second elevation of the novel: Race, form, and the postrace aesthetic in contemporary narrative. *Narrative*, 21(2), 2013, pp.1-18.

二、建构物叙事学的必要性

尽管西方学界已经对思辨实在论与文学批评的关联性进行了富有启发意义的讨论,但是必须看到,面对不断增多的"物"叙事,中外叙事学界却没有对此作出及时反应。自 20 世纪 60 年代正式确立以来,虽然"叙事学"经历了从经典到后经典乃至后后经典的转变,研究范式也几经更迭,但无论是叙事学肇始之作普洛普的《俄罗斯民间故事形态学》还是热拉尔·热奈特的《叙事话语》以及詹姆斯·费伦的《作为修辞的叙事》,都是以"人"为核心的叙事学。普洛普从俄罗斯民间故事提炼出的 31 个功能全部是"人类"的行动,格雷马斯的六个行动元(actant)也都是建立在人类行动基础上的。热奈特提出的时空、聚焦、叙述、层次等基本概念,来自于以"人"为中心的叙事实践,同时也只能较好地服务于以"人"为中心的叙事。比如,他在提出各种叙事聚焦的分类学之后指出,选择了某种聚焦,也就选择了叙事角度和信息数量/质量,特定的聚焦只能感知某些信息,如果超越了这些信息,则被视为"视角越界"。① 在这个定义中,"视角越界"与否完全建立在人类理性和认知可能的基础上。在费伦对"叙事"的修辞性定义中,即叙事是"某人在某个场合为某个目的为某人讲述发生了某事"②,"人"的位置更是凸显无遗。不难看出,这些叙事学研究所提出的范式和概念都是基于人类经验,即使是新近出现的以小说戏剧中不可能世界为研究对象的"非自然叙事学"(unnatural narratology),也是站在"人"的立场,考察不自然叙事如何突破人类的物理现实逻辑以及现实主义文类边界,以及"人"如何认知和阐释这类叙事。③ 然而,以"物"为本体的叙事在时空想象、聚焦使用、叙述结构、阐释方式等方面必然与基于人类经验的叙事之间存在巨大的差异,就如经典物理学与量子物理学之间的差异一样巨大。量子物理学已经发展出成套理论和术语来描绘解释处于人类经验之外的微观世界。当传统的基于人类经验的叙事学已经无法

① G. Genette. *Narrative Discourse*. Jane E. Lewin (trans.). Oxford: Blackwell, 1980, pp.143–147.

② James Phelan. *Narrative as Rhetoric: Technique, Audiences, Ethics, Ideology*. Columbus: Ohio State University Press, 1996, p.8.

③ Jan Alber. *Unnatural Narrative: Impossible Worlds in Fiction and Drama*. Lincoln and London: University of Nebraska Press, 2016.

很好地解释"物"叙事,我们认为,现在是时候建构一种崭新的物叙事学来描绘解释那些日渐增多的以"物"为本体的叙事文本了。

古今中外的虚构文本中,存在大量的对"物"的书写。比如中国唐传奇开篇之作《古镜记》就是以"古镜"为核心的叙事,英国浪漫主义、美国自然主义都充满对自然之"物"的想象。在《古镜记》中,古镜不是日常之"物",而是被赋予了斩妖除魔的神奇功能,连最后古镜丢失的情景都被描写成具有强大的力量:"大业十三年七月十五日,匣中悲鸣,其声纤远。俄而渐大,若龙咆虎吼,良久乃定。开匣视之,即失镜矣。"①在英国浪漫主义代表诗人华兹华斯那里,"物"具有抚慰人心的力量。他最著名的诗篇《水仙》("I Wandered Lonely as a Cloud")这样写道:每当我躺在床上不眠/或心神空茫,或默默沉思/它们常在心灵中闪现/那是孤独之中的福/于是我的心便涨满幸福/和水仙一同翩翩起舞②。在美国自然主义小说家克莱恩(Stephan Crane)那里,"物"也具有力量,只不过是邪恶的力量。在其代表作品《海上扁舟》("The Open Boat")中,包括那位记者——他也是该小说绝大多数段落的聚焦人物——在内的四个人在与茫茫大海搏斗之后,除了那个身材"最壮的"加油工令人意外地死去之外,其他人均得以获救。夜幕降临时,他们站在岸边,看见"白色的海浪在月色下来回游荡。海风把大海说话的声音带给岸上的人们。他们感到此时他们能够理解这话的意思"③。我们不难明白"他们能够理解这话的意思"的隐含之义:大海看起来那么美丽,海浪似乎在温柔地呢喃私语,然而,其实大海根本不美丽,也不温情,以大海为代表的自然是荒谬的,对人类命运是冷漠无情的。不难看出,无论是在中国古典小说中,还是在英国浪漫主义、美国自然主义作品中,都对"物"进行了描写,但这些"物"无一例外都是依赖于人类意识而存在,而不是作为本体而存在:古镜丢失隐喻的是王朝更替的悲哀,水仙花之所以美好是因为它能抚慰人类孤独的心灵,大海残酷是因为它对人类命运的冷漠。

面对这样的叙事,一般研究是将"物"作为背景,重点仍然是"人",因此已有的叙事学尚可应付。但即使面对这样的叙事,如果启用物叙事学

---

① 王度,"古镜记",载李剑国编,《唐宋传奇品读辞典》(上卷),北京:新世界出版社,2007年,第8页。

② 飞白,《世界诗库·第2卷:英国·爱尔兰》,广州:花城出版社,1994年,第83页。

③ 克莱恩著、梅仁毅译,《海上扁舟》,北京:商务印书馆,1995年,第99页。

角度,将思考的重点转移到"物"上,我们也可能有意外的收获。比如,劳拉·戈德弗雷(Laura G. Godfrey)在研究海明威小说中的"场景"时发现,海明威不仅将场景作为人物活动的背景,还全力表现出场景的"感性、历史和物性",让场景中的"物"在与"人"的关系中彰显自身的生命力。① 虽然戈德弗雷的终极目的仍然是揭示海明威小说中"人"的意蕴,但这种研究已经开始关注到"物"自身的力量以及"物"对"人"产生的影响,"物"不再是屈服于"人"眼光之下的无生命的道具。但是,在处理迥异于人类经验的"物"本体叙事时,已有的叙事学就会显得捉襟见肘了。比如,当我们面对塞缪尔·贝克特(Samuel Beckett)的《不可名状》(The Unnameable)这样的叙事时,我们发现其叙事者不是一个稳定的存在,而是随着时空、位置、话语的变化而变化,具有多变的形状②,因此这个叙事者就难以进入热奈特叙事者分类学中的任何范畴。如果用物叙事学来观照,我们就会发现,《不可名状》中的叙事者其实不是人类,而是"物"叙事者,在不同的时空,"物"叙事者有不同的形状,对世界也会产生不同的观察。这样,我们就可分析这个"物"叙事者的叙述与其物性、身体性及所处空间之间的关系,从而对该小说做出更为准确的解读。同理,在 2016 年"雨果奖"获奖作品、中国科幻作家郝景芳创作的《北京折叠》中,同一个物理空间在不同时间呈现出三种不同面貌,被三种不同阶层的人居住,发生三个不同的故事,也就是说,同一物理空间可以转换为三个完全不同的世界,这很难用传统叙事学中的空间概念来理解,因为传统的空间概念将空间视为预先存在的容器,不管其中的人或物如何运动,这个空间都是不变的。但是,如果我们用物叙事学的拓扑空间概念,即空间由"物"运动路径的网络构成③,就不难理解,"物"的运动发生了变化,空间也就随之改变。由此可见,"物"本体叙事的确对现有的人类叙事学的理论前提和分析范畴构成了实质性的挑战,需要叙事学作出相应的调整和发展。

---

① Laura G. Godfrey. *Hemingway's Geographies: Intimacy, Materiality, and Memory*. New York: Palgrave, 2016.

② Elizabeth Effinger. "Beckett's post-human: The ontopology of the unnameable." *Samuel Beckett Today*, 23, 2011, pp.369–381.

③ Levi R. Bryant. *Onto-cartography: An Ontology of Machines and Media*. Edinburgh: Edinburgh University Press, 2014, p.144.

三、建构物叙事学的五个角度

那么,物叙事学的基本内容有哪些?笔者认为,思辨实在论对"物"的研究成果为物叙事学的建构提供了很好的支点。如前所述,思辨实在论承认"物"具有不依赖于人类的实在性,世间万"物"都处于同一本体地位,"物"自身具有不需要人类赋予的力量,"物"的时空取决于其运动路径。物叙事学应该回答"物"的这些性质如何能被叙事再现?换言之,物叙事学应该挖掘作为本体的"物"的再现过程中所有的叙事可能性。作为这项工程的开端,笔者尝试性地提出建构物叙事学的五个角度,并做简要阐述。毋庸证明,这五个角度虽然被分别论述,但必然存在某些交叉之处。

(一)"物"的无限引退性

在思辨实在论主要代表人物之一哈曼看来,"物"具有独立于人类的实在性,但是,与之前的"天真现实主义"不同,哈曼认为"物"的实在性是无限的,而且是"引退的"(withdrawn),因此不可能完整被把握。对于"物",我们能把握的只是它的外显特征(properties),或者它给我们的感觉(sensuals),这样,"物"与其外显特征之间,以及"物"与它给我们的感觉之间必然存在距离(gaps)。① 作家可以利用这个距离,来实现自己的预定修辞效果,因此,这个距离就具有较强的叙事潜能:作家可以通过创造这个距离,来赞叹"物"的无限丰富性,来反讽人类的虚妄,来渲染"物"的神秘甚至恐怖,而这个距离可以表现为形象(视觉的距离)、声音(听觉的距离)、情感(感觉的距离)等。比如,在爱伦·坡的短篇小说《厄舍府的倒塌》("The Fall of the House of Usher")中,男主人公罗德里克·厄舍被描绘成既有理性、又相信万物有灵,而厄舍府里的一草一木都仿佛具有某种不可知的神秘力量。长期离群索居地生活在神秘的"物"世界里,罗德里克的理性一点点被蚕食,最后亲眼看到自己妹妹的尸体也显示出活性,终于受惊吓而死。因此,《厄舍府的倒塌》就可被隐喻式地重新解读为"理性被无限引退之物击败"。如果细读这篇小说,我们会从中发现各种各样的"距离",毫无疑问,坡是在用这些距离来强化自己预先设定的恐怖效果。

---

① G. Harman. *Tool-being: Heidegger and the Metaphysics of Objects*. Chicago:Open Court, 2002.

在这个意义上,英国小说家 J·G·巴勒德的知名短篇小说《淹死的巨人》("The Drowned Giant")也许是一个更为精当的例子。小说一开始就引入了这个未知的庞然大"物":"暴风雨后的早上,一个巨人的尸体被冲到了距这个城市西北五英里的沙滩上。"①接着城市里各色人等围绕这个巨人的尸体开始研究,然而,无论是大学教授,还是其他公民,都无法准确、完整地说清楚这个巨人的来历。最后,所有人都对巨人失去了兴趣,他们各取所需地拆分了巨人的躯体,只留下骨架"在夏天供那些在海上飞累了的海鸥歇脚"。很明显,作为"物"的巨人是有实在性的,却在沉默中无限引退,无论是人(他们拆分了巨人的躯体),还是动物(只把它作为歇脚的地方),都无法穷尽其本质。这样,《淹死的巨人》就成了一个关于人类无法把握"物"的全部本质却还能怡然自得地活着的寓言,读者既能感受到作者对人类的讽刺,又能感受到作者内心的隐忧。

(二) 平等之"物"

自文艺复兴以来的现代性进程推翻了中世纪神权的核心地位,却逐步确立了"人"的中心位置,仿佛人类是凌驾于世界万物之上的主宰。思辨实在论的主张是抛开人类去探索"物"的实在性,其逻辑结果之一就是强调人类和万物具有相同的本体地位。拉图尔(Latour)用"平本体论"(flat ontology),依恩·伯古斯特用"薄本体论"(thin ontology)来概括这种思想。当然,抹平人类和万物的本体级差并不意味着人类虚无主义,而是建立了一种新型人类观,即"人类不再是存在的主宰,相反,人类只是诸存在之一,混杂于诸存在中,并与其他存在发生关联"②。平/薄本体论思想为叙事提供了新的可能性。为了再现平等之"物",叙事中万物不能处于任何具有统摄意义的视角之中,于是伯古斯特提出用"列举"(listing),或者"清单式本体书写法"(inventory ontography),这种"只列举不解释的方式类似哲学,会把我们的注意力引向物"③。在当代美国自然作家雷

① J. G. Ballard. *The Best Short Stories of J. G. Ballard*. New York:Picador, 1995, p.233. (笔者自译)

② I. Bogost. *Alien Phenomenology: Or What It's Like to Be a Thing*. Minneapolis:University of Minnesota Press, 2012.

③ Ibid., p.45.

克·巴斯(Rick Bass)的短篇小说《洞穴》("The Cave")中,当主人公拉塞尔和他女朋友从50米深的废弃地下矿井赤身裸体地回到现实世界时,他们看到"阳光漏过枫香树、山毛榉、橡树、山核桃树,洒下金绿色的光束,留下斑驳的光影,他们穿行其中。他们能尝到皮肤上绿光的味道。这是更加浓稠、潮湿的日光——仿佛他们是在水中前行。……他们沿着山型前进。一头母鹿和小鹿受了惊,一跃而起,惊恐地看着他们好半天,没有认出他们是人类,最后它们摇着尾巴,慢慢地走进了树林"①。这里列举的令人眼花缭乱的自然之物,与主人公在地上爬行、摘吃草莓、遇到动物等结合在一起,让读者全然忘了他们作为人类的特殊存在:他们完全融入到自然中,与自然中的万事万物没有任何等级差异。当然,再现平等之"物"绝非仅有"列举"一种方法。笔者认为,调整叙事聚焦,消除其中隐含的人类判断和概念范畴,或者让人和物处于一种笔者称为"互为聚焦"(inter-focalization)的关系中(简单地说,就是让人类和"物"互相观察,从而取消人类唯一观察者的地位),都能营造出万物平等的叙事效果。

(三) 没有人类的"物"世界

思辨实在论的核心前提是抛弃所谓的"相关主义",即在认识世界的过程中努力摆脱人的主导作用,而摆脱人的主导作用,路径无非两条,没有第三条道路:要么完全抹去人类的痕迹,要么提升"物"的本体地位,使其与人类一样具有自为的灵魂。史蒂芬·夏维洛将第一条道路称为"消灭主义"(eliminativism),第二条道路称为"泛灵主义"(pan-psychism)。②"消灭主义"的代表人物是梅亚苏和布雷希亚,前者将想象的触角伸向人类出现之前的原化石(arche-fossil)时代,并由此提出"广大户外"(the Great Outdoor)这一著名概念③,后者则着眼于未来的"无限虚无",想象人类消亡后"没有我们的世界"是什么模样④。在梅亚苏看来,"广大户外"

---

① Rick Bass. "The cave." *Paris Review*, 156, 2000, pp.146−161. (笔者自译)

② Steven Shaviro. *The Universe of Things: On Speculative Realism*. Minneapolis, London: University of Minnesota Press, 2014, p.83.

③ Q. Meillassoux. *After Finitude, An Essay on the Necessity of Contingency*. New York: Continuum, 2008.

④ Ray Brassier. *Nihil Unbound: Enlightenment and Extinction*. London: Palgrave Macmillan, 2007.

的运作逻辑是偶然性和非理性,但在"必然的偶然性"作用下,世界的形状呈对称的数学模型。美国作家尼克·芒特福特(Nick Muntfort)的《2002:一个回文故事》("2002:A Palindrome Story")仅有 2000 字左右,文本没有任何有形的叙事者,近乎一种文字游戏:小说从前面开始阅读与从结尾开始回读几乎一模一样,完全对称。这是一种真正摆脱了人类中介的叙事想象。当然,完成这类叙事的方法不只回文这一种,上节提及的"列举"其实也可用来描绘没有人类的"物"世界,此外,还包括布赖恩·史蒂芬斯讨论的数字、文字集、句法和结构的递归等①。

(四) "物"的力量

"泛灵主义"是摆脱"相关主义"的另一条路径,其代表人物简·本尼特(Jane Bennett)认为,"物"绝非被动的客体,"物"不仅具有促进或阻碍人类计划的能力,而且自身也是施事者,有自己的运动轨迹和天性。本尼特用"物的力量"(thing-power)一词来概括"物"的这种施事能力,但她并不由此贬低人类的能力,而是从本体上将"物"的地位视为与人类平等,呼吁人类充分尊重"物的力量"②。展示"物"的力量为叙事提供了多种可能性。中国唐传奇名篇王度的《古镜记》的终极目标也许并非展示"物"的力量,但"古镜"降妖除魔的能力至少使读者为之赞叹称奇;英国科幻小说家 G·琼斯(G. Jones)的短篇小说《物的宇宙》("The Universe of Things")描绘了外星人与物之间自然地合二为一,而人类在面对具有活性的物体时则表现得惊慌失措;英国小说家玛丽·雪莱(Mary Shelly)的《弗兰肯斯坦》(Frankenstein)则通过描写"物"的力量来制造恐惧感;在某些侦探小说中,不起眼的"物"可能正是最后破案的关键所在。叙事中,可以有多种手法来再现"物"的力量,比如凸显"物"的施事能力、"物"自己的历史、"物"自己的故事,等等。

(五) "物"的时空

任何试图揭示"物"实在性的理论都必须阐明"物"存在的时空。思辨

---

① B. K. Stefans. "Terrible engines:A speculative turn in recent poetry and fiction." *Comparative Literature Studies*, 51(1), 2014, pp.159−183.

② Jane Bennett. *Vibrant Matter: A Political Ecology of Things*. Durham and London:Duke University Press, 2010.

实在论认为,传统的时空观念都是建立在人类经验基础上的,因此很难用来描写独立于人类的"物"的时空。为此,利维·布赖恩特区分了"牛顿时空"和"拓扑时空",前者将时空视为一个固定不变的容器,"物"就在这个时空中运作,而后者则认为时空就是"物"运作的一个函数,随着"物"运作的变化而变化①。比如,"物 A"与"物 B"之间若没有任何运作关系,那么无论他们的牛顿距离有多近,他们之间的拓扑距离就是无穷远。同理,时间也是"物"运作速率的一个函数,不同的速率有不同的时间,因此统一的时间度量标准就无法用来衡量"物"运作的快慢。在《北京折叠》中,在同一个物理空间上有三个不同的空间折叠,每一个空间中的"物"都有不同的运作方式,因此这是三个完全不同的空间。除了主人公老刀因为某种机缘可以同时存在于这三个空间,其他人物都无法在空间中跨越,对这些人物来说,虽然同处于一个物理空间,但他们之间的拓扑距离却是无穷的,这也解释了为什么小说中三个空间的人物无法发生交集,尽管第二空间中的秦天和第三空间中的伊言曾经有过机会却最终无法交集。这当然是个关于社会阶层的寓言,但是作者对空间折叠的应用使小说具备了科幻小说的形式,而用科幻小说的形式来表达社会现实,这可能正是该小说赢得 2016 年雨果奖的重要原因之一。

四、结　语

"物"一直都是文学叙事中的重要成分之一,但迄今为止的叙事学研究都是建立在人类经验的基础之上的,因此无法准确描写叙事中"物"的本体经验。近十年西方哲学界兴起的思辨实在论为我们提供了思考作为本体的"物"的方式,我们可以借鉴思辨实在论的思想资源,并将它应用到物叙事学的建构之中。这种物叙事学一旦建立,将提供一套方法、概念和范畴来分析文学作品中"物"的再现方式,包括"物"的性质,"物"的力量,"物"的存在时空,"物"与人的关系等。此外,这种物叙事学还可以作为一种工具来分析很多与性别、种族、环境、历史书写相关的叙事。一直以来,性别叙事、种族叙事、环境叙事、历史叙事都在试图表明,女性/同性恋、少数族裔/有色人种、自然/动物、沉默方都被其对立面,即男性/异性恋、白

① Levi R. Bryant. *Onto-cartography: An Ontology of Machines and Media*. Edinburgh：Edinburgh University Press，2014，pp.144−174.

人、人类、获胜方视为缺乏主体性的"物",因此这些叙事的一个基本命题就是还原被物化的一方,赋予他们力量、话语权和平等地位,书写他们独特的生命存在方式。从本质上讲,这些都与此处拟建构的物叙事学一脉贯通。因此,使用物叙事学提出的分析模式乃至概念范畴有利于深入挖掘这类叙事的内在含义,而在阐释这类叙事的过程中,物叙事学也会得到进一步的丰富和发展。最后,我们拟建构的物叙事学还可以在中国古代文化传统,尤其是道家传统中汲取营养。众所周知,道家强调"物各有性""物固有所然,物固有所可",提倡"形如槁木,心如死灰",也就是强调"物"有自己的本性和功能,人与"物"应该平等、没有本体级差。挖掘道家传统中的这些"物"思想,不仅有利于夯实物叙事学的理论基础,而且有利于将中国文化传统带入当代国际学术前沿对话中。

经济视野扩张、种群视野缺失与叙事政治阐释的盲视[*]

——詹姆逊叙事政治阐释学主符码评析之七

◎ 张开焱[**]

厦门大学

詹姆逊叙事政治阐释学的主符码之一是"总体性历史",而"总体性历史"的终极统摄性力量是"生产方式"。在他那里,对叙事问题的政治阐释与历史阐释是同一回事。而他的历史观又是建立在黑格尔逻辑主义和卢卡契式马克思主义历史主义结合基础之上的,历史具有总体性是他关于历史最重要的一个认知。而历史的总体性由什么来保证呢?在黑格尔那里是"绝对精神",在经典马克思主义那里被认为是"经济基础"(如那个经典的经济基础与上层建筑的社会结构模式)或"阶级斗争"(如"自有文字记载以来的历史都是阶级斗争的历史")。詹姆逊则认为不是经典历史唯物主义的经济基础或者阶级斗争,而是"生产方式"。在《马克思主义与历史主义》一文中,他对此进行了明确的指认[①];在《单一的现代性》中,他再次指认"马克思主义的'主符码'是以生产方式的序列为基础,以具有特殊地位的资本主义为认识立场"[②]。在此基础上,他吸纳阿尔都塞结构历

---

* 【基金项目】国家社科基金一般项目(批准号:10BZW004)。

** 【作者简介】张开焱,厦门大学教授,email:Kaiyanzhang2000@aliyun.com。

① 见弗里德里克·詹姆逊,"马克思主义与历史主义",载张京媛主编,《新历史主义与文学批评》,北京:北京大学出版社,1993年,第17—51页。

② 弗里德里克·詹姆逊著、王丽亚译,"单一的现代性",载王逢振主编,《詹姆逊文集》(第4卷),北京:中国人民大学出版社,2004年,第97页。

史观,将生产方式作为统摄从文化生产到经济生产所有社会结构层面的总体性范畴,建构了自己的社会结构模式。

詹姆逊对马克思主义历史阐释主符码和社会结构模式的调整,是在马克思主义理论中寻找资源以使马克思主义在后现代语境中获得发言权的努力,其重要价值不言而喻。在充分肯定这个努力的前提下,也要看到詹姆逊这个阐释主符码存在必须面对的问题,其中最重要的问题之一是经济视野的扩张与种群视野的缺失。鉴于此,本文拟集中对其"生产方式"符码构成中经济基因的扩张、种群视角的缺失及由此导致的叙事政治阐释盲视进行清理和检讨。

一、詹姆逊理论中经济视野的极度扩张

本文的检讨从詹姆逊吸纳阿尔都塞结构历史观建构的社会结构模式①开始(如图1):

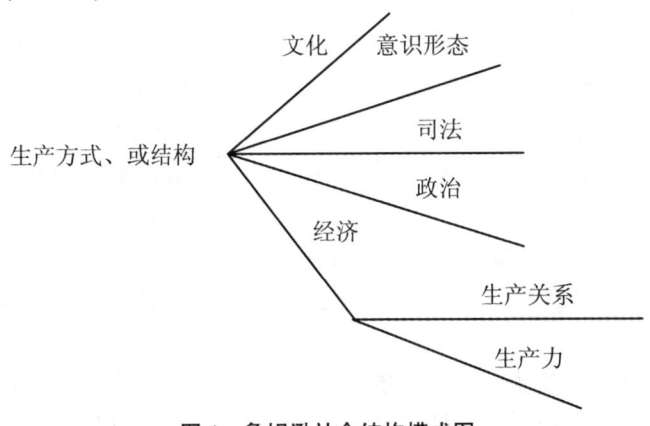

图1　詹姆逊社会结构模式图

在后现代语境中,詹姆逊对马克思主义历史阐释主符码和社会结构模式调整的用意,是为了避免被许多非马学者诟病的那个经济基础决定论的局限。他多次明确表示,自己不是经济决定论意义上的马克思主义者。问题是,在传统的历史唯物主义理论中,"生产方式"主要是与经济

---

① 弗里德里克·詹姆逊著,王逢振、陈永国译,《政治无意识》,北京:中国社会科学出版社,1999年,第27页。

活动方式连在一起的概念,天然携带"经济生产"的基因。现在,詹姆逊将这个概念从经济基础范畴提出来,作为覆盖整个社会结构的总体性概念,如何去除其天然携带的"经济决定论"基因,是他面临的一个问题。图1除了将"生产方式"特别提出来作为统摄性因素外,其实还是传统历史唯物主义典型的经济决定论式的社会结构模式,这也许暗示,詹姆逊潜意识层次的社会结构其实还是这个分层模式。

事实上,詹姆逊除了在《政治无意识》《后现代主义与文化理论》①等著作中,特别强调"生产方式"这个概念的经济因素外,在其他论文论著中,都自觉不自觉地流露出经济决定论的思想。在《六十年代:从历史阶段论的角度看》一文中,他纵论20世纪60年代包括"文化大革命"在内的全世界各地风起云涌的政治与意识形态领域的反叛性革命热潮时,最后就将其原因归结到全球性的经济根源中去。他说从80年代的眼光看这些政治运动,"也许最好的办法是将它看作资本主义经济基础或体制舞台向另一个转型过渡下的上层建筑的运动和游戏"②。他在《现实主义　现代主义　后现代主义》一文中,将文学艺术中的现实主义、现代主义和后现代主义分别确认为以"金钱和市场体系"这种"物化的力量"为基础的市场资本主义、垄断资本主义和晚期资本主义的对应性产物:"我的观点是,如果说现实主义形势是某市场资本主义的形势,而现代主义的形势是超越了民族市场的界限、扩展了世界资本主义或者帝国主义的形势的话,那么,后现代主义的形势就必须被看做是一种完全不同于老的帝国主义的、跨国资本主义(amultinational capitalism)的或者说失去了中心的世界资本主义的形势。"③这种引起争议的描述后面隐藏的理论框架,正是经济基础决定论。

詹姆逊在许多地方都反复强调,对于马克思主义而言,商品交换和阶级斗争是最关键的概念,"任何真正的马克思主义阐释都必须坚持两个老

---

① 弗里德里克杰·詹姆逊著、唐小兵译,《后现代主义与文化理论》,西安:陕西师范大学出版社,1986年。

② 弗里德里克·詹姆逊著、吴敏译,"六十年代:从历史阶段论的角度看",载张旭东主编,《晚期资本主义文化逻辑——詹明信理论批评文选》,北京:生活·读书·新知三联书店,1997年,第394页。

③ 弗里德里克·詹姆逊著、刘象愚译,"现实主义　现代主义　后现代主义",载张旭东主编,《晚期资本主义文化逻辑——詹明信理论批评文选》,北京:生活·读书·新知三联书店,1997年,第286—287页。

的而且很熟悉的术语:商品生产和阶级斗争"①。他在生产方式诸构成因素中,特别强调资本的作用,他说:"资本的概念是公认的总体化或系统概念。"②在《认知的测绘》一文中,他为自己对资本主义三个阶段的总体化认知辩护:

> 我想尽力指出,资本的三个历史阶段各自生产出它特有的空间,……我想到的这三个空间都在资本扩展中,……至少可以确信的是,资本的概念随着这个社会制度本身的某个统一逻辑的概念而兴起和衰亡。……这两个概念都无法挽回地成了总体化概念。③

很明显,以"资本"作为历史的总体性因素和以生产方式作为历史的总体性因素在他那里是内在一致的。他在就《晚期资本主义文化逻辑——詹明信批评理论文选》一书中译接受张旭东的访谈时特别提到,"我并不认为马克思是经济决定论者。但我认为谈马克思主义就不可避免地这样那样要谈经济,这是马克思主义内在的、历史的、不可逾越的一个特征"④。他从经济角度看后现代,最后得出一个可能令许多人大跌眼镜的结论:"在我看来,关于后现代的理论最终是关于经济的理论。"⑤在最近一次来中国所做的关于解读《资本论》的演讲中,他也表达了同样的看法:

> 我不妨就简单提出一个看法:今日之世界政治皆与房地产相关。后现代政治在本质上反映的是土地掠夺,在地区和全球范围都是如此。……今天的一切都和土地相关。以马克思主义术语说,这一切变化归于土地的商品化和残余的封建制以及农民阶层的消失,取而代之的是工业农业、农业商业以及农场工人。⑥

所有这些都显示,尽管詹姆逊将"生产方式"作为覆盖整个社会结构各个层面的总体性要素,但实际上,他心目中的"生产方式"这个概念最主要的

---

① 弗里德里克·詹姆逊著、胡亚敏译,"批评的历史维度",载王逢振主编,《詹姆逊文集》(1),北京:中国人民大学出版社,2004 年,第 186 页。

② 弗里德里克·詹姆逊著、陈永国译,"认知的测绘",载王逢振主编,《詹姆逊文集》(1),北京:中国人民大学出版社,2004 年,第 304 页。

③ 同上,第 296 页。

④ 见张旭东,"马克思主义与理论的历史性——詹明信就本文集出版接受采访录(代序)",载弗里德里克·詹姆逊著、张旭东主编,《晚期资本主义文化逻辑——詹明信批评理论文选》,北京:生活·新知·读书 三联书店,1997 年,第 17 页。

⑤ 同上,第 17—18 页。

⑥ 弗里德里克·詹姆逊著,朱羽、蒋晖译,"《资本论》新解",《现代中文学刊》2013年第 1 期。

所指还是属于经济基础的那些内容。20世纪,在许多西马学者那里,经济决定论的历史观遭到质疑,他们转而寻找其他影响历史的重要因素。葛兰西找到了市民文化,阿尔都塞找到了多元决定论,阿多诺和马尔库塞等找到了人本主义,齐泽克找到了意识形态,等等,但詹姆逊理论依然保留着对经济因素的特别倚重。

因此,我们要说,尽管詹姆逊努力想避免经济决定论的嫌疑,但实际上经济视野在他的理论中重新获得了极大的扩张。但这并没有妨碍他理论的阐释力量,恰恰相反,在经济因素以史无前例的速度和力量实现对社会的渗透和扩张的后现代,詹姆逊的理论选择使他获得了超越时人的透视深度和广度。

詹姆逊的叙事政治分析最让人惊讶的地方之一是,被许多西方学者诟病的经济论视角在他那里释放出了巨大的解释能量,呈现出多彩多姿的形态,显示出令人震撼的锐利、透辟、洞见和理论活力,从而经由他手再一次使马克思主义在当代学术前沿显示出其动人心魄的魅力。笔者分析,他的思想获得这样效果的原因有二:一是经典唯物主义那个带有经济决定论色彩的理论体系,在剖析当代资本主义社会文化和文学艺术现实的时候,显示出比以往任何时候都更大的解释力量。资本主义发展到詹姆逊所说的晚期阶段,经济与资本对人类所有领域全面的渗透和控摄力量正以前所未有的方式显现。这使得马克思主义经济分析视角获得了超出以往所有历史阶段的有效度,这意味着,经典历史唯物主义并未丧失其有效性。二是与他自己开阔的理论视野相关。詹姆逊是迄今为止理论视野最为开阔的西方少数马克思主义学者之一,这使他能在各种互相对立的理论系统中取长补短,以构建自己的马克思主义阐释体系。他优游自如地行走在古代、近现代、后现代西方各种思想文化流派中,得心应手地借用这些思想成果和方法作为自己历史分析的阶段性工具,在令人眼花缭乱、富有弹性和辨证性的征引、论辩、剖析中,最终带领读者登上他历史分析的顶峰。

基于上述两个原因,尽管詹姆逊是后现代最强调经济、商品、资本、生产方式巨大作用的理论家,但很少看到人们指责他是一个过时落伍的经济决定论者。可以说,在后现代,他是将经济论视角的阐释力量发挥到极致并获得巨大影响的极少数学者之一。

二、詹姆逊叙事政治学中种群视角的缺失

尽管如此,詹姆逊理论体系仍存在一个缺失,这影响他理论获得更开阔的视野和更大的解释力量。在他的解释体系中,种群生产方式被完全无视,种群视野完全缺失。

在詹姆逊社会结构模式中,处于基础性地位的经济活动诸要素都被开列出来了,但种群生产这个同样重要的要素,却完全被无视,这是令人遗憾的。詹姆逊借用的还是马克思主义创始人在其中期提出的以物质生产为基础的那个社会结构模型,但事实上到了马、恩晚年,他们对人类学成果有了更多了解后,对这个模型的缺陷是有强烈意识并进行了重大修补的。这集中体现在马克思逝世前委托恩格斯撰写的重要论文《论家庭、私有制和国家的起源》中。在这篇论文的德文版序言中,恩格斯对历史唯物主义理论作了如下最终表述:"根据历史唯物主义观点,历史中的决定性因素,归根结底是直接生活的生产和再生产。但是,生产本身又有两种。一方面是生活资料即食物、衣服、住房以及为此所必需的工具的生产;另一方面是人自身的生产,即种群的繁衍。一定历史时代和一定地区内的人们生活于其下的社会制度,受着两种生产的制约:一方面受劳动的发展阶段的制约,另一方面受家庭的发展阶段的制约。"①这个历史唯物主义的表述比他们中期那个表述更为全面和有解释力。但很遗憾的是,这个最终表述一直没有受到中西马学的重视,詹姆逊和大多数马克思主义理论家一样,都无视这个最终表述中的种群生产(即"人自身的生产")的重要性,这导致他社会结构模式和历史理论本身的残缺。

我们必须承认一个常识,种群生产既是人类历史(政治)活动的基础和前提,也是人类社会生活的基本构成,还是人类历史活动的终极目的(作为种群的人类自身的保存、繁衍、延续、发展、进步和进化,是人类一切活动的最终目的也是最高伦理原则),就人类而言,这应该是最大、最根本的政治目标。人自身的种群生产活动方式是历史地发展和改变的,从原始的群婚制到一夫多妻制或者一妻多夫制,到对偶婚制进而到一夫一妻制;从原始的普鲁那亚大家庭到古代阶级社会的三世、四世同堂的大家庭,到近现代以"儿—父—母"为核心的二代小家庭;从原始的血缘婚制到

---

① 《马克思恩格斯选集》(第4卷),北京:人民出版社,2012年,第13页。

非血缘婚制,等等,都意味着种群生产方式的历史性发展和变化。这种变化可能与经济生产方式相关,但并不简单地是由经济生产引起和决定的。仅就种群生产的基本单位——家庭的形式而言,以一夫一妻制为主的婚姻模式自从进入阶级社会基本被确立后,历经奴隶制、封建制、资本主义制度和社会主义制度多种经济生产方式而被保存下来,这典型地说明种群生产方式与经济生产方式之间没有决定性的同一性关系。同时,从共时角度讲,同一种经济生产方式主导的社会,也可能有多种婚姻制度。种群生产方式有自己独立的发展轨迹和规律,每一时代社会的经济发展状况都在为种群生产提供不同的物质平台,但这个平台不会从根本上决定种群生产的方式和规律。正因为这样,马、恩后期才将种群生产作为人类最基本的生产活动看待。

既然种群生产是人类最基本的生产活动,那逻辑上它就必定对社会关系、社会结构、政治体制、意识形态等领域产生巨大的影响。

首先,人类以个体生命的存在作为前提。马克思认为,"全部人类历史的第一个前提无疑是有生命的个人的存在"[①]。而这个前提正是种群生产提供的,也是种群生产的基础。因此,与个体存在的独特性相关的生命意识、性别意识、个体意识等,都必然产生。

其次,种群生产产生了人类基本社会关系领域。马克思谈到个体生命存在是一切历史存在的第一个前提之后说,人类创造历史的三个前提分别是,使生命存活的物质资料的生产,在此基础之上产生的新的需要,以及生命的再生产和由此产生的家庭关系。对于第三点他说,"一开始就纳入历史发展过程的第三种关系就是:每日都在重新生产自己生活的人们开始生产另外一些人,即增殖。这就是夫妻之间的关系,父母和子女之间的关系,也就是家庭。这个家庭起初是唯一的社会关系"[②]。人是人生产的,是男人和女人结合而生产的,这是任何其他的方式和关系都无法替代的。由于这个基本事实,所以在人的生产活动中,就产生了与之相关的基本社会关系。在物质生产中人们结成的是以实际利益为纽带的各种经济关系,而在种群生产中结成的则是以血缘和泛血缘为纽带的情感和伦

---

① 马克思、恩格斯,"德意志意识形态",载《马克思恩格斯选集》(第1卷),北京:人民出版社,2012年,第146页。

② 马克思、恩格斯,"德意志意识形态",载《马克思恩格斯选集》(第4卷),北京:人民出版社,2012年,第159页。

理关系,如两性关系、家庭关系、家族关系、族团关系,以及这种关系的泛化形式——种族、民族、人类关系等,在此基础之上,也产生了以之为基础的相关欲望、情感与观念,即社会意识。

又其次,种群生产基础之上形成了最早的人类社会制度。恩格斯在《家庭、私有制和国家的起源》一文中考察了从原始社会到资本主义社会政治关系和政治体制建立的基础,发现原始社会的政治关系是建立在血缘关系基础之上的,进入阶级社会之后,则是建立在经济关系基础之上的。① 恩格斯对阶级社会的考察是以从古代希腊罗马到近代资本主义欧洲历史为对象的,这个判断对欧洲阶级社会的考察大体有效,而对欧洲之外的绝大多数地域则效度有限。因为,在古代中国等"亚细亚生产方式"的国家,血缘关系一直是社会政治体制建构的基础性力量,无论从最高层面的国家政治还是基层的村社政治,都是如此。在国家政治层面,政权一直按皇族血统世袭;在基层政治层面,聚族而居、宗法主导,一直是几千年来中国村社的基本组织原则。在原始社会,人类基本都以血缘关系为社会政治的基础,进入人类文明的轴心时代,中西社会开始选择了不同的国家组织原则。希腊选择了走出家庭和家族,而以孤立的个体为单位组成城邦国家。② 中国则基本是一个以村社为基础的国家,一直到近代都延续着以血缘家庭、家族为单位组织国家的原则。③

再次,与此相关的是,在社会意识形态即精神文化的构成领域,无论中西方,与种群生产相关的观念、愿望、情感,一直是人类意识形态构成的重要内容。在中国,种群意识和情感一直是建构社会精神文化的核心力量,以基于血缘关系的礼教为核心的儒学在中国大行其道绝非偶然。在西方,进入古代希腊罗马社会后,种群意识和情感在意识形态层面相对弱化,与商业经济和城邦聚落形态相关的个人与公民意识居于重要地位。到近现代,与资本主义经济发展要求相关的商业主义、理性主义、消费主义观念更成为意识形态的核心构成。即使如此,种群意识与情感仍然在这个社会的意识形态中占有相当重要的地位,这最突出地体现在种族主

① 《马克思恩格斯选集》(第4卷),北京:人民出版社,2012年,第13页。
② 参阅库朗热著、谭立铸等译,《古代城邦——古希腊罗马祭祀、权利和政制的研究》(卷三)、《城邦》(卷四)、《革命》,上海:华东师范大学出版社,2006年,第107—328页。
③ 参看盛洪,"中国和西方是如何分道扬镳的?"《读书》2014年第4期。

义、民族主义、人本主义、人类主义的观念与情感中。而且,在某些时段和国度,种群观念和情感中的某些种族主义情感和观念,还成为了最重要的意识形态。如希特勒的"雅利安人种优秀论"、美国长期实行的种族隔离制度所体现的种族歧视意识、欧洲延续了一千多年的对犹太民族的歧视意识,等等,都曾经是阶段性主导西方社会的意识形态观念和情感。这说明即便在近现代,种群观念和情感仍是西方社会意识形态最深层的"集体无意识"构成。

最后,与种群生产相关的生活、关系、观念、情感在人类文学艺术活动中占据最重要的地位。产生于种群生产的欲望、情感和观念,深刻影响着创作动力、作品构成和社会接受心理。关于这个问题,笔者已有三篇论文①正面论及,为节省篇幅,于兹不赘。

三、种群生产对叙事活动的影响与詹姆逊叙事政治阐释的盲视

詹姆逊有力地阐释了经济生产方式对社会政治和意识形态以及对叙事活动、叙事构成的深刻影响,这十分有价值。但种群生产对人类社会政治、意识形态以及叙事活动和叙事文本构成的影响,他却不置一词,这是明显的缺陷。本处只就种群生产方式和活动对人类叙事活动的重要性做一个简单的勾勒,以证明詹姆逊叙事政治阐释的盲视所在。

首先,从历史角度考察,人类为什么要有叙事活动,人类叙事活动的动力是什么,这都与种群生产相关。原始人类两性之间表达爱慕,媾和,祈望个体、家族、部落昌盛绵延,对自己伟大祖先和英雄的崇拜与怀念的欲望和情感,是叙事活动最强大的动力。直到现代文明人这里,这仍然是叙事活动的深在动力之一,对此精神分析学有最深刻的揭示。詹姆逊并非没有注意到精神分析学的成果,他甚至说 20 世纪最伟大的精神体系之一就是精神分析学。但他实际上将精神分析学的种群生产根基完全抹杀了,而从自己特定的经济政治角度将其转化和利用。例如在《政治无意

① 参看张开焱,"种群文艺视角的可能空间",《学术研究》2003 年第 9 期;"马克思主义美学的哲学基础再探",《湖北大学学报》2009 年第 1 期;"种群论视野中的艺术与审美起源",《西北师范大学学报》2011 年第 3 期。

识》中,他就是从这个角度阐释巴尔扎克在家庭生活中受到的压抑和潜意识欲望的。① 詹姆逊做这种转换的潜在认知是:基于种群生产的这种欲望、感情、潜意识和生活本身,远不具有重大的社会历史价值,只有将其转换为和物质生产相结合的内容才有历史价值,这显然是片面的看法。应该看到,人类自身的发展与完善是人类自身根本的历史使命,因此,对人类种群生产活动进行促进、引导、控制、完善或阻挠、敌视、排斥、毁灭等的态度和活动,也是最大和最根本的政治,但詹姆逊理论显然缺乏这个维度。

其次,人类种群生产活动也是人类叙事艺术的核心内容。弗雷泽在《金枝》中对原始神话产生于其中的巫术活动进行的著名研究揭示,原始人巫术仪式最重要的是祈丰与祈生仪式两大类,前者以物质生产为对象,后者以生命活动为对象。而在互渗律和生命一体化观念的支配下,他们会将祈丰仪式生命化,即用生命生产的过程来表现物质生产的过程。因而作为人类各民族最早叙事样式的原始神话,其内容大都和祖宗崇拜、性崇拜、生殖崇拜、生命崇拜等种群生产观念、情感相关。而基于种群生产活动的氏族、部落、族团间的交往、冲突、战争和胜败的生活则是古代史诗叙事的核心内容,正如巴赫金所说,史诗叙述的是各民族自己远古伟大祖先的生活,所以“是神圣而不可篡改的”②。

并非只有古代神话史诗如此,一直到现当代,基于种群生产的那些社会关系、生活、情感、欲望和哲理,男女、家庭、家族、族群、种族、民族之间的爱恨情仇,依然是文学艺术叙事活动的主要对象和内容。即使在经济活动对社会生活的重要性前所未有的当代,人们打开电视、走进电影院、翻开小说,充斥视觉、听觉的主要还是这些生活的叙述。物质生产方式的改变,并不会从根本上改变这种生活的性质,改变的只是这种生活展开的平台和局部内容。如此重要的叙事内容,在詹姆逊的叙事政治学中,基本没有获得合适的认识和表达,这是他叙事理论令人遗憾的缺陷。

种群生产还影响着叙事的深层语法。结构主义叙事学提出的“叙事语法”这个概念,指的是深藏众多叙事文本表层故事结构内的共同故事规

---

① 参看弗里德里克·詹姆逊著,王逢振、陈永国译,“现实主义和欲望:巴尔扎克和主体问题”,《政治无意识》,北京:中国社会科学出版社,1999 年。

② 巴赫金,“史诗与小说”,《巴赫金全集·小说理论》,石家庄:河北教育出版社,1998 年,第 518 页。

则,原型批评理论也揭示人类所有叙事文学故事深层,都存在一个万法归一的神话原型结构。人类千千万万叙事作品,从终极角度讲,都在讲述一个"元神话",一个"元英雄"从生到死的生命历程或这个生命历程的不同阶段。这也就是说,归根到底,人类文学都在讲述一个神性人的生命过程,或这个过程的某些阶段。对这个理论我们自然不必完全照搬和接受,但它的启发性和部分合理性是明显的。

所有这些,在詹姆逊的叙事政治学中,基本都是缺失的。因为种群视野的缺失,使得詹姆逊对于一些作家作品的叙事政治分析也不可避免地具有相应的盲视。例如他在《政治无意识》中分析康拉德的小说《吉姆爷》,说这部小说运用的叙事范式之一就是存在主义叙事范式。他所说的"存在主义叙事范式",指的是作品经常表现主人公吉姆对于人与世界的关系、人的存在感、价值感、人的超越性等问题的感受和沉思。其中,吉姆在海港对大海与陆地之间的存在主义式感悟和沉思是最典型的。詹姆逊说作品的这种存在主义叙事范式是一种典型的"遏制策略",即通过对大海的存在主义式叙述,遮蔽了大海的历史特征。即海作为资本主义殖民活动、商业生产和交换活动场所的历史特征,在这种存在主义叙事策略中被遮蔽了。① 这样说当然有不俗的洞见。但如果换一个角度,我们就能发现这一说法的局限:因为这样说就意味着吉姆对大海的存在主义式感受和沉思是非历史的。但事实上我们只要设想一种情景就能突出地意识到吉姆这种感受和沉思的历史性:设若不是吉姆而是一个毛猿或原始部落民处在吉姆的那个位置,他是否面对大海会有吉姆式的存在主义感受和沉思?这个答案是很明白的。这意味着,人类个体面对自然的吉姆式存在主义感受和沉思,是历史地产生的,它就是历史的产物。只不过这个历史,不只是经济生产意义上的历史,而是包括了它但又超越了它的种群进化的历史。人类个体从群体中析出,以一个独立个体的身份立身于世,在与自然面对的时候去感受、思考和领悟个体或人类生存的意义和价值等问题,那是人类自我意识发展到相当高度的近现代社会才可能大面积具有的。因此,吉姆式的存在主义叙事本身就有深厚的历史内容和历史感,说这种叙事遮蔽了真实的历史,恰恰显示出詹姆逊的历史观存在片面性。

---

① 参看弗里德里克·詹姆逊著,王逢振、陈永国译,"传奇与物化:约瑟夫·康拉德小说中的情节建构和意识形态封闭",《政治无意识》,北京:中国社会科学出版社,1999 年。

存在主义将个体意识做了超历史的永恒化描述,但历史分析的任务是要揭示这种意识产生的历史性,而不是简单地予以否定。

又如詹姆逊在《政治无意识》中对吉姆行为和心理中体现的责任、荣誉和尊严的意识进行历史分析时,说这种意识是产生于封建社会的伦理道德观念,对处于资本主义社会的人而言,是一种过时的、有疑问的观念。这也是从基于经济视野的社会阶段分期角度而言的,当然自有其道理。但如果从种群视野看待人类对责任、荣誉和尊严的追求,我们将发现另外的东西。所谓责任、荣誉和尊严意识,从马斯洛人本心理学的需求层次理论而言,基本属于个人自尊需求的心理层次。自尊需求是个人从群体析出后历史地产生的需求,它并不简单地对应于基于经济基础分期的封建社会,而是在人类成员成为独立自主个体的阶段必然产生的。众所周知,在欧洲文化史上,最早最强烈地体现独立自主、自尊、荣誉和尊严意识的,是荷马史诗《伊利亚特》中的英雄阿喀琉斯。希腊神话史诗中的英雄们大都有阿喀琉斯一样强烈的自尊、责任、荣誉和尊严意识。如果按照社会分期理论,他们是奴隶制时代的英雄。而那以后直到现代,西方文化中那些带有英雄色彩的人物无不具有这种强烈的意识和追求。这恰恰说明,责任、荣誉和尊严意识,远不止是与封建社会对应的一种意识形态。从种群视野角度看,它是人类个体从群体析出后,历史地产生和确认的一种伦理观念,既不只是产生于封建时代,也不止于封建时代。

这样的例子在詹姆逊的叙事政治分析中可以找到很多。他对巴尔扎克、吉辛等作家作品叙事政治内容的分析,换了种群生产的角度,都会看到另外的东西。我们可以说,詹姆逊在突出建基于经济生产方式基础之上的叙事政治分析的同时,遮蔽了叙事种群政治分析的通道和空间。

因此,詹姆逊的阐释主符码"总体性历史"以及与之相关的"生产方式"的内涵需要重新调整,即将"种群生产方式"这个人类社会主要的活动方式覆盖其下,这将大大拓展其理论的阐释视域和力量。况且这在马克思主义创始人晚年的理论中,本来就是历史唯物主义的逻辑构成。因此,这样做,与其说是创新,不如更准确地说是回到历史唯物主义的本原构成中。

综上,詹姆逊叙事政治阐释学的基础性理论框架中,经济因素的重要性获得了极大的膨胀和扩张,这总体上给他的文化和叙事政治阐释带来了极大的洞见。其原因,既在于历史唯物主义理论本身的极大阐释潜力,也在于资本主义社会中经济活动和要素的重要作用确实超过了以往任何社会形态,经济决定论意义上的历史唯物主义理论在这个时代获得了前所未有的验证,所以詹姆逊的理论对当代社会和文化的阐释具有相当的洞见和阐释力量。但马克思主义创始人在其后期对历史唯物主义的终极表述中,特别强调了经济生产之外的种群生产因素的重要性,这一表述远比中期建基于经济决定论之上的那个经典历史唯物主义表述更为全面和有效。而种群生产的重要性在詹姆逊的理论中却完全被无视了,这是其理论框架的重大缺陷,这也导致他对叙事问题的政治阐释出现明显的盲视和偏误。解决詹姆逊理论的问题,在逻辑上并不困难,完全可以将他的阐释主符码"生产方式"的视域扩大到包含"种群生产方式",这也正符合马克思主义创始人对历史唯物主义的最终表述。

本文已发表在《武汉大学学报》(人文版)2016 年第 5 期,略有改动,特此说明。

后殖民语境下的非自然叙事学

◎ 尚必武*

上海交通大学

2009 年夏,美国俄亥俄州立大学叙事研究所举办了一场题为"对话中的叙事理论:四种视角"(Narrative Theory in Conversation: Four Perspectives)的专题讨论会,受邀参加的学者除了修辞叙事学家詹姆斯·费伦、彼得·拉宾诺维茨,认知叙事学家戴维·赫尔曼,女性主义叙事学家罗宾·沃霍尔之外,还有非自然叙事学家布莱恩·理查森。上述叙事理论家在发言中,以作者、叙述者、叙述、时间、情节、进程、空间、场景、视角、人物、接受与读者、叙事价值和美学价值等诸多叙事学基本概念为基础,畅谈各自理论学派的主导原则和核心思想,并与其他学者展开对话,以探讨不同的后经典叙事学派之间的相互关系。三年后,上述叙事理论家在此次会议上的对话内容以专著《叙事理论:核心概念与批评争议》(*Narrative Theory: Core Concepts and Critical Debates*, 2012)的形式出版。正如笔者曾经指出的那样,在后经典叙事学的第二发展阶段,对后经典叙事学不同派别之间相互关系的探讨成为叙事学界的一个重要话题。在这种语境下,对话既在宏观层面上迎合了当代西方叙事学发展的重要趋势,也在微观层面上有益于每个具体叙事学派审视其盲点与不足,借助其他理论视角实现交叉发展。

笔者在此无意继续探讨这种对话与争鸣的意义和启发价值①,而力图

---

* 【作者简介】尚必武,上海交通大学教授,email: biwushang@sjtu.edu.cn。

① 关于在后经典叙事学第二发展阶段,不同叙事学派之间的对话与争鸣,参见尚必武,"理论的争鸣与批评的对话:再论后经典叙事学的第二发展阶段",《江西社会科学》2015 年第 6 期。

聚焦参与这次对话的一个后经典叙事学最新流派——非自然叙事学,审视其与女性主义叙事学、认知叙事学和修辞叙事学之外的其他叙事研究方法的交叉性,尤其试图探讨非自然叙事形式所承载的意识形态功能及其与后殖民叙事研究的融合。

一、非自然叙事的意识形态特质

根据扬·阿尔贝的观点,"非自然叙事"指的是"物理上、逻辑上、人类属性上不可能的场景与事件"①,尤其是"相对于统治物理世界的已知原则、普遍接受的逻辑原则(如非冲突性原则)或者之于人类知识与能力的标准限度而言,所不可能的再现场景与事件"②。在理查森看来,非自然叙事是指那些"包含重要的反模仿事件、人物、场景或框架的叙事"③。尽管非自然叙事学家对"非自然叙事"的定义不尽相同,但是他们的研究共性主要表现在三个方面:"第一、迷恋高度不合情理的、不可能的、不真实的、非现实世界的、反常的、极端的、古怪的、坚定的虚构叙事与其结构;第二、有通过回答'它们潜在的意思是什么'的问题来阐释它们的冲动;第三、对审视这些具体的叙事与所有其他叙事之间的关系感兴趣。"④

自理查森出版《非自然的声音:现当代小说的极端化叙述》(2006)一书以来,非自然叙事学以异常迅猛的势头向前发展,成为国际叙事学研究阵营中不可忽视的一个重要流派,影响甚大。理查森与费伦、赫尔曼、沃霍尔等在《叙事理论:核心概念与批评争议》中的对话就是其在当今叙事学界具有重要影响的一个鲜明例证。进入 21 世纪第二个十年,当下对非自然叙事的研究呈现出从最初的理论主张进入到理论与实践

---

① Jan Alber. *Unnatural Narrative: Impossible Worlds in Fiction and Drama*. Lincoln: University of Nebraska Press, 2016, p.14.

② Ibid., p.25.

③ Brian Richardson. *Unnatural Narrative: Theory, History and Practice*. Columbus: Ohio State University Press, 2015, p.3.

④ Jan Alber, Stefan Iversen, Henrik Skov Nielsen & Brian Richardson. "What is unnatural about Unnatural Narratology? A response to Monika Fludernik." *Narrative*, 20 (3), October 2012, pp.377-378.

并举的阶段①,从对非自然叙事技法的共时研究转向对非自然叙事的历时考察②,从对文学叙事的非自然性研究扩展至跨媒介叙事的非自然特征的研究③,以及从对某一国别文学的非自然叙事研究转至对非自然叙事的跨国界和比较研究④。根据费伦和拉宾诺维茨的观点,女性主义叙事学、认知叙事学和修辞叙事学是基于"作为 X 的叙事"(Narrative as X)的概念模式,即叙事作为女性政治的场所、叙事作为世界建构、叙事作为修辞。与之相反,理查森的非自然叙事学是基于"关于 X 的叙事"(Narrative of X),即聚焦于叙事的某种具体类型或某个方面。⑤当然,在理查森那里,叙事的某种类型或某个方面指的是反模仿(antimimetic)。费伦和拉宾诺维茨对非自然叙事的观察和判断,切中肯綮,无可厚非,但诸如费伦等其他叙事学家在评述非自然叙事的时候,往往聚焦其非常规的叙事形式,试图由此把握其"不可能性"(impossibility)或"反模仿性"(anti-mimesis),而对非自然叙事的意识形态特质没有给予足够的重视。

实际上,"意识形态与文学研究有着天然的亲近关系"⑥。在《小说叙

---

① 比如非自然叙事学研究的领军人物理查森在其最新著作中就明确地将非自然叙事的理论、历史和批评实践放置于同等重要的地位加以考察。参见 Brian Richardson. *Unnatural Narrative: Theory, History, and Practice*. Columbus:Ohio State University Press, 2015.

② 关于非自然叙事的历时研究,可以参见 Jan Alber. "The diachronic development of unnaturalness:A new view on genre." In Jan Alber & Rüdiger Heinze (eds.), *Unnatural Narratives — Unnatural Narratology*. Berlin:de Gruyter, 2011, pp.41-67; Eva von Contzen. "Unnatural narratology and premodern narratives:Historicizing a form." *Journal of Literary Semantics*, 46(1), 2017, pp.1-23.

③ 关于跨媒介的非自然叙事研究,参见 Alice Bell. "Interactional metalepsis and unnatural narratology." *Narrative*, 24 (3), 2016, pp.294-309; Christopher D. Kilgore. "Unnatural graphic narration:The panel and the sublime." *JNT: Journal of Narrative Theory*, 45(1), 2015, pp.18-45.

④ 参见 Biwu Shang. *Unnatural Narrative across Borders: Transnational and Comparative Perspectives*. London and New York:Routledge, 2018.

⑤ David Herman, James Phelan, Peter J. Rabinowitz, Brian Richardson & Robyn Warhol. *Narrative Theory: Core Concepts and Critical Debates*. Columbus:Ohio State University Press, 2012, p.186.

⑥ 胡亚敏,《西方文论关键词与当代中国》,北京:中国社会科学出版社,2015 年,第362 页。

述与意识形态》(2002)一文中,胡全生指出:"小说家进行创作,一是借助语言,二是运用叙述技巧。语言已被看作意识形态的载体,叙述技巧也反映出小说家对客观世界的认识,因此不能不说其本质上也具有意识形态的属性。所以我们在分析叙事作品时,既要注意分析叙述内容的意识形态属性,也要注意分析叙述形式的意识形态属性。"①与之相似,胡亚敏同样强调叙事的意识形态特质。她认为,"无论是作品的主题还是其中的人物、事件乃至手法和结构,都具有某种程度的意识形态意味,叙事不可能做到'不偏不倚',不管对'事实'做多么简单的陈述,话语本身就具有主体意志甚或是主体的权力"②。在此基础上,胡亚敏提出关于研究意识形态叙事的构想,并从中概括出总体化、历史和政治无意识等三个理论特质。

笔者曾经指出,非自然叙事研究的一个重要启发价值就是其之于意识形态的关联。③扬·阿尔贝、亨利克·斯克夫·尼尔森、布莱恩·理查森等人认为:非自然叙事"批判被滥用的叙事规约。这些叙事为再现、包括我们所看到的被边缘化或被殖民者的自我再现提供了原创性的工具。非自然的形式是表达非同寻常事件的一种独特方式并产生了一种不同的、具有挑战性质的审美体验"④。在接受访谈时,理查森强调:少数族裔文本和反抗文学可以从非自然叙事学中获得裨益,这对非裔美国文学叙事、女性主义文学叙事、同性恋文学叙事、后殖民文学叙事尤其合适。⑤在《非自然情节之伦理内涵》(2011)一文中,阿尔贝指出:非自然叙事通过其非常规的叙述形式,让我们变得更加开放和灵活,因为它们催促我们处理那些"他者的或奇特的激进形式"(radical forms of otherness or strangeness),而对于一个民主体系而言,"没有什么比处理他者的激进形式和复杂形式

---

① 胡全生,"小说叙述与意识形态",《四川外语学院学报》2002 年第 3 期,第 15 页。

② 胡亚敏,"论意识形态叙事的理论特质",载《叙事研究前沿》(第一辑),尚必武主编,北京:外语教学与研究出版社,2014 年,第 115 页。

③ 尚必武,"西方文论关键词:非自然叙事学",《外国文学》2015 年第 3 期,第 104 页。

④ Jan Alber, Henrik Skov Nielsen & Brian Richardson. "Unnatural voices, minds and narration." In Joe Bray, Alison Gibbsons & Brian McHale (eds.), *The Routledge Companion to Experimental Literature*. London and New York: Routledge, 2012, p.365.

⑤ Peer F. Bungaard, Henrik Skov Nielsen & Frederik Stjernfelt (eds.). *Narrative Theories and Poetics: Five Questions*. Copenhagen: Automatic Press/VIP, 2012, p.15.

的能力更重要"①。

上述可见,在阿尔贝、尼尔森和理查森那里,非自然叙事与意识形态密切关联之处主要在于"被边缘化或被殖民者的自我再现""他者的或奇特的激进形式",或者更直截了当地说是在于"后殖民文学叙事"。换言之,在非自然叙事学家们看来,非自然叙事学可以与后殖民叙事学相互交叉、互为补充。当下,在与非自然叙事学积极对话的学者中,既有自然叙事学家如莫妮卡·弗鲁德尼克②,也有认知叙事学家如赫尔曼、女性主义叙事学家如沃霍尔、修辞叙事学家如费伦、拉宾诺维茨等,但是似乎缺少了后殖民叙事学家的存在,不免令人遗憾。究其原因,用玛丽昂·吉姆尼克(Marion Gymnich)的话来说,盖因后殖民叙事学"依然处于其发展的第一个阶段"(at the first stage of development),从而没有引起叙事学界足够的重视。

二、从非自然叙事到后殖民叙事:殖民主题的叙事再现

20世纪90年代,叙事研究的"语境化转向"(contextual turn)使得过去主要围绕叙事形式和叙事结构的分析转向关注叙事形式和叙事结构所承载的语境化内涵及其与性别、权力、意识形态之间的关联,由此也使得叙事学与带有政治色彩的批评理论如女性主义批评、后殖民主义批评的结合成为可能。与之结合的结果,则是叙事学新流派的产生,女性主义叙事学是最为典型的例子。与女性主义叙事学相比较,后殖民叙事学则相对晚近。按照王丽亚的解释,后殖民叙事学"将叙事作品的结构分析与文化批评相结合,提倡通过观察作品在情节编制、语言方式、文类体裁等形式方面的特点,揭示后殖民文学(主要指小说)在叙事成规参照下的差异

① Jan Alber. "The ethical implications of unnatural scenarios." In Jan Alber et al. (eds.), *Why Study Literature*. Aarhus: Aarhus University Press, 2011, p.230.

② 关于弗鲁德尼克与阿尔贝、理查森等人关于非自然叙事学的对话与争鸣,参见 Monika Fludernik. "How natural is 'Unnatural Narratology'; Or, what is unnatural about Unnatural Narratology?" *Narrative*, 20(3), 2012, pp.357-370; Jan Alber, Stefan Iversen, Henrik Skov Nielsen & Brian Richardson. "What is unnatural about Unnatural Narratology? A response to Monika Fludernik." *Narrative*, 20(3), 2012, pp.371-382.

对阐释(认知、情感、伦理、文化、政治)产生的影响"①。

　　弗鲁德尼克是西方较早关注叙事形式与后殖民批评之间关系的论者。在《建构自然叙事学》(1996)一书中,弗鲁德尼克以"叙事的政治"(the politics of form)为出发点,论述了意识形态框架与叙事学形式研究的融合,尤其是对叙事学范畴内的种族和族裔研究做了具体讨论。针对后殖民批评与叙事分析之间的内在姻联,弗鲁德尼克以英籍作家萨尔曼·拉什迪(Salman Rushdie)、索马里作家努鲁丁·法拉赫(Nuruddin Farah)以及美国作家牙买加·琴凯德(Jamaica Kincaid)等人的作品为例讨论了后殖民叙事作品中的语言选择和形式创新等。② 与弗鲁德尼克类似,玛丽昂·吉姆尼克也把语言——尤其是非标准语言或方言——看做是后殖民叙事学的一个中心范式。吉姆尼克指出:"后殖民叙事学对于人物和叙述者使用的语言之间的关系有着特殊的兴趣。"③根据叙述者和人物之间的等级关系,她区分了六种类型的叙述情境:1. 异质叙述者使用标准英语,而一个或多个人物使用英语之外的其他语言;2. 异质叙述者使用标准英语,而一个或多个人物使用非标准的语言;3. 异质叙述者与一个或多个人物使用非标准的语言;4. 同质叙述者使用标准英语,而一个或多个人物使用英语之外的其他语言;5. 同质叙述者使用标准英语,而一个或多个人物使用非标准语言;6. 同质叙述者与一个或多个人物使用非标准的语言。④弗鲁德尼克和吉姆尼克从语言使用的角度来讨论后殖民叙事批评的做法,固然无可厚非,但是叙事学建构与批评并不仅仅只是语言的使用,而是涉及诸如聚焦、时间、空间等多种叙事要素。就此而言,尽管弗鲁德尼克和吉姆尼克为后殖民叙事批评理论的建构做了尝试和努力,但是略显不够全面。

---

① 王丽亚,"后殖民叙事学:从叙事学角度观察后殖民小说研究",《外国文学》2014年第4期,第96页。

② Monika Fludernik. *Towards a Natural Narratology*. London: Routledge, 1996, pp.366-367.

③ Marion Gymnich. "Linguistics and narratology: The relevance of linguistic criteria to postcolonial narratology." In Marion Gymnich, Ansgar Nünning & Vera Nünning (eds.), *Literature and Linguistics: Approaches, Models, and Applications. Studies in Honour of Jon Erickso*n. Trier: WVT Wissenschaftlicher Verlag Trier, 2002, p.69.

④ Ibid., pp.70-73.

在当代西方叙事学阵营中,对后殖民叙事学的兴起与发展做出重要贡献的学者当属美国宾夕法尼亚大学的杰拉德·普林斯。在"On a Post-colonial Narratology"(2005)一文中,普林斯论述了后殖民批评视角之于叙事学研究的意义与价值,并在此基础上提出了关于建构后殖民叙事学的构想。论及后殖民叙事学,普林斯指出:

> 检验、揭示或质疑后殖民或(新)殖民的价值和结果是比思考叙事学的形态还要迫切的任务。但是,叙事学对于完成这些任务是有用的(而且一直被使用着):甚至对所选择的视点、所采纳的速度、所利用的话语模式、所突出的行为角色、具体叙事学中常见的变化等简单描述都有助于说明这些叙事所代表的和构建的意识形态的性质和功能。此外,而且从叙事学的角度来看更加重要的是,叙事学本身肯定得益于后殖民研究的现实或潜势,因为从根本上说,后殖民研究检验了叙事学范畴和区分模式的合理性和精确性。①

可见,在普林斯看来,后殖民批评视角迎合了叙事学研究的语境化转向,不仅可以发现叙述视角的选择、叙述速度、话语模式、行为角色所承载的意识形态功能,而且还可以检验叙事学模式自身的精确性和合理性。在普林斯那里,后殖民叙事学关注的核心内容是叙述语言、人物、事件、叙述者、叙述情景、聚焦、时间等叙事要素及其与权力之间的关系。必须指出的是,尽管后殖民叙事学受到后殖民批评理论的影响,但是它与后殖民批评存有根本的差异。用普林斯的话来说,"前者描述和表达与叙事相关的范畴和特征,以便阐述叙事得以建构和传达意义的方式;后者使用这些范畴和特征,以便阐述特定叙事的结构和意义"②。

如果说后殖民批评很大程度上是关于殖民主题的,那么后殖民叙事学则是主要关于殖民主题的叙事再现。弗鲁德尼克认为,在聚焦于殖民者和被殖民者之间权力关系的后殖民研究语境下,"身份"(iden-tity)和"他者"(alterity)是需要探讨的主要问题,但这对概念在叙事理论中并没有得到足够的重视。她认为,后殖民叙事学需要回答的关键问题是"后殖民叙事在多大程度上文本化(后)殖民场景的他者性以及自我—他者的辩证主题?"(To what extent do postcolonial narratives

---

① 杰拉尔德·普林斯,"论后殖民叙事学",载 James Phelan & Peter J. Rabinowitz 主编,《当代叙事理论指南》,北京:北京大学出版社,2007 年,第 431 页。

② 同上,第 439 页。

textualize the alterity of the (post) colonial setting and the theme of the self — other dialectic?)①换言之,后殖民叙事学的讨论重点应该是叙事作品中自我与他者之间冲突的叙事再现。对于二者之间的冲突和叙事再现的问题,弗鲁德尼克说:"一方面,后殖民冲突导致对本国人神经质般的贬低和对殖民者一方的他者不为人知的渴望;另一方面,被殖民者一方消化殖民者强加给自身的卑微性和歇斯底里般地模仿西方人的行为方式。在后殖民小说中,这些交换的过程通常被复杂和多层次的反讽所凸显,颠覆性地反转了东方主义的刻板印象,把殖民者呈现为低劣的一方,凸显本国主体的力量。正是因为后殖民场景构成了自我—他者之间的激进化关系,这一虚构再现充分发挥了叙事之于身份和他者的形式研究和主题研究的可能。"②

换言之,后殖民叙事学的重要旨趣就是审视叙事形式及其之于殖民者和被殖民者之间权力关系的再现,而考察这一关系的叙事再现的重要途径和线索就是考察叙事作品中的人物及其行为方式。对此,笔者赞同普林斯的观点:"和其他叙事学一样,后殖民叙事学的目的是要说明栖居这些空间和时间场所的各种人物,提供工具以探讨和描述这些人物的意义,他们的复杂性,他们的指代和身份的稳定性,他们所占据的行为位置和他们所履行的行为功能。"③

三、布霍尔茨、拉什迪与后殖民语境下《午夜之子》的非自然叙事

尽管普林斯在论述后殖民叙事学的时候,提出"形式革新和大胆的技巧使用既不是后殖民文本所特有的,也不是其必要组成因素"④,但实际上具有先锋实验性质的非自然叙事形式往往是后殖民作家的重要书写方式。后殖民作家通常以创新的叙事样式挑战传统叙事规约,试图通过叙事形式的变革来对抗殖民者的权威。弗鲁德尼克指出,"意识形态的冲突

---

① Monika Fludernik. "Identity/alterity." In David Herman (ed.), *The Cambridge Companion to Narrative*. Cambridge: Cambridge University Press, 2007, p.268.

② Ibid., p.272.

③ 杰拉尔德·普林斯,"论后殖民叙事学",载 James Phelan & Peter J. Rabinowitz 主编,《当代叙事理论指南》,北京:北京大学出版社,2007 年,第 434—435 页。

④ 同上,第 433 页。

构成了殖民者与被殖民者之间的冲突"①。值得关注的问题是,后殖民文本中的这种冲突如何通过非自然叙事手段得以再现并对抗殖民者的权威。对这一问题的叙事学回答,势必涉及后殖民主义理论、非自然叙事学与后殖民叙事学,尤其涉及后殖民语境下的非自然叙事阐释问题。

在为《叙事理论学刊》的《去殖民化叙事理论》(*Decolonizing Narrative Theory*)研究专刊撰写导言时,美国马萨诸塞大学的苏·J·金(Sue J. Kim)一方面颇为欣慰地发现"叙事学家们开始愈发关注后殖民文本,而族裔研究的批评家和后殖民主义理论家有时也使用叙事学的理论工具",但她同时又略带缺憾地指出,上述两大阵营"在理论上和方法论上很少有持续性地合作与互动"②。金的这一缺憾在劳拉·布霍尔茨(Laura Buchholz)那里得到了一定程度的弥补。2012 年秋,布霍尔茨在《叙事理论学刊》第 3 期发表了题为《后殖民语境下的非自然叙事:重读萨尔曼·拉什迪的〈午夜之子〉》的文章,从非自然叙事学的角度对拉什迪的经典作品《午夜之子》的非自然叙事笔法及其后殖民寓意做了阐释,是为非自然叙事学与后殖民叙事学在批评实践中的一个可资参照的案例。

众所周知,拉什迪被誉为 20 世纪 80 年代以来"英国'后殖民'小说创作的最重要的领军人物"③,而在拉什迪的众多后殖民系列小说中,《午夜之子》(1981)无疑是最负盛名的一部。拉什迪本人更是凭借该书,斩获了当年的布克文学奖,一举奠定了其在英国文坛的重要地位。《牛津英国文学百科全书》认为,"在拉什迪的所有作品中,《午夜之子》最使得拉什迪被贴上了善于混淆历史、神话与魔幻之间界限的标签"④,而且几乎没有学者会否认该部作品对"魔幻现实主义,后现代主义和后殖民主义"⑤三个最有影响的文学运动的融合。

对于这样一部被学界普遍定性为"后殖民主义文学经典"的作品,若

① Monika Fludernik. "Identity/alterity." In David Herman (ed.), *The Cambridge Companion to Narrative*. Cambridge: Cambridge University Press, 2007, p.268.

② Sue J. Kim. "Introduction: Decolonizing narrative theory." *JNT: Journal of Narrative Theory*, 42(3), Fall 2012, p.233.

③ 张和龙,《战后英国小说》,上海:上海外语教育出版社,2004 年,第 142 页。

④ Gavin Keulks. "Salman Rushdie." In David Scott Kastan (ed.), *The Oxford Encyclopedia of Literature* (Vol. 4). Shanghai: Shanghai Foreign Language Education Press, 2009, p.426.

⑤ Ibid., p.425.

从非自然叙事学角度出发,又会具有怎样不同于前人的解读方式呢? 布霍尔茨认为,"后殖民主义文学通过使用包括时序颠倒、魔幻现实主义、元—叙事技巧等多种手法,常常建构叙事学家所谓的'非自然的故事世界''非自然的心理'和'非自然的叙述形式'"①。基于这样的考量,布霍尔茨分别从"作为非自然叙述者的萨里姆""非自然心理与萨里姆的全知叙述和通灵术""萨里姆的印度作为非自然故事世界"对《午夜之子》的非自然叙事展开分析。

首先,就萨里姆作为非自然叙述者而言,布霍尔茨认为他的一系列超出个人认知能力的事件叙述是突出的特征。譬如,萨里姆以不在场的方式报道了关于自己祖父的故事,而且还有意识地吸引读者对这种非常规叙述的注意。布霍尔茨以萨里姆的如下叙述作为例证:

> 大多数对我们生活至关重要的事情都是我们不在场时发生的,可是我仿佛从什么地方找到了填满我知识空缺的奥秘。因此所有的一切,直至最微小的细枝末节,都出现在我的脑海之中。例如:一大早晨雾是如何斜斜地在空中扩散开来的……所有的一切,并不只是你无意中撞到的几个线索,例如:打开了一个旧的铁皮箱子,这个关得紧紧的、结满蜘蛛网的箱子,本来是不该去动它的。②

在以上叙述片段中,萨里姆毫不掩饰超乎自己个人能力的叙述,反而振振有词地陈述自己对所有不在场事件的熟稔,无论它们是属于至关重要的事件,还是无足轻重的琐事。此外,萨里姆的非自然叙述还突出表现在其故意对受述者和读者身份的混淆与融合。关于这种非自然的叙述行为,布霍尔茨认为其效果在于"通过这种精神分裂式的样态,使得受述者的身份出现问题,继而暗示了另一个更大的问题,即谁才是后殖民语境下作者意在对话的读者? 拉什迪的书是写给殖民者还是被殖民者的? 是写给英国人还是印度人的?"③换言之,在布霍尔茨看来,拉什迪通过借助叙述者萨里姆有意模糊和混淆受述者和读者之间身份的方式,旨在模糊殖民者

---

① Laura Buchholz. "Unnatural narrative in postcolonial contexts: Re-reading Salman Rushdie's *Midnight's Children*." *JNT: Journal of Narrative Theory*, 42(3), Fall 2012, p.333.

② 萨曼·鲁西迪著、刘凯芳译,《午夜之子》,北京:北京燕山出版社,2015 年,第16—17 页。

③ Laura Buchholz. "Unnatural narrative in postcolonial contexts: Re-reading Salman Rushdie's *Midnight's Children*." *JNT: Journal of Narrative Theory*, 42(3), Fall 2012, p.339.

与被殖民者的身份,挑战和颠覆其不平等的权力地位。

其次,就小说中的非自然心理而言,布霍尔茨的讨论重点是萨里姆的通灵术。

萨里姆叙述的独特性在于一方面他不断强调对自己可以知晓别人的生活的这种超能力表示困惑不解,另一方面他又用可理解的方式来让读者想象自己的难以被理解的思维。对此,布霍尔茨引用了萨里姆的如下叙述:

> 但是设想一下我的脑袋里面乱成一团的情况吧!在我那张讨人嫌的面孔后面,在带着肥皂气味的舌头上方,就在中间穿孔的鼓膜旁边,潜伏着一颗很不纯洁的心灵,它就像一些九年之久的口袋一般,里面装满了各种各样的小玩意儿……你不妨设想一下钻到我的脑袋里,透过我的眼睛朝外面看去,听到各种噪音、人声,却不能让别人有所察觉……我这个九岁孩子的大脑完全被别人的生活(这些东西在炎热中模模糊糊地挤在一起)弄成了一团乱麻。①

根据布霍尔茨的分析,萨里姆表示自己的大脑一片混乱,里面装满了各种他人的生活,而且充斥着各种噪音和人声,这很显然违背了现实世界的物理和逻辑原则,而且也是人力上所不可能做到的事情。但是,在萨里姆的叙述中,这些混乱的杂音都成为他个人叙述声音的背景,其目的在于将读者的认知仅仅限定在其个人叙述内容上。换言之,萨里姆在多重混杂声音中发出自己的声音,旨在其以通灵术所获得的全知知识与读者无法通过其个人叙述而获得的有限的知识之间拉开距离。此外,萨里姆因为通灵术所获得的知识使得其叙述碎片化地融合了记忆与历史,试图由此挑战历史叙事的真实性和时间的线性特征,解构读者对叙事模仿性的认知,进而颠覆殖民者的偏见以及殖民者与被殖民者之间的不平等关系。

就非自然的故事世界而言,布霍尔茨认为其非自然性主要有两种类型:"魔幻现象的不可能事件以及冲突的或反事实的不合逻辑的事件。"②无论哪种类型的非自然故事世界,其存在功能大致都是为了模糊现实与虚构之间的界限,强调建构多重故事世界的可能性。对此,布霍尔茨以萨里姆关于甘地之死的叙述为例加以说明:

---

① 萨曼·鲁西迪著、刘凯芳译,《午夜之子》,北京:北京燕山出版社,2015 年,第215—217 页。笔者对译文略有修改。

② Laura Buchholz. "Unnatural narrative in postcolonial contexts: Re-reading Salman Rushdie's *Midnight's Children.*" *JNT: Journal of Narrative Theory*, 42(3), Fall 2012, p.345.

> 在将我写的东西再看一遍时,我发现时间上有个错误,上面写到的圣雄甘地遇刺的日期搞错了。但我现在还无法说清一些事件发生的顺序究竟怎样。在我的印度甘地死去的日子还会搞错。①

在如上叙述中,萨里姆一方面认可圣雄甘地在现实世界中的死亡日期,另一方面又执意写错其在现实世界中的死亡日期,由此使得他关于历史的叙述充满了反事实的色彩,具有冲突性和解构性。在布霍尔茨看来,这种非自然的故事世界不仅将读者的注意力吸引至"记忆与历史的不确定性本质,而且也吸引至作者创作另一个可能世界的力量"②。实际上,通过建构反事实性的故事世界,拉什迪及其叙述者萨里姆否认了现实殖民体系的合理性,提出了建构另一个不同于当下殖民现实的可能世界。

苏·J·金认为布霍尔茨关于《午夜之子》的这种解读"富有成效地展示了非自然叙事与后殖民批评之间的共性与差异"③。在笔者看来,布霍尔茨的这种解读方式则是非自然叙事学与后殖民叙事学相互融合的结果。当然,就《午夜之子》这样的作品而言,若能加入对非常规叙述语言的混杂性、叙述者身份和叙述聚焦的不确定性的分析,在此基础上考察它们之于殖民者与被殖民者之间二元对立的讽刺与挑战,以及由此对于读者阅读情感和政治立场的影响,则会更有成效。

四、结 语

2007 年 5 月,美国《现代语言学会会刊》(*PMLA*)刊发了题为"后殖民主义理论的终结?"(End of Postcolonial Theory?)的圆桌论坛④,宣告后殖民主义批评已成为"过去",引发批评界的广泛关注。无独有偶,2012 年,

---

① 萨曼·鲁西迪著、刘凯芳译,《午夜之子》,北京:北京燕山出版社,2015 年,第210 页。

② Laura Buchholz. "Unnatural narrative in postcolonial contexts: Re-reading Salman Rushdie's *Midnight's Children*." *JNT: Journal of Narrative Theory*, 42(3), Fall 2012, p.346.

③ Sue J. Kim. "Introduction: Decolonizing narrative theory." *JNT: Journal of Narrative Theory*, 42(3), Fall 2012, p.243.

④ Editor's Column. "'The end of postcolonial theory?' A roundtable with Sunil Agnani, Fernando Coronil, Gaurav Desai, Mamadou Diouf, Simon Gikandi, Susie Tharu, and Jennifer Wenzel." *PMLA*, 122(3), 2007, pp.633-651.

《新文学史》杂志在该刊第一期和第二期连续刊发了两组题为《后殖民研究现状》("The State of Postcolonial Studies")的专题文章,旨在讨论后殖民研究的当下与未来。对于后殖民主义走向终结的呼声,罗伯特·扬回应说:"宣告后殖民理论在大西洋两岸终结的意图不仅说明后殖民理论的存在,而且说明它持续引发人们的焦虑:真正的问题在于后殖民依然存在这一事实。"①既然后殖民依然存在,那么后殖民研究的未来显然不在于宣告它的终结,而在于从新的视角对此展开更为深入的探讨。就后殖民文学而言,如何结合其独特的有违常规的叙事形式考察其之于殖民与被殖民关系的再现与解构,是一个可资参照的批评路径。在这种意义上,聚焦非常规叙事形式的非自然叙事学与聚焦殖民主题的叙事再现的后殖民叙事学就有了交叉互补的必要与可能,而这也是后经典叙事学在第二发展阶段的一个重要趋势。本文只是尝试性地从学理层面上考察非自然叙事学与后殖民叙事学之间的交融,如何实现二者在叙事诗学和叙事批评实践层面的有机结合,则需要更为深入的研究和探讨。

---

① Robert J. C. Young. "Postcolonial remains." *New Literary History*, 43(1), Winter 2012, p.19.

为何需要建立一种图像叙事理论

◎ 刘　方*

湖州师范学院

本文力图追问为何需要建立一种图像叙事理论的问题,立足于图像叙事自身,探索为图像叙事理论提供合法性依据的缘由。

一、传统的文学叙事理论为何不能替代一种专门的图像叙事理论?

基于文学叙事的叙述学理论,被广泛地、毫无反思地运用于图像叙事分析,而完全忽视了图像叙事自身的特性,及其与文字叙事之间的差异性。一方面基于文学叙事基础上建立的叙述学理论,不断发展和强化。另一方面,长期形成的基于文字叙事阅读的思维惯性十分强大。在这两大强势霸权话语与思维方式的裹挟之下,以文字叙事思维和文学叙述学理论来理解和分析图像叙事等非文字叙事和非文学阅读思维的叙事材料,就成为一个自然而然的选择。

米克·巴尔的《叙述学》,是一部颇具影响力的叙事学理论代表性著作,特别是经过谭君强先生的不懈努力,米克·巴尔的《叙述学》第一、二、三版,被陆续翻译为中文版,在国内学术界产生了很大影响。① 米克·巴尔的《叙述学》,之所以能够产生持续影响,应该说一个重要方面,是米

---

*　【作者简介】刘方,湖州师范学院教授,email：liufanghuzhou@163.com。

① 　Mieke Bal. *Narratology: Introduction to the Theory of Narrative*. Toronto：University of Toronto Press, 1985.

（转下页）

克·巴尔不断与时俱进,每隔大约十二年更新一版《叙述学》。从米克·巴尔《叙述学》第一版到第三版的内容与理论的变迁,可以分析和透视当代叙事理论的发展运用的变迁,以及米克·巴尔自身的主体知识理论的变迁。米克·巴尔对符号学理论的研究、对文化分析的研究、对艺术史视觉性电影绘画的研究,都极大地影响了《叙述学》内容上的变迁。

对比米克·巴尔《叙述学》第一、二、三版之间发生的变化,可以清楚地发现在第二版中增加了图像分析的内容:

> 最近在索荷的一个画廊中,我看到一幅由纽约的艺术家肯·阿普提卡尔所做的名为《我六岁,藏在我的手后面》的画。这幅画的画幅是 120×120 英寸,由 1 块画在木版上的油画嵌版组成,在画前一英寸处固定着一块装饰玻璃面板。画家的这幅华丽的作品使我有些困惑,因为它虽然给我留下十分新颖、同时也极为现代("后现代")的印象,它"简直"就是陈列在华盛顿国家艺术画廊的弗朗西斯·布歇的《绘画的寓言》的复制,就如博尔赫斯对塞万提斯引述的"字面"上的复制一样。布歇的作品是一幅后期巴洛克风格的作品,艺术史家会说,它并不是一幅十分叙事的作品。带有皱褶的服饰与身躯;云,层层叠叠的云。涂着金色画框的奇怪的阴影投射在画面的一部分,虽然那也是蓝色的,但它超出了布歇画作的范围,这使我意识到对布歇画的复制并不是完全的。而且,在覆盖着这幅华丽的视觉作品的玻璃面板上有文字;这些文字如此地强调其自传性,以至于我几乎禁不住窥阴癖者般的诱惑而要去读它。是的,读它确实是我所接着做的事。我读着文字,尽管我的阅读不时被那幅反观着我的画所打断,琢磨着是不是应该先看画。①

(上接 P114 注①)

Mieke Bal. *Narratology: Introduction to the Theory of Narrative* (2nd Edition). Toronto:University of Toronto Press,1997.

Mieke Bal. *Narratology: Introduction to the Theory of Narrative* (3rd edition). Toronto:University of Toronto Press,2009.

米克·巴尔著、谭君强译,《叙述学》,北京:中国社会科学出版社,1995 年。

米克·巴尔著、谭君强译,《叙述学》(第二版),北京:中国社会科学出版社,2003 年。

米克·巴尔著、谭君强译,《叙述学》(第三版),北京:北京师范大学出版社,2015 年。

本文所指称的图像,是指在本雅明《机械复制时代的艺术作品》所处理和研究的基于现代技术之前的传统社会中产生的图像。

① 米克·巴尔著、谭君强译,《叙述学》(第二版),北京:中国社会科学出版社,2003 年,第 79—80 页。

在米克·巴尔的这一图像叙事分析中,虽然她自己也明确意识到"尽管我的阅读不时被那幅反观着我的画所打断,琢磨着是不是应该先看画",但是她仍然毫不犹豫地确定了"是的,读它确实是我所接着做的事。我读着文字,尽管我的阅读不时被那幅反观着我的画所打断"。明显立足于和仍然侧重在文字构成的叙事,只是在文字叙事中关涉到图像叙事之时,才涉及图像的局部,而关注于一个局部,仍然在于图像上的信封上的文字书写:

> 在这一作品中还有叙述着事物的另一指向。在布歇的画里,在左下角(复制品的右边,原作的左边),这里画与文字尤为密集地相互重叠,在那艺术教师的背后留下一束画笔。这些画笔向外指,指向壁纸,这里是画家—叙述者独自所处的位置,没有布歇,但是由他高雅的教养所构想出来。一个小小的对象画在那蓝色的壁上,它看起来越出了位置,显得有所不同,似乎它可以单独逃离过去,逃离那可能出现的使人快乐的负担。这一以和壁纸其他部分同样颜色画出来的东西,看起来像博物馆的标签,或者一个上面写着地址的信封。
>
> 在那标签上写着字。它是画上去的,而不像在玻璃面板上其他那些文字是喷上去的。这文字是用希伯来文写的。或者可能是什么呢? 实际上,它是含糊不清、难以辨认的。但是确实,它清楚明白地意味着"希伯来文"。①

不是图像叙事本身,而且是图像上的文字,而且经过辨析是犹太文字,引发了米克·巴尔有关叙述者的推测和分析。不过米克·巴尔并没有意识到这样做有什么不妥。她在增加的图像分析内容的结尾部分总结指出:

> 这一简短的分析不仅表明叙述层次的分析可以帮助进入复杂的叙述本文中,它也可以帮助赋予叙述学分析以历史意义。由插入的布歇与整个本文之间的关系所包含的超叙述与反讽评论强调了这样一种印象,这就是后现代主义对于镜子—本文的运用具有特别的偏好。这样,另一个先人之见,即那一结构分析是与历史无关的,就可以被排除在外。②

这一段文字,除了表达出米克·巴尔对套用文学叙事理论所具有的理论自信,也明显看出她对文学叙事理论直接套用于图像叙事分析所具有的局限性缺乏自觉意识。

谭君强先生在《文化研究语境下的叙事理论》这一文章中称赞和肯定了米克·巴尔:

---

① 米克·巴尔著、谭君强译,《叙述学》(第二版),北京:中国社会科学出版社,2003年,第87—88页。
② 同上,第88页。

在文化研究日益受到重视的情况下,对于叙事作品文化层面的关注,或者说注重在文化层面上开展对叙事作品的研究,也引起了人们的注意。这一点,在米克·巴尔1997年出版的《叙述学:叙事理论导论》修订第二版中有明显的反映。

巴尔认为,解释既是主观性的也是易受文化发展影响的观点不仅将叙事分析转化为"文化分析"的活动,也使解释的过程更具普遍兴趣。这种情况即使在人们的研究对象仅仅是文学时也会出现。为了强调这一点,她在本书中所有以语言出现的文学例证中还杂以采用其他媒介的一些例证,比如,在"本文"这一章里,她以一位当代艺术家肯·阿普特卡尔(Ken Aptekar)的一幅名为《我六岁》的画作为分析对象,同时也在详细研究的情况下不时对文化现象的重要性做出评论。①

而笔者要强调的是,"文化层面上开展对叙事作品的研究""对文化现象的重要性做出评论",都不能取代对图像叙事本身的叙述学研究以及对图像叙事有别于文字叙事的自身重要特征的揭示与分析。而米克·巴尔增加的图像分析内容的核心,一方面是符号学文化分析,另一方面是图文性问题,而且都是关注于文字文本的叙事问题,包括叙述者、叙述层次,等等,在简要介绍画面内容之后,就迅速转移到对画面上文字叙事的关注,并且加以细致分析,而对于图像叙事自身特征,则缺乏自觉意识与叙述学分析。

而到了《叙述学》(第三版)中,对比第二版可以发现完全删除了第二版第78—88页较之第一版增加的图像分析内容,直接以"为此我宁愿以一个在技术上更具叙述学观点的例子来对它进行补充"结束此节,然后紧接下一节内容。显然,作者对第二版中的图像分析内容,应该有新的考虑,但没有解释,而完全删除。

细致比较,可以发现,在第二版中,作为运用巴赫金理论分析文本,过渡到对于绘画的叙事分析,作者有如下一段文字:

> 这一章所提出的许多问题,尤其是最后一节中的问题,随一件视觉艺术作品而一起出现,现在我将利用这件艺术品来做出结论。对这幅画像的探讨是我将在第二章结尾部分进行讨论的视觉叙述学的一个序曲。②

这段预告性文字,在《叙述学》(第三版)中被完全删除了,不过,在与第二版中所预告的视觉叙述学部分,与《叙述学》(第三版)加以比较,基本上没

---

① 谭君强,"文化研究语境下的叙事理论",《文学评论》2003年第1期。

② 米克·巴尔著、谭君强译,《叙述学》(第二版),北京:中国社会科学出版社,2003年,第78页。

有什么内容上的变化,只有一个表述细节上的变化:

> 正如我在对阿普提卡尔的绘画以及其他与之相关的视觉形象所做的分析中所提出的,不存在将叙事分析仅仅限于本文(texts)的理由。尽管最适宜于对其进行分析的方式尚未出现,电影的叙述性仍是十分明显的。电影叙述学是一个丰富而多种多样的领域,在这里我还不能对它加以阐述。在艺术史上,叙述学的运用尚不十分普遍。这种情况可以理解,因为艺术史的阐释常常有赖于在其中对形象进行"说明"的叙述,这样一来,视觉上的就从属于文学叙述的了。①

而在《叙述学》(第三版)中的相应表述为:

> **正如**我在对电影及其他视觉形象所做**的分析中提出的,没有理由将叙述学分析仅仅限于语言文本(linguistic texts)中**。②

把第二版中的"本文"(texts),修改为第三版中的"语言文本"(linguistic texts)。一方面体现了作者理论表述上更为谨严,因为近年来图像等越来越多的不同类型的作品,同样常常被作为文本加以研究。"本文"概念的使用,有泛化趋势。因此,作者特别修订为"语言文本",使自己的观点表述得更为准确、严谨。另一方面,也体现了作者第三版仍然延续了第二版中的观点,认为现有的叙述学理论,足够满足对图像叙事这一叙事类型进行分析。

在第二版中,米克·巴尔曾经评论巴赫金的理论说:

> 虽然巴赫金确实推进了关于小说独特的杂语特征的论断,他所涉及的并不是叙述本文的杂语模式,**而是作为**历史上一种文体的小说。然而,更为重要的是,基于对《既往症》的分析,我认为巴赫金的理论透视并不能完全对这一故事做出令人满意的叙述学特征的考察。③

我认为,可以套用米克·巴尔对巴赫金理论不足的批评同样来批评米克·巴尔的叙述学理论,"并不能完全对这一**图像叙事**故事做出令人满意的**图像叙述学**特征的考察"。

透过第一版到第三版不同版本叙述学的内容与理论的分析与比较,

---

① 米克·巴尔著、谭君强译,《叙述学》(第二版),北京:中国社会科学出版社,2003年,第192页。

② 米克·巴尔著、谭君强译,《叙述学》(第三版),北京:北京师范大学出版社,2015年,第156页。

③ 米克·巴尔著、谭君强译,《叙述学》(第二版),北京:中国社会科学出版社,2003年,第78页。

也可以运用逆向思维推论和分析,一方面叙事实践与叙事理论在不断发展、演化、变迁和更新,一方面研究者米克·巴尔自身知识结构与学术研究领域也在不断发展,两个方面都会影响到米克·巴尔对新版本内容的修订与更新。我们许多人习惯性地认为米克·巴尔是著名的叙事学家,但这可能是一种有偏差的认识。

我们看维基百科的介绍:

Maria Gertrudis "Mieke" Bal (born 14 March 1946 in Heemstede) is a Dutch cultural theorist, video artist, and Professor Emeritus in Literary Theory at the University of Amsterdam. Previously she also was Academy Professor of the Royal Netherlands Academy of Arts and Sciences and co-founder of the Amsterdam School for Cultural Analysis at the University of Amsterdam.

米克·巴尔被认为是 20 世纪末艺术史符号学领域的原创性学者。在哈里斯(Jonathan Harris)的专著 *The New Art History: A Critical Introduction* (2001)中,有专节讨论符号学在艺术史研究中的应用,该书将米克·巴尔列为 20 世纪后期此领域的两大学者之一:夏皮罗代表了 70 年代至 80 年代以来的马克思主义艺术符号学,米克·巴尔代表了 80 年代至 90 年代以来的"新艺术史"符号学。此书列出了 20 世纪后期关于图像符号与图像叙事研究的五部必读经典,其一便是米克·巴尔的名著——《阅读伦勃朗:超越图文二元论》,并指出此书因跨学科研究而博大精深。① 而从这一更为广阔的知识背景上考察,可以发现米克·巴尔《叙述学》第二版中增加的分析图像部分,更多的是基于符号学分析,这自然与米克·巴尔出版有以符号学理论分析伦勃朗绘画艺术的专著、撰写有一批符号学、视觉文化理论分析绘画的著作、论文,而且与新艺术史代表人物布列逊等有合作密切相关。因此,在叙事学家中极为少见。也比许多从事叙事学研究的学者更为理解绘画图像。但是这一知识背景,也造成了米克·巴尔在《叙述学》中分析绘画作品之时,主要关注点和擅长的并非是以叙述学理论来分析绘画的叙事艺术特征,而且也缺乏对图像叙事独立特性的自觉意识。不同于文字叙事的单一性的特征,图像叙事的语言则包括了色彩、线条和构图等图像叙事语言自身的独特特征,而且不同媒质的材料也使得图像具有不同的质感。

---

① 哈里斯著、徐建译,《新艺术史的批评导论》,南京:江苏美术出版社,2010 年。

二、电影叙事理论为何不能替代一种图像叙事理论?

基于现代技术之上的摄影、电影、电视和网络等形式的图像叙事及其理论,以电影叙事理论为当代最发达。作为法兰克福学派意义上的文化工业,电影工业在当代的繁荣与发展,导致各种电影理论也蓬勃发展,从而推动了电影叙事学的诞生与发展。

对于把文学叙事理论直接运用到电影艺术研究上,米克·巴尔依旧是信心十足,她在《叙述学》(第二版)中说:

> 正如我在对阿普提卡尔的绘画以及其他与之相关的视觉形象所做的分析中所提出的,不存在将叙事分析仅仅限于本文(texts)的理由。尽管最适宜于对其进行分析的方式尚未出现,电影的叙述性仍是十分明显的。电影叙述学是一个丰富而多种多样的领域,在这里我还不能对它加以阐述。在艺术史上,叙述学的运用尚不十分普遍。这种情况可以理解,因为艺术史的阐释常常有赖于在其中对形象进行"说明"的叙述,这样一来,视觉上的就从属于文学叙述的了。①

而在《叙述学》(第三版)第 156 页,相应表述为:

> 正如我在对电影及其他视觉形象所做的分析中提出的,没有理由将叙述学分析仅仅限于语言文本(linguistic texts)中。②

可见,在米克·巴尔看来,仅有文学叙述学理论就足够了。而在文学与电影两个领域同时运用叙事学理论进行研究工作的早期开创者,应该是美国著名叙事学家西摩·查特曼,他在《故事与话语:小说和电影的叙事结构》中曾经谈到:

> 让我们以一个图画而不是语言的叙事为例,这样做部分是为了强调叙事成分的一般性(它们也出现于自然语言以外的媒介),部分是因为本书的其余部分将只引用文字的或电影的例子。③

可惜,这部叙事学名著中仅有的一幅图画分析,查特曼却仅用了简单的寥寥数语。当然查特曼告诉我们这是因为他主要讨论文字与电影。可惜,

---

① 米克·巴尔著、谭君强译,《叙述学》(第二版),北京:中国社会科学出版社,2003年,第 192 页。

② 米克·巴尔著、谭君强译,《叙述学》(第三版),北京:北京师范大学出版社,2015年,第 156 页。

③ 西摩·查特曼著、徐强译,《故事与话语:小说和电影的叙事结构》,北京:中国人民大学出版社,2013 年,第 20 页。

如果读者期待后面内容会有大量的对于电影的叙事学分析，可能就要大失所望了。因为实际上对电影的分析很少，以至于查特曼在后来出版的《术语评论：小说与电影的叙事修辞学》一书中特别表明：

> 我有一种特殊的**责任感**，就是应该比我在《故事与话语》中更详尽地讨论电影叙事；批评家们质疑那本书的副标题"小说和电影的叙事结构"，这质疑得很对，因为那本书对电影关注太少。①

实际上，在《故事与话语：小说和电影的叙事结构》中除了文学与电影的分析，除了讨论过一幅绘画，还曾谈到一套连环漫画，而且用了几页的篇幅。② 不过，查特曼对这套连环漫画的分析虽然生动有趣，但是更为接近伊瑟尔接受美学填补空白点理论的运用，或者斯坦利·费什读者反映批评理论在阅读实践中的运用，而对图像叙事的特征则基本上没有涉及。连环漫画与单幅绘画性质并不相同，其图像叙事的特征也并不相同，也并没有真正形成那种共同的图像叙事的特征。查特曼对连环漫画的分析，更多的不是对图像叙事特征的分析，而是对图像所蕴含的含义的分析。

雅各布·卢特(Jakob Lothe)《小说与电影中的叙事》，则基本上套用热奈特《叙事话语》和查特曼《故事与话语：小说和电影的叙事结构》中"叙事交流模式"的相关理论，在雅各布看来，小说叙事理论的核心概念同样也是电影理论的核心概念，譬如时间、空间、因果关系等。而在小说叙事理论中的情节、事件、人物、性格塑造等基本叙事术语，在电影中也以不同的形式和途径表现出来。无论是小说还是电影，叙述者和接受者都是交流的核心。把文学叙事与电影叙事放在同一个平面上，以同样的文学叙事理论加以分析，完全没有意识到两种叙事之间的差异。③ 而事实上，动态图像叙事，近于文字叙事诸多方面，恰恰是传统静态图像叙事所不具有的能力，因为在这些方面的无能，静态传统图像叙事不得不发展出解决和突破局限性的特有的叙事模式的特质。连环画，特别是电影、电视，最为接近文学叙事，但是从文字到电影，毕竟有很大差异。加拿大的安德

① 西摩·查特曼著、徐强译，《术语评论：小说与电影的叙事修辞学》，北京：中国人民大学出版社，2016年，第3页。
② 西摩·查特曼著、徐强译，《故事与话语：小说和电影的叙事结构》，北京：中国人民大学出版社，2013年，第20—26页。
③ 雅各布·卢特著、徐强译，《小说与电影中的叙事》，北京：北京大学出版社，2011年。

烈·戈德罗《从文学到影片:叙事体系》一书①和法国的弗朗西斯·瓦努瓦《书面叙事·电影叙事》②,都对此有所关注与讨论。不过,即便是小说与电影中的叙事,也不能简单套用传统的文学叙事理论。在安德烈·戈德罗《从文学到影片:叙事体系》一书的中文版序中,索尔兰就对文学叙事与电影叙事提出了不同意见,他明确强调自己不赞同安德烈·戈德罗的观点,而是认为,只存在"影片中的一个叙事,而不是一个影片叙事"③。索尔兰还十分深刻地揭示:

> 叙事产生于不在现场,人们对不能亲历其事的人讲述某事。相反,影片向观众提供一种在场的幻觉。这种差别往往被我们的习惯所掩盖,我们对未观看某影片的朋友们"讲述"该影片,我们讲述它,因为它是"可讲述"的。在日常活动中,区别演示和叙事不甚重要,只有专业研究者在意这种区别。戈德罗解释了在讲故事的影片支配市场的时代,"叙事学"关心组织一个情节的不同方式的缘由。此后,电影发生变化,大多数影片轻视事件、人物、心理学和因果关系,而热衷于一些符号、一些印象、一些呼应,这些影片放大或缩小时间,制造冲击和惊奇。这类影片极少提出叙事问题,它们是不可讲述的。④

索尔兰在这里指出的问题,是被一部分研究者所忽视、而大多数研究者完全未曾意识到的问题。当然,安德烈·戈德罗在书中费力地讨论了文学叙事与电影叙事中叙述和叙述者的复杂问题,使我们看到,即便是在电影叙事中,简单套用文学叙事理论也存在很大问题。在这一点上,比起米克·巴尔的完全自信和西摩·查特曼的探讨,安德烈·戈德罗显然更具洞察力。

摄影图像看起来与传统图像十分接近,但是实质上仍然有很大的差异。巫鸿在 2017 年出版的《聚焦:摄影在中国》中对叙事结构问题也有所涉及:

> 通过细致的研究,我们能够发掘出他的拍摄实践中不曾被人注意到的方面,包括他的"中国照片"的不断变化的格式(format),他所制相册中照片的不同组合,还

---

① 安德烈·戈德罗著、刘云舟译,《从文学到影片:叙事体系》,北京:商务印书馆,2010 年。

② 弗朗西斯·瓦努瓦著、王文融译,《书面叙事·电影叙事》,北京:北京大学出版社,2012 年。

③ 索尔兰,"《从文学到影片:叙事体系》中文版序",《从文学到影片:叙事体系》,北京:商务印书馆,2010 年,第 5 页。

④ 同上,第 8—9 页。

有他以新闻照片和建筑照片构建的一个首尾连贯的有关殖民征服的视觉叙事。①

当然,巫鸿的专著,主要的关注点并非照片的叙事问题。有关摄影的理论研究,例如本雅明的《摄影小史》,揭示了以摄影所代表的机械复制技术为基础的现代艺术,从根本上改变了传统的对艺术的认知方式。② 在《摄影小史》中,本雅明认为人们大多关注"摄影作为艺术"的美学问题,而非"艺术作为摄影"③。本雅明认为,即便是最完美的机械复制的艺术作品也缺少一种成分,即原真性,而"原真性"是指"艺术品的即时即地性,即它问世地点的独一无二性……这里面不仅包含了由于时间演替使艺术品在其物理构造方面发生的变化,而且也包含了艺术品可能由所处的不同占有关系而带来的变化"④。而这恰恰是本文强调的图像叙事理论的图像,是指摄影之前的传统图像的一个重要原因所在。

苏珊·桑塔格在《论摄影》开头即指出:

人类冥顽不灵地流连在柏拉图的洞穴之中,仍然依其亘古不变的习惯沉浸在纯粹的理念映象之中沾沾自喜。然而,受照片的教化与受更古老、更艺术化的图像的启蒙截然不同。原因就在于我们周围有着更多的物象在吸引着我们的注意力。据记录这项工作开始于1839年。从那以后,几乎万事万物都被摄制下来,或者说似乎是被摄制下来。这种吸纳一切的摄影眼光改变了洞穴——我们居住的世界——中限定的关系。在教给我们一种新的视觉规则的过程中,摄影改变并扩展了我们对于什么东西值得一看以及我们有权注意什么的观念。它们是一种基本原理,尤为重要的是,它们是一种观看的标准。最后,摄影业最为辉煌的成果便是赋予我们一种感觉,使我们觉得自己可以将世间万物尽收胸臆——犹如物象的汇编。⑤

显然,与本雅明一样,苏珊·桑塔格首先关注到的是摄影如何从根本上改变了传统的对艺术的认知方式,乃至于对世界的观看方式与认知方式。而苏珊·桑塔格对摄影与绘画之间关系的探讨,让我们意识到两者之间的差异性,而这则是本文强调的图像叙事理论的图像,是指摄影之前传统图像的另一个重要原因所在。

---

① 巫鸿,《聚焦:摄影在中国》,北京:中国民族摄影艺术出版社,2017年,第3—4页。

② 瓦尔特·本雅明著、王才勇译,《摄影小史+机械复制时代的艺术作品》,南京:江苏人民出版社,2006年,第12—15页。

③ 同上,第32—33页。

④ 同上,第51页。

⑤ 苏珊·桑塔格著、艾红华等译,《论摄影》,长沙:湖南美术出版社,2005年,第13页。

三、需要建立基于图像叙事媒介与叙事特征的图像叙事学

玛丽—劳尔·瑞安的《故事的变身》中聚焦于当代数字技术发展对于叙事的影响与贡献,涉及跨媒介叙事问题①,虽然与传统图像叙事模式差距很大,但是关注叙事与媒介问题,则是一个富有启发性的思考。

关于图像媒介的重要性与特殊性,布列逊在其新艺术史代表性专著《语词与图像》中,曾经侧面涉及:

> 言语导出的意义来自重迭在物质基础之上的一种清晰发音与系统结构。它的符号可分解为两个成分:声音的或文字的物质——即能指;概念的表现方式——即所指。对于语言符号来说,除了某些高度程式化艺术的情形之外,能指对于感官物质性通常关系甚微。②

布列逊虽然只是简要谈到语言文字的特性问题,但是却暗含另一个重要问题,即与语言文字恰好相反的图像的特性,在图像叙事中图像媒介的重要性。文字性叙事作品的物质媒介不是很重要,而口头讲述出来的叙事作品以及图像性叙事作品的物质媒介则非常重要。图像媒介的物理特征,同样构成了图像叙事中的重要因素。

目前为止,几乎所有的对图像叙事的分析,都是基于和挪用了文学叙事理论。首先,传统的文学叙事理论为何不能替代一种专门的图像叙事理论?查特曼、米克·巴尔等,都在其文学叙事学理论著作中,尝试扩展其叙事理论到图像等领域,但是都有意无意忽视了图像叙事的独特特质与媒介特质对于不同媒介为基础的叙事的影响与特质的形成问题。其次,电影叙事理论为何不能替代一种图像叙事理论?动态画面的电影叙事与传统的静态的单帧的或者多幅的连续性图像叙事具有一系列叙事特质上的差异。第三,需要进行更为基础的研究,即图文性研究。如图像与文字在起源上的关系问题、图像与文字在叙事上各自的特质问题。第四,需要在一方面对图像叙事多种复杂类型的具体图像进行深入细致的叙事分析,尝试考察和揭示图像叙事的特质;另一方面通过对比和比较文字与图像叙事、传统静态图像叙事与电影叙事等的差异,建构图像叙事特有的理论与范畴。

---

① 玛丽—劳尔·瑞安著、张新军译,《故事的变身》,南京:译林出版社,2014 年。

② 布列逊著、王之光译,《语词与图像》,杭州:浙江摄影出版社,2001 年,第 2 页。

模仿律与跨媒介叙事
——试论图像叙事对语词叙事的模仿

◎ 龙迪勇①

东南大学艺术学院

在中外艺术史上,我们都不难发现这样一种现象:在相当长的一段历史时期里,那些叙事性图像所叙述的故事很少是直接模仿生活的,而大多都是对民间口传的或文本记载的著名故事的再一次叙述,也就是说,图像叙事一般不是直接对生活中的事件的模仿,而是对语词叙事已经叙述过的故事的再一次模仿。按照古老的模仿理论,如果说叙事性话语或叙事性文本是对现实或虚拟生活的模仿的话,那么叙事性图像则是对话语或文本的模仿,即对"模仿"的再一次模仿——模仿中的模仿;按照叙事学理论,如果说叙事性图像模仿的话语或文本是对现实或想象中发生的事件的叙述的话,那么叙事性图像本身则是对已在话语或文本中叙述过的"故事"的再一次叙述——叙述中的叙述。本文拟从"模仿"和"媒介"的角度,对图像叙事模仿语词叙事的深层原因做出揭示。

一、模仿与媒介

叙事作品是一种模仿的艺术,在叙述或模仿的过程中,媒介扮演了一个非常重要的角色:不借助表达的媒介,任何叙述或模仿活动都无法正常进行;而且,哪怕是面对同样的"事件",只要是被不同的媒介所表征,最后

---

* 【作者简介】龙迪勇,东南大学艺术学院教授,email:Ldy7073@126.com。

形成的却是不同类型的叙事作品。

在文艺理论史上首先系统而深入地论述模仿与媒介问题的著作是亚里士多德的《诗学》。亚里士多德在《诗学》第1章中首先指出了各类文艺作品的摹仿本质,而它们之所以能够被区分为不同的文艺作品,主要是由于以下三点:模仿中所用的媒介不同,模仿中所取的对象不同,模仿中所采用的方式不同。① 在此三者中,模仿的媒介是至关重要的。事实上,模仿媒介是亚里士多德《诗学》首先具体论及的问题,也是其三大文艺分类标准中的第一个,也是最重要的一个。依据模仿的媒介,亚里士多德首先区分了"用色彩和形态摹仿"的艺术和"借助声音来达到同样的目的"的艺术②,这两类艺术其实也就是我们后来常说的空间艺术和时间艺术。对于前者,亚里士多德没有展开详细的论述,他重点探讨的是"诗",也就是时间艺术。

无疑,亚里士多德是首位认识到了模仿艺术与模仿媒介之间存在紧密关联的理论家,并以模仿媒介为标准,对"诗"(时间艺术)的基本类型作出了清晰的界定和系统的描述。当然,由于论述对象的限制,他没有对空间艺术作出描述和阐释,更没有对形成空间艺术和时间艺术的不同的模仿媒介的特性进行比较性研究——这一工作一直要等到18世纪的莱辛写出《拉奥孔》一书之后,才算真正取得了扎实可靠的理论成果。

在《拉奥孔》中,莱辛主要论述的是"诗"与"画"、也就是时间艺术与空间艺术在模仿媒介和表现题材等方面的差异。在该书中,莱辛根据表达媒介的不同特性,而把以画为代表的造型艺术称为空间艺术,把以诗为代表的文学作品称为时间艺术。据此,我们不妨把绘画、雕塑等图像类媒介称为"空间性媒介",它们长于表现"在空间中并列的事物",而把口语、文字和音符等媒介称之为"时间性媒介",它们长于表现"在时间中先后承续的事物"。③ 在对"空间性媒介"和"时间性媒介"的特征进行仔细辨析的基础上,莱辛提出了在创作"画"(空间艺术)与"诗"(时间艺术)时所必须遵循的原则:"绘画在它的同时并列的构图里,只能运用动作中的某一顷刻,所以就要选择最富于孕育性的那一顷刻,使得前前后后都可以从这一顷刻中得到最清楚的理解";"同理,诗在它的持续性的摹仿里,也只能

---

① 亚里士多德著、陈中梅译,《诗学》,北京:商务印书馆,1996年,第27页。

② 同上。

③ 莱辛著、朱光潜译,《拉奥孔》,北京:人民文学出版社,1979年,第84页。

运用物体的某一个属性,而所选择的就应该是,从诗要运用它那个观点去看,能够引起该物体的最生动的感性形象的那个属性。"①

在莱辛的基础上,美国学者玛丽—劳尔·瑞安进一步把作为符号的媒介分为"语言""静止图像""器乐"以及"没有音轨的活动画面"等四类。对于这些不同的媒介,瑞安还给出了它们的"叙事属性"。比如,关于"语言",瑞安认为它"容易做的"是:"表征时间性、变化、因果关系、思想、对话。""做起来有点难度的"是:"表征空间关系,并诱导读者创造一幅关于故事世界的精确认知地图。"②至于"静止图像",它"容易做的"是:"将观众沉浸到空间中,描绘故事世界地图,表征人物和环境的视觉外观。"而"做不了的"则是:"表征时间的流动、思想、内心状态、对话,让因果关系明确。"③总之,瑞安认为不同性质的媒介具有各自不同的"叙事属性",对于这种属性,创作者必须要深入了解,才能在利用它们进行创作时如鱼得水。

不难看出,无论是亚里士多德、莱辛还是瑞安,他们所做的主要工作是以模仿媒介为标准给艺术分类,并为各类艺术的表达能力划界。就拿叙事媒介来说,正如瑞安所指出的:"有些媒介是天生的故事家,有些则具有严重的残疾。"④然而,他们所强调的都是模仿艺术和模仿媒介的"本位",而对于文学史、艺术史上的另一种重要现象——"出位之思"(Andersstreben)则根本没有意识到。所谓"出位之思",指的是一种媒介欲超越其自身的表现性能而进入另一种媒介擅长表现的状态。钱锺书把这种美学状态称为"出位之思"。在《中国画与中国诗》一文中,钱锺书说得好:"一切艺术,要用材料来作为表现的媒介。材料固有的性质,一方面可资利用,给表现以便宜,而同时也发生障碍,予表现以限制。于是艺术家总想超过这种限制,不受材料的束缚,强使材料去表现它性质所不容许表现的境界。譬如画的媒介材料是颜色和线条,可以表现具体的迹象,大画家偏不刻划迹象而用画来'写意'。诗的媒介材料是文字,可以抒情达意,大诗人偏不专事'言志',而用诗兼图画的作用,给读者以色相。诗跟

---

① 莱辛著、朱光潜译,《拉奥孔》,北京:人民文学出版社,1979 年,第 85 页。
② 玛丽—劳尔·瑞安著、张新军译,《故事的变身》,南京:译林出版社,2014 年,第 18 页。
③ 同上,第 18—19 页。
④ 同上,第 4 页。

画各有跳出本位的企图。"①可见，"跳出本位"，超出媒介或材料固有性质之限制或束缚，强使它们"去表现它性质所不容许表现的境界"，正是"出位之思"的本意。

对于"出位之思"现象，叶维廉先生专门撰写了《"出位之思"：媒体及超媒体的美学》一文予以探讨，文中谈到："现代诗、现代画，甚至现代音乐、舞蹈里有大量的作品，在表现上，往往要求我们除了从其媒体本身的表现性能去看之外，还要求我们从另一媒体表现角度去欣赏，才可以明了其艺术活动的全部意义。换言之，一个作品的整体美学经验，如果缺乏了其他媒体的'观赏眼光'，便不得其全。"②也就是说，无论是就"诗"而言，还是就"画"而言，都存在着所谓的"出位之思"现象，而这种现象给文学艺术作品带来了一种别样的美感。

事实上，本文所说的"跨媒介叙事"本质上就是一种"出位之思"现象。在《空间叙事本质上是一种跨媒介叙事》一文中，我曾经把"出位之思"视为跨媒介叙事的美学基础，并这样写道："所谓'出位之思'之'出位'，即表示某些文艺作品及其构成媒介超越其自身特有的天性或局限，去追求他种文艺作品在形式方面的特性。而跨媒介叙事之'跨'，其实也就是这个意思，即跨越、超出自身作品及其构成媒介的本性或强项，去创造出本非自身所长而是他种文艺作品或他种媒介特质的叙事形式。"③

总之，就模仿与媒介的关系而言，既存在"本位"现象，也存在"出位"现象，前者强调的是模仿时遵循媒介自身的特性，后者强调的是模仿时在遵循自身特性的同时也跨出自身而追求另一种媒介的美学效果。在我看来，前者是各种文艺类型存在的基础，也是作家、画家们在进行模仿活动

---

① 据日本学者浅见洋二，这里所引钱锺书《中国画与中国诗》一文中的这段文字见《开明书店二十周年纪念文集》（上海：开明书店，1947 年）所收该文的初版。后来，钱锺书对《中国画与中国诗》一文进行过大幅度修改，此段文字见其《旧文四篇》（上海：上海古籍出版社，1979 年）和《七缀集》（上海：上海古籍出版社，1985年）所收该文。《开明书店二十周年纪念文集》1985 年由中华书局重版，但所收的该文是修改后的版本。（浅见洋二，"关于'诗中有画'——中国的诗歌与绘画"，载金程宇、冈田千穗译，《距离与想象——中国诗学的唐宋转型》，上海：上海古籍出版社，2005 年，第 113 页。）

② 叶维廉，"'出位之思'：媒体及超媒体的美学"，《中国诗学》（增订版），北京：人民文学出版社，2006 年，第 200 页。

③ 龙迪勇，"空间叙事本质上是一种跨媒介叙事"，《河北学刊》2016 年第 6 期。

时必须把握的准绳;后者则为创作活动提供了一种创造性的途径,有利于文学艺术打破常规而取得别样的美学效果。

二、模仿律

图像叙事模仿语词叙事的情况正是一种典型的"出位之思"现象:以"图像"作为媒介的叙事作品跨出本位去模仿"语词"叙写的"故事"。中西艺术史上,这种叙事性图像模仿叙事文本的倾向持续了好多个世纪。就西方而言,从古希腊罗马开始,经中世纪,到文艺复兴时期,这种叙事性图像模仿叙事文本的倾向达到了顶峰,"19 世纪依然有这种风尚"①。

为了发现图像叙事模仿语词叙事的内在原因,我们首先需要知道的就是模仿的基本规律。在这方面,法国社会学家塔尔德的"模仿律"会带给我们许多启示。

塔尔德认为,人是一种模仿性的生物,而模仿正是促使人类进行文化创造和社会融合的根本性冲动之一。塔尔德是主张"泛模仿说"的,也就是说,模仿在社会生活和心理现象中是无处不在、无时不在的。

在塔尔德的《模仿律》中,"发明"(发现)是与"模仿"对应的一个概念,前者代表社会中变革、创新和进步的一面,后者则代表社会中持续、融合和稳定的一面。当首创性的"发明"发生之后,必然会引来无数人的模仿,于是一个模仿性的"社区"便得以形成。在一个正常的社会中,当然会有许多个"发明"存在,这些"发明"处于一种竞争的状态之中。

塔尔德认为:"一个民族的发明和发现越多,它的创造力就越旺盛,新发现越是多,它越是热心去探索新的发现。"②然而,尽管"发明"很重要,但与之相比,模仿对于社会、历史却更为重要:对社会而言,"模仿是一切社会相似性的原因"③,是社会的灵魂;对历史来说,"历史就是被模仿得最多的首创性的集合"④。而且,"在文明开化的人中,驾轻就熟的模仿能

---

① 钱锺书,"读《拉奥孔》",《七缀集》,北京:生活·读书·新知三联书店,2002 年,第 48 页。
② 加布里埃尔·塔尔德著、何道宽译,《模仿律》,北京:中国人民大学出版社,2008 年,第 108 页。
③ 同上,第 28 页。
④ 同上,第 100 页。

力的增长速度,超过了发明的数量和复杂性的增长速度"①,"模仿的生命力更强;其影响力不仅跨越很长的距离,而且跨越长时间的中断。模仿在发明者和模仿者之间架设起了孕育的关系,哪怕二者相隔数千年之遥……"②正因为如此,所以塔尔德指出:"文明的进步似乎是在促进模仿发明的才能,而不是在繁殖发明的天才。"③也就是说,"发明"只是少数人的专利,而且"发明"总有耗尽的时候,而模仿却是人与生俱来的天性,它既是维持社会存在的强韧纽带,又是形成社会历史的关键性因素。

模仿当然是有一定规律可循的,这也就是塔尔德所谓的"模仿律",而"模仿律"又可分为"逻辑模仿律"和"超逻辑模仿律"。相比较而言,塔尔德认为"超逻辑模仿律"更为重要,之所以如此,是因为"超逻辑模仿"是一种根植于内心深处的无意识行为,它和人的生命本源息息相关。

正是在"超逻辑"的层面,塔尔德提出了两条重要的"模仿律":(1)从内心到外表的模仿;(2)从高位到低位的模仿。

三、作为"范本"的语词叙事

塔尔德把被模仿者叫做"范本",把模仿者叫做"副本"。可作为"范本"或"副本"的,既可以是人、事、物,也可以是一种精神气质、一种生活方式、一种人生态度,当然也可以是一种模仿媒介、一种文艺体裁、一种叙述方式,等等。

某一种东西之所以被称为"范本",是因为它们在某一方面具有优势而容易成为被模仿的对象。在叙事方面,语词比图像更具有优势,因而语词更容易成为范本而被图像所模仿。下面,我们就结合塔尔德所概括的两条"模仿律",并以之作为理论工具来分析图像叙事模仿语词叙事的内在规律。

(一) 从内心到外表的模仿

在模仿中,总是先有精神、思想、情感上的模仿,然后才有物质、表象、

① 加布里埃尔·塔尔德著、何道宽译,《模仿律》,北京:中国人民大学出版社,2008年,第136—137页。

② 同上,第26页。

③ 同上,第99页。

符号上的模仿,或者说,首先模仿的往往是"范本"的内心情感和精神实质,然后才会模仿其外在表象和表现形式。正如塔尔德在《模仿律》一书中所写到的:"模仿的走向是从里到外""如果给予更具精确的表述,这个从里到外的模仿过程就含有两层意思:(1)思想的模仿走在思想的表达之前;(2)模仿的目的走在模仿的表达之前。目的和思想是内在的东西,手段和表达是外在的东西。"①除了这种高度概括性的表述,塔尔德对这一模仿律还有更为具体和形象的描述:

> 模仿在人身上的表现是从内心走向外表的。乍一看,一个民族或阶级模仿另一个民族或阶级时,首先是模仿其奢侈品和艺术,然后才迷恋上其爱好和文学、目的和思想,也就是其精神。然而,事实刚好相反,16世纪,西班牙的时装之所以进入法国,那是因为在此之前西班牙文学的杰出成就已经压在我们头上。到了17世纪,法国的优势地位得以确立。法国文学君临欧洲,随后法国艺术和时装就走遍天下。15世纪,意大利虽然被征服并遭到蹂躏,可是它却用艺术和时装侵略我们,不过打头阵的还是他们令人惊叹的诗歌。②

在这段文字中,文学和思想等精神产品的重要性远远高于艺术和奢侈品,显然,塔尔德认为文学(文本)的地位远远高于艺术(图像),因此图像对文本的模仿是顺理成章的。之所以如此,是因为塔尔德认为语词构成的文学是一种更靠近"内心"的东西,图像构成的艺术则徒具外表而远离"内心"。

细分起来,语言其实包括言语和文字两种表达媒介,而无论是言语还是文字,它们都拥有比图像更强的表达内心想法和精神活动的能力,因此也更容易成为模仿中的范本。当然,尽管语词在再现思想情感和精神生活时具有图像等其他模仿媒介所难以比拟的广度和深度,但语词的表现也自有其弱点,比如,"语言文字从表现感觉直到表现最高级的观念,却都最多止于某种近似的程度。它不能把事物具体化到表现出事物的物质性质。它能说'颜色',但不能让我们看到颜色。因此人们才用舞台动作来补充对话,用插图来补充小说。同时我们也懂得这种补充并非必不可少的。作家在描写任何物体时,都能在精确性方面达到他的艺术目的所必

---

① 加布里埃尔·塔尔德著、何道宽译,《模仿律》,北京:中国人民大学出版社,2008年,第149页。
② 同上,第143—144页。

须的程度"①。这说明,尽管语词的表现也有其弱点,但这种弱点并不会影响到作家们的艺术创作目的。对此,德国艺术理论家鲁道夫·爱因汉姆认为,无论语言文字具有什么样的弱点,其弱点都不会妨碍它成为"一切手段中最完备的一种",它作为一种表达手段"能兼有其他一切手段的全部优点"②。正因为如此,所以无论是言语还是文字,它们在作为模仿媒介时都具有强大的表达内心想法和精神活动的能力,而这种能力是图像无法比拟的,所以在叙事活动中,包括言语和文字在内的语词叙事往往会成为模仿的范本,而图像叙事在一般情况下则只能成为副本。正是考虑到了模仿的这一特点,所以塔尔德指出:

> 艺术并不像斯宾塞所主张的那样演化。他认为,艺术演化从比较客观的东西走向比较主观的东西,从建筑走向雕塑,从绘画走向音乐和诗歌。相反,艺术总是发轫于一部伟大的著作、史诗或相当完美的诗歌创作。荷马史诗中的《伊利亚特》、《圣经》、但丁的《神曲》等都是高山流水一样的源头,一切艺术注定要从这些源泉流淌而出。③

的确,在一切民族的文学艺术源头中,都存在一些足以让后人高山仰止的完美的叙事作品,它们作为永恒的范本而为后来的各类叙事作品所模仿。历史事实证明,这类叙事作品都是语词性的,而不是图像性的。

总之,在叙事活动中,能够成为"文化主轴"的往往是语词叙事,而不是图像叙事;之所以如此,就是因为与图像叙事相比,语词叙事更适合表现个人内心中的思想和情感以及民族文化中更具精神性的内容。

(二) 从高位到低位的模仿

在论述从高位到低位的模仿律时,塔尔德这样写道:"既然模仿的过程是从范本的内部走向外部,这里面就有一个范本的下行过程,这就是模仿从高位到低位的走势。这就是从里到外的模仿律隐含着的第二条规律。"④与从里到外的模仿律一样,这条模仿律也体现在政治、宗教、阶级以

---

① 鲁道夫·爱因汉姆著,杨跃译、木菌校,"新拉奥孔:艺术的组成部分和有声电影",《电影作为艺术》,北京:中国电影出版社,1981 年,第 177 页。

② 同上。

③ 加布里埃尔·塔尔德著、何道宽译,《模仿律》,北京:中国人民大学出版社,2008 年,第 148—149 页。

④ 同上,第 154 页。

及文化、媒介等很多方面。比如,从模仿的角度审视在政治上处于不同阶层的人时,我们可以发现:"在距离相等的情况下,模仿总是从高到低、从高位人到低位人。"①

塔尔德以言语中的"口音"为例,对从高位到低位的模仿律进行了具体的说明:"我们今天在客栈酒店里看见的无数打牌人,无意之间在模仿昔日宫廷的时尚。各种形式规则的礼节也是通过这样的模仿渠道传播的。上层的风雅来自宫廷,公民的礼仪来自都市。宫廷的口音逐渐传遍京城,又逐渐传遍各个阶级和各个省区。……即使在口音上,我们也可以感觉到上层阶级对下层阶级、上层人对下层人的影响;因此在书写、手势、表情、衣饰和风俗上,高位人对低位人的影响就更加强大了,更不容置疑了。"②

关于文学艺术方面从高位到低位的模仿律,塔尔德这样写道:

> 在神权贵族政治时期,如果说陋屋模仿城堡,那么城堡就模仿教堂和神庙,先模仿建筑风格,后模仿各种艺术和奢侈之风,这些风尚先在上层兴盛,然后就向下传播到下层阶级。……在每一个民族的文学之首,我们都可以发现一本圣典——万书之典,后世的一切世俗书籍只不过是从圣殿里盗取的星火;一切历史著作之首,都有一部圣典;一切音乐之首,都有一种哀婉乐和抒情乐;一切雕塑之首,都有一种偶像;一切绘画之首,都有一种墓室壁画、庙堂壁画或诠释圣典的帝王画……③

在这里,尽管塔尔德没有直接谈到艺术(图像)对文本(语词)的模仿,但他说到了"诠释圣典的帝王画"——这种画存在的目的就是为了诠释文学或历史中的"圣典",也就是说,这种艺术(图像)正是以文学或历史中的"圣典"作为模仿对象的。

事实上,按照塔尔德的从高位到低位的模仿律,在相当长的一个历史时期里,图像也确实是以文本作为模仿对象,或者说,图像叙事也正是以语词叙事作为模仿对象的。之所以如此,是因为文学性文本在历史上确实身处"高位",它们往往会成为各类图像的模仿对象。这一点,美国学者保罗·奥斯卡·克里斯特勒在《艺术的近代体系》一文中有很好的阐述:"诗歌总是最受尊重,诗人从缪斯(Muses)那里获得灵感的观念可追溯到

---

① 加布里埃尔·塔尔德著、何道宽译,《模仿律》,北京:中国人民大学出版社,2008年,第165页。

② 同上,第156页。

③ 同上,第160—161页。

荷马(Homer)和赫西奥德(Hesiod)。拉丁术语也表明了诗歌与宗教预言的古老联系,因此当柏拉图在《斐多篇》中认为诗歌是神性疯狂的形式之一时他是在利用一个早期的观念。"①为了说明诗歌(文学)确实"高于"图像的事实,克里斯特勒对从古希腊罗马开始一直到18世纪的西方文学艺术史上的实际情况,进行了有理有据、颇具说服力的梳理。

比如,在古希腊罗马时期,雕塑、绘画等图像艺术的地位比诗歌(文学)的地位要低得多。正如克里斯特勒所说:"当我们考虑绘画、雕塑和建筑这些视觉艺术时,发现它们在古代的声望比人们所预期的要低得多。……通常用于画家和雕塑家的希腊词,反映出他们低下的社会地位,它与古代对体力劳动的蔑视有关。……没有一位古代哲学家撰写过关于视觉艺术的、单独的、有系统的论著,或者在他的知识序列中给予它们突出的位置。"②不仅在自由艺术中如此,在缪斯女神的序列中,古代的视觉艺术(图像艺术)也是没有地位的:"在古代并没有主绘画和雕塑的缪斯女神……构成近代体系的五门美的艺术在古代并没有被归到一起,而是与不同的学科为伍;诗歌通常与语法和修辞相伴,音乐与数学和天文学紧密相随,如它与舞蹈和诗歌紧密相随一样;而视觉艺术由于被大多数作家排除于缪斯女神和自由艺术的领域,必然卑微地与其他手工艺为伍。"③

文本因处于"高位"而容易成为图像模仿的"范本"的情况,一直到19世纪都还是一个不容忽视的事实。比如说,当摄影在19世纪作为一种新的图像形式诞生的时候,就一直试图通过与文学(文本)的比较而提升自己的地位。"这其中反复出现的一个假设是:文学是二者之间更古老且更成熟的一种文化形式,而摄影,姑且不算是麻烦制造者的话,也是新生事物,是一个外来物。"④而且,"'摄影'一词的创造本身就反映了印刷传统……很多摄影先驱的首次实验都围绕书面或印刷文献的复制展开,这其中包括尼埃普斯的平版印刷案例、海格力斯·弗洛伦斯(Hercules Florence)的证书,以及塔尔博特早期光学成像的手稿"⑤。总之,"摄影就像

① 保罗·奥斯卡·克里斯特勒著、邵宏译,《文艺复兴时期的思想和艺术》,北京:东方出版社,2008年,第171页。
② 同上,第172—174页。
③ 同上,第176页。
④ 弗朗索瓦·布鲁纳著、丁树亭译,《摄影与文学》,北京:中国摄影出版社,2016年,第8页。
⑤ 同上,第13—14页。

19世纪的其他发明一样,先作为一个事件而为人们所知,并付诸文字,然后才在视觉上呈现在人们面前。这种话语上的先发制人意味着摄影首先是作为一个概念或文本而被人们接受,而不是一幅图片,更不是一项试验"①。也就是说,在摄影与文学(文本)的关系中,前者在相当长的一个时期里都试图借助后者的影响力来提升自己作为一种新生事物的地位;而之所以如此,就是因为文学(文本)处于"高位"而成为处于"低位"的摄影(图像)所模仿的"范本"。

总之,无论是从内心到外表的模仿,还是从高位到低位的模仿,语词都堪称一种具有更大优势的媒介,在抒情表意或叙事说理等活动中容易作为"范本"而成为图像等其他媒介模仿的对象;塔尔德所揭示的这一模仿律,正是图像作为一种空间性叙事媒介试图通过模仿语词叙事而力求达到相应的时间性效果的深层原因。

四、结　语

最后,值得指出的是:本文所考察的图像叙事模仿语词叙事的现象,也就是图像跨出其空间本位而追求语词的时间效果的叙事倾向,只是语词与图像之间跨媒介叙事的一个方面,另一个方面则是:由语词构成的文学性文本,其本位的效果应该是一种与语言文字这一时间性媒介相对应的线性结构;可在一些具有创造性的现代、后现代作家的笔下,却每每中断文本的时间进程而追求一种图像般的空间效果——这就是备受关注的所谓现代文学的"空间形式"问题。其实,后者也是一种跨媒介叙事,只不过它所跨出的是语词叙事的时间本位而追求图像的空间效果,与本文所考察的图像叙事跨出其空间本位而去追求语词叙事的时间效果的现象正好反向而行。当然,这已经是另一个问题了,应该另写一篇文章来探讨。

---

① 弗朗索瓦·布鲁纳著、丁树亭译,《摄影与文学》,北京:中国摄影出版社,2016年,第17页。

杰拉德·普林斯的叙事学思想及其影响研究

◎ 吴春英*

复旦大学

一、引 言

杰拉德·普林斯(Gerald Prince, 1942-)是美国宾夕法尼亚大学罗曼语系终身教授,国际知名叙事学家、法国文学研究学者。作为当代叙事学家,普林斯从 20 世纪 60 年代①起就开始从事叙事学研究,至今仍然笔耕不辍,其叙事学研究历程几近半个世纪,参与和见证了叙事学从结构主义到后经典的发展。普林斯著作颇丰,其主要叙事学著作包括:《故事语法:导论》(*A Grammar of Stories: An Introduction*, 1973)②、《叙事学:叙事的形式与功能》(*Narratology: The Form and Function of Narrative*, 1982)、《叙述学词典》(*A Dictionary of Narratology*, 1987, revised edition in 2003)和《作为主题的叙事:法国小说研究》(*Narrative as Theme: Studies in French Fiction*, 1992)。除了这些叙事学著作之外,他还发表了一系列跟叙事学相关的重要论文,其中像

---

* 【作者简介】吴春英,复旦大学讲师,email:wuchunying@fudan.edu.cn。

① 普林斯的第一部著作《形而上学和萨特的小说艺术》(*Métaphysique et technique dans l'œuvre romanesque de Sartre*)出版于 1968 年,该著作是普林斯初次进行较为系统的叙事学研究的成果。

② Gerald Prince. *A Grammar of Stories*. The Hague:Mouton, 1973. 徐强译作《故事的语法》。

《"受叙者研究"概述》①("Introduction to the Study of the Narratee"②,
1980)、《叙事量、叙事质、叙事性、可叙事性》("Narrativehood,
Narrativeness, Narrativity, Narratability", 2008)③、《经典/后经典叙事学》
("Classical and/or Postclassical Narratology", 2008)④等论文在叙事学发
展历史上独具特色,影响深远,引发了很多学者对相关内容的关注和讨
论。另外,他还与约翰·霍普金斯大学出版社(The Johns Hopkins
University Press)合作出版了"Prallax"丛书,与内布拉斯加大学出版社
(The Nebraska University Press)合作出版了"Stages"丛书。同时,他还是
《叙事》(*Narrative*)、《文体》(*Style*)、《变音》(*Diacritics*)、《法语论坛》
(*French Review*)等数十家知名学术期刊的编委或顾问。

从叙事学家的角度纵观叙事学的发展历程,有学者⑤认为叙事学
萌芽于托多罗夫⑥、巴特⑦和格雷马斯⑧,到热拉尔·热奈特⑨时期达
到"高潮"(climax)⑩。除了热奈特代表的叙事学发展的大高潮,普
林斯是和F·K·斯坦泽尔⑪、米克·巴尔⑫、西摩·查特曼⑬、苏珊·

① 国内学者早在20世纪80年代就对这篇文章进行了译介,参见袁宪军译,"'叙述
接受者研究'概述",《外国文学报道》1987年第1期,第58—68页。这里的"叙述
接受者"即"受叙者"(narratee)。

② 这篇文章的法语原文发表于《诗学》杂志1973年第14期(*Poétique*, No.14, 1973,
pp.177-196)。本文引用的是1980年弗朗西斯·马里纳(Francis Mariner)的英译本
("Reader-response criticism: From formalism to post-structuralism", 1980, pp.7-25)。

③ Gerald Prince. "Narrativehood, narrativeness, narrativity, narratability." In J. Pier &
J. A. García Landa (eds.), *Theorizing Narrativity*. Berlin: Walter de Gruyter, 2008,
pp.19-27.

④ Gerald Prince. "Classical and/or postclassical narratology", *L'Esprit Créateur*, 2,
2008, pp.115-123.

⑤ 莫妮卡·弗卢德尼克(Monika Fludernik, 1957-),德国叙事学家。

⑥ 茨维坦·托多罗夫(Tzvetan Todorov, 1939-2017),法国叙事学家。

⑦ 罗兰·巴特(Roland Barthes, 1915-1980),法国叙事学家。

⑧ A·J·格雷马斯(Algirdas Julien Greimas, 1917-1992),立陶宛裔语言学家。

⑨ 热拉尔·热奈特(Gérard Genette, 1930-2018),法国叙事学家。

⑩ 莫妮卡·弗卢德尼克著、马海良译,"叙事理论的历史(下):从结构主义到现
在",《当代叙事理论指南》,2007年,第22—47页。

⑪ F·K·斯坦泽尔(F. K. Stanzel, 1923-),德国叙事学家。

⑫ 米克·巴尔(Mieke Bal, 1946-),荷兰叙事学家。

⑬ 西摩·查特曼(Seymour Chatman, 1928-2015),美国叙事学家。

兰瑟①同地位的、围绕在热奈特周边的叙事学发展的"几个小高潮"（a few adjacent peaks）②之一。应该说，这种对相关叙事学家的评价还是较为客观和公正的。如果说斯坦泽尔对叙事学的重要贡献在于他所提出的叙事情境学说；米克·巴尔在于她对聚焦体和聚焦对象的区分，并将叙事学扩展到了电影、戏剧、舞蹈、尤其是绘画等艺术领域；西摩·查特曼在于他基于"故事"（story）和"话语"（discourse）③两个层面对叙事学部分概念的扩展，及其开辟的电影叙事学研究；苏珊·兰瑟在于她影响深远的女性主义叙事理论；那么，普林斯对叙事学的重要贡献不仅在于他以一种历史性的角度和开放性的态度对叙事学相关的概念和观点进行了梳理，为叙事学学界提供了首部叙事学词典；还在于他意图以一种高度概括和综合的抽象逻辑建构和完善一种相对比较系统的叙事学理论体系。因此，作为国际叙事学家的杰出代表，普林斯的叙事学思想在中外叙事学界广泛流传，并影响深远。2013 年，普林斯获得"国际叙事学研究会"（Society for the Study of Narrative）的"韦恩·布思终身成就奖"（Wayne Booth Lifetime Achievement Award），更是对他叙事学研究及其叙事学思想的一大肯定。

令人欣喜的是，近十年来，普林斯的叙事学研究及其论著逐渐引起了国内叙事学研究人员的广泛关注，对其部分叙事学著作④和论文⑤进行了

---

① 苏珊·兰瑟（Susan S. Lancer, 1944-　），美国叙事学家。

② 莫妮卡·弗卢德尼克著、马海良译，"叙事理论的历史（下）：从结构主义到现在"，《当代叙事理论指南》，2007 年，第 22—47 页。

③ Seymour Chatman. *Story and Discourse: Narrative Structure in Fiction and Film*. Ithaca：Cornell University Press, 1978.

④ 有关普林斯叙事学著作的翻译，参见普林斯著，乔国强、李孝弟译，《叙述学词典》，上海：上海译文出版社，2011 年；普林斯著、徐强译，《叙事学：叙事的形式与功能》，北京：中国人民大学出版社，2013 年；普林斯著、徐强译，《故事的语法》，北京：中国人民大学出版社，2014 年。其中，乔国强和李孝弟合作翻译的《叙述学词典》（2011）是国内对普林斯叙事学著作的第一次译介。迄今为止，普林斯的全部四部叙事学著作，除《作为主题的叙事：法国小说研究》（*Narrative as Theme: Studies in French Fiction*, 1992）之外，都出版了中译本。

⑤ 国内学界对普林斯叙事学论文的译介最早可以追溯至 20 世纪 80 年代。有关普林斯叙事学论文的翻译，参见普林斯著、陈永国译，"论后殖民叙事学"，《当代叙事理论指南》，2007 年，第 430—440 页；普林斯著，易艳萍、徐玉萍译，"叙事学及其未来"，《江西社会科学》2012 年第 1 期，第 29—33 页；普林斯著、尚必武译，"经典/后经典叙事学"，*Narrative*（中国版），2013 年第 5 辑，第 147—154 页。

翻译和译介,并对其叙事学理论和思想进行了研究和评介①。遗憾的是,这些翻译和研究或局限于对他个别叙述学论著的译介和评介,或局限于对其单个叙述学概念和理论的孤立阐释,缺少对普林斯叙事学思想的联系和整合。有鉴于此,本文着力探讨普林斯的叙事学思想,拟从叙事的本质、叙事的运行机制和叙述的主题三个方面对普林斯叙事理论进行较为全面的阐述,着力评析其叙事学思想在国内的影响,以求进一步推动普林斯叙事学理论在国内学界的传播,为国内建构和发展叙事理论提供有益的参照。

二、基于叙事本质的故事语法理论

自叙事学诞生以来,就与语言学之间存在某种天然的联系。这种联系影响着一代又一代的叙事学家们从语言学领域寻求各种方法用以解决叙事学领域的某些问题。语言学家们在研究语言的时候,首先追问的一个问题就是,构成语言的必要的和充分的成分是什么?然后才会在解决这一问题的基础上,继续考虑成分与成分间的关系及其运作机制,最终用以解释各种语言学现象和问题,甚至用以制造新的语言。叙事学家们在研究叙事学的时候也可以效仿语言学家们的这一做法。他们可以首先考虑构成叙事的必要和充分的成分,确定叙事的本质;然后再试图解决成分间的关系及其运作机制问题,用以描述叙述的特征,甚至创造新的叙事。事实上,包括普林斯在内的许多叙事学家们也确实是这么做的。

《今日诗学》的主编梅尔·斯滕伯格(Meir Sternberg)认为,通过叙事的本质界定叙事的重要性在于:"只有通过叙事性来界定叙事的时候,我们才不会过于限定叙事的主题,也不会错过叙事的文类特征,叙事学家也才有可能不受约束地研究叙事学。"②也就是说,在斯滕伯格看来,叙事之所以成为叙事本身,跟叙事涉及的主题关系不大;叙事本身具备的特征使

---

① 有关普林斯叙事理论的评介,参见程锡麟、王晓路,《当代美国小说理论》,北京:外语教学与研究出版社,2001年,第72—91页、第121—163页;唐伟胜,《文本、语境、读者:当代美国叙述理论研究》,上海:世界图书出版有限公司,2013年,第63页;尚必武,"对叙事本质的探索与追问——评《叙述性的理论化》",《天津外国语大学学报》2011年第4期,第62—70页。

② Meir Sternberg. "How narrativity makes a difference." *Narrative*, 2, 2001, p.115.

得叙事成为叙事,因此根据特征可以判断叙事本身,根据叙事本身可以推断其特征;叙事学家们在研究叙事学的时候,只有解决了叙事本质的问题,才是真正意义上的研究叙事学。

法国叙事学家约翰·皮尔和西班牙叙事学家加西亚·兰德也提出了一系列旨在研究叙事本质的问题:"叙事为什么成为叙事?什么可以使得叙事更像叙事?符号再现的哪些成分可以被看做叙事?哪些形式手段和交际手段可以被视作具体的叙事方法?叙事话语的什么特征使得叙事被看做叙事,而不是被看做描述和议论?不同媒介对叙事的实现有何影响?"①在皮尔和兰德看来,叙事本质的研究,离不开对上述问题的回答。事实上,即便叙事学家们意识到研究叙事本质必须要解决的问题,他们中的大多数对叙事本质的研究也只是停留在理论层面,并没有像普林斯在《故事语法:导论》一书中那样不仅从理论上对叙事本质进行界定,还从实践应用的层面提出可行的方案。

谈及《故事语法:导论》一书的创作思路时,普林斯承认,"至于《故事语法》,肯定是受普洛普的启发,但是又跟他的《民间故事形态学》(*Morphology of the Folktale*, 1927)有所不同。请注意,关于故事本身,许多民族对故事的本质都有相同的直觉或已将同样的规则内化,因此,我在书中提议构建一种类似于转换生成语法的体系来表述这些规则或相同叙述的生成。尽管这些语法存在很多漏洞,此刻我不想讨论这些漏洞,它们曾促使我对这些语法进行修改(例如,我在《叙述学:叙述的形式与功能》②中某一章的做法)。但这些语法的确可以达成一些目标,例如:确定各种故事的结构描述,定义故事的层次本质,明确故事组成成分的各种关系,说明为什么包含不同信息和内容的故事会有相同的结构,或具有相同信息和内容的故事会有不同的结构"③。

普林斯认为,叙事本质是叙述学研究的核心问题,任何叙事学研究都必须首先澄清叙事是什么或故事是什么的问题,然后才能在此基础上开展进一步的研究。这种叙事界定先行的立场跟大多数叙事学家的主张是

---

① John Pier & J. A. García Landa. "Introduction." In J. Pier & J. A. García Landa (eds.), *Theorizing Narrativity*. Berlin: Walter de Gruyter, 2008, p.7.

② 徐强译作《叙事学:叙事的形式与功能》。参见徐强译,《叙事学:叙事的形式与功能》,北京:中国人民大学出版社,2013年。

③ 乔国强、杰拉德·普林斯,"作为一门学科的叙述学——杰拉德·普林斯教授访谈录",《文艺理论研究》2012年第3期,第112页。

不谋而合的。需要指出的是,普林斯主张的叙事性和斯滕伯格等叙事学家们主张的叙事性并不是一个概念:后者更接近于普林斯叙事理论中的叙事本质,而叙事性在普林斯叙事理论中更多是衡量叙事本质的一种标准。

普林斯主张不针对任何特定文本的、纯粹的叙事本质研究。在叙事学的发展历史上,叙事本质相关研究从一开始都是建立在这种或那种具体文本基础之上的具体对象研究:无论是普洛普还是布雷蒙,都囿于研究民间故事;列维—斯特劳斯致力于研究神话;即使托多罗夫一开始主张自己的研究是针对普遍语法的,其最后的结论仍然归结到具体研究对象小说的范畴——《十日谈》中的短篇小说。普林斯摒弃这种从具体故事出发、通过归纳总结故事结构的做法,转而研究最一般、最本质的叙事。这种叙事一般化、本质化的研究方式是普林斯叙事学思想的一贯立场。

基于这样的叙事学研究立场,普林斯旗帜鲜明地提出自己故事语法研究的目的就是"试图证明,有限数目的精确规则,能够解释所有的,且仅能解释所有的被普遍地、直觉地认定为故事的群组"[①]。而他也是这么做的。在整个故事语法理论的建构中,他没有将自己的研究对象局限于某种文本。自始至终,他都在用自己编纂的例子解析、阐释。他认为,"这样的实例并不总是令人满意,但这绝不影响该语法遵循的整体线索"[②]。笔者认为,鉴于语言学的语法研究中,也是常常用毫无意义的例句进行实证的事实,这样的解释是令人信服的。

基于这种叙事一般化、本质化的研究立场,通过建构故事语法理论,普林斯对叙事的本质和构成给出了自己的答案。这种故事语法理论,以所有可能的叙事为研究对象,以"最小故事"(minimal story)为基本单位,建构了从最小故事到"核心简单故事"(kernel simple story)、到"简单故事"(simple story)、再到"复杂故事"(complex story)的层层故事结构系统,并辅以相应的系统化故事语法,旨在描述所有叙事,进而产出新的叙事。[③] 叙事性概念的提出,不仅从抽象层面深化了叙事的本质,更给叙事本质的度量和等级的评价提供了标准。

---

① 杰拉德·普林斯著、徐强译,《故事的语法》,北京:中国人民大学出版社,2014 年,第 1 页。

② 同上。

③ Gerald Prince. *A Grammar of Stories*. The Hague: Mouton, 1973, pp.16-17.

首先,普林斯通过对故事基本特征和基本构成的推理演绎,从故事结构的独立单位"事件"(event)及其连接因素"连接成分"(conjunctive features)①出发,通过定义最小故事,并将之认定为故事结构中的基本单位,分别构建了最小故事的语法、核心简单故事的语法、简单故事的语法和复杂故事的语法,用以对应解释最小故事、核心简单故事、简单故事和复杂故事。这样,以最小故事为基本单位,普林斯就建立了一套试图包含所有故事的故事系统,并配之以相应的语法系统用以解释这些故事或者派生更多的故事。

其次,"故事语法"并不是普林斯凭空臆想的说法,其理论基础是叙事语法。叙事语法的研究旨在发现叙事的普遍规律和转换规则,从而最终促进叙事研究从随意的经验描述和解释上升为理论。在叙事学发展史上,先后有不同的叙事学家就叙事语法阐述自己独到的观点,使叙事语法理论获得长足的发展。

最后,纵观叙事语法发展的历史,应该说普林斯的故事语法理论是其中真正意义上对叙事语法本身研究的理论;对故事语法研究对象的确定和定义是普林斯故事语法理论研究的前提;对故事基本单位"最小故事"的认定是普林斯故事语法理论研究的起点;演绎法使得故事语法的抽象研究成为可能,同时也使得故事语法研究更具逻辑性。

总之,普林斯的故事语法理论研究是不针对任何特定文本的、纯粹的叙事本质研究。这种叙事本质研究即便是在后经典叙事学时期,也保持其自身的生命力。正如普林斯谈及叙事学在后经典叙事学时期的延伸时所说:"无论各叙述学最初是基于什么目的,所有新兴的、限定性的或复合性的叙述学(包括认知叙述学,后殖民叙述学和动物叙述学)都应该归于一种综合性的、连贯的、系统性的叙述学,用于解释所有的叙述并只用来解释叙述。"②

值得注意的是,尽管普林斯的故事语法理论面世很早,国内学界对其相关内容和论著的评介几乎还是空白。究其原因,笔者认为与普林斯的故事语法理论晦涩难懂不无关系。随着普林斯相关论著中译本的问世,相信越来越多的国内学者会开始关注普林斯故事语法理论的研究。

---

① Gerald Prince. *A Grammar of Stories*. The Hague: Mouton, 1973, pp.17-32.

② 乔国强、杰拉德·普林斯,"作为一门学科的叙述学——杰拉德·普林斯教授访谈录",《文艺理论研究》2012 年第 3 期,第 113 页。

三、 描述叙事特征的叙事运行机制

普林斯认为："叙事学研究叙事的本质、形式和功能（不包括其表述媒介），并试图描述叙事能力的特征。尤其是，它检验一切叙事所共有的（在故事、叙述行为及其相互关系的层面上）和能够使一切叙事彼此有所不同的东西，并且试图解释生产和理解这些叙事的能力。"①依据这种定义，叙事学研究的两大基本问题就是：确定叙事的本质和描述叙事的特征。在这两大问题中，前者是后者的前提和基础，后者是前者的检验和深化。没有对叙事本质的确定，面对数量众多的叙事，叙事特征的描述就无从谈起；没有对叙事特征的完整描述，面对纷繁复杂的叙事，叙事本质的确定也无法得到检验和深化。因此，在确定叙事本质的基础上，普林斯建构了一种叙事运行机制，用以描述叙事的特征。

这种叙事运行机制不仅涵盖从叙述过程到被叙过程的文本内的叙述交流，而且还从读者阅读叙事的角度考察了从叙事到阅读叙事的文本外的叙述交流过程。文本内的叙述交流和文本外的叙述交流共同组成完整的叙述过程。基于这一完整的叙述过程的叙事特征描述，涉及叙述过程中的所有主体、客体及其影响因素，包括叙述者和受叙者、作者和读者、叙述行为和阅读行为。

普林斯认为，叙事的运行机制是除叙事的本质之外的叙事学研究的另一核心问题，即如何基于叙事的本质，尽可能完整地描述叙事特征的问题。

首先，普林斯构建的叙事运行机制聚焦书面叙述，也就是叙事文本内的叙述交流过程。他认为，叙事文本内的叙述交流过程跟符号学有着千丝万缕的联系，"除了别的定义之外，叙事还可以是各类信号之集合"②。其中，语言信号和叙述交流中的各主体（包括叙述者和受述者）以及叙述行为中的某些元素（时序、时距、时长、空间、缘起、媒介、与叙述者的互动、复合叙述等）组合构成叙述信号（signs of the narrating），呈现叙事的形式。另外，事件和事件之间的组织信号（包括时间、空间、因果、变化、相关性、

---

① 杰拉德·普林斯著，乔国强、李孝弟译，《叙述学词典》，上海：上海译文出版社，2011 年，第 152 页。

② Gerald Prince. *Narratology: The Form and Functioning of Narrative*. Berlin：Mouton, 1982, p.7.

状态与行动的聚合、人物、环境、主题、功能、复合序列等)组合构成被叙信号(signs of the narrated),呈现叙事的内容。

普林斯这种把叙述文本内的叙述交流信号细分为叙述信号和被叙信号、把叙事文本内的叙述交流过程分为叙述过程和被叙过程的做法,不仅可以更准确地描述叙事的特征,而且也有助于考察某种叙事的特殊性及其无限可能性。

普林斯之所以从叙述过程和被叙过程考察同一个叙述交流过程,即叙事文本内的叙述交流过程,目的就是为了更精确地描述叙事的特征。普林斯自己也对这点做出这样的解释。他说,"最重要的是,正是因为我将叙述过程(the narrating)区别于被叙过程(the narrated),也正是因为我在前者的帮助下建构(重构)后者,我才能够开始谈论那个被呈现的被叙世界"①。

其次,从叙述过程到被叙过程,基于叙事文本内的叙述交流过程对叙事特征的考察只能说明叙事本身,并不能说明叙事的主题、象征、意义等其他相关重要因素。有关叙事主题、象征性、意义等因素的论述离不开读者通过阅读叙事对叙事文本的理解和把握。从叙事到阅读叙事,读者实现的是一种叙事文本外的叙述交流过程。

普林斯注意到叙事学研究从关注作者和叙事文本到关注读者的转变。他认为,当代的文学批评已经进入一个"作家、写作过程和作品的重要性低于读物、阅读过程和读者的重要性"②的时代。基于对这种现象的观察,普林斯定义了阅读叙事,即"以一个文本(一套可视化表现的语言符号,意义可以从这套符号中提取出来)、一个读者(一个能够从那套符号中提取出意义的行动者)以及文本与读者的互动为前提,使得后者至少能够正确地回答关于前者的意义的某些问题"③。

另外,读者提出的问题应该以叙事文本为准则。读者对问题的回答也不能与叙事文本自相矛盾。也就是说,有关叙事文本的问题的提出应该是合适和贴切的,需要与叙事文本之间有一定的"适切性"

---

① Gerald Prince. *Narratology: The Form and Functioning of Narrative.* Berlin: Mouton, 1982, p.6.

② 杰拉德·普林斯著、徐强译,《叙事学:叙事的形式与功能》,北京:中国人民大学出版社,2013年,第102页。

③ 同上。

(relevance)①。这样,在普林斯看来,一个读者需要学习如何阅读,才能成为一个创造性的读者。而所谓"创造性的读者""不仅是善于为老问题提供新答案的读者,而且是善于想出新问题的读者"②。

按照普林斯对阅读叙事的定义,读者阅读叙事文本的过程应该是叙事文本与读者互动的过程。在这种互动过程中,叙事文本是读者阅读、产生问题、回答问题的基础;而读者本身具备的背景知识,也会影响其对叙事文本问题的提出和回答,继而影响其对叙事文本主旨和意义的理解。

最后,从叙述过程到被叙过程,从叙事到阅读叙事,从文本内到文本外,从作者到读者,从叙述者到受叙者,普林斯构建了一个尽可能涵盖所有叙事因素的叙事运行机制。从本质上讲,这种叙事运行机制是对叙事形式和功能的构建,也是一种叙述话语体系。

相较于故事语法理论,普林斯的叙事运行机制理论在国内学界影响较大。程锡麟、王晓路在《当代美国小说理论》一书中,以普林斯和查特曼为例介绍了美国结构主义叙事理论。其中,普林斯的受叙者和元叙事概念是两位学者着重介绍的。针对受叙者,他们认为,这一概念是"普林斯叙事理论的一个重要概念,也是颇具独创性的概念"③。他们还充分肯定了普林斯受叙者概念在叙事学发展史上的重要贡献,认为它"是对以巴尔特和托多洛夫为代表的结构主义叙事理论的重要发展和完善"④。针对普林斯讨论的元叙事,两位学者认为,"普林斯的这种关于元叙事标志⑤的论述是其他叙事学家从未明确提出过的,它为分析和理解叙述作品指出了一个重要的途径,是有着借鉴价值的"⑥。"元叙事"(metanarrative)是普

---

① 杰拉德·普林斯著、徐强译,《叙事学:叙事的形式与功能》,北京:中国人民大学出版社,2013年,第104页。

② 同上。

③ 程锡麟、王晓路,《当代美国小说理论》,北京:外语教学与研究出版社,2001年,第72页。

④ 同上,第74页。

⑤ 也译作"元叙述符号"。(参见杰拉德·普林斯著,乔国强、李孝弟译,《叙述学词典》,上海:上海译文出版社,2011年,第121页。)

⑥ 程锡麟、王晓路,《当代美国小说理论》,北京:外语教学与研究出版社,2001年,第87页。

林斯参照语言学的"元语言"①界定的一个概念。所谓"元叙事"是指"将叙事作为（其中之一）话题的叙事"②。所谓"元叙事符号"（metanarrative signs）是指，"在叙事中，明确指涉叙事表意编码（之一；或子编码之一）的符号；一种基于其他被视为构建叙事编码元素符号的符号"③。在普林斯看来，元叙事符号在叙事中具备一定的功能，其中最重要的就是对文本的组织及对文本的阐释暗示。

程锡麟等认为，普林斯并未完全达到其在《叙事学：叙事的形式和功能》一书中最后的结论，即，"叙事学的目标是清楚的：就是去发现、描述和解释叙事的机制"④。原因就在于这个结论难以运用于实践。但他们同时也肯定，普林斯"还是在叙事学的许多方面进行了有益的探索，提出了不少有见地的观点（例如受叙者），建立了一套较为系统的叙事学体系，推动了叙事理论的发展"⑤。

应该说，程锡麟和王晓路是较早在专著中谈论普林斯叙事理论的学者。尽管他们只是着眼于普林斯的《叙事学：叙事的形式和功能》一书，但分析详尽，评价中肯。他们抓住了普林斯叙事理论在该书中的亮点，较早提出普林斯受叙者理论的独到之处，是中国学者介绍普林斯叙事理论比较到位的学者。

四、叙事作为主题的叙事主题理论

普林斯叙事主题理论从一般形式的主题理论出发，考察了作为特殊形式的叙事主题；讨论了叙事主题成为时代流行的表现和原因；定义和描述了未发生事件的叙事这种特殊的叙事及其主题功能，开创了叙事主题

---

① 指"用来描述其他语言（目标语言）的（自然的或人工的）语言。例如，语法学家用来描述英语语言功能的语言即是元语言"。（参见杰拉德·普林斯著，乔国强、李孝弟译，《叙述学词典》，上海：上海译文出版社，2011年，第120页。）

② 杰拉德·普林斯著，乔国强、李孝弟译，《叙述学词典》，上海：上海译文出版社，2011年，第121页。

③ 同上。

④ Gerald Prince. *Narratology: The Form and Functioning of Narrative*. Berlin：Mouton，1982，p.163.

⑤ 程锡麟、王晓路，《当代美国小说理论》，北京：外语教学与研究出版社，2001年，第91页。

研究之先河。

普林斯认为,叙事学也应该注重叙事主题研究,或者说叙事主题研究应该是叙事学研究进一步发展的一个方向。叙事主题研究就是叙事本身作为主题的研究。这种叙事主题研究不同于传统意义的主题研究。事实上,叙事主题研究是对传统主题研究的一种继承和发展,二者之间的关系也可以被理解为是一般和特殊的关系。

首先,在一般形式的主题研究中,普林斯认为,主题从本质上是连接或可以连接文本各成分,并表示该文本或部分文本是"什么"的宏观结构分类或框架。因此,研究主题的目的不是为了给主题一个更好或更精确的定义,而是关注"什么"构成了主题的性质和特征,并谈及自己关于主题的一些直观认识。

其次,在特殊形式的叙事主题研究中,普林斯将叙事主题泛化和优先化,认为叙事主题是任何伟大叙事作品都应该优先考虑的问题,任何叙事文本不可或缺的主题就是叙事主题。在此论断基础之上,他继续在叙事学领域内讨论了这种论断的可能性及其功能。

最后,"未发生事件的叙述"是普林斯叙事主题理论体系中特别提出和详细论证的一种叙述手段。这种叙述原本不应出现,因为所涉及的事件并未发生;但又实际出现在了文本中,因为叙述者赋予它特别的叙述使命,对实现作者想要达到的叙事主题具备特别重要的意义。普林斯在研究叙事主题时,赋予"未发生事件的叙述"特殊的意义,并加以重点详述。

令人遗憾的是,国内学界对普林斯叙事主题理论的评介基本处于真空状态,既没有将这本专著翻译为中文,也没有对相关理论的评介。

五、问题及展望

普林斯作为国际知名叙事学家,学术论著颇丰,与中国的联系也颇为紧密。自普林斯本人于 2011 年 10 月出席了在湖南长沙召开的第三届叙事学国际研讨会暨第五届全国叙事学研讨会后,就引起了中国叙事学界的极大关注。然而,令人遗憾的是,国内学界对普林斯叙事理论的研究还存在诸多问题:就研究内容来讲,目前国内学界较为集中地探讨普林斯的某个叙事学概念、单部叙事学著作或单篇叙事学文章,少有对普林斯叙事学思想的整体化和系统化研究。虽然也有个别叙述学家以普林斯的叙事学理论为研究对象,但却忽视了普林斯某些重要的叙事学理论和著作,并不能被认为是对普林斯叙事学思想的全面研究。另外,就研究形式来讲,迄今为止,还没有研究普林斯叙事理论的专著,只有散落在其他论文或专著中的有关普林斯叙事学研究的零星评论。

普林斯两部叙事学论著的译者徐强在《叙事学:叙事的形式与功能》这本书的译后记中提到了中国叙事学界最为熟知的两本概述性叙事学著作——以色列学者里蒙—凯南的《叙述虚构作品》(1989)(*Narrative Fiction: Contemporary Poetics*,1983)和荷兰学者米克·巴尔的《叙述学:叙述理论导论》,并认为普林斯的学术地位"并不亚于"上述两位学者,而且他译介的这本普林斯的叙事学专著的出版时间也早于上述两本著作,内容也"出奇制胜",本应早被译介到中国。① 对于普林斯在叙述学中的地位和贡献,徐强对之进行了高度评价,认为普林斯地位"重要",贡献"卓越","是一座绕不过去的大山"②。

徐强对普林斯学术地位和贡献的评价,说出了许多研究普林斯叙事理论学者的心声,也反映了普林斯叙事学思想研究的现状。他所提及的"汉语叙事学界未免太过冷落了这座大山"③的现实状况,值得任何研究普林斯叙事学理论的学者去深思,这也是普林斯叙事理论研究绕不过去的一个问题。其实这个问题也是个世界性的问题,无论是在中国还是西方国家,都没有学者去系统研究普林斯的叙事理论。究其原因,恐怕与普林斯的叙事理论晦涩难懂不无关系。时至今日,普林斯的叙事学专著和文章频频被翻译成中文,越来越多的学者开始关注普林斯的叙事学理论,必将有更多的学者开始从事这项工作。

---

① 杰拉德·普林斯著、徐强译,《叙事学:叙事的形式与功能》,北京:中国人民大学出版社,2013 年,第 197—198 页。

② 同上,第 198 页。

③ 同上,第 199 页。

坐标理论视域下的不可靠叙述理论

◎ 张剑锋*　　　　　　　刘莹莹
　上海外国语大学国际教育学院　上海外国语大学法语系

"不可靠叙述"是中外叙事理论家所关注的一个焦点议题,自该概念由韦恩·布斯提出伊始,便备受重视,各方名家多有阐发,其重要性毋庸置疑。然而,即便相关论述汗牛充栋,"不可靠叙述"这一术语本身却仍有诸多"关节"未能得以厘清:叙述可靠性的确定是价值判断还是描述? 是数据论证还是逻辑推演? 可细分层次还是不可分层次? 是自为特征还是与其他特征紧密联系的产物?①有鉴于此,本文试图借用艾布拉姆斯教授在其《镜与灯——浪漫主义文论及批评传统》中所提出的有关文艺批评的四维坐标理论(艺术家/作者、欣赏者/读者、世界、文本),对既有且具有代表性的不可靠叙述理论加以梳理,确定各理论的坐标维度与论证原点,分析其洞见与盲视,以期对该术语的诞生、演变与发展做出翔实的归纳。

一

不可靠叙述理论的发展历程可视作理论家对该术语不断采用不同立场、变换理论原点的过程,所以艾布拉姆斯有关文艺批评的四维坐标理论适用且方便梳理各不可靠叙述理论的诸种观点。艾布拉姆斯认为"每一

---

*　【作者简介】张剑锋,上海外国语大学讲师,email：zhangjianfeng@shisu.edu.cn;刘莹莹,上海外国语大学讲师。

① Tamar Yacobi. "Fictional reliability as communicative problem." *Poetics Today*, 2 (2), 1981, p.113.

件艺术品总要涉及四个要素",即艺术家、作品、欣赏者以及世界。"几乎所有的理论都只明显地倾向于一个要素。"①依此,我们可以把不可靠叙述理论的种种观点——即辨析不可靠叙述的确立标准、分类等内容的种种尝试——大体上划为四类:以作者意图为标杆、以读者阐释为主旨、以现实世界为尺度以及有待发展的文本优先立场。

处于四维坐标中作者维度的是韦恩·布斯倡导的不可靠叙述论断。当代叙事理论若要讨论不可靠叙述,则必定要提及韦恩·布斯及其具有里程碑意义的《小说修辞学》。布斯在该书中首次论述了不可靠叙述:

> 当叙事者的所言所行与作品的准则——即隐含作者的准则——相一致,我称之为可靠的叙述者,反之则称之为不可靠的叙述者。……不可靠叙述者间的差异取决于他们在多大程度上以及在哪方面偏离了作者的准则。②

我们之所以将布斯的理论置于作者维度,这是因为其作为判定叙述可靠与否的标杆性术语"隐含作者",虽然一方面就文本编码而言是"处于特定创作状态、采取特定方式来写作作品的人",另一方面就读者解码而言又指"读者从整个文本中推导建构出来的作者的形象"③,但是归根究底这两层含义在本质上最终都是侧重于指涉写作实体的创作意图。就第一层意思而言,以写作过程中现实存在的作者本人的规范作为判定叙述是否可靠的依据,其目的显然是要将作者本人的创作意图融入文学批评的过程中去,以外在理据指导文本内的阐释。就第二层含义而言,布斯有关隐含作者的相关论述表明,其术语的重心在于阐释作者如何控制文本和读者,揭示作者通过阅读还原作者意图的文学现象。布斯认为,"主题""含义""象征"等内容是读者为全面解析作品而所需要明了的规范。由于这些术语所昭示的内容不可避免地被理解为作品存在的意义,因而有时会引发误导。但不容置疑的是,不论以上术语以何种方式引导文学研究的开展,它们的背后都蕴含了这样一个逻辑:读者解读文本的过程本质上就是读者还原作者意图的过程,因而"读者所需要知道的是其在价值世界中

---

① 艾布拉姆斯著,郦稚牛、张照进、童庆生译,《镜与灯——浪漫主义文论及批评传统》,北京:北京大学出版社,2004年,第4—5页。

② Wayne C. Booth. *The Rhetoric of Fiction* (2nd edition). Harmondsworth: Penguin Books, 1987, pp.158-159.

③ 申丹,《西方叙事学——经典与后经典》,北京:北京大学出版社,2010年,第172页。

的定位,即作者试图赋予读者的定位所在"①。在《隐含作者的复活:何必费周章?》中,为回应各方对隐含作者的质疑,布斯则更为清晰地展现了其以作者意图为重的批评倾向:

> 宣称"作者已死"的批评家们令《小说修辞学》的作者大吃一惊。对人们怎能认为作者的写作意图与我们阅读作品的方式无关?批评家们当然有理由声称作者所表达的、存在于文本之外的意图可能会与最终在文本内实现的意图大相径庭。但是这两者间的差别不正凸显了区分隐含作者与作者的重要性吗?我写下这篇文章就是要驳斥这些荒唐的言论。②

布斯虽然在此处对作者本人写作前预想的写作意图与成功在文本内实现的写作意图加以区分,但是无论他如何定义、划分作者意图,其文学研究的出发点与着落点都在于文本作者,其所倡导的研究方法亦与还原作者意图紧密联系。

此外,布斯的众多后来者对"隐含作者"的理解也常常偏向于将之解读为参与写作的实体存在。例如,布斯深为赞许的詹姆斯·费伦就将"隐含作者"理解为"真实作者精简了的变体,是真实作者的一小套或传说的能力、特点、态度、信念、价值和其他特征,这些特征在特定文本的建构中起着积极作用"③。查特曼也指出,"隐含作者这一概念源自作者意图与文本阐释关联性的争论"④。纽宁则直言批评家借助隐含作者这一术语可以在谈论文本现象的伪装之下讨论作者及其写作意图。⑤由此可见,隐含读者所蕴含的作者重心是实实在在的。

布斯有关作者意图的论述之所以在立足作者本意的同时又增加文本的因素,导致表述的含混,加大了阐释者还原其本意的难度,这与芝加哥

① Wayne C. Booth. *The Rhetoric of Fiction* (2nd edition). Harmondsworth: Penguin Books, 1987, p.73.

② Wayne C. Booth. "Resurrection of the implied author: Why bother?" In James Phelan & Peter J. Rabinowitz (eds.), *A Companion to Narrative Theory*, Oxford: Blackwell Publishing, 2005, p.75.

③ James Phelan. *Living to Tell about It*. Ithaca: Cornell University Press, 2005, p.45.

④ Seymour Chatman. *Coming to Terms: The Rhetoric of Narrative in Fiction and Film*. Ithaca: Cornell University Press, 1990, p.77.

⑤ Ansgar F. Nünning. "Reconceptualizing unreliable narration: Synthesizing cognitive and rhetorical approaches." In James Phelan & Peter J. Rabinowitz (eds.), *A Companion to Narrative Theory*. Oxford: Blackwell Publishing, 2005, p.92.

学派本身的学术取向和《小说修辞学》成书时的文坛研究潮流不无关系。布斯所遵从的芝加哥学派的风格属新亚里士多德派,继承了亚里士多德的模仿说,较为重视对作者维度的关注。《小说修辞学》创作、面市之际,正值以新批评等为代表的形式主义文艺理论大行其道,而关注作者生平、社会环境等因素的传统外在研究日渐式微。"隐含作者"这种结合作者与文本因素的术语,可视为布斯在坚持个人学术立场的同时,对当时学术话语的让步与归化而做出的努力。其含混的表述是"有意采取的障眼法"①。

布斯有关不可靠叙述的论述,作为该领域的首发之见,认同者甚多,对后继者影响颇广。杰拉德·普林斯在其较权威的《叙事学词典》中将不可靠叙述者定义为"其规范、言行与隐含作者之规范不相一致的叙述者"②。笔者以"unreliable narration"与"unreliable narration Booth"为关键词检索 JSTOR、Proquest 等论文数据库,其两项查询结果的论文数几乎相等,由此可见西方学界凡言不可靠叙述几乎必涉及韦恩·布斯。即便布斯之理论意义如此深远,然而其方法在用于实际文本分析时却造成了诸多难题。其中最大的难题就在于如何确定并论证隐含作者的规范与意图。由于隐含作者的规范有着可以从文本中推断出来的总体意味,因而"隐含作者是文本意义的研究结果,而不是哪一个意义的来源"③。面对形形色色叙事风格各异、叙事手法迭出的文本,阅读者是否总是能够成功还原所谓作者在文本中得以实现的意图实在是一个令人深思且值得怀疑的命题。有如复调小说之类的文本,其间两种乃至多种叙述主体并立,各样叙述声音混杂,叙述声音之间此时坦诚相见,那刻却又遮遮掩掩,有时彼此间循环往复、相映并举,有时却南辕北辙、互相抵牾,令解读者恍若置身于没有入口与出口的迷宫之中。又如海明威之类的作家,力求"兴波无澜"的白描风格,其作品的叙述大多直陈其事,对所写所绘之人、事、物不加一字一句之评论,不着一分一厘之关切,不露一丝一毫的褒许或砭诋。读者们面对海明威的作品,往往连其小说所要讲述的故事都未能完全把

---

① 申丹,《叙事、文体与潜文本——重读英美经典短篇小说》,北京:北京大学出版社,2011 年,第 36 页、第 51 页。
② Gerald Prince. *A Dictionary of Narratology*. London: Scholar Press, 1987, p.101.
③ 米克·巴尔著、谭君强译,《叙述学——叙事理论导论》,北京:中国社会科学出版社,1995 年,第 139 页。

握,更不用说那文字背后的作者意图了。再如小说中不乏对同一事件加以多重叙述的叙事手法,其多重叙述中的每一次叙述都是对完整事件的一个不完整的切面。这些叙述中究竟哪一个是作者意图的真实体现?或是其得以完整复合后的多重叙述才能体现作者的完整意图?但读者又该对之采取何种策略、以何种方式加以复合?抑或是多重叙述间的差异才是作者所想要表达的洞见?此外,布斯对于叙述者与隐含读者间为何会(不)产生不一致,这不一致如何(不)产生,何处(不)产生不一致都未尽详言。以上这些问题使得还原隐含作者意图并以此确定不可靠叙述的尝试变得愈发遥不可及起来。

二

鉴于"隐含作者的价值或规范实在难以获寻"①,有学者试图从读者阅读的角度来描述不可靠叙述,其代表人物首推塔玛·雅克比与安斯加·纽宁。前者借鉴麦尔·斯滕伯格视小说话语为复杂交际行为的理论,将不可靠叙述定义为"阅读——假设"的阐释过程,即通过调停、感知或交流因子解释文本难题,以期整合读者阅读本文中难以解释的细节或自相矛盾的难题时所能采取的阅读机制。② 后者在认同前者将不可靠叙述定义为阅读产物的前提下,尝试整合认知与修辞叙事学的真知灼见,将两种研究模式一同融合进不可靠叙述的分析中去。③

雅克比在其《作为交流的虚构文本之可靠性》一文中,提出了读者用于解释文本间抵牾信息而可采用的五种协调和融合方式,即"创作机制"(the genetic principle)、"类属机制"(the generic principle)、"存在机制"(the existential principle)、"功能机制"(the functional principle)、"视角机

---

① S. Rimmon-Kenan. *Narrative Fiction: Contemporary Poetics*. London: Methuen, 1983, p.101.

② Tamar Yacobi. "Authorial rhetoric, narratorial (un) reliability, divergent readings: Tolstoy's Kreutzer Sonata." In James Phelan & Peter J. Rabinowitz (eds.), *A Companion to Narrative Theory*. Oxford: Blackwell Publishing, 2005, pp.109-110.

③ Ansgar F. Nünning. "Reconceptualizing unreliable narration: Synthesizing cognitive and rhetorical approaches." In James Phelan & Peter J. Rabinowitz (eds.), *A Companion to Narrative Theory*. Oxford: Blackwell Publishing, 2005, pp.90-91.

制"(the perspective principle)。创作机制试图从现实中作者的身上寻找解释不可靠叙述产生的原因,将不可靠叙述的产生归咎于其作者的习惯秉性、作家的创作经历以及作家身处世界对作者之影响等非文本因素。例如,读者在阅读萨德的作品时,往往会将其中与本身行为、经历不一致的内容归因为作者本人怪诞的想象。类属机制从不同文类作品所具有的不同文类规约着手,揭示了不可靠叙述存在的根源:每一种文类都有其独有的引涉方式(referential stylization),该方式决定了文类与现实原则的偏离及其偏离的程度。这种为文类规约所容忍、默许的偏离导致了与现实有所差别的反常与不一致——即不可靠叙述——的发生。例如,在讽刺性作品中,人们对文本逻辑内在统一性的要求就显得不那么高,故而《格列佛游记》中的格列佛可以身兼两种相互矛盾的身份,既是谴责战争的和平主义者,同时又是捍卫、支持动用武力的鹰派人士。同样,作为神话故事的《西游记》,其文类规约也允许其存在诸多逻辑上的前后矛盾与情节上的无法自圆其说。第三类是存在机制,其从文本世界与现实世界的差异性来说明不可靠叙述的可能根源。童话故事、科幻小说、卡夫卡的《变形记》都是属于这一类机制的极端范例。功能机制将不可靠叙述视为文本制造分歧与不一致的方式,是作者为实现特定风格、效果而可以采取的自觉写作手法,其最终目的在于传递主题要旨。在 D·H·劳伦斯的诸多作品中,为表现男女主人公间灵与肉的交流,常常会使用这样的创作机制。最后是视角机制,该机制主张文本世界由于通过带有局限性的独特视角折射于读者眼前,将进入文本的多样元素或无关内容所产生的不可靠性归咎于观察者本身的特性与所处的独特视域。可以依照该机制加以解读的作品有威尔基·柯林斯的《月亮宝石》、威廉·福克纳的《押沙龙,押沙龙!》以及托马斯·曼的小说作品等。需要注意的是,这五种机制并非总是单独发挥作用,更多情况下在单一文本中读者总是可以解读出两种乃至多种机制来。①

在以读者阅读为重心建构不可靠叙述理论方面,安斯加·纽宁的主

---

① Tamar Yacobi. "Fictional reliability as communicative problem." *Poetics Today*, 2 (2), 1981, pp.114–118; Tamar Yacobi. "Authorial rhetoric, narratorial (un) reliability, divergent readings: Tolstoy's Kreutzer Sonata." In James Phelan & Peter J. Rabinowitz (eds.), *A Companion to Narrative Theory*. Oxford: Blackwell Publishing, 2005, p.110.

要贡献在于尝试整合认知学派与叙事学派在该领域的研究方法,这主要反映在其一篇名为《重新定义不可靠叙述》的文章中。文章开篇,纽宁便开宗明义地确定了自己的研究范式原点,即将确定不可靠叙述的参照标准由隐含作者的规范转变为读者的规范,把文本的不可靠性定义为"读者直觉上能够感知的效果"①。之所以这样做,其原因在于他认为隐含作者及其规范的概念本身难以捉摸、晦涩不清(elusive and opaque),缺少明确的表述,理论上不够连贯一致(lack of clarity and theoretical coherence)。此外,传统的不可靠叙述研究在研究方法上也因忽视了阅读过程中叙事者之不可靠性的接受过程而难以令人满意。据此,他将其研究聚焦于文本与读者的互动,将不可靠叙述理解为读者的阐释策略。②然而,纽宁在回顾了各种不可靠叙述的研究方法后又坦言,该研究是一项涉及多种因素、涵盖主客观分析、可从诸多层面加以分析的系统工程,某一种研究模式往往存在其盲视,因而希望能够构建起一个兼有修辞与认知的研究模型,即综合修辞学派与认知学派的研究方法,综合两厢的优势来弥补各自的不足,因而能够在统一的模式下同时从两方面研究不可靠叙述。③虽然纽宁旨在建立这样一种"二合一"的研究模式,但在其随后以《既仙即死》("Dead as They Come")为范例的解读最后,他却将其建构新模式的努力仅仅凝练为"文本、语境如何向读者昭示叙述者的不可靠性,隐含作者如何制造叙事者的话语与文本,以使批评家在阅读时辨识出不可靠叙述者"④。这一表述也使得他的建构似乎从读者维度又回归到了作者一侧。

此外,西摩·查特曼对不可靠叙述的理解也应属于读者维度的。查特曼认为:"在不可靠叙述中,叙述者的描述与隐含作者对故事真实意图的揣测不同。……通过阅读出其间的差异,我们得出其事、物并非如其所言的结论来,并因此认为叙述者可疑。"⑤

表面看来,查特曼的论述仅仅是将判定叙述是否可靠的标尺从原先

---

① Ansgar F. Nünning. "Reconceptualizing unreliable narration: Synthesizing cognitive and rhetorical approaches." In James Phelan & Peter J. Rabinowitz (eds.), *A Companion to Narrative Theory*. Oxford: Blackwell Publishing, 2005, p.91.

② Ibid., pp.91-95.

③ Ibid., pp.94-97.

④ Ibid., pp.100-101.

⑤ Seymour Chatman. *Story and Discourse: Narrative Structure in Fiction and Film*. Ithaca: Cornell University Press, 1983, p.233.

的隐含作者之规范变更为隐含读者的规范,但其所举证的实例却说明他所说的隐含作者更具有现实读者的意味。我们知道,伊瑟尔所提出的隐含读者是相对于现实读者而言的,是指作家本人设定的能够把文本加以具体化的预想读者,而查特曼又将该术语定义为"叙述文本所假定的受众"①。但是另一方面,后者在说明隐含读者规范如何能够判定不可靠叙述时却以其个人的实际阅读体验来例证。他认为,小说《洛丽塔》的叙事者亨伯特不论其角色特性如何,在他眼中就是一位可靠的叙述者。通过他对小说中人物、事件的描述,我们能够感到他是在竭尽所能告诉我们事实的真相。② 由此可见,在查特曼的论述中,与其说隐含读者是作家设想的理想读者或是文本假定的受众,倒不如说更像是现实读者的化身。

通常人们对以读者阅读作为判定不可靠叙述标准的研究的责难都在于认为"若以读者为标准,就有可能会模糊,遮蔽,甚或颠倒作品或作品的规范"③。常被提及的例证有:鸡奸者不会认为纳博科夫在《洛丽塔》中有什么不妥;恋物癖者不会认为他的范式与麦克尤恩在《既仙即死》中的独白者有何差距;习惯了母亲处理掉不受欢迎的婴儿的人不会发现毕尔斯《弑亲俱乐部》的故事有何不对。④之前所举的查特曼对亨伯特的看法似乎也如出一辙。诚然,如果过度依赖读者认知,不可靠叙述研究确实会"遗漏作者、文本与阅读传统对文本解读所施加的限制性影响。若解读之初并不秉持'作者设计了不一致'的想法,那以阅读过程为导向的解读转向——即仅将文本不一致视为不可靠叙述标志的阅读方法——也难以取得阐释学的意义"⑤。对该维度的不可靠叙述研究的批评皆聚焦在该研究可能在规范与度这两方面越界,但是批评者并未注意到,任何一种阐释都涉及分寸的把握,即便是采取了以作者意图为导向的研究方式,其间同样涉及如何忠实地还原作者体现在文本中的意图这一分寸问题。此外,对于度的把握,一部分受理论构建的内在影响,更多地还是受制于阐释者本

---

① Seymour Chatman. *Story and Discourse: Narrative Structure in Fiction and Film*. Ithaca：Cornell University Press, 1983, p.150.

② Ibid., p.234.

③ 申丹,"何为'不可靠叙述'?"《外国文学评论》2006 年第 4 期,第 139 页。

④ Ansgar F. Nünning. "Reconceptualizing unreliable narration：Synthesizing cognitive and rhetorical approaches." In James Phelan & Peter J. Rabinowitz (eds.), *A Companion to Narrative Theory*. Oxford：Blackwell Publishing, 2005, p.61.

⑤ James Phelan. *Living to Tell about It*. Ithaca：Cornell University Press, 2005, p.48.

身对文本解读、理论理解和阐释习惯等外在因素的制约。如果因为采用某方法的个别解读过于激进或是与传统习评、大众旨趣不相符合就对之大肆批驳,以致弃之如敝屣,显然不是可取的做法。再者,不可靠叙述的确定本就是一个微妙的研究领域,叙事作品中尽管可以发现大量严格意义上的不可靠叙述(者),但同时更多的是难以被严格地归入可靠与不可靠之列的叙述(者),或多或少存在着在可靠与不可靠两极间摇摆的情况。①这种不确定性也为度的确定与掌控增加了难度与歧义,这也是造成确定不可靠叙述标准与结果大相径庭的原因之一。另一方面,从以读者阅读来阐释不可靠叙述的研究成果来看,其研究的根本目的就在于建构起一种能广为运用,具有广泛论证性的读者阅读范式。这种阅读范式的建构是与"规范"这一理论研究的内在要求相一致的。因而,当务之急并不应指摘该研究导致了不可靠叙述解读的碎片化,相反应从解读多样性的角度理解建构阅读模型的重要性。

三

以客观世界为出发点的不可靠叙述研究会将实在世界的现实准则投射到虚构作品的文本世界中去,以人与人、人与事的真实关系替代文本中的虚构条约,通过赋予文本叙述者以主体性,参照现实世界的规范、准则,最终以外在世界的规范推断虚拟文本中叙述的不可靠性。

由于"在叙事文学中,叙述者与故事的关系是一种最本质的关系"②,因而有学者从叙述者本身着手研究不可靠叙述,而这种做法的内在属性则是文本与现实的同构性原则:虚构文本亦含有现实世界的逻辑,虚构文本中的叙述者亦含有现实世界中个体的主体性;以现实中个体看待世界的方式暂代虚构主体的观察方式,以描述现实中主体的视域等规范定义虚构主体的叙述行为。丹尼尔·施瓦茨就提出以叙事者是否诚实作为衡量不可靠叙述的标准,提出石黑一雄(Ishiguro)小说的叙述者史蒂文斯并非是不可靠叙述者,仅仅是位缺乏感知力的叙述者,因为他并非

---

① 谭君强,《叙事学导论——从经典叙事学到后经典叙事学》,北京:高等教育出版社,2008 年,第 222 页。

② 罗钢,《叙事学导论》,昆明:云南人民出版社,1994 年,第 158 页。

不诚实。① 值得提出的是,不可靠叙述理论研究的是叙述者的可靠性而并非其是否诚实直言。施瓦茨虽然尝试将现实的规约引入文本阐释中去,但是他的这种做法其实是混淆了不可靠叙述的根本属性与现实生活中判断个体是否可信的常理。造成虚构叙述不可靠的根源在于差异性,不论这差异是发生在故事层面还是话语层面,也不论这差异是与隐含作者相比较还是参照了读者的阅读感知。而我们在现实中常常由于礼貌等交际原因回避差异性这一关键,而仅以"诚实可信"作为判定个人可靠性的标准,诚实与可信在这里形成了天然的默契。但是生活的阅历也同样告诉我们,诚实本身并不能确保可信性的产生,因而我们也没有理由将叙述者诚实与否与其叙述的可靠性画上等号。之前提及的查特曼对亨伯特的可靠性论断也表现出这种倾向。

亦有学者将不可靠叙述与现实中的交际行为关联起来,借用语用学的合作原则来解析不可靠叙述的语用属性。泰瑞莎·海德借用合作理论的格莱斯准则、相关性理论与礼貌理论,以阿加莎·克里斯蒂的《艾克洛德命案》、石黑一雄的《长日留痕》以及爱伦·坡的《泄密的心》为范例,分析了不可靠叙述所体现出的交际语用意义上的背离。②海德指出,不论是布斯还是纽宁所倡导的方法都将不可靠叙述理解为一种交际行为。这种信息由发出者传达至接受者的交际行为,在文本内体现为叙述者与受述者间的交流。双方在交际中发生不可靠叙述的根源在于"叙述者违反了合作原则,但同时未想有表达言外之意"③。

以客观世界为出发点的不可靠叙述研究还习惯于将不可靠叙述之概念置于历史长河之中,借以考察不可靠叙述概念的流变与客观世界变迁的关系。

布鲁诺·佐维克在回顾了自布斯以降、经费南、至雅克比和纽宁的不可靠叙述研究历程,认为之前采取的都是"作者—读者"解读策略,继而提出"要转变基础范式,转向更为广阔的历史与文化意识"。④佐维克认为,

① Daniel R. Schwarz. "Performative saying and the ethics of reading: Adam Zachary Newton's narrative ethics." *Narrative*, 5(2), 1997, p.197.

② Theresa Heyd. "Understanding and handling unreliable narratives: A pragmatic model and method." *Semiotica*, 162(1-4), 2006, p.217, 219.

③ Ibid., p.225.

④ Bruno Zerweck. "Historicizing unreliable narration: Unreliability and cultural discourse in narrative fiction." *Style*, 35(1), 2001, p.151.

虽然不可靠叙述只能存在于个体叙述行为中,也仅能通过个体解读得以感知,然而叙述的不可靠性以及对不可靠性的解读同样要受到文化、历史因素的制约。①例如,萨尔曼·拉什迪的《午夜之子》中存在着大量西方读者会解读为不可靠叙述的元素,而普通印度读者却能毫无困难地将这些元素融入自己的社会语境中去;同样,爱伦·坡的《泄密的心》的叙述者,在现代社会产生疯癫与正常的决然对立之前也无法被视作不可靠的叙述者。②相对于"作者—读者"的共时性研究,佐维克说明了其受益于历史性范式而研究出的不可靠叙述的发展历程。他认为,不可靠叙述这一文学现象应该归源于18世纪后期现实主义小说。到了19世纪,若不论通俗文学,不可靠叙述未能在英国文学扮演什么重要的角色。自维多利亚时期至现代文学的转型期间,由于认识论的不可知论日益彰显,不可靠叙述逐渐成为重要的文学现象。而就不可靠叙述而言,战后小说在三个方面取得了重大发展:不可靠叙述削弱了现存的(不)可靠性的现实主义理念,主导了战后小说;有些后现代主义文本可以、但并非一定要通过不可靠叙述来加以自然化;不可靠叙述解读已不再是适用于自然化某些激进的后现代主义文本的选择了。③

维拉·纽宁亦从现实世界的角度尝试从价值观与准则的历史变迁的角度来考察不可靠叙述,提出不可靠叙述应在文本之外更为广阔的文化语境加以审视④,其研究的重点在于揭示对一部作品的叙述与叙述者的解读如何在不同的历史文化时期由"可靠"转向"不可靠"。纽宁以奥利弗·哥尔斯密的《威克菲牧师传》为范本,详细考辨了普里姆里斯从可靠性到不可靠性的变化。18世纪后期至19世纪,普里姆里斯普遍被视为可靠的叙述者。但到了20世纪,批评风向发生逆转:普里姆里斯被越来越多的批评家看作不可靠的叙述者。纽宁的结论就

① Bruno Zerweck. "Historicizing unreliable narration: Unreliability and cultural discourse in narrative fiction." *Style*, 35(1), 2001, p.156.

② Ibid., p.158.

③ Ibid., pp.159-162.

④ Vera Nünning. "Unreliable narration and the historical variability of vales and norms: *The Vicar of Wakefield* as a test of a cultural-historical narratology." *Style*, 38(2), 2004, p.238.

是,价值与规范的历史变迁是导致读者在叙述者可靠性方面发生转变的根本原因。①

四

文本维度的不可靠叙述研究将不可靠叙述视为"具有多样性的文本现象"②,着力探究文本究竟通过何种方式、技巧建构出不可靠叙述,促进不可靠叙述的文本类型化建构。

克罗格·汉森将不可靠叙述分为四个大类:叙述内不可靠性、叙述间不可靠性、文本间不可靠性、文本外不可靠性。叙述内不可靠性是指由众多话语标记所建构和支撑的不可靠性,即在叙述事件的某个地方所加的插入语和评论,以及一些没有解决的自我矛盾。爱伦·坡的《泄密的心》中的叙述者在其理性辩护中所参照的情景和行为模式作为叙述内不可靠标记就暴露出其不可靠性;叙述间不可靠性是指某叙述者所报道事件与其他一个或几个叙述者的报道相背离的情况。福克纳的《喧哗与骚动》中的杰森·康布森,当其叙述与全知叙述者戴维丝的叙述相比较时,其不可靠性就清晰地展现出来;文本间不可靠性主要通过显性的人物类型,凭借类型人物的先前存在、塑型或文本外的内容而得以展现。笛福的《摩尔·弗兰德斯》的隽语、托马斯·曼的《弗里克斯·克鲁尔的自供》的标题就是此类实例。文本外不可靠性的确定则取决于读者在文本中所融入的个人价值观和知识。③

詹姆斯·费伦在判断不可靠叙述的标准方面追随布斯,但其在实际操作层面对布斯的理论加以细化、翔实,更加注重不可靠叙述(者)的文本类型化建构。他将不可靠叙述产生的原因分作三类:事实/事件轴、价值/判断轴与知识/感知轴发生偏误。事实/事件轴上的偏误会导致"误报"和"不充分报道",这是"叙述者不知情或价值错误的结果";知识/感知轴上

---

①   Vera Nünning. "Unreliable narration and the historical variability of vales and norms: *The Vicar of Wakefield* as a test of a cultural-historical narratology." *Style*, 38(2), 2004, pp.240–246.

②   Per Krogh Hansen. "Reconsidering the unreliable narrator." *Semiotica*, 165(1–4), 2007, p.241.

③   Ibid., pp.241–243.

的背离产生"误读"和"不充分解读";价值/判断轴上的失误会造成"误评"和"不充分评价"。①

结　语

　　不可靠叙述研究从大体上契合了艾布拉姆斯关于文艺批评的四维坐标理论,但是同时我们也应该看到这种对应本身是不平衡的。当下不可靠叙述理论发展与文本批评的现状表明,专家们所采取的研究策略更多的是将作家、读者、世界这三个维度加以综合。这种融合式的尝试有利于我们从多个角度完整地对不可靠叙述加以考察,既能涵盖文本叙述对彰显作者意图的正反两方面作用,又能揭示读者接受文本歧义时所能采取的解读策略与模型,同时兼顾影响不可靠叙述的历史、文化因素,在三者间形成了良性的互动。但是另一方面,这种综合式的研究趋势又遮蔽了对不可靠叙述本身的文本理论建构,致使后者处于颇受冷遇的境地:与不可靠叙述文本本质相关的论述亦较为少见;即便有文章对此有所涉及,亦不作为论述重点,仅为其他解读模式的前期性介绍,只言片语便一笔带过;抑或是进行文本建构的工作却试图论证其他三维度理论的观点。究竟是前三种模式更为优秀,还是文本建构难以取得真正意义上的成果,这着实是一个值得思考的问题。

---

① 詹姆斯·费伦、玛丽·帕特里夏·玛汀,"威茅斯经验:同故事叙述、不可靠性、伦理与《人约黄昏时》",载《新叙事学》,戴卫·赫尔曼主编、马海良译,北京:北京大学出版社,2002 年,第40—42 页。

中西叙事理论研究
Studies of Chinese and Western Narrative Theories

中国叙事研究

中西叙事传统比较论纲

◎ 傅修延*

江西师范大学

中西叙事传统比较研究涉及中国文学与外国文学两大学科,目前与其相近的多为局部性研究。学界对中国叙事传统问题兴趣甚浓,美国学者浦安迪、中国学者杨义和笔者本人均有以"中国叙事学"为题的专著,以"叙事传统"入标题的还有董乃斌先生的《中国文学叙事传统研究》与笔者的《先秦叙事研究——关于中国叙事传统的形成》①,但迄今为止尚未见到系统性的中西叙事传统比较研究。有些著述虽然涉及这一主题,如浦安迪《中国叙事学》第一章列有"西方与中国的叙事传统"一节,其主旨与本研究甚相契合,可惜篇幅只有寥寥三千字,无法全面展现中西叙事传统的不同面貌与形成源由。叙事即讲故事,中国和西方各有自己的讲故事传统,将两个传统放在一起"对读",有利于我们增进对自身传统的认识。传统的一个重要意义在于其形成于过去却不断作用于现在,T·S·艾略特在《传统与个人才能》一文中说任何诗人都不可能脱离传统而独立存在②,欧文·白璧德在《论创新》一文中说真正的创新"常常

---

* 【作者简介】傅修延,江西师范大学教授,email:xyfu@jxnu.edu.cn。

① 浦安迪(演讲),《中国叙事学》,北京:北京大学出版社,1996年;杨义,《中国叙事学》,北京:人民出版社,2009年;董乃斌主编,《中国文学叙事传统研究》,北京:中华书局,2012年;傅修延,《中国叙事学》,北京:北京大学出版社,2015年;傅修延,《先秦叙事研究——关于中国叙事传统的形成》,北京:东方出版社,1999年。

② "当一件新的艺术品被创作出来时,一切早于它的艺术品都同时受到了某种影响。现存的不朽作品联合起来形成一个完美的体系。"托·斯·艾略特,"传统与个人才能",载李赋宁译,《艾略特文学论文集》,南昌:百花洲文艺出版社,1994年,第3页。

以深深扎根以往文学的方式来获得"①,就此而言,对叙事传统所做的比较研究能让当代中国人认识到什么是最接地气的讲故事方式,本研究的主要价值或在于此。2016 年国家颁布的"十三五"规划将"建设讲好中国故事队伍"列为目标之一,本研究似可为这一目标提供学术助力。

一、思路:比较是为了更好地认识自己

就总体思路而言,本研究拟将西方叙事传统作为中国叙事传统的参照系统来开展讨论,也就是说在脉络梳理、轮廓勾勒和特征归纳的过程中,本研究总是坚持以对中国传统的讨论为主线,西方传统则是以副线和参照对象的方式存在。这种"以西映中"的主副线交织,对国人来说或许会比不具立场的平行比较更具现实意义,因为比较中西双方的叙事传统,根本目的还是为了深化对自己一方的认识——研究者都不是生活在真空之中,不存在什么立场超然的比较研究。事实上,孤立地研究自己不可能走得太远,只有把自己与他人放在一起,客观地比较彼此的长短、多寡与有无,才能发现自己过去看不到的盲区,更深入地理解自己"从何而来"及"因何如此"。

人类学认为,孤立地研究一个民族的神话没有意义,因为对一个民族的神话即便知道得再多,也不见得能把握住神话讲述者的真正意图,只有将多个民族的神话相互参照发明,才能见出神话后面的意义与规律。古埃及象形文长期未被破译,载有三种文字对照(古希腊文、古埃及象形文与埃及草书)的罗塞塔碑出土之后,学者通过反复比对,终于发现了理解这种文字的重要线索。同样的道理,要想真正懂得中华民族的叙事传统,不能只做自己一方的研究,还需要将其与域外的叙事传统相互映发。这种映发就像揽镜自照一样,能发现自己眼睛看不到的盲区。例如,中国古代小说的"缀段性"(episodic)结构曾经饱受西方汉学

---

① "真正的创新是艰苦的生发过程,并且常常以深深扎根以往文学的方式来获得而不是失去什么东西。……与传统决裂的人在其实只是无知和自大的时候反而会认为自己具有原创性。"欧文·白璧德,"论创新",载白璧德著、张沛等译,《文学与美国的大学》,北京:北京大学出版社,2004 年,第 148 页。

家诟病①,但是时过境迁,现在美国的电视连续剧基本上都是每集叙述一个相对独立的小故事,以此连缀全剧,看到这一点,就会发现我们的"缀段性"叙事传统并不像某些学者所认为的那样不合理,西方叙事到头来也与我们的章回体叙事殊途同归。1983 年中美双方的比较文学学者首次聚会,美方代表团团长、普林斯顿大学的厄尔·迈纳在闭幕式上用"灯塔下面是黑暗的"这句谚语,说明比较文学的研究意义:只研究自己国家的文学是远远不够的,需要另一座"灯塔"来照亮。总而言之,走向中西比较不是为比较而比较,不是平行的或中立的比较,而是以比较为手段实现更好地认识我们自己叙事传统的目的。

　　上世纪初做出开拓性成绩的学者多有海外留学经历,对西方文化有较为深入的了解,当他们回国后开始"整理国故"时,很自然地会以西方同类事物为参照来提出问题。由于"整理国故"在很大程度上涉及叙事传统研究,可以说叙事传统研究从开始之初就有一种中西比较意味。他们提出的问题包括:中国古代神话到底是"后来散亡"还是"本来的少有"(鲁迅)?② 究竟是什么原因导致了中国"真正之戏剧"("纯粹演故事之剧")的晚熟(王国维)?③ 中国古代小说为什么"差不多都是没有布局的"(胡适)?④ 不难看出,这些问题之下的"潜隐叙述",是对照西方神话

---

① "总而言之,中国明清长篇章回小说在'外形'上的致命弱点,在于它的'缀段性'(episodic),一段一段的故事,形如散沙,缺乏西方 novel 那种'头、身、尾'一以贯之的有机结构,因而也就缺乏所谓的整体感。"浦安迪,《中国叙事学》,北京:北京大学出版社,1996 年,第 56 页。按,引语中的话为西方某些汉学家的观点,并非浦安迪本人的认识,但他在该书中坦承自己先前的阅读体验也是如此:"我们初读时的印象,会感到《水浒传》是由一些出自民间的故事素材杂乱拼接在一起的杂烩。"

② "总之中国古代的神话材料很少,所有者,只是些断片的,没有长篇的,而且似乎并非后来散亡,是本来的少有。"鲁迅,"中国小说史略(附录)·中国小说的历史的变迁",载《鲁迅全集》(第 9 卷),北京:人民文学出版社,1981 年,第 303 页。

③ "综上所述者观之,则唐代仅有歌舞剧及滑稽剧,至宋金二代而始有纯粹演故事之剧;故虽谓真正之戏剧,起于宋代,无不可也。然宋金演剧之结构,虽略如上,而其本则无一存。故当日已有代言体之戏曲否,已不可知。而论真正之戏曲,不能不从元杂剧始也。"王国维,《宋元戏曲史》,上海:华东师范大学出版社,1995 年,第 77—78 页。

④ "《儒林外史》虽开一种新体,但仍是没有结构的;从山东汶上县说到南京,从夏总甲说到丁言志;说到杜慎卿,已忘了娄公子;说到凤四老爹,已忘了　　(转下页)

之后发现中国神话更为零散,对照西方戏剧之后发现中国戏剧成熟较晚,对照西方小说之后发现中国小说缺乏布局。尽管这些问题中的认定需要质疑,尽管中西比较在问题提出者那里并没有真正付诸实施,但其向外看世界的思路仍然值得后人借鉴。20世纪以来对中国叙事传统的研究有了长足的进步,但是前人从中西对比角度提出的问题,后人尚未来得及从这一角度做出回应。不言而喻,如果只是一味从自己一方去考虑问题,付出再大的努力也得不到令前人满意的答案。如此看来,本研究设定的中西比较角度,乃是对前人思路的承续和落实。从学理上说,把中西叙事传统比较研究提上议事日程,是顺应历史和逻辑的必然之举。本研究不一定能取得特别丰硕的成果,但我们坚信前人留下的路标指向真正有价值的学术目标,完成前人未竟之志是当代学人义不容辞的历史使命。从事学术事业不能没有使命感,也不能没有宏大目标的召唤,认定一个既定目标后念兹在兹地对其作不懈追求,在时间与精力上做出大量投入,是中华学人应有的学术品格。

二、意义:光大传统与纠正偏见

本研究的意义在于光大中国叙事传统,更具体地说旨在纠正20世纪初以来低估本土叙事的偏见。众所周知,欧美小说的大量输入与中国小说的现代换型之间存在着某种因果关系,但在模仿西方小说模式的同时,一种认为包括《红楼梦》在内的中国古代小说统统不如西洋小说的论调也在学界占了上风,陈寅恪就曾如此直言不讳:"至于吾国之小说,则其结构远不如西洋小说之精密。在欧洲小说未经翻译为中文以前,凡吾国著名之小说,如《水浒传》《石头记》与《儒林外史》等书,其结构皆

(上接 P167 注④)张铁臂了。后来这一派的小说,也没有一部有结构布置的。所以这一千年的小说里,差不多都是没有布局的。内中比较出色的,如《金瓶梅》,如《红楼梦》,虽然拿一家的历史做布局,不致十分散漫。但结构仍旧是很松的;今年偷一个潘五儿,明年偷一个王六儿;这里开一个菊花诗社,那里开一个秋海棠诗社;今回老太太做生日,下回薛姑娘做生日,……翻来覆去,实在有点讨厌。"胡适,"五十年来中国之文学",载《胡适古典文学研究论集》(上册),上海:上海古籍出版社,2013年,第128—129页。

甚可议。"①他还说中国古代作家谋篇布局的精力只能顾及短篇作品,驾驭"文字逾数十百万言"的鸿篇巨制则力有未逮,引文中"其结构远不如西洋小说之精密"和"其结构皆甚可议"等语,把"欧洲小说未经翻译为中文以前"的《红楼梦》等叙事经典统统扫倒在地。这种对西方叙事作品的钦羡,在相当长时期内遮蔽了国人对自身叙事传统的关注。如果我们以大范围和长时段的眼光回望历史并与西方作比较,则会认识到没有什么置之四海而皆准的叙事标准——中西叙事各有不同的内涵、渊源与历史,高峰与低谷呈现的时间亦有错落,其形态与模式自然千差万别,不能简单地对它们作高低优劣之判断。《红楼梦》问世之时,英国的菲尔丁等小说家还未完全突破西班牙流浪汉小说的形式桎梏,就连艺术价值远低于《红楼梦》的《好逑传》(清代章回小说)也曾引起西方一代文豪歌德的注意:"中国人有成千上万这类作品,而且在我们的远祖还生活在野森林的时代就有这类作品了。"②作这种简单回顾不是效法阿 Q 宣称"老子从前比你们阔多了",而是为了反对那种唯他人马首是瞻的盲目态度。我们不能因取石他山而看低了自己,更不能一味趋从别人而将本土传统视为"他者"。一时代有一时代之学术,没有走向全面复兴的时代大潮,没有历史创伤的痊愈和文化自信的恢复,就不会有中西叙事传统比较这样的研究应运而生。

19 世纪以来欧风美雨对神州大地的侵袭,迫使长期处在闭关锁国状态中的中国人睁开眼睛来看外面的世界,受这股大潮推动,一些学者开始关注中西文化的异同,这当中就包括了从比较角度对中西叙事传统所作的思考。前引鲁迅、胡适和王国维等人在"整理国故"时所发的议论,就是在中西对比的背景下产生出来的,但迄今为止的研究尚未注意到这些议论针对的都是我们自己的叙事传统,也未来得及将其中蕴涵的重大问题提上研究层面。如前所述,如果没有想到丰富多彩的古希腊神话,鲁迅不会感觉到中国古代神话的零散和不成系统;如果不是与早就定型的古希腊戏剧相比,王国维不会提出中国戏剧成熟较晚的问题;如果没有把西方19 世纪结构严谨的长篇小说当做参照物,胡适和陈寅恪不会说出中国小说结构全都没有布局之类的话来。鲁迅、胡适、王国维和陈寅恪等人是 20

① 陈寅恪,"论《再生缘》",载陈寅恪,《寒柳堂集》,北京:生活·读书·新知三联书店,2001 年,第 67—68 页。

② 歌德著、朱光潜译,《歌德谈话录》,北京:人民文学出版社,1982 年,第 113 页。

世纪初最有代表性的学者,神话、戏剧和小说是最为重要的叙事门类,他们的思考为本研究所要进行的"中西叙事传统比较"指出了方向。过去这一研究之所以未能提上议事日程,一是因为学科的细致划分使得研究者鸿沟各据,神话、戏剧和小说等共有的叙事性被这种划分所割断,"各自为战"的格局使研究者不容易上升到叙事传统这样的高度去思考问题;二是做中西叙事传统比较研究需要集合"重兵",这种集体攻关的团队协作方式在"单兵作战"的过去是不可能实现的。本研究涉及的领域相当宽广,好在国家现在鼓励建立团队集体攻关,在总课题之下设置若干子课题,这一体制有利于将全国范围内学有专攻的专家组织起来,分门别类地从事各个传统分支的梳理和比较,因此当下有条件完成这个以往难以想象的复杂任务。重大项目应当解决重大问题,叙事传统是文化的重要组成部分,通过比较中国人和西方人讲故事的方式,中西文化的特点、规律和异同必将更为清晰地显露出来。鲁迅、胡适和王国维等人开启的研究,在中华民族走向伟大复兴的时代不仅应当继续往前推进,还要在深度与广度上加以拓展。学术创新本就是一个代代接力的艰苦过程,只有像冯友兰所说的那样在前人打下的基础上"接着讲",我们才能不断有所积累,逐渐搭建起根基牢固的学术大厦。

三、视角：全球化眼光与本土立场

中西叙事传统从来就不是两个相互隔绝的实体,同一类型的民间故事以异文形式在世界各地广泛传播,这一事实表明全球化进程早就在民间叙事中暗传消息。比较视角意味着全球化眼光,用这种眼光来做研究,有利于发现本土与域外叙事之间深刻的联系。举例来说,一般人以为是中国"国粹"的白蛇传故事,据丁乃通考证"首先在纪元前后流传于西亚或中亚的一个不崇拜蛇的民族中",以后才翻山越岭来到中国[1];而许多人心目中起源于欧洲的"灰姑娘"传说,其原型却在我国唐代段成式的《酉阳杂俎》中[2],西方学者也不否认书中老仆人讲述的叶限故事为该传说的最

---

[1] 丁乃通,"高僧与蛇女——东西方'白蛇传'型故事比较研究",载丁乃通撰、华中师范大学民间文学研究室编、陈建宪等译,《中西叙事文学比较研究》,华中师范大学出版社,1994年,第15页。

[2] 见《酉阳杂俎》续集卷之一"支诺皋上"记载的"吴洞金履"故事。

早记载①。

  但是在当前西强东弱的文化传播格局下，"全球化"在我们这里往往成为"西化"的代名词，只要看看许多人还未走出以西服革履为唯一"正装"的认知误区，就会明白抵御"文化殖民"并不像想象的那么容易。由于西方文化在较长时期内处于"放送"影响的上风地位，采取比较视角的研究很容易发生立场转移，亦即不知不觉地把别人的传统当做正统，把别人的范式当做金科玉律，以致自己的传统和范式反而变成了异端和"他者"。陈寅恪曾批评《马氏文通》"视（西方语法）为天经地义，金科玉律，按条逐句，一一施诸不同系之汉文"，认为这种做法是"认贼作父"②，此说虽然过于激烈，但我们可以理解其捍卫华夏语文的良苦用心。以白话文代替文言文在 20 世纪初是大势所趋，但现在人们都已看到，用西方语法来"规训"汉语之路也是走不通的，从这个意义上，我们能理解为什么一些老一辈学者始终坚持用雅驯的文言来写作，他们比我们更注意防范伴随汉语欧化之后出现的立场欧化或曰"自我东方化"。

  "自我东方化"的最典型表现，莫过于将中国文化的代表人物比附为西方名人：戏剧家汤显祖是"东方的莎士比亚"；诗人朱湘和梁宗岱是"中国的济慈"和"中国的拜伦"；《天工开物》的作者宋应星是"中国的狄德罗"；小说家莫言获诺奖后更被贴以"魔幻现实主义"的西式标签。诸如此类的表述对许多人来说是司空见惯、不以为忤，但若仔细想想就会明白这些都是自我丧失的表现，因为这类比附都是用西方的尺度来丈量我们自己。表面上看把汤显祖说成是"东方的莎士比亚"是一种称赞，实际上却是对"临川四梦"作者的不敬，因为仅仅以莎士比亚为尺度不能完全"丈量"出汤显祖的伟大，使用这样的比附只能说明我们对以汤显祖、关汉卿、王实甫等为代表的中国戏剧传统缺乏自信。与此相似，时下更有许多人落入西方话语逻辑的陷阱而不能自拔。有鉴于以往的诸多教训，为了避

---

① "Who, though, told the first Cinderella story? The earliest-dated version of such a story appears in a Chinese book written between A.D. 850 and 860. In the Oriental tale, Yeh-hsien is mistreated by an ill-tempered stepmother, who dresses her in tattered clothes and forces her to draw water from dangerously deep well." Charles Panati. *Extraordinary Origins of Everyday Things*. New York: Harper & Row, 1987, p.172. 按，引语中的"Yeh-hsien"即《酉阳杂俎》中的叶限。

② 陈寅恪，"与刘叔雅论国文试题书"，载陈寅恪撰、陈美延编，《金明馆丛稿二编》，北京：生活·读书·新知三联书店，2001 年，第 249 页。

免重蹈以往"自我东方化"的覆辙,本研究特别强调在放眼全球时站稳中国立场,强调这一点是由于当前全球化与西化之间的界限模糊不清。一些人认为全球化就是向西方看齐,因此他们觉得称汤显祖为"东方的莎士比亚"并没有什么不妥,其实这和 20 世纪初一些国人跟着西方人以"远东"①称自己脚下的土地并无二致。毋庸讳言,在章回体小说向现代小说"换型"的特殊时期,提出与传统决裂并以西方叙事模式为楷模,在当时来说都是积贫积弱国情下的激愤之语。鲁迅等人的一些矫枉过正言论,如"要少——或者竟不——看中国书,多看外国书"②等,今人需要从"恨铁不成钢""爱之深责之切"的角度来理解。时过境迁,今天的我们不能继续这样来看待自己的传统,否则容易陷入历史虚无主义的泥潭。

还应看到,对"自我东方化"持反对态度并不难,难就难在既反对"自我东方化"又不走向"自我中心"——"自我中心"与"本土立场"之间也有界限需要划分清楚。人类学家克利福德·吉尔兹把知识分为"普遍性知识"与"地方性知识"③,两者在价值上并无差异,但我们觉得"普遍"与"地方"之分还是显示了对后者的某种歧视,因此有必要作一点补充:如果真有所谓"普遍性知识"的话,那么它也是由形形色色的"地方性知识"汇聚提炼而成——无论是西方还是东方的知识,统统都属"地方性知识"的范畴。因此,如果我们像欧洲中心论者那样,把自己的经验当做"普遍性知识",把人家的理论当做"地方性知识",这样做也是有失公允的。比较文学的学术史显示,"自我中心"在很大程度上妨碍了比较文学的发展:当今世界并未大同,学者们都是各民族中人,他们对各自的文化抱有特殊的感情,这就难免"自我中心"意识渗入其研究之中,而比较文学的最终目标是要建立理论统一的"世界文学",要磨平众多棱角鲜明的个性达到这一目标绝非易事。比较文学学者早就注意到这样一个事实:歌德和马克思瞻望的世界文学远景是一个非常遥远的理想,世界上没有任何一个民族愿意放弃它的个性,人们甚至不会认真地希望各民族文学之间的差异消失,在此情况下不可能产生全球学者一致同意的批评理论。提出这些观点的

---

① 必须指出,"远东"这类名词在当今中国仍未完全绝迹。

② 鲁迅,"华盖集·青年必读书——应《京报副刊》的征求",载《鲁迅全集》(第 3 卷),北京:人民文学出版社,1981 年,第 12 页。

③ 克利福德·吉尔兹著、王海龙等译,《地方性知识:阐释人类学论文集》,北京:中央编译出版社,2000 年,第 66 页。吉尔兹的别译为"格尔茨"。

学者皆为西方人,他们更多地看到西方之外的学者不愿放弃自己民族的"个性",而爱德华·赛义德虽然也在西方大学任教,但作为出生在巴勒斯坦的阿拉伯人,他的西方之外的"他者"身份令其注意到:对外来理论的"抵制"也是"接纳所不可避免之一部分","理论的旅行"需要"穿越各种文本压力的通道",这些压力当然更多是来自本土文本①。赛义德一方面看到"抵制"的不可避免,另一方面又视其为"接纳"的题中应有之义,我们认为这种态度较为可取。本研究所说的坚守本土立场,指的就是这种有所"抵制"的"接纳"——不加"抵制"的后果可能是"自我东方化",而太多的"抵制"又有走向"自我中心"的危险,因此需要在两者之间保持必要的平衡。赛义德还说最终的"接纳"是外来理论"因其在新时空中的新位置和新用法而受到一定程度的改造",这一条也契合本研究主张的"以我为主""为我所用"原则。

四、总体框架与子课题构成

叙事传统涉及的范围非常广阔,因此需要把目光投向对其有重要影响的各种传播形态。法国经典叙事学家热拉尔·热奈特说:"从其名称来说,叙事学应当讨论所有的故事,实际上却是围绕着小说,把小说看作不言而喻的范本。"②本研究拟突破以小说为叙事学主业的路径依赖,将对象扩大到包括作为初始叙事的神话、民间种种涉事行为与载事器物、戏剧与相关演事类型、含事咏事的诗歌韵文以及小说与前小说类小说等。扩大研究范围的意图在于,如果完全依赖以语言文字为载体的叙事文本,无视汇入中西叙事传统这两条历史长河的八方来水,对它们所作的比较研究就无法达到应有的深度与广度。不过,本研究也不可能完全囊括所有的

①　"首先,有一个起点,或类似起点的一个发轫的环境,使观念得以生发或进入话语。第二,有一段得以穿行的距离,一个穿越各种文本压力的通道,使观念从前面的时空点移向后面的时空点,重新凸显出来。第三,有一些条件,不妨称之为接纳条件或作为接纳所不可避免之一部分的抵制条件。正是这些条件才使被移植的理论或观念无论显得多么异样,也能得到相进和容忍。第四,完全(或部分)地被容纳(或吸收)的观念因其在新时空中的新位置和新用法而受到一定程度的改造。"谢少波等译,《赛义德自选集》,北京:中国社会科学出版社,1999年,第138页。
②　Gérard Genette. "Fictional narrative, factual narrative." *Poetics Today*, 11(4), p.755.

叙事载体,选择以上对象是因为它们与叙事传统的形成有着不可忽视的内在关联:神话是人类最早的讲故事行为,在叙事史上的凿空作用自不待言;民间叙事作为"在野的权威"和"地方性知识",对叙事传统的形成有一种潜移默化的影响;戏剧在很长时期内一直是大众接受故事的主要来源,其在社会各阶层的传播远超其他叙事形态;诗歌的叙事性质经常被其抒情性质所遮蔽,因此有必要把"讲故事"的诗歌提上研究日程;小说研究在追溯叙事传统方面一直扮演先导角色,本研究仍须在前人工作的基础上继续予以深化和推进。此外,本研究还将开展包括叙事理论及关键词以及叙事思想等方面的中西比较。以上内容决定了本研究的总体框架和子课题构成,下列七个子课题中,前两个为本研究的总论,其他五个子课题则为分论:

1. 中西叙事理论与关键词比较研究
2. 中西叙事思想比较研究
3. 中西神话叙事传统比较研究
4. 中西小说叙事传统比较研究
5. 中西戏剧叙事传统比较研究
6. 中西诗歌叙事传统比较研究
7. 中西民间叙事传统比较研究

总论属理论研究性质,对整个课题起统领和指导作用;分论则针对各叙事门类作分支研究,它们合起来构成本研究的主体内容。坦率地说,分论的五个子课题在数量上略感不足,因为叙事传统覆盖的范围实在太广,罗兰·巴特说"(以)几乎无限的形式出现的叙事遍存于一切时代、一切地方、一切社会"①,按照这样的定义,在上列五个子课题指向的神话叙事、小说叙事、戏剧叙事、诗歌叙事和民间叙事之外,应该还有大量涉事对象与叙事传统有关。考虑到子课题数量不可能增列太多,为了避免沧海遗珠之憾,我们将按"就近"原则,把一些必不可少的内容放进门类相近的子课

---

① "对人类来说,似乎任何材料都适宜于叙事:叙事承载物可以是口头或书而后有声语言、是固定的或活动的画面、是手势,以及所有这些材料的有机混合;叙事遍布于神话、传说、寓言、民间故事、小说、史诗、历史、悲剧、正剧、喜剧、哑剧、绘画(请想一想卡帕齐奥的《圣于絮尔》那幅画)、彩绘玻璃窗、电影、连环画、社会杂闻、会话。而且,以这些几乎无限的形式出现的叙事遍存于一切时代、一切地方、一切社会。"罗兰·巴特著、张寅德译,"叙事作品结构分析导论",载张寅德编选,《叙述学研究》,北京:中国社会科学出版社,1989年,第2页。

题之中。

还须指出，本研究的子课题虽然各自独立，但彼此之间存在着密切的逻辑联系，因为所涉门类的叙事性质决定了它们之间的相近相通。举例来说，诗歌叙事和小说叙事就传统来说存在着一种"混血"现象：西方现代小说源于西班牙的流浪汉小说，而流浪汉小说又与欧洲中世纪的"罗曼司"(romance，一种诉诸吟唱的诗歌形态)有血缘关系；中国小说虽然不是由某种诗体文学直接衍变而来，但正如董乃斌所言，诗歌阵营中的赋在小说体制上打下的烙印似乎比"前小说"还深①。如果再把戏剧叙事引进来，我们就会看到，西方由于有源于希腊而光大于莎士比亚的诗剧传统，戏剧叙事与诗歌叙事时常难分彼此；而中国的元杂剧不但与诗歌类的散曲相伴，小说中诗词入稗、韵散相生的情况也屡见不鲜，小说和戏曲甚至还常被归为同一个门类。叙事门类之间的相近相通，导致子课题的研究之间可以相互启发。例如，中国小说中人物的类型化程度高于西方小说，对此仅用小说叙事传统来解释还不能臻于圆满，如果把中国戏剧"生旦净末丑外贴"的角色体制考虑进来，我们就会看到人物类型化在中国是一种跨越叙事门类的共同现象。还要提到，子课题往上看有支撑总课题的功能，往周围看则有彼此扶持、相互联络和触类旁通的作用，往下看它们本身又是由若干个更为具体的研究对象所支撑。毫不夸张地说，本研究的每一个子课题都有可能发展为自成系统的大项目，当然现在条件还不成熟，我们将用实际成果来证明这些对象的学术前景与研究价值。

最后要说的是，本研究的性质属于比较文学，对中西叙事传统作比较就是要打通中学和西学，突破以往中西分隔的治学格局。当然这种打通和突破的前提，是必须对中西两方面的知识都有足够牢固的把握。迄今为止，中西文学的比较研究已经收获了相当丰硕的成果，其中不少与本研究关系密切，它们为本研究提供了多方面的参照，为相关子课题提供了前行的路标与重要的启发。但由于本研究的重心在于叙事传统的比较研究，我们还需要深入到中西各种叙事样式的发生进程之中，梳理其萌芽、生长和形成之脉络，描述其相互激荡以及这种激荡的后果与影响。就此而言，本研究对中学和西学的打通是一种深层次的贯通，形象地说要用来自地下树根深处的事实来解释中西两棵大树如何长成今天这副枝繁叶茂

① 董乃斌，《中国古典小说的文体独立》，北京：中国社会科学出版社，1994年，第138页。

的模样,或者说站在源头的位置来观察中西两条大河如何一路奔涌向前。要作这样的解释和观察,自然要付出比一般的比较研究更多的努力。《优婆塞戒经》讲述了一个"三兽渡河"的故事:"兔不至底,浮水而过;马或至底,或不至底;象则尽底。"今人常讲的"脚踏实地",就是说像故事中的大象那样踩着河底一步一个脚印地前行,本研究也希望用这种"尽底"的方式来完成任务。

西风东渐背景下中国章回小说形式的蜕变与淡出[*]

◎ 赵炎秋[**]

湖南师范大学

章回小说曾是中国长篇小说的主要形式,产生了《三国演义》《水浒传》《西游记》《红楼梦》等著名作品。但在 19 世纪末 20 世纪初,章回小说却逐渐淡出了中国文学实践。"五四"之后,除了守旧派文人的文言小说和张恨水等人的通俗小说尚时时运用章回小说的形式之外,在文坛主流——五四新文化运动参与者的笔下,几乎看不到章回小说的身影。探讨这一变化的发生原因及其发展过程,对于我们进一步认识章回小说这一文学体裁,认识 19 世纪 20 世纪之交错综复杂的文坛形式,具有重要的意义。

一、章回小说形式蜕变与淡出的内部因素

章回小说是中国小说的传统形式,也是中国特有的一种小说形式。章回小说产生于中国的社会与文化土壤,它和其所产生的社会与文化是合拍的。如果中国的社会与文化继续沿着传统的方向发展,章回小说无疑会继续存在与发展下去。然而不幸的是,在清末,中国社会与文化的发

---

* 【项目来源】本文系国家社科基金重大项目"中西叙事传统比较研究"(课题编号:16ZDA195)的阶段性成果之一。

** 【作者简介】赵炎秋,湖南师范大学文学院教授,email:zhyq@hunnu.edu.cn。

展改变了方向。

　　导致这种改变的直接原因，是西方列强的入侵。清廷长期的闭关自守，不重视现代科技、现代文明，使其在世界竞争中落到了后面。这时西方列强来了，鸦片来了。清廷为了自己的利益，试图将列强拒之门外。然而列强除了鸦片，还有坚船利炮、洋火洋油、基督《圣经》、规章制度、文化文学和思想观念。这些东西随着坚船利炮，一股脑儿地拥了进来，破坏了中国自给自足的农耕文明，使中国的政治、经济、军事相形见绌。在这种痛苦的现实下，中国人对中国社会、传统文化产生了怀疑，对中国社会和传统文化的信仰产生了动摇甚至轰毁。这种动摇与轰毁，自然也波及、影响到了章回小说。因为归根结底，章回小说是依附在传统社会和传统文化之上并在其基础上产生、发展起来的。当传统社会和传统文化受到质疑的时候，章回小说不可能独善其身。梁启超认为："欲新一国之民，不可不先新一国之小说。故欲新道德，必新小说；欲新宗教，必新小说；欲新政治，必新小说；欲新风俗，必新小说；欲新学艺，必新小说；欲新人心、欲新人格，必新小说。"①欲新民新社会，必先新小说。小说被提到如此之高的地位，章回小说的形式自然不够用了，蜕变已经不可避免。

　　自然，章回小说形式的蜕变，也不完全是外在的原因，与其自身的不足也有关系。

　　在中国，小说的地位一直不高。章回小说的直接源头是话本小说，话本小说起源于宋元说书。宋元说书是下层民众、市民阶层消遣、娱乐的一种方式，追求的是娱乐性。当然，为了满足下层民众的道德观与正义感，说书人在讲故事的时候也必然渗入一些惩恶扬善、道德说教方面的内容，总结一些人生经验、生活感悟。但思想教育方面的考虑从未超过对娱乐性的追求。这种状况必然也要影响到后来的章回小说。章回小说喜欢"欲知后事如何，且听下回分解"，强调情节和故事，重视每回都有一个以上的兴奋点，这都与其对娱乐性的追求分不开。而新文化和"小说界革命"的提倡者与参与者重视的则是小说的"新民"和启蒙功能，是小说改良民智、改革社会的作用。这与章回小说对娱乐的追求和重视不免产生矛盾。思想性和教育性超过娱乐性和消遣性成为小说的主导方面，这自然会对章回小说产生不利的影响。这是其一。

---

① 梁启超，"论小说与群治之关系"，载陈平原、夏晓虹编，《二十世纪中国小说理论资料》（第一卷），北京：北京大学出版社，1997年，第50页。

其二,是章回小说的叙事程式,如说书人场景和各种体式、套路等。自然,就章回小说本身来说,这些体式和套路以及说书人场景很难说是什么缺点,章回小说就是因为这些叙事程式构成了其基本的叙事形式,使其成为章回小说。但是这些叙事程式也的确影响了章回小说叙事的灵活性和多样性。比如,这些叙事程式决定了章回小说对于情节和故事的整一性和凝聚性的重视。①但这种重视也在一定程度上限制了对于生活的散点透视和"宽镜头"描写,使中国章回小说很难出现托尔斯泰的《战争与和平》、巴尔扎克的《人间喜剧》那样的作品。在传统社会生活仍然稳固、对传统文化的信仰仍然牢固的情况下,章回小说的叙事程式不会引起人们对章回小说形式的非议。但在中国因落后而挨打、人们对传统文化的信仰开始动摇、对小说的要求逐步提升的时候,章回小说的这些不足便被放大出来了。

其三,是章回小说的内容与思想。林纾曾赞扬英国作家狄更斯"叙家常至琐至屑无奇之事迹",栩栩如生。②批评中国小说缺乏真实描写底层日常生活的作品。而有的批评家则更为严厉。如侠人将中国小说概括为"英雄、儿女、鬼神"三大类。苏曼殊认为:"小说与戏曲有直接之关系。小说者虚拟者也,戏曲者实行者也。中国小说之范围,大都不出语怪、海淫、海盗之三项外,故所演戏曲亦不出此三项。欲改良戏曲,请先改良小说。"③笔者以为,对中国传统小说的这些评论,虽有一定的偏颇与极端,但对于以农耕社会为土壤,偏重娱乐的中国古代小说而言,也确有其中肯之处。包括章回小说在内的中国传统小说,在内容上缺乏真实描写底层社会日常生活的作品,在思想上也缺乏直接针对现实,紧扣当前社会问题,推动社会变革的作品。这当然不符合新文化、新小说提倡者和参与者的希望与要求。这样,章回小说内容与形式的变化与创新也就无法避免。

---

① 如《水浒传》。金圣叹认为,《水浒》故事有一个总的框架,而在内容的组织上,小说采用了人物传记相续的形式。一百零八人就是一百零八个传记,其中宋江按世家体,其他人按列传体。《水浒》通过总的框架将这大大小小的传记组合起来,构成一个有机的整体。因此虽是鸿篇巨制,结构复杂,但仍然结构整一,所有人物和事件都是围绕着一个中心。参见赵炎秋,"叙事视野下的金圣叹'章法'理论研究",《长江学术》2011年第3期。

② 许桂亭选注,《林纾文选》,天津:百花文艺出版社,2006年,第66页。

③ 陈平原、夏晓虹编,《二十世纪中国小说理论资料》(第一卷),北京:北京大学出版社,1997年,第92页、第97页。

二、章回小说形式蜕变与淡出的外部因素

内因与外因的共同作用,决定了晚清之后,章回小说的传统形式已经不再适应社会发展的需要,无法按照已有的轨道继续存在与发展,变革不可避免。变革的动力既可来自内部也可来自外部。如果假以时日,章回小说和中国社会、中国文化内部也可能会慢慢积累变革因素,从而推动章回小说形式顺应时代的需要,向前发展。然而西风东渐的现实和亡国灭种的威胁,决定了这一变革的刻不容缓。而西方文化与文学日甚一日的冲击,既刺激着这种变革,又为这种变革提供了绝好的榜样与参照系。

陈平原认为:"'小说界革命'是从翻译、介绍西洋小说起步的……中国知识分子对西方的理解,从机器军舰,到声光电化,再到法律政治,甲午战争后才全面涉及西方文化。在这股方兴未艾的'西化'热潮中,西洋小说的翻译介绍得到广泛的欢迎,很少有直接的反对者。……总观这20年(指甲午战争后至1917年——笔者注)的小说界状况,译作在数量上明显压倒了创作。"①陈大康认为:"翻译小说在中国开始成批出现的近代,正是小说从古代向现代转型之时。这是一次小说史上前所未有的全方位的转型,其时的小说创作与先前相较,无论是内容与形式,还是思想倾向与艺术表现手法,都发生了明显的改观,而无论哪一方面的变化,其间都有翻译小说的影响乃至刺激因素在。"②这一时期涌入中国的翻译小说,大多为19世纪欧美现实主义或带有现实主义性质的小说。就小说形式而言,相对章回小说,19世纪欧美小说具有如下特点:

其一,是侧重叙事要素本身的叙述。侧重叙事要素之间的关系,其结果必然是重视叙事要素之间的联系与组织,重情节而轻细节、重讲述而轻显示、重时间而轻空间、重故事而轻现实。重视叙事要素本身,其结果则相反。胡适曾批评清末民初的中国"文人大概不懂'短篇小说'是什么东西"。他认为,"短篇小说是用最经济的文学手段,描写事实中最精彩的一段,或一方面,而能使人充分满意的文章"。而当时的中国文人则大多以篇幅的长短来界定短篇小说。"凡是笔记杂纂,不成长篇的小说,都可叫

① 陈平原,"二十世纪中国小说理论资料第一卷·前言",载陈平原、夏晓虹编,《二十世纪中国小说理论资料》(第一卷),北京:北京大学出版社,1997年,第8页。
② 陈大康,"晚清报刊上的翻译小说·序",载阚文文,《晚清报刊上的翻译小说》,济南:齐鲁书社,2013年。

做'短篇小说'。所以现在那些'某生,某处人,幼负异才,……一日,游某园,遇一女郎,眈之,天人也,……'一派的滥调小说,居然都称为'短篇小说'!"他觉得"这是大错的"。①中国短篇小说喜欢写人的一生,而篇幅有限,便只能侧重写此人经历,交代其一生所发生的重要事件,其叙述因此也只能是概述式的、讲述性的。而欧美短篇小说由于侧重某一事件精彩部分的叙述,因此往往能充分展示生活,描写细节,深入人物内心。欧美长篇小说与中国章回小说在这方面的区别也大致类似。这只要将四大名著《三国演义》《水浒传》《西游记》《红楼梦》与托尔斯泰、巴尔扎克、狄更斯、司汤达等的作品做一对比就比较清楚。在四大名著中,《红楼梦》不乏细腻的刻画和描写,但其有名有姓的人物不下四百人,与托尔斯泰的《战争与和平》比较,其不同也是很明显的。

其二,是叙事的程式、套路与文体。与中国章回小说不同,欧美19世纪小说没有固定的程式与套路。托尔斯泰的三部长篇小说——《战争与和平》《安娜·卡列尼娜》和《复活》,每部的叙事方式、结构、话语都不相同,绝无固定的程式与套路。欧美小说追求的不是固定的格式,而是与众不同。至于文体,欧美小说的语言主要是散文体的日常生活语言,除了人物塑造、情节发展的需要,很少用诗词、韵文等其他文体。

其三,是小说类型的分化。小说越成熟,其内部的分化也就越细,多种类型的小说相辅相成,涉及生活的各个方面。19世纪的欧美,除了主流的社会小说,还有政治、侦探、科幻、哲理、历史、冒险、教育、言情小说,等等,形式多种多样。中国章回小说则仍然是按英雄、儿女、鬼神等题材分类,虽然不能说没有与欧美政治、侦探、科幻、教育、言情小说相似的内容,但在形式上还没有分化出这些类型。因为不同的小说类型不仅要涉及内容,还必然涉及形式。欧美的类型小说不仅在反映生活的内容与范围上有一定的限制,而且形式上也有一定的规范。比如侦探小说,内容上主要写警察与罪犯的斗争,叙述时大量采用推理、悬念、倒叙、伏笔、照应等手法,破案主要依靠智慧而不是打斗,情节曲折,想象丰富。一系列的规范使侦探小说成为一个独立的类型。小说类型的分化,便于小说更好地反映社会生活的各个方面。

其四,是对现实的反映。19世纪欧美小说的主流是现实主义小说。

---

① 胡适,"论短篇小说",载严家炎编,《二十世纪中国小说理论资料》(第二卷),北京:北京大学出版社,1997年,第36—37页。

现实主义小说不仅反映现实,而且干预现实。作者在对生活进行反映描写的同时,也将自己对生活的思考、主张写进作品,不仅观察问题、而且提出问题、解决问题。尽管其观察、提出和解决不一定正确,但能够观察、提出和解决问题本身就说明欧美小说与欧美社会的密切联系。相对而言,章回小说与现实的联系就没有这样紧密。如《红楼梦》,小说博大精深,也的确反映了封建社会末期的现实。但这种反映不仅用了一个神话的外壳,而且与狄更斯、托尔斯泰等人的创作相比,也没有那样的明显与直接。

自然,如果局限于章回小说和欧美小说本身的范围,也很难说欧美小说的特点就是长处,章回小说的特点就是不足。但是将问题放到清末民初时的中国,情况就不一样了。那时的中国正处于西方入侵、民族危亡的关键时刻,民族精英们正在寻找一切可能的办法以挽狂澜于既倒,小说成为其手中的法宝之一。康有为提出:"'六经'不能教,当以小说教之;正史不能入,当以小说入之;语录不能喻,当以小说喻之;律例不能治,当以小说治之。"①梁启超也明确宣称,他之所以提倡政治小说,是因为"彼美、英、德、法、奥、意、日本各国政界之日进,则政治小说,为功最高焉"②。而要达到以小说新民、新社会并进而改造国人、拯救民族的目的,章回小说及其形式显然就无法胜任了,引进、学习、采用欧美小说的形式,必然成为当时最佳的选项。这内外两个方面的原因,决定了章回小说的形式在清末民初的蜕变与衰落。

三、章回小说形式蜕变与淡出的三个阶段

章回小说形式在近代中国的蜕变,大致可以分为三个阶段。

第一阶段从 1840 年到 1894 年。这一时期,西方列强利用《南京条约》等各种不平等条约,以军事势力为后盾,疯狂地向中国倾销商品、掠夺原料,逐渐把中国市场卷入世界资本主义市场,中国自给自足的封建经济逐步解体,中国开始沦为半殖民地半封建社会。另一方面,在文化与文学方面,中国还在传统的惯性下向前发展。就小说来说,这一时期的作品仍

① 康有为,"《日本书目志》识语",载陈平原、夏晓虹编,《二十世纪中国小说理论资料》(第一卷),北京:北京大学出版社,1997 年,第 29 页。

② 梁启超,"译印政治小说序",载陈平原、夏晓虹编,《二十世纪中国小说理论资料》(第一卷),北京:北京大学出版社,1997 年,第 38 页。

以创作小说为主,翻译小说难觅踪迹。据陈大康考证,在1840—1894年的55年时间里,国内文坛共创作通俗小说65种,文言小说78种,翻译小说7篇。①章回小说的内容与形式均未受到影响。这其中的原因可以从三个方面探讨:一是中国传统社会与文化的强大惯性;二是在巨大的变化面前,中国知识分子的主要注意力被军事、经济等更为迫切的问题所吸引,暂时还未能转到文化与文学方面;三是1856年第二次鸦片战争之后,《天津条约》的签订使西方列强的要求暂时得到满足,中国国内出现暂时的稳定,这一假象使文化与文学变革的迫切性得到暂时的缓解。但是这一时期也出现了一些新的变化:一是列强的侵略造成了中国资本主义因素的萌芽,二是洋务运动的兴起。洋务运动的参加者在学习西方,推进民族工商业发展的同时,也提出了一些新的思想与主张,如"自强""求富""师夷长技以制夷""中体西用""实业救国"等。这些思想与主张突破了封建观念的樊篱,为第二阶段的文化文学的大变革做好了准备。

第二阶段从1894年到1916年。甲午战争是近代中国社会发展的一个转折点。中国在战争中的失败,震惊、搅动了整个中国社会;同时,战争的失败也说明洋务运动"中体西用""重器不重人"的改革思路的行不通。日本于1868年宣布明治维新,到1894年,短短20多年时间,就从一个贫弱岛国成为东亚强国。这既是一个刺激,也是一个鼓励或者榜样。如果说,西方与中国历史文化相距较大,有些方面不好比较;日本与中国同文同种,日本能够做到,中国为什么不能做到?中国的维新运动于是蓬蓬勃勃地发展起来。维新意味着不仅要学习西方的工艺、科技,而且要学习西方的制度、文化、思想。正是在这种思潮的推动下,西方的文化文学大量涌进。1897年,《国闻报》发表严复与夏穗卿合写的《本馆附印说部缘起》,强调"说部之兴,其入人之深,行世之远,几几出于经史上,而天下之人心风俗,遂不免为说部之所持"②。第一次从新文化的角度肯定小说的价值。1902年,梁启超发表《论小说与群治之关系》,强调"小说为文学之最上乘",论述小说有熏、浸、刺、提四大功用,提出"今日欲改良群治,必自

---

① 陈大康,《中国近代小说编年》,上海:华东师范大学出版社,2002年,第1页。

② 几道、别士(严复、夏穗卿的笔名),"本馆附印说部缘起",载陈平原、夏晓虹编,《二十世纪中国小说理论资料》(第一卷),北京:北京大学出版社,1997年,第27页。

小说界革命始,欲新民,必自新小说始"①。从此小说的地位上升到空前的高度,小说的作用深入人心,小说创作蓬勃发展。其后虽经 1900 年八国联军、1905 年同盟会成立等重大事件,维新思潮为革命思潮所取代,但并未影响文学的基本格局,小说创作依然繁荣。

这一时期长篇小说的主要形式还是章回小说。但与传统的章回小说相较,这一时期的章回小说已经出现了一些新变。这种新变,归根结底,是中国传统与西方影响、文化保守与文化激进、老一代文人和新一代文人之间博弈的结果。鲁迅曾批评谴责小说,说它们"虽命意在匡世,似与讽刺小说同伦,而辞气浮露,笔无藏锋,甚且过甚其辞,以合时人嗜好,则其度量技术之相去甚远矣"②。阿英虽然认为鲁迅的这一批评"极中肯,然亦非全面论断"。晚清小说"自有其发展。如受西洋小说及新闻杂志体例影响而产生新的形式,受科学影响而产生新的描写,强调社会生活以反对才子佳人倾向,意识的用小说作为武器,反清、反官、反帝、反一切社会丑恶现象,有意无意地为革命起了或多或少的作用,无一不导中国小说走向新的道路,获得更进一步的发展"③。客观地说,鲁迅是对的,他针对的是谴责小说粗糙的一面;阿英也是对的,他针对的是晚清小说积极的一面。这说明,谴责小说作为清末民初时期的章回小说,与传统章回小说比较,出现了明确的新变。这些变化表现在如下几个方面:

其一,是小说直面当时的现实,侧重反映社会的黑暗面,并对现实进行评论、干预。有些小说如《官场现形记》《二十年目睹之怪现状》等,从书名就可以知道其现实指向性。

其二,叙事形式出现较多新的变化。首先,是总体结构性加强。如曾朴的《孽海花》。鲁迅称它"结构工巧,文采斐然"④。作者采用了近代较流行的块状小说结构与传统的网状小说结构相结合的方式展开情节,小说结构不完全按时间展开,而是适当兼顾事件,整个结构呈半封闭性。以事件作为小说结构的依据,而不是以时间或人物经历作为小说结构的依据,正是古代章回小说与 19 世纪西方长篇小说结构上的一个重要区别。

---

① 梁启超,"论小说与群治之关系",载陈平原、夏晓虹编,《二十世纪中国小说理论资料》(第一卷),北京:北京大学出版社,1997 年,第 51 页,第 53—54 页。

② 鲁迅,《中国小说史略》,北京:人民文学出版社,2007 年,第 289 页。

③ 阿英,《晚清小说史》,北京:人民文学出版社,1980 年,第 6 页。

④ 鲁迅,《中国小说史略》,北京:人民文学出版社,2007 年,第 298 页。

前者使结构趋于严谨,有开头有结尾,后者使结构趋于开放,开头与结尾缺乏必然性。其次,在叙事方法上,晚清章回小说吸收西方小说的长处,出现很多新的因素。如《二十年目睹之怪现状》采用第一人称的方式叙述故事,结构全篇,在中国小说史上开了先河。《老残游记》采用了侦探小说的一些写法,吸收了西方现实主义小说的细节描写、心理描写和心理分析的手法,在人物内心的展现方面取得了较高成就。《海上花列传》在人物塑造上,根据"无雷同、无矛盾"的原则,笔下人物性格鲜明,彼此区别,而另一方面,人物自身性格前后一致,性格因素之间互相协调,没有矛盾的地方。人物达到了较高的成就。

其三,在小说文体方面,与传统章回小说相比,近代章回小说中诗词歌赋的分量相比而言大大减少。韵文因素的减少,一方面意味着小说叙事因素的增强,另一方面意味着小说文体的回归,散文体日常语言成为小说的主要文体,同时也意味了小说的独立性。它不再需要韵文支撑自己叙事的合法性,也不再需要诗词歌赋增加自己艺术上的吸引力。

第三阶段从辛亥革命到五四时期。1911 年,辛亥革命爆发,清朝灭亡,民国成立。1916 年,《新青年》创刊,从 1916 年到 1921 年这段时间,一般称为"五四时期"。在这一时期,前一阶段占据文坛主流的谴责小说开始退居幕后,新起的是鸳鸯蝴蝶派和五四新小说。从形式上看,第二阶段的小说创作以章回小说为主,虽然出现了许多新的因素,但仍然是章回小说内部的改良,无法取消章回小说在文坛上的主导地位。使章回小说在中国文坛主导地位上摔下来的,则是鸳鸯蝴蝶和五四新小说。

中国小说历来有写情传统。但进入 20 世纪,在梁启超等人所提倡的"小说界革命"的大潮之中,儿女私情不为文坛所重,写情小说处于低潮,难觅踪迹。1906 年,吴趼人发表小说《恨海》,接着又出版《劫余灰》(1907)、《情变》(1910),并在理论上提倡写情,这类小说才又渐渐恢复活力。并逐渐发展为鸳鸯蝴蝶派小说。1912 年,徐枕亚推出其代表作《玉梨魂》,把这类小说的创作推向高潮。鸳蝴派小说受西方文学的影响很深,吸收了西方文学的许多理念、方法与技巧。小说以情感人,按照市民群众的心理期待和欣赏趣味进行创作,形成了小说创作的自由化和艺术风格的多元化。在形式上,鸳蝴小说不再局限于章回小说,而大量吸收了西方小说的形式,如日记体小说和书信体小说,并发展出新的侦探小说和科幻小说。在故事的讲述上,鸳蝴派小说突破了传统小说从头至尾讲述故事的模式,有的靠严密的逻辑推理取胜,有的侧重写事件或人生的某个横断面,有的侧重特定环境中特定人物的心态。在语言上,早期的鸳蝴派小说受林纾翻译小说的影响大多采用文言,1915 年前后,逐渐改用白话。在近代小说发展史上,鸳鸯蝴蝶派小说有着重要的地位。它填补了谴责小说沉寂后的文坛空白,发展出了新的小说叙事方式。而就章回小说的蜕变这一话题来说,它打破了晚清时章回小说的主导地位,使西方小说形式在中国得到普及。而且由于鸳蝴派小说既有章回又有西式,二者的并存便于在比较中突出西式小说的长处,这对章回小说是不利的。

不过,鸳鸯蝴蝶派小说虽然取得了一定的成就,但由于其"不谈政治,不涉毁誉"的创作原则和对作品的"娱乐性、趣味性、消遣性"的过分重视,与当时正处于危机之中的中国社会不合,与当时正在进行的政治革命也很不协调,因此一直未能在文坛取得绝对的主导地位。另一方面,鸳鸯蝴蝶派小说也并不排斥章回体,其很多重要作品本身就是采用的章回体形式,如徐枕亚的《玉梨魂》,李涵秋的《广陵潮》(1909—1919),以及稍后一点的张恨水的《春明外史》(1924)、《啼笑因缘》(1930)等。因此,它只能动摇章回小说的地位,无法将其赶出文坛主流。

真正给章回小说致命一击、将其赶出文坛主流的是以鲁迅、胡适、陈独秀、叶绍钧、郁达夫、茅盾、郭沫若以及冰心、庐隐、王统照、许地山等为代表的五四新文化运动先驱与骨干们的文学批评和小说创作。除了陈独秀、鲁迅出生于 19 世纪 80 年代,这批五四新文化运动的参加者大都出生于 19 世纪 90 年代。政治上,这些人大都是资产阶级革命者或早期共产主义者,强烈要求社会变革;文化上这些人受西方文化的影响很深,对传统文化熟悉但并不留念;教育上,这些人小时大都受的新式教育,长大后大都出国留学过;文学上,这些人基本上是在梁启超、黄遵宪、夏曾佑、谭嗣同等人提倡的"小说界革命"的氛围下长大的,从小受到白话小说和翻译小说的熏陶。因此,与鸳鸯蝴蝶派作家不同,五四新文学的创作者们从一开始就摒弃了文言小说和章回小说,采用了西方小说的体裁和形式。①因此,当他们的小说创作取得成功,在中国文坛占据主流地位之后,章回小说就必然要退居幕后。

---

① 陈平原认为,中国现代小说的发展,是西方小说和中国传统文学两大因素共同作用的结果。这是正确的。(参看陈平原,《中国小说叙事模式的转变》,北京:北京大学出版社,2003 年。)不过本文的主旨是讨论章回小说形式的蜕变,因此没有涉及传统文学在"五四"新文学中的作用。

　　自然,五四之后章回小说虽然退居幕后,但并没有消失。张蕾认为,五四之后,章回小说本身也经历了一个变革的过程,以后继续有作品出现,特别是在通俗小说领域。①笔者以为,章回小说形式的蜕变与衰落的根本原因,是章回小说的形式与19世纪20世纪之交的中国社会现实与诉求之间的矛盾。章回小说的形式已经无法满足表达新的时代与新的诉求的需要,加之清末民初对传统文化信仰的动摇,西方文化的涌入等原因,导致章回小说淡出中国文学主流。但这并不意味着章回小说这一艺术形式的死亡。经过适当的改造,章回小说依然可以作为当代小说的一种形式,服务于当代读者。毕竟,作为在中国文坛风行几百年,曾经受到广大读者喜爱的一种文体,章回小说自有它的魅力。

① 　参见张蕾,《章回小说的现代历程》(第六章),北京:北京大学出版社,2016年。

时间与抒情诗的叙述时间

◎ 谭君强*

云南大学

一

在人类最为切近的生命体验中,时间无疑是其中最为引人瞩目的。与此同时,时间又往往是人们既最为熟悉、又难以确切地回答的问题之一。古罗马的奥古斯丁在《忏悔录》中对时间的发问为人们所熟知:"时间究竟是什么? 谁能轻易概括地说明它? 谁对此有明确的概念,能用语言表达出来? 可是在谈话之中,有什么比时间更常见,更熟悉呢?"在他进一步的发问中,他自己就陷入了一片茫然:"时间究竟是什么? 没有人问我,我倒清楚,有人问我,我想说明,便茫然不解了。"①

然而,这样一个既熟悉又让人倍感陌生的问题又强烈地吸引人们从各种不同的途径去探讨。奥古斯丁便换了一个角度、换了一种说法来对它进行阐释:"我敢自信地说,我知道如果没有过去的事物,则没有过去的时间;没有未到的事物,也没有将来的时间,并且如果什么也不存在,则也没有现在的时间。"②普鲁斯特对时间的论述与奥古斯丁可说有异曲同工之妙:"我们生命中每一小时一经逝去,立即寄寓并隐匿在某种物质对象之中,就像有些民间传说所说死者的灵魂那种情形一样。生命的一小时被拘禁于一定物质对象之中,这一对象如果我们没有发现,它就永远寄存

---

* 【作者简介】谭君强,云南大学文学院教授,email:Jqtan206@163.com。

① 奥古斯丁著、周士良译,《忏悔录》,北京:商务印书馆,1982 年,第 242 页。

② 同上。

其中。"①奥古斯丁和普鲁斯特的阐释实际上都涉及时间与空间关系这又一让人纠结的问题。

对于时间与空间的关系,在科学发展的过程中,人们的认识是变化着的。从现代科学的观念看,一如霍金所说,我们必须接受的关于时间与空间关系的观念是:"时间不能完全脱离和独立于空间,而必须和空间结合在一起形成所谓的空间——时间的客体。"②在霍金看来,爱因斯坦狭义相对论所显示的是:"时间不是和空间相分离的自身存在的普适的量。"③这里,无疑强调了时间与空间关系的不可分性。然而,在悠长的历史过程中,人们在大多数时候往往是独立地看待时间的,换句话说,是将时间与空间相分离的。《山海经·海外北经》记述了夸父逐日的远古神话,这实际上是对时间的追逐。亚里士多德和牛顿都相信绝对时间,也就是说,"他们相信人们可以毫不含糊地测量两个事件之间的时间间隔",在很长的历史时期内,"时间相对于空间是完全分开并独立的。这就是大部分人当做常识的观点"④。这样的观点所产生的影响极为广泛,至今依然可以听到它的回声。

除此而外,对于时间本身,人们也倾向于从不同的角度来看待它。俄国宗教思想家、哲学家尼古拉·别尔佳耶夫(N. A. Berdyayev)认为,时间按其特征来说有三种基本类型,即宇宙时间,表现为一种循环性;历史时间,表现为一种直线性;以及存在时间,表现为一种垂直线性。⑤ 在世界不同地区与文化中,由于不同思想观念传统的影响而产生的不同时间观并不少见。英国科学史家李约瑟在谈到中国古代思想时,将之与西方思想作了比较,他把中国古代思想比做他所说的怀特海式的(Whiteheadian)对网状关系的偏好,或对过程的偏好,而深受牛顿影响的西方思想则偏好"个别"和"因果链"式的解释;怀特海把宇宙的过程描述成相互交织的事

① 普鲁斯特著、王道乾译,《驳圣伯夫》,上海:上海译文出版社,2007年,第1页。
② 史蒂芬·霍金著,许明贤、吴忠超译,《时间简史——从大爆炸到黑洞》,长沙:湖南科学技术出版社,1996年,第31页。
③ 史蒂芬·霍金著,杜欣欣、吴忠超译,《霍金讲演录——黑洞、婴儿宇宙及其他》,长沙:湖南科学技术出版社,1996年,第53页。
④ 史蒂芬·霍金著,许明贤、吴忠超译,《时间简史——从大爆炸到黑洞》,长沙:湖南科学技术出版社,1996年,第27页。
⑤ 见王靖宇著、孙乃修译,"中国传统小说中的循环人生观及其意义",载王靖宇《〈左传〉与传统小说论集》,北京:北京大学出版社,1989年,第86页。

件之网,而牛顿则把宇宙构想成一系列离散事件的因果之链。这两种不同的宇宙观需要两种不同的时间观:"一种是循环的宇宙时间,没有开始,没有末日(Year One)。""另一种时间观则是发展的,线性的人类史。"①实际上,这一时间观念上的差异在两者久远的历史发展中便可见出端倪。公元前五六世纪,几乎处于同一时代的中西两位哲人在流逝的河水面前发出的慨叹,或许就有助于我们加深对这一问题的理解。中国的孔夫子(公元前551—前479)这样说:"逝者如斯夫,不舍昼夜";古希腊的赫拉克利特(约公元前540—前480)则说:"当他们踏入同一条河流,不同的水接着不同的水从其足上流过""要两次踏入同一条河流是不可能之事"②。前者强调的是时间的连续不断,循环往复,无始无终;后者更多强调的是时间的先后顺序,以及人的行动的先后顺序,有起点,有终点,时间无可往复,具有不可逆性。

无论人们对时间持什么样的观念,对时间的思考始终成为世世代代的核心关注点之一,在历代哲人们的心中更成为一个突出的主题,而在古往今来的文学艺术作品中,它也成为引人瞩目的表现对象。在抒情诗这种篇幅短小、更适宜于吟诵个体情感的作品中则显得更为常见,也显得更为精巧别致。

就循环的宇宙时间来说,它在传统中国抒情诗中的表现相当普遍,远古的诗歌中便可见到它的踪迹。最先记载于西晋皇甫谧的《帝王世纪》、被沈德潜视为最早"古逸"的《击壤歌》就很有代表性。诗篇显现的是远古"天下大和,百姓无事,有八十老人击壤於道"③,借八十老人之口吟唱的《击壤歌》道:"日出而作,日入而息,凿井而饮,耕田而食,帝力於我何有哉。"④诗歌展现出远古日复一日、年复一年的生活,这样的生活循环往复,几乎不受外力的影响,无始无终。记载于《尚书大传》中的《卿云歌》与之有类似之处,诗云:"卿云烂兮,糺缦缦兮,日月光华,旦复旦兮。"⑤诸如此类显示出宇宙时间观的诗篇,在此后历代的抒情诗歌中都不难发现。

---

① 牟复礼著、王立刚译,《中国思想之渊源》,北京:北京大学出版社,2009 年,第 30—31 页。

② T·M·罗宾森英译/评注、楚荷中译,《赫拉克利特著作残篇》,桂林:广西师范大学出版社,2007 年,第 22 页、第 102 页。

③ 皇甫谧著、陆吉点校,《帝王世纪》,济南:齐鲁书社,2010 年,第 13 页。

④ 沈德潜选,《古诗源》,北京:中华书局,2006 年,第 1 页。

⑤ 同上,第 2 页。

有关文艺作品中时间表现这一问题,对于小说类的叙事虚构作品不乏具体的分析与探讨,叙事学研究的相关理论在这一领域获得了一展身手的机会。然而,对于抒情诗歌来说,这方面的研究则远为不足,而运用叙事学理论对抒情诗歌进行时间表现的分析与探讨则几乎是一片空白。这里,希望对这一研究者几乎未曾涉足的领域展开探索性的研究,以期开启一扇未曾打开的门。这一探讨将从与叙事作品相对照的意义来进行,也就是以叙事理论作为参照,对表现在抒情诗歌中的相关问题进行透视。一如德国学者彼得·霍恩所指出的:"叙事学的范畴可以有益地运用于对抒情诗歌的分析。叙事学具有优势的方法论与叙事学术语的辨别力使诸如此类的跨文类研究可以为具有缺陷的诗歌理论提供新的动力,并为诗歌的实践分析提供新的阐释方法。"①这里,正是要借助在时间问题上获得充分发展的叙事学理论,展开抒情诗的跨文类研究,剖析抒情诗中的时间展现,探寻其意义,并力图归结某些带有普遍性的问题。

二

在现代叙事学研究中,对叙事文本时间的探讨,离不开两种不同的时间范畴,即虚构世界中实际事件发生发展所经历的时间与叙事文本中赖以表现出的话语时间,也就是保尔·利科所说的使"时间有了分身术"的"叙述行为的时间和所述之事的时间"②;对叙事文本中的种种时间表现的探讨,就是在这两种不同时间相互参照的基础上进行的。清代李绂(1673—1750)在其《秋山论文》中,对叙事文的叙事之法作了论述。李绂将叙事文的叙事之法归结为九类,分别是:顺叙、倒叙、分叙、类叙、追叙、暗叙、借叙、补叙、特叙。如在谈到"追叙"与"暗叙"时,分别概括为:"追述者,事已过而覆数于后。暗叙者,事未至而逆揭于前。"谈到"顺叙"则

---

① Peter Hühn. "Transgeneric narratology: Application to lyric poetry." In John Pier (ed.), *The Dynamics of Narrative Form: Studies in Anglo-American Narratology*. Berlin: Walter de Gruyter, 2004, p.142.

② 保尔·利科著、王文融译,《虚构叙事中时间的塑形:时间与叙事卷二》,北京:生活·读书·新知三联书店,2003年,第6页。

说："顺叙最易拖沓,必言简而意尽乃佳。"①这里很明显就是以被叙述的事件与叙述这些事件的话语之间的时间差异作为区分基础的。

主要针对叙事类作品所形成的叙事理论是否可以运用于对抒情诗歌的阐述呢? 这里,需要注意的是,一方面,抒情诗歌以抒发情感为要,因而不像在叙事文本中那样,通常难以抽取出构成故事前后相续的连贯事件,也难以探析与之相关的时间表现的序列性。然而,另一方面,同样需要注意的是,第一,抒情诗歌中虽然难以发现形成系列的事件与完整的故事,但并非完全不存在"事"或"事件"。情感的表达与抒发往往缘情、缘事而起,因而,情感抒发中有时依然可见其中的"事"若隐若现,伴随情感抒发的过程而出现。换句话说,在抒情诗中,抒情与叙事是可以相互并存并融而为一的。第二,抒情诗歌中的"事"或"事件"在形式上多种多样,在很多情况下,"常常是内心的或精神心理的,也可以是外在的,比如具有社会性质的"②。无论上述哪种"事"或"事件",它们的展现都蕴含在其寄寓的时间进程中,都有其萌生、发展、变化的内在过程。这一过程当然是与引发产生这一切的抒情人分不开的。查特曼谈到,在叙事文本中,叙述者具有各种特权,其中之一涉及时间:"叙述者可以被限制在当下的故事时刻去回顾性地观看,或者,他也可被允许进入过去或未来,通过特定的场景,或通过概括,仅仅用一两个句子叙说长时间里发生或反复重复的事件,或者相反,也可用这样一种方式,即阅读它们所耗费的时间长于这些事件本身发生所用的时间,来详细叙说事件。"③在这里,只要将其中的"叙述者"换为"抒情人"(speaker),那么,查特曼针对叙事文本所谈到的透过叙述者所展现的各种时间表现,同样适用于抒情文本中透过抒情人所展现的。

无论在叙事文本还是抒情文本中,对时间的种种区分,离不开过去、现在、将来这三种最为基本的不同时态。而在涉及对叙事文本进行叙事分析时,通常都会关涉这样三个方面的时间问题,即什么时候,多长时间,以及事件发生的时间频繁程度。它们分别涉及三个层面的问题,即时序,

① 见李绂"秋山论文",载王水照编,《历代文话》(第四册),上海:复旦大学出版社,2007年,第4004页。

② Peter Hühn, Jens Kiefer. *The Narratological Analysis of Lyric Poetry: Studies in English Poetry from the 16th to the 20th Century*, Alastair Matthews (trans.). Berlin: Walter de Gruyter, 2005, p.2.

③ Seymour Chatman. *Story and Discourse: Narrative Structure in Fiction and Film*. Ithaca: Cornell University Press, 1989, p.212.

也就是故事中事件发生的先后时间顺序与这些事件在叙事文本中表现出来的时间顺序之间的关系;时长,即故事中所发生的事件所需的时间长度与这些事件在叙事文本中所显示出来的时长之间的关系;频率,即故事中所发生事件的重复程度与叙事文本中这些事件的重复程度之间的关系,也就是一个事件在故事中出现的次数与该事件在文本中被描述的次数之间的关系。对于抒情诗中叙述时间的考量,可以参照上述对叙事文本中的时间考量,同样从这样三个方面进行。

<h1 style="text-align:center">三</h1>

以下将参照叙事学的相关理论,展开叙事学的跨文类研究,以中外抒情诗为研究对象,从抒情诗的时序、时长与频率三个维度入手,探讨抒情诗歌中的时间表现,并揭示其所具有的意义。

(一) 时序

在对叙事文本时间的研究中,最易观察到的关系是时序关系:叙事文本中的叙述时间(话语时间或文本时间)的顺序不可能与被叙述时间(故事时间)的顺序完全平行,其中必然存在"前"与"后"之间的错置。在抒情诗歌中,这样的时间错位相对来说没有叙事文本中那样频繁易见。原因就在于短小的抒情诗篇中不会充斥太多复杂的事件,情感的变化有时也难以展现明确的时间错位。但这种时间变化和错位在抒情诗歌中依然存在着,并往往可以产生别具意味的效果。

试看李商隐的《夜雨寄北》:"君问归期未有期,巴山夜雨涨秋池。何当共剪西窗烛,却话巴山夜雨时。"①这首诗通常被认为是李商隐留滞巴蜀时寄怀他的妻子王氏之作。在叙述时间的回旋往复上,这首抒情诗极具魅力。如果以抒情文本中抒情人讲述的"此时"作为时间参照轴线的话,那么,在这一时间轴线上可以区分出与叙事文本类似的两种主要错时关系,即追述或者回顾,以及预述或者展望,它们分别表现出抒情文本中事件次序和文本次序之间的差异。《夜雨寄北》表现的是抒情人与其家人

---

① 李商隐,"夜雨寄北",载安徽师范大学中文系古代文学教研组选注,《李商隐诗选》,北京:人民文学出版社,1978 年,第 145 页。

之间的对话与交流,对于家人询问何以不归的关切,抒情人在讲述的"此时"道出了不得不滞留的原因。抒情人在眼下为大雨阻隔无法回归之时,却话锋一转,期望在将来与家人在灯下剪烛夜语,再回忆此时"巴山夜雨"的情景。以抒情人眼下对亲人的叙说这一时刻作为时间轴线,可以在其中看出多重时间关系,短短的诗行中出现了追述、预述、预述中的追述,时间的循环往复伴随着抒情人的浓浓情思不绝如缕,让人久久回味。

时序的变化在抒情诗中较多出现在回顾性的诗篇中。抒情人在叙说的"此时"对于往事的回忆,或喜或悲,将会引发种种情感激荡,反过来又对"此时"忆往的抒情人产生直接反应。一如法国学者巴什拉所说——"真正的幸福拥有一段过去,整个过去通过幻想回到当前"①,将其中的"幸福"换作"悲伤"同样可以成立。欧阳修的词《生查子·元夕》在追述中咏叹了一种物是人非之感:

> 去年元夜时,花市灯如昼。月上柳梢头,人约黄昏后。今年元夜时,月与灯依旧。不见去年人,泪满春衫袖。②

元夕,即元夜,指农历正月十五元宵节之夜,自唐以来,在这晚就有观灯的习俗。词中显示的时间相隔,恰恰一年,同为元夕,同为明月之下、灯市之中,然而,在一年之后的回顾中,最让抒情人魂牵梦萦的"人"却不见了,时过境迁,人生中的变异不禁让抒情人"泪满春衫袖"。南唐后主李煜的《虞美人》更是这类抒情诗歌的典型:

> 春花秋月何时了?往事知多少。小楼昨夜又东风,故国不堪回首月明中!雕栏玉砌依然在,只是朱颜改。问君能有几多愁?恰似一江春水向东流。③

这是李煜在 40 岁金陵城陷后沦为亡君、被带入汴京并受宋封为"右千牛卫上将军违命侯"之后所写的。作为国君的南唐后主与亡国之后遭羁縻的"违命侯",这在一个人的生活与经历中产生何种痛彻的感受可想而知,

---

① 加斯东·巴什拉著、张逸婧译,《空间的诗学》,上海:上海译文出版社,2009 年,第 3 页。

② 欧阳修,"生查子·元夕",载胡可先、徐迈校注,《欧阳修词校注》,上海:上海古籍出版社,2015 年,第 78 页。

③ 李煜,"虞美人",载詹安泰编著,《李璟李煜词》,北京:人民文学出版社,1982 年,第 73 页。

它在情感上产生的变化甚至不是"天上人间"①之别可比拟的。在遭羁縻的"此时"追昔忆往，追念自己所熟悉的情景，让抒情人"不堪回首"；然而这还不够，当抒情人回到当下，自问"能有几多愁"时，回答却是这愁无始无终，从过去、现在一直到无尽头的未来："恰似一江春水向东流"。最后这一千古名句，我们很难说它只是表示一种预示未来的预述，它同时也包含着过去和现在，可以说是追述、预述和当下共时叙述的合一，与中国传统中无始无终的循环时间相契合，它将抒情人浓重的愁情别绪，痛彻心扉的感伤汇入到融过去、现在和未来为一体的天地中，绵绵无绝期。

在抒情诗歌中，从与其中对应的讲述者即抒情人与创作者诗人之间的关系来说，在所有的文学作品中，可以说抒情诗歌中抒情人与诗人之间的距离是最近的，有时甚至是同一的。抒情诗的情感表达，往往是诗人自身情感的最好寄寓。宋代苏舜钦把诗歌看作与人生相偕："诗之作，与人生偕者也。人函愉乐悲郁之气，必舒于言"②。因而，这样的情感抒发，也就显得最为真实可信，最能打动人，引起读者的长久共鸣。普鲁斯特在谈到他读诸如梅特林克、爱默生等人的作品时，说自己可以在这些作品中"找到与我们此时要表达的思想、感受、艺术功力完全相同的先已存在的回忆，这让我们感到喜悦，就像是一处处路途指点我们不会迷失方向"③。出现在抒情诗中对过往的追述，往往是诗人对难以忘情的过去出自内心的回顾，因而读者阅读那些动情之作而产生与普鲁斯特类似的感受应该是十分自然的。而出现在抒情诗中对于未来的预述，由于往往与刻骨铭心的追忆或与此时的强烈情感联系在一起，因而，同样能够激荡起人们的缕缕情思。

（二）时长

在对叙事文本叙述时间的研究中，时长探讨的问题是考察由故事事

① 李煜在另一首同样羁縻于汴京所写的《浪淘沙令》中有言："流水落花春去也，天上人间。"宋代蔡绦《西清诗话》曾记述李后主作《浪淘沙令》的情境："南朝李后主归朝后每怀江国，且念嫔妾散落，鬱鬱不自聊，尝作长短句：'帘外雨潺潺，春意将阑，罗衾不暖五更寒。梦里不知身是客，一晌贪欢。独自莫凭栏！无限关山，别时容易见时难。流水落花春去也，天上人间！'含思凄婉，未几下世矣。"见蔡绦《西清诗话》卷中，明抄本影印本。
② 苏舜钦，"石曼卿诗集序"，载《苏舜钦集》，北京：中华书局，1961年，第192页。
③ 普鲁斯特著、王道乾译，《驳圣伯夫》，上海：上海译文出版社，2007年，第254页。

件所包含的时间总量,以及描述这些相关事件的叙事文本中所包容的时间总量之间的关系。这一关系最终归结为叙述节奏问题:一百年发生的事可以用几句话加以概括,而一分钟发生的事却可以连篇累牍细加叙说,其间存在种种不相平衡之处。胡适在谈到《木兰辞》时说道:"《木兰辞》记木兰的战功,只用'将军百战死,壮士十年归'十个字;记木兰归家的那一天,却用了一百多字。十个字记十年的事,不为少。一百多字记一天的事,不为多。"①可以肯定地说,在抒情诗歌中,与在叙事文本中一样,可以没有追述与预述,可以整篇以不出现错时的顺叙出之,但不可能没有叙述节奏,不可能出现一种既不加速、也不减速的匀速叙述运动。情感的抒发有起有伏,波澜不定,它必定在抒情诗歌的叙述节奏中表现出来。对抒情诗歌中叙述节奏,正是在这样的基础上进行的;其中时长表现的不同叙述节奏,与叙事文本一样,可以出现在追述、预述或顺述等不同的时序关系中。

依叙述节奏的不同,首先可以在抒情诗叙述运动的加速和减速之间进行区分,这是可以最直观地感受到的一对时长关系。这两种表现方式在抒情诗歌中都不难见到。比如,在王昌龄"秦时明月汉时关,万里长征人未还"(《出塞》),刘禹锡"旧时王谢堂前燕,飞入寻常百姓家"(《乌衣巷》),苏轼"大江东去,浪淘尽,千古风流人物"(《念奴娇·赤壁怀古》)等诗句中,便可以清楚地看出其中展现的概要。它们以十分简短、浓缩的诗句,概括了远为悠长的时间所包含的诸多事件。在陈子昂的《登幽州台歌》中也可看出这样的概要:"前不见古人,后不见来者。念天地之悠悠,独怆然而涕下。"②登高远望,由所见之景而兴感叹,在抒情诗中十分平常。然而,在这首诗中,抒情人眼中所见并非实情实景,而是浮现在心头、比所见的一时之景远为壮阔悠长的历史景象。在"古人"与"来者"之间蕴含的事件何止万千,何况抒情人眼中的"古人"与"来者"都一片迷茫,这使处于无边无际历史洪流中的抒情人不禁怆然而失。③

---

① 胡适,"论短篇小说",《新青年》(四卷五号),1918 年;载《胡适文集》(第 2 卷),北京:北京大学出版社,2013 年,第 99 页。

② 陈子昂,"登幽州台歌",载林庚、冯沅君主编《中国历代诗歌选》上编(二),北京:人民文学出版社,1979 年,第 302 页。

③ 《登幽州台歌》体现的时长关系,也可考虑后面所论述的另一类关系,即省略,原因就在于,在"前"与"后"、"古人"与"来者"之间省略了诸多事件。此处将其视为概要,主要是将抒情人的咏叹视为一个整体。由此可以看出, (转下页)

抒情诗中的概要往往表现出历史的纵深感,蕴含浓重的线性发展的历史意蕴,饱含历史变迁的沧桑之感。这样的概要在毛泽东的词《沁园春·雪》下半阕中表现得十分突出:

> 江山如此多娇,引无数英雄竞折腰。惜秦皇汉武,略输文采;唐宗宋祖,稍逊风骚。一代天骄,成吉思汗,只识弯弓射大雕。俱往矣,数风流人物,还看今朝。①

这段概要,出现在对过往数千年的历史追述中。以扼要的诗句,臧否横跨历史超千年的历代知名君主,厚重的历史感贯穿在长长的时间隧道中。相较于诗句的简短篇幅,与它所容纳的诸多事件和丰厚的历史内容相比,可以说不成比例。在对相隔久远的历史人物进行追述之后,抒情人以一句"俱往矣"回到当下,不失时机地推出画龙点睛之笔:"数风流人物,还看今朝"。与这首词上半阕展现的辽远无边的壮阔空间景象结合在一起,显得大气磅礴而又饱含历史的穿透力。

与抒情诗的"概要"在时间节奏上相对的另一端,便是"延缓"或"减缓"。在短小的抒情诗歌中,要大篇幅地展开抒情人对特定对象的情感表达或抒发,自然会有诸多限制,然而,抒情人仍然可以在极为短暂的时间过程中,以与时间不成比例的篇幅叙说引起抒情人刻骨铭心的情感与事端,从而在极为有限的时间中表现出叙说与情感表达的延缓。英国 17 世纪玄学派诗人约翰·但恩(John Donne)的诗歌《计算》,明显表现出这种片刻之间展开的延缓,抒情人在"计算"的那一刻所展示的却是绵绵无尽的时间与情感的延续:

> 从昨日算起,在那最初二十年之内,
> 我一直无法相信,你竟然会离我而去:
> 以后四十年,我依靠旧时宠爱度日,
> 另外四十年靠希望:你愿让宠爱延续。
> 泪水淹没一百年,叹息吹逝二百岁;
> 一千年之久,我既不思想,也无作为,
> 心无旁骛,一心一意都只念着你;
> 或者再过一千年,连这念头也忘记。
> 可是,别把这叫做长生;而应将我——

(上接 P196 注③)抒情诗(叙事作品也不例外)中显示的时长关系并不是绝对的,而可以视作品的具体表现及论述的关注点而有所变动。

① 毛泽东,"沁园春·雪",载周振甫,《毛泽东诗词欣赏》,北京:中华书局,2010 年,第 81 页。

由于已死——视为不朽,鬼魂会死么?①

这是一首情诗,表现出抒情人对自己所爱之人永难抹去的情思:人已去,情不止。通过将时间几乎无止境地放大,抒情人不断延缓自己的思念与情感,即便在预述中叙说自己在绵绵无尽期的思念之后进入死亡,这一思念依然不止,因为死亡对于抒情人来说只不过是成为"不朽"的鬼魂,而鬼魂是不死的,这就意味着这样的爱与思念将长存不朽,在时间的延续中与天地浑然一体。

抒情诗中出现得较为频繁的另一类时长类型是场景。在场景中,故事时间的跨度和文本时间跨度大体上是相当的,或者用查特曼的话来说:"话语时间与故事时间是相等的。"②在叙事文本,场景是戏剧性情节的高潮。而在抒情诗中,一花一世界,任何外物的触发或内心情感的喷涌,皆可形成与叙事文本中类似的戏剧性情节,并在有限的诗行中独立成篇,形成具有整体意义的情感抒发,使读者获得完整的审美体验,因而它无需像叙事文本中那样,需要与概要相协调,以形成节奏,而完全可以透过场景的展现独立成篇,形成自身内在的节奏。闻一多的《死水》便表现出抒情诗的场景这一时间节奏。诗歌全篇围绕"一沟绝望的死水"而展开,"死水"成为核心场景,成为关注的中心。伴随"扔""泼"以及随之而来促使死水中发生的变化,直至最后"造出"一个"什么世界",时间的流逝都是有限的,其中所蕴含的"故事时间"与前后相续的"事件"所罗织表现的"话语时间"大体上相应。诗篇在十分有限的篇幅中极好地表现出这一时间历程中的变化,而且巧妙地告诉人们,世上没有什么是永恒不变的,丑,再加上丑,透过"丑恶来开垦"③,透过内在的变革,可以造出一个与丑截然不同的新的世界,丑进入绝境将在对立的力量作用下孕育出美,黑暗进入极致将展示未来的光明,所有这一切恰恰都是在时间的进程中发生的。

文本中的对话通常被认为是最纯粹的场景形式,因为在对话中,故事时间与话语时间最为接近。抒情诗歌中不乏对话,在这样的时间展现中,

---

① 约翰·但恩,"计算",载傅浩译,《约翰·但恩诗集》,上海:上海译文出版社,2016年,第 167 页。

② Seymour Chatman. *Story and Discourse: Narrative Structure in Fiction and Film*. Ithaca：Cornell University Press, 1989, p.68.

③ 闻一多,"死水",载闻一多,《红烛·死水》,南京:江苏文艺出版社,2009 年,第 166—167 页。

抒情人往往可以生动地以不同人物之间的话语、或以抒情人自问自答的方式表情状物,抒发情感。英国中世纪的中古民谣《两只乌鸦》基本上就由两只乌鸦的对话组成。开头由抒情人引出了这一对话:"我在路上独自行走,/听见两只乌鸦对谈,/一只对另一只问道:/'今天我们去哪儿吃饭?'"此后便全是这两只乌鸦的对话,另一只乌鸦接着回答道:

> "在那土堆后面,
>
> 躺着一个刚被杀的爵士,
>
> 无人知道他在那里,
>
> 除了他的鹰、狗和美丽的妻子。
>
> "他的狗已去打猎,
>
> 他的鹰在捕捉山禽,
>
> 他的妻子跟了别人,
>
> 所以我俩可以吃个开心。①

在对话中它们叙说了如何分享这位土堆后的爵士,而他最后的命运是"不久他只剩下白骨,/任风永远吹荡。"话语生动形象,明白晓畅,富于口语韵味,令人感慨回味不止。这与抒情诗歌的对话形式不无关系,这类时长节奏在抒情诗中有其独特的意味。

叙事文本中还有两类时长关系,即停顿和省略,这两类关系在抒情诗中同样存在。停顿指其中故事时间显然不移动的情况下出现的所有叙述和描写。在抒情诗中,它大量出现在所谓描写性停顿中,也就是说,在对某一对象进行大量描述的时候,焦点集中在描写的对象上,在这一描写的过程中,并未出现抒情人介入其中的时间流动。比如张舜民的《村居》:"水绕坡田竹绕篱,榆钱落尽槿花稀。夕阳牛背无人卧,带得寒鸦两两归。"②这类描写性的诗歌在中国古典抒情诗中大量存在。抒情人集注于对对象的描写,而抒情人自身往往置身其外,透过对客观对象的描述而透露自身的情感,全似一幅静态的画而出之。然而,需要注意的是,这类描写性的抒情诗并非都表现为时间的停顿,苏轼为人熟知的诗《题西林壁》:"横看成岭侧成峰,远近高低各不同。不识庐山真面目,只缘

---

① 王佐良译,"中古民谣·两只乌鸦",载王佐良《英诗的境界》,北京:生活·读书·新知三联书店,2012年,第7—8页。

② 张舜民,"村居",载钱锺书选注,《宋诗选注》,北京:人民文学出版社,1979年,第100页。

身在此山中。"①它同样是一首描写性的诗歌,但其中却并未展示出时间的停顿,原因就在于抒情人作为观察者置身于景中,与所看之景融为一体。抒情人的"看"与"身在"无疑都表现出一种时间历程,不论长短,其间必然存在时间的流逝,因而,它在时间上就不再表现为停顿,而可以称之为一种延缓。

省略在抒情诗的时长表现中具有内在的意义,其重要性不可低估。对于省略来说,相应于一定量的故事时间跨度的文本篇幅是零。也就是说,在事件的叙述与情感的表达中省略了其中某些发生之事,略去了抒情人可能产生的某种情感。这些被略去的部分,不见得不重要,而之所以被略去,可以由于各种各样的原因而产生。试看欧阳修的另一首《生查子》:

含羞整翠鬟,得意频相顾。雁柱十三弦,一一春莺语。娇云容易飞,梦断知何处?深院锁黄昏,阵阵芭蕉雨。②

这首词的上片写女子此前与情郎相聚时弹筝的情景,含羞相顾之娇态溢于言表。下片却是两情隔绝,抒情人发出"梦断知何处"的慨叹,相应于莺歌燕舞的美妙弦声,却只有"阵阵芭蕉雨",让人倍感凄恻。这里,在上下片之间显然存在时间的间隔,而在这一间隔中也必定会有诸多事端发生,但所有这些在词中被悉数略去,只有前后迥异的场景。这样的省略可以给读者留下更多思考的空间,留下许多无言的留白,如查特曼所说,读者对于文本会予以解释性回应,无可避免地参与到互动之中,将未被提及也就是省略的东西填补上,而"读者提供种种合理细节的能力几乎是无限的"③。

(三) 频率

在叙事文本中,频率所指的是文本中出现的事件与在实际中故事事件的数量关系,通常可以区分为单一叙述、概括叙述与多重叙述三种基

---

① 苏轼,"题西林壁",载钱锺书选注,《宋诗选注》,北京:人民文学出版社,1979 年,第 82 页。

② 欧阳修,"生查子·又",载胡可先、徐迈校注,《欧阳修词校注》,上海:上海古籍出版社,2015 年,第 83 页。

③ Seymour Chatman. *Story and Discourse: Narrative Structure in Fiction and Film*. Ithaca: Cornell University Press, 1989, p.29.

本形式。① 在抒情诗歌的叙述频率中,最值得注意的是多重叙述,即一个事件只发生一次而在文本中被多次描述。抒情诗中的重复,可以是单纯话语的重复,也可以是稍有变化、本质上却一致的事端在话语表现上的重复。这样的重复,在中外最早时期的诗歌中便充分表现出来。在《诗经》尤其是其中的《国风》中,重复的种种表现十分引人瞩目。如《国风·卫风·木瓜》:

> 投我以木瓜,报之以琼琚。匪报也,永以为好也。
> 投我以木桃,报之以琼瑶。匪报也,永以为好也。
> 投我以木李,报之以琼玖。匪报也,永以为好也。②

在三节诗行中,每节四句中的后二句全为重复;每节的前两句也部分重复,只以"瓜""桃""李"以及"琚""瑶""玖"稍别之。这些所投之物与所报之物各自并无大别,所显示的是人有以赠我,我当为报,且为大报,其意在"永以为好也"。它所表现的是人与人的交往中所应具有的品格,以之喻男女之情也十分恰当。这样的重复,不仅反复强调其着意之所重,也具有明显的诗歌节律感,在诗歌这种朗诵艺术中,这种节律感显得尤为重要。

　　以上对抒情诗叙述时间的研究,大体上可一窥抒情诗时间表现的面貌,这对抒情诗歌的理解和鉴赏不无裨益。作为叙事学的跨文类研究,这一探讨跨越了叙事文本与抒情文本之间的界限,这对二者可以起到互补的作用,不仅可以在与叙事文本相对照的意义上展现对抒情文本时间的探讨,也可以在相互对照中进一步思考叙事文本中的时间表现。

---

① 参见谭君强,《叙事学导论——从经典叙事学到后经典叙事学》(第二版),北京:高等教育出版社,2014 年,第 151—152 页。
② 吴闓生,《诗义会通》,北京:中华书局,1964 年,第 50 页。

关于中国诗歌叙事及其传统

◎ 董乃斌*

上海大学

我是上海大学中文系中国古典文学的教授董乃斌,于叙事学只是一个初学者。今天能够参加此次叙事学研讨会并在大会发言,我深感荣幸。在此要感谢大会的组织者乔国强教授的鼓励和安排。

近年来,我和我的一些同事在合作研究中国文学的叙事传统,特别是中国诗歌的叙事传统。目前我们的研究对象主要是中国汉族诗歌,关键词有两个最重要,一个是"叙事",一个是"传统"。今天我要讲的,也就是与这个研究有关的一些问题,借以与诸位先生交流,并向叙事学界的诸位先进求教。

众所周知,诗歌一直是中国文学史研究的热门和重点,因为诗歌是中国文学,尤其是古代文学的主要形式之一。中国古代诗歌非常发达,历代积累的作品数量巨大,艺术成就很高,甚至因此而有"中国是个诗国"的说法。

中国的诗歌之学,也有悠久的历史和精深的理论体系。但以前诗学理论基本上为"言志缘情说""抒情传统说"所笼罩,较少从叙事视角进行研究,更不会把诗歌研究与叙事传统相联系。

大体上,我们认为中国上古没有《伊利亚特》《奥德赛》那样故事性很强的长篇史诗,后来虽有过一些优秀的叙事诗,但作品数量有限,作品内容与形式的规模也不那么宏伟,特别是,也没有那么精彩复杂的故事。总体来看,中国诗歌,尤其是汉族文人诗歌,似乎是以篇幅短小的格律诗(律

*　【作者简介】董乃斌,上海大学教授,email:Dnb1782@vip.sina.com。

诗和绝句)和词曲为主体,而那样短小的篇幅是不适宜叙事(讲故事)的,所以抒情便被认为是中国诗歌乃至整个中国文学的根本特色。诗学研究基本上也是围绕着抒情角度进行,往往是从"诗言志或缘情"的观念出发,着力于追寻作者的心理意图或诗歌寓含的隐晦内涵,最后又归结到评判抒情的优劣高下而已。虽然也有诗论家关注到诗歌"理、事、情、景"的关系①,但从理论上论析诗歌与叙事的关系,一向还是颇受忽视,对某些在创作中较多运用叙事手法的诗篇和诗人(如白居易及其某些作品),往往还有所贬抑,大概只有诗圣杜甫是个特殊的例外。

杜甫有些作品叙事性较强、比较切实、具体、细致地反映了时代生活,在其当世就因此而被誉为"诗史"。孟棨《本事诗·高逸》中的一小段话,在诗歌史上竟发生了意想不到的巨大影响。那段话是在介绍李白的一些轶事后,说到"杜(甫)所赠二十韵,备叙其事。读其文,尽得其故迹"。意思是杜甫的《寄李十二白二十韵》详细地叙述了李白的平生遭际②,孟棨认为读这首诗可以了解李白的许多事情。既然说到一首诗就能"备叙其事""尽得其故迹",孟棨大概就很自然地联想到当时人对杜甫的一种评论:"杜逢禄山之难,流离陇蜀,毕陈于诗,推见至隐,殆无遗事,故当时号为'诗史'。"这里的"当时"不一定就跟杜甫的生活时代完全同步,可能是稍晚一点的中唐后期或晚唐。但不管怎么说,从此杜甫就和"诗史"联系了起来,此后,一提"诗史",人们往往马上想到杜甫。随着对"诗史"一词理解的深入和扩展,慢慢地,"诗史"又成为一个诗评用语,用来称赞或比喻那些叙事性较强、具体而较好地表现社会现实生活,经过时间淘洗沉淀甚至能够发现具有史料价值的作品。也有人因时势的需要和比较自觉的诗史意识,进而以此指导自己的创作,甚至就用"诗史"来命名自己的作

---

① 如清代著名的诗论家叶燮,在其《原诗》中明确提出并论述了这个问题。《原诗》见丁福保辑,《清诗话》,上海:上海古籍出版社,1978年。

② 杜甫《寄李十二白二十韵》:"昔年有狂客,号尔谪仙人。笔落惊风雨,诗成泣鬼神。声名从此大,汩没一朝伸。文彩承殊渥,流传必绝伦。龙舟移棹晚,兽锦夺袍新。白日来深殿,青云满后尘。乞归优诏许,遇我宿心亲。未负幽栖志,兼全宠辱身。剧谈怜野逸,嗜酒见天真。醉舞梁园夜,行歌泗水春。才高心不展,道屈善无邻。处士祢衡后,诸生原宪贫。稻粱求未足,薏苡谤何频。五岭炎蒸地,三危放逐臣。几年遭鹏鸟,独泣向麒麟。苏武元还汉,黄公岂事秦。楚筵辞醴日,梁狱上书辰。已用当时法,谁将此义陈?老吟秋月下,病起暮江滨。莫怪恩波隔,乘槎与问津。"其中叙述了李白的大半生,直到流放夜郎的经历。

品。但是即便是杜甫,也曾遭到"诗史说"反对者很不客气的批评。明末王夫之就是有名的代表。他最简明扼要的观点是"夫诗之不可以史为,若口与目之不相为代也,久矣!"①口与目虽均为人体器官,但功能不同,不可互代,亦不可混淆;诗与史也一样,虽皆是人类的文化创造物,但诗的专长和用途在于言志抒情,史的职责和专利则是叙事载录,二者也是绝对不能相混的。诗歌如果想充当史的角色,用直笔来叙事载录,就既不当行,更属越位,在王夫之看来非常要不得。于是他特意拿地位崇高的杜甫示众:"杜陵败笔有'李瑱死歧阳''来瑱赐自尽''朱门酒肉臭,路有冻死骨'一种诗,为宋人谩骂之祖,定是风雅一厄。"②又在杜甫的《遣兴四首》诗评中说:"结撰不淫,只如此寄哀已足,何用'人少虎狼多''痴女饥咬我''呻吟更流血'而后为悲哉!"③他嫌这些杜诗叙事太直白,措辞太强烈,太不风雅了,不符合士大夫委婉含蓄、清空放逸的审美情趣。所以在中国古代的诗歌创作和评论中,叙事一脉虽然始终存在,但却总是不能与抒情言志并肩同坐,在一般人心目中,中国诗歌似乎就是抒情(而抒情就该以含蓄清空为佳)的天下。以至直到20世纪70年代,旅美学者陈世骧先生还鲜明地拿"一个抒情传统"来概括和标举中国文学,特别是中国诗歌,以之与叙事传统突出的西方文学相对待。④ 陈先生的观点在台湾香港和美国的中国文学研究界一度颇为轰动,后来几乎风行了40年,直到近年才开始发生变化,台湾和大陆都有学者对这一说法提出质疑和新的思考。诗歌的叙事问题,也才日益清晰地浮出学术的海平面。⑤

有意思的是,这种情况恰巧与国际叙事学近年的发展趋势,即叙事学的广义化相应和,从而使中国文学史和诗歌史研究与叙事学发生了比以往远为密切的交集。也许与叙事学的启发有关,我和我的一些同事较早

① 王夫之,《姜斋诗话》卷一《诗译》。《四溟诗话 姜斋诗话》合刊,北京:人民文学出版社,1961年,143页。

② 王夫之,《唐诗选评》(卷二),北京:文化艺术出版社,1997年,第60页。

③ 同上,第58页。"人少虎狼多"等皆杜甫诗句。

④ 陈世骧先生1971年在美国亚洲研究学会比较文学组致辞,题为"论中国抒情传统",提出了"中国文学就是一个抒情传统"的观点。此文最早的中译见于《陈世骧文存》,台北:志文出版社,1972年。后有重译,见于张晖编,《陈世骧古典文学论集》,北京:三联书店,2015年。虽文句稍有差异,其意则同。

⑤ 可参阅柯庆明、萧驰编,《中国抒情传统的再发现——一个现代学术思潮的论文选集》,台北:台大出版中心,2009年。

对"中国文学就是一个抒情传统"的说法提出了异议并提出了纠正的措施。

我们认为,中国文学的确存在一个抒情传统,但抒情传统却并非唯一。中国文学还存在一个与抒情传统同源共生、相对而又相益的叙事传统。中国文学史贯穿着两大传统,一个是抒情传统,一个是叙事传统。两大传统交融渗透、关系密切,既保持着各自的本质和特色,又不可能没有对方而单独存在。所以,我们要从两大传统的角度来批评"一个抒情传统"说的偏颇,同时着重从对叙事传统的发掘和论证来纠正和完善对中国文学传统的认识,由于偏颇的观点影响深远广大,故尤应以后者为当务之急。

为此,我们写过一本名为《中国文学叙事传统研究》的书,从汉字的构型所反映的叙事思维、古文论对叙事传统的阐述,从史传文学到诗词乐府、赋体文学、散文杂剧、长短篇小说等各方面初步但是有力地论证了中国文学源远流长、深广厚实的叙事传统。此书已被收入国家社科成果文库①,最近又被列为外译的国家项目。目前我们进行的诗歌叙事传统研究,则是它的深入和细致化。《中国文学叙事传统研究》涉及了中国文学史上的多种文体,现在我们则把视线集中到诗歌,以这种抒情性最强、最突出、被当做证明"中国文学抒情传统唯一"最有力依据的文体为对象,来考察和论证叙事传统的悠久和深厚,以及叙事传统和抒情传统不可分割的同源共生和交融互渗关系,以此来说明中国文学传统绝不是单一的,而是抒情叙事双线并贯。正是为了进行这项工作,我这样一个本来也许可以与叙事学不发生交集的人,竟成了一个叙事学的热心学习者,不仅学习叙事学的基本知识,而且经常关注起叙事学的新动态来。

我们的学习和研究立足于中国文学史的实际状况。我们认为,事实上,中国上古虽无希腊式宏伟史诗,但却并不缺少叙事之作。只要不拿刻板固定的标准去硬性模拟,而是从中国文学史的实际出发,那么,中国古代并不缺乏自己的叙事诗和史诗。比如在古老的经典《诗经》之中,就存在多篇史诗式的作品,它们与真实历史的密切关系,使我们不得不将其称为"诗经史诗"。而且众多的"诗经史诗"又可以织成一张史诗的网络,或形成一棵枝叶繁茂的史诗大树。当然,它们是中国式的史诗或诗史,与《伊利亚特》《奥德赛》相比,有明显差异,但也并非毫无相同、相通之处。

---

① 董乃斌等著,《中国文学叙事传统研究》,北京:中华书局,2012年。

纵观中国诗歌史,自古至今更不乏优秀的叙事作品。直到今天,一些诗学修养深厚的作者仍能创作规模宏伟、结构考究而语言丰富优美的长篇古体诗歌,说明抒叙相融的伟大传统并未消亡,还在顽强地延续。①

中国诗歌的品种非常多,形式非常多样,不同的诗歌样式往往具有不同程度的叙事性。诗歌又往往和小说戏剧相结合,在创作过程中发挥着沟通、凝聚和加强抒情叙事两种功能,从而升华作品的思想境界,而诗歌本身也在这种参与中不可避免地获得更多、更强的叙事性。

系统地考察中国文学史,是能够发现其中贯穿着一条叙事传统的线索的,这条线索并不只存在于以实录史事为职志的史传文学和以讲述故事为专长的小说戏剧之中。

对于诗歌叙事传统来说更重要,也更有根本性意义的是,即便是抒情诗,无论是古体的歌行还是近体的律绝,乃至词曲作品,也总是存在程度不同的叙事性。历代中国诗歌,几乎不存在毫无叙事性的抒情作品,当然也就几乎不存在不能做叙事分析的抒情诗篇。以前被笼统视为抒情诗的作品,经过分析,也总能发现分量多寡不等的叙事因素和叙事成分,且能发现这些叙事成分在全诗意义的完成上所起到的积极作用。至于历来被视为抒情诗人的屈原、曹植、陶渊明、李白、杜甫、苏轼、黄庭坚,直到近现代的龚自珍、王国维、鲁迅乃至许多当代诗人,他们作品的叙事性都是无可否认的。五四以后兴起的新诗当然更是如此。

这样看来,实在有必要对数量巨大的中国诗歌从抒叙二分和抒叙融合的角度,重新做一次清理。从这清理中,我们应该能够获得对中国诗歌和中国文学的新认识。

---

① 以《诗经》《楚辞》为源头的中国诗歌叙事传统,在与抒情传统互动互竞的发展过程中,虽非呈直线上升态势,而是时有曲折起伏,两大传统发展也呈不平衡状态,但叙事传统始终存在,不绝如缕,至杜甫元白韩柳达到新的高潮。中唐以后,诗歌叙事纪实传统继续延伸发展,直到明清近代,再至今日眼下,仍有诗学修养足够和诗史意识自觉的创作者在辛勤耕耘。安徽省社科院文学所刘梦芙研究员"七言长篇歌行之古今演变"一文[载《中华诗词研究》(第二辑),上海:东方出版中心,2016年]所论述的孔凡章先生,著有多篇七言歌行,如歌叙梅兰芳的《芳华曲》、沈祖棻的《涉江曲》均为名篇。复旦大学教授陈允吉追怀师长,以仿杜的五言歌行体述陈子展、蒋天枢、郭绍虞、朱东润、刘大杰、刘季高诸先生生平,每首均自加详细注释,补充事实,抒叙互彰,可谓继承并发展了诗歌的叙事传统。见《诗铎》创刊号至第四辑各册,上海:复旦大学出版社,2011—2016年。

　　讨论中国诗歌的叙事性,从文本出发,我们往往将诗歌的表述语言区分为抒情和叙事两大类。

　　诗歌和一切文学作品一样,是一种言语的叙述(诉说、表达)。在中国古代,叙和与它同音的"序""绪",有着"按某种次序排列"的相同义项;叙与它不同音的"述""记""纪""言""载""录""笔"等,又有着"写下来"的相同义项。而在近代中国的语境里,"叙"就等于"述","叙述"是一个复合而单义的动词。诗歌的叙述既可讲述身外的物态事情、时空转换,也可表白个人复杂多变的内心情感,更常常是二者交融或二者交替出现。在我们看来,讲述身外物态事情的属于叙事,讲述个人内心情感的便是抒情。叙述不等于叙事,叙事和抒情也不存在绝对界限,而是常常互渗互动。这就需要研究者对诗作的语言进行仔细分析,并不妨对诗篇的抒情叙事比重,即从抒叙的结构层面进行分析,这种分析以抒叙的定量为基础,但旨归还是在于定性,在诗歌和文学的研究中带有实验的意味。同时,诗歌叙事研究既要努力分析诗歌语言的抒叙之异,又要找寻二者的微妙关联。这就是我们目前正在做的一项工作。我们明白这种分析难免仁智互见,不妨充分自由讨论。阐说自家观点是必要的,却没有必要也不应该希冀自己的一家之言很快就能成为众所公认的定说。

　　下面举一首小诗试作具体说明。享年102岁、生前长期在美国的大学里教授中国诗词曲和书画艺术的张充和女士,抗战时与三姐兆和、姐夫沈从文一家避难至云南,租住呈贡县龙街杨氏老宅,姐姐、姐夫住前院,充和住后院。充和把住处命名为"云龙庵",曾有《云龙佛堂即事》七绝诗一首:

　　酒阑琴罢漫思家,小坐蒲团听《落花》。一曲潇湘云水过,见龙新水宝红茶。

题为《即事》,已经明白说是因事而作,且已经点明了事情发生的地点是在云龙佛堂。从题目和诗面第一二两句可知,所记之事,是一位朋友到访云龙佛堂,主人置酒相待,客人弹奏琴曲(《落花》或即《落梅花》,本是笛曲,此代指琴曲)。李白《与史郎中钦听黄鹤楼上吹笛》:"一为迁客去长沙,西望长安不到家。黄鹤楼上吹玉笛,江城五月落梅花",写流贬播迁、思家念亲之感,与主客此时此地的情况相似,情思相通,主客均因流离在外而勾起了浓浓的思乡之情。三四两句是对前两句的详写,第三句写琴曲的优美意境和聆听者的感受,客人高超的琴艺也就尽在其中、不言而喻。这一句的意象非常辽阔、悠远而空灵,把琴曲演奏的时间流逝和意境的空间展现自然地融为一体。作者将琴曲的意境比为"潇湘云水",又使人想起柳宗元的诗句"春风无限潇湘忆(或作意),欲采蘋花不自由"(《酬曹侍御过象县见寄》)。"潇湘云水"既代表故乡风物,也暗指祖国河山。第四句把笔触拉回眼前,写所饮的茶水,是当地特产,既显示主人待客的热情和风雅,也抒发了随遇而安、知足常乐的心情,同时也就进一步明确了此次会面的地点。"见龙潭"和"宝红(洪)山"都是云南地名,在呈贡附近,此处用笔特点,又是与空灵不同的朴素质实。

　　绝句是中国诗歌最小的型号,七绝仅次于五绝,向来都被视为抒情诗的品种。可是,这首抒情的七绝却是记事之作,四句话记述了作者与琴友的一次晤面。当然,绝句诗的叙事有其独特之处,与一般的记叙文章明显不同。比如,此诗所写事情发生的确切时间,就没有记述;诗中人物,是作为主人的张充和与她的客人,但客人是谁也未说明。这些都须由读者自己设法考证和补充,如果是一篇散文,作者应该不会留下那么多的空白。诗叙事的又一个特点是用语非常概括,要既形象又简洁。其实这首诗要写的事,第一句就讲清楚了。所谓"酒阑琴罢",从开始饮酒到微醺和酒意阑珊,从起手弹琴到一曲终了,叙述了一个不短的时间过程,但在诗中只用了四个字。"漫思家"是主客二人在饮酒弹琴过程中共同的、有所呼应的感情活动,一个"漫"写出了主客二人既是随意的,又是说什么都不离思家主题的特殊状态。酒阑、琴罢和漫思家在时间上是连续发生的,部分是重叠交叉的。七个字说了三件事,诗歌的叙事就是如此浓缩紧凑,而如此叙事,同时也就抒了情,抒叙二者可谓难解难分。第二句是前句的补充,写出客人弹奏的曲名、主人听琴的姿态和感受,是一幅雅致生动的画面。若要说叙事,有这两句,有了时间的流逝,有了情景的定格,事情已经交代得明明白白。诗歌叙事的简括可以达到如此程度! 而叙事简括、文字精练正是诗歌叙事传统的一个重要侧面。但诗歌还需要抒情。虽然前两句叙事本身就含有浓浓的情意,既描述了主客二人的晤面活动,又含蓄地抒发了他们的心境,可谓叙中有抒,可是诗人觉得还不够,她还要更详尽鲜明地表达琴曲的优美意境和她沉浸在艺术氛围中那种舒泰宁谧的心情。于是便有了接下来两句的轻吟。三四两句,作者的本意是抒情,可她用的手法却仍是叙事性、绘画性的,是具象描叙而不是抽象咏叹。她特意精确地标明眼前享用的好茶好水之名,同时又把我们的思绪引得很远很远,使美妙的琴音始终萦绕在我们耳边。这两句把前面的叙中抒又推进了一步,诗意更丰富也更细腻了。①

通过以上分析,我们可以大致地领略抒情与叙事在中国诗里的关系。在诗中,抒情和叙事既各有自己的职能功效,又如此不可分割地联系在一起。抒叙相融互渗是诗歌叙事传统的另一个重要侧面。我们的研究既要试着分清它们,又要避免造成它们的割裂和对立,而且要探寻和发现它们之间复杂而微妙的关系。这对研究者,是一件有难度但很有兴味的事。

谈到叙事传统,我们还十分重视诗歌与历史的关系。

先哲孟子说过:《诗》亡然后《春秋》作。②在官方笔录史书出现之前,诗歌曾部分地担负纪事述史的职责。闻一多在《歌与诗》一文中说:"《三百篇》有两个源头,一是歌,一是诗,而当时所谓诗,在本质上乃是史",又针对孟子的话说:"《春秋》何以能代《诗》而兴?因为《诗》也是一种《春秋》。"诗歌与历史的深刻渊源与"诗中有史"的观念,就建立在这样的事实之上。

在诗、史的互动发展中,中国漫长的诗歌史自然形成了抒叙交融的传统。抒情叙事二者如此不可分割,我们又怎么能认同"抒情传统唯一"而忽略叙事传统的观点呢?

中国的叙事传统涵盖文、史两大范畴,其内涵主要是:关注国族大事、颂美英雄人物、鞭挞丑恶的人与事,在内容上要求真实可信,表述上追求简洁含蓄和优美。

"彰善瘅恶"之明确目的,是中国诗歌和史述传统最重要的共同点。史和诗对我们民族性格、民族精神的塑造和养成,曾经发挥过极为重要的作用,今后还将继续发挥作用。而叙事传统的演变及其不同的时代内容,以及用抒情叙事双线贯穿的观点重新审视中国诗歌史、文学史,则是我们今后一段时间将要努力研究的课题。

---

① 想了解张充和此诗更多内容,可参看何华,"张充和在呈贡",《上海文学》2017 年第 8 期。
② 《孟子·离娄下》。

古典小说叙事的意图伦理

◎ 江守义 *

安徽师范大学

纽顿在《叙事伦理》中从文本出发,将叙事伦理一分为三:再现伦理、讲述伦理和阐释伦理。他受叙事学分析从文本出发的影响,重视文本的叙事内容和形式,从内容和形式来解读叙事作品,忽视作者的意图对小说叙事的影响,可以说与中国古典小说有些格格不入。对古典小说来说,最重要的可能就是作者的伦理意图,小说内容和形式都是为作者意图服务的。本文集中谈谈古典小说叙事的意图伦理。

一

意图伦理即叙事主体叙事时想要达到的伦理目的。叙事主体有作者、隐含作者和叙述者之分。作者指生活中的真实作者,它与小说文本没有什么必然关系;隐含作者即写小说时的作者,是小说文本的幕后策划者;叙述者则直接出面叙述,是小说内容和形式的提供者。需要指出的是,对古典小说而言,无论是写作前对小说有期许的真实作者,还是通过小说来表达自己伦理立场的隐含作者,二者通常是高度一致的。我们只要弄清了真实作者的伦理意图,就基本可以弄清隐含作者的伦理诉求。

真实作者写小说有其伦理动机,原因大致有四个方面:

一是作者的济世情怀。或为补正史之不足。甄伟《西汉通俗演义序》说自己读史书时,“偶阅西汉卷,见其间多牵强附会……遂因略以致详,考

---

* 【作者简介】江守义,安徽师范大学教授,email: 1654766598@qq.com。

史以广义"，于是写成《西汉演义》，读者可以通过该书"缘史以求义"①。
或为补世道人心。吟啸主人《平虏传序》说自己写《平虏传》，是希望通过
自己的记录，"以见民间亦有之此忠孝节义而已"，并以是否有助于世道人
心为自己的取舍标准："苟有补于人心世道者，即微讹何妨？有坏于人心
世道者，虽真亦置。"②补正史之不足，补世道人心，都指向儒家伦理。真实
作者之所以编写小说，是想借助小说宣扬儒家伦理来教化民众，从而实现
自己的济世情怀。

二是作者的个人欲望。这种欲望大体可区分为物质欲望和精神欲望
两个方面。物质欲望是指作者写小说的动机是为了赚钱。正是出于经济
方面的考虑，很多读书人走上了书商的道路，这与商业伦理和商人伦理不
无关系。就商业伦理而言，作者从商业方面考虑来推销自己的小说，有其
伦理考量。余象斗万历二十二年刊刻《水浒志传评林》，高度评价《水浒》
"有为国之忠，有济民之义"③的"忠义"主旨，并说自己刊刻的书"一画一
句，并无差错。士子买者，可认双峰堂为记"④。这显然是在为自己的刊本
做推销。推销而不忘小说的"忠义"主旨，让人有理由相信标举"忠义"也
是推销的一个手段。就商人伦理而言，是儒贾相通的结果。儒商要为自
己从商找到一个冠冕堂皇的理由，这个理由被新安商人汪道昆那句为商
人呐喊的豪言"良贾何负闳儒"⑤一语道破。既然"良贾何负闳儒"，儒生
完全可以弃儒经商，用刊刻小说来完成自己的人生理想。精神欲望是指
写小说为了达到作者某种精神方面的追求。如果说物质欲望是为了利，
精神欲望则是为了名。开历史小说写本朝事情之先河的《明英烈》，作者
的直接动机就是为了名。据沈德符《万历野获编》卷五"武定侯进公"条所
说，郭勋自撰《英烈传》，是"谋晋爵上公，乃出奇计"的结果，通过在书中说
陈友谅所中流矢乃是自己祖上郭英所射，并"令内官之职平话者日唱演于
上前"而得到皇上赏识。得到皇上赏识正是郭勋"伪造纪传"的目的。这

① 黄霖、韩同文选注，《中国历代小说论著选》（上），南昌：江西人民出版社，2000 年，
第 207 页。
② 同上，第 261 页。
③ 天海藏，"题水浒传叙"，载朱一玄、刘毓忱编，《水浒传资料汇编》，天津：南开大学
出版社，2002 年，第 192 页。
④ 转引自傅惠生，《宋明之际的社会心理与小说》，上海：东方出版社，1997 年，第
258 页。
⑤ 转引自余英时，《士与中国文化》，上海：上海人民出版社，2003 年，第 459 页。

种目的表面上看起来是政治目的,背后仍牵扯到伦理,即所谓"嫡嫡相承的原则"①。郭勋因为自己是郭英的嫡系子孙,认为自己应该理所当然地世袭祖上的爵位。

三是借小说以泄愤。鲁迅称《史记》为"无韵之《离骚》"②,将史书的"泄愤"属性明确化,追随史书的古典小说作者,有时也出于"泄愤"动机而写小说。当然,作者之"泄愤"是有感而发,"泄愤"的结果应该对社会有点益处。作者"泄愤"各有动机,或因对现实不满,或因对历史结局不满。西阳野史对三国结局不满,于是续编《三国志》,来发泄心中不快。其《新刻续编三国志引》云:"今是书之编,无过欲泄愤一时。"③相较之下,《聊斋志异》的写作则主要出于对现实的不满。蒲松龄《聊斋自志》云:"少羸多病,长命不犹。门庭之凄寂,则冷淡如僧……茫茫六道,何可谓其无理哉! 独是子夜荧荧,灯昏欲蕊……仅成孤愤之书。"④

四是确立写作宗旨。古典小说将"语必关风始动人"⑤作为自己的写作宗旨。"动人"是小说吸引人的魅力所在,魅力又来源于它的伦理教化功能。静恬主人《金石缘序》云:"小说何为而作也? 曰以劝善也,以惩恶也。夫书之足以劝惩者……其于世道人心不为无补也。"⑥基于"语必关风始动人"的写作宗旨,即使是宣淫导欲的色情小说,也不忘说教一番,呈现出"劝百讽一"的特点,"百"是其描写,"一"才是其旨归。

二

相对于作者而言,叙述者的伦理诉求主要通过小说中的评论介入得以体现。评论介入有公开介入和隐性介入之分别。

---

① 欧阳健,《历史小说史》,杭州:浙江古籍出版社,2003 年,第 201—202 页。
② 鲁迅,"汉文学史纲要",《鲁迅全集》(第九卷),北京:人民文学出版社,2005 年,第 435 页。
③ 黄霖、韩同文选注,《中国历代小说论著选》(上),南昌:江西人民出版社,2000 年,第 179 页。
④ 同上,第 366 页。
⑤ "宋玉梅团圆",见傅惜华选注,《宋话本集》,上海:四联出版社,1955 年版,第 6 页。
⑥ 黄霖、韩同文选注,《中国历代小说论著选》(上),南昌:江西人民出版社,2000 年,第 436 页。

公开介入时叙述者可以通过一些叙述标记,如书名、回目、诗词论赞等形式进行介入,也可以通过叙述者直接出面发表评论。

其一,书名与回目。有些古典小说书名即寓褒贬,如《英烈传》《续英烈传》《木兰奇女传》《辽海丹忠录》《于少保萃忠全传》《飞龙全传》《梼杌闲评》《魏阉全传》《痛史》等。用"英烈""奇""丹忠""萃忠""飞龙"来点出正面人物的伦理面貌,以"梼杌"(古怪兽名)、"魏阉"的恶名直呼魏忠贤,或以"痛"字表达对宋室败亡的惋惜。有时候,叙述者在回目中以提纲挈领的方式将自己的伦理态度展露无遗。《北史演义》回目中多次提及"逆反"之意,如卷七"幽母后二贼专权,失民心六镇皆反"之"二贼""反",卷十五"改逆谋重扶魏主,贾余勇大破葛荣"之"逆谋",等等。

其二,诗词论赞。诗词为韵文体,小说为散文体,在散文体中穿插韵文体,首先造成一种叙述风格的断裂,风格断裂本身就是一种叙述者介入的标志。古典小说中,叙述者常用"有诗为证"的征引模式对人物、事件进行评论。《东周列国志》第三回在写到周幽王被杀后一连引证了四首诗歌:"东屏先生有诗曰:多方图笑掖庭中,烽火光摇粉黛红。自绝诸侯犹似可,忍教国祚丧羌戎。又陇西居士咏史诗曰:骊山一笑犬戎嗔,弧矢童谣已验真。十八年来犹报应,挽回造化是何人?又有一绝,单道尹球等无一善终,可为奸臣之戒。诗云:巧话谗言媚暗君,满图富贵百年身。一朝骈首同诛戮,落得千秋骂佞臣。又有一绝,咏郑伯友之忠。诗曰:石父捐躯尹氏亡,郑桓今日死勤王。三人总为周家死,白骨风前那个香?"[①]四首诗歌分别批评周幽王的昏庸,感叹报应不爽,讽刺奸臣,歌颂忠臣,围绕周幽王失镐京这一历史事件对冲突的各方作出伦理判断。

其三,叙述者的公开介入。公开介入可以是"楔子"的说明,可以是"卒章显志",也可以是叙述者随机的感想。古典小说中直言"楔子"的伦理引导价值,首推《儒林外史》。《儒林外史》开篇"说楔子敷陈大义,借名流隐括全文",楔子中出现的"名流"人物王冕便是"隐括全文"的"楔子"。楔子中的王冕不贪恋功名,与正文中的诸多儒林人物形成鲜明对照。"卒章显志"在古典小说中最典型的莫过于《聊斋志异》的"异史氏曰"了。"异史氏曰"放在故事结尾处,叙述者借"异史氏"之名表达自己创作这个故事的理由,阐述自己的伦理理想和价值判断。叙述者随机的感想在古典小说中比比皆是。《醒世恒言》卷三十四《一文钱小隙造奇冤》结束时,

① 冯梦龙、蔡元放编,《东周列国志》,北京:人民文学出版社,1955年,第22—23页。

叙述者总结道:"这段话叫做'一文钱小隙造奇冤',奉劝世人,舍财忍气为上。"①既对前面所讲的故事进行总结,也说出了故事奉劝世人"舍财忍气为上"的意图。

与公开介入的伦理引导不同,叙述者隐性介入叙事时,虽然表面上保持沉默,但其实是在不着痕迹地介入叙事。隐性伦理介入的方式多种多样。

其一,通过命名来介入叙事。此处所说的命名,没有直接的伦理引导意味,否则为公开介入。命名的隐性介入主要表现在两个方面,一是谐音,二是特定情境下的某种称谓。谐音在人名中很常见,用人名的谐音来表达叙述者的命名意图。清代荒诞小说《常言道》中处处是谐音的命名,如秀才时伯济(时不济)、柴主钱士命(财主钱是命)、邛诡(穷鬼)等,叙述者以冷嘲热讽的口吻,将唯金钱是举的冷酷人性形象化。命名有时候不像名字,更像是特定情形下的称谓。《西游记》第十四回"心猿归正 六贼无踪",孙悟空刚拜唐僧为师,就碰到六贼打劫。六贼的名字分别是"眼看喜""耳听怒""鼻嗅爱""舌尝思""意见欲""身本忧"②,这些显然不是正常的名字,而是有寓意的名字。佛教认为人有眼、耳、鼻、舌、意、身六种情根,为了使"心猿归正",悟空必须先灭"六贼",六根清净之后才能不生妄念,护送唐僧西天取经。主体的伦理判断隐藏在六贼的名字中,不易察觉。

其二,以夹叙夹议的形式来介入叙事。常见的夹叙夹议是公开介入,但有时候夹叙夹议又表现为叙述同时是议论。叙述和议论同时,同样的话语既像叙述,又像议论,叙述者的介入只能是隐性介入。唐传奇《霍小玉传》在李益抛弃霍小玉后,叙述者说道:"风流之士,共感玉之多情;豪侠之伦,皆怒生之薄行。"③表面上看,这完全可以看作是对故事的客观讲述,但字里行间,又流露了叙述者对小玉痴情的同情和赞叹以及对李益薄幸的不满和谴责。古典小说中的夹叙夹议还有一个现象,即在介绍人物的同时给人物以评价,使评价看起来似乎是一种事实的陈述。《逸史·宋申锡》开头说:"唐丞相宋申锡,初为宰相,恩渥甚重。申锡亦颇以致升平为

---

① 冯梦龙编撰,《醒世恒言》,北京:中华书局,2009年,第512页。
② 吴承恩,《西游记》,北京:人民文学出版社,1980年,第170页。
③ 王度等,《唐宋传奇》,北京:华夏出版社,1995年,第63页。

己任。"①其中"申锡亦颇以致升平为己任",可以理解为是一种事实,那么这就是在叙述故事,其中并没有叙述者的介入,但"颇以致升平为己任"显然又有夸奖之意,一个"亦"字更隐隐约约透露了叙述者的存在,这又可以理解为叙述者介入了故事,只不过介入得很隐蔽。

其三,通过人物来介入叙事。这主要有两种情形:一是通过人物话语来介入叙事,二是通过对人物行为的态度来介入叙事。当人物话语不符合他自身的处境或素质,而符合叙述者意图时,叙述者通过人物话语暗暗地介入了叙事。《红楼梦》第二回,"冷子兴演说荣国府"时告诉贾雨村:荣、宁二府,"如今的儿孙,竟一代不如一代了!"②冷子兴是古董行中之人,他对荣、宁二府不乏羡慕之情,没有理由得出贾府"一代不如一代"这样的结论。但贾府"一代不如一代"符合叙述者的叙述意图,是叙述者借冷子兴之口表达自己的看法。叙述者通过对人物行为的态度来介入叙事比较特别,如果对人物的行为发表评论,那就是公开介入,但对人物的行为不置可否而流露出某种倾向时,则是隐性介入。《红楼梦》第五十五回,赵姨娘怪探春给舅舅的丧葬银子给少了,探春生气地说:"谁是我舅舅?我舅舅才升了九省检点,那里又跑出一个舅舅来?"③探春的说话对象是自己的亲生母亲赵姨娘,但按照礼数,大族之家嫡庶之分,界限分明:正室称为夫人或太太、奶奶,掌管内宅,侧室则毫无地位权力可言。赵姨娘虽是探春的亲生母亲,但因其是侧室,探春只能称王夫人的兄弟为"舅舅",赵国基虽是探春血缘上的舅舅,却连正经亲戚也算不得。叙述者对探春的言论没做任何评论,但通过上下文,可明显看出叙述者认同探春这一番说辞。

其四,运用对比来介入叙事。对比手法可以表现在多个方面:或是人物举止前后差异的对比,或是人物言行不一的对比,或是场面的对比,或是故事中暗含对比,等等。古典小说可以通过人物差异性的行为形成对比,显示人物思想,暗示叙述者的态度。《红楼梦》中的贾母很疼爱黛玉,却毫不含糊地选择宝钗与宝玉成亲。在贾母看来,黛玉如果有了心病,

---

① 李昉等编,《太平广记》(三),北京:中华书局,1961 年,第 864 页。
② 曹雪芹、高鹗著,护花主人、大某山民、太平闲人评,《红楼梦》(三家评本),上海:上海古籍出版社,1988 年,第 25 页。
③ 同上,第 896 页。

"不但治不好,我也没心肠了"①,自己算是"白疼了他了"②。贾母这种冷漠的态度与之前对黛玉的疼爱形成鲜明对比。叙述者以此显示贾母真正疼爱的是守本分的黛玉,而不是追求自己爱情的黛玉;同时也流露出对父母包办婚姻的无奈和不满。《聊斋志异·佟客》中的董生自诩为"忠臣孝子",深夜忽听闻有强盗绑架董父,董生提剑欲去,但当"妻牵衣泣"时,"生壮念顿消"③,便不管父亲生死,只求自保了。一个号称"孝子"的人在生死关头弃父亲于不顾,言行反差太大。场面描写的对比也能体现叙述者的用心所在。《红楼梦》第九十七回,"林黛玉焚稿断痴情,薛宝钗出闺成大礼",一处是冷冷清清、香魂将逝,另一处却是红烛高照、欢喜热闹。两相对照,悲凉之感油然而生,叙述者对宝黛爱情悲剧的同情与哀叹跃然纸上。对比有时暗含在故事中,需细心观察才能发现。唐传奇《昆仑奴》对崔生和昆仑奴的描写就暗含对比。崔生表面上"举止安详"④,却不理解红绡女的手势,昆仑奴帮助崔生解开了红绡女手势之谜后,红绡女和崔生偷情成功,对崔生说:"知郎君颖悟"⑤。但真正颖悟的是昆仑奴,红绡女这句话其实是对崔生的讽刺和对昆仑奴的赞扬。

其五,通过展示来介入叙事。展示是一种场面的客观描述,但貌似客观的展示中,有时也流露出叙述者的声音。此种介入非常隐蔽。《隋史遗文》中,当秦叔宝一行得知李世民将杀单雄信等人,前往求情。小说写道:"秦王道:'前日宣武陵之事,臣各为主,我也不责备他。但此人心怀反覆,轻于去就,今虽投伏,后必叛乱,不得不除。'……三将叩头哀求:'愿纳还三人官诰,以赎其死。'叔宝涕泣如雨,愿以身代死。秦王心中不说出,终久为宣武陵之事,不快在心。道:'三将军所请,终是私情。我这国法,在所不废。'固执不听。"⑥李世民说三将军所请乃是私情,其实他心中所想才真是"私情"。对话场面展示了李世民记仇、残忍的一面。叙述者表面上不动声色,但讽刺、不满之意十分明显,表面上不加臧否的展示,实际上

① 曹雪芹、高鹗著,护花主人、大某山民、太平闲人评:《红楼梦》(三家评本),上海:上海古籍出版社,1988 年,第 1597 页。
② 同上,第 1596 页。
③ 蒲松龄著、朱其铠主编,《全本新注聊斋志异》,北京:人民文学出版社,1989 年,第 1181 页。
④ 王度等,《唐宋传奇》,北京:华夏出版社,1995 年,第 180 页。
⑤ 同上,第 181 页。
⑥ 袁于令编撰、冉休丹点校,《隋史遗文》,北京:中华书局,1996 年,第 396—397 页。

写出了李世民伦理道德上的缺陷。

三

古典小说叙事的伦理意图,主要体现在作者的伦理动机和叙述者的伦理诉求之中,但由于古典小说没有严格区分作者和叙述者,使得作者和叙述者往往裹在一起,形成一些叙述程式。这些叙述程式,当然是通过叙述者才得以体现,但又强烈地表现出真实作者的伦理动机。这些叙述程式主要表现在四个方面:

一是儒家的天命观。孔子说:"不知命,无以为君子也。"①将"天命"和"君子"联系起来,"知天命"才能"产生一种对决定人生命运的那种客观必然性的觉悟"②。但孔子侧重个体性的"天命"观到了古典小说里,却演变成一种群体观念。即使是事件的正常发展,叙述者往往也从"天命"上加以解释。《英烈传》第三十六回,陈友谅逃过一劫,叙述者跳出故事发表评论:"此正是老奸巨猾处,然也是他的天命未尽,故得如此。"③虽然是叙述者的评论,何尝不是真实作者的心声。由于天命观的影响,对小说事件的评论往往也从"天命"入手,《后七国乐田演义》第十三回开篇诗云:"从来成败有天心,识得天心眼便深"④,更是以故事外的引诗(透出真实作者的影子)来说明"天心"的重要性。

二是用浓重的伦理说教来预叙。预叙主要是为了方便伦理说教,让后文的叙述迎合预叙出来的伦理意图,这可能是古典小说"说教范型"⑤的独特体现。这种预叙说教形式大致分为布道式说教和就人事说教两种。《七剑十三侠》开头引诗"善似青松恶似花,青松冷淡不如花"⑥,叙述者以"青松"与"花"分别象征"善"与"恶",布道式地让读者明白小说中以王守仁为首的侠义之士和以宁王为首的反贼,最终会善恶有报。《喻世明言》卷三《新桥市韩五卖春情》,入话后,叙述预叙道:"说话的,你说那戒

---

① 杨伯峻译注,《论语译注》,北京:中华书局,1980年,第211页。
② 崔大华,《儒学引论》,北京:人民出版社,2001年,第25页。
③ 郭勋初编,《英烈传》,北京:中华书局,2013年,第112页。
④ 吴门啸客、烟水散人,《前后七国志》,北京:华夏出版社,2013年,第196页。
⑤ 赵毅衡,《苦恼的叙述者》,北京:十月文艺出版社,1994年,第238页。
⑥ 唐芸洲,《七剑十三侠》,北京:华夏出版社,1998年,第3页。

色欲则甚？自家今日说一个青年子弟，只因不把色欲警戒，去恋着一个妇人，险些儿坏了堂堂六尺之躯，丢了泼天的家计"，将要讲的故事的主人公因贪恋色欲，最终自食恶果的结局提前透露出来。引导中有一种鲜明的伦理立场，使读者在正式开始阅读前就形成强烈的心理暗示。需要说明的是，这种"说教范型"表面上展现的是叙述者的声音，但骨子里是真实作者的意图。

三是援引史传模式来加强小说的伦理力度。由于史传对小说叙事的强大影响，以史传效果来期待小说似乎成为古人一个通行的法则。从史传内容看，或以时间的更替为线索来叙事(如《蒋兴哥重会珍珠衫》)，或通过主要人物的事迹来叙事(如《残唐五代史演义》)。从叙述模式看，小说中最典型的史传模式当数"君子曰"模式。有论者指出，到《左传》，才正式形成了"君子曰"的"评论(干预)叙述模式"①，"君子曰"的内容大多是依据当时"君子"的标准对所叙述的故事发表评论，很多关乎道德伦理。这对古典小说叙事产生了深远的影响。唐传奇中，便存在大量的叙述者篇末议论。或者是让真实作者充当叙述者进行评论。李公佐《南柯太守传》在快结束时交代了真实作者作此传奇的目的在于"窃位著生，冀将为戒"②。或者是叙述者的感慨。沈既济《任氏传》结尾处叙述者感叹："嗟乎！……遇暴不失节，徇人以至死，虽今妇人，有不如者矣。"③肯定了任氏为爱而死的节操，伦理教化的意图比较明显。

四是话本模式为小说的伦理说教提供了一个非常方便的途径。话本模式主要体现在开头的"却说"或"话说"以及结尾的"且听下回分解"，撇开随处可见的"且听下回分解"的结尾套路不谈，开头的"却说"不仅存在于话本小说中，在其他类型的小说中也广泛存在，譬如历史小说《开辟演义》共八十回，除第十三回外，其他各回都用"却说"来引出下文要说的故事(包含第四十三回的"且说"和第六十九回、第七十一回、第七十四回的"话说")，这首先是为了方便故事的叙述，但同时也是为了方便在故事中宣扬伦理教化，这从小说中几乎每回都提及的"仁"或"义"可见一斑。"仁"或"义"虽然体现出来的是叙述者声音，但"却说"的套路却提醒读者作者的存在，因而"仁"或"义"也可谓是作者的伦理动机所在。

---

① 潘万木，《〈左传〉叙述模式论》，武汉：华中师范大学出版社，2004 年，第 300 页。

② 张友鹤选注，《唐宋传奇选》，北京：人民文学出版社，1997 年，第 84 页。

③ 同上，第 6 页。

四

古典小说的真实作者、隐含作者和叙述者在伦理取向上往往一致,以致人们往往忽视了三者之间的区分。但当出现叙述可靠性问题时,三者的区分又显得很重要。叙述可靠性说的是叙述者的可靠性,叙述者是否可靠要看他和隐含作者是否一致,当二者一致时,叙述可靠,二者不一致则不可靠。

可靠叙述形成了古典小说中的伦理专断,这是古典小说的一大特色。但古典小说中也存在不可靠叙述。主要有两种情形:一是叙述者的意图与叙述内容不一致。《警世通言》卷二十七《假神仙大闹华光庙》,写魏宇与假神仙的交往和道士与假神仙的斗法,但"大闹"没有得到具体展现,华光庙具体只写了庙旁的小楼,华光庙斗法则是虚写,所谓"大闹华光庙",实是有名无实。小说开头及结尾的题诗表明了小说的道德目的。开头题诗云:"少贪色欲身康健,心不瞒人便是仙。"①结尾题诗云:"真妄由来本自心,神仙岂肯蹈邪淫!"②但细读小说,"心不瞒人便是仙"和"真妄由来本自心"在小说中基本上没有表现出来,叙述者的道德目的和叙述内容不一致,使得叙述本身的可靠性大打折扣。二是叙述者的不置可否与隐含作者不一致,叙述者与隐含作者拉开了距离,形成不可靠叙述。《阅微草堂笔记》卷十"如是我闻三"中记录了一个复杂的伦理故事:一女子向医者买堕胎药,医者认为不合理法,不肯将药卖给她。女鬼向冥司申诉,认为之前向医者买药时,胎儿还未形成,如果及时堕胎,无非"是破一无知之血块,而全一待尽之命也"③。然而医者却不肯卖药,导致胎儿逐渐长大,女子不得不将其产下,最终子遭扼杀,女子也因奸情败露而被迫自缢。叙述者通过文中冥司的喟叹传递出自己的伦理判断:"汝之所言,酌乎事势;彼所执者,则理也。"④从故事来看,似乎女鬼、医者各有道理,但从结尾处"医者悚然而寤"⑤来看,隐含作者的情感是偏向女鬼一方的。叙述者的客观描述不是真的"客观",而是隐藏着隐含作者的价值取向。

有趣的是,在古典小说中,叙述可靠性出现两方面新的情况:一是叙

---

① 冯梦龙编撰,《警世通言》,北京:中华书局,2009 年,第 269 页。

② 同上,第 275 页。

③ 纪昀,《阅微草堂笔记》,上海:上海古籍出版社,2010 年,第 149 页。

④ 同上。

⑤ 同上。

述者和隐含作者一致,但由于真实作者强烈的伦理意图,导致叙述前后矛盾,使叙述显得不可靠。二是叙述者和隐含作者不一致,但由于真实作者的伦理取向,让叙述进入一种境遇伦理中,又使得叙述显得合乎情理,显得可靠。前者如《前七国孙庞演义》,孙膑在学成本领后,一开始由于信任庞涓,被庞涓骗得团团转,在知晓庞涓真面目后,又对庞涓的一切行动都了然于胸。小说具体的叙述情境,自然真实,叙述者和隐含作者并没有产生冲突,但同样是学成法术的孙膑,前后反差如此巨大,实在让人难以置信。如果考虑到真实作者的伦理意图,这种让人难以置信的叙述可以获得一个合理的解释:小说的叙述在真实作者强烈的伦理引导下完成,孙膑"怀仁尚义"、庞涓"忘恩负义"①是作者想要告知世人的两种品质,不同的品质最终会有不同的回报,人物表现的前后矛盾也只是为了更好地展现"天道昭明"②的道理而已。后者如《蒋兴哥重会珍珠衫》,三巧儿不守妇道,被蒋兴哥一纸休书送回娘家,在隐含作者看来,三巧儿是自作自受。但在叙述者眼中,二人原本恩爱,蒋兴哥休了三巧儿,心中痛切,三巧儿也念着以前的情分,在蒋兴哥落难时伸出援手,二人最终破镜重圆似乎是理所当然之事。隐含作者和叙述者的矛盾并没有导致叙述不可靠,关键在于真实作者的伦理取向。一个由于妇人出轨而被休的平常故事,在真实作者(编者)冯梦龙看来,双方都是不值得谴责的。他一方面让隐含作者秉承当时的道德,认为偷情有伤风化,另一方面又通过叙述者展示真实的性情可贵,偷情情有可原。珍珠衫由此展现了"个人信念和社会道德之间明显的冲突,并对个人寄予极大的同情"③,对个人的同情最终压倒了社会的伦理道德,使叙述显得可靠。

古典小说叙事的意图伦理如何实现,需要结合具体文本,深入到故事层、叙述层和接受层详加考察。同时,意图伦理还应包含作者叙述时的伦理处境与伦理诉求,即真实作者在特定社会环境、历史境况乃至个人性情、际会遭遇合力下形成的叙述动力。这就需要对个体作者的叙述动力和小说在社会中的存在状况加以考察,只能留待以后来完成。

---

① 吴门啸客、烟水散人,《前后七国志》,北京:华夏出版社,2013 年,第 12 页。

② 同上,第 108 页。

③ 夏志清著、胡益民等译,《中国古典小说史论》,南昌:江西人民出版社,2001 年,第 322 页。

唐诗宋词的年段叙事及其审美特效

◎ 李桂奎 *

山东大学

唐诗宋词,尤其是宋词中的许多作品善于用"年"这种计时单位及时间标志来分割叙事单元,从而形成颇具中国本土特色的年段叙事。① 正是借助年段叙事的段位性优势,这些诗词作品实现了时间分割和空间延展,从而丰富了艺术蕴涵。

一、"今年""去年""明年"错综式叙事

根据"今年""去年""明年"三个年度时间词的不同组合,大致可以归纳出三种年段叙述模式:以物是人非为主题曲的"今年""去年"二段式组合;以佳期难料为主调的"今年""明年"二段式组合;以历数深情为主旋律的"去年""今年""明年"三段式组合。综观众多这类诗词,无论是何种组合,每当言及"去年",常常充满感叹;每当言及"明年",往往是个问号;而最终必定落脚于当事人身处的"今年",体现了作者们立足当今、珍视欢聚的人生观念。

唐之前,诗歌叙事抒情基本不依托年段,像鲍照《拟行路难》所谓"年

---

* 【作者简介】李桂奎,上海大学教授,email:Lgk3519@163.com。

① 在中国文化中,"年"作为一种时间概念,指的是春夏秋冬 365 天的周期性轮回,无须多解释;而这里所谓的"年段"指的是用"年"标志时间段的现象,与平常所谓的以"年"为时间阶段含义有所不同。据检索统计,仅在宋词中,"去年"一词就用了 1653 次,"今年"一词用了 2004 次,"明年"一词用了 1054 次,而"年年"一词则用了 2102 次。由此可见唐诗宋词对年段的使用有着较高的频度。

去年来自如削""今年阳初花满林,明年冬末雪盈岑"等,尚不具有年段叙事性。在唐诗宋词中,"去年""今年"双年段叙事特别常见,且非常有助于用以传达抚今追昔、痴人说梦之情思。这种叙事之风似起于崔护《题都城南庄》这首诗:"去年今日此门中,人面桃花相映红。人面不知何处去,桃花依旧笑春风。"作者虽旨在抒写物是人非之情,但通过"去年""今年"双年段时间对折,竟演绎出一场悲欢离合的"崔护渴浆"或"人面桃花"爱情故事。除了唐代孟棨《本事诗·情感》、南宋计有功编《唐诗纪事》先后记载了此诗的"本事",元代尚仲贤、明代孟称舜还分别将其改编为《崔护渴浆》《桃花人面》杂剧。再经后来的京剧以及评剧等相应的改编和演出,这个缠绵悱恻的故事得以广泛流播。延及宋词,这种叙事模式被充分激活,焕发出勃勃生机。其显例当首推欧阳修具有回环错综之美的那首《生查子·元夕》词:"去年元夜时,花市灯如昼。月上柳梢头,人约黄昏后。今年元夜时,月与灯依旧。不见去年人,泪湿春衫袖。"这里用"去年元夜"与"今年元夜"两幅元夜图景,展现相同节日相同光景里的不同情思,仿佛现代影视中的不同时空镜头转接,使得一场悲戚的爱情故事历历可见。去年元夜是柔情缱绻,今年元夜是天各一方,心怀相思之苦。"月与灯依旧"与"不见去年人"之物是人非,诱发出这场"泪湿春衫袖"的沉痛哀伤。这种年段叙事笔法具有较强的示范性,乃至徐士俊《古今词统》卷三说:"元曲之称绝者,不过得此法。"以上一诗一词分别以一个空间意象串联,具有经典意义:诗以"人面""桃花"为线索,词以"花与灯"为线索,成为叙写"艳遇之乐与不遇之悲"母题的样板。欧阳修似乎娴熟于这种年段叙事,他另一首《少年游》词再度遣用:"去年秋晚此园中,携手玩芳丛。拈花嗅蕊,恼烟撩雾,拼醉倚西风。今年重对芳丛处,追往事、又成空。敲遍阑干,向人无语,惆怅满枝红。"同样是"去年""今年"两部曲,但与"爱在元夕"不同的是,这首词所叙乃是一场"爱在秋季"的故事:去年秋季,一对情侣携手并肩,既赏玩鲜花,又把酒一醉,何等浪漫!今年秋季面对同样的"芳丛",却形只影单,难耐寂寞地敲遍阑干,何等惆怅悲凉!在往日乐感的衬托下,眼前的悲感愈显其悲。

晏殊、晏几道父子对"去年""今年"双年段的运用更是得心应手,甚至成为一种屡试不爽的"写作经验"。晏殊《浣溪沙》写道:"一曲新词酒一杯,去年天气旧亭台。夕阳西下几时回?无可奈何花落去,似曾相识燕归来。小园香径独徘徊。"晏几道《临江仙》写道:"梦后楼台高锁,酒醒帘幕低垂。去年春恨却来时。落花人独立,微雨燕双飞。记得小苹初见,两重心字罗衣。琵琶弦上说相思。当时明月在,曾照彩云归。"无非都是在倾诉去年成双成对,风流浪漫;今年形只影单,孤独幽怨。这种词境构建方法也深得其他词人珍爱。如李元膺《茶瓶儿》是这样说的:"去年相逢深院宇,海棠下,曾歌《金缕》。歌罢花如雨。翠罗衫上,点点红无数。今岁重寻携手处,空物是人非春暮。回首青门路。乱红飞絮,相逐东风去。"如此又上演了一场"人面桃花"式的传奇故事,并寄寓了对亡妻的悼念与人去楼空的哀怨。据北宋惠洪《冷斋夜话》载:"李元膺丧妻,作《茶瓶儿》词,寻亦卒。"词人如此深情,竟在这种时空构架中有效地将此真挚深婉之情传达之后,自己也伤心而逝。如此这般,唐宋诗人词人接二连三地善于借助"去年""今年"双年段叠加,将一场场情人失恋的伤心往事、一幕幕朋友失散的悲戚感受倾情展现出来。

值得注意的是,"去年""今年"双年段组合并非全然是"去年乐""今年悲"异感模式,还有"去年悲""今年犹悲"等同悲强化或其他情况。如苏轼的《少年游》:"去年相送,余杭门外,飞雪似杨花。今年春尽,杨花似雪,犹不见还家。对酒卷帘邀明月,风露透窗纱。恰似姮娥怜双燕,分明照,画梁斜。"这首词为思妇思念远方亲人代言,先写思妇念及"去年"冬季杨花般飞雪时刻的依依惜别,后写思妇于"今年"杨花似飞雪的春日牵念未归的亲人,并借月宫嫦娥自比,感伤自己形只影单。除了遣词造句上的语言游戏,该词还妙在借两个年段情境的镜照,兜出思妇心事。属于"同感"反复加强,故而用了一个"犹"字。

每当话及"明年",人们往往充满疑惑,充满惆怅,充满对吉凶未定的顾虑。除了以上为数较多的"去年""今年"连缀叙事方式,"今年""明年"双年段叙事组合尤为常见。其叙事主调可用刘希夷《代悲白头翁》诗句来概括:"今年花落颜色改,明年花开复谁在?"中国人虽然不像英语世界有明确的现在进行时、一般过去时、一般将来时"三时态"观念,但"瞻前顾后""思前虑后"观念还是较强的。如此"后顾之忧",唐人没少表达。如杜甫《九日蓝田崔氏庄》写道:"明年此会知谁健?醉把茱萸仔细看。"这是在说,"明年"吉凶未卜,不知要发生什么,且把握住"今年"。高适《人日寄杜二拾遗》也说:"今年人日空相忆,明年人日知何处?"今年尚且不能团聚,明年更难预料,作者借此表达思念至深之情。这种借助"今年""明年"时段罗织,以传达人生无常意绪的叙事策略,到两宋词人手里得以发扬光大。如欧阳修与友人梅尧臣在洛阳城东旧地重游,有感而发,挥笔写下《浪淘沙》:"聚散苦匆匆,此恨无穷。今年花胜去年红。可惜明年花更好,知与谁同?"花胜去年的"今年"、花更好的"明年",都不能消除人生聚散无常的憾恨。

相对而言,"今年""明年"年段组合便于传达顾虑与忧患。周紫芝《渔家傲》曰:"月黑天寒花欲睡,移灯影落清尊里。唤醒妖红明晚翠,如有意,嫣然一笑知谁会? 露湿柔柯红压地。羞容似替人垂泪,着意西风吹不起,空绕砌,明年花共谁同醉?"人生际遇,朋友雅集,总值得珍惜留恋。此词借料想明年话题,道出了"喜聚不喜散"心事。这种忧患冲击波一直影响到清代《红楼梦》中的《葬花词》,该词写林黛玉在"花谢花飞花满天"葬花,由此反复哀叹:"桃李明年能再发,明年闺中知有谁?""明年花发虽可啄,却不道人去梁空巢也倾。""侬今葬花人笑痴,他年葬侬知是谁?"哀音似诉,从事葬花活动的林黛玉之伤感可想而知。总体看,虽说"今年""明年"叙事组合的主调是顾虑明年,愁情倍增,但也有不少词借此表达期待或相约明年之意。如姚述尧《鹧鸪天》写道:"玉宇无尘露气清,凭高极目万山横。霜前白雁初传信,篱下黄花独有情。乌帽侧,紫萸馨,尊前醉舞拥飞琼。明年此会知何处? 不是鄱江是帝城。"相对而言,这首词的格调显得较为明快爽朗。登高望远,北雁南飞,黄花飘零,拥着仙女飞琼醉舞。明年无论哪里,当还会如此浪漫。

由"今年""昔年""明年"三个年段构架的叙事模式,在唐诗中也开始隐约出现。如杜甫《赠卫八处士》写道:"人生不相见,动如参与商。今夕复何夕,共此灯烛光。少壮能几时? 鬓发各已苍。访旧半为鬼,惊呼热中肠。焉知二十载,重上君子堂。昔别君未婚,儿女忽成行。怡然敬父执,问我来何方? 问答乃未已,驱儿罗酒浆。夜雨剪春韭,新炊间黄粱。主称会面难,一举累十觞。十觞亦不醉,感子故意长。明日隔山岳,世事两茫茫。"这首诗以"今夕""昔""明日"三个时段叙事,包括当下的相见、往日的追怀、来日的茫然,三个年段一应具备,只是尚未明确为"今年""昔年""明年"。对当事人杜甫来讲,这是在借现在、过去、未来三个年段来抒写;而对旁观者来讲,不妨视为是在叙事,读者看到的是诗人杜甫与卫八处士之交往。对这种隐约呈现于抒情文本中的"故事",谭君强称之为"外故事"①。言下之意是说,这种故事主要是在诗外,需要补充完善才可完整。其实就该诗所叙这场会面来看,故事的来龙去脉已很清晰。诗人看而今、念往昔、思来者,年段叙事迹象有所显现。五代冯延巳《忆江南》写道:

① 谭君强,"论中国古典抒情诗中的'外故事'",《江西社会科学》2014 年第 1 期。

"今日相逢花未发,正是去年,别离时节。东风次第有花开,恁时须约却重来。重来不怕花堪折,只怕明年,花发人离别。别离若向百花时,东风弹泪有谁知。"如此年来岁去,既追怀又顾虑,传达出相逢之喜与别离之忧。

到了两宋词中,由"去年""今年""明年"串联起来的叙事套路得以稳定,甚至成为套式。李纲《江城子·去年九日在衡阳》先说"去年",金秋重阳佳节,游赏衡阳,严霜覆盖潇湘,满林霜叶红于二月花;回雁峰前,北雁南翔,隐约可见。遥想当时朋友相聚,都佩上了辟邪的茱萸,只遗憾少了我李纲一人;"今年"呢,自己有幸得与朋友相伴前来,得以在美丽的衡阳登高望远,又赶上地暖风和,菊花刚刚绽放,自然要尽情举杯欢饮;至于"明年",是否还能康乐游赏,是否还能在大好秋光里一醉方休,真是不好说。这首词叙述交游故事,其情感逻辑依托于年段顺序:去年未能到场固然是缺憾,明年又未必能如愿,因此要珍惜今年当前的快乐。再如,吕本中《减字木兰花》、葛立方《春光好》、刘辰翁《桂枝香》等词都通过"去年""今年""明年"的时间排列来叙事,传达相对应的怀念、失落(忧伤)、顾虑(忧虑)等情愫。

在年段叙事中,唐宋诗人、词人惯于把诸多意象镶嵌到"去年""今年""明年"不同时间组合的链条上,既可追怀往事,又可顾虑或憧憬后事。借助年段使复杂的叙事序列化,序列中又往往以各种物化意象填充,既言简意赅,又显得饱满质实。

二、"少年""壮年""暮年"追忆式叙事

除了近距离的"今年""去年""明年"三种年段组合叙事抒情,唐宋诗人词人还注意盘点陈年流水账,依次按照"少年""壮年""暮年"等年段对往事加以追怀,并抒写怀抱。

在晚年或暮年的追忆中,"少年意气""壮年驰骋"常成为"当年"美好的回忆。唐代之前,人们很少顾及"当年",只是偶尔言及,如嵇康《答二郭诗》哀叹了一声"当年值纷华"、南北朝庾信《杨柳歌》叹息了一句"无故当年生别离"而已。大约从唐代开始,诗人才多向度地忆当年。如李白《长歌行》高呼:"桃李得日开,荣华照当年。"《赠饶阳张司户燧》声称:"慕蔺岂曩古?攀嵇是当年。"杜甫《上白帝城》感叹道:"勇略今何在?当年亦壮

哉!"凭实说,唐诗追忆当年,叙事性尚较为微弱。从五代至宋,词人们纷纷把追怀往事的时间扩展为"当年"或"当时",也就是数年前的"少年"青春岁月或"壮年"创业时光,使得年段叙事不再拘泥于"去年""今年""明年"。南唐词人李煜开始较细致地追怀当年,如其《虞美人》写道:"风回小院庭芜绿,柳眼春相续。凭栏半日独无言,依旧竹声新月似当年。"面对眼前景,一代亡国之君油然生出今昔之感。宋代词人更是惯于以"当年"领起对往事的回首,叙事清晰可见。晏几道《鹧鸪天》写道:"彩袖殷勤捧玉钟,当年拚却醉颜红。舞低杨柳楼心月,歌尽桃花扇底风。从别后,忆相逢,几回魂梦与君同。今宵剩把银釭照,犹恐相逢是梦中。"这是借"当年"叙述年轻时的热烈交情和深夜狂欢,并述及别后被多情梦所欺,把梦之假当真的经历;又借"今宵"相聚,疑真为假。这样写来,一场久别重逢、深情动人的故事就被呈现出来。由于苏轼常处逆境,心境难得平静,他经常浮想联翩,在词中惯于插入对往事的追怀,因而以"当年""当时"为年段的叙事尤为多见。如寄给弟弟苏辙的《沁园春》词的下阕写道:"微吟罢,凭征鞍无语,往事千端。当时共客长安。似二陆初来俱少年。有笔头千字,胸中万卷,致君尧舜,此事何难。用舍由时,行藏在我,袖手何妨闲处看。身长健,但优游卒岁,且斗尊前。"逆境叙事中包含对当年"似二陆初来俱少年"雄姿英发的追味,让人可感可触,叙事图景得到全方位勾画。再如,留别方外友人参寥的那首《八声甘州》词,既有"记取西湖西畔"的往事回忆,又有"约他年,东还海道,愿谢公雅志莫相违"的人生愿景设计。

有道是:好汉不提当年勇。然而,词人在念故思今过程中,偏偏乐于反复提及当年如何如何。这突出表现在辛弃疾和陆游词作中。辛氏《永遇乐·京口北固亭怀古》云:"想当年,金戈铁马,气吞万里如虎。"虽是怀古,其实大有自况的意味。陆氏《诉衷情》也说:"当年万里觅封侯,匹马戍梁州。关河梦断何处?尘暗旧貂裘。胡未灭,鬓先秋,泪空流。此生谁料,心在天山,身老沧州。""当年"那场轰轰烈烈的故事,成为英雄词人津津乐道、足供炫耀的资本,也成为壮志未酬的抒情载体。以"当年"为时间标志的这种叙事序列往往今昔对照,或由眼前起笔,写到追怀往事,再到感叹现实人生,不妨视为"去年""今年""明年"这种年段叙事的扩展版。

更有意思的是,南宋词人惯于把"去年""今年""明年"进一步延展为"少年""壮年""暮年"三个时间段。在这人生三阶段中,"少年事"最令人难以忘怀，多情词人自然也会乐于追怀。如姜夔《鹧鸪天》曰："少年情事老来悲。"黄升《西河》云："少年事，成梦里。"在叙事上，"少年""壮年""暮年"三段时间同样巧妙地将过去、现在的时空组合，展现人生的变幻和自己曲折复杂的心路历程，与"去年""今年""明年"三时段所形成的段位性效果大体上也是一致的。如张元幹《感皇恩》写道："年少太平时，名园甲第。谈笑雍容万钟贵。姚黄重绽，长对小春天气。绮罗丛里惯，今朝醉。台衮象贤，元枢虚位。壮岁青云自曾致。流霞麟脯，难老洛滨风味。谢公须再为，苍生起。"这是数落自己"年少"时的英雄风流与"壮岁"时的建功立业。似乎对自己的过去洋洋得意。再如，辛弃疾《丑奴儿·书博山道中壁》写道："少年不识愁滋味，爱上层楼，爱上层楼，为赋新词强说愁。而今识尽愁滋味，欲说还休，欲说还休，却道'天凉好个秋'。"少年时代，不懂人世之艰难，爱登楼赋愁，然而这种"愁"不过是无聊空洞之闲愁而已；而今经历了悲欢离合之折磨，对人生有了深刻体会，反倒每当说到"愁"却不免欲言又止。今昔对比，少小、老迈之"愁"自有不同，意味深长。辛弃疾还有首《鹧鸪天·有客慨然谈功名，因追少年时事，戏作》写道："壮岁旌旗拥万夫，锦襜突骑渡江初。燕兵夜娖银胡簶，汉箭朝飞金仆姑。追往事，叹今吾，春风不染白髭须。都将万字平戎策，换得东家种树书。"先叙"壮岁"（青年时代）在故乡山东举义、反抗金人统治的豪迈故事，格调雄壮激烈；后阕跌入叙写壮志未酬、英雄失路之悲愤。蒋捷的《虞美人》尤为人所熟知："少年听雨歌楼上，红烛香罗帐。壮年听雨客舟中，江阔云低、断雁叫西风。而今听雨僧庐下，鬓已星星也。悲欢离合总无情，一任阶前、点滴到天明。"这里以"听雨"为线索大致勾画出人生的三段历程："少年"歌楼听雨，红烛罗帐，芳香弥漫，何等浪漫！"壮年"闯荡江湖，客舟听雨，建功立业途中，目睹西风送飞雁，何等雄壮！暮年两鬓苍苍，僧庐听雨，何等悲戚！写"少年""壮年"是铺垫、是反衬，写"暮年""晚年"饱经人世沧桑方是落脚点。人生遭遇一旦被用年段叙事连缀，便形成强烈的悲伤情绪的冲击波，荡人肺腑。

年段排列不仅有助于叙事序列化，而且有利于写情幽深曲折。唐诗宋词惯于借年段叙事营造反复咏叹、荡气回肠的抒情效果，不仅落实为具体"去年"与"今年"的反跌，形成"物是人非"咏叹调和二重词境，而且反复借相同意象诉说"今年""去年""明年"以及"少年""壮年""暮年"的刻骨铭心之事，传达出眷恋或忏悔之情。

三、年段叙事的段位性及其审美特效

诗词文体不容许故事充分展开,故而其年段叙事一方面稍显粗率,另一方面却能简洁明快。值得注意的是,唐诗宋词中的大量作品,即使故事发生的时间可以明确到"日""时"等刻度,作者也往往乐于用"年"这一时间单位来领衔,如"去年今日此门中""今年元夜时"云云,这同样可以视为作者在有意识地将时空放大。究其原因,不外乎是在中国文化中,"当年""年华""年轮""年光""年限""年代""年景"等词语,各自都含有特殊的叙事意义。以此为基础,唐诗宋词中的年段叙事把所叙述的故事进行了有效分割,使之具有某种段位性。美国叙事学理论家布赖恩·麦克黑尔在倡导建构诗歌叙事学时,借用诗人兼批评家迪普莱西的"段位性"(segmentivity)一词,来指认诗歌作为文类的基本特征或诗歌性。他认为"段位"依靠跨行、跨节、空白等项目的选择、使用、结合和协调,来说出或产生出意义。① 唐诗宋词这种以"年"为单位的序列化、段位性组合既含有时间顺序性,又带有因果关联;既符合西方经典叙事学家们所谓的"叙事"原则,又与我们以往所说的中国小说叙事的"缀段性"特点相呼应。② 当然,唐诗宋词这种珍视今事、追忆往事、顾虑后事的年段叙事,与现代影视的闪回镜头及蒙太奇手法也有某些类似。

经过文化熏染,时间观念本身便富含意义。其中,古老今昔兴叹话题常常将叙事中的时间、空间以及意识被切分成两三个段位。借助今昔时空跨越抒发感慨,早已运用于《诗经》中,如《小雅·采薇》:"昔我往矣,杨柳依依;今我来思,雨雪霏霏。"这里虽然尚未坐实到年段上,但已经凭着时间的段位性分割,奠定了不堪回首却偏要回首的"跌宕"写作方式。在唐诗中,时空接续和转换较有创意的是杜甫的《月夜》和李商隐的《夜雨寄北》。这两首诗时空处理之巧妙向来为人称道,虽没有明确以年段为标志,但其情感抒发却是借助了过去、现在、未来三段论式,颇具段位性。尽管如此,唐人的年段意识还是隐约可见的,除了崔护《题都城南庄》、韦应

---

① 布赖恩·麦克黑尔著,尚必武、汪筱玲译,"关于建构诗歌叙事学的设想",《江西社会科学》2009年第6期;又载唐伟胜编,*Narrative*(中国版)(第二辑),广州:暨南大学出版社,2010年,第90页。

② "缀段性叙事"是中国传统文化经典的叙事模式,在古代小说中俯拾即是。在唐宋诗词中,由不同"年"连缀起的叙事,也是传统"缀段性叙事"的一种特殊形式。

物《寄李儋元锡》亦遣用"去年""今年"而写道:"去年花里逢君别,今日花开又一年。世事茫茫难自料,春愁黯黯独成眠。"在诉说悲欢离合、世事恼人时,依托了"去年""今夕"两个时间词。虽尚未形成规模和特色,但段位性已经较为明显,为宋代词人实施年段叙事储备了经验。

到北宋词中,这种以年切分的段位性叙事格局得以进一步确立。晏殊、晏几道父子的拿手好戏就是通过"去年""今年"之今昔对比,既追怀逝去的恋情,又感伤眼下孤独凄怆。这种段位分明的"唠叨",旨在诉说旧情难忘、刻骨铭心之事。除了有名的《浣溪沙》叙写"一曲新词酒一杯,去年天气旧亭台"意绪,晏殊词中的"去年"话题不绝如缕,他还用《更漏子》《菩萨蛮》《清平乐》《破阵子》等词调叙写这种今昔心绪。较其父而言,晏几道的"去年""今年"情结尤甚,他接二连三地写"今年老去年"(《破阵子》)、"去年春恨却来时"(《临江仙》),如此驾轻就熟地用挥之不去的"去年"美景美事,衬托"今年"低落的情绪。他这类词作也有许多。《临江仙》写道:"长爱碧阑干影,芙蓉秋水开时。脸红凝露学娇啼。霞觞熏冷艳,云髻袅纤枝。烟雨依前时候,霜丛如旧芳菲。与谁同醉采香归。去年花下客,今似蝶分飞。"《玉楼春》写道:"东风又作无情计。艳粉娇红吹满地。碧楼帘影不遮愁,还似去年今日意。谁知错管春残事。到处登临曾费泪。此时金盏直须深,看尽落花能几醉。"他的这类词还有《浣溪沙》《采桑子》《诉衷情》《更漏子》(二首)。晏氏父子的词总是让人感到:变的是时间,不变的是空间,以及定格在空间的痴情。如此段位性叙事对应的是"物是人非"跌宕抒情。对多愁善感的才子词人而言,"去年"的美好恋情故事总会情不自禁地浮上心头,"今年"眼前的凄凉感伤,仿佛都源于"去年"的美景丽人。然而,美景可以重来,丽人却往往一去不再。作者总是通过时间的来回折腾,既勾勒出"去年"相处的情景,又跌宕出"今年"的郁郁寡欢。此后,李清照《清平乐》写道:"年年雪里,常插梅花醉。挼尽梅花无好意,赢得满衣清泪。今年海角天涯,萧萧两鬓生华。看取晚来风势,故应难看梅花。""年年"与"今年"构成往昔与现今的段位性镜照,往年喜爱梅花而玩弄梅花,"今年"岁月已老,却"难看梅花",家国之忧倍增。在唐诗宋词中,今昔段位叙事一再迭现,"去年"往往被视为值得追味的美好意象,而"今年"往往被预定为凄苦难耐的代名词。

词步入雅化轨道之后,这种梦呓般的段位性叙事显得更为幽深曲折。每述及艳情,人们总免不了搬弄"去年""今年"这套时间概念。吕正惠在《周、姜词派的经验模式及其美学意义》一文中指出,以周邦彦、姜夔、吴文英、张炎等为代表的"周姜词派"的创作中存在一种"经验模式",就是"对过去的怀念"与"对现在的失意感伤"相镜照:"在我们所讨论的周、姜、吴、张作品的主要'经验模式'中,我们可以看到一个结构性的对比,即'现在'和'过去'的对比。在这一对比里,过去总有一些美好而令人怀念的地方,而现在则是落魄、失意、感伤的。""周姜等人则把柳永的经验模式加以发展、加以美化,从而完成中国抒情传统中极为特异的一种'挫败的美学'——在充满挫败、失意的'现在',透过'回忆'去经营、塑造一种令人追怀不已的凄美的'往日情事'。"①虽没有点明"去年""今年"等年段,但却多用"犹记""沉思前事""因思前事"等词语引出对往事的追忆,人生的年段感明显。这里仅举一首周邦彦的《瑞鹤仙》予以说明:"暖烟笼细柳。弄万缕千丝,年年春色。晴风荡无际,浓于酒、偏醉情人词客。阑干倚处,度花香、微散酒力。对重门半掩,黄昏淡月,院宇深寂。愁极。因思前事,洞房佳宴,正值寒食。寻芳遍赏,金谷里,铜驼陌。到而今、鱼雁沈沈无信,天涯常是泪滴。早归来,云馆深处,那人正忆。"时下是"今年"春色已临,接下去扯出"因思前事"话题,最后叙述"到而今"境况。这里虽然不再明确用"今年""去年"标志,但毕竟年段意识犹在,"今昔"时间的流动和逻辑展开依然带有段位性。

年段叙事颇能传达悲欢离合情境。唐宋时期以年段为时间标志记录在案的诗词,往往都会伴随着一个小故事。这些诗词尽管短小精悍,但大多包含较完整、较曲折的故事性。这些小故事通常会被时人以"本事诗""本事词"的形式记录下来,从而更凸显出其叙事性。尤其在以悲为美的宋词文本天地里,年段叙事非常有助于如泣如诉地叙事抒情。"去年""今年"双年段组合,无论是对折,还是连缀,均可成为强有力的抒情载体,而且相互映衬,构架起二重叙事词境。既然中国古代诗词以悲为美,尤其是两宋之词,往往把绮怨、哀婉、悲哀等当做审美追求②,那么,作为一种特殊文体,词多被用于倾诉"悲欢离合"之情事,且不说词牌名"诉衷情"如此,词作中以"诉"字表达悲伤者更是比比皆是。如柳永《鹊桥仙》有言:"伤心脉脉谁诉?"辛弃疾《摸鱼儿》曰:"脉脉此情谁诉?"姜夔《齐天乐》曰:"哀音似诉。"到了明代,汤显祖《牡丹亭题词》亦云:"世间只有情难诉。"

---

① 吕正惠,"周姜词派的经验模式及其美学意义",《抒情传统与政治现实》,武汉:华中师范大学出版社,2011年,第72页、第79页。

② 杨海明,《唐宋词美学》,南京:江苏教育出版社,1998年,第73页。

在汉语中，"诉"有"叙述""倾吐""说给人听"等义项，所"诉"之事往往是悲伤之事或冤屈之事，故而有"如泣如诉"之说。如何如泣如诉地讲好自己的故事，使得这种故事哭诉既能有效地宣泄自己胸中块垒，又能令自己的故事感人肺腑？这是宋代词人非常重视的问题。为此，他们往往以多情人、伤心人、痴情人面目，通过操纵年段叙事苦诉"窝心事""伤心事"，从而使他们的创作带有"痴人诉苦"的性质。

也许有人会说，年段叙事及其段位性大多停留在"闲愁"层次，并不具有什么深邃的社会意义。然而，唐诗宋词以年为单位的叙事面向的多是物是人非、悲欢离合、聚散无常等关乎人生哲理的话题，审美内涵极为丰厚。晏几道《小山词跋》曾坦言："始时沈十二廉叔、陈十君龙家，有莲、鸿、蘋、云，品清讴娱客。每得一解，即以草授诸儿。吾三人持酒听之，为一笑乐而已。而君龙疾废卧家，廉叔下世。昔之狂篇醉句，遂与两家歌儿酒使，俱流传于人间。自尔邮传滋多，积有窜易。七月己巳，为高平公缀缉成编。追惟往昔过从饮酒之人，或垅木已长，或病不偶。考其篇中所记悲欢合离之事，如幻如电、如昨梦前尘，但能掩卷怃然，感光阴之易迁，叹境缘之无实也。"[1]在他看来，往事如"昨梦前尘""境缘无实"，一切只不过是一场梦，一切只不过是一场空。

同理，许多词属于"老来怀旧"之作，既叙述了少年、壮岁往事，又诉说了老来无济于事、老大无成等情绪。大致说，在情种那里，颠来倒去的年段叙事颇能传达失恋况味；对英雄而言，这样的年段叙事颇能倾诉壮志难酬之情。这一场场倾诉，共同营造出唐诗宋词富有张力的"凄美悲情"风范。总之，年段叙事及其段位性已成为唐诗宋词的一种结构方式和审美特质，值得特别关注。

---

① 晏几道，《小山词》，上海：上海古籍出版社，2005年，第2页。

唐传奇"史才""诗笔"的叙事功能及文体意义

◎ 祖国颂*

闽南师范大学

宋人赵彦卫在《云麓漫抄》卷八中云:"唐之举人,先藉当世显人,以姓名达之主司,然后以所业投献,逾数日又投,谓之温卷,如《幽怪录》《传奇》等皆是。盖此等文备众体,可见史才、诗笔、议论。"显然,赵彦卫认为唐传奇是唐代科考举子们为了迎合时下的"温卷"之风而创造出的作品,而官员们通过"温卷"行为了解考生的才华是否达到了可以向朝廷举荐的水准。正因为如此,考生投递的作品必然要能代表他的全面才华,它要求考生在一篇文章中"文备众体",把自己的史学叙事能力、诗歌的抒情能力以及价值判断的议论能力全面展示出来。赵彦卫关于唐传奇"文备众体"说的价值在于,他指出了唐传奇是一种新的文体,它不同于传统的史传和小说,从而具有了文体独立的意义。

一、唐传奇的概念与内涵

研究唐传奇是不应回避"什么是传奇"这一问题的。"传奇"一词有多种含义,有人认为它最初的读音可能是"zhuàn qí"而不是"chuán qí"[①],其意义就是为奇人、奇事作传。而我们今天所说的"chuán qí",是专指唐代

---

* 【作者简介】祖国颂,闽南师范大学文学院教授,email:1781673230@qq.com。

① 参见石麟,《传奇小说通论·导论》,郑州:中州古籍出版社,2005年,第4页。

一种特殊的小说形式。其实，不论是"zhuàn qí"还是"chuán qí"，它都具有两个层面的指向：其一为内容方面的奇异性；其二为语言方面的叙述性。唐传奇的内容多是以"传""记""录""叙"的方法来讲述具有"奇""怪""异"等特征的故事。"奇""怪""异"本义相通，指人物、事件的超常性；"传""记""录""叙"的意思相当，都有记述、传达之意。正如明代陈与郊在《鹦鹉洲》传奇卷首所云："传奇，传奇也，不过演奇事，畅奇情。"所以，从文体学的角度来说，唐传奇具有相对独立的文体特征，它摆脱了对史传的依附，也有别于那些稗官野史、道听途说之文；更与后来兴起的诸宫调、戏曲、唱诨、杂剧等不同。在唐代，传奇小说的内容已经从专门记录事物之怪异，扩展到表现奇人、奇事、奇情。而文词表达上则突显了鲁迅先生所说的"叙述宛转，文辞华艳"的特点。因而，内容之奇异、叙述之宛转是唐传奇内外相合，不可或缺的重要品质。

目前学界在关于唐传奇的界说上，还存在着很大的争议：许多论者习惯把唐代所有的小说称作唐传奇。李剑国《唐五代志怪传奇叙录》前言中说："唐代小说，许多人习惯叫做传奇小说。"①周绍良在《唐传奇笺证》中也指出："鲁迅指出了'传奇'的特征，也区分了什么是'传奇'和什么不是'传奇'，可是后来治文学史者，不独没有从鲁迅的基础上再推进一步，却相反地竟又混淆起来，有的把传奇与所谓小说仍扯在一起，有的则把'小说'作为'传奇'的代词，虽然不错，但从'志怪''述异'等角度看，则完全分不清了。"②这种混淆显然忽视了唐传奇文体的独立性。

笔者认为，唐传奇是唐代小说的一种特别形式，是以独特的语言叙述方式以及独特的人性视角讲述故事、表现情感的小说形式。它突出表现的不是历史现实中被动的人，而是小说世界中因不同欲望、不同心理采取行动而走向不同结局的人。我们这么来理解唐传奇有三个目的：一是使唐传奇可以区别于从前的"小说"形式。唐传奇之前的小说还不善于讲故事，大都是"残丛小语"，缺少情节的铺陈；二是使唐传奇可以区别于后续出现的其他传奇形式。唐传奇是唐代以话语叙述的方式讲述故事的文体形式；三是使唐传奇可以与唐代其他类型的小说形式区别开来。唐传奇正是依据其独特的内在品质而成为一种独立的艺术形式。它是唐代以特殊的叙事方式来讲述奇异故事的文体，它与历史叙事不同，传统的历史叙

---

① 李剑国，《唐五代志怪传奇叙录》，天津：南开大学出版社，1993年，第1页。

② 周绍良，《唐传奇笺证》，北京：人民文学出版社，2000年，第4页。

事依历史事件的时间性展开,它指向历史现实,关注历史事件过程,具有开放性。唐传奇叙事是文本性的,故事结束于文本之内,人物事件或行为矛盾都在文本中得到解决,它着重探讨人物事件的情感动力和因果关系。

宋代赵彦卫对唐传奇"史才、诗笔、议论"的叙事特征的总结,一直影响着后世人们对唐传奇叙事艺术的讨论。许多论者都以此为依据来讨论唐传奇小说的叙事特征,好像只要把"史才、诗笔、议论"组合在一起自然就形成唐传奇文本了。其实,从现代小说观念来看,"史才、诗笔、议论"并不是小说叙事不可或缺的话语方式。因为随着中国小说叙事的成熟,由唐传奇开启的"史才、诗笔、议论"的叙事方式最终还是退出了历史舞台。下面我们探究的是"史才、诗笔"在唐传奇时代所具有的叙事功能及文体学意义。

二、唐传奇"史才"观的叙事功能及文体意义

探讨唐传奇在中国小说发展史上的特殊地位,必须回答唐传奇是如何完成了现代观念下的小说文体独立的。如果正如赵彦卫所说,唐传奇兴起于"温卷",是科考举子为了显示自己的作文才华而新创的文体,那么这种文体的最大特点就在于它是为了实现作者的写作意图而从事的修辞性叙事。这种修辞性叙事的核心是讲述一个可包容"史才、诗笔、议论"多种表达手法的故事。如此,可以感受鲁迅先生在《中国小说史略》中对唐传奇兴起的论述:"小说亦如诗,至唐而一变,虽尚不离搜奇记逸,然叙述宛转,文辞华艳,与六朝之粗陈梗概者较,演进之迹甚明,而尤显者乃在是时有意为小说。"①应该说,赵彦卫的因"温卷"而"文备众体",与鲁迅的"有意为小说"可谓不同视角下的异曲同工之说。因有意为小说,从而使小说改变了先前的面貌,不再是简单地记录野史传闻、道听途说了,而是有意增加了叙述宛转性和文辞华艳性,从而表现出了为写小说而写小说,也即为艺术而艺术的特征。那么"史才"到底具有怎样的时代语境,我们又该如何理解和阐释它对于中国小说文体的独立意义呢?这个问题应该从唐传奇叙事内容的功用性和叙事结构的创新性两个方面来看。

首先,"史才"观站在历史叙事的角度给唐传奇以肯定性的赞美,主要

---

① 鲁迅,《中国小说史略》,北京:百花文艺出版社,2002 年,第 46 页。

是针对它不同于从前那种"稗官野史、残丛小语、道听途说"的叙事形式，具有了"正史"所具有的价值和意义。而正史的突出特点表现在它对历史现实真实性的把握，在于对历史客观性的尊重。所以，真实的现实生活，真实生活中人的情感欲望，真实的社会群体心理应该是"史才"观最核心的内容。正是把唐传奇放了从前的"稗官野史、残丛小语、道听途说"以及六朝时期的"鬼神志怪"等小说的语境里，才发现了唐代传奇与之大不相同的活生生的现实精神和情趣，从而表现出了从前只有历史学家们才关注、表达的内容。于是，我们在唐传奇中看到了众多极具时代特征的人物，即使是虚构的鬼神灵怪们，也无不带有同时代人的情感欲望和精神品格。正因如此，赵彦卫的"史才"观，首先强调的应该是唐传奇叙事中表现出的作为一种具有把握历史、展示一定历史观点的学识和才能，一种具有像历史学家那样对人类社会现象的认识和评价能力。这是古代传统文评的共识。李肇在《国史补·卷下》中就对并非历史文体的《枕中记》《毛颖传》给予了很高的评价。他说："沈既济撰《枕中记》，庄生寓言之类。韩愈撰《毛颖传》，其文尤高，不下史迁。二篇真良史才也。"

然而，如果唐传奇的文体意义仅仅是把属于"稗官野史、残丛小语、道听途说"的小说叙述提升到了所谓正史的高度，那显然还不能说明它具备了我们今天所讨论的小说文体独立的意义。唐传奇小说文体的独立，恰恰不是其对历史叙事的依附，而是其如何摆脱了历史叙事的制约从而构建出了符合现代小说标准的叙事模式。许多学者在讨论所谓"史才"含义的时候，常常将"史才"理解为像历史文本那样的叙事性。这种理解虽不为错，但显然不够全面。历史叙事是对历史现实的再现，它需要历史真实为其证明，要求作者尽量不要流露自己的主观情感，以免歪曲历史从而误导读者。而唐传奇叙事是自为地构建出了一个特殊的故事情境，然后讲述在这个情境条件下的人物命运演绎及其因果结局。也可以说，唐传奇的文本世界是一个自足的自我封闭系统，它有自己的故事逻辑和叙事视角。即便是讲述某些真实的人物或事件，唐传奇叙事也要把他们投放在自己构建的特殊情境中，展示在这个情境中人物命运演绎可以发生的理由和条件。这正是现代小说的叙事法则。

其次，由于唐传奇的作者是在有意讲故事，便会在一定程度上追求讲故事的效果问题。为了使故事讲述得好，有吸引力，就必然会在讲述故事的过程中增加一些技法，实现对故事情节性的强化，从而更能表现出故事的趣味性，使讲故事行为本身表现出摆脱对历史认识、道德教训、宗教宣传等外在意义的依附性,进而使讲故事具有了以讲故事本身为目的的审美特征。当然,唐传奇在叙事创新的过程中仍然尊重传统的叙事理念,它把中国传统叙事的空间意象性与历史发展的时间进程结合在一起,创造出了有别于历史叙述的情节观。不难发现,唐传奇的情节演绎,常常以空间的转换变化来实现,而不是依据自然时间的发展顺序。主要表现在:在唐传奇小说中,故事情节的发展变化,常常不是依靠情节的开端、发展、矛盾、冲突、逆转、高潮等时间形式来表现的。与西方叙事传统相比,唐传奇的情节表现不是以人物的性格和行动为中心,而是通过空间场景的对峙与转换,潜在地暗示着情节事件的矛盾、冲突与发展变化。人物之间的矛盾和冲突,也常常不是因为人物各自的性格不合所导致的行动偏差,而是因为不同的空间场景准则所构成的对人物行动的制约所致。所以,在唐传奇中,故事情节的进程就与各自的空间场景建立了一种特殊关系,它不是以故事情节的发展来扩展人物活动的空间内涵、丰富人物的经验和知识、刻画人物的性格;而是以空间场景的切转来驱动、参与小说情节的发展变化。因为唐传奇还处在中国小说文体独立的初期,对故事情节发展转换的因果关系的描写还不够充分,因而空间转换便成了唐传奇故事情节演绎的发生器,并进而实现了对故事情节发展因果关系的暗示和联络。

在不同的空间场景下,唐传奇中人物的行为举止常常发生本质性的变化。人物们往往不是以自己固定的目标来行事,而是在什么空间场景中,就遵守这个空间场景的行为准则和价值标准,做这个场景下该做的事,表现与这个空间场景相对应的行为举止。通过场景的对峙与转换,潜在地暗示着人物行动的矛盾、冲突与发展变化的动因。比如,元稹的《莺莺传》对男女主人公爱情的悲剧性表达,来自于两个空间场景之间的矛盾和相互作用。一个空间场景是普救寺,这是崔莺莺和张生的爱情空间,在这个空间场景下,爱情的时间链以男女主人公的情感体验为中轴,虽然矛盾却也浪漫地发展。另一个空间场景是张生为仕途奋斗的"京城",在这个场景下,两个人的浪漫爱情故事因社会现实的价值尺度被阻滞。所以,对于张生和崔莺莺爱情的悲剧结局而言,不是时间的障碍,而是空间的阻隔。当张生从普救寺这一空间进入京城的空间领域时,也就割断了两人爱情的时间链条。正是因为崔莺莺真实地感受到了张生对仕途空间的强烈渴望,她才宁可自己忍受失恋的痛苦,也坚决地与张生断绝关系,其目的是避免堕入婚姻不幸的深渊之中,因为按照现实的法律,那个空间的婚姻不属于她。在蒋防的《霍小玉传》中,男女主人公爱情悲剧的发生同样不是两个人感情的时间问题,而是官场空间和家族婚姻空间对他们爱情时间链的无情碾轧。当李益要进入官场和婚姻空间的时候,他就必然要接受这个空间的准则并依此行事。有论者认为男女主人公的爱情悲剧是因为男主人公性格软弱导致的。其实这不是人的性格问题,而是唐代婚姻法则的权力不可侵犯造成的。在白行简的《李娃传》中,荥阳公子郑生就是因为追求爱情而耽搁了科举考试。郑生的爱情行为不但无视现实婚姻法则,更丧失了进入官场空间条件,因而他被父亲无情地鞭打并遗弃街头。日本学者妹尾达彦认为,传奇《李娃传》中郑生的父亲因其沦落底层社会而把他带到当时长安的"曲江西杏园东"鞭打并丢弃,是因为这里是进士及第的祝宴之地,这才是郑生应该为之奋斗的场所。① 因而郑生与父亲之间的矛盾和冲突,不是因为他们各自的性格所致,而是他们所遵循的不同空间场景法则之间的较量。

唐传奇通过人物的时空转换,来暗示人物命运变化可能原因的叙事方式,其实是强化小说情节发展变化的一种中国式艺术手法。可见,唐传奇叙事虽然不是直接以故事情节在时间链条上因果关系的发展来扩展人物活动的空间内涵、丰富人物的经验和知识,刻画人物的性格,却采用了以空间场景的转换来驱动、参与小说情节的发展变化,从而表现出了人物外在行动与内在心理的因果关系。这种时空的转换一方面表现出处在小说文体独立初期的唐传奇对故事情节因果关系的描写不够充分的特点;另一方面,它也表现出了唐传奇有意强化故事情节的叙事努力。可以肯定地说,唐传奇小说情节中时空结构关系的创立,其实是作家有意为小说的重要标志。唐传奇小说对人物活动时空关系的创设与转换,不但成为小说对人生现实进行虚幻化的重要手段,同时也是将非真实的艺术幻境进行现实化的艺术实践。我们在唐传奇小说的时空结构中,常常看到作家们对现实世界的虚幻化的想象,同时也看到了作家们对虚幻世界的现实性表达。毫无疑问,唐传奇小说通过时空转换,在叙事上真正实现了从"史传""志怪"等文体的叙述什么到强化怎样叙述的质的变化。

---

① 妹尾达彦,"唐代后期的长安与传奇小说——以《李娃传》的分析为中心",载《日本中青年学者论中国史·六朝隋唐卷》,上海:上海古籍出版社,1995 年,第527 页。

三、唐传奇"诗笔"观的叙事功能及文体意义

表面上看,所谓的"诗笔"是指把诗歌笔法融进唐传奇的叙事之中,是唐代诗人创作传奇时对诗歌笔法的不自觉的运用。由于在唐传奇的创作中,许多作家都是当时很有名气、很有才华的文人,甚至是著名诗人,他们当然会把自己擅长的诗体运用于传奇创作中。然而笔者认为,诗体进入唐传奇的文体之中,还有其文体内需的必然要求。诗歌在唐传奇文体中成为一种不可或缺的要素,并且在唐传奇文体独立的过程中起到了毋庸置疑的推动作用。众所周知,在中国传统叙事中,并不注重或者说并不擅长表现人物的情感、心理、思想活动乃至环境渲染、场景营造等内容。美国学者王靖宇对中国早期叙事作品中缺少人物的心理描写特点的现象有过论述。他指出:作为西方叙事文技巧之一的心理探索方法,"在早期中国叙事作品中可以说看不到这种方法"①。他还全面考查了《左传》的叙事特点,并指出作为心理描写方法,在《左传》中是不存在的,唯一的一个例外现象还以人物自言自语的方式外化了出来。

显然,这种不注重人物内心活动的叙述方式,对正处于小说文体独立时期的唐传奇叙事来说实在是一种不小的制约。因为不注重描写人物的内心活动,不但难以全面表现人物的性格品质、难以完成人物形象的塑造,而且也难以呈现人物行动及结局的因果关系,不利于小说情节发展变化的展现。然而,在唐传奇小说中我们已经看到了一个十分醒目的事实,即,它对人物内心活动的表现已有所加强。如果说即使是以外化的人物内心独白的方式来表现人物心理活动的方法,在《左传》中还是个"唯一的一个例外"现象的话。那么在唐传奇小说中,这种方式已经成为一种较为普遍的表现方法了。不仅已经表现出了以"心曰""思曰"来将人物的内心活动外化出来,而且也通过更多以"自以为""独念"等间接引语来表现人物心理活动的现象。② 这是中国叙事史上对人物心理表现的一个具有本质意义的飞跃。它表明唐传奇叙事有表现人物内在心理、情感动因的必然要求和特殊方式,不应该被无视。也正是由于唐传奇在对人物的心理揭示、欲望表达以及环境描写、情境渲染等方面有了本质上的需要和突

---

① 王靖宇,《中国早期叙事文研究》,上海:上海古籍出版社,2003年,第13页。

② 这种笔法在唐传奇《霍小玉传》《李卫公靖》等作品中都很常见。尤其在《李卫公靖》中,还出现了"公私念"等表现人物心理的直接引语笔法。

破,做出了自己独特的贡献,它也才表现出了小说文体独立的特征。

但是,直接去呈现不可见的人物内心活动,毕竟不符合中国古人的审美习惯。中国传统美学有"以'中和之美'为核心的审美理想,重直观感悟的思维方式,含蓄内蕴的情感世界"①的特点。在中国人的认知心理中,只有眼见之物才是真实可信的,不可见的事物,包括人的心理,都不应直接表现,如要表现,就必须转换成外在可见的形式,比如将心理活动转换成人物的独白性语言等,或者是由意象性的事物来隐喻暗示。王靖宇也认为:"中国一个基本哲学观念是:真相只能暗示而不能直接表达。"这种理解是正确的,它也与中国的写意画、诗歌中的意境创造构成一种统一的审美整体。杨义先生认为:在古中国文字中,"叙"与"序"相通,叙事常常称作"序事"②,而序事主要是指事物之间的次序位置,它是空间性的。所以,在中国传统的叙事观念中,事物的次序位置具有特殊的意义,因而其本身就是叙事。而中国诗歌的意象排列、对意境的创设就是中国叙事特征的最突出表现。可见,中国叙事的本质具有空间性、意象性的特点,它需要读者的意会与联想方可领悟,而不是对事物真实存在的细节性描述。

这样,唐传奇作家们以诗歌的笔法融入小说,用于表现人物的情感、心理以及情境、场景等,就是唐传奇叙事所必要的艺术选择。一方面,它继承了中国间接、暗示、意象等的叙事传统;另一方面,它也弥补了中国传统叙事对不可见事物现象表现的不足。事实正是如此,许多论者都讨论过"诗笔"在唐传奇小说中所具有的功能和作用。石昌渝先生在其《中国小说源流论》中认为,诗赋在传奇小说中有五个方面的作用:"一、男女之间传情达意;二、人物言志抒情;三、绘景状物;四、暗示情节的某种结局;五、评论。"③董乃斌先生在其《中国古典小说的文体独立》中认为:"诗歌在这些作品中,既是故事发展的推动因素,又是刻画人物,特别是揭示其内心世界的有力手段。"④

的确,诗歌融入唐传奇叙事之中,为唐传奇叙事增添了许多诗性品

---

① 梁一儒、户晓辉、宫承波,《中国人审美心理研究》,济南:山东人民出版社,2002年,第78页。

② 杨义,《中国叙事学》,北京:人民出版社,1997年,第10页。

③ 石昌渝,《中国小说源流论》,北京:生活·读书·新知三联书店出版社,1994年,第167页。

④ 董乃斌,《中国古典小说的文体独立》,北京:中国社会科学出版社,1994年,第251—253页。

质,"使小说的内在特质诗化、小说叙事抒情化,获得诗的意绪和情趣"①。但诗歌在唐传奇中的运用,其文体独立意义却主要不是要使唐传奇诗化,使其具有诗歌的审美品性。如果单纯强调唐传奇中诗歌的诗性作用,会使人们产生一种错觉,以为中国小说叙事早已完善成熟,而唐传奇不过是对其进行了诗化的处理,去追求一种诗意的审美情趣和理想而已。如果如此,唐传奇小说的文体独立就成了一个伪命题了。唐传奇诗歌运用的主要功能是对中国传统叙事缺失的弥补,因为小说文体的本质特征是叙述性而不是诗性,它所追求的审美标准是对事物细节逼真性的把握和呈现。所以,随着中国小说叙事功能的逐渐健全和完善,诗歌所具有的这方面功能便逐渐被描写性语言所替代,诗歌在小说中的存在价值和意义也就弱化到可有可无的地步了。对于这个问题,杨义先生关于唐传奇中的诗歌使用与宋话本中的诗歌使用的比较可以给我们一定的启示,他认为"话本诗行多是世俗论理对叙事情节的外在解释,传奇诗章则多是对叙事情境的内在渗透。话本只能是韵散交错,而传奇则是韵散交融"②。显然,两者的偏差就在于唐传奇时代诗语很好地行使了文本内在的叙事功能,而宋话本中的诗句更多表现的是文本外的说书人用来显示自己才华性情的干预性话语,因而显得不那么自然。其主要原因在于宋话本中情节演变的因果关系较之于唐传奇更加完善了,情节因果关系的相对完善增强了对事件连续性的叙述,使诗歌的叙事功能弱化了。比如宋话本《红绡密约》,当男主人公要娶新人时,便以一段"自思""沉思"等的心理活动揭示出了因果关系,这较之唐传奇更多使用人物自言自语的方式外化显现、很少去直接描写人物心理已有了很大进步。

　　不可否认,唐传奇中使用大量的诗体形式的确使小说表现出了一定的诗化特征,但诗化特征不是小说的本质特征,也不是小说文体独立的标志。正如前文所提,这种现象反映的是中国古代小说叙事从尚不成熟走向成熟的必然选择。而选择诗语来实现对传统叙事缺失的补充,也与中国审美文化中的含蓄表达、感性认知等特点相关。由此可见,唐传奇中的诗体运用,是一种特殊的叙事性表现,其主要的文体功能是对古代小说叙事不足的补充和辅助,而并非有意去制造小说的诗化倾向。当然,由于唐传奇"史才""诗笔"叙事功能的存在,也使唐传奇成为唐代知识分子们书

① 邱昌员,《诗与唐代小说研究》,北京:中国社会科学出版社,2008 年,第 140 页。
② 杨义,《中国古典小说史论》,北京:中国社会科学出版社,2004 年,第 207 页。

写个体欲望诉求和情感抒发的最佳文本,成为他们实现极具个性化的社会诠释与评价的最佳文本。

所以,在小说文体独立的过程中,首先是创作的观念发生了变化,不再是以一种正史之外的"残丛小语、道听途说"来界定小说,而是把它看作是以讲故事的方式反映现实生活,表现人物性格的特殊文体。其次是唐传奇作者叙事的主观意图增强了,历史的客观性原则被搁置一旁,不再是创作必须遵守的原则。第三,故事文本的结构系统更加完整、更加丰富。一方面作为小说内在品质的三要素:人物、环境、情节相对完善了。另一方面,在小说的叙事形式上,与"三要素"相对应的叙述结构、叙述视角也更加丰富有效了。第四,随着创作主体性的增强,唐传奇的虚构性品质被突显出来,唐传奇的场景渲染、情节铺陈、词语运用、想象力的扩展、趣味性的强调、情感色彩的突出以及对人物命运的特别关注等,都有了非常生动的表现,从而表现出了唐传奇特有的审美价值,这是唐传奇摆脱史传与传统小说叙事的最核心特质。

中国传统文论中的反讽思想

◎ 倪爱珍*

江西省社会科学院

反讽(irony)是西方文化中一个非常古老的概念,也频繁地出现在今天的社会生活和学术研究中。它的内涵非常丰富。19世纪以前,反讽主要是作为修辞格使用,之后,德国浪漫主义流派将其扩展为一种文学创作原则,形成了美学意义上的反讽。存在主义哲学先驱克尔凯郭尔又将反讽理解为人的一种存在方式,认为:"恰如哲学起始于疑问,一种真正的、名副其实的人的生活起始于反讽。"①20世纪前期,反讽成为新批评理论的关键词,被视为一切伟大诗歌的结构原则。到了20世纪下半叶,反讽成为西方理论界的热点,尤其是后现代主义理论,如克莱尔·克尔布鲁克(Claire Colebrook)所言:"我们如何理解和评价后现代主义,在很大程度上有赖于我们如何定义和评价反讽。"②

中国传统文论中虽然没有"反讽"这个概念,但并不缺乏其所蕴含的语言特征和文化精神。中西传统文化土壤的不同又使两者通而不同,主要表现在修辞层面、结构层面、哲学层面。

---

* 【作者简介】倪爱珍,江西省社会科学院文学研究所副研究员,email:niaizhen1976
@163.com。

① 索伦·奥碧·克尔凯郭尔著、汤晨溪译,"论题",《论反讽概念——以苏格拉底为主线》,北京:中国社会科学出版社,2005年。

② Claire Colebrook. *Irony*. London and New York:Routledge,2004,p.53.

一、修辞层面的反讽

反讽一词来源于希腊文的 eirônia。古希腊戏剧中有一种名叫 eirôn 的角色,它总是在自以为很高明的对手 alazôn 面前说一些傻话,但最后这些傻话往往被证明是真理,从而使 alazôn 大出洋相。柏拉图《理想国》中的苏格拉底就常常扮演这种角色。塞拉西马柯在与苏格拉底探讨正义问题时就曾说道:"神灵在上,你用的是出了名的苏格拉底反诘法,这套办法我早就领教过了。我料到你会拒绝回答问题,而宁可承认自己无知。"①塞拉西马柯认为苏格拉底是故意撒谎,为达到自己的目的伪装成无知。亚里士多德在《尼各马可伦理学》中将 eirônia 解释为"自贬式佯装",与 alazôneia ——"夸耀式佯装"相对,认为苏格拉底自贬的目的是避免张扬,是受人尊敬的品质,"有些贬低自己的人似乎比自夸的人高雅些。因为,他们的目的似乎不是得到什么而是想避免张扬。他们尤其否认自己具有的,如苏格拉底常做的那样,也是那些受人尊敬的品质。而那些在细枝末节的小事上贬低自己的人被人称做伪君子,这种人是真正让人看不起的"②。亚里士多德在《修辞术》中将反讽定义为——"演说者试图说某件事,却又装出不想说的样子,或使用同事实相反的名称来称述事实"③,由此奠定了反讽的基本内涵:言在此而义在彼,表面意义与实际意义不一致,现象不是本质。文艺复兴时期的拉米斯将它与隐喻、提喻、换喻并称为四大转义辞格。根据米克的研究,"irony"在英语中出现始于 1502 年,此后两百年主要是作为修辞格来使用。④

(一)"滑稽"与反讽

苏格拉底式反讽是西方反讽思想的源头,具有丰富的哲学内涵,施

---

① 柏拉图著、王晓朝译,《柏拉图全集》(第 2 卷),北京:人民出版社,2002 年,第 287 页。

② 亚里士多德著、廖申白译注,《尼各马可伦理学》,北京:商务印书馆,2003 年,第 121 页。

③ 亚里士多德,"亚历山大修辞学",载苗力田主编、崔延强译,《亚里士多德全集》(第九卷),北京:中国人民大学出版社,1997 年,第 596 页。"eirôneia"在该书中被译为"调侃"。

④ D·C·米克著、周发祥译,《论反讽》,北京:昆仑出版社,1992 年,第 22 页。

勒格尔、黑格尔、克尔凯郭尔等诸多人都从不同角度阐释它。如果仅将苏格拉底式反讽视为一种演讲策略,指在言语交际中佯装对方言之有理,然后据此一步一步推论,最后得出相反的结论,那么这在中国古代典籍中也屡见不鲜,比如,《孟子·滕文公上》中孟子对许行的"贤者与民并耕而食,饔飧而治"的反驳;《晏子春秋》中晏子劝谏景公不能因爱马死而诛圉人;司马迁的《史记·滑稽列传》中记录的优孟劝谏楚庄王不以棺椁大夫礼葬马;优旃劝谏秦始皇不扩大苑囿、劝谏秦二世不用漆涂饰城墙等。

司马迁称优孟、优旃为"滑稽"。滑稽与反讽之间关系密切。杨自伍在翻译韦勒克的《近代文学批评史》(第二卷)时就将"irony"翻译成"滑稽"①。"滑稽"最早是一种形似大壶的酒器,酒从一边倒出来,又从另一边注进去,终日不竭。秦汉时期,人们便使用它形容一种善言之人。他们出口成章、词不穷竭,就如滑稽吐酒之不已。南朝梁代刘勰《文心雕龙·谐隐》中说:"是以子长编史,列传滑稽,以其辞虽倾回,意归义正也",强调的是滑稽之人言辞的迂回曲折。《史记·樗里子甘茂列传》中有"樗里子滑稽多智"一语,唐代司马贞《索隐》引邹诞解云:"滑,乱也;稽,同也。谓辩捷之人,言非若是,言是若非,谓能乱同异也。"钱锺书认为邹诞的解释虽然未必适合"滑稽"的名称,却中肯入扣地道出了滑稽的事理——"夫异而不同,则区而有隔,碍而不通;淆而乱之,则界泯障除,为无町畦矣。"他还列举了庄子、晏子、《文章叙录》以及西方的康德、让·保罗的话语来说明即异见同、撮合茫无联系的观念,是滑稽、俳谐设譬的机杼所在。② 滑稽之人"言非若是,言是若非",字面义常常与实际义相反,在这点上与反讽有相通之处。滑稽是一种劝谏策略,就像苏格拉底式反讽可以视为一种演讲策略一样。滑稽之所以在《史记》中被单独列传,是因为中国先秦时期的游说之风。被视为中国最早的修辞学著作《鬼谷子》就是一部探讨纵横捭阖之术的。它与亚里士多德的《修辞学》的成书年代大致相同,约在公元前350—300年之间。两者诞生于中西方不同的社会背景,应不同的需要而生,但在对"修辞"的定义上有相通之处。亚里士多德认为修辞术的功能"在于发现存在于每一事

---

① 雷纳·韦勒克著、杨自伍译,《近代文学批评史》(第二卷),上海:上海译文出版社,2009年,第17页。

② 钱锺书,《管锥编》(第一册),北京:中华书局,1979年,第316页。

中西叙事理论研究

例中的说服方式"①。《鬼谷子·权篇第九》言:"说者,说之也;说之者,资之也。饰言者,假之也;假之者,益损也;应对者,利辞也;利辞者,轻论也;成义者,明之也;明之者,符验也。"

(二) "反常合道"与反讽

宋代大诗人苏轼在评论柳宗元的诗《渔翁》时提出"诗以奇趣为宗,反常合道为趣"的主张。所谓"反常",就是从表面上看,诗的内容违背常情常理;所谓"合道",是指这种反常的背后恰恰包含着真理、真情。这一思想与老子的"正言若反"息息相通,只是老子是从哲学角度说的。换做通俗的语言来表达,"反常合道"就是说反话,比如故意把话说轻,故意把话说重,故意把话说反,故意把话说错,故意发不该发之问……,也就是赵毅衡在研究新批评时所概括出的反讽的几种亚型——克制陈述、夸大陈述、正话反说、悖论②。字面义的"反常"与实际义的"合道"之间充满张力,给人以审美上的新奇感。新批评派的瑞恰慈将心理学引入文学研究,认为"对立冲动的均衡状态,我们猜测这是最有价值的审美反应的根本基础"③。所以它提倡"包容诗"(Poetry of Inclusion),认为诗歌中包含异质的、对立的冲动,才能经得起反讽的观照,成为伟大的诗歌。

"反常合道"的思想一直贯穿于中国文论中,比如陆机在《文赋》中倡导"虽离方而遁圆,期穷形以尽相",刘勰在《文心雕龙》中赞诗人的比兴应达到"物虽胡越,合则肝胆"的效果,严羽的《沧浪诗话》提出"诗有别趣,非关理也",贺裳赞李益和张先的诗词"无理而妙"。新批评构建反讽诗学时所举的例子与"反常合道"如出一辙,比如布鲁克斯研究"悖论语言"时列举的华兹华斯的诗句:"甜美的夜晚,安然、随意,这神圣的时刻,静如修女屏息膜拜。""屏息"暗示了巨大的激越,与前面的"安然、随意"相互矛盾,但这恰恰才是诗人所感受的夜晚的本真状态。再如退特论"张力"时列举的多恩的诗句:"因此我们两个灵魂是一体,虽然我必须离去,然而不

---

① 亚里士多德,"修辞术",载苗力田主编、崔延强译,《亚里士多德全集》(第九卷),北京:中国人民大学出版社,1997 年,第 337 页。

② 赵毅衡,《新批评——一种独特的形式主义文论》,北京:中国社会科学出版社,1986 年,第 186—189 页。

③ 艾·阿·瑞恰慈著、杨自伍译,《文学批评原理》,南昌:百花洲文艺出版社,1992 年,第 228 页。

能忍受破裂,只能延展,就像黄金被锤打成薄片。"黄金是有限的,灵魂是无限的,从表面意义看,两者是矛盾的,但是深入想一下,又是不矛盾的,有延展性的黄金可以按数学上的二分之一法无限延展下去,因而两者又有着相同点。所以,这种表面上的矛盾没有使内涵意义失去作用,反而形成了一种张力,增强了表达的力量。新批评派玄学诗歌被奉为英语诗歌的顶峰,就是因为该派诗歌具有"巧智"的特点,而"巧智"就是"把不相似的观念组合在一起,从显然不相同的事物中发现隐秘的相似性",是"蕴含和谐的不和谐"。① 诗人们喜欢用新奇的意象,倡导比喻的"异质""远距""不相容透视"(Perspective of Incongruity)原则,这与"反常合道"的思想是完全相通的。

二、结构层面的反讽

新批评派中的布鲁克斯认为反讽是诗歌的结构原则。这里的"结构",并不是指诗歌的韵律、节奏、意象组合等传统意义上的"形式",而是指"意义、评价和阐释的结构,是指一种统一性原则,似乎可以平衡和协调诗的内涵、态度和意义的原则……这一原则是将相似和不同的元素统一起来"②。他找不到合适的术语来描述诗歌的结构特征,所以求助于"反讽""悖论","求助于这样的术语的必要性也是很明显的,因为反讽是我们对从上下文中获得的一种语境中的多种限定因素加以限定的术语。如我们所看到的,这种限定在任何一首诗中都是极其重要的。另外,反讽是我们用来承认不协调因素的最常见的术语,而不协调因素遍布一切诗歌,其程度远远超过到目前为止我们的传统批评所愿意允许的范围"③。这其实也是新批评派学者的共识,只是他们所用术语有所不同,比如艾略特的"巧智"、瑞恰兹的"包容诗"、燕卜荪的"含混"、退特的"张力"、沃伦的"不纯诗"。这些术语的思想与反讽相通,都强调了诗歌语言中包含着相互冲突的元素,它们相互作用产生运动,最终达到对立面的统一。即使是兰色

---

① 叶丽贤,"'玄学巧智':塞缪尔·约翰逊与玄学派经典化历史",《国外文学》2016年第2期。

② 克林斯·布鲁克斯著,郭乙瑶、王楠等译,《精致的瓮:诗歌结构研究》,上海:上海人民出版社,2008年,第183页。

③ 同上,第194页。

姆反对统一论,提出"构架—肌质"二元论,仍然认为诗歌的魅力来源于两者的障碍赛。反观中国传统文论,也可以看到这方面的论述。

(一)"奇正"与反讽

刘勰首次把《孙子兵法》中的奇正概念运用到文学理论中,《文心雕龙》50 篇中有 52 处出现"奇"或"正",其重大意义在于其"揭示了艺术的一条普遍规律——为保持艺术张力的艺术控制规律"①。新批评派的退特提出"张力"概念,将形式逻辑中的外延和内涵引入语义学,赋予了新的意义,也即赵毅衡总结的,"他们把外延理解为文词的'词典意义',或指称意义,而把内涵理解为暗示意义,或附属于文词上的感情色彩"②。一个词的暗示意义与词典意义相差越大,张力就越大,当两者的距离大到相对立的地步,就会形成反讽。"张力"概念被广为应用,从语言扩展至整个文本,成为各种矛盾因素对立统一的总称。

奇正和"反常合道"所包含的道理是一样的,只是苏轼着重在语言层面,而刘勰则将之扩展到思想内容、语言风格、作家个性、创作过程等方面。他不仅指出了奇与正的表现形式,如"经正纬奇""故文反正为乏,辞反正为奇。效奇之法,必颠倒文句,上字而抑下,中辞而出外,回互不常,则新色耳",而且指出了奇与正之间的辩证关系——"奇正虽反,必兼解以俱通",以及创作过程中处理奇与正的原则——"执正以驭奇"。刘勰虽然对"奇"所带来的审美效果也有论述,比如"新奇者,摈古竞今,危侧趣诡者也""若气无奇类,文乏异采,碌碌丽辞,则昏睡耳目""爱奇者闻诡而惊听",但论述的重点还在"正"。虽然他没有直接涉及反讽的本质——相互冲突因素的并置,但他的奇正说的思维路径和审美诉求与反讽有相通之处,即保持对立因素之间的张力。

(二)"春秋笔法"与反讽

反讽是一种间接表意方式,其本质特征是字面义和隐含义不一致。

---

① 童庆炳,"《文心雕龙》'奇正华实'说",《文艺理论研究》1999 年第 2 期。
② 赵毅衡,《新批评——一种独特的形式主义文论》,北京:中国社会科学出版社,1986 年,第 57 页。

"春秋笔法"也有这个特征。它通过字面义和隐含义不一致来传达春秋大义,其方法可以是"一字寓褒贬",也可以在事件的选择和叙述上寓褒贬。① 明清小说评点常会在眉批、夹批、总批等部分明确地提到"春秋笔法""阳秋之笔"②,其内涵有时指隐含的叙述比外显的叙述更丰富,有时指隐含的叙述否定外显的叙述。如果是后者,就具有反讽之意。张竹坡评《金瓶梅》说:"看他纯用阳秋之笔,写月娘出来""故反复观之,全是作者用阳秋写月娘真是权诈不堪之人也"③。金圣叹评《水浒传》时,认为作者塑造宋江这个人物就是用的春秋笔法:"盖此书写一百七人处,皆直笔也,好即真好,劣即真劣。若写宋江则不然,骤读之而全好,再读之而好劣相半,又再读之而好不胜劣,又卒读之而全劣无好矣⋯⋯则是褒贬固在笔墨之外也。"④

中国文化倡导"温柔敦厚,诗之教也",推崇"怨而不怒,哀而不伤"的文风,所以像"春秋笔法"之类的叙述技巧很多,比如曲笔、隐语、婉晦、复意等。刘知几《史通·叙事》云:"晦也者,省字约文,事溢于句外。"刘勰《文心雕龙·隐秀篇》说:"以文之英蕤,有秀有隐。隐也者,文外之重旨者也⋯⋯隐以复意为工。"刘熙载《艺概·诗概》说:"绝句取径贵深曲,盖意不可尽,以不尽尽之,正面不写写反面,本面不写写对面旁面,须如睹影知竿乃妙。"这些技巧有的涉及语言修辞,有的涉及深层结构,如果字面义与实际义之间相互对立,就能达到反讽之效。

三、哲学层面的反讽

中国古代哲学重视解决现实人生问题,而不是如西方那样重抽象思辨,所以不会出现苏格拉底式反讽,只可能在解决现实人生的问题时渗透

---

① 倪爱珍,"论春秋笔法的叙事策略及其内涵的变迁",《南昌大学学报》(人文社科版)2013 年第 2 期。

② 也即"春秋笔法"。出自《晋书·褚裒传》:"谯国桓彝见而目之曰:'季野有皮里春秋。'其言外无臧否,而内有所褒贬也。"后因晋简文帝母名春,为讳"春"字,而改作"皮里阳秋"。

③ 侯忠义、王汝梅,《金瓶梅资料汇编》,北京:北京大学出版社,1985 年,第 77 页、第 92 页。

④ 施耐庵、罗贯中著,金圣叹、李卓吾点评,《水浒传》,北京:中华书局,2009 年,第 304 页。

着反讽意识,比如道家思想。

苏格拉底式反讽的伟大就在于他表明意识开始了对自身的反省。在这之前,人们在追求善的过程中发生的各种义务冲突,必须由国家法律、礼俗做出决定,而在苏格拉底那里出现了主观自由,开始由自己决定什么是公正、什么是善。克尔凯郭尔在研究苏格拉底式反讽时反复强调的就是这种主观性,它的表现形式是"无限绝对的否定性"。反讽者否定现实,但并不知道取代现实的新事物是什么,所以他用以摧毁现实的武器还是现实,因为现实中总是包含着覆灭的萌芽。他这样做时,就是在为"世界反讽"服务了。克尔凯郭尔引用黑格尔的话来说明:"所有的辩证法都承认人所承认的东西,好像真是如此似的,然后让它的内部解体自行发展——这可说是世界的普遍反讽。"①老子也同样具有朴素的辩证法思想,认为事物的解体来自于其所包含的对立面的运动,提出"反者,道之动"的观点,具有黑格尔所说的"世界反讽"的意义。它表现在语言修辞上的特征就是悖论,"大音希声,大象无形""将欲弱之,必固强之;将欲废之,必固兴之""失道而后德,失德而后仁""善者不辩,辩者不善""坚强者死之徒,柔弱者生之徒""明道若昧,进道若退,夷道若类"……这里的每一句话中都包含着两个相反相对的概念,看似违背了常识常理,实际上恰恰揭示了世界万物运行的本质规律,也即"正言若反"。钱锺书认为"正言若反",乃老子立言之方,也即修辞所谓的"翻案语"与"冤亲词"。它所包含的道理就是否定之否定,"反正为反,反反为正;'正言若反'之'正',乃反反以成正之正"②。

克尔凯郭尔认为苏格拉底否定具体的、个别的现实,追求的是抽象理念,但是他并没有到达,只是一直在向理念迈进。他就像古希腊神话中把死人送往冥河的船夫卡隆,"卡隆把人从丰茂的人世送往影影绰绰的阴间,为了使他轻巧的船不至于超重,他便让旅客抛掉具体生活所有的各色各样的规定,如头衔、威严、紫袍、大话、忧伤、顾虑等,只剩下纯粹的人;苏格拉底也是这样,他也划船,把个体从实在性送往理想性,而理念的无限性,作为无限的否定性,是虚无,他让实在性的缤纷繁复都消失在这个虚

---

① 索伦·奥碧·克尔凯郭尔著、汤晨溪译,《论反讽概念——以苏格拉底为主线》,北京:中国社会科学出版社,2005 年,第 55 页。

② 钱锺书,《管锥编》(第一册),北京:中华书局,1979 年,第 717—718 页。

无之中"①。老子否定既存现实,完全是实用主义的,而且对于将来的现实有着非常明晰的观点。他提出通过"绝圣弃智""绝仁弃义""绝巧弃利"的途径来达到将来的现实,并描绘了"小国寡民"的理想蓝图,"小国寡民,使有什伯之器而不用,使民重死而不远徙。虽有舟舆,无所乘之。虽有甲兵,无所陈之。使民复结绳而用之。甘其食,美其服,安其居,乐其俗,邻国相望,鸡犬之声相闻,民至老死不相往来"。克尔凯郭尔认为反讽者与预言家的区别就在于:前者不停地指向将来的事物,却并不知道这将来的事物究竟是什么;后者不仅知道,而且陶醉于其中。从这一点来看,老子在主体精神上并不是真正的反讽者,而更像是预言家。

克尔凯郭尔认为反讽是主观性的一种规定,在反讽之中,"最突出的是主观的自由,这种主观自由掌握着随时从头开始的可能性,不受过去事情的牵挂。从头开始总有某种诱惑力,因为主体还是自由的,反讽者所渴求的就是这种享受。在这些时刻中,现实对他失去了其有效性,他自由地居于其上"②。反讽主体彻底否定现实,摆脱经验和思辨的双重羁绊,通过这种消极的解放抵达精神的自由。但这种自由是消极的,因为反讽主体虽然挣脱了既存现实对它的束缚,但是能够给予他内容的新的现实还不存在,它只能摇摆不定地漂浮着,找不到任何支撑物。但这恰恰给予它摧毁现实的激情,让它陶醉于无穷无尽的可能性中。从主体的这种精神特征来看,庄子与反讽的关系更亲近些。

庄子如老子一样,否定既存现实。他解构圣人之道、圣人之知,主张抛弃一切社会文化和人类智慧,有些篇章中也表达了对从前的容成氏、大庭氏、伯皇氏等"至德之世"的向往,"当是时也,民结绳而用之,甘其食,美其服,乐其俗,安其居,邻国相望,鸡狗之音相闻,民至老死而不相往来"(《庄子·胠箧》)。但他的最终目的不是如老子那样勾画"小国寡民"的理想蓝图,而是追求主体的精神自由,《逍遥游》就是最集中的体现:"若夫乘天地之正,而御六气之辩,以游无穷者,彼且恶乎待哉? 故曰:至人无己,神人无功,圣人无名。"对于哲学最根本问题——人与万物之间的关系,他提供的解决方式也同样体现了这种追求主观自由的精神。《庄子·齐物论》云:"昔者庄周梦为蝴蝶,栩栩然蝴蝶也。自喻适志与! 不知周

---

① 索伦·奥碧·克尔凯郭尔著、汤晨溪译,《论反讽概念——以苏格拉底为主线》,北京:中国社会科学出版社,2005 年,第 202 页。

② 同上,第 215 页。

也。俄然觉,则蘧蘧然周也。不知周之梦为蝴蝶与？蝴蝶之梦为周与？周与蝴蝶则必有分矣。此之谓物化。"庄周与蝴蝶,也即我与物,两者之间的差异必然是有的,如何达到物我同一的境界？进入梦中。梦代表着与现实世界相对的主观自由世界。在这里,蝴蝶与庄周可以互相转化,达至相通。庄子将现实人生问题通过审美的方式来解决,其所获得的自由也只能是消极自由。这同时也体现了中国传统哲学的特点,不是采用如西方的思辨方式,而是直接从现实生活经验出发思考形而上的问题。

叶秀山认为庄子的反讽是一种"消极的否定",不同于苏格拉底、黑格尔、克尔凯郭尔的"积极否定"式的反讽,"从某种意义来说,'积极的否定性'有一种'乐观'的精神,'相信'这个'世界'无论在实际上或思想上,都可以'建构'得'更好';而'消极的否定'则有一种'悲观'的态度;似乎这个'世界''无可救药';而从另一个方面来看,那种'悲剧精神'蕴含着'希望',因而态度是'严肃'的且'彻底否定'的态度,倒是'喜剧'的精神。'悲剧'尚抱有'再生—复生'的'希望','喜剧"因为是'第二次死亡','彻底''断绝'一切'希望',于是'讽刺'——'嬉笑'是它的'存在方式'"①。这里的消极和积极是从现实人生的态度上来说的。苏格拉底虽然没有到达理念,但是他一直积极地在向理念迈进,向善、真以及一切自在自为的东西迈进,扮演着理念"助产师"的角色。庄子对现实的否定是彻底的,揭示出一切社会进步都是虚幻的,所以他对人生取一种讽刺、嬉笑的消极态度,《胠箧》篇中的故事就很典型。世俗之知——"将为胠箧、探囊、发匮之盗而为守备,则必摄缄縢、固扃鐍",结果却恰恰是为盗贼做准备——"然而巨盗至,则负匮、揭箧、担囊而趋;唯恐缄縢、扃鐍之不固也"。齐国依圣人之知把齐国治理得井井有条,结果等到田成子杀其君盗其国后,这些圣人之知却成为其守卫盗贼之身的利器。重圣人而治天下,结果却是"重利盗跖"——"为之斗斛以量之,则并与斗斛而窃之;为之权衡以称之,则并与权衡而窃之;为之符玺以信之,则并与符玺而窃之;为之仁义以矫之,则并与仁义而窃之。何以知其然邪？彼窃钩者诛,窃国者为诸侯,诸侯之门而仁义存焉。"这些故事表现出意图和结果的对立,充满着反讽的色彩,蕴含着他对社会人生的理解。庄子在对现实社会的彻底否定上与老子是一致的,但他在否定现实的同时更多强调的是主体所获得的精神自由,正是在这一点上他与反讽主体的特征更接近。克尔凯郭尔

---

① 叶秀山,"庄子的'反讽'精神——读《庄子》书札记",《浙江学刊》2016 年第 6 期。

认为,反讽主体彻底否定包括自身在内的一切存在,摆脱经验和思辨的双重羁绊,通过这种消极的解放抵达精神的自由。

庄子的思想表现在语言上,就是他自己所说的"以天下为沈浊,不可与庄语。以卮言为曼衍,以重言为真,以寓言为广",与老子"正言若反"式的言语风格不同。比如,同样是表达"绝圣弃智"的思想,老子直言:"大道废,有仁义;智慧出,有大伪;六亲不和,有孝慈;国家昏乱,有忠臣。"悖论之语,反常合道,具有反讽色彩。庄子则是通过寓言来表述,如上述《胠箧》篇的那些故事,意图和结果对立,同样具有反讽色彩,只是它属于另一种反讽类型,即情景反讽。

闽南民间故事的惩戒叙事及其审美价值

◎ 戴冠青*

泉州理工学院

惩戒叙事是中国民间故事一种十分典型的叙事模式,它往往通过民众想象中的好人以一种独特的手段去警告、惩罚作恶的坏人来传达民众的情感诉求。闽南民间故事作为中国优秀民间文化的重要组成部分,其中也有很多这样的惩戒叙事。经过对季仲主编《中国民间故事集成·福建卷》、张新联主编的《泉港民间故事》、陈侨森和李林昌主编的《漳州掌故》、张帆主编的《泉州讲古》等民间故事集中的闽南民间故事进行了深入考察后,我发现,这些惩戒叙事不仅通过闽南民众浪漫动人的文学想象和别具匠心的叙事情节来对行凶作恶者进行警戒和惩治,以表达倡导善良和保护好人的美好愿望,而且还形成了一些独具特色的叙事模式,使故事显得十分鲜活形象、脍炙人口,在带给民众扬善惩恶、有恶必除的道德熏陶的同时,也带给人们生动感人的审美启迪,具有丰富的审美价值和独特的艺术力量。

一、惩戒叙事

在对闽南民间惩戒故事的叙事结构进行了深入的考察和研究后,可以发现这些惩戒故事基本形成了魔法惩戒式、第三方惩戒式、变形惩戒式和违禁惩戒式这四种叙事模式。

学者万建中认为,"魔宝、难题、镜子、禁忌和变形实际是民间散文叙

---

* 【作者简介】戴冠青,泉州理工学院教授,email:daigqing@163.com。

事文学中(主要是指民间故事)恒常的话语系统,它们从口头转化为书面的呈现方式后,便完全托付给了文学,可以独立而自在地存在于书面文体中,并且以书写和阅读的形式进行流传。通过这一话语系统,不仅可以认识这类个别事象的意义,而且可以揭示这些主题一般的文体运行方式及生存状态"①。其实,在闽南民间惩戒故事中,我们也可以发现,除了镜子之外,魔宝、难题、禁忌和变形等物象和手法都在惩戒故事的叙事结构中得到了有效的运用。

下面我们就对上述四种惩戒故事的叙事模式进行分析。

(一) 魔法惩戒式

闽南民间故事中常常出现一些神奇的器物,它具有一种超自然的魔法,能够满足人们内心的渴望,给生活带来变化。汤普森在《世界民间故事分类学》一书所附的"民间文学主题索引"中将其命名为"魔术器物",归在 D 魔术主题下面,编号是 D800—D1699。② 魔法惩戒式的叙事模式就是围绕这种魔术器物展开情节,最后达到惩治坏人的目的。其叙事模式的结构形式为:

1. 好心的主人公得到魔法宝物;
2. 贪心的坏人试图夺取宝物;
3. 宝物显灵惩罚了坏人。

下面以闽南民间惩戒故事《金定鸭》为例进行分析。《金定鸭》故事梗概:

一位诚实、善良的女孩因为在养鸭途中不小心丢了一只鸭,害怕回家被后妈殴打,一路很着急地寻找鸭子。她问路边的一个老人家是否看到她的鸭子,老人家两次拿出一只非常肥大的鸭子问女孩是否是她的?诚实的女孩一看就毫不犹豫地否认了。最后,老人家将女孩丢失的那只又黑又瘦的鸭子还给了她。回到家里,女孩发现那只鸭子变成了一只产金蛋的鸭子。后妈平时经常虐待女孩,现在又贪心不足,想获得更多的金

---

① 万建中,《中国民间散文叙事文学的主题学研究》,北京:北京大学出版社,2009年,第 2 页。

② 斯蒂·汤普森著、郑海译,《世界民间故事分类学》,上海:上海文艺出版社,1991年,第 574—583 页。

蛋,就逼着女孩带她去找那位老人家,想多抱几只产金蛋的鸭子回来,结果被神仙变成了鸭子。①

其叙事模式如下:

1. 善良诚实的养鸭女孩得到了一只会产金蛋的鸭子;

2. 贪心不足的后妈想多要几只会产金蛋的鸭子;

3. 神仙显灵将后妈变成了鸭子,后妈因此得到了惩治。

采用这种叙事模式的闽南民间惩戒故事还有《聚宝盆》《神鸭》《出钱石》等。在这些故事里,聚宝盆、鸭子和石头等都是具有神奇作用的器物,好人因好心而得到,坏人因贪心去抢夺,结果宝物或者神仙显灵,坏人受到了惩罚。所以魔法器物在这里既是展开叙事的"导火线",也是惩治坏人的武器或工具。如果没有了这个魔法器物,故事就进行不下去。所以这种魔法惩戒式的叙事模式在闽南民间惩戒故事中非常普遍,它们不仅充满了传奇色彩,以浪漫主义的想象带给接受者一种动人的艺术力量,而且也巧妙而独特地传达出闽南民众对贪心、恶毒等恶行的厌恶和痛恨,对诚实、善良等传统美德的赞颂和弘扬,其价值取向是十分鲜明的。

(二) 第三方惩戒式

闽南民间惩戒故事还有一种"第三方惩戒式"的叙事模式。这类故事一般是在情节的进行过程中巧妙地以第三方的力量让行凶作恶或忘恩负义的坏人得到惩罚。其叙事模式的结构形式为:

1. 好心的主人公救了不该救的人;

2. 忘恩负义的坏人贪图第三方的利益加害主人公;

3. 第三方识破坏人面目惩罚了坏人;

4. 主人公得到帮助获得幸福。

下面以闽南民间惩戒故事《只可救虫,不可救人》为例进行分析。《只可救虫,不可救人》故事梗概:

靠卖豆腐度生的金溪生是个相貌丑陋但是心地善良的单身汉。因为救助了一个乔装成乞丐的得道仙人,有感于其善良的仙人就告诉他大水灾即将来临的消息,让他及时逃难,但是却让他"只可救虫,不可救人"。

---

① 根据季仲《中国民间故事集成·福建卷》中的《金定鸭》故事缩写,中国 ISBN 中心出版,1998 年,第 453 页。

在逃亡水灾的过程中,金溪生救了一只老鼠、一群白蚁和一只折翅的黄蜂。后来,金溪生看到一个小男孩在水中拼命挣扎,心里不忍,就把男孩也救了起来,并取名为金溪龙,当做小弟抚养。几年后,京城里的相爷小姐被妖怪劫持了,相爷四处贴榜,承诺谁若救出小姐,就将小姐嫁给他。金溪生刚好看到了妖怪的地洞,于是就撕了贴榜和金溪龙一起去搭救小姐。当金溪生下到洞穴里救出小姐并让金溪龙先用箩筐拉上去时,金溪龙垂涎小姐美色,起了歹心想霸占为妻,于是搬起一块大石头把拉到一半的哥哥砸了下去。结果,冒名顶替的金溪龙被相爷砍了头绑在长竿上示众。被砸下洞的金溪生则被洞底的白龙所救,并得到老鼠、白蚁和黄蜂的帮助,与小姐终于结成了美好姻缘。①

其叙事模式如下:

1. 心地善良的金溪生从洪水中救起了不该救的男孩金溪龙;

2. 忘恩负义的金溪龙垂涎小姐美色,企图害死金溪生,霸占小姐为妻;

3. 相爷识破了冒名顶替的金溪龙,将他斩首示众予以惩处;

4. 受到相爷刁难的金溪生得到他救过的老鼠、白蚁、黄蜂的帮助,与小姐终成眷属。

这里的第三方是相府小姐及其父亲相爷,虽然相爷并不是一个好人,但却在惩治金溪龙中起了决定性的作用。当然,第三方也可以是主动性更强的好人、仙人或者高人,直接对坏人进行了惩治。如《仙姑救婢女》的故事也是这样叙事的:地主家的婢女忍饥挨饿接济了一个饿昏的老太婆,由此得到仙人的帮助变成一个漂亮的少女。恶毒的地主命婢女去找老太婆,不然就重罚。仙人出手相助,将地主变成了猴子。猴子成天捣乱,影响人们的正常生活。仙人于是设计把猴子的屁股烧红,使恶猴受到了惩罚。这里惩治坏人的第三方就是仙人。

采用这种叙事模式的闽南民间惩戒故事还有《有缘千里来相会》《潘统都刁官》《帮工和小姐》等。在这些故事里,因为在好心的主人公与坏人之间还多了一层与第三方的关系,第三方在这里起着惩罚坏人的决定性作用:好人因救第三方而暴露了坏人的恶毒,坏人因贪图第三方的利益而加害主人公,第三方因识破坏人面目而使坏人遭到惩罚,所以这样的叙事

---

① 根据季仲《中国民间故事集成·福建卷》中的《只可救虫,不可救人》故事缩写,中国 ISBN 中心出版,1998 年,第 574 页。

模式往往情节比较曲折,经常是一波未平、一波又起,很有艺术感染力。在吸引读者或听众去接受的同时传达了闽南民众对忘恩负义、倚强凌弱、见利忘义等恶行的唾弃和对善良美德的推崇。

(三) 变形惩戒式

变形惩戒式也是闽南民间惩戒故事中一种很独特的叙事模式。其实,变形一直在民间故事中扮演着很重要的地位,从中国的《山海经》《精卫填海》《毛衣女》到国外的《青蛙王子》《丑小鸭》等都可以看到这一点。正如德国人类学家恩斯特·卡西尔所说的:"他们(原始初民)的生命观是综合的,不是分析的。生命没有被划分为类和亚类;它被看成是一个中断的连续整体,容不得任何泾渭分明的区别。各不同领域间的界线并不是不可逾越的栅栏,而是流动不定的。在不同的生命领域之间绝没有特别的差异。没有什么东西具有一种限定不变的静止形态:由于一种突如其来的变形,一切事物都可以转化为一切事物。"①由此可见,在古代民众的原始想象中,变形是一种很常见的现象。所以在闽南民间故事里,通过变形的想象对坏人进行惩治,也是很常用的一种叙事方式。其叙事模式的结构形式为:

1. 被伤害的主人公决定报复害人者;
2. 主人公变形为害人者身上的物件;
3. 物件发挥作用使害人者受到惩罚。

下面以闽南民间惩戒故事《孟姜女变花报夫仇》为例进行分析。《孟姜女变花报夫仇》故事梗概:

孟姜女的丈夫被秦始皇逼迫去筑长城结果活活累死。孟姜女非常伤心,立志要报仇。于是她幻化成两朵花,设计让人送到皇宫分别佩戴在秦始皇的母亲和妻子头上。谁知,皇后佩戴的花开了没几天就干枯了,皇后也变得和老太婆一样。相反,太后佩戴的花却越开越美丽,太后也变年轻了,秦始皇就想娶太后为娘娘。于是秦始皇不仅遭到太后的怒骂,而且没多久就受到惩罚病死在挂名巡游的半路上。②

---

① 恩斯特·卡西尔著、甘阳译,《人伦》,上海:上海译文出版社,1985年,第104页。
② 根据季仲《中国民间故事集成·福建卷》中的《孟姜女变花报夫仇》故事缩写,中国 ISBN 中心出版,1998年,第205页。

其叙事模式如下：

1. 丈夫被秦始皇逼死的孟姜女决心为夫报仇；

2. 孟姜女幻化成两朵花佩戴在皇后和太后头上，结果皇后变老，太后变年轻；

3. 被太后迷住的秦始皇要娶母亲为后，因为乱伦受到惩戒死在巡游路上。

这个故事中，在惩治害人者中起重要作用的是孟姜女变成的花。因为孟姜女和秦始皇的身份地位等有极大的差别，一个无权无势的民间弱女子要靠正常的力量来惩罚皇帝是根本不可能的，所以在民众的独特想象中，巧妙地予以变形作法才能达到惩处害人的权势者的目的。由此传达出了闽南民众对恃强凌弱的权势者的愤恨，以及渴望其受到惩处的理想愿望。

这种叙事模式中的变形惩戒，除了让主人公变形为物件惩处坏人外，还可以让坏人变形成异类而受到惩处。如《牛原是天庭丞相》的故事就是这样叙事的：天帝委派天庭的宰相来到人间为百姓播种麦苗。懒惰的宰相却耍小聪明把麦粒随意撒下人间，使种子烂在泥里结不出粮食。百姓没有食物，怨声载道。天帝一怒将宰相变为牛贬入人间，让它不吃粮食只吃草，还得拼命劳作挨鞭打。这个故事中懒惰的宰相受惩罚的方式是被变形为牛。由此也可以看出闽南民众对勤劳、具有责任感的美好品德的推崇，对懒惰怠工、玩忽职守的不良行为的反感，并希望这种行为能得到惩戒。采用这种叙事模式的闽南民间惩戒故事还有《布谷鸟》等。

(四) 违禁惩戒式

在远古时期，由于人类对自然界太过依赖，生产力水平又非常低下，因此自然力对他们来说非常强大。许多给人类带来好运或者灾难的自然现象，他们都无法作出科学的认知和正确的解释，甚至在潜意识中会对此产生一种神秘感和恐惧感，以为是某种具有灵力的神鬼在施加影响。长此以往，这种恐惧感就会演变成一种禁忌意识，即人们把对"神圣的、不洁的、危险的事物所持的态度"转换成某种禁制，约定俗成地在行为上进行抑制或禁止，这是人们为保全自身而从心理上、言行上采取的自卫措施，与鬼魂崇拜相关，如果违禁，就会因"魔鬼发怒"而受到惩罚。因此，"危险和具有惩罚作用是禁忌的两个主要特征"。"禁忌大致分为原初阶段、次生阶段与转化消亡三个阶段。丧葬禁忌与祭祖是禁忌的原初形态,与鬼魂信仰的联系最直接。次生阶段人们继承了原始时期的鬼魂崇拜所出现的禁忌,将它们制度化、礼仪化,并作出繁琐的规定。在人们的生活中,无论是礼仪、节日、行业等,凡认为不吉利的,几乎都在禁忌之例。从解放思想、破除迷信的近代开始,科学逐渐深入人心,禁忌自然消亡、转换。"①

正因为禁忌意识是古代人类普遍存在的一种心理现象,这种意识也必然通过古代民众的民间想象表现出来,进而对整个社会心理产生更加深远的影响。正如中国民俗专家钟敬文先生所指出的:"关于未开化人的禁忌(Taboo)、占卜(Divination)等宗教思想和行为,也常表现在地方传说中。"②所以,在闽南民间故事中,有不少惩戒故事也常常通过违禁惩戒的方式来叙事,让触犯神鬼、违背禁忌的人受到惩罚,形成一种独具特色的叙事模式。其叙事模式的结构形式为:

1. 禁忌——人神对立:受神恩惠的主人公长大后不能与神见面;
2. 违禁——泄露天机:有人泄露天机让主人公与神相见;
3. 惩戒——能力丧失:神使泄露天机者的能力丧失而受到惩罚。

下面以闽南民间惩戒故事《七星仙女》为例进行分析。《七星仙女》故事梗概:

天帝可怜一位德行很好的穷农夫,便让七星仙女中最小的一位仙女来到人间做了农夫的妻子。农夫家境渐渐好转并且有了一个儿子。仙女下凡期满,便离开丈夫和儿子回天上去了。

儿子稍大时,入塾跟从有名的术数家鬼谷子读书。他常常因自己没有母亲而悲哭。鬼谷子便指示他会见母亲的方法,让他到山那边的小溪边去躲着,等正午时变成七只白鹤飞下来洗澡的七星仙女要飞走时,向那只羽毛略松的白鹤哭叫"母亲",她便会现出美丽仙女的真形与他相见,并郑重吩咐他不能说出是自己教他这样做的。儿子照了先生的话去做,果然和生身母亲快乐相会。仙女临去时,送给他一些宝物,并嘱咐他带一个葫芦去送给先生。儿子回来时,把葫芦掷进鬼谷子房中,结果燃起大火,把鬼谷子推算天上事情的书籍都烧光了,从此世上再也无人能晓得仙人

---

① 任骋,《中国民间禁忌》,北京:中国社会科学出版社,1991年。

② 钟敬文,"中国的地方传说",《钟敬文民间文学论集》(下),上海:上海文艺出版社,1985年,第95页。

们的事情。①

其叙事模式如下：

1. 禁忌—人神对立：德行很好的穷农夫得到天帝恩惠娶了仙女为妻并生了一个儿子。期满仙女重回天上。(人神是对立的,天帝可以赐人恩典,不允许人神平等相处,这是一种禁忌。)

2. 违禁—泄露天机：术数家鬼谷子指点儿子与母亲相见。(鬼谷子泄露天机,使人神相会,这是一种违禁。)

3. 惩戒—能力丧失：仙女让儿子带回去的葫芦把鬼谷子推算天上事情的书籍都烧光了,从此世上再无人知晓仙人之事。(违禁的鬼谷子受到了神的惩戒。)

从这个故事中,我们可以看到,在闽南民众的内心深处,天机是不可泄露的,鬼谷子泄露了天机,打破了人神对立的禁忌,因此违禁而触犯了天条,受到了天神的惩处。由此可见,在闽南民众的潜意识中,对天是充满了敬畏感的,你只能服从天庭的安排,是不能违禁越过雷池一步的,否则就会惹怒天庭遭到惩罚。

闽南民间惩戒故事中类似这样的叙事还有《清源山——连心石》《牛郎织女》《羊吃月桂》等。从这些由于某人违背了天庭或者神灵的某种禁令而遭到惩罚的叙事中,我们不难把握到古代闽南民众对天神,其实就是对神秘莫测的自然界的深沉的恐惧心理,并希望通过这种惩戒故事的讲述和传播来警戒人类不要去冒犯自然界,从而求得自然界的庇佑和保护。由此可见,这种违禁惩戒叙事其实就是处在恶劣自然环境中无法左右自己命运的人类童年蒙昧未化的原始心理的形象表现。但是,其中也透露出了闽南民众渴望与自然界和谐相处、共同发展的愿望和需求。

二、惩戒叙事的审美意义

众所周知,作为闽南初民的口头文化流传至今的闽南民间故事具有与文人文学不同的审美特征,除了其中所蕴涵的思想情感更加贴近民间大众,语言更加朴质简洁、易于为民众转述和传播之外,以讲述和演绎惩治坏人的情节为主的惩戒叙事更具有其独特的审美意义。

---

① 愤戈,《闽南民间故事三则》,寰宇一奇的日志(网易博客),2010 年 10 月 13 日。

第一,以强烈的震慑作用敦促民众追求向善。这可以说是闽南民间故事的惩戒叙事最显著的审美意义之一。闽南移民社会经历了相当长一段移居他乡、辛勤开发、筚路蓝缕、拼搏发展的艰难历史,所以闽南人对民众的勤劳努力、对社会的和谐稳定有更深刻的情感体验和审美需求,体现在他们的价值取向上就是倡导勤劳善良、豪爽侠义等善行,唾弃自私懒惰、忘恩负义等恶习,并希望通过善有善报、恶有恶报的审美想象来传达他们扬善惩恶的理想愿望,由此促进闽南社会的健康发展。因此,闽南民间故事中的惩戒叙事其实就是通过各种惩治方式,让自私恶毒、忘恩负义、不仁不孝、恃强凌弱、懒惰怠工、违反禁令等恶行得到应有的报应和惩治,从而对社会起到震慑作用,来实现扬善惩恶的审美追求。如流传在闽南惠安的民间故事《有孝感动天,无孝遭雷打》之所以流传深远、至今仍为闽南民众反复传播并津津乐道,就是因为其中讲述了不肯赡养母亲、还放狗咬母亲,气得母亲撞石的二儿子松华及二儿媳妇张氏遭到老天惩罚被雷劈死,而尽孝道的大儿媳李氏则得到天赐黄金的故事,对忘恩负义、不仁不孝的社会恶行起到了强烈的震慑作用。至今闽南地区许多民众仍然相信不尽孝道、不赡养父母者会遭到天打雷劈的报应,由此对作恶产生心理畏惧感,从而自觉地去制止恶行,维护孝心和仁义。由此可见,其实闽南民间故事就是闽南底层民众以一种很民间的审美娱乐方式,来对大众的社会心理和价值取向进行暗示和震慑,以此敦促民众的向善追求,让闽南社会更加和谐美好。

第二,以独特的讽喻力量警示民众规范行为。讽喻是用讲故事的办法来比喻事物、说明道理,达到启示、诱导或讽刺谴责的目的,它是一种机智、幽默而富有情趣的表现手法。其实,几乎所有的叙事文学文本都有一定的讽喻作用,都是通过虚构的故事情节来揭示某种事理。但是,从某个角度来说,民间故事的讽喻力量更加强大和独特。如前所述,民间故事来自于民间民众,它常常是民众针对某种社会现象以民间特有的机智和想象力创造出来让大众喜闻乐见并从中受到启示和警醒的艺术样式,其中蕴含着民众的审美价值取向和自身行为规范的要求,具有独特的讽喻意义。闽南民间惩戒故事的讽喻力量更加突出,就像我们上面已经分析过的,惩戒叙事对许多恶行进行惩治的情节演绎,其实就是在含蓄蕴藉地告诉民众,在社会活动中什么是该做的、什么是不该做的,从而达到维护社会和谐健康的警示作用。如故事《九九归零》中的鸭嘴石一天只能流出99人的米粮供等量的寺庙僧侣生活,但庵主违背了这个限度,不仅多收留了一人,而且还让那个被收留的权贵小姐去鸭嘴石接米。这位小姐嫌鸭嘴石出米速度太慢,打破了出米口,从此鸭嘴石再也流不出米来。寺中的僧侣没有米吃,只好各奔东西,寺庙香火迅速衰败。这个故事的讽喻意味是非常鲜明的,庵主滥用职权、违背禁忌,致使寺庙破败。后果如此严重,这种惩戒的教训难道还不值得警醒吗?像这样的惩戒叙事,不管于古于今,都具有重要的启示价值。正因为闽南民间惩戒故事具有重要的讽喻力量,它不仅在制约民众的行为规范上具有独特的警示作用,对建构健康、进步的闽南文化社会也具有积极的现实意义。

第三,以有力的教化作用促进民众和谐发展。和谐是不同事物之间相处的理想状态,而和谐社会,则是指人与人之间各尽其能、互助合作、和睦相处、共同发展的理想社会。中国古代社会非常重视和谐理念。《论语·子路》认为:"君子和而不同,小人同而不和。"就是强调事物之间、人与人之间,虽然具有差异性,但是应该求同存异、统一共存。宋代司马光在《瞽叟杀人》一文中说:"所贵於舜者,为其能以孝和谐其亲。"指出了舜的可贵之处就是他能以孝道使亲人和睦谐调。深受中原文化影响的古代闽南社会为了在蛮夷之地繁衍生存、开拓发展,更需要一种族群的凝聚力,当然也更需要人与人之间的和谐相处。因此,追求闽南社会的和谐发展,在古代就已经成为闽南民众的一种共识,并把这种共识巧妙地融入他们的民间想象中,然后通过民众的广泛传播成为一种顽固的心理经验,进而演变成民众的自觉行动,由此达到社会和谐发展的目的。闽南民间惩戒故事的价值也在这里。美国当代学者保罗·费耶阿本德说:"谈到价值,就是以一个迂回的方式描述一个人想过的生活或认为一个人应该过的生活。"①闽南民间惩戒故事的一个重要作用,就是通过对丑恶的鞭笞和惩罚让人远离丑恶、告别丑恶、追求善良、向往仁爱,从而获得和睦、协调、健康发展的理想生活状态。由此可见,闽南民间惩戒故事具有一种很有力的教化作用,它以一种生动形象的方式让民众知道应该怎么做人、应该怎么生活。如《陈庆镛智斩御弟》的故事告诉我们,哪怕皇帝的弟弟杀人作恶,也会受到斩首的惩治;《聚宝盆》的故事则告诉我们,如果贪得无厌,哪怕得到了聚宝盆也会被银子给压死。由此劝告人们弃恶从善、和谐相处,才会有好的生活。

遵循自然事物发展的客观规律,追求人与自然的和谐,也是古代闽南

① 费耶阿本德著、陈健等译,《告别理性》,南京:江苏人民出版社,2002年,第23页。

262

民众的一个重要的生活理念。从闽南民间的惩戒叙事中，我们也可以发现这一理念的独特表现。特别是像《七星仙女》《九九归零》那些因违背了某种天庭禁令或者冒犯了大自然的某种运作法则而遭到惩罚的叙事中，我们不难看到古代闽南民众对自然界的一种敬畏心理，这种敬畏心理虽然与古代闽南人对自然界的依赖及其对自然现象的无奈有关，但却可以把握到他们渴望与自然界和谐相处、共同发展的愿望和需求。随着科学的发展和生产力水平的提高，人们对自然界的认识越来越深入，对自然现象及其自然规律的把握也越来越客观时，这种违禁惩戒式的民间叙事也就越来越少，甚至慢慢消亡了。然后，在这些民间故事中所传达的那种尊重自然、维护自然、与自然界和谐相处以及违背自然规律必遭惩处的理念和思想，对在急速的现代化建设中因对自然的过度开发而导致生态恶化的当今社会依然具有独特的现实意义。

中国古典叙事对热奈特
叙事时间理论的补充和完善

◎ 邱 蓓[*]

上海外国语大学

西方叙事文学经历了"史诗—浪漫传奇—长篇小说"这样的演变,构成了一个一脉相承的叙事系统。叙事以严密的逻辑关系在时间中进行和发展,时间是逻辑叙事的起点和终点。浦安迪认为,"叙事的统一性和完整性是通过叙事情节的'因果律'和'时间化'的标准而言的"[①]。也就是说,西方小说体式的基本模式是时间的。时间在西方文学上的地位和意义使学者对这一问题格外关注,话语时间由此进入了叙事批评的视野。托多洛夫在《文学作品分析》中率先讨论故事时间和话语时间的相关问题,他指出:"使话语转变为故事的信息的一个形态是时况,时况问题之所以存在是因为有两种相互关联的时间关系:一是被描写世界的时间性,另一个则是描写这个世界的语言的时间性。"[②]受其启发,法国叙事学家热拉尔·热奈特在《叙事话语》一书中就故事时间和话语时间的关系问题展开讨论,提出叙事时间的三大要素——时序(order)、时长(duration)、频率(frequency),使时间理论日臻成熟。

作为一种理论工具,结构主义叙事学自 20 世纪 80 年代传播到中国以来,受到中国学界的广泛关注,叙事时间成为学者们关注的焦点之一。研

---

* 【作者简介】邱蓓,上海外国语大学博士,email: Qiu-bei@163.com。

① 浦安迪,《中国叙事学》,北京:北京大学出版社,1996 年,第 56 页。

② 茨维坦·托多洛夫,"文学作品分析",载王泰来编译,《叙事美学》,重庆:重庆出版社,1987 年,第 61 页。

究者或是利用文本证实热奈特叙事时间理论模式的合理性和可操作性，或是借用叙事时间理论来研究中外文学作品的叙事时间策略，探讨其中体现的文化意蕴和思想内涵，取得了丰硕成果。但是，国内叙事时间理论的研究也存在一些问题，如大多数学者采取拿来主义的方法，用西方理论阐释西方文学作品，做了一些重复性的工作；有的研究者把西方的理论和观点生搬硬套在中国文学作品甚至是中国古典文学上，忽略了中国叙事作品的独特属性。虽然西方时间理论在解读中国文学理论时常力有不逮，但是到目前为止，尚未有人针对这一问题展开研讨。本文以中国古典文学中的叙事时间为切入点，从时序、时长、频率三个方面探讨西方叙事学未能覆盖的理论盲区，在突出发展中国叙事学的同时，提议建构一种"把西方的叙述学理论与中国文学叙述特点相融合，既有西方叙述学的缜密结构，又能恰如其分地把中国文学，特别是古典文学恢宏意蕴表达出来的系统体系"①。

一 、"隔年下种"："时序"研究的完善

热奈特关于叙事时间理论研究的重要成果之一是时序理论。他把时序分为两类，一是叙事时序，二是故事时序。叙事时序是事件在叙述话语中的排列顺序，是叙述者讲述故事的时序；故事时序则指事件发生的自然时间顺序。在叙事作品中，故事被叙述的顺序不可能完全等同于故事发生的时间顺序，这就是时间倒错。热奈特认为时间倒错包含倒叙（analepsis）和预叙（prolepsis）两种形式。根据表达的需要，把事件的结局（或在时间上后发生的事情）提前，然后再从事件的开头按事情先后发展顺序进行的叙述叫做倒叙②；提前讲述将来要发生的事情叫做预叙③。作为西方文学叙事的传统，倒叙可以追溯到古希腊的《荷马史诗》。热奈特认为，"从中间开始，继而进行回顾性解释"的西方小说叙述惯例起到增加故事悬念、制造叙事张力的作用。例如，在《献给艾米莉的玫瑰花》中，福克纳故意打乱故事发生的先后顺序，先从艾米莉的葬礼写起，而后转向她

---

① 乔国强，"中国叙述学刍议"，《江西社会科学》2010 年第 6 期，第 29—40 页。

② G. Prince. *A Dictionary of Narratology*. Nebraska：University of Nebraska Press，2003，p.9.

③ Ibid.，p.87.

生前拒绝纳税、拒绝接受父亲去世的现实,接着描述她与巴伦的恋情、购买老鼠药和婚礼用品的场景以及之后的彻底隐居,最后转回故事开端的葬礼,继续讲述她去世后被发现的秘密。这种倒叙的手法制造出神秘、恐怖、怪诞的氛围,增强了故事的可读性,同时也使小说在结构上更具有艺术性。

热奈特认为在西方叙事中,预叙极少出现,使用率远远低于倒叙,这是由西方注重因果律的叙事传统决定的。他指出,"提前,或时间上的预叙,至少在西方叙述传统中显然要比相反的方法少见得多……小说(广义而言,其重心不如说在 19 世纪)'古典'构思所特有的对叙述悬念的关心很难适应这种做法,同样也难以适应叙述者传统的虚构,他应当看上去好像在讲述故事的同时发现故事。因此,在作品中预叙极为少见"①。以色列叙事学家里蒙—凯南也提出,"用得较少的——其理由显而易见——是事件发生前的叙述('事前叙述')……采用这种预见性叙述的现代作品却颇为罕见"②。

然而,在中国古典叙事作品中,预叙并不少见,且是一种重要的叙事手段。清初文学批评家毛宗岗在《读三国志法》中用"隔年下种"来形容这种手法,他指出,"《三国》一书,有隔年下种,先时伏着之妙"③。"隔年下种"表意是指头年秋天种下种子,来年春天种子发芽。在叙事作品中指为后文埋下伏笔,通过伏应关系使情节前后呼应,即为西方叙事学所说的预叙。预叙的手法可以追溯到先秦时期的史传,继而频繁出现在各类文学叙事作品中,包括魏晋南北朝的志怪小说、唐传奇、宋元话本、明清章回体小说等。在中国古典文学作品中,预叙往往以梦境、占卜、偈语、诗词、曲词、判词、酒令、谜语等隐含形式出现,或是预示后来情节走向,或是照应人物命运,或是预言故事结局。例如,《红楼梦》第五回"游幻境指迷十二钗 饮仙醪曲演红楼梦"讲述了宝玉梦游太虚幻境、在"薄命司"翻阅金陵十二钗正册判词的故事。这些判词预示了作品中人物的命运:"玉带林中挂",预言黛玉孤独而终;"金簪雪里埋"预示宝钗备受冷落;"子系中山狼,得志便猖狂。金闺花柳质,一载赴黄泉"预兆迎春错嫁"狼夫"而被折

---

① G. Genette. *Narrative Discourse*. J. E. Lewin（trans.）. Ithaca：Cornell University Press，1980，p.67.

② S. Rimmon-Kenan. *Narrative Fiction*. London：Methuen Press，1983，pp.92−93.

③ 罗贯中著、毛宗岗评,《读三国志法》,天津:天津古籍出版社,2011 年,第 387 页。

磨至死;"可怜绣户侯门女,独卧青灯古佛旁"暗示惜春出家为尼,如此等等①。再如,《金瓶梅》第二十九回和第四十六回采用以相面占卜为暗示的预叙手法,让吴神仙和老婆子为西门庆、吴月娘、李娇儿、孟玉楼、潘金莲、李瓶儿等人看相算命,借此预示人物的命运,为后面事件的发生埋下伏笔。

杨义先生指出,中国作家在叙事元始就采取"大跨度、高速度的时间操作,以期和天人之道、历史法则接轨"②。由于中国叙事是"从大时空里开始的,所以对整个事件、人物的发展和命运都心中有数,就是说对故事进展带有预言性,长于预叙"③。中国古典文学的叙事动力不是跌宕起伏、引人入胜的情节,真正抓住读者的是故事情节的表现过程,尤其是宏观操作中隐射结局的宿命感和透视人生的预言感。正是这个原因,预叙这种叙事手法不仅不会减少故事的悬念,反而是吸引读者的重要策略。它以暗指的方式影射人物的命运和故事情节的发展,起到埋伏笔、使故事前后照应、增加故事的可读性等功用。

结构主义叙事学认为,同样的结构元素以不同的顺序进行组合,表达的意义不同。中西文化中两种不同的时间景观各具丰富的内涵和独特的审美意蕴,叙事文本中对时间的处理方式折射人与宇宙的关系,叙事时间顺序的差异意味着时间观、天道观的差异。西方叙事作品"从中间写",广泛使用倒叙的时间倒错策略,体现了西方对事物之间关系的因果律的关注和倾向于改造自然的传统;而中国传统文化历来讲究两极对称、天人合一,中国古人崇尚自然论,认为天地万物按照固有的规律自然运转,一切事物的生死存亡都是自然发生的,没有目的和主宰,因而中国古典文学家在创作中一般从开头写起,多采用预叙的叙事手法,对事物进程采取自然的态度,展示中国"天人合一"的宇宙观。作为时序理论不可或缺的一部分,预叙这种技巧有举足轻重的作用,中国学者应该把它从被忽视的状态中解放出来,让它充分施展其特有的魅力。

---

① 曹雪芹著、脂砚斋评,《脂砚斋重评石头记庚辰评本》,上海:作家出版社,2006年,第57页。

② 杨义,《中国叙事学》,北京:人民出版社,2009年,第152页。

③ 杨义,"中国古典小说的叙事原则",《河南大学学报》(社会科学版),2004年,第96—97页。

二、"趁窝和泥":"时长"缺陷的修复

在文学作品中,我们经常可以看到这样的现象:一天发生的事情可以写成一本书,而几百年发生的事情可以用一两句概括。这就涉及热奈特叙事时间理论三大要素中的第二个问题——时长。时长,也称为时距,是故事时间和话语时间之间关系的现象组合,或者说是故事时间与话语时间长短的比较。在文本中,故事时间与话语时间不可能完全统一,若叙述时间比故事时间长,则情节密度小,叙事节奏慢;若叙述时间比故事时间短,则情节密度大,叙事节奏快。热奈特根据话语时间与故事时间的差距,把时长分为四种类型:省略、概要、场景与停顿。"省略"是指故事时间存在而叙述时间缺失的叙述。省略可以是因为事件与故事的主旨关联不大,也可以是由于不适合正面论述或者难以用语言表达。虽然省略从文本中识别不出来,但是可以根据后文进行逻辑推理得出。"概要"同省略一样,也是加快叙事节奏的手段,是通过压缩故事时间,使概述中的话语时间短于故事时间,主要用于简要的叙述交代故事发生的背景以及人物身份等。"场景"是话语时间等同或近似于故事时间的叙述,如对话,旨在造成一种故事的连续感和逼真的场面感。"停顿"与省略相反,其故事时间为零,即故事是静止的,而话语时间充分展开,叙事描写集中于某一因素,如环境或背景。停顿不会造成停滞的效果,而是有助于烘托渲染氛围。叙事节奏的跌宕起伏能够使叙事形态的虚实、疏密有机融合在一起,生发出丰富的文化内涵,在中西叙事作品中,通过调节时间速度使叙事节奏跳跃从而增强作品张力的例子屡见不鲜,此处不再赘述。

热奈特就故事时间和话语时间的关系问题进行了细致的划分,但是他回避了一个棘手的问题,即单一话语时间与多重故事时间的冲突问题。托多洛夫指出,叙事的时间是线性时间,而故事发生的时间则是立体的。在同一个时间内,许多事件可以在不同的空间内同时发生,因此故事的发展是立体的、网状的;而文字的描写是线状的,话语则必须把他们一件一件地叙述出来,一个复杂的形象就被投射到一条直线上。要在话语中把这些事件同时叙述出来是不可能的,这就是学者所说的"叙事无能"。J·L·博尔赫斯在小说《小径分岔的花园》中也就这个问题进行了探讨,他提出,"作为一名作家,我的绝望就肇始于此……映入我眼帘的,均是同

存性的事物,可现在流于我笔端的,却是依次性的,因为语言是依次连接的"①。

　　如何在线性的叙事时间中揉入多个共存性的事件也是中国文学家所关注的焦点。事实上,这个让西方学者至今头疼的问题早在 17 世纪就已被中国学者解决。中国古典小说场面宏大、人物众多、关系交错复杂,被清代评点家张竹坡称为"趁窝和泥"的手法调和了多个事件在空间意义上同存、在叙述中却有时间上的依存性这一组矛盾,解决了如何叙述同一时间、不同空间、不同人物身上发生的不同事件的问题。张竹坡在评述《金瓶梅》第十九回"草里蛇逻打蒋竹山,李瓶儿情感西门庆"时写道:"上文自十四回至此,总是瓶儿文字,内穿插他人,如敬济等,皆是趁窝和泥……此回乃是正经写瓶儿归西门氏也,乃先于卷首将花园等项题明盖完,此犹娶瓶儿传内事,却接叙金莲敬济一事,妙绝。《金瓶》文字,其穿插处,篇篇如是。"②第十四回到第十九回以李瓶儿和西门氏的关系为主线,借用李瓶儿与其他妻妾的关系,穿插了瓶儿为潘金莲拜寿、杨酞被参、陈洪充军、陈敬济带西门大家奔西门家避祸等多个与主线相关但又互相独立的事件。张竹坡称这种技法为"趁窝和泥"。所谓的"窝"指的是主要情节,是纵向发展的,"泥"是依附于主要情节的次要情节,是穿插于主要情节间的故事,"趁窝和泥"的笔法就是以纵向推进的基本情节线索为主干,借人物关系横向展开穿插他人他事。主线在推进中由于支线的穿插被延迟,时间暂停而空间无限展开,频繁的叙事情节的"穿插"形成了"独特纵横交错的线索架构",支撑起"千百人合成一传"的封闭式的网状结构。③

　　浦安迪指出,"中国的叙事传统习惯于把重点或是放在事与事的交叠处之上,或是放在'事隙'之上,或是放在'无事之事'之上"④。比起西方叙事传统对因果关系的关注,中国叙事作品更加注重前后事件的关锁照应以及小说的空间布局。"趁窝和泥"的叙事手法正是对在"交叠处""事隙之上""无事之事"上插入另一件事的形象描述,它在关注情节的纵向发

---

① 博尔赫斯著、王永年译,《小径分岔的花园》,杭州:浙江文艺出版社,1999 年,第 41 页。

② 兰陵笑笑生著、张竹坡评,《张竹坡批评第一奇书〈金瓶梅〉》(上、下),济南:齐鲁书社,1991 年,第 287 页。

③ 农美芬,《张竹坡的小说批评范畴研究》,中南民族大学硕士论文,2013 年,第 42 页。

④ 浦安迪,《中国叙事学》,北京:北京大学出版社,1996 年,第 56 页。

展的同时更加注重横向的扩展,既能"减省另起头绪的弊端,又能增加线索演进中的信息蕴含量,拓宽表现现实社会的广度,更能真切地反映人事相互交缠的现实情境"①。总而言之,这种纵横交错的叙述模式能够拓宽小说的时空范围、控制叙事节奏,在丰富人物形象、扩大作品容量、深化小说主题的同时,对增添小说的艺术魅力也具有极其重要的美学意义。毫无疑问,它应当成为时长理论的一个重要组成部分,供西方叙事学家和文学家学习参考。

三、"草蛇灰线":"频率"问题的补充

频率是热奈特关于叙事时间理论提出的第三个要点,它是指事件发生的次数与其被叙述的次数的关系,可分为单一性叙述、重复性叙述和综合性叙述三种类型。第一类,单一性叙述是指讲述一次发生过一次的事或讲述若干次发生过若干次的事,用逻辑公式可以表示为:1R/1H 或 nR/nH,R 表示故事发生次数,H 表示叙述次数。马尔克斯的小说《百年孤独》就采用了这种叙述方式,重复描写一代代人在姓名、性格、相貌上的相同点,体现同一事物的循环与凝滞,影射着孤立隔绝,也就是"孤独"。第二类,重复性叙述是指讲述若干次发生过一次的事,用公式表达为:nR/1H。这种叙事与聚焦和叙述者有所关联,如在《喧哗与骚动》中,凯蒂私奔的事情被班吉、昆丁、杰生和迪尔西等不同的人提到,他们的身份不同,出发点不同,对这件事情的看法也不同;又如在《宠儿》中,弑婴这一事件被先后提及 11 次,重复叙事起到了强调的作用,展示了主人公精神上的困扰和心底的永久创伤。第三类,综合性叙述是指讲述一次发生过若干次的事,由于所叙述的事件带有习惯性和规律性,可以用表示一个时期反复发生的副词"常常""每天""总是"等概括相同或相似的事件,用公式表达为:1R/nH。

话语时间形态复杂多样,热奈特从频率这个角度提出探讨故事重复能力和话语重复能力的关系,是对话语时间理论的特殊贡献。然而,中国古典文学中有一种重复是热奈特频率理论研究没有覆盖到的,这就是物象的重复。物象的重复是指在文中频频使用同一词语,反复叙写某一特

① 杨志平,《中国古代小说技法论研究》,华东师范大学博士论文,2008 年,第 98 页。

定事物,使不断重复的物象如同一条若有若无的线,贯穿于情节之中。这种重复早在四百年前就受到中国古典评论家的关注。明末清初的批评家金圣叹认为对物象的反复描写不是简单的重复,而是表征着内涵的差别、着眼于层次与层次或段落与段落空间关系的叙事文法。他在评点《水浒传》时把这种文法形象地命名为"草蛇灰线",即对同一细微物象忽断忽续的反复描写在行文中形成了一条似有似无的叙事线索,犹如隐藏于草丛之蛇,遮遮掩掩、藏头露尾;又如手抓灰烬画线,点点相续、若隐若现。"草蛇灰线"的技法赋予该物件特定的文化隐喻和丰富的表征内涵,从微观上讲,影射了人物命运或事件发展方向,为后面的情节发展埋下伏笔;从宏观上讲,它巧妙地把故事情节串联在一起,使作品成为一个前后照应、首尾相连、有机统一的艺术结构整体。

在《水浒传》中,"草蛇灰线"的例子不胜枚举。金圣叹在《读第五才子书法》中称:"有草蛇灰线法。如景阳冈勤叙许多'哨棒'字,紫石街连写若干'帘子'等是也。骤看之,有如无物,及至细寻,其中便有一条线索,拽之通体俱动。"①他认为"哨棒""帘子"等重复出现的物象是故事情节的一条重要线索,起到为后面事件做铺垫、推动情节发展的作用。在景阳冈武松打虎这段情节中,叙述者19次描写"哨棒"这个物象,因为它是武松不离手的防身之物。从武松出柴进家、到与宋江拜别、再到景阳冈下独饮18碗酒、酒后拎着哨棒上景阳冈,哨棒忽隐忽现,貌似可有可无,实则不可或缺,为后文武松打虎埋下伏笔。武松在与老虎的搏斗中劈断哨棒,赤手空拳打死猛虎,而后寻回折断的哨棒,对着老虎又打了一回,这时,哨棒这个物象的意义变得豁然开朗,它与武松打虎密不可分,是表现武松英勇神武的人物形象的关键。第二个例子"帘子"在《水浒传》第二十四回出现了16次,它的作用是为潘金莲与西门庆戏剧性的巧遇作铺垫。叙述者在前文反复对"帘子"加以暗示:潘金莲在帘子下与武松第一次会面;潘金莲对武松帘下勾情,但遭到武松的拒绝;武松离家前警告哥哥每日迟出早归,归家便放帘子早闭门;潘金莲每日收帘关门。"帘子"看似闲笔,但实际上这个物象在情节发展中起到至关重要的作用。有了前文的铺垫,潘金莲放帘失手将叉竿打在西门庆头上才顺理成章。当二人的奸情拉开帷幕时,"帘子"这个物象构成的时断时续的"灰线"由隐而显,其意义不言自明。

---

① 金圣叹,《读第五才子书法》,上海:上海古籍出版社,1994年,第257页。

　　"草蛇灰线"的叙事文法使故事的前因后果和来龙去脉合乎情理,使情节结构此呼彼应、首尾相连,是增强故事有机性的精妙手法。它用"复迭叙事、迭用模式、情境重现"来表现重复性,似断不断、似连非连、遥相应和,为后文的情节发展埋下伏笔,起到"加强前后情节的关联、安排叙事线索的发展、预示故事情节的发展走向"的作用。① 这种手法往往在前文对同一物件细节形式进行反复叙写,在后文关键处加以点破,使原来若有若无、点点相续的虚线贯穿成一条逻辑清晰、拽之通体皆动的结构线索,让人感受到一种出其不意的"蓦然阑珊"之美。同时,它在篇章里起金针"穿插"、上下照应的作用,使"篇章的肌理在大结构之下更加紧密地编织成一个整体"②,体现了中国的整体性的哲学观和注重关联、以时间整体性呼应天地之道的哲学倾向。总而言之,"草蛇灰线"与热奈特提出的重复叙述有所不同,是叙事频率理论的有益补充,应当受到中西叙事理论研究者的重视。

四、结　语

　　中国古典小说的叙事时间与西方叙事时间之间不仅有结构方式的差别,更有美学原则和哲学观念的不同。林岗在《明清小说评点》中指出:"外在性的因果律表现在叙述上是情节的利用,即时间性架构原理;而内在性的因果律即事物依赖本性的自然运动表现在叙述上,是不注重情节而注重事件的自然顺序的组织安排,即叙述空间化的倾向。"③西方的时间意识以因果律为原则、以时间架构为主导组织叙事活动,通过时间表现内容,运用时长、时序、频率等因子控制叙事节奏,使情节跌宕起伏;而中国人崇尚天人之道、时空统一,中国古典叙事中的故事是将事物运动自然而然的顺序有组织、讲技巧地"罗列"出来,时间安排是为空间建构服务的,是为了使结构更加庞大。由此可见,西方叙事以时间性为架构原则;而中国叙事,不管是采用"隔年下种"还是"趁窝和泥"抑或是"草蛇灰线"的手法,都是以空间化为经营的中心。

---

① 农美芬,《张竹坡的小说批评范畴研究》,中南民族大学硕士论文,2013 年,第42 页。

② 林岗,《明清小说评点》,北京:北京大学出版社,2012 年,第 123 页。

③ 同上,第 150 页。

　　叙事时间是叙事作品的重要构成因素,研究叙事时间不仅能帮助我们了解现存作品的结构形式,还能拓展新的叙事领域,具有美学价值和认知价值。热奈特提出的叙事时间理论细致而独到,不仅为叙事理论研究提供了一个新领域,也为文本分析开辟了广阔的空间,是对叙事学的一大贡献。然而,由于热奈特不理解中国叙事,未能将中国叙事作品尤其是中国古典文学纳入研究范围,只是在研究西方叙事作品的基础上得出相应结论,所以他的叙事时间理论还不够完整、准确,难免会以偏概全。

　　西方学者创立叙事学的初衷是希望它成为一种具有普适性的、能够应用于任何叙事文本的理论工具。然而,作为一门学科,它自身是不完善的,需要不断地丰富和发展。中国叙事理论源远流长,虽没有形成完善的体系,但也独具特色。通过上文分析可以看出,中西叙述理论既有交叉重叠,也有差异互补。由此,笔者尝试对叙事学的发展走向提出以下建议:一方面,叙事学家应该打破二元对立的思维局限,吸收异质文化中的有利因素,在多元共存的基础上实现对话交流,共同建立互补、创新的合作机制;另一方面,中国学者在进行叙事研究时,要充分利用身边的本土资源,重视中国的文化特征,以中国叙述研究诉求为基点,在更广泛的基础上对西方叙事学进行修正、补充和发展,使叙事学发展成一门融汇中西、兼容并蓄的世界诗学。

中西叙事理论研究
Studies of Chinese and Western Narrative Theories

叙事批评实践

赛博时代的可能世界叙事*

◎ 凌　逾**

华南师范大学

宇宙不止一个世界。小说也一样,有实然、或然、应然三重世界。实然,现实存在的世界;或然,充满各种可能性的、想象的世界;应然或超然,则是理想的诗意栖居之所。如果说,实然是一维空间,与应然构成二维空间,那么,或然加添三维、多维空间。董启章打破"一文本一世界一故事"①传统叙事,创造"多文本多世界多故事",本体增生,开辟"三重世界三合一"后经典叙事②,建构"自然史三部曲":第一部《天工开物·栩栩如真》(2005)③二声部小说,一册;第二部《时间繁史·哑瓷之光》(2007)三声部小说,分上下册;第三部为四声部小说《物种源始·贝贝重生》,上册为《学习年代》(2010),下册为前奏曲《美德》(2014)。十年磨剑,百多万字,名为三部曲,实有五册书:第一部主讲实然,第二部主讲或然,第三部主讲应然。2014年,董启章获评"香港年度作家",继刘以鬯、西西、也斯、陈冠中之后获此殊荣。本文探究其如何在城市空间与赛博空间中找到对接点,开辟三重世界叙事内容和空间架构创意。

* 　【基金项目】本文为国家社科基金重大项目"华文文学与中华文化研究"(批准号:14ZDB080)的阶段性成果。

** 　【作者简介】凌逾,华南师范大学教授,email:lingyu08@163.com。

① 　玛丽—罗尔·瑞安,《文本、世界、故事:作为认知和本体概念的故事世界》,第四届叙事学国际会议暨第六届全国叙事学研讨会大会主题发言稿,2013年11月7日,中国中外文艺理论学会叙事学分会主办,南方医科大学外国语学院承办。

② 　申丹、王丽亚,《西方叙事学:经典与后经典》,北京:北京大学出版社,2010年。

③ 　董启章,《天工开物·栩栩如真》,台北:麦田出版社,2005年。

一、或然可能与虚拟空间叙事

《天工开物·栩栩如真》分两声部,各12章:第一声部书写或然世界,以阿拉伯数字标志;第二声部书写实然世界,以罗马数字标志;两声部交错叙事,激荡出或然、实然、应然三重世界的错综复杂关系,空间架构匠心独运。全书主讲实然——V城百年科技造物史,交织呈现三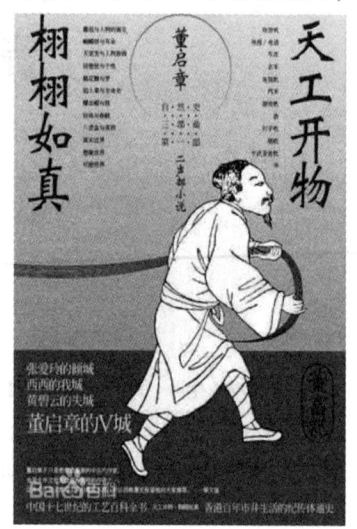代家族史、个人史、城市史,隐喻香港的百年社会发展史,建构出物化时代的现代性、后现代性。全书为何将或然放前、实然放后?

第一声部第11章"想象世界",尾声至关重要的细节易被忽略:栩栩违反人物规则,被警察和医生惩罚,要切断她的电源。警察早警告过她:如果发现你不是人物,最高的刑罚是驱逐出境;因他们没法监禁或者杀死一个真人。栩栩可能是机器人、生化人或赛博人。赛博人是机器与生物体的杂合体,模糊人和机器、自然与非自然界限。① 判断栩栩是否真人像电脑学界的图灵测试。如果电脑和人的反应一致,判定电脑能思考;即电脑的特性和功能向人类靠拢。反图灵测试,则让电脑发挥自身特性,机器有自己的个性。董启章省思真人与戏剧人物的异同,恰似图灵与反图灵的实验。②

栩栩,或然世界的重要符号,包容所有。栩栩不是一般意义上的人物,而是带有科幻色彩;隐喻作家意在开创赛博时代的或然叙事,人物世界隐喻电脑和生化世界,创设新的虚拟意象。栩栩是想象本身,涵括或然世界的奇幻可能。这隐喻作家在序言所表达的建构或然叙事宏愿,"立体多面地再现所有可能的想象,营造可能世界(possible world)王国"。或然,即未发生事件话语(the disnarrated),普林斯将之定义为叙述过去、现

① 胡易容、赵毅衡,《符号学—传媒学词典》,南京:南京大学出版社,2012 年,第 175 页。
② 黄鸣奋,《新媒体与西方数码艺术理论》,上海:学林出版社,2009 年,第 110 页、第 139 页。

在并未发生过的事情①。董启章谋求建构小说的新世界观、全新空间思维。

栩栩隐喻小说的叙事法则创意。纵向聚合阅读,第一声部讲述"我"利用文字工场想象模式,呈现虚构的叙事过程。开局想象匪夷所思:栩栩一出生就是17岁,且永远17岁。全书用后设叙事法,呈现叙事者操控栩栩的过程,自曝栩栩是对旧日恋人——如真的再造想象。以超现实法拼贴剪辑、蒙太奇并置,创设仿真世界:小冬和警官都有双笔手;爱克斯是万能刀手,像电影《剪刀手爱德华》中的爱德华;尊尼老师是钟表师,引导人物改造社会。人物有自我意识和想象力,质疑、反思命运;让创作者改变造物的初衷,使之承认"物"有获得自我意识的合法性。电影《银翼杀手》复制人也向自己的制造者要求长生权利。操控与反操纵成双成对出现。物对人具有颠覆性,机器人僭越人类世界,《黑客帝国》等许多科幻电影都透露出隐忧——高科技发展的达摩克利斯之剑。人物社会参照人类社会建立,是人类的延伸、循环再造。

全书以人物建构法,形象图解小说叙事法则。首先,人物不同于真人,人物被叙事话语掌控。其次,人物有个性,人物因物性而有个性,个性反过来变成人物的限制;人不能分开人物身上属于人或物的部分。此外,人物想象创造真实,人物就是想象力本身。叙事,变成想象世界和真实世界之间的拉锯战,客观现实、理性与非理性的平衡术。董启章打破常规,走到更陌生的地方,追逐永远不能言诠的"文字的玫瑰"。

董启章的或然想象取法于记载异境奇物、神仙方术、琐闻杂事的中国传统志怪小说,如《山海经》《博物志》《搜神记》《聊斋志异》等。早期《小冬校园》(1995)以动植物为喻,臧否人事,如少女弹琴有老鼠配舞,图书馆森林成荫,馋嘴校长蚂蚁为伴。2012年《博物志》分异地、异人、异物、异

---

① Gerald Prince. "The disnarrated." *Style*, vol.22, no.1, *Narrative Theory and Criticism*, Spring 1988, pp.1-8.

事、私事,讲述诡谲的 V 城故事,人与物交感互生:如下垂的气根是少女的泪滴。这不是李碧华式传统文化想象:三生轮回、长生不老、因果报应等;董启章的或然想象更具有古典的志怪性、虚拟时代的后现代性、自曝虚构的后设小说特性。

人类对想象、或然的认知处于变化发展中。亚里士多德认为,为了获得诗的效果,一桩不可能发生、然而可信的事,比一桩可能发生、然而却不可信的事更为可取。大数据更易统计记录、求取分布,用于人口调查、天文观察、数据分析、文体语段分析等,用于预言、未来学研究。然而可算的或然有限,文学的或然想象则蕴含着无限可能。

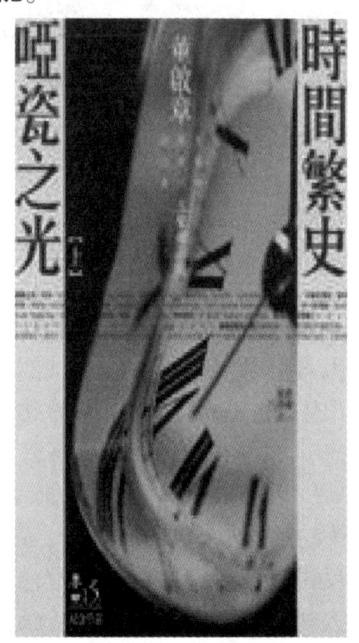

今世日新月异,或然想象也随之而变。如果说,古典神话小说多想象天与人的关系;古代白话小说多想象人与人的关系;那么,后现代小说多想象人与物的关系,人与机器的纠缠,物的便利对人的诱惑或钳制。或然历史小说以问题启动创作动机:假设恐龙没灭绝、美国人没有打响独立战争……置入如果,一切骤然改观,成为反事实历史(Counterfactual History)。加西莫夫总结三种科幻小说创意法:"如果当初……;假如……会怎么样……;事情继续发展,会怎么样?"[1]波德里亚认为,网络游戏、3D 电影等都激励人透过虚拟来营造乐趣,人类生活在比真实世界更真实的虚拟世界中,建构超真(hyperreal)、拟真、拟象社会。超真实,是比真实还真实;仿真,是将复制和模仿的东西当做现实的代替品。而超现实(surreal),明显是假的、反现实的。[2] 董启章寻求可能世界的超真实、仿真、超现实三合一再现,哲学、物理、文学三合一叙事,建构全新的叙事法。

---

① 詹宏志,《创意人》,北京:人民交通出版社,2003 年,第 104 页。
② 骆颖佳,《后现代拜物教——消费文化的批判与信仰反省》,香港:学生福音团契出版社,2002 年,第 37 页。

二、实然物体系史的或然渗透

或然与实然、未发生与已发生事件交错叙述,这是《天工开物·栩栩如真》的创意。在实然叙事方面,也有新创意:书写V城物史,开辟新路。纵向阅读第二声部,标题已让人耳目一新:"收音机、电报、电话、车床、衣车、电视机",不以人为中心,而以13种物件为中心,通过工业制造物,展现V城物体系发展脉络,细致钻研百年香港史。

全书为何选择此物而非彼物?首先,隐藏着家族三代人的物化隐喻符码。祖辈董富沉迷于宋应星《天工开物》的亘古世界,钟爱研究电波、收音机、电报、电话等。父辈董铣执著于《万物原理图鉴》的工业世界,痴迷车床、衣车等,投注热情,寻找技工的自我价值,呈现坚实的正直人质素。到了孙辈"我",科技梦发展为人文梦,痴迷书籍如《图解英汉对照词典》《即学即玩的魔术》;在每天写作中调校字词的音色,挖掘个体和社会存在的诸多可能性。其次,所选人造物呈现出20世纪新科技的发展轨迹,展现人与现代工业、消费时代共生的图景:新革命不再是车床轰鸣、钢水奔流形象;而是电子脉冲形式的信息流点滴,人靠操纵软件来操控硬件。全书从听觉物件起笔,讲至触觉、视觉、运动觉物件,又回归至听觉、视觉物件,形成循环;物件符号多象征阳性物事,代表着权力和热力,与第一声部的阴性文艺物事形成呼应;舍弃了洗衣机、搅拌器、电冰箱等厨房物件,也未直接叙述数码网络、机器人等最新发明,这些都无意间透露出作者的深层意识。

表面看来,第二声部讲述实然世界——物、人、城的关系。但笔者认为,实然背后有或然、超然。即便看似科学严谨的客观叙述,叙述者仍时时跳出来,告知读者,这给栩栩写的信纯属虚构,第三代人的文字梦,充满窥探的乐趣,物世界、人世界、人偶世界、恋物癖,无所不有,时刻不忘探究多层次的可能性存在,为实然世界打造出更多可能性。试举几例如下。

以电视机探究实相和虚拟等多重镜像可能。V城首家无线电视台催生出电视一代,"我"从电视里看到了"那一个我"——

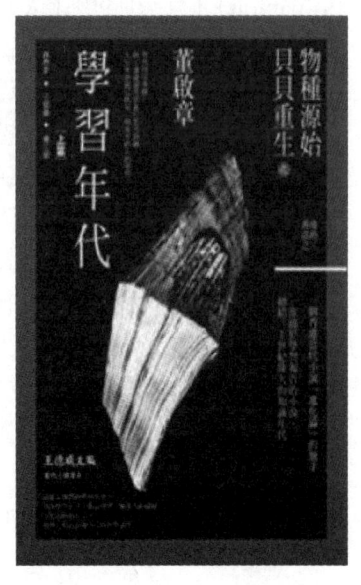

未曾出生的长子,冷眼旁观者;而"这一个我"才是实存者,被电视宠坏,回报以营养过剩、退化的弯曲脊骨。电视未必是客观实然世界的反映物,而更像或然世界的使者。

以汽车透析空间维度的多种可能存在。中四时无车男暗恋坐 Volvo 的女孩;后来开寒碜的 Mini 汽车;成年后手忙脚乱驾新车;体验近在咫尺的车祸而离弃汽车。人面对还是回避汽车,导致进入两个不同的可能世界:正直人"我",结束了 30 年对车子的抗拒,坐上了妻子练仙开的小车;而扭曲人"我",因脊骨毛病行动不便,无法驱车,在孪生儿"花"失踪后,妻子哑瓷与他十几年互不交谈,妻子每日开车送孪生儿"果"上学。用预告式叙事法,告知扭曲人的可能世界,还将在第二部成为主要情节,当下世界和未来世界并置,如人格分裂般出现两种可能。可能世界延伸到未来时间与空间想象中。

以相机探究想象维度的可能性。拍照凝视,蕴含丰富想象可能,凝视变成创造性的。照片意义不在于让人看到了什么,而是让人想到了什么。叙述者靠圣母圣像,从色情照片的罪恶阴影中解脱;然后,发现来教堂做弥撒的惊艳女孩,将之变成圣母化身;物化 Volvo 女孩变成圣洁女孩,为诉衷肠,痴心男无意间被塑造成文学家;为其拍照片,能同时读出正反面意思:麻木期待、厌烦惊喜、嘲弄鼓励。叙述者思考摄影与文学的关联:到底再现决定性时刻还是永恒人性和社会性? 到底用巧饰(artifice)还是自然(natural)手法? 照片让人震撼的不是知点(stadium),而是刺点(punctum),某细节触动观者记忆深处的某东西,发现照片的裂隙和多重性。罗兰·巴特指出,写实照片难以抓住人的神髓,而神髓来自长期感情渗透和心灵悸动顿悟,看不见,只能想。[1] 如本雅明说的灵韵(aura),古典艺术精品的精髓,在机械复制时代丧失殆尽。正因能唤起想象,黑白比彩色照片更多元;不笑比笑蕴含丰富;诗歌比影像更丰富;说得少激发出更多想象。想象就是未曾展现的比已经展现的更丰富。

即便讲述客观冰冷的科技实然世界,董启章也不忘赋予其多重可能路向,为实然插上或然翅膀,使大脑不至于被精确的逻辑思维壅塞。全书思绪跳跃,难以句摘。但读者也要逃离对细节的执迷,去发现更广袤的森林意义。

---

[1] 罗兰·巴特著、赵克非译,《明室——摄影纵横谈》,北京:文化艺术出版社,2003年,第39—45页。

三、双声激荡三重奏空间

《天工开物·栩栩如真》激荡出三重奏式的空间叙事架构:不仅建构实然世界主导的科学物质世界,为万物有始的写实叙事;而且建构或然世界主导的仿真拟像世界,为无始无终的想象叙事;整体形成了或然、实然与超然交织的多声部叙事,多场景、多故事同时铺展,这可列图表概括:

完整与分裂·真实与想象 /(独裁者序)				
第一声部或然想象		第二声部实然再现		双声组接化合出第三空间
章	标题	章	标题	作者和读者的或然想象
1	蘑菇与人物的诞生	I	收音机	生命电波情缘诞生于虚无或建构
2	蝴蝶饼与耳朵	II	电报/电话	自然与人工沟通效应的可能性
3	天使发与人物法则	III	车床	人物世界法则和机械世界法则的或然性
4	吉他弦与个性	IV	衣车	真人和人物个性和命运的可能性
5	棉花糖与梦	V	电视机	实相和虚拟镜像如棉花糖与梦般迷幻
6	仙人掌与生命史	VI	汽车	驾车、骑行、步行空间的可能路径
7	螺丝帽与性	VII	游戏机	文字工场、生育工场、车间工场的游戏性
8	珍珠与救赎	VIII	表	时间维度的遇合和情爱的可能世界
9	音乐盒与真我	IX	打字机	在或然机率中寻找真我和诗性
10	真实世界	X	相机	追寻和保存美好精神遗产的可能性
11	想象世界	XI	卡式录音机	或然与实然越界的可能与不可能性
12	可能世界	XII	书(象征)	或然激发实然,开启后续新可能

两声部各章若横向聚合,能碰撞出新意义。第一横向系列"1 蘑菇与人物的诞生"和"I 收音机",并排铺叙或然与实然世界的源起。或然少女栩栩 17 岁诞生,且年年 17。对应的实然少女如真,六年前移居到港,港沪双城的身世对照,痕迹时隐时现。祖辈家族起自电波情缘,董富练习发射摩尔斯电波,无意发现 17 岁女孩龙金玉能听懂电波,并用树枝记录,耳朵似有真空管,因而成就出电波情缘,戴上收音机耳筒,就像戴上定情钻戒。17 岁是重要节点,实然与或然少女均是 17 岁。全书以万物勃发作为开端,建构于虚无。在实然世界里,爷爷与奶奶恋爱成功走向婚姻,"我"与

如真恋爱失败。在或然世界里，叙述者可以操纵对人物栩栩的一切想象。

听觉叙事是全书的重头戏。第二横向组合，讲述听觉与沟通。在或然世界有音乐盒，或然人物有锐敏的听觉和触感体验，栩栩拿蝴蝶饼当耳朵，尝试融入社会。在实然世界中，祖辈倾听电波，父辈沉迷车床的轰鸣，子辈用耳机抗衡烦嚣之音。而 24 岁的龙金玉遭逢战乱、生病死去，董富从此彻底幽闭。自然诗意沟通、心灵电波感应，远胜于机器工具沟通，因前者有情，后者功利。董氏家族男性都退居于缄默世界，是主动的砌墙者。"隐形的墙"既隐喻自我确立与自我完成；也隐喻障碍隔绝、无力回天；且正负之间常无形转化。作品借隐形墙讲述刻骨铭心的两段悲哀体验。"卡式录音机"一章，讲"我"有好友，机灵活泼的显，因同好林子祥音乐，彼此相知；若干年后才得知，显与聋哑女初恋并失恋；后来显生得智障女儿，更认同隐形墙的世界。"我"有恋人如真，喜爱古典音乐和歌剧，有极度灵敏的听力超感官，能记住每次和"我"在一起的声音；在爱情无望之际，"我"试图用录音来重建联系的断隙，却只得到从隐形墙上反弹的自己的声音。就在这一刻，叙述者才体会到两件事的隐秘联系：当年大学预科考试后，显对着录音机独语，向"我"告别，那种绵长无尽的孤寂感，蕴含着隐形墙的意味。事后追忆，隐形的墙才消失殆尽，达至心有灵犀之境。只有在文字工场，将"我"和如真的故事，代入想象为小冬和栩栩的故事，在另外一种可能世界中，隐形的墙才会散去踪影，歉疚感才能化为无形。正是在或然想象中，叙述者才能了解到，缺憾对人生造成了局限，以及必须和局限并存的勇气和正能量。实然世界以电波收音机起笔，上辈爱情源起电波，以卡式录音机收束；后辈爱情因磁带故障而散失，中间还穿插电报、电话等。实然世界重写听觉媒介，也夹杂视觉媒介，如电视机、相机、游戏机等。全书营造通感书写场，具有跨媒介视野。

或然与实然彼此对照，照出真面。柔情人物世界也会冷酷无理；而冰冷机械强行切割棱角，暴力工具也有温情诗性；人物符号有多种可能含义：既可指小说角色；也可指某人很了不起，非同一般；或指人变成物的附庸，成为人中废物。科技物化对人类发展既有利，也要质疑反思。如新式拟真电子游戏玩法更复杂、可能性更多，让男人学习权力操控，但也易变成令人丧志的玩物。人被物化为玩偶，失却反思能力。物品患癌，既非动物也非植物，却给人热带丛林感。消费成为时代伦理，日常交易变成接受、控制财富，人成为官能人，物时代每天都是狂欢节，但节日快乐感丧失殆尽。实然世界技术进步而道德沦丧，工业文明扼杀想象力；或然世界反而保存了如诗般的纯真、如乐般的美好。在文字工场的想象模式,抛开一切不断累加的、膨胀的物的非结构性因素,对前代人、同代人、后代人的音乐和书进行重构,回归原始想象力。这种自我救赎才能对抗物的癌症。只有脱离物,才能创造出合乎理想的应然世界。

香港作家多紧盯着城市空间,这虽可深挖区域底蕴,但也会局限视野。董启章开拓"或然、实然、应然世界三重奏式空间",转向广袤的可能世界,一网打尽对真假命题、偶然与必然命题、可能与不可能命题的探测可能。物化世界与仿真世界跨界,部分与整体之间折射化合出新意义,使得幻梦成为"或然的实然"。爱德华·苏贾第三空间(Third Space)理论认为:第一空间,真实的物理空间,唯物主义;第二空间,指涉思想性或观念性领域,主观精神主体的;第三空间,涵括空间的物质和精神维度,又有超越,既真实又想象化,兼容主体性与客体性、抽象与具象、真实与想象、可知与不可知、重复与差异、精神与肉体、意识与无意识、学科与跨学科等。① 与之呼应,福柯的异托邦(Heterotopias)理论,指反映社会又对抗社会的真实空间,偏离正常的场所,又穿行于其中;向四方渗透又保持孤立。② 西西《飞毡》再现异托邦空间,抵抗以一元论线性为基础的哲学史。董启章扳转传统文学"重史的脾气"路数,创设"或然第三空间",类于异托邦、第三空间理论,"那里人是马克思主义者又后马克思主义者、是唯物主义者又是唯心主义者、是结构主义者又是人文主义者、受学科约束同时又跨越学科"③。

董启章的多声部不是榕树形、牵牛花形结构,也不是梯形结构,而是三重奏、多棱镜、万花筒式结构,融合写实、浪漫、超现实主义手法,建构或然、实然、超然交错的全新图谱。卡尔维诺以非凡想象建构或然世界,如人在树上生活;人被切分为善恶两半;个人命运偶然交错与城堡;城市有 n 种可能。董启章在叙述内容上再现无边无际的空间,保存无始无终的时间,了悟普鲁斯特的时间抓取法。在叙述形式上营造共时、对位空间叙述,如西西、略萨在同存性叙事中,确立空间感、立体感。

---

① 爱德华·苏贾著、陆扬等译,《第三空间:去往洛杉矶和其他真实和想象地方的旅程》,上海:上海教育出版社,2005 年,第 12—16、第 67—108 页。

② 米歇尔·福柯,"不同空间的正文与上下文",载包亚明主编、陈志梧译,《后现代性与地理学的政治》,上海:上海教育出版社,2001 年,第 18—28 页。

③ 爱德华·苏贾著、陆扬等译,《第三空间:去往洛杉矶和其他真实和想象地方的旅程》,上海:上海教育出版社,2005 年,第 6 页。

　　"自然三部曲"第一部偏重于对一维、二维、三维空间的挑战;余两部偏重于对时间的挑战,融合过去、现在、将来之事。香港作家们都热衷于回溯 20 世纪香港百年史,但董启章胜人一筹,后两部曲将视野推向未来的香港百年,预支未来的叙述权,抢夺新世纪作家的饭碗。《时间繁史·哑瓷之光》超越 V 城史,展现多重时态的可能世界,每章均有三声部。第一声部为当下时空,混血女孩维真尼亚采访独裁者作家,浮现独裁者的过往史,独裁者及其妻哑瓷的僵死婚姻得以重生。第二声部为或然时空,独裁者给恩恩写 24 封信,讨论婴儿宇宙,预告恩恩未来;恩恩发现生活被虚构入侵,像霍金的虫洞打通空间通道,未来与现在时空叠合。第三声部为未来时空,2022 年,哑瓷开车和独裁者沉入水塘,双胞胎儿子花早已死去,只留下果。2047 年,父亲果为女儿维真尼亚装上机械心脏,从此永远 17,等候少年花穿越 50 年时空前来会面。会面,是过去与现在和未来碰撞、能量膨胀、可能性诞生的时刻。

　　"婴儿宇宙",董启章创设此术语,寄寓着整合过往创作的集大成目标:最初以省思性别议题起家:《安卓珍尼——一个不存在的物种的进化史》(1994),化身为女性独白叙述,探寻雌雄同体的可能世界;《双身》(1995),思考男人如何变身为女。然后转向校园系列:1995 年的《纪念册》《小冬校园》和 1996 年的《家课册》等,拟物状物,让成绩单、改错水等说话,以物件为叙事视角;其后转向城市考察:1997 年《地图集》的地图空间叙事①;1998 年《V 城繁盛录》追溯香港民俗史、风物史。塑造主角反复使用相同名字:栩栩、贝贝、小冬、V 城,谋求建构系列的虚拟世界。2005 年,董启章改编舞台剧《小冬校园与森林之梦》,采取十出现实戏、四出梦幻戏交错的双声道叙事法。同时写《天工开物·栩栩如真》,整合物件叙事、雌雄同体、性别生存、地图风物志香港史、"文类模拟"和叙事法则的可能世界,将 2000 年《贝贝的文字冒险》的童话魔幻创意写作教法、2005 年《对角艺术》的图文互涉叙事集于一身。《时间繁史·哑瓷之光》创设三个平行世界:作家化身的独裁者、叙述者和叙述意识化身的哑瓷和恩恩,独裁者与合写者维真尼亚的唱和抗衡,三声部采取音乐对位法叙事,超越一城一史,书写"婴儿宇宙",指向众数的历史、包罗万象的自然史;也指向前世、今生、来世的整合史。

---

①　凌逾,"后现代的香港空间叙事",《文学评论》2009 年第 6 期。

四、多重世界的错层互动叙事

查特曼曾用符号学交际模式表示传统叙事交流(见下图)。但这单向线性的交流模式已不再适用于新时代。后现代叙事学更强调三层级的跨界打通,拓展出互动艺术(interactive art),由创作者制定规则、提供元作品,受众参与改写创作,生成新作品。且开拓错

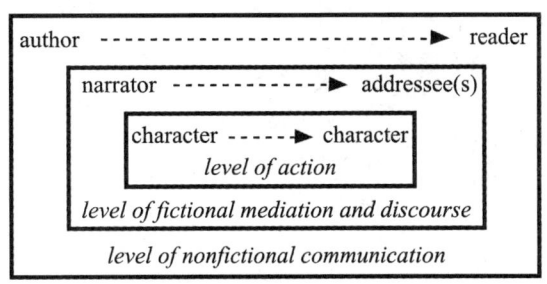

层叙事(metalepsis)①,安排不同层次的人物同台登场,来自不同世界的人物互动。传统故事套盒叙事,对应真实的第一世界(the primary actual world),嵌入故事与框架故事指涉不同的世界,如《一千零一夜》。错层叙事是故事将读者带入多个不同世界,潜入故事及其世界成为主干故事的一部分,制造出本体上的悖论效果,让不可能成为可能。如胡里奥·科塔萨尔的短篇《公园故事里的延续》,讲读者被书中人物谋杀,还出示照片为证。

《天工开物·栩栩如真》的错层互动叙事复杂:叙事内层,小冬创造或然世界的栩栩、理想的应然世界;叙事中层,"我"创造小冬式或然世界、物件式实然世界;叙事外层,真实和隐含作者创造"我"世界及其他多重世界。这三重世界恰似弗洛伊德的三面一体理论:实然对应于自我,应然对应于超我,或然对应于本我。或然像本我般处于冰山下八分之七层次,最难被认知。写实主义,对客观实存世界进行"实然"呈现;浪漫主义,对主观精神世界进行"或然"呈现;文以载道,对应然世界进行"超然"再现。董启章打通写实、浪漫、后设小说、后现代错层等叙事法,直面自我、本我、超我多面目,或然、实然、应然世界多重世界的人物同层或跨层交流,实现多世界多故事多人物的多层叙述与受述的互动关系,横向、纵向、斜向交叉组合,创生出远超 16 种的互动交流可能性,图示如下:

---

① 玛丽—罗尔·瑞安,《文本、世界、故事:作为认知和本体概念的故事世界》,第四届叙事学国际会议暨第六届全国叙事学研讨会大会主题发言稿。

多元互动	实存世界 真实读者	真实第一世界 隐含读者	或然世界 受述者	或然世界 或然人物
实存世界 真实读者	真实读者与真实读者的多向交流褒贬互动	真实作者邀约理想的隐含读者	不隐恶不避讳,艺术对生活负责	真实作者对人物具有主观能动性
真实第一世界隐含读者	隐含作者引导读者思考,解构作者权威	独裁者与同代人对话、对抗	彼此达至水乳交融的理解之境	人物对隐含作者具有主观能动性
实然世界受述者	真实读者代入、质疑叙述者的叙述	读者代入叙述者 叙述者召唤读者	叙述者与受述者对话、角色转换	或然人物反向寻找叙述者
实然世界实然人物	真实读者想象出实然与或然的新可能	隐含读者代入、想象实然人物	受述者与实然、或然人物叠合	实然与或然人物对话,互相越界

　　总结起来,体现在四个层面。一是同一世界人物的交流。或然世界的人物情欲物欲纠葛,隐喻本我层面的力比多潜意识冲动。实然世界的人物互动,如董家三代的血脉联系,隐喻自我世界现实人生的复杂性。

　　二是不同世界人物的穿越互动。或然与实然人物越界互动,或在实然世界加插或然人物,如"我"有可能的妻儿。实然人物穿越到或然世界。或然人物进入实然世界,栩栩寻找祖辈故乡,找到实然世界的"我",人物跟真人恋爱,从想象世界进入真实的第一世界,虚构人物要长久生存权。按常规,作家创造人物,人物作为客体对象,只有被动性。董启章设计人物反向寻找叙述者,在后现代戏仿穿越法中,一切皆有可能,可能世界无穷大。

　　三是作者、隐含作者、叙述者有多重自我面具,自由跨层。"我"化身为多角色:真实作者、隐含作者,叙述"我",或然世界的大作家、独裁者、人物小冬,分裂出第一、第二、n个自我。类于心理学症候分析小说《24重人格》。但《天工开物》的自我分裂为有意掌控,将自我置放在多重可能中心,在多层世界中寻找新可能。这也类似于"面具说",借人物、叙述者、独裁者面具,探索多重人格、重构自我、真我与假我、实相与虚构,讲家族承传和个人成长,由自我之眼,想象他人、物件、家族和城市;由他人之眼,确立自我的形象;在布满裂片的汪洋中,在出路与回路交错的困局中,自我寻求突破的可能,达到完整性和一致性,化合出心理、文学和哲学合一的可能世界。

后设小说(matefiction)让叙述者走向前台,自我暴露写作过程,带有自我反思性(self-reflexive nature),渥厄(Waugh)指出,其藉拆解小说世界建构过程,揭示权威如何利用话语对日常予以无意识控制①。董启章有自省意识,让叙述者自曝丑陋;化身为独裁者,嘲笑作家权威性;邀约读者批判,形成多重叙述者与受述者的交流。解构权威,意味着承担责任。

四是受述者的多重跨界。作为受述对象的栩栩,也身兼多重身份:既是或然世界的人物;又是实然世界的受述者和隐含读者;还成为穿越或然与实然世界的叙述者,以叙述者——人物小冬为受述者。叙述者借人物栩栩寻回对初恋情人的记忆,将受述者设计为暗含对象,如说书偶尔出现的"看官"。

总之,传统叙事学理论难以涵括董启章"自然史三部曲"的独特性:创造赛博时代的三重世界叙事,拓展多重错层的交流互动叙事,像光,既是波又是粒子,既是空间弥散震动的,又是子弹样线性点状运动的;既呈现出叙事形式创意的粒子属性,又呈现出历史内容创意的波状属性。其以

---

① 帕特里莎·渥厄著,钱竞、刘雁滨译,《后设小说——自我意识小说的理论与实践》,上海:骆驼出版社,1984年。

百科全书式为标的,放眼寰宇,探讨生命源始:"显示了诸多可能与唯一现实之间的奇异关系,标志着人文与科学文化在长期分离之后的再度聚首。"①三部曲命名为"天工开物""时间繁史""物种源始",体现出穷天尽理、格物致知的构想,向《天工开物》《时间简史》《物种起源》《自然史》这四部自然科学巨著致敬。董启章的自然史三部曲,既是自然史、宇宙史,又是香港史、个人史,作为哲思小说,创建了新的三重世界叙事法。

---

① 张新军,《可能世界叙事学》,苏州:苏州大学出版社,2011 年,第 31 页。

英国当代女性小说叙事的主题话语[*]

◎ 程 倩^{**}

暨南大学

英国女性文学传统源远流长,在世界其他民族的女性还沉默哑然、女性书写一片空白之时,小小的不列颠岛就发出了清晰、响亮、自信的女性之声,玛丽·雪莱、简·奥斯丁、夏绿蒂·勃朗特等数位天才女性大师相继涌现,英国女性文学犹如万绿丛中一点红,浮现在世界文学之林中,填补了文学史上女性创作几近空白的沉默空间。20世纪的英国女性文学创作进入黄金时代,呈迅猛之势泱泱之态。至20世纪末,女性的生存环境和写作空间更为宽松广阔,女作家们步出了"自恋自闭"的狭小空间,介入当下社会现实,积极参与文化建构,分享公共话语权力,融入主流文化意识,完成了从边缘向中心的突进,她们的文学才智和辉煌成就在世界范围内得到广泛认同。英国专门为女性作家成立了维拉戈出版社(Virago Press),并设置了柑橘文学奖(Orange Prize)。已有近十位女作家获得曼·布克奖,而"文学祖母"多丽丝·莱辛更是获得了诺贝尔文学奖。至21世纪,英国女性小说创作进入了一个前所未有的新阶段,完成了向多元化、差异化、全球化的历史转型。正如肖尔瓦特所言,当代英国女性小说以整个世界为背景,代表着全球文化和新欧洲的国际性风格。女作家们不再囿于妇女解放运动和女性主义等既定的传统议题,舍弃了奥斯丁式

---

* 【基金项目】此文系国家社科基金项目"英国当代女性小说之超验叙事研究"(批准号:14BWW062)研究成果。

** 【作者简介】程倩,暨南大学外国语学院教授,email:chengqian11@hotmail.com。博士,研究方向为叙事理论和小说阐释。

的"二寸象牙",转而展现国际性时代画卷。①

　　本文拟对英国当代女性小说叙事进行梳理和描述,抽绎出超验叙事、现实视域、历史书写及性别意识等几大主题话语,以探讨女性创作的精神内核和艺术价值,评价女性小说家们在当代英国多元文学格局中的地位和做出的贡献。

一、现实视域

　　在作品中实施现实观照、表达社会诉求一直是英国女性文学的传统,女性创作在初始阶段即表现出立足时代精神、关注社会现实、反映生活本相的创作倾向。奥斯丁的精微"二寸象牙"折射出复杂人性和世态百相,平凡中见博大。勃朗特姐妹录写人生的沧桑和女性的心路历程。伍尔夫等人更是置身于思想文化的中心,反映现代人复杂的社会生活,保持着对现实视域的长久关注。

　　当今社会矛盾重重、危机四伏、瞬息万变,当代人陷入精神困顿和各种社会问题之中。现实关注成为当代文学创作的首要主题。当代女作家们不再局限于自己的女性身份,而是和同时代的男作家一样,表现出博大的人文情怀和强烈的批判意识,把社会现实纳入自己的创作视野,将身份种族、生态环境、宗教纷争等人类面临的重大问题作为创作的基本主题,以高度的理论自觉参与当下的文化建构,积极融入文学潮流,体现了强烈的当下性和时代感。

　　玛格丽特·德拉布尔等人的创作都可以归入现实主义之列。德拉布尔依循现实主义传统,透过个体生命存在的现实状态,再现当代英国社会生活的变迁,反映当代人特别是女性在社会、时代、历史、道德多重挤迫下的生存困境。她的《中间地带》《冰封岁月》和《光辉灿烂的道路》等小说描绘出触目惊心的残酷现实,到处是暴力、血腥和死亡,人物遭遇了梦魇、末世和绝望,表现出强烈的社会批评意识。正如她所言,"小说家的职责就是反映现实,正视这个丑陋的,残缺的,易于剧变的时代"②。因之批评

---

① Elaine Showalter. *A Literature of Their Own* (the expanded edition). Princeton：Princeton University Press, 1999, p.321.

② A. S. Byatt. *On Histories and Stories: Selected Essays*. London：Chatto & Windus, 2000, p.1.

家们将她的作品归类为贴近时代、反映现实的"状态小说",并称她为"当代英国的编年史者,百年后人们要了解当时的现实而求助的小说家,她的贡献如同狄更斯之于维多利亚时代的伦敦,巴尔扎克之于巴黎"①。

安·苏·拜厄特的《占有》则是一幅典型的当代西方社会和人的本相图。世纪末的商业化社会道德沦丧,物欲横流。往昔圣洁的学术世界不再是一方净土,投机取巧、沽名钓誉的学术骗子粉墨登场。校园里的专家学者不过是急功近利的文化动物,"性"成了文学创作和批评的中心话题,世界被误读成女人的身体。她的《吹哨女人》等小说延续了同样的现实视域,映照出物化的西方社会中文明的衰落和人性的退化,引发世人对现代文明内核的自思考及对历史演进的本质和意义的质疑。

费·韦尔登的现实题材创作更为激进尖锐,素有"政治小说家"之称,自《胖女人笑话》始,她的多部长篇小说着力表现人与社会的矛盾冲突,剖析当代英国社会时弊,带有浓郁的社会批评意识,人物形象和作品主题全无理想色彩。苏珊·希尔的《我是城堡之王》以人性恶为主题的,揭示现代人疏离、隔膜、封闭的种种变态心理,与戈尔丁的人性恶之主题相近。罗斯·特里梅因在《小橱》等小说中以奇特陌生、神秘莫测的生活经验为内容,反映异化病态的西方人和社会,特别是全球化过程中不同国别、不同阶层的碰撞与摩擦,其社会批判意识不亚于她的同辈男作家马丁·艾米斯和麦克尤恩等人的作品。

多丽丝·莱辛更是把文学创作作为表现社会问题的工具,在《浮世畸零人》等小说中有意识地探讨人类的生存危机,如信仰危机、种族矛盾、文化冲突、甚至环境污染等,丰富的主题赋予其小说百科全书般的全景视野。莱辛的后期创作把小说的背景扩展到广袤无边的外层空间,写作了超现实主义的"太空系列小说",纯属虚构的想象之作实质上并未超出凡尘俗世,而是以胸怀全球、放眼宇宙的开阔视野来考察人类的前途和地球的未来,逼真地预示人类文明濒临末日、地球生命即将灭绝的恐怖前景,显而易见的象征寓意给世人以深刻的警示。莱辛的其他小说如《裂缝》等再度采用科幻形式,却不乏理性且具思辨色彩,本质上仍属具有强烈社会意识的宏大叙事。

另外,移民女作家格丽斯·尼柯尔斯等从异文化视角关注各民族的

① Nora Stovel. *Margaret Drabble: Symbolic Moralist*. Washington:Starmont House, 1989, p.187.

生存现实，英国文坛上响起了主流文化之外的异族女性作家的呼声。牙买加裔英国作家扎地·史密斯的小说《白牙》以三个不同族裔的英国家庭之间的故事来反映后殖民时代的当代英国社会多元文化的冲突和融合。《签名买卖人》和《论美》继续探讨文化差异和种族矛盾。她采用的喜剧笔法似乎有意淡化与调和这种差异和矛盾，被贴上"喜剧现实主义"的标签。① 莫尼卡·阿里是英孟混血儿，她的小说《砖巷》聚焦于身居伦敦的移民生存状态，反映当代英国社会历经种族冲突和文化隔膜之后两种文明的渗透融合。少数族裔女作家以各自独特的文化经历和种族身份参与了当代英国文化品格的时代建构。

特定的生存语境和开阔视野使当代女作家们突破了婚姻家庭的狭窄空间，超越个人自身的单一经验，转化为地域、族裔、社会之间的跨文化写作，把对人生与情感的深邃思索上升到人类文明的哲学高度，表达着她们对世界和社会的全方位认知和思考。

二、超验叙事

如果说经验叙事是以拟实的手法采用现实生活样态、追求摹拟妙肖的真实性、创造一种与人类所生活的经验世界同构对应的小说世界，那么超验叙事则以表意手法突破现实生活样态，摆脱世界的自然逻辑，超越现实的自然性或社会性，以诗性想象对抗理性逻辑，超越经验和常识的主观感觉从而进入可能世界的自由状态。英国文学史上采用超验叙事创作幻想文学的大师中也有不少女性的身影。玛丽·雪莱的《弗兰肯斯坦》是一部极富想象力的魔幻之作。勃朗特姐妹的《简·爱》和《呼啸山庄》中的哥特式风格也带有明显的超验色彩。弗吉尼亚·伍尔夫的《奥兰多》的原型貌似基于女作家的同辈诗人维塔，却在女作家的超验遐想中被塑造成了一位跨越300年时空、跨越两重性别的雌雄同体的人物。

至20世纪下半叶的当代英国，女性作家创作的超验小说已蔚为大观。埃玛·坦南特在创作中表现出非凡的想象力，《恶姐》等作品带有浓重的虚幻神秘的超验气息。苏珊·希尔的《我是城堡之王》、罗斯·特里梅因的《小橱》等小说中以奇特陌生、神秘莫测的人性变异，反映病

① James Acheson (ed.). *The Contemporary British Novel*. Edinburgh：Edinburgh University Press, 2005, p.109.

态的西方社会和人。安吉拉·卡特的童话新编极具颠覆性,《影子舞》《血淋淋的卧室》等小说的超验叙事千姿百态,无比奇异。卡特还主编了《女英雄童话故事集》,其中《老虎的新娘》就改写自经典童话《美女与野兽》,号称女性主义新童话。在费·韦尔登的《女魔的生活和爱情》中,一位备受男性摧残的弱小女子在幻想中变形为女神,奇迹般地获得了某种神奇的魔力,畅快淋漓地对其丈夫实施了无情的复仇。由此,现实女性与神话人物发生认同,在虚幻的超验想象中尽情地宣泄压抑已久的反叛欲望。

多丽丝·莱辛出版了科幻小说《南船座的老人星:档案记载》,在浩瀚的星空异域构建了一个想象中的宇宙人类,堪称太空时代的科幻史诗,是一则关于地球生态和人类命运的隐喻式预言,极大地拓展了超验叙事的认知功能和审美意义。玛格丽特·德拉布尔的《红王妃》属典型的超验叙事,辞世 200 年的朝鲜王妃阴魂不散,以神灵的形式出现,同时充当历史当事人和现实叙述者的双重角色,在今生与往世,现实与历史,西方与东方之间自由穿梭,与当代人进行超越时代、地域和文化的历史对话和精神交流。德拉布尔在《七姐妹》中让当代女性人物与神话故事里的七姐妹发生身份认同,七仙女的神话天堂和姐妹们的现实地狱形成鲜明对照,神话与现实的巨大反差形成戏仿性互文,身陷现实困境的女性人物的突围之举显然是一则虚幻的现代神话。安·苏·拜厄特的《占有》重复了人类堕落、历经漂泊、重返伊甸园的神话原型,以人所共知的乐园神话在文本中巧妙地串联起相距遥远的三个不同历史时期,得乐园、失乐园和复乐园连贯完整的循环三部曲汇合成小说贯穿始终的乐园主题。北欧传说中的人类祖先阿斯克和埃姆布拉等神话人物在虚构的文本中再现,超验叙事贯穿始终。《孩子们的书》中启用了大量的童话和神话元素,小说的章节自"初始"向"黄金时代"到"白银时代"最后至"铅灰时代"的下坠式递进则套用了传统神话的时代划分模式,大致应合了人类由黄金时代至黑铁时代的下坠式进程,成为一则人类堕落、社会恶化的隐喻。《饶纳诺克:众神的终结》从一个二战中的小女孩的视角,以天才的想象力重述挪威神话《阿斯加德和众神》的传说故事,完整地再现了众神纷争不断、相互屠杀、世界毁灭的末世神话,极具警世意义。

凯伦·阿姆斯特朗和简妮特·温特森参与了"神话重述"的大型国际书系项目,是其中为数不多的女作家。阿姆斯特朗的《神话简史》证明"神话的意义就在于让人们更充分地意识到精神维度的存在"。温特森的《重量》则重述了希腊神话中阿特拉斯受罚的故事,并由此展开关于孤独和自由等形而上命题的现代思考,在超现实叙事中彰显出丰富的精神意蕴。她的《橘子不是唯一的水果》同样设置了寓言式神话框架,各章节的标题显然套用了《圣经》的前八部,女儿回归母亲身边一幕明显指涉《路德书》的原始情节。温特森甚至自我标榜为具有超验意识的"预言家",明确声称意欲创造"女性主义新神话"[1]。莎拉·沃特斯的《亲密关系》等维多利亚时代三部曲虽然被冠以"新历史小说"之称,却具有浓重的超验色彩,灵媒和鬼魂频频出没其中。虽然一直被主流评论家们选择性地集体漠视,罗琳的《哈利·波特》系列因其浓重的神话色彩和童话风格而风靡全球,为全世界的读者狂热追捧,在世界文坛产生了持久而强烈的影响,这是任何同辈男作家未能企及的。在科技高度发展的当今社会,人类意欲超越现实的超验情结依然根深蒂固,而罗琳以女性的敏锐感知到了这种大众情结,《哈利·波特》大幅度的超验叙事适时地迎合了人们的集体无意识。

值得注意的是,女作家们充满诗意想象的超验叙事是基于当下视角的现实关注之上的。在此意义上可以说,超验叙事是众多女作家在特定历史语境和文化背景下的修辞选择,是她们人生体验、文学思想和叙事意识的特定表达,其小说叙事中的超验元素因其高度的想象性和象征性成为承载作品主题的有机组成,使女性获得了自我倾诉的自由维度和话语模式,简妮特·温特森和安吉拉·卡特等人的创作因之贴上了魔幻现实主义的标签。借助神话、童话的超验魅力,女作家们在颠覆传统男性话语体系的同时,建构起强大的女性超验话语模式,开拓出广阔丰富的言说空间,女性小说叙事由此获得了新的生机和永恒魅力。

三、历史书写

拜厄特在《论历史和故事》中指出,"一股非常强烈的历史小说的写作冲动已成为一种书写被边缘化、被忘却和不被记录的历史的政治欲望。在英国,它包括黑人和妇女的历史以及后殖民小说的全面繁荣和百花齐放。……这些论战式的修正故事的存在,引发了英国其他作家向历史和

---

[1] Dominic Head. *The Cambridge Introduction to Modern British Fiction, 1950 - 2000*. Cambridge: Cambridge University Press, 2004, p.101.

地域进行纵深探索的冲动"①。众多当代英国作家开始将笔触伸向过去,尝试从历史的回溯中寻找精神上的归属感,在虚构的文学作品中实施历史重构,表现出强烈的历史情结。一时间历史小说方兴未艾,当代文学呈现出厚重的历史之思。女作家们同样意识到了这种历史书写潮流,创作了相当数量的历史小说,而元历史、新历史主义等理论无疑从认识论上为重述历史之举提供了思想武器。

拜厄特的《占有》极具代表性。《占有》的历史叙事不像一般的历史小说那样,仅仅是对某一历史时期的单一展示,而采用了西方后现代文学中较常见的复调叙述和多重时空,由当代向维多利亚时代再向远古的人类早期的递进式历史回归,写实层面和象征层面彼此迭合,突出了历史与现实之间的延续性和交互作用,完成对人类社会历史演进的宏观描述。拜厄特的《天使与昆虫》则重构了进化论与唯灵论的冲突,从当代视角重新审视维多利亚时代的文化景观。

以创作现实题材、反映当代生活著称的玛格丽特·德拉布尔也加入到这一历史创作的潮流中,《红王妃》将对人类普遍命题的探讨置放于世界历史的大背景下,把关注的目光投向神秘的东方,投向遥远的历史深处,在历史叙事中展现永久的人类生存困境。真实的历史人物以神灵的形式出现,同时充当历史当事人和讲述者的双重角色。由此,德拉布尔充分行使小说家独享的虚构特权,在今生与往世、现实与历史、西方与东方之间,实施了多重时空跨越,进行超越时代、地域和文化的历史对话和精神交流。

维多利亚时代重构是历史书写中最显著的现象,被冠以"新历史小说"之称。莎拉·沃特斯的《亲密关系》等维多利亚时代三部曲也属此类小说。沃特斯将其小说的背景设置在维多利亚时代,通过人物个人的家国记忆来表现当代人的历史记忆。灵媒和鬼魂出没其中,浓重的哥特气氛颇具爱伦·坡的风格。对世纪之交的历史写作而言,"英国性"意即重构"更具开明文化,更富维多利亚时代道德伦理符玛"的19世纪,"不是历史真相的曲解,而是更为特异的公众版本"②。简·罗杰斯的《柔先生的

---

① A. S. Byatt. *On Histories and Stories: Selected Essays*. London: Chatto & Windus, 2000, p.12.

② Richard Bradford. *The Novel Now: Contemporary British Fiction*. Oxford: Blackwell, 2007, p.93.

少女们》，维多利亚·格伦丁宁的《电》，索尼娅·欧文若的《贝壳王国》等都属此类历史文本。

罗斯·特莱梅恩的历史小说《复辟》在历史人物的个人命运中再现17世纪查理二世统治时期的历史风貌，以历史编纂元小说形式大胆涉及政治题材，以古讽今、针砭时弊，影射撒切尔夫人治下的当代英国。她的近作《颜色》则以19世纪的新西兰为历史背景，重现遥远的英属殖民地移民拓荒求生，并谋求精神认同的经历，重新评价殖民主义的历史意义。简妮特·温特森在《樱桃的性别》中，将17世纪描绘成一个危机四伏，动荡不安的时代，与当代英国社会形成高度认同。"往昔的历史作为一种激发、启迪之维与当下形成对照，成为新历史小说的主流。"①

帕特·巴克更是以女作家的身份介入传统文学中由男性主宰的战争等重大主题，《重生三部曲》在历史和现实的交织中再现特定历史时期的时代风云，表现当代人对世界大战的反思，以超越性别的视角探讨战争与性别、暴力与男性之间的相互关系，完成关于人类"变形"与"重生"的宏大叙事。她的小说包括《越界》和《双重视域》等多以男性人物为主人公，着重探讨男性气质，反映女性经验之外的男性经验，因之被归于主流作家之列。

借助史料而成就的作品还有希拉里·曼特尔的《狼厅》，选取主人公克伦威尔本人的视角讲述16世纪亨利八世时代都铎王朝的历史故事。出身卑微却跃居高位的传奇人物克伦威尔在希拉里·曼特尔的笔下得到了全新的思考和颠覆性阐释。现在时的运用将五百多年前那段尘封的历史往事演变成一个由个人意志和历史偶然共同操纵的动态历史进程，完成了历史人物的现代版演绎。

对女作家而言，历史背景是传达主题的策略，历史重构则是评判当下的手段，更重要的是，历史小说使女作家们得以超越性别局限，"重新构想"历史上被边缘化、被置于从属地位的那部分人的未曾记录的生活状态，尤其是女性，也包括工人阶级、黑人、奴隶和殖民地民众，从女性的视角反映他们这部分人的生存经验，探索历史的真相，形成了有别于传统的独特历史叙事模式。在女作家的笔下，历史书写融合了浪漫传奇、荒诞故事、哥特风格、历险小说、甚至侦探故事等多种形式，更趋繁复杂糅，无疑是一

---

① Richard Bradford. *The Novel Now: Contemporary British Fiction*. Oxford：Blackwell, 2007, p.90.

块神奇的想象之域。

四、性别意识

尽管莱辛一再声称她要反映的不仅仅是妇女问题而是"整个时代"的世界性全景，尽管德拉布尔宁愿被称为人文主义作家而非女性主义作家，尽管拜厄特等拒绝评论界把她们的作品仅仅归于女性主义文学的范畴，与生俱来的女性性别决定了女作家们在小说叙事中不可避免的女性意识，和她们的前辈一样，执著于表现女性主体性，带有不可遏止的女性意识。

安吉拉·卡特发出了反叛男权统治、张扬女性意识的最强音。她在自己的创作中大胆"篡改"千年童话，彻底颠覆旧有秩序，勇敢挑战男性权威，进行了一场轰轰烈烈的性别革命。在《与狼为伴》中，小红帽没有被动地被狼吃掉，而是大胆迎战代表男性的恶狼，在性行为上主动出击，昔日男性迫害女性的"血淋淋的卧室"而今成了女性英勇反击的战场，被征服了的"狼人"只好逃之夭夭。

韦尔登的《大女子》以小说故事影射维拉戈出版社的商业化本质，满怀忧患意识地对女性主义之现状和前景进行反思和构想。韦尔登小说因其关于女性人生的多方探讨而被称为"妇女生存手册"①。海伦·菲尔丁的《布里奇特·琼斯日记》则展现了世纪末女性生存的真实图景，并派生出"少女文学"（Chick lit）这种第一人称人物叙事的都市女性小说体裁，被视为"后女性主义文学"的代表作。

随着女性主义运动的发展，伍尔夫们当年向往的"自己的一间房"对当代女性来说已不再是奢望，女作家们关于性别意识的思考有了新的内容。她们将关注的焦点从女性对社会地位、平等权利的政治诉求逐渐转移到对母性、性别、身体等方面的深层探索，身体政治成为这一时期女性小说探讨的重要领域，其中最突出的是女同性恋描写。

简妮特·温特森的半自传体小说《橘子不是唯一的水果》讲述了一个女同性恋者的心理成长历程。在温特森笔下，同性恋没有被表现为一种不正常的性取向，而被看做女性对男权文化和宗教权威的另类反叛方式。

---

① Dominic Head. *The Cambridge Introduction to Modern British Fiction, 1950 – 2000*. Cambridge：Cambridge University Press，2004，p.97.

《写在躯体上》则挑战性别之分的固有观念,小说人物的性别和相互关系都含混模糊,作者欲以证明是躯体而不是性别决定着人们的社会生活和人生际遇。她的《激情》《樱桃的性别》和《苹果笔记本》仍然继续探讨身体政治的问题,同时涉及同性恋、双性恋、三角恋等,用超越性别的视角来展开关于身体与性别的全方位思考。温特森被认为是身体写作中最具艺术狂想力的作家,号称"伍尔夫的继承人"。

莎拉·沃特斯也以创作同性恋题材而著称,她的《亲密关系》表现女主人公和被囚禁的灵媒之间肉体和精神上的相互依恋,录写女性的身体欲望和心理体验。《轻舔丝绒》仍然以女同性恋为主题,描写维多利亚时代女性间的友谊和爱情,展现女性性心理和性行为,这正是维多利亚时代所压抑的、狄更斯和勃朗特的笔下不曾叙写的历史空白。

拜厄特在《占有》中对这种女性间的亲密关系进行了历史性思考,小说中不同历史时代的多位女性人物都表现出对同性伴侣的渴求和依恋,并从这种姐妹情谊中获得慰藉和支持。少女时代的美鲁西那与其姐妹白衣仙子们相伴而居,过着快乐的生活。维多利亚女诗人拉摩特与女友布兰奇择屋同居,一人为诗一人为画,勇敢地尝试"在彼此的陪伴下,作为独身女子度过有益的、充实的人生之可能性",并将这种女性相伴的共同生活称为"一种签封的契约"。毛德与利奥里娜同为女性主义学者、拉摩特研究专家,两人志同道合却关系暧昧。同为女人的共性使女性人物总是诉诸姐妹情谊,在同性的相互爱恋中获取力量。女性表现出的这种非常态性心理倾向与其说是一种同性恋心态,不如说是一种同性间的心理认同,是超越了生物意义的精神联盟,是颠覆父权文化的象征秩序,是建构女性同盟的精神欲求。

对于温特森这些女作家而言,"身体写作"俨然成为一种立足于女性性别却又超越性别的女性话语策略。英国文学之女性文本中丰富而细腻的大量性描写并未像中国当代女性文学的身体写作那样任由女性沦落成消费对象和审美客体,却凸显出女性生命的本源价值,为女性反叛人性禁锢、实施精神突围提供了语言契机。

五、结　语

继承了英国女性文学的伟大传统,女小说家们在当代世界文学的浪潮中活跃异常,她们以独特鲜明的艺术个性各领风骚,表现出强劲的创作态势。虽则莱辛已经谢世,但德拉布尔、拜厄特等笔耕不辍,温特森、特里梅因等笔力正健,文坛新秀不断涌现。而移民潮所产生的种族和文化的合流则赋予女性小说叙事以文化多样性和身份多元化,呈现出立足于性别而又超越性别的国际化写作倾向。当代女性小说家如此齐整的创作阵容、如此强烈的写作诉求、如此骄人的文学业绩,远非本文所总结的几大主题话语所能概括的。英国当代女性小说创作作为一种突出、成熟的文学现象,无疑是一个美丽斑驳、坚实厚重的文化存在,呈现出其独异的美学追求和思辨意识,在全球化背景的大范围下得以大幅度弘扬。正如批评家所言:"今天女性小说里的'特别的品质'已经不是狭隘的眼光和限制,而是属于全人类的艺术启示和生存经验。"①肖尔瓦特亦断言,女性文学作为分离的"属于她们自己的文学"的历史已经终结,女性小说家们已经以"后现代的创新者、参与政治的观察者和无限的讲故事者"的身份进入了当代主流文学。她如是说:"如果说英国小说中的女性文学传统过去曾是一座沉没的亚特兰蒂斯,如今它已经成功地从海底升起并主宰潮流。"②

---

① Thomas F. Staley(ed.). *Twentieth-century Women Novelists*. New York: Barnes & Noble, 1982, p.32.

② Elaine Showalter. *A Literature of Their Own*(the expanded edition). Princeton: Princeton University Press, 1999, p.320.

"经典重写"小说叙事结构分析

◎ 王丽亚*

北京外国语大学

一、引　言

　　20 世纪 90 年代开始,英语小说界涌现了一批对经典小说进行"修正"或改写的"经典重写"(canon rewriting)作品。[①] 以 18、19 世纪经典小说作为显性或隐性"前文本"(pretext),当代小说家通过重置情节、反转人物关系、重塑人物形象、切换视角、变换叙述声音等叙事策略,出版了一大批被评论界称为"修正写作"(re-visionary re-writing)的小说。[②] 评论界在论及这一现象时表现出两种认识。以戏仿(parody)及其自反指涉(self-reflexivity)作为观察点,哈钦(Hutcheon)将重写和改编一并视为具有后现代诗学特征的"历史编纂元小说"(historiographic metafiction),揭示重写和改编源于普遍的"互文性"[③]。与这种本体论意义上的"互文性"形成立场差异[④],女性主义和后殖民文评将"经典重写"看作以文学写作发出的

*　【作者简介】王丽亚,北京外国语大学英语学院教授,email: wangliya@bfsu.edu.cn。主要研究方向为英美小说及小说理论。

① Ankhi Mukherjee. *What Is a Classic? Postcolonial Rewriting and Invention of the Canon*. Stanford: Stanford University Press, 2014, p.18.

② Peter Widdowson. "'Writing back': Contemporary re-visionary fiction." *Textual Practice*, 20(3), 2006, p.495.

③ Linda Hutcheon. *A Poetics of Postmodernism*. New York: Routledge, 1988, p.27.

④ Julia Kristeva. *Desire in Language: A Semiotic Approach to Literature and Art*. Oxford: Blackwell, 1980, p.15.

"反抗话语"（counter discourse）。将文学史当做父权秩序的象征展现，选取某些重写文本对"前文本"中女性形象的重塑，女性主义文评提出，经典重写相当于用"抵抗阅读"（resisting reading）表述"女性写作"反抗姿态①。与此相同，后殖民文评认为经典小说，尤其是18、19世纪英语小说在价值观上与帝国文化同构，因此，对经典进行重写，代表了对帝国文化进行逆向重构。② 总之，无论是女性重写，还是后殖民重写，重写后的故事及其或隐或现的"前文本"彼此对立。③

本文提出，把"经典重写"等同于社会文化批评范畴的"抵抗阅读"，这一认识契合女性主义和后殖民文学批评基本立场，不过，这种单一化阐释方法切割了重写与"前文本"在叙事结构上的关联性。对经典进行的重写，很多时候起因于当代作家对经典的重读，而这种"阅读反应"包含了来自经典对阅读期待的预设，以及作家对这种期待的有意背离；有些重写实际上属于"前文本"中的"潜文本"或"隐形情节"。事实上，对于"前文本"的不同阅读和利用导致了重写文本这一类型内部的不同结构，而不同的结构方式说明了经典意义的开放性以及对不同读者的召唤。

文章以结构主义叙事理论提出的"故事"与"话语"之分为观察点，区分两种不同"重写"结构：（1）与"前文本"构成信息互补关系的"同故事平行"结构（homodiegetic paraquel）；（2）以暗指（allusion）、母题（motif）和同形异义词（homonym）派生的"修辞结构"（rhetorical structure）。前者特点在于假托故事与其"前身"同步发生，通过选择不同叙述者或情节重置扩充或改变"前文本"叙事信息；后者表现为使用"前文本"中的母题、暗指，以及采用"前故事"中的人物、地点同名名词，颇有些悖论意味地叙述与"前文本"全无关系的新故事。较之前一种方式，后者虽有借用之痕迹，但无"重写"之意。与其说是重写，倒不如说是原创。

以女性主义和后殖民文学批评对"重写"的单一认识作为观察，选取与《远大前程》《简·爱》《黑暗之心》有关的重写作品作为例子，本文揭示，从前期的"同故事平行"结构到近年来显现于经典重写中的"修辞结

① Evelyne Keitel. *Reading as/like a Woman in Feminism and Psychoanalysis: A Critical Dictionary*. Oxford：Blackwell, 1992, pp.371-372.

② Griffiths Ashcroft & Helen Tiffin. *The Empire Writes Back: Theory and Practice in Post-colonial Literature*. London：Routledge, 1989, pp.38-39.

③ John Thieme. *Postcolonial Con-texts: Writing back to the Canon*. London：Continuum, 2001, p.3.

构"，当代重写已经走出性别与族裔政治强调的二元对立思维，因此，对于经典重写这一小说样式的阐释也应告别身份政治长期关注的"抵抗阅读"。

二、经典重写与互文结构

毫无疑问，对先前故事或已有作品进行重写或改写，这种现象在文学史上屡见不鲜。比如，莎士比亚以民间故事为蓝本，将故事变为剧本；进入电子传媒时代后，故事借助影视与网络媒介撒播至世界各地，而故事也在重复与改编中产生差异。用哈钦的话来说，在重复讲述与书写中不断重现的故事与文本与这种重复行为一起发生，相当于"羊皮纸书上的反复书写"，期间或隐或现的故事及其差异令人感到"双重欢愉"①。这一认识同样适用于形容当代小说领域的经典重写。不过，就重写作品在评论界引发的讨论而言，总体情形并不令人"欢愉"。这一点集中体现在围绕《黑暗之心》《远大前程》以及《简·爱》展开的重写作品中。

大约从 20 世纪 50 年代起，以《黑暗之心》作为"前文本"的重写作品在英语小说界先声夺人。怀特（Patrick White）的《沃斯》（*Voss*，1957）和《树叶裙》（*A Fringe of Leaves*，1976）、阿切贝（Chinua Achebe）的《神箭》（*Arrow of God*，1964）、哈里斯（Wilson Harris）的《孔雀的宫殿》（*Palace of the Peacock*，1960）、阿特伍德（Margaret Atwood）的《浮现》（*Surfacing*，1972）与《神谕女士》（*Lady Oracle*，1976）、克罗茨（Robert Kroetsch）的《劣地》（*Badlands*，1975）以及奈保尔（V. S. Naipual）的《河湾》（*A Bend in the River*，1979）均被视为对《黑暗之心》进行的"后殖民重写"②。

与集中于后殖民主题的"康拉德重写"形成差异，与《远大前程》有关的"狄更斯重写"③涉及族裔、性别、阶级、道德等多个主题。卡里（Peter Carrey）的《杰克·麦格斯》（*Jack Maggs*，1997）和努南（Michael Noonan）

①　Linda Hutcheon. *A Theory of Adaptation*. New York：Routledge，2006，p.173.

②　John Thieme. *Postcolonial Con-texts: Writing back to the Canon*. London：Continuum，2001，p.11.

③　Cora Kaplan. "Cada：The firm of Charles and Charles — Authorship，science and Neo-Victorian masculinities." In Nadine Boehm-Schnitker & Susanne Gruss（eds.），*Neo-Victorian Literature and Culture: Immersions and Revisitations*，2014，p.198.

的《麦格威奇》(*Magwitch*, 1982)反转"前文本"中围绕匹普英国绅士梦想展开的情节结构,将"前文本"中的底层人物(英国罪犯)和边缘地理(澳大利亚)作为叙述核心。在弗拉纳根(Richard Flanagan)的《渴望》(*Wanting*, 2008)以及琼斯(Lloyd Jones)的《匹普先生》(*Mister Pip*, 2006)中,故事空间与时间与狄更斯笔下的帝国中心发生进一步位移。以澳大利亚和新西兰作为故事场景,两部作品分别以 19 世纪中叶和 20 世纪 90 年代为历史背景,讲述历史在不同地理空间与民族文化中的差异认识。托玛琳(Claire Tomalin)的《隐身的女性》(*Invisible Women*, 1991)、西蒙斯(Dan Simmons)的《德鲁德》(*Drood*, 2009)、珀尔(Matthew Pearl)的《狄更斯遗作》(*The Last Dickens*, 2009)将狄更斯部分生平事迹与虚构故事进行混搭,使得作品融合了自传、传记、小说三种样式。

与围绕《黑暗之心》展开的"后殖民"重写相映成趣,与《简·爱》有关的重写起始于女性主义视域下对"阁楼里的疯女人"形象的逆向阅读,但是很快衍生至后殖民与女性主义框架以外的历史与文化记忆展现。如果把里斯(Jean Rhys)的《藻海无边》(*Wide Sargasso Sea*, 1966)作为起点,在此后 30 年间,被视为"后简·爱"的代表作有:奈保尔的《游击队员》(*Guerrillas*, 1975)、阿特伍德的《神谕女士》、戈什(Amitav Gosh)的《阴影线》(*The Shadow Lines*, 1988)、厄克特(Jane Urquhart)的《变化的天堂》(*Changing Heaven*, 1990)、福德(Jasper Fforde)的《简·爱事件》(*The Eyre Affair*, 2001)以及纽瓦克(Elizabeth Newark)的《简·爱的女儿》(*Jane Eyre's Daughter*, 2008)。与《藻海无边》和"前文本"在故事情节层面的重叠与依赖关系形成差异,上述作品以暗指、同名人物和地点作为修辞手法,使得读者产生互文联想;然而,故事予以明确的当代民族历史或个人史,以及故事层面与"前文本"全无瓜葛的特点,使得这些看似构建"互文"(intertextuality)的修辞手法凸显了作品本身的原创性。

以上概述显然不足以呈现经典重写在内容与形式层面的诸种差异。值得关注的是,评论界在看待这一文学现象时却倾向于一种总体化的阐释范式。比如,桑德斯(Sanders)认为,所有文本都是对其他文本的"挪用"(appropriation)与"再写"(rewriting),因此,文本间的关系均为互文与复制。① 与这种简约化的认识不同,威多森(Widdowson)提出,"重写"包

---

① Julie Sanders. *Adaptations and Appropriation*. London and New York: Routledge, 2006, p.12.

含了"检视"(revise)与"修改"之意,因此,重写经典旨在"取代"(replace)"前文本"在文学史上的经典位置,同时"纠正"(right)隐含在经典中的价值与立场。①

对比上述观点,我们不难发现它们立场上的对峙以及各自程度不同的内在罅隙。把"互文性"当做文学本质,将重写经典归纳为文本间互相借鉴的普遍属性,这一观点强调了重写经典作为一种文学样式固有的模仿本质,但却忽视了这种样式在形式结构上的特殊性;把重写视为性别政治与后殖民批评在小说领域的等效展现,这一立场凸显了当代作家以"重写"表述的抵抗式阅读,但却忽略了"重写"在叙事艺术方面与经典之间继承与超越并存的双重关系。

从重写与经典关系角度看,上述两种立场源于各自对经典的认识差异。依照布鲁姆(Bloom)的观点,经典"拥有无法被同化的特殊性",即便有的"被完全同化,甚至我们难以察觉其特殊性",这种特殊性依然存在。② 布鲁姆的观点虽然招致诸多批评,不过,正如詹姆逊(Jameson)所指出的,布鲁姆对文学经典内在性的强调与60年代以后美国社会持续高涨的"反智主义"有关,不能简单斥之为保守主义而予以否定。③ 就我们这里的议题而言,布鲁姆强调文学经典是一种"定格记忆的艺术"④,这一提法表明,布鲁姆认为经典的特殊性不仅仅源于作品内部的文学性,同时还包含了文化记忆的某些表征符码。或者说,经典既包含了某些"纯知识空间"(space of pure knowledge),也含有使得经典成为经典的社会文化"档案"(archive);正是这种内外相关的特点使得经典被形容为充满"意识形态张力"的"政治空间"⑤。

回到当代作家对经典的重写。从当代作家与前辈大师的关系看,对经典的重写包含了作家以经典为参照展开的"阅读"和"写作";这个合而

---

① Peter Widdowson. "'Writing back': Contemporary re-visionary fiction." *Textual Practice*, 20(3), 2006, pp.494-501.

② Harold Bloom. *The Western Canon: The Books School of the Ages*. New York: Riverhead, 1994, p.3.

③ Fredric Jameson. *The Ancients and the Postmoderns*. London: Verso, 2015, p.280.

④ Harold Bloom. *The Western Canon: The Books School of the Ages*. New York: Riverhead, 1994, p.17.

⑤ Suzanne Keen. *Romances of the Archive in Contemporary British Fiction*. Toronto: University of Toronto Press, 2003, p.12.

为一的过程既有文学审美层面的接受与影响,又包含价值与立场上的质疑。倘若将这个过程一并视为对"前文本"及其价值的颠覆,这无异于把经典看做政治的附属品。诚然,女性主义强调"自己的文学"①,后殖民文学注重建构"族裔经典"②,但是,以"颠覆"作为唯一动因,解释当代作家对经典的重写,并且强调其写作立场在于替换"前文本",这种认识实际上有悖于女性写作与族裔文学对"差异审美"的强调③,在客观上有可能强化传统文学批评认为女性主义与后殖民文学审美不足、政治过度的偏见。在这一问题上,斯皮瓦克(Spivak)的认识值得我们借鉴。在她看来,无论是女性主义提倡的"抵抗阅读",还是后殖民批评强调的反抗式写作,二者均以时间先后和立场对峙展开;这种态势只会强化女性主义与后殖民文学在西方诗学传统中的"后来者"与"对立者"形象。④ 为了改变这种自我矮化倾向,萨义德(Said)主张用"参与关系"(affiliative)形容后殖民文学与帝国经典关系,以消解西方文学批评惯用的"父子模式"。用他的话来说,后殖民作家不应该把19世纪文学作品看作"文学父亲",而是要把不同国家的文学看作"源自不同父辈融合而成的大家庭成员"。⑤

斯皮瓦克与萨义德的立场有助于我们认识重写与经典在文学审美层面的共享关系以及意义的叠加过程。经典发生于当代重写之前,但是,经典并非意义的"开端";经典不是自足封闭体,而是从各种"前文本"中汲取成分后加以改造的混合体。以康拉德的《黑暗之心》为例,作品直接受到英国作家哈格德(H. Rider Haggard, 1856–1925)的小说《所罗门国王的宝藏》(*King Solomon's Mine*, 1885)的影响。⑥

---

① Elaine Showalter. *A Literature of Their Own: British Women Novelists from Brontë to Lessing*. London: Virago, 1978, p.14.

② David Palumbo-Liu. *The Ethnic Canon: Histories, Institutions, and Interventions*. Minneapolis: University of Minnesota Press, 1995, p.19.

③ Emory Elliot. "Introduction." In Emory Elliot, Louis Freitas Caton & Jeffrey Rhyne (eds.), *Aesthetics in a Multicultural Age*. Oxford: Oxford University Press, 2002, p.9.

④ Spivak. "Poststructuralism, Postcoloniality, and Value." In Peter Collier & Helga Geyer-Ryan (eds.), *Literary Theory Today*. London: Polity Press, 1990, p.218.

⑤ Edward Said. *Culture and Imperialism*. New York: Alfred A. Knopf, 1993, p.117.

⑥ Antony Easthope. *Literary into Cultural Studies*. London and New York: Routledge, 1991, p.7.

三、同故事结构与"抵抗式阅读"

从文本内部结构看,以经典为"前文本"的当代重写在故事层面以"同故事"(homodiegetic)结构为主导模式,即,从"前文本"中抽取一条叙事辅线(通常与次要人物有关的行动),使原先的次要情节成为重写文本的故事主线,从而扩充、增补或改变了先前的故事信息。《藻海无边》和《杰克·麦格斯》堪称这类重写的典型。

以《简·爱》中的"疯女人"伯莎(Bertha)作为故事主人公,同时赋予这一人物以叙述者角色,《藻海无边》揭开了"罗切斯特第一任妻子"安托瓦内特(Antoinette)"疯狂"的客观原因;《杰克·麦格斯》以《远大前程》第39章麦格威奇与"养子"相见这一"情节急转"(twist)作为故事开端,全面叙述麦格斯(Maggs)重返英国后的不幸遭遇。在解读这两部重写作品主题意义时,评论界认为作品代表了当代作家对经典的颠覆与改写。例如,斯皮瓦克提出,里斯对伯莎进行重新塑形,源于作家在阅读《简·爱》时对"疯女人"的同情,不过,她同时强调,重写后的形象仅仅表述了白人女性的独立意识,并没有赋予"属下土著妇女"(native subaltern female)以言说权[1]。这一解读几乎重复了吉尔伯特(Gilbert)与古芭(Gubar)的解读。在她们看来,勃朗特把伯莎写成疯女人,主要是出于修辞考虑,目的在于使"疯癫"成为一个隐喻,用来表述简由于长期受到父权压迫积压的愤怒。[2] 总之,《藻海无边》是对父权文本《简·爱》的颠覆重写。这一阐释倾向同样体现在关于《杰克·麦格斯》的评论中。例如,蒂姆(Thieme)认为,作品将麦格威奇作为故事主人公,以这一人物在澳大利亚过上幸福生活作为结局,这一逆写代表了作家对澳大利亚文化身份的祛魅。[3]

以上两个例子显示,评论界注意到了通过重置情节呈现的重写策略,不过,在评价重写与主题关系时倾向于将情节重置视为对"前文本"的全

---

[1] Spivak. "Poststructuralism, Postcoloniality, and Value." In Peter Collier & Helga Geyer-Ryan (eds.), *Literary Theory Today*. London: Polity Press, 1990, pp.116–117.

[2] Sandra M. Gilbert & Susan Gubar. *The Madwoman in the Attic*. New Haven and London: Yale University Press, 1980, p.360.

[3] John Thieme. *Postcolonial Con-texts: Writing back to the Canon*. London: Continuum, 2001, p.109.

面颠覆,继而从性别或族裔身份角度强调重写与经典在政治立场上的对峙态势。细察其中的逻辑,我们不难发现,这种解读方式基于以下预设:19世纪经典是帝国文化或者父权文化的展现,当代作家对经典的重写必然是对经典的颠覆性改写。然而,正如前述所示,重写并非是对"前文本"叙事结构的整体覆盖,而是通过对部分情节进行重置来增加或调整叙事信息。以《藻海无边》为例,所述事件先于《简·爱》,堪称小说叙事艺术中的"预叙"(prolepsis),借此,这部重写作品相当于《简·爱》的"前篇"(prequel);而故事时间上的相关性,以及叙述声音和视角的差异,旨在召唤读者将两部作品进行对照阅读,使得作品呈现为一个"平行文本"(parallel text)。可见,以同故事方式进行的重写并没有对"前文本"的故事进行"重写",而是通过拓展情节结构,使得"重写文本"与"前文本"以彼此参照的平行关系呈现。

反过来看,如果忽视不同文本在故事情节结构上的相交与叠加特点,我们很可能纠缠于本文开篇提到的对立阐释。诚然,从后殖民文学批评立场上看,18、19世纪经典小说代表了帝国历史的象征展现,因此,一种有效的阅读应该关注那些被括除在文本外的历史与地理事实①;不过,如果因此全然忽略重写与经典在虚构层面的相交关系,把重写看作对经典的取代,这种认识除了忽视"重写"内部的形式差异,相当于把经典重写这一具有后现代风格的文类归入"女性主义""后殖民主义"文学。这种分类显然过于简单,布鲁姆把依照这种阅读立场进行的批评阅读形容为林林总总的"憎恨派"②(School of Resentment)也就不奇怪了。就小说文本关系而言,这里的主要问题还是当代作品与文学经典的继承与创新关系。"重写"不仅仅是当代作家对经典的"逆向阅读",同时也是以经典为参照的重新创作。从叙事修辞角度看,对经典进行重读/重写,无论读者/作者如何"抵抗",都难以完全逃脱经典以谋篇布局以及特定修辞策略为"读者"预设的阅读立场。阅读(包括基于阅读的重写)通常包孕了一个双向结构:一方面是对经典以叙事成规或策略的立场预设做出的反应,这些反应看似属于读者,实际上为文本所预设,因此属于文本;另一方面,基于不同社会文化历史与语境,读者对这样或那样的"期待视野"

① Edward Said. *Culture and Imperialism.* New York: Alfred A. Knopf, 1993, pp.51—52.

② Harold Bloom. *The Western Canon: The Books School of the Ages.* New York: Riverhead, 1994, p.488.

发生有意背离。① 在这一点上,关注修辞与阅读反应的叙事理论为我们提供了具有启发意义的解释。

依照修辞叙事理论研究,小说家采用特定的形式技巧与修辞手法为文本预设"假设受众"(hypothetical audience),鼓励这种"接受修辞效果的阅读个体"(individual rhetorical reader)进入文本。② 经典小说在叙事类型、故事形态以及叙事成规上的运用不仅具有这些普遍的修辞效果,同时还培育出与其社会时代相关的"阐释群体",并在经典流传过程中生发为一种阐释符码,持续影响后人的阐释活动。从这个角度推测,重写首先是对"前文本"预设做出的反应;与经典固有的"假设受众"不同的是,对经典进行重写的作家对"前文本"的预设及其阅读反应具有高度的自觉意识,通过重构故事将有意识的"违背"加以呈现。

在谈及《藻海无边》写作由来时,里斯坦言起因于阅读《简·爱》时对伯莎这一形象感到的不平③;同样,卡利在一次访谈中提到,自己在阅读《远大前程》时对麦格威奇心生同情,对狄更斯塑造的"英国罪犯"深感"不平"④。与作家自述吻合,里斯的安托瓦内特和卡里的麦格斯从"前文本"中的次要人物反转为重写文本中的主人公,分别以叙述者和写作者对自己的过往历史进行了详细的叙述。

从表面上看,作家基于阅读反应迸发的创作动因的确符合前述提到的女性主义的"抵抗阅读"和后殖民"逆写帝国"阅读模式。不过,同样不能忽视的是,重写在故事层面依赖"前文本",尤其是通过重置情节展现的"重写",实际上包含了对经典"假设受众"的充分意识。通过在故事层搭建信息相关性,当代作家为重写文本预设了自己的"假设受众":他/她们熟悉经典,并且有兴趣发现同一故事的不同叙述。正如拉宾诺维茨(Rabinowitz)所说,以"重述"旧故事为写作动因,当代作家对经典的重写通常围绕同一部经典的故事结构展开,使得看似不同的作品形成内容层面的

① Robert Hans Jauss. *Literary History as a Challenge to Literary Theory*. London: Routledge, 1974, p.18.

② James Phelan. *Narrative as Rhetoric: Technique, Audience, Ethics, Ideology*. Columbus: Ohio State University Press, 1990, pp.18—19.

③ Jean Rhys. *The Letters of Jean Rhys*. Francis Wyndham & Diana Melly (eds.). New York: Viking, 1984, pp.153—156; 262—263.

④ Elizabeth Ho. *Neo-Victorianism and the Memory of Empire*. London: Continuum, 2012, p.55.

互文关系,以表述当代作家对经典意义的"拓展"。① 拉宾诺维茨没有明确这里的"意义"是否属于"前文本"固有,不过,"拓展"一词强调了文本意义在新、旧文本之间的流动性:与"前文本"相关的意义通过阅读活动得到显现,"重写"以"写"的方式完成了阅读,并在"写"的过程中扩充了"前文本"的意义。隐匿在当代"重写"文本中的这种"阅读"行为既有文学审美传统的延续与更新,也有当代作家立足于当代意识的语境化"重读"。由"阅读"引发的"重写"使得重写与经典实际上处于一个连续体,即,通过重复经典故事中某些故事元素,在叙述结构上进行重新安排,重写强调了经典对当代读者的深刻影响,以及当代读者对意义的差异接受。

从创作动因上看,这种具有明确对象的互文性源于当代作家对经典的重新阅读。通过借用"前文本"故事元素或叙述模式表达对经典的阅读感受,当代作家以重写文本为中介,在"前文本"与当代读者之间搭建文本间的对话关系。换言之,重写经典的当代作家不仅熟悉"前文本"及其预设的阅读立场,而且默认当代读者对经典同样熟稔于心。可以说,以经典小说为"前文本"的当代重写预设了自身的"隐含读者",并以多种叙事策略邀请这样的读者参与重写对经典的重读与重写。这一特点使得"经典重写"具有学术与思想讨论意味。

四、经典重写的"修辞结构"

与上述"同故事结构"形成反差,经典重写中有相当一部分作品通过借用母题与同名重复以及暗指与经典建立修辞意义上的"互文"关系。

一般而言,"母题"指服务于故事主题的具象化描述,以及由此构成的基本叙事单元。② 依照托马舍夫斯基(Tomashevsky)的观点,母题常以主语和动词谓语为基本构成,既是尚未形成完整情节的一个叙事元素,同时

---

①   Peter Rabinowitz. "What's Hecuba to us?: The audience's experience of literary borrowing." In Susan R. Suleiman & Inge Crosman (eds.), *The Reader in the Text*. Princeton: Princeton University Press, 1980, pp.248−249.

②   Natascha Würzbach. "Motif." In David Herman, Manfred Jahn & Marie-Laure Ryan (eds.), *Routledge Encyclopedia of Narrative Theory*. London and New York: Routledge, 2005, p.322.

又是生成主题的结构要素。① 母题属于具体故事中的内容层,同时又在不同情节结构中派生出不同主题意义,这种双重性使得母题与具体作品主题密切相关,同时又是一种象征手法,在不同作品的情节安排中呈现别样意义。

前述提到,康拉德的《黑暗之心》是诸多作家重写的"前文本",阿契贝、阿特伍德、哈里森(Wilson Harrison)、诺茨(Robert Knoetsch)以及奈保尔都出版过相关作品;来自不同国家、族裔身份的"康拉德重写"构成了丰富的"后殖民互文写作"②。这些作品借用康拉德笔下的旅行母题,或者回溯个人记忆中的历史,或者讲述现实生活中的历史痕迹。其中,奈保尔的《河湾》被视为模仿《黑暗之心》旅行母题的"后殖民重写"。③ 依照穆克捷(Mukerjee)的说法,《河湾》以主人公的非洲之行作为情节构架,采用非洲内部视角讲述独立后国家的内部问题,表达了奈保尔对现代性的总体质疑。④ 与这一立场相反,卢卡斯(Lukács)认为,奈保尔的确借用了旅行母题,不过,小说以20世纪60年代非洲一个无名的新独立国家为背景,集中展现独裁者统治下今不如昔的动荡局势,这一安排表明,作品通过重复同一母题表达了隐含在马洛叙述中的殖民主义立场。⑤

两种评论都注意到了旅行母题与作品主题的密切关系。值得一提的是,这一关注基本上集中于故事层面。的确,小说以印度裔阿拉伯商人萨里姆驱车从非洲东部深入内陆作为开端,讲述他在河湾小镇上的见闻及艰难境遇。与马洛沿河前行时以为回到"地球上史前时代"⑥的错愕感类似,萨里姆从一开始就觉得自己"朝着错误的方向前行;等在前面的也不

① Boris Tomashevsky. "Thematics." In Lee T. Lemon & Marion J. Reis (trans.), *Russian Formalist Criticism: Four Essays*. Lincoln:University of Nebraska Press, 1965, p.61.

② Byron Camiero-Santangelo. *African Fiction and Joseph Conrad*. New York:State University of New York Press, 2005, p.2.

③ John Thieme. *Postcolonial Con-texts: Writing back to the Canon*. London:Continuum, 2001, pp.24-25.

④ Ankhi Mukherjee. *What Is a Classic? Postcolonial Rewriting and Invention of the Canon*. Stanford:Stanford University Press, 2014, p.122.

⑤ Gyorgy Lukács, Connor Cruise O'Brien & Edward Said. "The intellectual in the postcolonial world:A discussion." *Salmagundi*, 1986, p.79.

⑥ Joseph Conrad. *Heart of Darkness*. New York:Bantam, 2004 [1902], p.52.

是什么新生活"①。这一预叙为故事的悲剧结尾埋下了伏笔,增强了两部作品在主题上的相关性。但是,同样明显的是,马洛的非洲之行贯穿故事整体,构成了《黑暗之心》的主体内容,对于情节具有统管全局的结构意义;与此不同,萨里姆驱车从非洲东部前往内陆——这一行程仅仅作为引子出现在开篇处。代之以讲述旅途进程,萨里姆的叙述集中讲述他到达河湾小镇后看到的国家内乱,穿插其中的是以回忆方式展开的童年回忆,揭示欧洲殖民统治以及之前发生在东海岸的贩奴恶行。以回忆方式显现的殖民历史,以及以见证者显示的独立后内战,使得萨里姆的旅行在象征意义上具有指向殖民与殖民后的双向性。换言之,旅行在奈保尔笔下成为追溯历史现实的一个象征。与小说题目《河湾》形成寓意对应,由萨里姆的回忆展现的历史揭示了非洲在殖民前后、独立前后的历史拐点。借用"前文本"中的母题,但以不同的故事结构使得母题产生不同寓意,这种"结构"方式显然不是通过重置故事结构强调"重写"或颠覆,而是通过新故事赋予同一母题以新的象征意义。

在论及文本间关系时,热奈特(Genette)用"跨文性"(transtextuality)形容一文本与其他文本间的互文关系。根据"承文本"(hypertext,即,当前文本)对"前文本"(hypotext)由显性到隐性的模仿递减关系,他把"引用"(quoting)、"抄袭"(plagiarism)、"暗指"看作"跨文性"五类表现中的第一种,即,叙事话语层面的"互文",以区别于克里斯蒂娃(Kristeva)提出的广义互文性;他特别指出:这些语言要素的意义在于建立文本之间或隐或现的"互文"关系,以此影响读者阐释,使得或隐或现的前文本"痕迹"不同于原先的意义所指②。与前文本有关,同时又在新文本中呈现出不同意义——这一观点强调了"前文本"要素在当前文本中的新意义。也就是说,显现在新文本中的语言要素明示或暗指与"前文本"关系,但其真正意义在于与"前文本"及其所指产生差异。这种强调从修辞角度观察"重复"与"重写"关系的立场表示,包括引文在内的"互文"特征看似指向另一个文本,诱惑读者关注二者之间的相似或相反,实际意义在于凸显某些借用的意义转变过程,即,从一个文本到另一个文本的横向移位,并在这一过程中生成自己意义的发生过程。

---

① V. S. Naipaul. *A Bend in the River.* New York:Vintage, 1989, p.4.

② Gérard Genette. *Palimsests: Literature in the Second Degree.* Lincoln:University of Nebraska Press, 1997 [1982], pp.2-5.

例如，在《神谕女士》中，阿特伍德塑造了一位擅长写作古装言情小说的女作家琼(Joan)，以人物自述方式展示《呼啸山庄》《简·爱》对她创作的影响，并通过戏仿勃朗特姐妹的故事对女性身份进行重塑。一方面，"阁楼里的疯女人"形象反复出现在琼的作品中①，使读者不时联想到《简·爱》；另一方面，琼本人经历了从对婚姻的渴望到摒弃，这一故事情节使得原先与《简·爱》的互文联想成为小说本身的反讽对象。与琼用"自动写作"(automatic writing)获得的独立生活形成呼应，小说最后以琼对《蓝胡子》的改写收尾，强化了女性写作在这部小说中的主题象征意义。

如果说借用母题和引文是以间接的方式显示重写文本的独立性，在作品中使用同名人物或地名，或是在情节结构中提及经典作品，这些手法则是以直接方式淡化作品与"前文本"之间的互文关系。这一特点颇有些悖论意味。奈保尔的小说《游击队员》便是这样的例子。小说以20世纪70年代的加勒比岛国为故事地点，讲述了一位名叫"简"(Jane)的英国女子和她的南非情人罗奇(Roche)与土著领袖吉米(Jimmy)之间的情感与价值冲突。吉米原先在英国倡导黑人权力运动，因为卷入一桩强奸案而逃回加勒比故乡，后来建立了一个名为"画眉山庄"的人民公社，领导当地黑人进行土地革命。除了人物姓名和"画眉山庄"引发读者与《简·爱》和《呼啸山庄》发生联想，作为小说中的小说，吉米在他的自传小说《迈克尔·X与特立尼达黑人权力运动》中安排了这样一个情节——女主人公克拉丽莎(Clarissa)翻开《呼啸山庄》，想起了吉米的身世，觉得他就是希斯克利夫。②

从表面上看，同名的人物和地点，以及作为阅读对象出现的《呼啸山庄》，包括人物在阅读中产生的联想，这些叙事成分的确凸显了《游击队员》与《简·爱》和《呼啸山庄》之间的互文结构。不过，从故事情节看，这些与"前文本"密切相关的名词相当于"同形异义词"；形式虽然相同，意义却全无原语境中的所指。从阐释角度看，这些词的叙事功能类似于巴特尔(Barthes)所说的"能指符码"(code of semes)，乍看十分清晰，但意义却"不确定、不清晰、不稳定"③。巴特尔的"能指符码"强调了作品语义符号

---

① Margaret Atwood. *Lady Oracle*. London：Virago Press，1976，p.29，30，176，177，237，294.

② V. S. Naipaul. *Guerrillas*. New York：Vintage Books，1975，p.20.

③ Roland Barthes. *S/Z*. New York：Hill and Wang，1974，pp.190-191.

在意义层面的联想功能,以及这种不确定性对阐释的发散作用。这一观点同样适用于解释出现在重写作品中的人名、地名,所不同的是,重写文本中同名人物的语义联想表现为起初与该符码在"前文本"中的意义,以及在情节进程中的意义离散性,甚至背反性。这种看似相关实际无关的特点使得这些"同形异义词"更像是一种修辞策略,而不是形成"互文性"结构类型。《游击队员》中的吉米在自传体小说中将自己塑造为受英国白人、加勒比黑人、南非白人轮番迫害的边缘人,通过虚构人物克拉丽莎,把自己比作希斯克利夫,这些拼凑而成的想象揭示了他将自己打扮成"黑人权力运动"领袖的臆想。吉米信手拈来的"画眉山庄""呼啸山庄"等词,或许在故事开篇时引发读者与经典产生联想,但在其后荒诞不经的权力斗争中,这些与经典及其时代密切相关的词语以一种自现其意的方式揭示了暴力革命的不合时宜。

五、结　语

以上讨论了在当代"经典重写"小说中具有代表意义的两种"重写"结构,揭示了与"前文本"在情节关系上呈现的"同故事平行"结构,以及以暗指、母题和同形异义词派生的"修辞结构"。就当代与"经典"关系而言,两种结构均显示了经典在传播中持续发生的深远影响以及不同受众对经典的差异接受;以"同故事平行"结构为重写模式,重写在故事层面依赖其"前文本",通过选择不同叙述者或情节重置扩充经典叙事信息,继而以"同一故事不同版本"的方式表述不同叙述立场;与此形成差异,"修辞结构"采用经典作品中的人物、地点同名名词,使得借用和引用直接与文学史上的经典发生关联,同时在叙述新故事的过程中切割与"前文本"的意义关联,从而突出作品本身的当代意义。

相对于前一种模式凸显的"重读"与"重写",后者的重点在于通过使得某些源于"前文本"的叙事符码发生意义变形,以此强调作品自身的原创性。这并不是说,这种"重写"是对经典进行拆解;相反,以重复和意义变化为主要表现特征,这一重写样式实际强调的是当前文本与经典通过重复显现的符号关系,以及在差异中显现的意义独特性。经典重写以重复叙述在前后文本之间建构不同互文结构,使得重写作品以不同结构方式显现重复中的意义差异。

梦叙述的诸要素研究

◎ 方小莉 *

四川大学

从古至今,梦之于人类都有着特殊的意义与作用。在东西方的各类典籍中均有关于梦的记录。梦本身神秘莫测、光怪陆离,似乎是在人类社会的逻辑、伦理、秩序之外建构了一个不同的世界,但是梦同时又与人类社会的每一个个体密切相关、不可分割,因此人类一直钟情于探索梦的奥秘与作用。梦就如哈姆雷特所描述地那般神秘莫测,如死亡的世界一样,梦世界充满了不确定,没有人能够真正认识它,人们既向往它,又因其充满了未知而敬畏它。

古代的详梦认为人类可以通过梦境来了解神的旨意,同时梦还可以预知未来,甚至到了科学技术高速发展的今天,依然有人相信梦可卜吉凶。从心理学上来讲,弗洛伊德认为"梦是某种愿望幻想式的满足,它是通过幻觉式的满足来排除干扰睡眠的心理刺激的一种经历"①。也就是说,人类压抑的各种欲望可能产生某种心理刺激从而影响人类的睡眠,而梦则通过幻觉体验的方式满足了人类的某些欲望,从而保证了人类的睡眠不受干扰。从叙述学上来讲,龙迪勇认为梦是一种为了抗拒遗忘,追寻失去的时间,并确认自己身份,证知自己存在的叙述行为。② 而赵毅衡则主张"人类十多万年的进化中之所以没有淘汰梦是因为梦有力地加强了人的叙述能力,帮助人类成为一个能靠讲故事整理经验,并且能够用幻想

---

* 【作者简介】方小莉,四川大学外国语学院副教授,email:clever-wing@163.com。

① 弗洛伊德著、周泉等译,《精神分析导论讲演》,北京:国际文化出版公司,2000 年,第 115 页。

② 龙迪勇,"梦:时间与叙述",《江西社会科学》2002 年第 8 期,第 22 页。

超越庸常的动物"①。

　　从心理学方面来研究梦,自弗洛伊德开始历经一个多世纪,取得了很多重要的成果。而从叙述学角度来研究梦却一直未受到学界的重视,其中一个最大的原因可能是梦叙述的合法性问题,即梦是否是叙述。普林斯(Gerald Prince)认为梦不具备叙述的特征,完全否认梦是叙述②;吉尔罗(Patricia Kilroe)一方面主张"正在做的梦是经验,不是文本",另一方面她认为不是所有的梦文本都是叙述③。梦叙述的研究在中国大陆也长期被忽略,早期关注梦叙述的仅有龙迪勇的《梦:时间与叙述》,他认为"梦实质上是在潜意识中进行的一种叙事行为",主要通过案例分析的方式,讨论了梦文本所具备的叙述特征:梦叙述包含了叙述所应有的基本元素:"人物、事件、空间、开端、发展、突变、结局",从而肯定梦是一种为了抗拒遗忘、寻找时间的叙述行为。龙迪勇在国内率先肯定了梦作为叙述这个命题,但遗憾的是他研究的对象已经被再次媒介化,通过某人讲述的梦,仅剩下了梦的部分内容,而失去了梦的形式,也就是说他研究的并不是此时此刻的梦本身。

　　梦叙述的研究一度陷入僵局,直到赵毅衡《广义叙述学》的诞生,才让梦叙述名正言顺地回到了叙述学的怀抱,他把梦看成是"潜意识的一种意义文本"④。赵毅衡认为"梦是媒介化(心像)的符号文本再现,而不是直接经验;其次它们大都卷入有人物参与的情节,梦者本人就直接卷入情节。因此梦是叙述文本"⑤。梦叙述满足叙述的底线定义。在《广义叙述学》中,赵毅衡集中检查讨论梦本身的文本性与叙述性,不仅为梦之为叙述提供了有力证据,同时也从叙述学的角度探讨了梦的形成、作用及意义等重大问题,从而为梦叙述的研究打开方便之门。然而该书尚未系统地对梦作为叙述文本的各要素展开讨论。本文详细分析了梦叙述作为叙述所具备的基本特征,也开创性地探讨了梦叙述自身的特殊性,针对过去被学界忽略的梦叙述的隐含作者与叙述可靠性问题,提出了笔者独到的看

① 赵毅衡,《广义叙述学》,成都:四川大学出版社,2013年,第56页。
② Gerald Prince. "Forty-one questions on the nature of narrative." *Style*, 34(2), 2000.
③ Patricia Kilroe. "The dream as text, the dream as narrative." *Dreaming*, 10(3), 2000.
④ 赵毅衡,"回到皮尔斯",载《符号与传媒》第9辑,成都:四川大学出版社,2014年,第5页。
⑤ 赵毅衡,《广义叙述学》,成都:四川大学出版社,2013年,第47页。

法,同时也从叙述学角度进一步提出了梦叙述的治愈功能。①

一、梦叙述的(文本)虚构世界与(文本外)经验世界

梦叙述与小说、戏剧等叙述形式同属于虚构型体裁。正在做的梦并非是经验,因为"经验面对的是世界,而梦者面对的是被心像再现的世界",同时梦叙述"很难是纪实型的,接受者无权将文本与实在世界对证"。② 任何一个虚构型叙述文本都通过叙述建构起一个完整的文本内虚构世界。这个虚构世界虽然独立于经验世界,却也与之有着千丝万缕的联系,它可以无限地靠近经验世界,却永远无法与之重合。弗洛伊德认为,"睡眠中我们将自我同整个外部世界隔离开来"③。做梦的人入睡隔断清醒思想,从而进入叙述的二度区隔。④ 也就是说我们的梦世界与外部世界是处于两个不同的世界。然而,梦的内容却又与真实世界分不开。无论梦是真实世界人类本能欲望的满足还是只是对个人过去经历、记忆的重新组织,可以肯定的是梦跟所有虚构型叙述一样锚定于经验世界。我们可以通过梦世界去建构各种可能世界,从而更好地认识经验世界。

当然梦叙述与其他虚构型叙述相比又具不同的特点。梦叙述似演示类叙述一般,总是此时此刻感知当场发生的事件。但梦叙述作为心像叙述又无法被分享,一旦分享就改变了媒介,破坏了梦的此刻性,从而"此梦"也就不同"彼梦"了。梦被转述使梦的媒介由心像转为文字,使梦的时态由此时此刻变为过去时。梦的无法分享不仅是体现在形式被破坏,事实上梦的内容被再次分享时,也无法完整保留。

首先,叙述都具有高度的选择性,没有一个人能够事无巨细地将梦中发生的一切完完全全再现。

其次,"梦中大部分的经历为视觉形象,对梦进行再叙述时,部分困难

---

① 关于梦叙述的隐含作者与梦叙述可靠性的讨论是笔者与赵毅衡先生讨论的结果,特此表示感谢。
② 赵毅衡,《广义叙述学》,成都:四川大学出版社,2013年,第48—50页。
③ 弗洛伊德著、周泉等译,《精神分析导论讲演》,北京:国际文化出版公司,2000年,第121页。
④ 赵毅衡,《广义叙述学》,成都:四川大学出版社,2013年,第78页。

在于我们将用语言描述这些形象"①。也就是说当梦者醒时,心像媒介发生了变化,梦已经变为过去时。而梦者在对梦进行转述时也需要将图像文字化,这使得媒介又一次发生变化。

再次,从心理学上来讲,梦的审查机制,使得我们在清醒后,在记忆梦中发生的一切会出现一些模糊不清、不明确的成分,让梦者无法记起梦中的一切,当然也许是梦的该部分内容无法通过"审查"进入人的意识层面,所以当我们清醒时梦中的某些细节早已忘记。

最后,如果梦真是本能欲望的满足,没有任何人可以坦然地分享自己的所有梦的一切细节。也许梦叙述所构筑的世界是一个比任何一类虚构叙述更丰富、更具想象力的世界,因为它是个人的、私下的,可以充满各种奇思妙想,荒诞不经、逻辑混乱,甚至有违伦理纲常⋯⋯这个梦的世界无需向任何他人负责,也不会因此受到任何处罚。就算是醒来以后的自己如何觉得厌恶、羞愧或是震惊⋯⋯那也是经验世界的事了。

从梦叙述与其他虚构叙述的对比可以看出梦叙述及其所建构的虚构世界的特殊性。构成梦叙述的各个基本要素一方面具有各种虚构叙述中各要素的共同特点,同时也具有自己不同的特点。下文将着重讨论梦叙述虚构世界内的叙述者、受述者、人物、隐含作者、隐含读者等主要叙述要素及梦叙述的叙述可靠性问题。

二、叙述者、受述者与人物合一

本文将叙述者、受述者与人物放在一起讨论,一方面是由于这三个因素在任何叙述文本中都缺一不可。任何一个叙述文本都是某个主体把有人物参与的事件组织进一个符号文本,而此文本可以被接收者理解为具有时间和意义向度。② 叙述的底线定义中所说的"主体"即叙述者,"接收者"即受述者,可见任何一个满足叙述的底线定义的叙述都必须包含叙述者、受述者与人物,三者缺一不可。另一方面,与其他的虚构叙述文本相比,梦叙述文本中的叙述者、受述者与人物之间有着更为特殊而密切的关系,三者可以说是统一于同一个整体。

① 弗洛伊德著、周泉等译,《精神分析导论讲演》,北京:国际文化出版公司,2000年,第71页。
② 赵毅衡,《广义叙述学》,成都:四川大学出版社,2013年,第7页。

"任何叙述都是一个主体把文本传送给另一个主体。"①在虚构叙述中,虚构世界的叙述者将一个有人物卷入的故事讲给受述者听。叙述者可以是虚构世界的人物,也可以隐藏于叙述框架之后,而受述者在虚构世界中可显身作为虚构世界的人物,也可以完全隐身。值得注意的是,在普通的虚构叙述中,叙述者与受述者必然是两个独立的主体,两者是一种相互交流的关系。受述者对叙述者可以产生影响,受述者会对叙述者讲述故事的方法、讲述的内容等产生影响,甚至是可以人为地打断或叫停叙述。事实上,在一些叙事文本中也出现了对受述者重要性的强调,例如在《一千零一夜》中,受述者才是终极意义的阐释者,拥有至高无上的权威,叙述者试图用叙述来推迟自己的死亡时间,但最终她能否成功不仅取决于她的叙述,更依赖于受述者是否接受她的叙述。受述者对叙述者的影响在一些现场表演、即兴表演中更为明显,相声艺术中经常出现的"现挂"则是较为突出的例子。

然而在梦叙述中情况却有所不同,梦者并不是梦叙述的叙述者而是受述者。梦者在梦中犹如看电影一样被动地接收着梦。梦叙述的叙述者与受述者是同一个主体分裂后的产物。梦叙述是"主体的一部分把叙述文本传达给主体的另一部分"②。即是说大脑分裂出了两个部分:孕育梦的部分和接收梦的部分。梦叙述就是人体孕育梦的部分向接收梦的部分讲述故事。在这个信息传输的过程中,梦叙述的叙述者永远躲在叙述框架背后不显身,但却掌控着整个叙述;而梦叙述的受述者永远显身,却"无主体性,仅是梦叙述的被动接收者"③。受述者只能"观看""经历"梦中的一切,既不能影响叙述者讲故事的方式,也无力对故事叫停,更没有选择听或不听的自由,即使是经历噩梦也只能等着被惊醒。在梦叙述中受述者永远显身,同时"观看"和"经历"着叙述者讲述的故事,因而成为梦世界不可缺少的人物之一。梦者作为梦的接收者,也同时作为人物被卷入了梦世界。

作为叙述者那部分的"我"讲述了梦却没有看到梦,而作为受述者那一部分的"我"看到了梦,但大多数情况下却不知道自己在做梦。在虚构叙述中,虽然经验世界中的读者明白该叙述为虚构叙述,但虚构世界中的叙述者,人物和受述者却不会认为自己所生活的世界是虚假的。虚构世

---

① 赵毅衡,《广义叙述学》,成都:四川大学出版社,2013 年,第 52 页。
② 同上。
③ 同上。

界自成体系,虚构世界中的叙述者、受述者及各个人物按照虚构世界中的逻辑与规约来行事。弗洛伊德认为"梦常常是无意义的,混乱的和荒唐的,但是有些梦也有意义,符合实际以及合理 "①。龙迪勇认为"梦里活跃着一系列难以用理性和逻辑去框定的事件"②。而大多数人也都认为"梦的情节光怪陆离,神秘莫测,不符合人类文明生活的逻辑与常识"③。值得注意的是,这些论断都是来自"清醒"后经验世界的我们。我们有这样的论断是因为我们用经验世界的逻辑去对证梦的虚构世界。事实上梦世界与任何的虚构世界一样自成一体。对于经验世界的人来说,梦世界是虚构的,而且大都是非逻辑的。然而对于梦世界内的叙述者、受述者和人物来说,所有被经验世界认为离奇的,非逻辑的一切却自成逻辑。正如前文所说,梦者并不知自己在做梦,梦中发生的一切都是他正在体验和看见的,都是真实的。在梦中的"我"即使觉得梦境离奇,也极少质疑它的真实性。只有清醒过来,回到经验世界后,"我"才发现梦中的一切不符合经验世界的逻辑和标准。

当然我们需要看到,从心理学上来讲,梦者(受述者)并不能完全获悉叙述者的所有信息。弗洛伊德认为梦具有显意和隐意。梦的显意会清晰地呈现给梦者,而梦的隐意却只有通过梦者的联想才能得到。④ 从叙述学上来讲,弗洛伊德所说的获得梦的显意的"梦者"其实就是梦世界的受述者,而能够展开联想去获得梦的隐意的"做梦者"却属于经验世界。由此可见,在梦世界里的受述者只能获得梦叙述的显意,而梦叙述文本的隐意(隐含作者的意图)只能是文本的"理想读者"才能够获得。论文将在接下来的部分对梦叙述的隐含作者与隐含读者进行系统讨论。

三、隐含作者、隐含读者与梦叙述的阐释

隐含作者与隐含读者是一对构想出的概念,在文本内无实体可依托。

① 弗洛伊德著、周泉等译,《精神分析导论讲演》,北京:国际文化出版公司,2000 年,第 77 页。
② 龙迪勇,"梦:时间与叙述",《江西社会科学》2002 年第 8 期,第 29 页。
③ 赵毅衡,《广义叙述学》,成都:四川大学出版社,2013 年,第 49 页。
④ 弗洛伊德著、周泉等译,《精神分析导论讲演》,北京:国际文化出版公司,2000 年,第 102 页。

再加上梦叙述本身的特殊性,因此这一对概念至今无人问津。热奈特认为隐含作者是"作者在文本中的一个形象"①,查特曼也认为隐含作者是"文本意图的体现"②。申丹同意布斯的观点,指出"隐含作者是作者的第二自我,他是处于某种创作状态,以某种立场来写作的作者",可见隐含作者代表了文本中真实作者的某种立场与观点。然而这种立场与观点又要依靠读者的解码来完成,因此就"解码而言,'隐含作者'则是文本'隐含'的供读者推导的这一写作者的形象"③。那么在讨论梦叙述的隐含作者和隐含读者之时,梦叙述的作者和读者似乎也是无法规避的问题。与一切虚构文本一样,梦叙述的作者和读者也理应属于经验世界。然而与其他虚构文本不同的是,梦叙述的作者和读者也合而为一:做梦前清醒的我与梦醒后清醒的我。经验世界的,清醒的"我",入睡后分裂出一部分来讲述故事,又分裂出另一部分来接受故事和经历故事。因此入睡后不清醒的我就犹如虚构文本的执行作者,而这一作者在梦中通过叙述要表达自己的某个立场,即梦的隐意。然而他的这个立场并不是直接显示给接收者,而是经过各种伪装变形,只让受述者接收到显意。而他的隐意则需要清醒过后,再次回到经验世界的读者"我"通过对梦进行阐释才有可能获得。

任何叙述都具有高度的选择性,梦叙述的叙述者也不例外。构成梦世界的材料极为丰富,不可能一一进入梦叙述。梦叙述的叙述者则需要根据自己要传的隐意来筛选组成梦世界的材料。为了让受述者能够有效接收到梦文本的信息,叙述者则需要选择受述者所熟悉并能理解的材料。因此梦叙述"相当大的部分来自个人过去经历的记忆,特别是最近的,最显著的材料相对优先"④。这些材料都是梦的叙述者和受述者共享的材料。另外,梦本身所具有的审查机制也使得梦叙述者在讲述某些故事时,为了让梦文本的意义能够传达到梦者那里而不得不采取特殊的策略,进行隐喻式的叙述。由于受到某种刺激,如本能欲望被压抑、遭遇某种压力或紧张情绪等,叙述者通过对相关素材的高度筛选,再结合自己的

---

① Gérard Genett. *Narrative Discourse Revisited*. Ithaca：Cornell University Press，1988, p.141.

② Seymour Chatman. *Coming to Terms: The Rhetoric of Narrative in Fiction and Film*. Ithaca：Cornell University Press，1990, p.104.

③ 申丹、王丽亚,《西方叙事学:经典与后经典》,北京:北京大学出版社,2010 年,第73 页。

④ 赵毅衡,《广义叙述学》,成都:四川大学出版社,2013 年,第51 页。

想象力,将自己的故事讲述给作为受述者的梦者听,一方面通过叙述可以获得幻想式的满足或是释放自己的情绪;另一方面,也通过显梦的展示,将梦叙述的意图传达给梦者。

关于梦叙述的意图,即隐含作者的立场,并非任何一个处于清醒状态的"读者"都能获得,而只有"理想读者",即梦的隐含读者才能读取。笔者认为梦叙述的理想读者很难成立,若有可能,也只能是那位经验世界的梦者本人。一方面是因为,梦的材料来源几乎都与梦者以往的记忆有关;另一方面也是因为梦的无法分享性。梦的隐意大都需要通过专业的精神分析才能获得,然而即使是具有精神分析专业知识的专家进行自我梦的阐释时,也会遇到下面两个难题:

首先,梦是作为一个复杂结构进入意识层的,这个结构由许多元素混合而成,而各个元素间的连接是无意识的。我们对梦进行阐释是借助于意识对比去想象无意识,然而并不是梦的所有部分都具有可认识的性质,都能从它推论出意识的特征。① 梦是无意识的产物,它的形式与内容均复杂多变。而无意识依然是人类尚未完全认知的领域。这个领域有自己的标准和逻辑,而清醒后的梦者只能处于意识层面,也就是只能用意识(经验)世界的逻辑去理解、想象无意识世界,这之间总有无法跨越的障碍。然而处于梦中的梦者虽具备无意识逻辑,却苦于不知道自己在做梦,因此无法展开梦的阐释活动。因此我们的意识层面不仅无法在此时此刻分享我们无意识层面的梦境,同时用意识层面的逻辑也并非能够认识无意识或是潜意识的全部内涵。梦世界让我们相信另一个世界的存在,也相信另一种逻辑的可能。在电影《催眠大师》和《盗梦空间》中:一方面是经验世界试图入侵梦的虚构世界,强行使虚构世界与经验世界对证;另一方面也是人类试图在此时此刻分享梦者的梦境,企图用人的意识去体验、感知和认识无意识,并同时在无意识逻辑中植入意识逻辑,从而改变梦叙述者的思想和行为。并让梦叙述者将被植入的观念和逻辑通过梦境传递给梦者,从而改变经验世界梦者的决定。

其次,梦的审查作用时常通过修饰、暗示和影射来伪装并替代真正的表达。梦者在醒来过后记忆可能会出现模糊不清的状况,这些无法通过审查的梦的成分根本到达不了意识层面。梦者甚至都无法忆起构成梦的

---

① 荣格著、梁绿琪译,《性与梦:无意识精神分析原理》,北京:中国国际广播出版社,1989年,第61—62页。

显意的一切内容。如若梦者无法记起梦的内容,要通过分析梦的显意来获得梦的隐意就更是难上加难,那么也就是,梦叙述的隐含作者的意图也相应难以确认。

梦叙述的隐含作者与其他叙述中的隐含作者相比也有一个突出的不同点。赵毅衡认为所有叙述的隐含作者原则上都比作者本人要高尚,但笔者认为梦叙述却是个特例。"叙述大多是一种'社群文体',必须承担一定的社群责任,要让听者得出伦理结论,遵从社群的规范与期待。"①这是作者与读者之间的共识,所以一方面作者在写作时要对群体负责,建构一个高尚的隐含作者,否则该书可能无法通过审查与监管,从读者方面来看,读者在阐释时也会相应地根据社会的规范与期待来解读出一个高尚的隐含作者。梦叙述则不然,首先梦叙述完全是个人的,无法分享,也无需共享,因此不需要承担任何群体责任,梦者即使在梦中烧、杀、抢、掠也与人无尤,梦者无需担责。梦世界有自己的一套规则和逻辑,它不受经验世界的管辖,因此无需尊崇经验世界的规范与期待,那么隐含作者就不一定需要比作者高尚。如果从心理学上来讲,梦叙述的隐含作者的品质甚至比作者的更为低下,因为我们的梦都是"本能欲望的满足"②。而从我们的文化规约来看,我们的本能是比我们的自我要品德低下的。

由于梦叙述的隐含作者与隐含读者的特殊性,也使得梦叙述文本的意义阐释具有特殊性。从符号学的角度来讲,符号的发送者意图意义,符号文本意义,接收者的解释意义,三者常不一致,梦叙述尤为如是。梦叙述的符号发送者(孕育梦的那部分头脑)的意图是要发送梦的隐意,即是隐含作者的意图,梦叙述文本(梦境)包含了显意和隐意,但梦的接收者(梦者)在梦中只能看到显梦。要获得梦的隐意,则需要梦者醒后对梦境进行分析。然而醒来后的梦者已经回到经验世界,梦境的媒介已发生改变,内容也无法完全还原,因此即使是梦者自己也已经无法完全分享接收梦时的自己所看到的显梦。当然也正是由于梦叙述的特殊性,使得人类对该类叙述的阐释相对自由。首先,由于梦叙述是纯粹私下、无需向公众问责的特殊叙述,那么在阐释梦叙述时也无需拘泥于要读出一个"高尚"的隐含作者。其次,梦境是由人类潜意识或是无意识的活动构成,它的世

---

① 赵毅衡,《广义叙述学》,成都:四川大学出版社,2013 年,第 54 页。

② 弗洛伊德著、高觉敷译,《精神分析引论新编》,北京:商务印书馆,2009 年,第 12 页。

界有一套自己的逻辑方式,并不受人类意识层面的控制。因此我们在对梦文本进行阐释时,需要打破我们的逻辑常规,自由发挥我们的想象力。而对拥有不一样逻辑的梦文本的认识,也可以启发我们打破陈规,重新认识和建构我们的现实世界。

四、梦叙述的叙述可靠性

讨论隐含作者必然要涉及叙述的可靠性问题,因为隐含作者与不可靠叙述是叙述学中很关键的问题,学界对该问题一直争论不休。然而有关梦叙述的可靠性问题至今无人提及。在讨论了梦叙述中的隐含作者问题后,本文也尝试探讨一下梦叙述中的叙述可靠性问题。叙述可靠性是指叙述者与隐含作者价值观之间的距离问题。当叙述者与隐含作者的价值观一致时,叙述判定为可靠,反之则判定为不可靠。

在虚构叙述中,叙述可能可靠也可能不可靠。当虚构型文本中的叙述者与隐含作者价值观不一致时,叙述就会不可靠。而在纪实性叙述中,隐含作者与叙述者重合,叙述者与隐含作者之间无距离,价值观一致,因此纪实性叙述中叙述绝对可靠。叙述是否可靠是一个文本内的形式问题,我们所考察的是叙述者与隐含作者间的关系。而是否可信却是跳出了文本,是读者对作者的质疑。就正如新闻本身是可靠叙述,因为叙述者表达的意思就是隐含作者的意思,又因为新闻中隐含作者与作者重合,因此叙述者表达的意思也是作者的意思。而新闻是否可信,则是新闻的读者对作者(对其道德,品质,诚实度等)的质疑,当然其中不乏怀疑其受到主流意识形态的控制。因此这是新闻读者对新闻作者的质疑。新闻、广告是否讲述了"事实"并非是"不可靠叙述"这个概念涵盖、解决的问题,因为它主要涉及叙述者和隐含作者之间的价值距离。新闻不讲述事实,虽不可信,但却可靠。因为作者(隐含作者)的目的就是要让大家将"非事实"当做事实来看。当然我们可以说他在欺骗,但是由于作者(隐含作者)、叙述者都是一条心,诚心诚意欺骗大家,因此他们之间并无间隙,视为可靠。一般的广告也是如此,我们可以不相信他们对商品的承诺,却不能置疑叙述者、隐含作者(作者)团结一致、共同欺骗我们的真心。

根据上面的分析,我们可以认为虚构叙述可以可靠,也可以不可靠,只有纪实性叙述才绝对可靠。那么也就是说理论上作为虚构叙述的梦叙述也会出现有的文本叙述可靠,有的文本叙述不可靠的现象,但是作为虚构性叙述的梦叙述却是绝对可靠的叙述。在梦叙述中,孕育梦的那一部分头脑就是梦叙述的叙述者。孕育梦的那一部分主体的意图是要向接收梦的那一部分主体传达人本能的或是潜意识的欲望、需求及想法等。梦的叙述者则通过高度的选择,将这个意图经过变形,以显梦的方式发送给梦者,以期待梦者能够通过显梦获得隐梦的意义。因此梦叙述中叙述者与主体中发出梦信息的那一部分人格合一,梦叙述者的价值观等于隐含作者的价值观。与纪实性叙述一样,梦叙述的叙述者与隐含作者的价值观之间无距离,是叙述者绝对隐身的可靠叙述。

五、梦叙述的治愈功能

上文结合叙述学和心理学相对系统地讨论了梦叙述中叙述者、受述者、隐含作者与隐含读者及叙述可靠性的问题。梦叙述作为虚构叙述,它具有构成虚构叙述的最基本的特征,同时梦叙述的各要素也有各自不同的特点。从古至今,梦都被人类阐释为具有各种功能和作用的神秘现象,心理学认为梦能够通过幻想式的经历满足人的某种愿望,通过释梦则可以更好地窥探人的主体精神与心灵;而叙述学则认为梦作为一种叙述可以通过讲故事整理经验,从而保存人类记忆,证知人类的身份与存在。

梦世界锚定于现实生活,人的某些记忆由于受到现实生活中的某种刺激而被激活从而构成梦境的内容。梦不仅是与一个人的童年经历有关,同时也与我们应对困难、压力以及欲望的方式息息相关。对梦境的正确解读能够帮助我们更好地了解自己。"梦境是表达智慧、恢复力量的渠道,它们让你能够明白自己的秘密和渴望,解读身边的压力源,恢复平静心绪。"①梦作为一种虚构型叙述,本身就是一种帮助人类释放压力、恢复力量的方式,因为"叙述"本身就具有释放压力、疗伤的功能。精神分析师对患者进行治疗时,一方面是通过患者的叙述找出患者存在的问题,另一方面"讲述"本身就是一种治愈方式。人类面对压力、遭遇不幸时,将发生在自己身上的故事通过文学创作、日记、书信或倾诉方式呈现出来,事实上都是通过"叙述"的方式在自我治疗。然而以上任何形式都无法像梦境

①　吉莉恩·霍洛韦著、刘子彦译,《解梦书》,济南:山东文艺出版社,2011年,第3页。

一样经济、安全和方便。

　　吉莉恩·霍洛韦在她的《解梦书》中通过对 28 000 个真实梦境的探讨,总结出了梦者的一些共享经历。人类共享的梦似乎大都为噩梦,均是因为各种压力、各种得不到满足的欲望而导致焦虑的情绪,从而产生梦境。她在作品中分析了 27 个难以忘怀的梦,以及 21 个反复出现在梦中的要素,几乎无一例外地与梦者所承受的压力及焦虑情绪有关。梦通过叙述一方面可以将自己的压力与焦虑讲述出来,另一方面,通过讲述也可以让我们的意识接收到相关信息,从而做出相应的回应。

　　人类对叙述的渴望首先就体现在梦叙述上。从梦叙述的构成可以看出,人类的大脑分裂成了两个部分:由孕育梦的部分将梦讲述给接收梦的部分听。梦的叙述者在梦者进入睡眠时,可以任意讲述任何故事,不愁找不到倾诉对象。因为作为受述者的梦者只是被动地接收叙述者的故事。无论梦者醒来以后是否还记得叙述者的故事,叙述者的叙述本身已经达到了倾诉目的。

　　梦叙述不仅经济、方便,而且还十分安全。梦叙述的叙述者绝对隐身,充满了神秘性,没有任何人能够真正完全了解他的真实意图,隐含作者的立场由于各种原因难以确认。从梦叙述的叙述结构来看,梦者绝对显身,是梦世界的一个人物。那么叙述者就是对梦世界中的一个人物讲述故事,从叙述理论上来说属于私下叙述(Private Narration)。[①] 而这个私下叙述没有任何人可以偷听到,因为梦无法在此时此刻被别人分享。从前面的讨论中我们也可以看到,梦叙述甚至是在梦者醒后也无法与别人完全分享,因此叙述者可以放心大胆、任意妄为。

　　通过对作为虚构叙述文本的梦叙述各因素的探讨,笔者在这里也斗胆提出一个看法:也许梦正是人类通过“叙述”这种方式,让我们压抑的欲望、淤积的压力、无处宣泄的痛苦等得以释放,获得一种幻觉式的满足,从而通过倾诉使心灵得到清理、净化与治愈,叙述本身就是一种救赎。这是一种独属于个人的、私下的、方便的、安全的、经济的、不需要对任何人问责的有效方式。

---

① Susan Lanser. "Toward a feminist narratology." *Style*, 20(3), Fall 1986, pp.341—363.

浅论当代小说的生态叙事空间[*]

◎ 纪秀明^{**}

大连外国语大学

一、小说与生态

　　人与生态关系的书写,源远流长。以文学的方式来呈现生态思想并不是近几个世纪的新潮流。生态书写在古代已经被赋予了多重意蕴。因此,不是说,文学对生态的关注是一个当代的"突发事件",而是正如夏光武所言,"早在生态文学形成之前,生态思想就已经隐藏在各种神话、传说、宗教教义等原始思维的背后"①,早期的生态思想是蕴涵在文化之中,发挥隐性效应的。这种生态意识或多或少地萌生于有敏锐观察力、感受力的人们心中,同时默默地影响着他们对自然环境的看法和态度。换句话说,生态思想早就蕴藏于前人的文学作品中,只是当时还没有人将它从文学作品对自然与人的关系在诸多表述中剥离出来、加以分析然后再赋予新的学术内涵。

　　进入20世纪,现代化的进程将"人与自然"的关系重新提上议程。后现代生态思潮的批判与否定性突破了现代人对自然的无上"中心"主义的刚性规约,颠覆了危机重重、恶果累累的现代自然—人类观,对人与自然观进行了重新审视与定位,将潜藏于历史叙述中的"隐性"生态意识空前剥离、彰显出来。

---

*　【基金项目】中国博士后科学基金第10批特别资助(编号:2017T100307)。

**　【作者简介】纪秀明,大连外国语大学教授,email:dwxbjxm@163.com。

①　夏光武,《美国生态文学》,上海:学林出版社,2009年,第1页。

事实上,由于适应了对现实危机的关注与诉求,以批判人类中心和寻求探索崭新"人与自然关系""开掘关系后的深层文化、哲学、伦理"因素的当代生态思潮,在世界范围内很快成燎原之势。在当代生态文学和生态批评中,小说扮演了重要角色,占据了多数的份额。因此,"小说与生态"成为我们的研究焦点。

按照一般逻辑,从"小说"到"生态",我们很自然地联想到了当下流行的所谓"生态小说"的概念。但是,当我们将研究视域锁定为"生态小说"时,却遭遇到理论概念与当下创作现实的阐释困境。我们发现仅仅用"生态小说"这一概念,很难清晰涵盖与厘清目前的创作现实,很难涵盖目前复杂的生态与"小说"的表现关系。

二、从生态小说到小说生态叙事

目前对生态小说的概念理解是从"生态文学"一级概念范畴引申来的二级概念。生态小说作为生态文学的重要分支,其定义的界定无疑是与生态文学的概念息息相关的。[1] 关于生态文学的概念,至今莫衷一是。[2] 目前获得公认的是王诺在《欧美生态文学》中对"生态文学"的界定:"……是以生态整体主义为思想基础、以生态系统整体利益为最高价值的考察和表现自然与人之关系和探寻生态危机之社会根源的文学。生态责任、文明批判、生态理想和生态预警是其突出特点。"[3]生态小说是体现这样一些特点和定义标准的特定体裁。

但是当我们逐渐深入思考我国生态小说时,当面临生态小说概念界定与真正展开对批评对象的阐释时,常常遭遇生态小说判别标准的泛化问题,往往陷入对应不那么统一、旁支错接、遮掩不住的尴尬和捉襟见肘的阐释困境中。原因在于,其一,就概念定义而言,"生态小说"概念本身作为一个新的"舶来品",在西方就没有一个确切稳定的定义。传到中国之后,学界对此更是仁者见仁、智者见智,造成人们对"生态小说"这一新兴概念理解的混乱。其二,当代评论界概念运用混乱、不统一,没有区分

---

① 龙其林、陈菲,"环境危机与中国小说批评新质的确立——中国当代生态小说研究述评",《番禺职业技术学院学报》2008 年第 4 期。

② 鲁枢元,《生态批评的空间》,上海:华东师范大学出版社,2006 年。

③ 王诺,《欧美生态文学》,北京:北京大学出版社,2003 年,第 11 页。

开题材与主题的不同和复杂关系。或者只关注到作为鲜明"主题"存在的生态文学的论述,忽略了作为题材存在的生态文学叙事;或者是模糊、混淆二者的区别,常常把所有相关生态的书写都归纳到"生态文学"范畴。这都是值得商榷的。

"生态小说"到底是什么?什么样的作品属于"生态小说"?现存的浸染西方生态话语权的生态小说的界定范畴能否真正全面关照我国本土化的创作现实?目前国内作为权威界定的"纯生态小说"究竟占多大份额?那些获得公认的、有鲜明生态意识和诉求、以生态为主题的"纯生态小说"是否能够完全代表中国当代文学的生态观念、承载中国复杂的生态思考维度?如何看待和合理"归档"《空山》《额尔古纳河右岸》《平原》《日光流年》、寻根文学、知青作品这些或带有强烈生态意识或表现生态命题的当代重要作品?

事实上,面对对象与概念的无法逻辑化归属,很多学者做了折中与策略性的规避,比如,谈现代文学中的生态叙事问题,王喜绒①、李晓明②用了"生态批评视域",汪树东③用了"生态意识"。尤其值得注意的是龙其林提出的"泛生态小说"概念。他参考王诺的定义,同时又适当地结合创作实践,定义"泛生态小说"是"站在生态系统整体利益基础上,通过对人与自然关系的描写反映人与社会、人与人、人与自我的关系,表现人类所面临的自然生态危机和社会精神危机,以生态整体主义的眼光、生态学科知识对现实生活中的生态问题做出科学或文化剖析以探寻生态危机之社会根源、寻求解决之道的小说。……这是一种广义的生态小说,即,只要体现了上述特质的作品都被纳入此范畴之内,也可称之为泛生态小说"④。这个提法在论述上具有可操作性和范围可控性。

但是,这种折中的策略在解释清楚了研究对象的同时,也模糊和规避了对现有生态书写的厘清,模糊了当代生态书写与当代小说的确切位置与图标问题。用规避和转换概念来模糊当代纯粹"生态小说"创作的

① 王喜绒,《生态批评视域下的中国现当代文学》,北京:中国社会科学出版社,2009 年。
② 李晓明,"当代生态批评视阈中的文学研究与生态意识",《云南社会科学》2008 年第 4 期。
③ 汪树东,《生态意识与中国当代文学》,北京:中国社会科学出版社,2008 年。
④ 龙其林,"当代中国生态小说的发展趋势",《淮阴师范学院学报》(哲社版)2008 年第 3 期。

格局和规模,是对当代生态意识与思潮的偏袒,但是在貌似繁荣的表面,忽略也影响到对当代生态创作与本质走向的清晰把握,更影响到对最少是作为"现象"而备受争议的生态书写的可行性与可发展性的当代审视。

当代能够被公认的所谓的"纯生态小说""显性生态文学"①就其文本分量来说,只能偏居一隅,甚至处在大众阅读视野之外。那么,大谈所谓的生态小说,是否具有理论的偏颇与人为的"虚构性"呢?同时,如何看待"非生态小说"中关于生态问题的讲述、表达与展现?假如我们承认"文学"与"生态"关系的解读与创作具有合法性和当下必然性的话,目前这种界定无法解决当前关于这一特殊叙事关系的问题,那么,是否到了应该拓展和丰富发展此概念的时候?"生态"与"文学"批评的对象都应该卯定在哪些范围才可以既解决目前批评对象混乱的局面,又能将批评的问题推向深广领域?带着这些现实问题,本文从当前我国生态书写的现实情况出发,而不是从概念出发,大胆地提出一个基于先前概念之上的、丰富化和扩展化的文学概念——"生态叙事"。

我们定义其为:当代小说生态叙事是指当代中国小说中相关生态意识的讲述、表达和展现的叙事。它在外延上拓展了现有生态批评的对象范围,包括两种形态。一种是从主题层面而言,指已经具有自觉的"自然生态"主体价值表述②、以生态意识作为主题的文学。基本包括王诺定义、刘文良修正的"显性生态文学"以及"纯生态文学"。另一种形态是从题材层面而言的,囊括当代小说中所有作为情节部分的当代相关生态意识叙述。③ 同时,在内涵上,"叙事"是动宾组合,既指涉讲述行为("叙")又指涉所述对象("事"),涵括故事结构和话语表达两个层面。④ 故而分为故事叙事与话语叙事两个层面。在具体生态叙事的考察上,我们着眼于探讨生态叙事故事主题层面的开掘与叙事艺术策略的使用问题。

---

① 宋泽松、刘文良,"显性生态文学与隐性生态文学",《鄱阳湖学刊》2011 年第 4 期。
② 此界定参照的是汪树东对"纯生态小说"的定义。参见汪树东,《生态意识与中国当代文学》,北京:中国社会科学出版社,2008 年。
③ 时间的界定上,当代小说,指新时期以来的作品。1949 年中华人民共和国成立到"文革"期间的小说,生态小说在中国当代文学史上曾留下一段寂寞的空白时期(龙其林)。因此论及的当代小说生态创作,实际指的是新时期以来的小说创作。
④ 祝克懿,"'叙事'概念的现代意义",《复旦学报》(社会科学版)2007 年第 4 期。

三、叙事批评空间

（一）故事叙事

以两分法来描述叙事作品是西方文学批评的传统。西方叙事学家一般采用故事（story）与话语（discourse）来指代文本的内部层次。故事关乎内容（涉及"讲述了什么"，以主题为主体，或含事件、人物、背景等），话语关乎形式（涉及"是怎么讲述"的，包括各种叙述形态与技巧等）。① 英国著名小说家、批评家福斯特认为："小说的基本层面就是讲故事的层面""故事是最低级最简单的文学机体。然而对于所有那些被称作小说的异常复杂的机体来说，它又是至高无上的要素"②。

关于生态文本的故事叙事，目前国内批评界往往强调研究当代世界共时性问题。中国的生态创作是随着西方生态批评在中国的引入、传播后，短期内形成中西同步交流互动的结果。中西生态创作是具有历时共性的。由于西方生态文学批评观的影响以及作为类型文学创作的"通律"性，题材相同、主题与类型相同。因此，中国本土作家对同一类型文学——生态主题的叙事表达，一方面必然体现出对同一主题的共性、通率性、世界性的特征。

王诺对生态文学故事层的四大方面界定与总结（生态责任、文明批判、生态理想和生态预警)③是来自于对欧美生态文学考察与梳理的基本判断。虽然中国生态批评界对国外生态批评理论做了大量演绎和本土化增补。比如鲁枢元将生态文学的内旨凝聚在生态、精神与社会三个层面上：人与生态环境思考、生态社会批判、生态精神诉求。④ 但是他只是做了不同角度的解读，其内核与王诺基本一致。总览当代中西生态小说的故事主题层，尽管在说法上或许有个别差异，但是目前的主题基本可以被归纳为自然生态危机、生态现代批判、人与自然伦理构想、精神家园建构四

① 申丹，《西方叙事学：经典与后经典》，北京：北京大学出版社，2011年，第1—33页。
② E·M·福斯特著、冯涛译，《小说面面观》，北京：人民文学出版社，2009年，第22页、第24页。
③ 王诺，《欧美生态文学》，北京：北京大学出版社，2003年，第11页。
④ 鲁枢元，《生态批评的空间》，上海：华东师范大学出版社，2006年。

个方面。我国生态小说与西方生态小说的故事主题趋同性是显而易见的,"它着力于探寻和揭示造成生态灾难的社会根源,对造成这一灾难的所谓人类文明进行不留情的批判;它往往在鞭挞'人类是自然的主宰'的人类中心主义、揭示了人类对生态造成的灾难性破坏后,表达人类与自然万物和谐相处的理想,展现人类未来理想的生存状态"①。

但是,从类型文学比较的角度来看,多种语言对同一文学类型现象的阐释,总能够促成类型文本的意义得以互动再生。在自由的原则下,意义可以通过共性对话在类型性文本之间进进出出,类型文本主体(作者)可以通过民族化个体差异性选择,赋予文本崭新与丰富的意蕴,使得文学作品意义的汲取成为一个永无止境的过程,而文学作品的历史生命力也正依赖于这种不断展现的异质性的阐释。无论是有所欠缺的,还是对类型生态文学有资源性补益的,我国生态文学叙事主题必然会展示出独特的民族与本土化特质,有与西方不同的传统特质与民族差异性。作为民族文学对世界范围内普泛的生态思潮的特殊性应对,我国当代生态文学创作势必有与其他民族,与西方相差异的民族故事主题新质(这里要指出,我们的因质的提取,是以本民族共性为基准,基于民族文化、哲学、宗教心理积淀的具有民族同一性的差异性特征。这样才有比较学意义,是排除个体创作者的差异性的)。如果这个问题不梳理清楚,就很难看清我国当代生态创作的具体态势,无法对我国当代小说叙事做出客观与民族化的评价。我们认为,未来的故事层面的差异性研究是值得深入探讨的重要领域。

(二) 修辞叙事

考察当代小说的生态叙事问题,作为话语的策略层面的研究是必不可少的重要组成部分。正如英国艺术理论家克莱夫·贝尔所言,"有意味的形式就是一切艺术的共同本质"。纵观国内外已有的研究成果,小说的形式问题早已在学界引发广泛的关注,对叙述策略的探讨几乎成为时下小说批评领域最热门的话题之一,这种对形式的偏爱甚至影响到了相关学科,如当代修辞学与文体学一直在反思:作品不仅在于写什么,关键在

① 李玉鹏,"为消除生态危机呐喊——《欧美生态文学》简评",《学习与探索》2004年第4期。

于怎么写。"形式本身就是意义",叙事策略作为文学形式的重要组成部分,已引起了研究者的广泛关注与高度重视,这是文学研究丰富性和完整性的需要。美国文论家马克·肖勒尔说:"如果把形式和内容分割开来,孤立地谈内容,那完全不是谈艺术,而仅是在谈一种经验。而经验与艺术是因艺术技巧而区别开来的。"①对于文学作品,如果我们是将文学作为一种审美创造来研究,那就必须将艺术形式和文学意义、内容联系起来。研究文学作为意义的表述如何实现,如何将意义以形式的方式饱满展示,甚至形式本身能否成为意义的延伸与扩张。我国学者杨深林曾明确指出,"生态文学要注重艺术形式的打磨与叙事艺术的提高,只有如此,中国的生态文学才会健康成长和更富有艺术美的魅力"②。在当代生态观烛照下,作家自觉或不自觉地将生态意识融入具体文学叙事之中,运用特殊叙事方法与策略传达生态意识与理念,以艺术的方式倡导了尊重自然,建立自然、社会、精神生态和谐的新理念。叙事技巧与策略的探讨已经成为生态批评研究新的理论增长点和突破口。

一方面,作为肩负着独特生态思潮与意蕴传达功能的特殊叙事载体,同时又由于西方生态文学批评观的影响以及作为类型文学创作的"通律"性,同生态叙事故事主题中西趋同性一样,中西生态叙事在策略上也必然有趋同性选择。但是,目前学界对于生态叙事策略的研究,零星而散见,且具有批评的随意性,缺少关于生态文学叙事策略的系统性分析,更缺乏基于比较的、相关我国生态叙事策略与西方生态叙事策略的对比性研究。鉴于此,有必要通过中西比照,展开跨国界与民族的叙事策略通率研究。比如与国外当代生态文本横向比较,中西较为突出的共性叙事策略:民族原生态叙事风格、精神乌托邦/原始信仰回归与后现代批判两种典型叙事序列、叙述视角转换下的生态意识呈现、多元化后现代叙事技巧的使用,等等。这些叙事策略的运用,或者是展示生态理念和愿景,或者是进行反生态批判,或者是以颠覆传统书写的现代策略,颠覆传统生态观念,传递"新质"生态伦理与哲学观念。

另一方面,鉴于我国当代生态叙事的相对独立与民族自发性,我国生

---

① Mark Schorer. "Technique as discovery." In J. William & M. Westbruvk (eds.), *Twentieth Century Criticism*. New York: The Free Press, 1974.

② 杨深林,"生态批评的意识形态功能——兼论生态文学的不足",《绵阳师范学院学报》2010 年第 10 期。

态叙事策略也必将呈现本民族独有的特征。需要展开中国当代小说的独立叙事品格考察：比如中国生态作家以怎样独特的生态叙事技巧，对其中生态思想和主题进行淋漓尽致的展示与开掘？如何将表述与意义相融合，表达了深刻的生态人文关怀与忧患意识？生态叙事独有的表征在哪里？毫无疑问，探讨中国叙事策略与西方叙事策略的差异性、分析比较中西生态表意/叙事层面的代表性差异，具体揭示当下中国小说生态叙事策略的本土化、中国化特征，将是未来生态叙事研究的重要一翼。

需要说明的是，且不论是类型文学的国际差异，即使是国内作家同题材的作品也存在诸多差异，一个作家的不同作品也风格各异。我们这里的差异遴选是有特定原则和标准的。在众多差异中，选取基于民族文化、哲学、宗教心理积淀的具有民族同一性的差异性特征，这样才有比较学意义。

四、结　语

"小说生态叙事"概念的引入，将研究的对象从内涵与外延上进行了创新性拓展与归纳，从这个意义上说，目前所有的生态小说，或者小说中关联自觉"生态意识"的叙述都在我们的研究范围内，为解决对生态文学论述中的尴尬和合法性质疑提供可能，将研究对象从"生态小说"扩大到"生态叙事"，可以为重新审视与厘清我国当代小说在"生态思潮"影响下的创作格局与态势提供较为完整的谱系性关照；更为我们针对目前的"生态文学"复杂性，编织一只可以容纳现象的筐，有利于我们对问题的深入研究。

首先，"纯生态"小说必然式微。

"纯生态"小说是生态叙事的重要组成部分。环保、自然生态为单一主题诉求的"纯生态小说"（主要指"环境文学""绿色文学"）是西方思潮与中国现实交汇的最初产物，起源于西方环境生态思潮在国内的文学应变。它是西方生态思潮、生态创作由平行移植到中国本土的过渡产物。由于其主题单一，只关注浅层面的人与"自然环境"生态关系，文本本身势必内蕴浅薄，作品缺乏张力和深度。我们认为，那些被公认的有鲜明生态意识和诉求、以自然环境生态为主题和目的的"纯生态"小说无法完全展示中国当代生态现实、承载中国复杂的生态思考维度。文本阐释空间的丰富性需求与作为纯生态讲述的内在单一性也形成冲突,进一步困囿了"纯生态"小说的意义空间,注定了"纯生态"小说作为独立文学种类的式微,目前已经逐渐淡出文学叙事,尤其是文学批评的视野。

其次,无边的生态叙事。

当代批评界已经认识到"纯生态小说"浅层表述的有限性,将其深化到"社会""精神"层面①,试图把创作内涵阐释扩展。王诺也强调系统性、整体性与共同体,试图实现由浅层到深层、由部分到整体生态学的转变:"'生态'则意味着相互依存的共同体、整体化的系统和系统内各部分之间的密切联系。"②

我们认为,鉴于当代中国环境、生态与精神现状的复杂性与持久性,虽然作为种类的纯生态小说是必然要式微的,但当代生态思考及叙事会延续下去。"生态"问题不会成为昙花一现的文学现象。生态意识将成为中国作家相当长时间内的集体无意识。当代生态叙事所呈现的生态意识融入了西方生态伦理新质、具有了对生态最自觉的关注、尊重与后现代审视。这也是当前生态叙事与历史上的"自然书写"最大的不同与超越。

但是,生态叙事真正的发展道路,必然是复合性的、杂糅性的,是具有无限阐释空间的。生态叙事不会也不必强调生态书写的封闭性与纯粹性,而是更具有开放性和跨界性。整体、深层的生态思考及叙事会延续,生态可阐释空间将无限扩大。"人类的文学艺术迄今为止所表现的,无外乎人类在地球上的生存状态,因此全都可以运用一种生态学的眼光加以透视、加以评判,期待中的生态批评空间应该是更为广阔、更为恢弘的。"③作为生态叙事创作而言,亦是如此。以情节进入生态书写的"泛"生态小说会将当代小说生态叙事推向宽广的阐释空间。生态叙事逐渐将打破概念局限的类型框架,走向更丰富、更开放拓深的领域。

此外,我们认为,存在即为合理。从时间界定而言,生态思潮是针对现代工业文明流弊发起的,那么现代工业文明的问题不解决,"生态"作为文学现象就有存在的理据,如果小说的生态叙事还有所谓时间的完成性的话。从更深层而言,只要"生态危机"关涉的人类的精神与社会生态失衡问题不解决,只要还有尚未完成的现代性,生态作为主题的叙事就不会

---

① 鲁枢元,《生态批评的空间》,上海:华东师范大学出版社,2006年。

② 王诺,"为什么是生态的而非环境的?"《生态文化》2012年第2期。

③ 鲁枢元,《生态批评的空间》,上海:华东师范大学出版社,2006年。

消亡,但是在不同历史时期,将以不同的主题和审美形态表达。这也是我们的"无边"所强调的开放性与阐释空间的可拓展性和丰富性。

虚构判定的几个原则

——以何大草《盲春秋》的序、跋为例

◎ 谭光辉*

四川师范大学

何大草是一个勇于挑战传统叙述模式的作家,给叙述学理论提出了一系列问题,他的《盲春秋》等小说几乎可以让我们到达对虚构性问题理解的边界。对虚构问题的讨论,赵毅衡《广义叙述学》中的"双层区隔"原理尤为深刻。笔者已写过多篇论文讨论赵毅衡提出的"双层区隔"原理,有理解也有商榷。总体上来看,双层区隔原则对于界定虚构的本质问题大有助益,但是对虚构判定问题缺乏实质性帮助。本文的目标,是给虚构判定提出四条原则。

一、体裁形式与虚构性互为判定依据

虚构的判定问题,是一个世界难题。沃尔顿说:"一部文学作品是不是虚构之作,无需从其字面呈现出来。很雷同的词语组合,或完全一致的词语组合,既可能构成一部自传,也可能构成一部小说。"①他认为文学作品是否是虚构,并不在于它是否与事实相吻合,"并不在于作者所写是否为真,而在于他是否宣称其作为真,在于他是否言明其作字字句句(以各

---

* 【作者简介】谭光辉,四川师范大学文学院教授,email:sctgh@163.com。

① 肯达尔·L·沃尔顿著,赵新宇、陆杨、费小平译,《扮假作真的模仿:再现艺术基础》,北京:商务印书馆,2013年,第98页。

种方式)为真"①。这个说法与塞尔的决断公式如出一辙："一件作品是否为文学,由读者决定;一件作品是否为虚构的,由作者决定。"②热奈特也表达过类似的看法,只不过他认为:"真正起作用的标注是副文本,如封面注明'小说'。"③事实上,上述几种说法基本上是同一个意思:作品是否虚构,只能由作者决定。如果作者以任何方式宣称、标注其为虚构,就是虚构;反之则为纪实。这个判定原则看起来是可靠的,但是同样会面临不可解决的问题。最大的问题是:我们如何知道作者在做宣称或标注的时候是否在撒谎?

赵毅衡在总结、反思学术史上对该问题的多种看法后提出了一个区分纪实与虚构的可行办法:双层区隔理论。双层区隔理论的基本意思是:我们判定纪实与虚构的基本依据是区隔框架,处于一度区隔中的叙述为纪实,处于二度区隔中的叙述是虚构。一度区隔与二度区隔的区别是:对于一度区隔中的叙述,接收者会期待其指称性;对于二度区隔中的叙述,接收者"不再期待虚构文本具有指称性"④。作者如何设置区隔框架呢?赵毅衡认为:"这个区隔设置当然可以有无数变化方式,添加区隔的指示符号本身可以变得非常细微。"⑤接收者如何识别区隔框架呢?他认为主要根据文化程式和阅读经验,"相比猜测作者意向而言,观众对虚构叙述区隔的这种程式化识辨,就可靠得多"⑥。但是,他认为读者或观众的判断不一定是绝对准确的,因为框架有被破坏的各种可能,每一个人的阅读经验并不一样,文化程式也完全可能被作者用来做假。赵毅衡的双区隔理论论辩的核心是接收者问题,把虚构的性质解释得相当清楚,但是对接收者的操作而言却并无多少帮助。当接收者面对某一个具体的文本的时候,可能由于无法辨认区隔从而仍然无法准确判断该文本到底是纪实还是虚构,因为作者可能设置各种障碍,让读者根本就看不见这个区隔在哪

① 肯达尔·L·沃尔顿著,赵新宇、陆杨、费小平译,《扮假作真的模仿:再现艺术基础》,北京:商务印书馆,2013年,第98页。
② John R. Searle. "The logical status of fictional discourse." *New Literary History*, 6 (2), 1975, pp.319–332.
③ Gérard Genette, Nitsa Ben-Ari & Brian McHale. "Fictional narrative, factual narrative." *Poetics Today*, 11(4), 1990, pp.755–774.
④ 赵毅衡,《广义叙述学》,成都:四川大学出版社,2013年,第76页。
⑤ 同上,第77页。
⑥ 同上,第84页。

里。何大草的《盲春秋》就是一个典型的例子。

《盲春秋》从封面到封底，没有任何地方标注该书为"小说"，热奈特所说的方法自然无效。沃尔顿的判断方法同样无效，因为《盲春秋》在"代序"和"代跋"中反反复复、斩钉截铁地断言这部书来自一部真实的手稿，而且做了非常详细的手稿版本流传的考证，明确地说书中的字字句句皆为真，他只不过做了一些整理工作而已。同样的道理，塞尔的办法也不能奏效，作者确实可以决定该书是否为虚构，但是读者要判断它是不是虚构，就成了一个难题。最终，我们只能回到赵毅衡的办法：文化程式和阅读经验。

阅读经验实际上是一个说不清的东西，只有文化程式才是相对可靠的。阅读经验其实就是对文化程式的识别能力。体裁是最重要的文化程式。在虚构性判定过程中，所谓识别文化程式，主要就是识别体裁。陆正兰说："采用某个体裁，就决定了最基本的表意和接收方式。"①赵毅衡说得更清楚："纪实型叙述与虚构型叙述，两者的区分，不在文本本身，而在文化的'体裁规定性'：体裁规定某些类别文本的'基础语义域'是实在世界，而某些体裁文本的'基础语义域'则是可能世界。"②显而易见的是，在常规文化程式中，"序""跋"都只能是纪实的。

《盲春秋》不但前面有一个"代序"，而且后面有一个"代跋"。"代序"是一个美国汉学家宇文长安写给何大草的信，"代跋"是何大草写给宇文长安的回信。不但序、跋本身应为纪实体，而且大多数书信也都是纪实体。即是说，文化程式、作者宣称、文本标注等一切指示性内容，都在努力说明该序、跋是纪实的，而且是真实的。该书从头至尾，就没有一个清晰的区隔标记。更为致命的是，如果我们相信序和跋是纪实的，那么我们就不得不跟随着序、跋的指引认为手稿是事实的，进而认为该小说的内容也是事实的。这样一推，小说就成了历史，虚构就成了纪实。所以，判断虚构与纪实的第一条原则就是，不要过分相信体裁形式，体裁形式与虚构性互为判断依据。

如果我们认为《盲春秋》的序、跋的体裁是确定的，那么就会判定其中的内容是纪实的。然而我们对序、跋体裁的怀疑来自对其中内容真实性

---

① 陆正兰，"论体裁指称距离：以歌词为例"，载饶广祥，《解放的形式：赵毅衡形式理论思想争鸣集》，成都：四川大学出版社，2013 年，第 48 页。

② 赵毅衡，《广义叙述学》，成都：四川大学出版社，2013 年，第 185 页。

的怀疑。怀疑的主要原因可能有以下几点:第一,序中的写信人叫"宇文长安",自称是一个热爱中国文化的美国人,完成了一部《蜀锦考》,经查并无此人,人名系作家根据美国著名汉学家"宇文所安"戏仿的名字,《蜀锦考》亦不存在;第二,收信人何大草,自称在中国南方理工大学人文学院任教,然而他实际上是在四川师范大学任教,不符合事实;第三,序、跋的叙述风格与正文的风格太过类似,形同小说;第四,序、跋中所写手稿流转的故事太过曲折离奇,近乎夸张,不像事实。

按序中所言,该手稿由明末一个瞎眼公主,也就是小说的主人公朱朱口述,由史学家计六奇记录。朱朱在明朝灭亡时失去了父亲和视力,被传教士德吕尔·德吕翁收养,后来下落不明。手稿写好后,朱朱将它送给德吕翁的学生 H 封存。H 死前,把手稿传给了学生 P,P 将其送给了传教士郎世宁。这部手稿,在宁波天一阁藏书楼的书目中只留下一个书名——《燕山龙隐录》,下落不明。郎世宁死前,把手稿通过意大利传教士托蒂·皮耶罗神父带到海外。皮耶罗将手稿翻译成拉丁文和意大利文,然后花了 30 年时间修订。皮耶罗将拉丁文本手稿取名《龙之秘史》呈给教皇,后被束之高阁。手稿的中文版本《……龙……》神秘消失,只留下两种无法查证的说法。唯有意大利文版本《言辞》以一种方式留传下来。拿破仑大军横扫意大利时,随军神父让·雅克·阿诺征得皮耶罗同意之后,用法文抄了《言辞》全稿,重新命名为《我父》。抄录完成之时,皮耶罗无疾而终,意大利文本《言辞》被作为纸钱在皮耶罗坟前焚化。阿诺离开军队,改名若泽·亚马多,隐居葡萄牙保莱塔修道院。《我父》在该修道院被历代神父翻阅了近两百年,每个神父都在手稿的空白处写下一些感想、猜测,使手稿的容量越来越大,线索也越来越乱。若泽·亚马多甚至写了一部史诗《旧宫殿》,后被锁在地窖深处一个铁匣子里。宇文长安的舅公吉尔伯托·西芒神父被《我父》吸引,对手稿把玩考订了大半辈子,也没有弄清手稿纷繁的头绪。西芒神父将一藤箱的手稿,传给了宇文长安。宇文长安酷爱东方文化,又有中国女友——哲学博士候选人唐欢君之助,决定将《我父》回译为中文。二人经过漫长而艰辛的翻译,终于将其翻译完毕。但是由于手稿经历了无数次语言转译、误译、揣测、增添与删节,歧义百出,加上手稿情节枝蔓丛生,细节如荒草乱长,最终不能卒读,几欲焚稿。无奈之余,宇文长安找到了唐欢君的校友——受过历史训练又是作家的何大草,请他代为整理修复。这就是"代序"陈述的主要内容。"代跋"是何大草写给宇文长安的回信,陈述了整理手稿过程的漫长与艰辛。"代跋"说得更多的,是关于何大草对手稿中一些历史细节的考证过程,以及对历史的不可靠和真相难以把握的感慨。

代序和代跋中的手稿流传过程,虽说十分离奇,但是又具有内部真实性,且混以真实的历史人物和地名,比如传教士郎世宁、庇护六世教皇、拿破仑、孔飞力、何大草、天一阁藏书楼、四川大学,等等。由于真实人物与杜撰人物混杂,若无相关历史知识,根本就不可能分得清哪些是真,哪些是假。所以,对该序、跋的纪实/虚构的判定,不能单纯依据序、跋这种文化程式,而是要依据相关历史知识和现实证据。"关于纪实与虚构的判断依据,并不来自于文本内部,而是来自于伴随文本。"①我们是因为对序、跋所述史料真实性的怀疑,才意识到该序和跋并不是常规的文化程式,而是小说的一部分。又因为有对该序和跋体裁的推翻,才将其纳入二度区隔中将其视为虚构。如果不推翻体裁,那么我们只能说何大草在撒谎,也就完全不能领略该序、跋给我们带来的阅读体验。

体裁形式并不是可靠的判断依据,特别是在将其用于判断纪实与虚构的时候。赵毅衡把那些试图摆脱束缚、达到别的体裁能达到的境界的艺术手法称为"出位之思":"出位之思是任何艺术体裁中都可能有的对另一种体裁的仰慕,是在一种体裁内模仿另一种体裁效果的努力,是一种风格追求。"②既然艺术作品存在出位之思,当然文化程式就不再绝对可靠。

二、声源人物不影响叙述内容的虚构性判定

我们很容易进入一个叙述学理论误区:如果声源人物是虚构的,那么他叙述的内容就一定是虚构的;如果叙述的内容是纪实的,那么声源人物也必然是纪实的。虚构的叙述者不可能讲述纪实故事,讲述虚构故事的叙述者一定是虚构。沃尔顿认为:"当叙述者叙述的真实事件为虚构时,它们就同属于一个虚构世界。""只要虚构叙述者报道的事件真正发生了,不管其他事件是否为虚构,叙述者与这些事件都同属于一个虚构世界。"③

---

① 谭光辉,"纪实、真实、事实的管辖范围及其与伴随文本的关系",《国际新闻界》2015 年第 11 期。

② 赵毅衡,《符号学》,南京:南京大学出版社,2012 年,第 136 页。

③ 肯达尔·L·沃尔顿著,赵新宇、陆杨、费小平译,《扮假作真的模仿:再现艺术基础》,北京:商务印书馆,2013 年,第 473 页。

简单地说,只要叙述者讲了虚构故事,那么该叙述者就是虚构的。按赵毅衡对叙述者的定义,叙述者就是"故事'讲述声音'的源头"①。如果在一个叙述文本中,有一个明确的发出声音的人物,那么就可以认为这个人物暂时充当了叙述者,多数叙述学理论都把该人物视为"显身叙述者"。以此推之,虚构叙述的显身叙述者一定是虚构的。

《盲春秋》的代序有一个显身叙述者宇文长安,这个人物显然是虚构的。但是代跋的显身叙述者是何大草,而何大草并不是虚构的,现实中确有其人,他确实是一个有历史学背景的作家,而且也在南方某大学任教。那么,我们能否按照沃尔顿的原则判定何大草为虚构的叙述者?

在说清楚这个问题之前,我们必须先厘清一个概念,作者和叙述者并非一回事。分清楚作者和叙述者,是现代叙述学的起点。布斯在《小说修辞学》中早已将此二概念分开,现在已经是一个叙述学常识,无需再论。但是,关于作者的虚构性问题,至今仍然有很多认识误区。比如宇文所安说:"我们习惯于把'作者'看作一个历史事实,因此关于作者归属,我们往往首先要问它是否可以证实,是可信的,还是虚构的。"②宇文所安可能混用了术语,所以表述很让人费解。他的意思实际上是说,当我们谈论作者问题的时候,只能是在一度区隔之内来谈的,关于作者问题,只问是否是事实,是如实记录还是撒谎。作者不存在虚构与否的问题,只存在事实和撒谎的问题。

但是,勒热纳却提出了一个让人非常费解的判断。他认为如果"人物名=作者名",那么"仅此一点就排除了虚构的可能性。即使叙事历史地看完全是假的,它也只属于撒谎(是一个'自传体'类别)而非虚构"③。他提出这个判断的原因是他讨论的对象是"传记"这种体裁。按理说,在传记体中,所有的内容都是纪实的,不存在虚构问题。但是传记可能存在"人物名≠作者名"和"无名氏"作者的情况,所以即使是传记,也需要与读者达成一种契约关系。当"人物名≠作者名"时,只能达成小说契约关系;当叙述者为"无名氏"的时候,既可能达成自传契约,也可能达成小说契

① 赵毅衡,《广义叙述学》,成都:四川大学出版社,2013 年,第 91 页。
② 宇文所安著,胡秋蕾、王宇根、田晓菲译,《中国早期古典诗歌的生成》,北京:生活·读书·新知三联书店,2014 年,第 259 页。
③ 菲力浦·勒热纳著、杨国政译,《自传契约》,北京:北京大学出版社,2013 年,第 122 页。

约,无契约的时候体裁不能确定;当"人物名＝作者名"时,只存在"无契约"和"自传契约"两种类型,不存在"小说契约"这种类型,作品只能是自传体。① 按勒热纳的理论推演,由于《盲春秋》"代跋"的人物名＝作者名,而且有书信、跋这两种契约,便可确保"代跋"只能是自传体,只能是纪实。而这显然是荒谬的。

再做一个观察,之所以提出叙述者何大草是否是虚构的这一问题,乃是根据代跋的叙述文本反推而提出的问题。即是说,我们是因为认定代跋的内容是虚构的,才会产生关于其叙述者何大草是否是虚构的这一问题。在这个问题的提出中,我们发现我们进入了一个被精心安排的圈套。其中问题的关键,就在于我们把文本内设定的声源人物当作了叙述者。在"代跋"中,声源人物是一个叫"何大草"的回信者,而叙述者却不是该人物,也不是现实世界中的作家何大草。那么"代跋"的叙述者是谁呢?

本文的观点是,不论哪个人称叙述的叙述者,都是一个框架。② 叙述者只是一个声音源头的比喻。③ "代跋"中的何大草,是一个人物,而非叙述者。声源人物何大草,既可以是纪实的,也可以是虚构的,这并不重要。作家完全可以给写信者另取一个名字,甚至封面上的"何大草"几个字也可以换一个,甚至换成一个虚构人物。例如他的另一部小说《所有的乡愁》,"代跋"名为"每个人的黄苹果",注明是"何少刚应邀为本书撰写的代跋"④,邀请人是何大草。何少刚是小说中最后一个出场人物,虚构人物怎么可能写一个纪实的"代跋"?所以声源人物本身是否虚构,并不重要。重要的是,声源人物真实与否,是否影响叙述文本的虚构性判定?

从常理来说,如果声源人物为虚构,便会自动搭建一个虚构叙述的框架,其中所述内容就必然是虚构的;如果声源人物是纪实的,便会自动搭建一个纪实叙述的框架,其中所述内容就必然是纪实的。但是纪实小说、新新闻主义显然是在挑战这一原则。比如法拉奇的《给一个未出生孩子的信》,便给这一原则带来极大的挑战。纪实与虚构混合,新闻与想象混合,无论声源人物用真名还是用虚构名,纪实部分仍然是纪实部分,虚构

---

① 菲力浦·勒热纳著、杨国政译,《自传契约》,北京:北京大学出版社,2013年,第120页,第122—130页。

② 谭光辉,"作为框架的叙述者和受述者:论第一人称、第二人称叙述的本质",《河南师范大学学报》2015年第1期。

③ 谭光辉,"叙述声音的源头与叙述主体冲突",《江海学刊》2015年第6期。

④ 何大草,《所有的乡愁》,北京:人民文学出版社,2009年,第221页。

部分仍然是虚构部分,二者之间似乎并无必然联系。《盲春秋》的"代跋"也强有力地挑战了这一原则,在"代跋"中,有些部分是虚构的,比如假装在给一个并不存在的人物宇文长安写信;有些部分是纪实的,比如写永定河的来历、陈圆圆和李自成的去向等。在阅读这些文字的时候,我们可以明确地感觉到叙述不断在纪实和虚构之间转换,而这与声源人物何大草是否虚构并无直接关系。这就引出了虚构性判定的第三条原则:虚构与纪实可以交叉。

三、虚构与纪实可以交叉

塞尔举过一个例子:虽然《安娜·卡列尼娜》的第一句话"幸福的家庭家家相似,不幸的家庭个个不同"不是虚构的而是严肃的(serious),它是小说的一部分但并不是虚构故事的一部分。并且得出结论:"一部虚构作品不需要,通常也不会完全由虚构话语组成。"①就是说,在同一个叙述文本之中,可能出现虚构与纪实交叉的情况,叙述文本可能有多个框架,而不是只有一个框架。

实际上,纪实与虚构在文学文本中交叉出现很常见,而且可能是叙述的常态。例如,李永东认为晚清狭邪小说《海上尘天影》"是一部把纪实与虚构的混合文体推向极端的小说"②;王干认为陈染的《与往事干杯》"是对自己海外冒险的一次纪实与虚构的混合性书写"③;杨中举认为奈保尔的《半生》"打破了时空、文体界线""模糊了纪实与虚构,混合了小说与非小说因素"④;贺绍俊认为王安忆的小说《纪实与虚构》"在纪实与虚构的交叉中,构建着自我的根基"⑤。这些例子都是显性的,在隐性层面,纪实与虚构的交叉远比这些例子丰富。例如影视剧中的植入广告,虽然整个电视剧都可能是虚构的,但是植入广告却可以被清晰地辨认出是纪实的,

① John R. Searle. "The logical status of fictional discourse." *New Literary History*, 6(2), 1975, pp.319-332.
② 李永东,《租界文化语境下的中国近现代文学》,北京:人民出版社,2013年,第69页。
③ 王干,《灌水时代》,济南:山东文艺出版社,2005年,第98页。
④ 杨中举,《奈保尔:跨界生存与多重叙事》,上海:东方出版中心,2009年,第312页。
⑤ 贺绍俊、巫晓燕,《中国当代文学图志》,沈阳:春风文艺出版社,2011年,第272页。

然而它又是虚构故事的一部分。纪实叙述和植入广告一样,广泛地存在于虚构叙述之中。同样的道理,虚构成分也常常出现在纪实文学之中,以致近年来有人提出"非虚构"这个概念,用以提醒并反对那些在纪实文学中加入太多虚构成分的人。

在《盲春秋》的"代跋"中,纪实性植入随处可见,但是都需要了解真相的人才能识别。其中至少包括如下几种类型。第一类是对作家自己身世的介绍,例如:"如您所知,我是南方理工大学人文学院的驻校作家,除了课程和薪水这两样不多,却有大笔闲置的时间自由支配。我跟所有成都人一样,与生俱来地惰性、懒散、闲适,还有轻度的幽闭症。"①了解何大草的人很清楚其中的"植入"内容:除了"如您所知"和"南方理工大学人文学院"是虚构的外,其他部分基本上都是事实,只是"惰性""懒散""幽闭症"带有一点主观判断,并不影响纪实的性质。这几句话可以算是作家植入的关于自己经历的软性"广告"。

第二类是作家思想的呈现,例如:"我为此怅然了很多天。什么是真相呢?真相是我们用手掬起又从我们指缝间漏走的水;是《薄伽梵歌》里反复吟唱的'它':'它在万有之外又在其中,它既是静物又是动物,它极近又相距遥远,它不可知因微妙之故。'"②这一段文字写在叙述何大草打电话问一个县文管所而无结果之后。其中"我为此怅然了很多天"可能是虚构,但是后面的文字却很难说是虚构,有非常明显的纪实特征,形同上文塞尔所举的例子,它是作家思想的表达。

第三类是对历史的陈述,例如:"陈圆圆在许配给吴三桂之后,被刘宗敏霸占,这是确切的事实。但这部手稿还用零星的笔墨提醒阅读者,李自成为了争取吴三桂的归顺,又亲自去刘府,一半规劝、一半强制地把陈圆圆载走了。"③其中前一句说刘宗敏霸占陈圆圆的事,是历史,当然是纪实;后一句由于提到是"手稿"记录的事,又因"手稿"是虚构的,所以就会被认为是虚构的。

第四类是对元故事的叙述,例如:"一个偷懒的办法是,什么也不说,让读者自己去发挥想象。但,这种故作高深实则黔驴技穷的手法,我最厌恶。我选择的方式是,在这二十三种猜测中,挑选出我认为可能接近真相

---

① 何大草,《盲春秋》,北京:北京十月文艺出版社,2009 年,第 326 页。

② 同上,第 329 页。

③ 同上。

的一种,依然通过讲述人的嘴,一直说到叙述的尽头。""我勉力从中整理出两篇东西《带刀的素王》和《二十七个逃亡的人》,作为附录放在了盲眼老妇的自述后。"①在这两段叙述文字中,纪实部分很好判断,翻翻《盲春秋》就可以明白,小说确实选择了一种结局,盲眼老妇讲述完了之后确实有两篇附录,怎么能说这两个事件是虚构呢?然而,所谓"二十三种猜测"、两篇附录是从手稿中整理的这两件事,则是虚构。同一个叙述,甚至同一个句子,可以同时既有纪实又有虚构,纪实与虚构可以共存。

这几种情况,可能就是赵毅衡说的"通达"。"一个虚构文本,可能没有'不可能世界'的成分,但必然有实在世界与可能世界两种成分。"②既然我们能够从虚构文本中辨认出实在世界的成分,那么就一定存在辨认的方法。辨认实在世界的方法,只能依赖纪实性叙述。因此,此说法实际上说明了虚构叙述中可以存在纪实叙述。但是虚构叙述处于二度区隔之中,纪实叙述处于一度区隔之中,这就存在一个跨界的问题。实在世界中存在的人物不可能跨界进入虚构世界之中,所以在观念上就不能把纪实和虚构看成是包含关系,只能看成交叉关系。造成交叉的根本原因在于叙述者的框架性。作者可以自由地在叙述者框架中选择不同的组件发声,不同的声源决定该声音纪实或虚构的性质。

在《盲春秋》的"代跋"中,我们会发现作家何大草和虚构的声源人物何大草在交替发声。由于这二者共享了一个名字,所以我们很容易被迷惑。有的时候,两个声源达成共识、合二为一,所以我们可以同时听到两个声音,这就让问题显得更为复杂,以致作者到底是在纪实中植入虚构,还是在虚构中植入纪实,都变得不甚明了。

四、纪实或虚构最终由读者决定

对于一个有复杂声源的叙述,作者自然最清楚哪些部分是虚构的。但是,为了达到特殊的艺术效果,作者可能想尽各种办法隐藏虚构标记。另一方面,由于有了虚构小说作者的身份,他所说的可能不再具有可信度,接收者完全有理由不相信他的任何承诺。就是说,虚构的判定,作者说了不算,读者说了才算,本文的看法与塞尔的看法恰恰相反。

---

① 何大草,《盲春秋》,北京:北京十月文艺出版社,2009 年,第 334—335 页。

② 赵毅衡,《广义叙述学》,成都:四川大学出版社,2013 年,第 193 页。

马克·吐温的短篇小说《一个真实的故事》不但标题宣称"真实",而且副标题叫做"照我所听到的逐字逐句叙述的",但是读者完全有理由不相信。《盲春秋》的序、跋从形式上看也是作者对文本的纪实性宣称,但判断权完全在读者一方。没有经验的读者完全可能将序、跋解释为纪实,而且任何读者都有权力将其解释为纪实,同样也可以将其解释为虚构。

塞尔还说过一个有趣的例子:说"作为文学的《圣经》",表明了神学上的中立态度,但是说"作为虚构的《圣经》",就有支持某种立场的倾向。①就是说,读者既可以把《圣经》看作纪实,也可以将其视为虚构,但是采用不同的读法代表了不同的立场和倾向性。以此观之,读者将一个叙述文本视为纪实还是视为虚构,其实是由他的立场和倾向性决定的。

"立场"决定了读者愿意把自己定位在哪一个世界、哪一个区隔之中。如果有人愿意将自己定位在虚构世界之中,那么虚构世界中的一切,对他而言就是实在。我们认为是虚构的电子游戏,对玩家来说,是比实在世界更真实的实在。当然,玩游戏的过程,也就是纪实的。在成龙主演的电影《新警察故事》(2004)中,关祖等人把游戏引入现实,把现实编成游戏,以杀死警察取乐。就是说,极端情况下,读者可以把虚构世界当做实在,把现实世界当做虚构世界中的材料。电影《霸王别姬》中的程蝶衣,可能并非分不清戏里戏外,而是他更愿意待在虚构世界之中,他有足够的自我立场决定权。

正是因为读者有纪实与虚构的解释权,阅读体验和阐释才可能丰富多彩,才可能出现"一千个读者就有一千个哈姆雷特"的阅读结果。鲁迅说论《红楼梦》的名言:"单是命意,就因读者的眼光而有种种:经学家看见《易》,道学家看见淫,才子看见缠绵,革命家看见排满,流言家看见宫闱秘事……"②细细究之,不同读者之所以看到不同内容,是因为他们将《红楼梦》中的相关内容与自己掌握的现实材料结合了起来。之所以能够结合,是因为他们把他们看到的《红楼梦》的相关部分视为纪实,把其余部分视为虚构。

换句话说,只有当我们将叙述文本中的某部分视为纪实的时候,才能

---

① John R. Searle. "The logical status of fictional discourse." *New Literary History*, 6 (2), 1975, pp.319-332.

② 鲁迅,"《绛洞花主》小引",《鲁迅全集》(编年版,第 5 卷),北京:人民文学出版社,2014 年,第 26 页。

将该部分与现实经验进行有效的结合和比较,才能获得相关意义领悟。我们接受虚构文本的过程,就是不断调整自身立场、不断将虚构文本中的内容视为纪实文本的过程。赵毅衡认为:"接收者对虚构文本不会有指称性要求""在同一区隔的世界中,再现并不表现为再现,虚构也并不表现为虚构,而是显现为事实,是一个独立的世界。"①马文美认为当一个人一直生活在自己虚构的身份里的时候,"虚构比真实更加真实"②。这就说明,读者为了从虚构文本中获得纪实性,就需要不断地调整视点。事实上,任何获义活动,都不可避免地会带上主体的倾向性,恰如"伴随文本偏执"的原理一样,"实际上是人类的一种在获义压力之下展现出的基本冲动"③。为了从虚构文本中获取某种实在意义,读者就必然在该获义压力下执著地将与此相关的叙述视为纪实。虚构叙述文本的丰富解释,正是在不同的获义压力下产生的结果。与之相对应的是,纪实叙述由于没有这套机制,其解释意义就远远没有虚构文本解释意义那么巨大的差异,这大约正是人们迷恋虚构叙述的原因。

把虚构与纪实的裁决权交给读者,既符合阅读事实,也符合当代叙述学更关注叙述解释的理论现状。更重要的是,它可以激发读者的主动性,赋予读者更强的责任感,将读者从简单的意义接收者,转变为具有能动性的意义建构者。从这个意义上讲,何大草在叙述方面的努力和探索,可谓意义深远。

本文已发表在《四川师范大学学报》(社会科学版)2017年9月第44卷第5期,略有改动,特此说明。

---

① 赵毅衡,《广义叙述学》,成都:四川大学出版社,2013年,第85页、第81页。

② 马文美,"在现实与虚构之间:历史、身份、自我——以符号学为工具考察薛忆沩三篇历史题材小说",《符号与传媒》2013年春季号第6辑。

③ 宗争,"体育与游戏传播的'伴随文本执著'",《符号与传媒》2016年春季号第12辑。

王尔德作品中的死亡叙事与道德隐喻[*]

◎ 刘茂生　　　郑少敏[**]

广东外语外贸大学　浙江横店影视职业学院

文学中的死亡叙事经历了从古希腊、罗马到中世纪、文艺复兴时期直至当代漫长的发展过程。王尔德创作的时代处于 19 世纪中、晚期,当时存在两种主要的文学流派——浪漫主义和现实主义。经济的快速增长,资本主义的繁荣以及社会的逐渐动荡极大地影响了当时的创作。包括王尔德在内的作家们既浪漫又理性地看待世界,他们对死亡的观点总是充满浪漫和诗意的色彩,认为死亡是完满和复活的前提。残酷的现实迫使他们在艺术创作中寻求安慰,因而凸显了作品中现实与愿望的矛盾。

"叙事是指在整个文本中某人向另一个人讲述发生的事,是故事与话语的结合。"而"叙述则指叙述话语,是讲述故事的方式"①。费伦提倡局限相对较少的叙事观点,即叙事作为修辞,是指某人在一定的情景中以一定的目的向另一个人讲述故事。由此,死亡叙事作为死亡故事与死亡话语的融合,突出了与死亡相关的人物、场景、行为、事件、情节以及话语。琳达·哈钦和迈克尔·哈钦提出了"死亡作为歌剧结尾的叙

* 　【基金项目】本文为江西省哲学社会科学重点研究基地"江西师范大学叙事学研究中心"课题"英国现代主义戏剧的伦理叙事"的阶段性研究成果。

** 【作者简介】刘茂生,广东外语外贸大学"云山杰出学者",英语语言文化学院教授、博士生导师,email:liumaosheng2004@126.com;郑少敏,浙江横店影视职业学院讲师。

① 　詹姆斯·费伦著、陈永国译,《作为修辞的叙事》,北京:北京大学出版社,2002 年,第 172 页。

事"等论断①,二者认为死亡可以作为结尾的叙事来进行分析和探讨。因此,叙事除了谈论构成故事的人物、场景、行为、事件、情节以及话语外,重要的一点是不能忽略作者的观点。一般来说"观点意味着故事讲述的方式——由作者确立的模式,通过这种模式作者把作品中构成叙事的任务、话语、行为、场景以及时间呈现在读者面前"②。本文采用了一种新的、意义更为宽泛的叙事理论,着重阐述了王尔德如何在他的作品中运用死亡结尾来展现不同的死亡故事,以显示独特的死亡意义,由此体现他独特的艺术观和哲学观。王尔德作品中的死亡叙事有三个显著特点:忧而不悲,极具美感;浓烈的宗教气息;讽喻现实的色彩。正是由于死亡,崇高之美、美的本质得以体现;正是由于死亡,艺术之美得以展现和传承。没有具体死亡场景的描述,只有彰显了超越一般性死亡的死亡精神。王尔德的童话、戏剧、小说中都有死亡的身影。不同的死亡结尾赋予了不同的意义,不同人物以不同形式的死亡构成了不同方式的死亡叙事,由此凸显丰富的伦理道德意义。

一、死亡叙事的多样形式

(一) 献身性死亡

献身性死亡是指在特定的环境中,在某种思维状态下,某人克服死亡的恐惧,为了某些崇高的理想和目标而忘我地献出自己的生命。如为祖国牺牲、为爱殉情、因善而亡等都属于献身性死亡。王尔德的作品中有不少献身性死亡的例子。

首先,为爱殉情的献身性死亡。"爱情+死亡"是永不衰竭的主题。王尔德把爱情与死亡有机地融合在一起,呈现给读者一个个爱情悲剧。这不仅显示了作者对爱的独特理解,也蕴涵了他对死亡的独特见解。诺贝尔文学奖得主加西亚·马尔克斯在他的小说《霍乱时期的爱情》中认为

---

① 琳达·哈钦、迈克尔·哈钦,"结局的叙事化:歌剧与死亡",载詹姆斯·费伦、彼得·J·拉比诺维茨主编,申丹等译,《当代叙事理论指南》,北京:北京大学出版社,2007年,第510页。

② M. H. Abrams. *A Glossary of Literary Terms*. Beijing：Foreign Language Teaching & Research Press, 2004, p.231.

"为爱而亡是一种幸福"。而这一点首先反应在王的早期戏剧《民意党人维拉》和《帕多瓦公爵夫人》中。在《民意党人维拉》中,女主人公维拉为她的爱人牺牲了自己。故事的背景是沙皇俄国统治时期。维拉是反抗沙皇政权的首领,并被派去刺杀将要继位的艾利克斯王子。但她最终爱上了王子,并坚信王子的善良与仁慈,坚信俄国将会有光明的未来。然而,这种信仰与她的刺杀任务和誓言相背离,这使她陷入了两难。窗外,艾利克斯的窗下,谋反者们窃窃私语,焦急地等待着维拉的消息。在这千钧一发之际,高贵的爱情使她忘却了自我,拔出匕首刺向了自己,然后把匕首飞快地扔出窗外,这使得谋反者们相信艾利克斯已死,刺杀行动成功了。维拉为了爱人牺牲了自己,她为爱献身的精神既伟大又感人。《帕多瓦公爵夫人》中相互殉情的吉多·弗兰缇与公爵夫人可与罗密欧与朱丽叶相媲美。他们都愿意为对方献出自己的生命。这是一部蕴涵爱情、死亡与复仇等多个永恒主题的悲剧。背景是 17 世纪的法国,吉多为报父仇,成了帕多瓦公爵最"亲密"的仆人,等待着报仇的最佳时机。然而,吉多与公爵夫人的相爱导致公爵夫人杀死了自私、贪婪及阻碍了爱情的公爵。公爵夫人要吉多带她离开。但最终因吉多认为她的谋杀行为玷污了他们纯洁的爱情而拒绝了她。由爱生恨的她指控吉多谋杀了公爵。吉多被捕入狱。还是因为爱,为了救出吉多,公爵夫人就在吉多临刑前,潜入监狱替吉多喝下了毒药。面对死亡,两个相爱的人为了爱发生争执。吉多:"死亡在爱情面前无能为力,为了爱情永恒的权威,我要和你同生共死。"①公爵夫人:"如果日后你能把我想起,就想想我是一个曾经爱过你的人……一个试图为了爱情牺牲性命,却不料亲手杀死爱情的女人。"②当公爵夫人抽搐着即将死去时,吉多夺过匕首刺向了自己。王尔德在 1883 年给玛丽·安德森的信中谈到此剧时指出:"吉多残酷无情,公爵夫人做了错事,但他们代表着生与爱的伟大原则。"③的确,在此剧中,有哈姆雷特的复仇,也有罗密欧与朱丽叶相互殉情的精神。他们都是为爱献身。还有,《莎乐美》中莎乐美的死也值得一提,虽然她爱的行为是残忍和恐怖的。然而从

---

① 奥斯卡·王尔德著、马爱农译,《王尔德全集》(第二卷),北京:中国文学出版社,2000 年,第 458 页。

② 同上,第 457 页。

③ 奥斯卡·王尔德著、苏福忠、高兴等译,《王尔德全集》(第五卷),北京:中国文学出版社,2000 年,第 225 页。

爱本身而言,她是个勇敢的爱人。首先,她敢于爱上先知——一个敢公然对抗国王而被囚禁的人;其次,她愿意为了自己的爱去做违背自己心愿的任何事,包括答应和希律王共舞;再次,她敢于冒着生命危险去吻先知约翰的唇,即使她知道这会招来杀身之祸。因此,可以说莎乐美的死亡也是为爱献身。童话《渔夫和他的灵魂》也是为爱献身。渔夫因爱上了美人鱼,抛弃了灵魂,但最终因没能抵制住灵魂的诱惑,离开了爱人,让灵魂回到了自己的体内,回到了岸上追求欲望。可是当他再想回到妻子身边时,再也不能摆脱灵魂,再也无法跟她共同生活了。直到有一天,渔夫发现他的新娘的尸体躺在岸上,悲伤绝望中的他决定为妻子去死,永远陪伴在她的身边。他忏悔着"爱情比'智慧'更美好,比'财富'更珍贵……现在你已经死了,因此我一定要跟你一起去死"①。一阵狂风骇浪吞噬了渔夫和他美丽的妻子。他们永远地在一起了。渔夫的为爱献身使爱情得以升华,使爱情变为永恒。以上为爱而亡的故事足以说明维拉、吉多、公爵夫人、莎乐美以及痴情的渔夫之死都是既美丽、崇高又幸福的。爱情在他们献出生命的那一瞬间成为永恒。

其次,因善而亡的献身性死亡。主人公并没有因为善良而得到回报,反而因善良献出了宝贵的生命。这种结尾是发人深省的。以童话《快乐王子》《夜莺与蔷薇》《忠实的朋友》中快乐王子与小燕子、小夜莺和小汉斯之死为例。快乐王子和小燕子是善良的两个完美化身。王子因为身居高处而目睹了城市的丑恶与穷人的艰辛。因此他请原本打算飞往埃及过冬的小燕子把他剑柄上的红宝石送给了贫穷的女裁缝,把蓝宝石做的眼睛送给了其他穷人——左眼给了一个穷学生,右眼给了一个卖火柴的小女孩。王子身上的金片由小燕子一片片地衔去给穷人,直到塑像变得黯淡无光而被世俗的人们拆卸,他的忠实使徒也冻死在他脚下。作者最后通过展现市长、议员以及美术教授的评论,衬托出了王子和小燕子为了别人而牺牲自我的献身精神,是因善而亡。《夜莺与蔷薇》中善良的小夜莺为了帮助爱上了教授女儿的穷学生拥有红蔷薇而献身,"等着月光升到天空的时候,夜莺便飞到蔷薇树上来,拿她的胸脯抵住蔷薇刺,她把胸脯抵住刺整整唱了一夜……蔷薇刺也就刺进她的胸膛,越刺越深,她的鲜血也越来越少了"②。直到整

---

① 奥斯卡·王尔德著,荣如德、巴金译,《王尔德全集》(第一卷),北京:中国文学出版社,2000 年,第 455 页。

② 同上,第 351 页。

个刺完全地刺进了她的心脏,白色的蔷薇花瓣慢慢地变成了红色。夜莺再也没有声响了,她躺在草坪上,死了。当然,结尾极具讽刺意味:那朵用夜莺的生命和鲜血做成的红蔷薇被教授的女儿嗤之以鼻地拒绝了,也被学生气愤地抛在了路边的地沟里。《忠实的朋友》中磨坊主大修和小汉斯是朋友。小汉斯是大修友谊哲学"真正的朋友必须分享一切"的忠实遵守者,因此大修分享了小汉斯的一切。而大修自己却遵循着另一句友谊哲学:"当人们处于困境时,就应该独自待着,不应该有访客去看望他"。所以当小汉斯冬天饥寒交迫时,他拒绝去看望小汉斯,拒绝给予朋友任何帮助。而小汉斯却对大修有求必应,最后在去给大修的儿子请医生的路上,在一个风雨交加、伸手不见五指的黑夜淹死在池塘里。小汉斯因为善良,为了友谊失去了宝贵的生命。一方面,快乐王子、小燕子、小夜莺和小汉斯的因善献身是具有无私奉献的崇高之美;另一方面,他们的爱心和善良就像针一样刺在市侩小人的心上,发人深省。人们有了对真、善、美的同情赞赏,对假、丑、恶的厌恶和鄙视。

(二) 新生性死亡

新生性死亡,即救赎性死亡。主人公在犯过某些不可饶恕的罪过后意识、忏悔并救赎自己的罪过,之后死去。以《星孩》《自私的巨人》《道连·葛雷的画像》中星孩、巨人和道连的死亡为例。星孩因傲慢、自私、残忍、弃母而导致他的赎罪过程异常艰辛。他的脸变得跟蟾蜍一样丑陋,身体像毒蛇一样。三年来他翻山越岭寻母,历尽艰险,找遍了每一个地方,仍徒劳无功。途中,他遭受了嘲讽和毒打,脚被利石磨出了血,但他克服了所有困难,最终变成一个心地善良的好人,恢复了美丽的外表,也找到了母亲并继位为国王。在他的统治下,国家三年繁荣昌盛。但他只活了三年。为何?因为"他受的苦太大了,他受的磨炼也太苦了"。他的死是因为救赎过程太沉重、太艰辛,是救赎性的死亡,也是新生性的死亡。《自私的巨人》中巨人的罪过在于他的自私:不允许任何人进入花园玩耍,并在花园周围筑起了高墙。他的自私导致花园终年积雪,寒冷无比。春天不再到来,夏天不再光顾,秋天不再飘香。直到一天早上,因为孩子们的到来,春天才再次光顾,红雀再次歌唱,花儿再次飘香。他的救赎在于他最终意识到了自己的自私,决定推倒高墙,做个善良的人。巨人死去后他的灵魂被他曾经帮助过的小男孩(天使的化身)带入了天堂。正是他的善行洗涤了自私的灵魂才使他得以进入天堂,得以新生。《道连·葛雷的画像》中道连的死亡也属于新生性死亡。不同的是,道连对自己罪恶的忏悔来得较晚。至少有两件事可以证明道连意识到了他的邪恶行为。一是道连主动放弃了引诱无辜的女孩海蒂。"重新做人……他再也不引诱无辜,他要做一个好人。"其次是在回想起楼顶上的画像时内心遭受的煎熬和痛苦。"惩罚就是净罪,人向无上公正的上帝祈祷时不应当说:宽恕我们的罪孽吧! 而应当说:惩罚我们的不义吧!"他死前焦虑的心情以及自相矛盾的话语充分表明了他的忏悔。尽管他试图用毁灭画像来洗涤自己的罪恶,但最终以上帝的意志用匕首刺向了自己。他身体的干枯丑陋换来了灵魂的洁净。可以说道连的死是为他的灵魂赎罪,使其灵魂得以新生。

(三) 偶然性死亡

偶然性的死亡意味着死亡的不可预测性。这种死亡不是随意发生的,而是作者的有意安排。有时某些小人物的这种偶然性死亡会比主要人物的死亡意义更加深刻。以《道连·葛雷的画像》中西碧尔、贝泽尔、坎贝尔以及詹姆士的死亡为例。四者的死亡是偶然的,但在作品中意义非凡。他们的死亡凸显了一个事实——道连的罪恶。他们的死亡之所以偶然是因为他们都属于非正常、非自然死亡,是意外死亡。他们死于不可预测的、不可抵挡的外力,如别人的欲望。"如果我能够永远年轻,而让这幅画像去变老,要什么我都给! ……我愿意拿我的灵魂去交换。"这是一个为了青春出卖灵魂、"浮士德"式的祈祷。道连一步步走向了罪恶的深渊。就像托尔斯泰的《安娜·卡列尼娜》中安娜的自杀那样,西碧儿因遭抛弃而绝望自杀;画家贝泽尔因道连的无端归罪被无辜谋杀;坎贝尔因被迫帮道连处理贝泽尔的尸体后内疚自杀;詹姆士为姐姐西碧儿报仇却被当成猎物误杀。四个人的非自然死亡就像作者的四颗活动的棋子,为的是凸显道连堕落的过程。正是由于道连,这些无辜的人死于非命。《莎乐美》中先知约翰的死亡也是偶然性的,是由于女主人公莎乐美的强烈欲望和邪恶行为导致的。得不到其心,就要得到其身。爱上了先知约翰并渴望得到一吻的莎乐美以跟希律王跳舞为条件,不惜杀死她的爱人,最终得到了其头颅。由此可见,先知约翰是因莎乐美强烈的爱欲而丧生的,他的死是偶然性的、非正常的死亡。还有《西班牙公主生日》中小矮人之死也是偶然性死亡。小矮人死于心碎和失望,是外界的力量至死的。他的偶然性死亡中又含有必然性。一是其卑微的出身；二是其丑陋的外表；三是残酷的现实，包括爱上任性的公主。他丑陋的外表是父亲抛弃他的理由、也是别人笑耍的话柄。他对小公主的爱情最终成了他的一厢情愿并沦为她和她玩伴的笑柄。他失望了，最终心碎而亡。

二、王作品中死亡叙事的涵义

（一）死亡的美学涵义

王作品中的死亡绝不仅指肉体的消亡，也是一种精神，一种超越了肉体衰败的美。这种死亡体现了爱情、美德以及艺术之美。王作品中死亡的美学涵义体现在两个方面。一方面是通过主人公之死，某种较之生命更珍贵的品质和价值得到了充分的体现。比如，为爱献身是美丽的、幸福的，伴随死亡的爱情悲剧也是凄美的。悲剧可以引起怜悯与恐惧，产生美学效果。如维拉之死，维拉是个爱国者，更是个忠诚的爱人；同样，吉多与公爵夫人的双双殉情更有着罗密欧与朱丽叶的惊天地、泣鬼神的精神；渔夫的痴情、殉情则令爱神为之感动；莎乐美为了爱不顾一切、置自己的生死于不顾。他们为爱直面死亡、拥抱死亡。是死亡成就了他们的爱情。另外，因善献身却是崇高的，具有崇高之美。著名的爱尔兰政治家、哲学家埃德蒙·伯克对崇高的定义是："凡是能以某种方式适宜于引起痛苦和危险的观念的事物，即凡是能以某种方式令人恐怖的，或者与恐怖的对象有关的，或是以类似恐怖的方式发挥作用的事物，就是崇高的来源。"[1]康德认为崇高显示了理性的尊严，是人们利用伦理和道德的力量战胜强大自然界的胜利。陆杨认为"崇高就是超越对死亡的恐惧"[2]。死亡是崇高之源，它是令人恐惧的，而崇高是超越对死亡的恐惧，也是伦理与道德力量的胜利，那么王作品中那些因善良而无私献出生命的人，他们的死亡具有崇高之美。如快乐王子和小燕子无畏严寒、舍身成仁的死亡；小夜莺舍己为人的无私献身；以及小汉斯为友谊而肝脑涂地的牺牲，都是无私奉献、无比崇高的死亡之美。另一方面，那种毁灭了自己而又剥夺了别人的

---

[1] Edmund Burke. *A Philosophical Inquiry into the Origin of Our Ideas of the Sublime and Beautiful*. New York: P. F. Collier & Son Company, p.20.

[2] 陆杨，《死亡美学》，北京：北京大学出版社，2006 年，第 62 页。

生存权利的死亡看起来恐怖又残忍,但这种死亡却具有超越生活、超越现实的艺术之美。"邪恶与美德是艺术家艺术创作的素材。""艺术家就是美的作品的创造者。"王尔德强调艺术的目的就是揭露美的东西而非真实的东西。作为唯美主义运动的主要代表人物,王尔德反对艺术以实用为目的。"为艺术而艺术"就意味着"所有艺术都是非实用性的"。作者超越现实、非实用性的艺术主张充分体现在他的小说《道连·葛雷的画像》中。他那丑陋、干枯的身体与洗涤后充满青春活力的灵魂画像相比,他的死有价值,凸显了艺术的美丽。他丑陋狰狞的死换来了灵魂画像的美丽重生,这就是艺术的魅力,是超越了生活、超越了现实的艺术之美。艺术超越了死亡的可怖,把死亡转变成一种艺术之美。"伟大的艺术作品总是有着无法描述的魔力,而死亡,甚至是令人毛骨悚然的罪犯的死亡也已经被艺术净化了。"①艺术的魅力还在于"艺术之美无法被时间所磨损,也无法被道德所束缚,艺术能超越时间和空间,永不磨灭"②。

(二) 死亡的基督教涵义

上帝、基督、救赎与灵魂永生都属于基督教教义的基本范畴③。以牺牲自我拯救世人是基督论的功能论范畴;以救赎而追求灵魂永生是基督教义的显著特点。主人公的最终死亡在基督教教义中可归为两类,一是耶稣原型的献身性死亡,如《快乐王子》中耶稣原型快乐王子和使徒原型小燕子的死亡。"耶稣是上帝选中的具有特殊权利和作用的拯救者。"④耶稣即基督,集智慧、力量于一身。快乐王子的形象符合耶稣基督原型,是通过牺牲自己拯救人民。"'耶稣的作为'这一教义的核心是拯救。"⑤首先,拯救同一性,耶稣受难赎罪以拯救世人,快乐王子献身为拯救穷人,都是上帝的使者。其次,使徒同一性,耶稣有个使徒——保罗,他原是异教徒,而快乐王子也有一个使徒即小燕子,原本一心想飞往埃及过冬的他,被快乐王子的善良所打动,于是决定跟随王子救济穷人,最后冻死在

① 陆杨,《死亡美学》,北京:北京大学出版社,2006 年,第 52 页。
② 参见张建渝,"散文叙事作品中的童话模式",《外国文学评论》1989 年第 2 期。
③ 参见卓新平,《基督教知识读本》,北京:宗教文化出版社,2000 年。
④ 麦格拉思著,马树林、孙毅译,《基督教概论》,北京:北京大学出版社,2003 年,第 111 页。
⑤ 同上,第 140 页。

王子塑像的脚下。死亡成了二者的归宿。此刻,基督教教义的另一个元素——上帝出现了。上帝派天使带给他城里最珍贵的两样东西,天使把快乐王子的铅心和死去的小燕子带给了上帝。正如耶稣在死后三天复活一样,快乐王子和小燕子也进入了天堂,他们的灵魂得到了永生。由此可见,快乐王子和小燕子的死亡具有基督教的涵义。二是自我救赎的新生性死亡,如《渔夫和他的灵魂》中年轻渔夫、《星孩》中星孩以及《自私的巨人》中巨人的自我救赎的新生性死亡。三者均为自己的罪过赎罪。"你们现今所看为羞耻的事,当日有什么果子呢?那些事的结局就是死……因为罪的工价乃是死;唯有上帝的恩赐,在我们的主基督耶稣里,乃是永生。"①根据基督教教义,救赎就是为罪恶而遭受苦难,目的是死亡后的复活或其灵魂能够准入天堂。渔夫之死是他所做的一系列错事的代价。从渔夫被邪恶灵魂引诱,到他抛弃爱人去寻找人类女儿的脚,到他后悔自己的邪恶,到他跪在爱人的身边忏悔,再到他为爱人去死的过程是一个遭受巨大痛苦的自我救赎的过程。他的死亡是他净化邪恶灵魂的关键。另外,星孩的罪过是拒认自己的亲生母亲、傲慢而又邪恶地对待周围的人,他的救赎过程体现在他遭受各种苦难——三年寻母、三次帮助麻风病人、继位三年后死去,最终完成了他罪恶的救赎。救赎中包括他亲吻母亲的脚并用眼泪去湿润母亲伤痕累累的脚这一情节与罪女莫大那作为一个有罪者用自己的头发擦洗耶稣的脚并亲吻脚这一圣经故事相类似。因为美丽而堕落,最终又因为善良和爱得到救赎。死后的灵魂永生是基督教教义中不可或缺的因素。自私是巨人最大的过错。他不让任何人到他的花园中玩耍,得到的惩罚是花园从此春天不再、夏日不至、秋不开花、冬雪常驻。他的救赎过程体现在他终于知道了自己的自私、让孩子们进园玩耍嬉戏并主动帮助需要帮助的小孩。他的灵魂最终在他死后被带入天堂,得到永生。事实上,还有其他作品中的死亡也具有宗教的涵义,如《坎特维拉的鬼魂》中的西蒙——一个堕落幽魂的救赎。在此不详述。

(三) 死亡的现实意义

王的大多作品中,尤其是童话中通常有两个世界,理想世界与现实世

---

① 卡尔·巴特著、魏育青译,《罗马书释义》,上海:华东师范大学出版社,2005 年,第207 页。

界,二者常形成鲜明对比。尽管王尔德曾在《谎言的衰朽》中提出"生活模仿艺术远甚于艺术模仿生活"①,即艺术超越生活与现实,不受道德和现实的束缚。他想创造一个由现实去模仿的全新的、美丽的艺术世界。这是一种独特的艺术观点。但同时他也提出"生活和自然有时候可以作为艺术的部分素材"。② 通过描写美丽事物的死亡,作者给我们呈现的是完美艺术与残酷现实的强烈冲突,其中好人死了,而坏人却安然无恙。

王作品中某些人物的死亡就像镜子一样映照出了丑陋的现实。如《忠实的朋友》中小汉斯以及《西班牙公主生日》中小矮人的死亡,都是善良、美丽的意象与残酷现实的比照。小汉斯和小矮人是美德的化身,而大修和公主则是现实中残酷、虚伪和市侩的代表。前者的死亡是后者引起的,他们是残酷现实的牺牲品。如果没有大修这样自私、虚伪的朋友,小汉斯不会死。慷慨的小汉斯奉守着"真正的朋友必须分享一切"的友谊哲学,他的死反映了理想与现实的冲突。小矮人也是残酷、丑陋现实的牺牲品。现实的残酷和丑陋直接导致了小矮人的悲惨命运。首先,残忍的父亲是小矮人悲惨命运的开端。他因畸形的外表被父亲出卖。其次,小矮人所来到的世界更残酷、更世俗。令人窒息的皇宫、世俗又虚伪的大臣、悲伤得近乎疯狂的国王、任性孤傲的公主以及她那残忍阴暗的叔父。再次,小矮人所憧憬的生活与他所面临的处境的巨大反差是他命运终结的关键。在天真、纯洁的小矮人看来,玫瑰代表爱情,而在公主和她周围人的眼中,这只不过是嘲笑和戏弄小矮人的一个借口和机会。小矮人是在意识到了自己的丑陋面目及目睹了现实的残酷和丑陋时痛苦倒地、心碎而亡的。正如王尔德在《道连·葛雷的画像》自序中说的那样:"19世纪对现实主义的憎恶,犹如从镜子里照见自己面孔的凯列班的狂怒。"③因此可以说作者对现实主义的厌恶正如小矮人在镜子中看到自己时的愤怒。这是一幅生动的生活画卷,天真的小矮人在一伙贵族小孩的嘲笑声中绝望地死去。同样,快乐王子与小燕子、小夜莺之死也衬托出了现实的丑陋。王曾在1888年给他的朋友伦纳德·史密瑟斯的信中说:"这个故事(快乐王子)旨在用精巧的童话手法,反映现实生活中的矛盾问题:这是对

---

① 奥斯卡·王尔德著,苏福忠、高兴等译,《王尔德全集》(第五卷),北京:中国文学出版社,2000年,第357页。

② 同上。

③ 凯列班,莎士比亚戏剧《暴风雨》中野蛮而丑怪的奴隶。

当代文学中纯虚构人物的回击。"①善良慷慨的快乐王子和小燕子与市侩、自私的市长、议员和教授形成了鲜明的对比。善良无私的小夜莺与肤浅的教授女儿和年轻学生也形成了强烈对照。他于 1888 年 7 月 13 日在给他另一位朋友托马斯·哈钦森的信中这样评价《夜莺与蔷薇》:"他(年轻学生)在我看来是一个相当肤浅的年轻人,几乎与他所爱的女孩一样差劲……这个学生跟女孩,像我们大多数人一样,不配拥有'浪漫'二字。"只有通过死亡,艺术中美德之美与现实生活的残酷和虚伪的鲜明对比才能充分得以表达。另外一群人的偶然性死亡,如西碧尔、贝泽尔、坎贝尔、詹姆士以及先知约翰的死亡,给读者以现实极端荒谬和残酷的印象。他们都属于非正常性死亡,他们如此无助以至于无法抵抗命运。因此,以上死亡的例子足以反映,无论是在艺术世界中还是在现实生活中,都存在残酷、虚伪、世俗和荒谬。

三、王独特死亡叙事的根源

作为唯美主义代表的王尔德有着独特的死亡观和独特的死亡叙事风格。如前所述,王作品中的死亡具有美学意义、宗教意义和反观现实的意义,那么形成作者这几种独特意义的死亡观就值得探索了。这与作者成长的年代、特有的生活经历、信仰以及当时文学潮流的影响都有着直接或间接的关系。首先是社会根源。王尔德生活的 19 世纪中晚期,是最繁荣也是社会矛盾最激烈的维多利亚时期,对物质利益的本能渴望使人们失去了理智、道德、责任和诚挚的感情。王 1895 年的评论随笔《社会主义制度下人的灵魂》其本质是对资本主义制度腐朽阴暗面的批判。他所生活的时代对他的作品有深刻的影响。19 世纪晚期潜在的危机和混乱引发了整个社会的恐慌。人们感觉到了现实的丑陋,同时,他们又找不到好的办法来拯救那个时代和他们自己。因此,作家们纷纷在艺术中,在文学作品中寻找慰藉。作者曾在《英国的文艺复兴》中说:"在这动荡和纷乱的时代,在这纷争和绝望的可怕时刻,只有美的无忧的殿堂,可以使人忘却,使人快乐。我们不去往美的殿堂还能去何方呢?只能到一部古代意大利异

① 奥斯卡·王尔德著,苏福忠、高兴等译,《王尔德全集》(第五卷),北京:中国文学出版社,2000 年,第 374 页。

教经典称作 Cilla divina（圣城）的地方去,在那里一个人至少可以暂时摆脱尘世的纷扰与恐怖,也可以暂时逃避世俗的选择。"①文人们试图在他们的文艺作品中创造新秩序来忘却那个纷争和绝望的时代,并揭示现实的纷乱与衰败。理想与现实的冲突,善良和诚挚与自私和虚伪的冲突是王作品中好人都以死亡结尾的社会根源。其次,个人根源。作者独特的死亡叙事、强烈的悲剧意识与他的家庭和个人信仰、个人经历是分不开的。妹妹的幼年丧生他一辈子留下了深深的创伤,她的一缕发丝被他珍藏至死足以说明他对其妹的哀思;王尔德天主教徒的身份直接或间接地对他的作品形成宗教的影响。另外,整个西方文学所处的西方宗教的大环境也不可忽略。因此作品中具有宗教意义的新生性死亡就不难理解了;他的同性恋身份使他锒铛入狱,使他在精神上和身体上都遭受痛苦。在狱中曾有过生不如死的念头。他在狱中杰作《雷丁监狱之歌》中表达了爱情、死亡和犯罪的主题。再次是理论根源。颓废主义是理论根源,是指 19 世纪晚期一些法国唯美主义理论的支持者,特别是查尔斯·波德莱尔提倡的观点和价值观,后来发展为"颓废主义"运动。② 颓废运动的主要观点就是完全地反对自然。即反对生物自然与标准,或反对道德与性行为的自然标准。那些彻头彻尾的颓废主义作家在风格上追求高超的技巧、主题上怪异、偏离自然中有机生命的丰饶和繁荣,偏爱华丽的服饰,常违背人类经验中所遵从的自然,通过嗑药、违背标准的行为准则、进行性行为体验来试图达到"对所有感官的系统背离"③。同样,在英国,颓废主义的思想、行为都得到充分的展示。19 世纪 60 年代初在阿尔加侬·查尔斯·斯温伯恩的诗歌中以及 90 年代的奥斯卡·王尔德、阿瑟·西蒙等作家的作品中也得到了体现。颓废主义深深地影响了王尔德,其小说《道连·葛雷的画像》、戏剧《莎乐美》都有颓废主义的元素。他的个人行为、对华丽服饰的偏好、带有悖论的话语以及他的同性恋倾向都与颓废主义实验者相符。其作品中大部分主人公的死亡结局正是唯美主义与颓废主义的结晶。采用以死亡结尾的叙事来抵制现实和道德准则充分说明了颓废主义是王作品的理论来源。"善没善报、恶人当道"是王作品中对传统

---

① 赵澧、徐京安,《唯美主义》,北京:中国人民大学出版社,1988 年,第 100 页。

② M. H. Abrams. *A Glossary of Literary Terms*. Beijing:Foreign Language Teaching & Research Press,2004,p.54.

③ 出自法国诗人阿尔蒂尔·兰波。

道德准则的严重背离。通过这种对传统的背离,作者在其作品中表现了颓废主义的特点。

四、超越死亡

人的肉体由于受到时间和空间的限制,无法永恒和长存。但是精神和灵魂可以,它们可以超越时间与空间达到永恒。作者把死后的灵魂、对死亡的超越看做是生命的延续。他一直寻求死亡的艺术之美,因为只有艺术才能永恒。死亡的超越有两种功能。第一,死亡的艺术功能。忧而不悲是王尔德死亡叙事的特点之一。他的作品中存在两种显著的死亡,好人的死亡与邪恶者的毁灭。然而这两种死亡有着同样的功能,即服务于"为艺术而艺术"的思想,王尔德曾在致《司各兹观察者》编辑的信中提到"一个艺术家是毫无道德同情的。善恶对于他来说,完全就像画家调色板上的颜料一样,无所谓轻重、主次之分。他知道凭借它们能够产生某种艺术效果,他就把这种艺术效果产生出来。伊阿古也许是道德沦丧的,而伊摩琴则纯洁无瑕,正像济慈说的那样,莎士比亚塑造他们所得的愉快是一样多的"①。这正好证明无论是善良还是邪恶,无论是善人还是恶人的死亡,在王尔德看来只是作者借以表达艺术观点的素材。他的死亡叙事遵循的是唯美主义的重要原则,即强调高明的艺术技巧以及灵活的艺术风格。因此一切能产生美的效果的事物,哪怕是死亡,都可以用来作为彰显他唯美主义的手段。因此通过作者丰富的想象力,一幅幅不同的死亡画卷展现在我们面前。不仅真善美的死亡给我们留下的印象是一种精神与灵魂的崇高之美,就连假丑恶的死亡也给我们产生了极大的艺术上的视觉冲击之美。第二,死亡的道德功能。虽然王尔德有过"一个艺术家毫无道德同情"的论断,但是他作品中出现的某些死亡,如新生性死亡,其作为主人公自我救赎的方式却有着拯救和净化灵魂的作用,并使人们意识到自己的过错,从而忏悔思过,最终达到洗涤罪过、净化灵魂的效果。这就是死亡的道德功能。这也正是王尔德作品的魅力所在。死亡的道德功能还体现在,死亡能使人们分辨是非、判断好坏、分清美德与丑恶。通过快乐王子和小燕子、小夜莺、小汉斯的无私献身,人们看到了什么是真善

---

① 赵澧、徐京安,《唯美主义》,北京:中国人民大学出版社,1988 年,第 182 页。

美;通过维拉、吉多和公爵夫人、渔夫的殉情,人们目睹了什么是爱的无私和崇高;通过巨人、星孩和道连包括莎乐美的死亡,人们知道了什么是自私、虚伪和邪恶;通过小矮人、贝泽尔、坎贝拉、詹姆士包括西碧尔的死亡,人们了解了什么是现实的残酷。又通过主人公对过错的忏悔与赎罪,人们知道了原来罪恶的灵魂能得到净化,从而准入天堂得以永生。正因为死亡有如此多的作用,尤其是死亡让有罪的人为自己的罪过赎罪以达到灵魂净化的目的的功能,是与道德的原则相符的,这足以证明死亡具有道德功能。

五、结　语

虽然王曾经提出过艺术的无用性、书无所谓道德与不道德等主张,但他大部分作品起到了道德教化的作用。他主张艺术的道德在于完美地运用并不完美的手段,正是他完美地运用了"死亡"这个不完美的手段,他的艺术道德才得以彰显,他的作品才变得不朽和永不枯竭。他独特的死亡叙事表达了他的艺术观点和对道德的关怀。

通过分析王尔德的创作背景,我们对作者所处的年代对他创作的影响有了一定的了解;通过对死亡叙事的介绍,我们对死亡与文学的关系以及死亡在文学作品中的作用,特别是在王作品中的作用有了清晰的认识;通过对王作品中不同死亡类型如献身性死亡、新生性死亡以及偶然性死亡的呈现,我们对他的死亡叙事风格有了大致的认识;通过对这些死亡类型的分析,我们对作者笔下特有的死亡的深刻内涵及其独特死亡观有了较全面的探索。王作品中的死亡,超越了一般意义上的死亡,让人感觉不到恐惧和悲伤,蕴涵着美学意义、宗教意义和现实意义,具有艺术和道德功能。探索王作品中的死亡叙事有助于帮助我们更好地理解这位伟大的天才和他的唯美主义思想。

女奴叙事中的时间表征研究
——以非裔美国女性文学作品为例

◎ 于 杰*

天津师范大学

奴隶叙事是 19 世纪黑人自传叙事的主要模式。① 根据叙述者的性别,奴隶叙事可以分为男奴叙事(bondman's narrative)和女奴叙事(bondwoman's narrative)。男奴叙事中侧重于展现男性奴隶的阳性气魄(masculinity)和个人英雄主义气概(individual heroism),讲述他们如何通过暴力获得平等自由;女奴叙事则侧重女性奴隶对于女性身份和母亲身份的追求,讲述她们如何通过隐忍(tolerance)以及识字能力(literacy)的习得获得自由和独立。② Bernard W. Bell 最早创造了新奴隶叙事(neo-slave narratives)这一术语,并将其定义为"从奴隶逃亡到获取自由的现代口头叙述"③,Valerie Smith 从体裁和时间上将新奴隶叙事的定义进行了延伸:不仅包括奴隶制时期的作品,也包括奴隶制废除以后的作品,从重建时期到现代时期任何有关奴隶制记忆以及受奴役创伤记忆

---

* 【作者简介】于杰,天津师范大学副教授,email: colleenyu@126.com。

① B. W. Doriani. "Black womanhood in nineteenth-century America: Subversion and self-construction in two women's autobiographies." *American Quarterly*, 43(2), June 1991, p.207.

② 张丛丛,"奴隶叙事中的性别视角分析——对比研究《女奴生平》和《一个美国黑奴的自传》",《科技创新导报》2010 年第 25 期,第 209 页。

③ B. W. Bell. *The Afro-American novel and its tradition*. Amherst: University of Massachusetts Press, 1987, p.289.

的叙事文本①。本文将以女奴叙事为研究对象,探讨非裔美国女性作家相关作品的时间叙述策略,并剖析这些时间策略的表征意义,所选取的文本既有传统奴隶叙事的作品,也有新奴隶叙事类型的小说。笔者在文本分析的基础上总结了以下四种时间叙述策略:

一、顺时叙事

哈丽雅特·威尔逊(Harriet Wilson, 1825-1900)被誉为首位非裔美国女性作家,其半自传、半虚构②的作品《我们的黑鬼》(又名《一个自由黑人的生活写照》)开创了女奴叙事的先河。作者叙述了女主人公弗雷多(Frado)从 1825 年到 1859 年期间被白人母亲遗弃、沦为白人家庭中的契约奴、身获自由后又惨遭黑人丈夫抛弃的悲惨经历。小说分为 12 个章节,每个章节以主要事件命名,叙述了弗雷多的不同遭遇。威尔逊并没有将时间信息前景化,而是将这些线索暗含于事件的发展与人物的活动之中,不是时间推动事件的发展和人物的活动,而是透过事件和人物来窥见时间。小说的第二部分(从第三章到第十章)讲述了弗雷多从 6 岁到 18 岁作为契约奴在贝尔蒙(白人主人)家里劳动、受虐以及受教育整整 12 年的经历。在这一部分中,作者明确给出时间指示的地方只有四处。第一处是在第三章的中间部分:"一年过去了,没有玛格的任何消息。弗雷多注定要永远待在这个家里。她干的活儿越来越多,虽然才七岁,这个家庭却离不开她。同样,因为她住在这个家里,才知道有识字、上学这样的事情。"③第二处带有时间指示的文字是在第四章的开头部分:"三年竟是如此漫长,这奇怪吗?上学期间,她能够逃避贝尔蒙夫人的暴行。现在她已经九岁了,女主人说:这样的好日子到头了。"④第三处是在第六章的开头

① V. Smith. "Neo-slave narratives." In A. A. Fisch (ed.), *The Cambridge Companion to the African American Slave Narrative*. New York: Cambridge University Press, 2007, pp.168-169.

② J. Ernest. "'Economies of identity': Harriet E. Wilson's *Our Nig*." *Publications of the Modern Language Association of America*, 109(3), 1994, p.424.

③ H. E. Wilson. *Our Nig*, or, *Sketches from the Life of a Free Black*. New York: Penguin Books, 2005, p.18.

④ Ibid., p.23.

部分："虽然才十四岁,但家务活全部落在了她的身上:洗衣服、熨烫、烘焙以及其他的杂活儿。"①第四处是在第十一章的前半部分:"弗雷多已经成年(womanhood)了,尽管在这个家里她几乎没享受过,但她努力用所学知识来丰富自己的思想。学校的教科书与她相伴左右,只要有机会休息,她就会看书。"②通过找出上述带有时间指示文字的内容,读者可以使隐含在文本话语中的故事时间浮出水面:弗雷多6岁沦为契约奴→7岁到9岁接受学校教育→9岁到14岁承担全部家务→18岁契约期满,身获自由。这种时间叙述顺序属于里蒙—凯南对叙述文中时序划分的"自然时序"('natural' chronology)。③ 威尔逊在《我们的黑鬼》的叙述中让时间成为一种静静流淌的隐形存在,人物在时间表层发生这样或那样的故事,成为一种显性存在。笔者认为,威尔逊采用这种顺时叙述策略,其话语时间有所侧重、也有所忽略,其侧重的话语时间就是读者从第三到十这八个章节中直接获得的信息:契约奴遭受白人家庭主人的歧视和毒打。这一信息可以从事件的叙述频率中得到证实,有关弗雷多挨打的情形总共叙述过六次,每一次都具体到贝尔蒙夫人施暴的细节。热奈特曾明确指出,叙述频率是"叙述时间性的主要方面之一",在《叙述话语》的"频率"这一部分,热奈特划分了四种叙述频率:讲述一次发生过一次的事;n次发生过n次的事;n次发生过一次的事;一次发生过n次的事。他认为第二种类型其实可以归入第一种,或者说第二种类型可以包括第一种,即当n=1的时候。因此,叙述频率的四种类型可以简化为三种:单一(singulative)、重复(repeating)和反复(iterative)。④ 李卫华认为热奈特叙述频率理论的主要缺陷是对"重复"的忽视和误解。热奈特仅承认话语重复,而把事件重复,即"叙述n次发生过n次的事"也称作"单一",从而混淆了第一种和第二种叙述频率的界限。⑤ 谭君强曾指出:"事件重复的叙述与通常的单一叙述所起到的作用和所具有的意义是不同的。在不同的叙事文中,它或者

① H. E. Wilson. *Our Nig*, or, *Sketches from the Life of a Free Black*. New York:Penguin Books, 2005, p.35.

② Ibid., p.64.

③ Shlomith Rimmon-Kenan. *Narrative Fiction: Contemporary Poetics*. London and New York:Routledge, 2002.

④ G. Genette. *Narrative Discourse*. Ithaca:Cornell University Press, 1980, pp.114 – 116.

⑤ 李卫华,"叙述的频率与时间的三维",《文艺理论研究》2013年第3期,第193页。

具有强调的意味,或者有意造成某种特殊的氛围,或者起到类似于戏剧中'幕'的构造作用,或者造成某种节奏效果等。"①李卫华认为"事件重复"和"单一叙述"这两种叙述频率的审美效果是完全不同的。他主张将"事件重复"归入"重复",与"话语重复"并列为"重复"的两大类型。这种叙述频率并非是对现实的无技巧的重复,而是作者可以选择的一种写作技巧,其审美效果在于最大限度地贴近生活。重复又可分为求同和求异两种。求同的审美效果在于强调;求异的审美效果则在于突出同一类型的事件各自不同的特性。②

威尔逊在《我们的黑鬼》中一方面使用顺时的叙述策略,营造了一种流淌的时间背景,同时又使用"重复"类型的叙述频率技巧,先后六次对贝尔蒙夫人毒打弗雷多的暴行进行了细致的叙述,这种对"事件重复"的叙述频率符合李卫华区分的求同式的重复类型,具有特殊的审美效果,旨在强调黑奴所处的非人处境、所受的非人折磨以及所经历的非人遭遇。笔者认为,作者除了构建黑女奴受虐的表层话语时间之外,还有一条隐性的深层话语时间隐藏在文本之间,遭受白人女主人暴打的同时,弗雷多进行了不同形式、不同程度的反抗斗争,这些反抗行为也是以求同式的重复叙述频率的形式展现出来,旨在向读者昭示哪里有压迫哪里就有反抗的隐含信息。

二、闪回叙事

Valerie Smith 在列举新奴隶叙事代表作品时指出托尼·莫里森的《娇女》(*Beloved*, 1987)聚焦奴隶人物和奴隶制下的奴隶生存状况,探讨构成黑人主体的特性,因此是一部当代的奴隶叙事作品。③ 热奈特指出故事时间的顺序和叙述话语中的顺序不一致会造成时序误置:闪回和闪前④。莫

---

① 谭君强,《叙事学导论:从经典叙事学到后经典叙事学》,北京:高等教育出版社,2008 年,第 150 页。

② 李卫华,"叙述的频率与时间的三维",《文艺理论研究》2013 年第 3 期,第 194 页。

③ V. Smith. "Neo-slave narratives." In A. A. Fisch (ed.), *The Cambridge Companion to the African American Slave Narrative*. New York:Cambridge University Press, 2007, p.170.

④ G. Genette. *Narrative Discourse*. Ithaca:Cornell University Press, 1980, p.40.

里森在《娇女》中主要使用了时序误置中的闪回叙述策略,即让主人公总是沉浸在对往事的回忆之中。笔者总结了六种闪回叙事:被需求的回忆、引发的回忆、无意识的回忆、幽灵回忆、嵌入式回忆以及重构型回忆。

被需求的回忆是指在对方询问、要求的前提下,对往事进行的叙述。例如,在第一章的第五小节中,娇女总是牢牢盯着瑟思,突然发问:"'你的钻石呢?'〔……〕'你那女人从来不帮你整理头发?'〔……〕'她烙了没有?'〔……〕'后来她怎样?'〔……〕'他们为什么要把你妈妈送上绞刑架?'"①娇女和丹佛不断提问,在她们的要求下,瑟思对自己的结婚礼物——耳环和自己的母亲进行了追忆,这种时间上的闪回策略令读者很容易把握情节的发展先后,使过去发生的事情以一种自然的方式呈现在读者眼前,易读性较强。引发的回忆是指由某一个物体、或者某一种感觉、或者某一种声音充当诱发因素,引发对往事的追忆,而且有时会呈现跳跃式回忆,从一件事情跳跃至另一件相关的事情,从而使回忆不断涌现。瑟思回忆当年为了给被自己亲手杀死的女儿刻碑时,被迫答应墓场工人通过性交易来免费刻碑的条件。诱发对这一事件的回忆的因素是一种感觉,"是一种爽心的凉意,是那块未动钢凿的粗糙墓碑的感觉"②。124号闹鬼时,瑟思心头发凉,这种凉意恰恰与十八年前在墓场与那个刻碑工人谈完条件后,她靠在冰凉的墓碑上的感觉不谋而通。无意识的回忆是在不相关的语境下突然不由自主地回忆起往事来,没有对方的询问,不存在可触发回忆的关联因素。在小说的开端部分③,作者以现在时间开始叙述:瑟思在水泵旁洗去腿上的甘菊露汁;突然过渡到对过去的回忆之中:强占她奶水的白种男人,自己被鞭笞的脊背;转而又回到现实,用抹布和清水清洗腿上的甘菊露汁;突然思绪翻滚,又回到了18年前的幸福家园,这个看似风光旖旎的地方实则是一个地狱,黑奴们被吊在无花果树上。最后又回到现实中来,甘菊露汁被洗尽了,走到屋前,遇到了保罗·迪。从叙述时间的分布上看,现在和过去交织在一起,现在的事情总是被回忆不自主地打断,回忆的内容和现实中的景象没有任何关联,是主人公

---

① 托妮·莫里森著、王友轩译,《娇女》,长沙:湖南文艺出版社,1990年,第4—80页。
② 同上,第3页。
③ 同上,第5—6页。

的一种无意识行为。幽灵回忆是指作者虚构的亡灵对自己往事的回忆，带有一定的魔幻色彩，而且在语言上呈现模糊、晦涩的特点，在小说的前后也没有相关事件的铺垫，给读者在解读这些内容时带来了相当大的困难。娇女是被瑟思亲手杀死的女儿的魂灵，她拥有常人的意识，对自己在阴间的过去进行了回忆："我是娇女，她是我的……我惦记着她那些白生生的漂亮尖齿……"①莫里森虚构出这样一个幽灵形象，有两方面的用意：首先娇女是瑟思的女儿，她非常爱自己的妈妈，引文的第一段就是她活着时对妈妈的记忆：妈妈在采花，娇女看在眼里是一幅美丽的图画，这幅画面表达了女儿对妈妈的依赖。第二，莫里森在小说的扉页上写着"六千万甚至更多"，是指这部小说的创作是献给至少六千万在从非洲运往美洲的海运途中丧命以及到达美国后因为残酷的蓄奴制而死于非命的黑奴们。娇女内心独白的第二段文字是她被母亲杀死后，在阴间与其他在贩奴过程中死亡的黑奴亡魂挤塞在一起时的回忆。莫里森让娇女充当这些死去的黑奴的代言人，将一百多年前美洲人从非洲非法贩运黑人奴隶的那段罪恶历史显现在世人面前。嵌入式回忆是指故事中的主人公在进行回忆的过程中，由被回忆的人物对自己的往事进行追忆，这种回忆的叙述模式就像是一个套盒，一个层面上的回忆又包含着更深层次的回忆。在小说第一章的开头部分，丹佛回忆母亲生自己的场景时，穿插着瑟思回忆自己母亲的情节②：天空突然飘起雪花，这种突变的天气成为丹佛追忆自己出生时情景的诱发因素，在丹佛回忆自己母亲临近分娩的过程中，穿插了瑟思回忆自己母亲的内容，联系这两个层面回忆的链条是对"小羚羊"这一意念的揣摩。丹佛的这些记忆都是由瑟思讲述给她的，因此在丹佛的回忆中，都有母亲转述的标记："瑟思对丹佛讲过""她是这样对丹佛追述的""至此，故事进入丹佛最为之入迷的高潮"。莫里森使用这种嵌入式闪回的叙述策略，给读者一种"回忆中的回忆"的感觉，这种时间策略的运用表达了记忆的传递性。重构型回忆是指在叙述某段过去的基础之上，叙述者发挥自己的创造力，加入自己的认识和见解，从另一个角度重构了这段历史。在第一章的中间部分，娇女听丹佛讲她出生时的故事，丹佛把瑟思零零碎碎讲过的内容进行了加工和整合，构建了一段完整的、具有个人主

---

① 托妮·莫里森著、王友轩译，《娇女》，长沙：湖南文艺出版社，1990 年，第 271—272 页。

② 同上，第 36—40 页。

观创造性的新历史。"[……]决定把自己有生以来所有听来的<u>丝丝缕缕</u>收拢而来 [……]丹佛叙述,娇女聆听,姐妹俩合作,把真实的事件、真正的背景重建起来,把只有瑟思个人知道的内情重建起来[……]"①。丹佛的这段回忆实现了两方面的转变:第一,从被动的记忆接受者变为主动的记忆创造者;第二,从第三人称主观叙述模式转变为第三人称客观叙述模式。捷克的结构主义者多莱泽尔指出,为了寻求更为丰富的叙述方式、获得更为自由的叙述逻辑,作者可以在作品中变化叙述者的身份。② 小说中丹佛从第三人称主观叙述模式转变为客观叙述模式,掩盖了自己的主观态度,这段重构型回忆使属于个人的个体经历变为一段有着相似遭遇的群体历史。

三、交替叙事

莫里森的另一部力作《慈悲》(*A Mercy*,2008)也是以黑女奴为主人公,描写了美国建国之前蓄奴制刚刚形成时黑人奴隶、白人移民以及土著女性等的群体镜像,因此也属于新奴隶叙事的体裁。《慈悲》这部小说在阅读时难度较大,原因在于莫里森在叙述时序上打乱了事情发生的自然顺序,采用了现在和过去时间交织穿梭的方式。这一时间策略与热奈特区分的以回首性前瞻(proleptic analepses)或前瞻性回首(analeptic prolepses)为特点的无时性并不吻合。笔者认为,这种交替式的时间叙述策略是莫里森的一种创造,在过去和现在的穿梭跳跃中没有任何语言上的衔接,只是靠章节进行时间上的切分。根据小说的情节,读者可以整理出这样的故事时序:1.荷兰移民雅各布成为美国的农场主。2.土著居民莉娜成为雅各布的助手。3.邮购新娘丽贝卡来到农场。4.海难幸存者"悲哀"被转送给雅各布。5.佛罗伦斯作为抵债物被送给了雅各布。6.非洲自由人铁匠帮助雅各布建造新庄园,佛罗伦斯爱上了铁匠。7.雅各布染上天花去世。8. 丽贝卡卧病不起。9.佛罗伦斯被派去寻找铁匠医治女主人的病,完成任务后却被铁匠抛弃。10.黑女孩"悲哀"生了一个女儿。11.农场契约工观察到,雅各布死后农场里的四个女

---

① 托妮·莫里森著、王友轩译,《娇女》,长沙:湖南文艺出版社,1990 年,第 97—100 页。

② 胡亚敏,《叙事学》,武汉:华中师范大学出版社,2004 年,第 51 页。

人都发生了变化。12.佛罗伦斯在新庄园的地板上刻下了自己的心路历程。莫里森在章节安排上打乱了自然时序,其话语时间呈现出一种现在和过去交替的穿梭跳跃形式。整个故事的叙述用了12个章节,可以分为两部分:奇数章节和偶数章节。其中第1、3、5、7、9、11章节是佛罗伦斯在地板上刻下的故事,讲述自己寻找铁匠前前后后发生了五天的事情,这一部分内容使用了第一人称叙述,叙述故事时使用的是现在时态。最后一章(第12章)也使用了第一人称和现在时态的叙述策略,但叙述者不是佛罗伦斯,而是她的妈妈悯哈妹。根据叙述者人称和时态这一标志,我们可以把奇数章节以及最后一章视为现在发生的事情。偶数章节第2、4、6、8、10章使用的是第三人称叙述声音,且分别叙述了农场不同人物的故事与经历,使用的是过去时态,讲述的内容大都是佛罗伦斯去寻找铁匠之前发生的事情,根据这一标志,我们把除去第12章之外的偶数章节视为过去发生的事情。莫里森在安排小说情节时,让现在和过去来回穿梭,创造了一种交替式的叙述模式。这种情节发展轨迹呈现出一种"复线"模式。"复线"是俄国形式主义者什克洛夫斯基论述的一种基本情节类型,通常由主线和副线组成,前者是围绕主人公发生的、并在故事中起支配作用的故事线;后者是贯穿整个作品的次要主人公的一系列事件。《慈悲》这部小说就是由发生在现在的主线故事和发生在过去的副线故事组成,整部小说的叙述方式是按照现在和过去交替的复线模式推进。如图1所示,英文数字代表小说的章节顺序,方框内文字是各章节的简要内容:

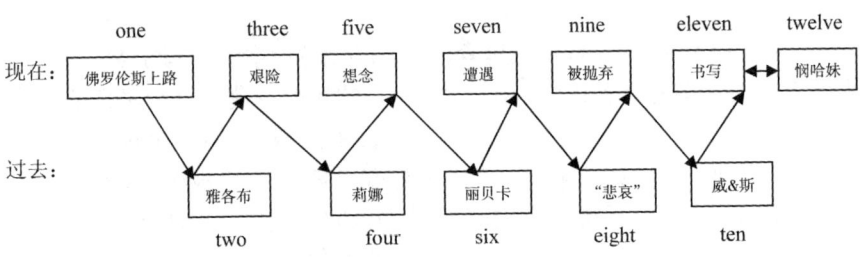

图1　话语时间下的章节推进

如果按照故事发生的先后顺序序号替换上述方框内的文字,序号为阿拉伯数字,参照上文整理出的故事时序。如图2所示:

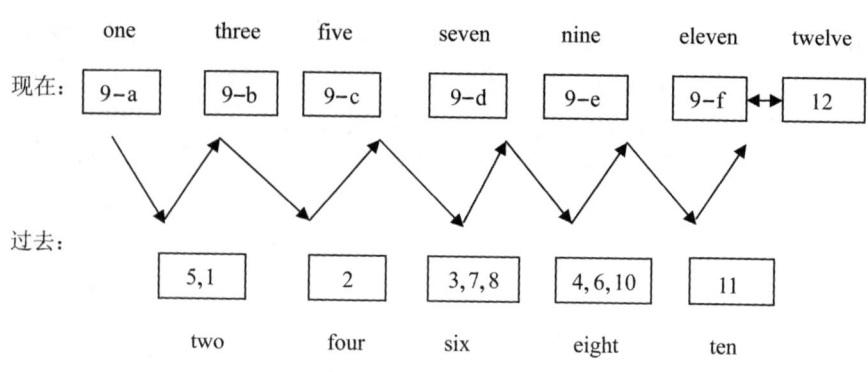

图2　故事时间下的章节推进

　　从图2可以直观地看出,莫里森在安排各章节内容时,完全打乱了故事时间的顺序,给读者造成了非常大的阅读困难;从图1观察,莫里森以人物为单位,安排他们的出场顺序,每个人物的故事都是大故事中的一个独立部分,在叙述各自的故事时也打乱了自然时序,代之以心理时间,不断地回忆往事,又回到现在,而且各个人物之间的故事中穿插了对其他人物的回忆和看法,形成了一种你中有我、我中有你的格局。笔者认为,莫里森的这种刻意打乱自然时序、以人物为单位、让过去和现在来回穿梭的时间策略是独具匠心的,这种交替式的时间叙述模式旨在使读者模糊物理时间的存在,聚焦于女主人公的心理成长历程,关注黑人女性的生存环境和命运发展。

四、空白叙事

　　《秀拉》(*Sula*,1973)是莫里森的第二部作品,小说描写了20世纪上半叶发生在美国黑人社区"底层"(Bottom)的故事。莫里森在序言部分描写了"底层"的来源,叙述者是一位获得自由的奴隶。[①] Reddy 指出《秀拉》是一部现代版的奴隶叙事,其结构与奴隶叙事的结构相符,都是描写追寻的旅途,不管是夏德拉克的寻找过去,还是秀拉的找寻自我,整个叙事涵盖了黑人社区中的人们从祖先土地到美国南方的奴隶制、再到北方

---

① M. T. Reddy. "The tripled plot and center of *Sula*." *Black American Literature Forum*, 22, 1988, p.29.

追求自由的人生旅程。①《秀拉》由篇幅大致相当的两个部分组成,以年份作为十一个章节的标题。第一部分从 1919 到 1927,第二部分从 1937 到 1941,最后一章是"1965"。从章节标题上来看,作者是按照顺时的节奏来叙述的。小说在讲述秀拉从童年到成年的成长过程中,呈现出巨大的反差:秀拉如何从与奈尔亲密无间、两小无猜发展到两个人观点迥异、生活道路截然相反的独立人格。关于这一问题的答案,读者可以通过审视莫里森在这部小说中时距策略的运用来寻找线索。

热奈特在叙述时间的讨论中,除了研究时序外,还涉及时距。时距是根据叙述时间与故事时间之间的长度之比来测量两者之间的关系。他讨论了四种不同的叙述运动:概述(叙述时间短于故事时间)、场景(叙述时间基本等于故事时间)、省略(叙述时间为零,故事时间无穷大)、停顿(叙述时间无穷大,故事时间为零)。当故事时间,或者故事的某些事件没有在叙述中得到展现,就出现了省略。热奈特区分了明确省略和隐含省略:前者通常由故事外叙述者予以概述,提醒读者"很多年过去了",或者通过"多年以后"这样的模糊时间概念开始故事时间中下一个时期的叙述;而在隐含省略中,读者只能从故事事件时序中推测出的某一段故事时间的省略,这一种省略是小说中的常见现象,通常凸显主要事件之间的跳跃以及主要事件对情节产生的结构意义②。《秀拉》这部小说中存在着多处省略,造成了叙述中的空白。其中有明确省略,也有隐含省略。有关夏娃的一条腿是如何缺失的,作者没有给出明确解释,这里的省略属于明确省略。在小说第一部分的第三个章节,即章节"1921"的开始讲述了夏娃的奇特之处:只有一条腿。全镇上记得她曾有两条腿的人不到九个。至于原因,作者的叙述非常模糊,一是通过夏娃的编故事讲述,二是人们的推测,但都不是准确的信息,这一点引起了读者的疑问和好奇心;更令读者费解的是,夏娃却以残缺的左腿作为自己的骄傲。带着这样浓重的疑问,读者在下文中渴望找到答案,但是没有找到。除了上述明确省略的例子外,莫里森还使用了隐含省略。小说的第一部分以"1927"结束,第二部分以"1937"开始,这中间省略的十年正是秀拉离开"底层",外出闯荡的十

---

① M. T. Reddy. "The tripled plot and center of *Sula*." *Black American Literature Forum*, 22, 1988, p.33.

② 申丹、王丽亚,《西方叙事学:经典与后经典》,北京:北京大学出版社,2010 年,第 119—123 页。

年,再次返回的秀拉已经不是往日被大家认可的普通女孩,而是以一个无情无义、不孝不善的坏女人形象出现在"底层"社区人们的面前。从1927年到1937年这十年间秀拉都干了些什么或者说遭遇了什么,作者只字未提,只在十年后与奈尔重逢时两人的谈话中,粗略地提到了秀拉的去向:"'跟我讲讲吧,大城市的事。''也就是大罢了,一个大的梅德林。'[……]'我只知道你在纳什维尔。我跟匹斯小姐打听过你一两回。'"①读者只能通过分析来推测背后的真相。

莫里森在话语时间上运用了空白叙述的策略,给读者制造了一种类似迷宫般的文本。读者急于在文本中寻找想得到的信息,但只能找到一些碎片似的文本。McDowell 指出《秀拉》的碎片、片段和省略特质是为了调动读者的参与。② 胡亚敏认为省略是一种艺术。在叙述文中,句与句、段与段之间的"无字之处"正是"难写之点",那里蕴藏着省略的无穷奥秘。③ 米克·巴尔也指出,叙述时间中的省略是获得意义的动力。④ 当代叙述文能否赢得读者,其关键之处是节奏的处理,而省略造成的叙述中断和空白将给读者提供思索和创造的机会。在这个意义上,省略是建立在对读者充分信任的基础上的。针对上述例证的空白时间,读者可以借助考察相关年代的美国历史来为这种迷宫叙事寻求答案。夏娃出走的时间是最小的孩子九个月大的时候,小说的末尾处,奈尔去匹斯家的墓碑祭奠,看到了"李子"的碑上刻有:一八九五———一九二一,"李子"患有严重便秘的时候正值冬天,可以推测夏娃离开孩子们的时间是 1896 年,在失踪的这 18 个月期间,也就是 1896—1898 年,即 19 世纪末期,黑人妇女在美国的生活状况如何呢?"19 世纪末 20 世纪初,黑人妇女所从事的工作主要是家庭佣人或在南部棉花田野中的体力劳动。"⑤Nigro 谈到了 20 世

---

① 托妮·莫里森著、陈苏东、胡允桓译,《秀拉》,海口:南海出版公司,2005 年,第 204—205 页。

② D. E. McDowell. "The self and the other: Reading Toni Morrison's *Sula* and the black female text." In N. Y. McKay (ed.), *Critical Essays on Toni Morrison*. Boston: G. K. Hall, 1988, p.87.

③ 胡亚敏,《叙事学》,武汉:华中师范大学出版社,2004 年,第 83 页。

④ M. Bal. *Narratology: Introduction to the Theory of Narrative*, Christine van Boheemen (trans.). Toronto: University of Toronto Press, 1985, p.41.

⑤ 埃里克·方纳著、王希译,《给我自由! 一部美国的历史》,北京:商务印书馆,2010 年,第 873 页。

纪 20 年代美国黑人妇女的生计状况:"梅德林社区所能找到的唯一有偿工作便是给白人家庭做家佣,或者是当妓女,经济不景气时妓女的行当也会随之萧条。"①小说"1921"章节中交代过夏娃找帮佣工作的不现实,而她生活在北方,不可能去南部种棉花,如果做妓女也不会导致残废,因此她的左腿很可能就像小说中人们所推测的那样,为了支撑起这个家,为了这些需要抚养的孩子们,夏娃采取了极端的"自残"方式,获得了养家的资本。夏娃不愿承认获取养家资本的手段,是要维护自己的尊严,用自己的隐忍和恨颠覆了黑人男性的权威并且控诉了种族歧视的毒瘤。

秀拉 17 岁就离家,27 岁才回来,这一时期遭遇的事情将对她的一生产生重大影响。方纳谈到美国二三十年代的情况时指出:"一战后的十年是'爵士乐时代'或'放荡不羁的 20 年代'。这一时代以其特有的摩登女郎(flappers,追求和表现性解放的年轻女子)、地下酒馆以及股市暴涨反映了对从 19 世纪继承而来的道德规范的反叛。在 30 年代发生的经济危机情况记录中,方纳特别指出黑人的境况:作为'最后被雇佣、最先被解雇'的人,非裔美国人是大萧条的最大受害者。罗斯福为黑人采取的新政并没有覆盖到占所有雇佣黑人总数 60% 和 80% 的黑人妇女。此外,美国社会还出现了新女权主义。自由和性解放成为年轻女性宣称个人独立的标志。"②秀拉出走的十年一方面见证了美国社会的战后经济繁荣,另一方面新女权主义的观念在她身上也有所体现。她在大城市求学,极容易接受新鲜事物和思想,她回乡时的装扮酷似摩登女郎,说明她受到了大城市时尚元素的影响。秀拉的乱性是受新女权主义的影响。她接受了性解放思想的洗礼,在性观念上非常开放。她和很多男人睡觉,追求性爱中的自我体验。秀拉读完大学后一度尝试去找工作,做一个自立的女性。但在大萧条带来的失业浪潮中,黑人女性是最弱势的群体,她的理想注定要破灭。秀拉沦为"未完成梦想的牺牲者"③。不管自我寻找之旅成功与否,小说中出现的空白时间以及导致的迷宫叙事印证了黑人女性生活处境的艰难,尽管美国内战之后,奴隶制被废除,但 20 世纪上半叶社会上出现的

---

① M. Nigro. "In search of self — Frustration and denial in Toni Morrison's *Sula*." *Journal of Black Studies*, 28, 1998, p.727.

② 埃里克·方纳著、王希译,《给我自由!一部美国的历史》,北京:商务印书馆,2010 年,第 886—1071 页。

③ C. O. Ogunyemi. "*Sula*:A nigger joke." *Black American Literature Forum*, 13, 1979, p.130.

种族隔离现象,黑人遭遇的不公平对待,有力地说明了美国黑人从奴隶到自由人的转变过程中并没有享有和白人同样的平等自由权利,而处于社会最底层的美国黑人女性所承受的苦楚更是难以名状。莫里森表面上是在掩盖历史,实则是另一种独特的历史叙述策略,通过让"读者目睹创伤、挫折和死亡的过程",来达到"哀悼历史、维护和延续非裔美国文化"的真实目的①。与逃避责任和意志消沉的男性相比,美国黑人女性则用自己的坚韧和自我毁灭发出自己的声音,这种缺场成为历史上永恒的在场。②

五、结　语

美国黑人女性是一个特殊的群体,她们在历史上深受种族和性别的双重压迫。在文学作品中,黑人女性长期以来处于"他者"的地位和"失语"的处境。为改变这种边缘书写的地位,非裔美国女性作家努力在创作中构建自己的时间话语体系。无论是传统奴隶叙事中的顺时策略,还是新奴隶叙事中的闪回、交替或空白策略,这些时间表征都从不同程度上揭露了蓄奴制给黑人女性造成的创伤。非裔美国女性作家在构建独特的女奴叙事时间话语体系的过程中,不仅揭露了美国历史的这段罪恶,同时还构建了黑人女性的特质和权威:从被施暴到反抗暴力,从直面历史到走出阴霾,从惨遭抛弃到心智成熟,从两小无猜到找寻自我。女奴叙事的时间表征与叙述主题的融合形成了独特的非裔美国女性书写风格。

---

①　P. Novak. "Circles and circles of sorrow: In the wake of Morrison's *Sula*." *Publications of the Modern Language Association of America*, 114(2), 1999, p.191.

②　Ibid., p.188.

从反讽到同情的女同性恋叙事策略
——以凌叔华《说有这么一回事》为例

◎ 舒凌鸿*

云南大学

凌叔华是现代文学史上公认的"闺秀派"女作家,常常以传统女性为主要描写对象。凌叔华的小说大多涉及家庭内容和女性主题,她最著名和最受欢迎的作品,是20年代中期至30年代晚期的短篇小说。与同时代的冰心、庐隐、冯沅君喜欢描写现代新女性不同,她笔下的女性大多不是知识分子,而是生活在没落高门巨族中与现代社会格格不入的闺秀、婆婆、媳妇。主要对身处新旧时代交替、两种文化夹缝中女性生活及命运进行书写。所描写的着眼点较小,常常是闺秀们的日常生活琐事。她揭示了在那些介于历史新旧交替过程中旧时代女性的心理状态和精神失落,展现了在新时代来临时即将被时代淘汰的女性意识的复杂变化。①

《说有这么一回事》是凌叔华应男作家杨振声之约,对《她为什么突然发疯了》的改编。《说有这么一回事》从女性作家的视角和感受,讲述了一所女校中因扮演罗密欧和朱丽叶而结识、相恋的影曼和云罗,由相识、相恋,最后云罗嫁人,影曼发疯的故事。在这部小说中,凌叔华表面上与杨振声秉持相同的伦理观:认为小说中的女同性恋是异性恋得不到满足而产生的,但凌叔华在对二人恋爱的描写中,却通过轮言的方式让各个不同的女性人物叙述声音说出了这种行为的合理性。

---

* 【作者简介】舒凌鸿,云南大学文学院副教授,email: Shulinghong@126.com。

① 陈宏,"时代弃女的精神失落和心理状态:论凌叔华、张爱玲的'闺秀文学'",《福建论坛》1992年第6期。

中西叙事理论研究

一、中国现代文学中女同性恋叙事的特殊性

女同性恋与男同性恋不同，它不仅是一种"性选择"或"另一种生活方式"，更是对男权传统的一种反抗。它是"妇女的一种组织原则，一种试图创造一个分享共同思想环境的表现，是女性在同类中寻找中心的尝试"①。这些女性之间的关系更多集中内心情感和思想的分享，更多表达对男性暴君和男权体制的不满。在谢冰莹的《给 S 妹的信》中，就详细讲述了"我"为了 S 妹和 T，共同反对莫军官对女性们的迫害。在中国传统社会，一夫多妻制都存在于中国漫长的历史过程中。女性长期共同生活，虽然必须共同侍奉一个丈夫，但她们之间由于具有更多的共同情感表达与更多共同命运的发生，具备发生女性同性恋爱的可能。而男性整体对女同性爱的态度是模糊的，既没有强烈的反对，也未曾完全默许。实际上，由于中国男权社会并未把女同性恋行为看成异性恋的对立物，而是补充物，因此女性作家这种类型的小说得以发表。而女同性爱不会带来产生后代的结果，不会给中国传统的家庭秩序带来危险，这就让女同性爱有了发展的空间。所以，在中国现代女性作家小说中，所形成的集体型叙述声音也不可避免带有了女同性恋色彩。

中国现代文学史上，庐隐的《丽石的日记》《海滨故人》，石评梅的《玉薇》《小苹》，凌叔华的《说有这么一回事》，谢冰莹《给 S 妹的信》等都涉及女性同性恋题材的小说。关于女性同性爱的叙事，庐隐是第一个对其进行描写的女作家，她的《海滨故人》《丽石的日记》都是其中的代表作品。丁玲的《暑假中》、凌叔华的《说有这么一回事》也是此种叙事的少有文本之一。庐隐擅长用个人型叙述声音讲述故事，更侧重描写人物内心、精神与心理上的表现。丁玲和凌叔华则选择采用权威性的作者型叙述，以讲述故事为主，无论从故事结构、还是叙事话语都真实触及了女性生活的隐秘，同时也大胆描写了不同女性人物复杂的性心理。庐隐小说《海滨故人》中的几个女学生都曾共同面临来自家庭、不如意婚姻的共同经历。而在凌叔华《说有这么一回事》的故事中，影曼和云罗同样是女校中学生，丁玲《暑假中》的女主人公是女子学校的女教师，她们也都面临着来自社会和家庭的种种困境。这种不如意促使她们从异性恋转向依恋同性情谊。

---

① 林树明，"女同性恋女性主义批评简论"，《中国比较文学》1995 年第 2 期，第 78—79 页。

这种同性情谊在这些小说中是非常脆弱的,《海滨故人》中的五个女性,《说有这么一回事》中的影曼与云罗,《暑假中》的德珍与春芝,《丽石的日记》中沅青与丽石,每当女同性爱与异性恋进行竞争,都以失败而告终。"女性话语和女性情谊在文本中和历史中被粗暴地抹去或温柔地掩盖,它成为一个虚无缥缈的悬置的梦。女性被强迫接受这样一种事实:女性情谊不可能存在,女性之间没有情谊。"①"正是文字社会的统治者——男性父亲,不动声色地把女性贬为'陌生人',剥夺她当家做主的权力,压抑她的呼声。迫使她永远处于动荡不安的状态,不得不依赖男性的'稳定',来获取自身一点可怜的安全感——这样,依赖男性他者,母性和妻性代替了女性,进而解构了女性之间的情谊。"②贝蒂·弗里丹在对美国妇女的调查中发现,这些女性常常诉说:"我感到空虚""我感到我好像并不存在""我永远是孩子们的妈妈,或牧师的妻子,我永远不是我自己"③。这些女性在家庭中,只能有妻子和母亲的身份,只要女性跨进了婚姻的大门,就必须割舍与自我相关的一切。

二、在故事层面,以反讽的方式认同异性恋的霸权地位

在杨振声的小说里,叙述者将此二人的行为定位为"假戏真做",认为二人相恋是性别倒错所引起的。在小说中,叙述者也在不断地为二女恋情的原因进行判断和评价:"她们二人平素就是很要好的,经过做戏之后,更形亲密了。顾影曼本来性情豪爽,有些男子气;邓云罗又是正当十八九女性发皇要求爱情的时候。可巧生在个礼仪之邦,她们得不到男女正当的交际,就免不了同性间钟情起来了。"④将这种同性之爱归结为是异性恋得不到满足的情况下所产生的情感替代品,并且参照异性恋模式进行仿写,把邓云罗看成女性,而将顾影曼看成男性。云罗为影曼不是真的Romeo 而"半嗔半叹",影曼也叹息自己"不是个男子",不然"可要真个销

① 宋晓萍,"女性情谊——空缺或叙事抑制",《文艺评论》1996 年第 3 期。
② 同上。
③ 贝蒂·弗里丹著、巫漪云等译,《女性的奥秘》,南京:江苏人民出版社,1988 年,第17—26 页。
④ 杨振声,"她为什么突然发疯了",《杨振声随笔:第一次爱》,北京:北京大学出版社,2009 年,第 165 页。

魂了"。在其形象塑造上也明显地体现了这种差异：云罗有"媚人的腔调"，身材"丰盈娇软"，声音"婉转缠绵，娇嗔不胜"；影曼则"本来性情豪爽，有些男子气"。同时，对这种恋爱，与丁玲在《暑假中》叙述者的判断是一致的，并且理所当然地将二人的爱情置于周围同学不能理解的境地。大家都在质疑"她为什么忽然发疯了？"，叙述者也表达了自己的疑惑，一个来自男性作家视角的叙述者的不理解：两个女子为什么要假戏真做起来？同性恋爱真的需要如此以命相陪吗？①

凌叔华在小说中依然将二人恋爱归结于性别倒错，在这一点上，她与男性作家的观点是一致的。小说的开始就在于一个性别倒错的戏剧扮演，两个女性扮演罗密欧与朱丽叶，二人的爱情场景也常常是模拟异性恋的模式进行。影曼对云罗表白："我想我爱你的程度比任什么男子都要深，都要长久，你一定明白吧？你当嫁给我不行吗？"②从二人的形象看也有典型男强女弱的模式，影曼是高个子北方人，性格爽朗，云罗是南方人，常常显出柔媚可怜的样子。虽然云罗嫁人之前，还烦恼嫁人之事，可是嫁人时依然是"新官人得意，……新娘子笑"。从小说故事层分析，影曼与云罗二人同性之爱本身就是一种对异性爱的模仿，从此种设置中也揭示了作者对同性爱的认识——不过就是异性爱得不到满足的一种替代品，与杨振声《她为什么突然发疯了》的看法是一致的。无论是杨振声的版本还是凌叔华叙述者的版本，都无一例外地将这场恋爱的发生归结于一场性别倒错的戏剧，二人的爱情描写也在摹写着异性爱的模式。从叙述者声音对此事的看法上，可以判断出，二者依然基于对异性恋霸权的肯定。虽然两位作者分属不同的性别，但异性恋霸权以一种无所不在的方式存在于男性和女性作者的头脑里，甚至让作者也无法意识到它的存在，变成了一种力量超强的意识形态控制场。"男扮女装者建构了一种世俗的方式，在其中性别被适应，被扮演，被穿戴，被完成。它为我们做出的暗示是，所有的性别都是某种模仿和近似……并不存在什么原来的或初始的性别供男扮女装者模仿，而只能说，性别是某种没有原型的模仿，事实上，它是这样一种模仿行为，它制造了原型的概念本身，而这种原型却是模仿

---

① 郭海鹰，"从女同性恋书写看凌叔华的女性观——以《说有这么一回事》为例"，《广东外语外贸大学学报》2011 年第 6 期。

② 凌叔华，"说有这么一回事"，载《花之寺》，北京：华夏出版社，2002 年（以下作品引文皆出自该书，不再一一注释）。

本身的结果。"①这种模仿的结果就是使同性恋从属于异性恋的权威，"同性恋之所以成为异性恋低劣的派生物，仅仅是因为，从逻辑上说，原型需要它的派生物来确定它作为原型的地位和价值。"②任何对异性恋的挑战都将遭到失败的结果，云罗嫁人，影曼发疯，就是这种结果的体现。

正如朱迪斯·巴特勒认为"强迫性的异性恋把自己打扮成原始状态，真理和真实的事物。确定何为真实的规范暗示，'做'一个女同性恋者，总是通过某种类型的模仿，是一种徒劳无功的努力，要想加入像自然化的异性恋幻影那样伟大的行列，无论怎样努力，总是要失败的，也只能是失败的。"③影曼与云罗爱的失败，实际上也与丁玲《暑假中》对同性之爱与异性之爱对决中女同之爱必然败北的命运如出一辙。女性将异性恋作为恋爱的模本，永远只能招致失败的命运。这也就难怪，《暑假中》《海滨故人》和《说有这么一回事》中的女性同性恋爱都以失败告终。

从故事层面看，作者的确与男性作者杨振声的看法保持了一致：同性爱不过是异性爱的替代品。特别从《说有这么一回事》的标题上看，一种明显质疑的口吻，仿佛来自人们茶余饭后的闲话，似一阵风，无法究其是否真实。这里的叙述者是对同性之爱明显持一种反讽的态度。作者甚至还在题记中表明自己只是为了代笔，随便写点随感而已，将女同性恋书写归于一种文学表达的需要。这恰恰说明了作者对常规观念的遵循，同性之爱只是茶余饭后的谈资，只是自由的男女之爱不能获取时的替代品。

三、在话语层面，以深入人物内心的方式表达对女同性恋的同情

虽然，凌叔华小说中依然与杨振声小说中一样，将这场恋爱归结于性别倒错。但是在其写作小说时，通过对人物近距离观察的方式，又恰恰透露出女性作者对人物的同情之心，同时通过女性人物的叙述声音也强调

---

① 朱迪斯·巴特勒，"模仿与性别反抗"，载葛尔·罗宾等著、李银河译，《酷儿理论：西方90年代性思潮》，北京：时事出版社，2000年，第328—329页。
② 魏天真、梅兰著，《女性主义文学批判导论》，武汉：华中师范大学出版社，2011年，第118页。
③ 朱迪斯·巴特勒，"模仿与性别反抗"，载葛尔·罗宾等著、李银河译，《酷儿理论：西方90年代性思潮》，北京：时事出版社，2000年，第328—329页。

了二人情感的真实性和合理性。因此,在表层文本,作者认同于世俗异性恋的合理性,将女同性恋爱情置于非法的位置,但在其潜文本中,则将女同性恋的发生进行了合理性的阐述。

凌叔华将杨振声的《她为什么突然发疯了》改写为《说有这么一回事》,从故事叙述的角度来看,结构大致相同,但是在话语中,却呈现出截然不同的风貌来。凌叔华的这部小说与《海滨故人》《暑假中》也有不同。在小说中,无论是人物还是叙述者都统一于人物的视点和情感,小说人物无论是主要人物还是次要人物,都将女同性爱看成是合理合情的事情。而且从作者型叙述声音中,也对二人的同性之爱充满了同情之心。

《说有这么一回事》中的叙述者是运用作者型叙述声音,以第三人称的方式讲述故事,一方面是人物真实内心世界的揭示,由叙述者以及多个人物所代表的女性群体叙述声音对同性之爱采取了一种宽容的态度。特别是对影曼与云罗分离之后,影曼对云罗种种思念的痛苦,写得细腻感人、入木三分。叙述者这样描述影曼的痴心等待:"一星期一星期地等,云罗的消息一些也听不到。……她在开学前一星期便辞别爹娘回北京学校去,舍监处还没接到云罗报到的日期,这使她更失望。"而后甚至在校园独自散步,看到江南菊开的几球花,"江南"二字都能惹动她的心事。甚至同学们一对对拉手谈话、散步闲谈,在影曼心里都成了一种故意气她的行为。这么细腻而真实地再现了一个年轻女性在爱情中思念恋人的感受。这也正好说明,小说的集中点是女性之间的爱情。读者在阅读过程中,在对人物内心的细致观察中,对小说主人公产生了同情之心。即使是在对小说场景的叙述者干预中,叙述者也还是以一种基于对小说人物情感的充分尊重基础上的描绘。在云罗向影曼讲述自己母亲要将她嫁出去、包办婚姻的痛苦,二人互诉衷肠之后。叙述者这样描写道:"她们俩抬头望月时,月儿好像穿上银闪闪的舞衣,站在天中向她们微笑道喜。五月初吹面不冷的夜风阵阵送过这西墙下德国白茶薇的芬馥来,好像开了一瓶甘酒,倒在幸福杯内等候她们。"这种幸福的心态,非常符合小说影曼和云罗内心情感的自然发展,没有加进任何与小说人物心理状态不同的伦理判断。在杨振声的版本里,在二人相处的过程中,不断强调二人对影曼无法成为男性性别身份的遗憾。而凌叔华的版本则强调二人情感的真挚,并且让学校里的其他人也感受到她们之间深厚的情感:"她们的感情好像同校园里桃李茶薇等树的叶子比长,全学校的人说起她俩都不用她们的本名,好像罗密欧与朱丽叶两名字本来就是她们的,连送点心到饭厅卖的吴大妈——一天只来坐一点钟,也知道她们的新外号。"

凌叔华小说中,同性情谊不仅有其产生的曲折过程——相识、相知、相恋的曲折过程——同时也将周遭同学对二人情感善解人意的理解与支持,室友美铃和宋大姐的理解、善解人意的调侃:"罗密欧,别不识抬举吧!朱丽叶留你住下,你还要推?"并以自己的行动,帮助二人逃过舍监周太太的耳目,这些行为都明显表现了其他女性人物对二人行为的理解和支持。"以后,她俩差不多都去校园散步谈心,同学们远远望见,都含笑让道。"因此,女性作家与男性作家对这种行为的观察理解上就出现了明显的偏差,凌叔华笔下的女性人物对二人恋情的态度更为宽容和体贴。

从观察者的角度而言,女性的观察角度就比男性更为贴近女性在女校中的真实情况。杨振声版本中,众人是不理解二人行为的,还在猜疑"她为什么发了疯"。而凌叔华的叙述者将二人恋情产生的环境置于"同学都一对对地拉着手肩并肩,散步闲谈"的女性同性恋爱较为普遍的女校中,甚至女校小学堂的教习陈婉真同 Miss Chu 也已经住在一块五六年了。因此,在小说叙述干预对叙述背景的渲染之下,影曼与云罗的爱情有其产生的合理基础,而不仅仅是女性群体过于封闭的生活以及反抗包办婚姻等原因造成的。《说有这么一回事》将其重点集中于爱情本身,而不仅仅像《她为什么突然发疯了》集中于包办婚姻和同性恋的压迫。

从恋爱本身来看,如果小说能够将一种看似不具有合理性的事情,将其来龙去脉以及人物的内心情感呈现出来,将促使读者理解和同情这样的人物,尽管这个人物性格上是有缺陷的。在《小说修辞学》中,布斯分析简·奥斯丁的《爱玛》时,也指出了奥斯丁通过对人物的内心观察而使这些人物获得读者的同情。"我们对有关爱玛的每个事件的情感反应都倾向于变成像她自己的反应一样",因此"对爱玛的同情,也已借助于抑制其他人的内心观察,并借助于使其他人承认她的内心观察,来得到升华",最终,可以说爱玛并不是她表面上的样子,而其行为都有其合理性。① 凌叔华也正是运用了这种对云罗和影曼内心的细致观察,促使小说中对同性爱这一不被世俗认可的爱情,有了其合理性并引发了读者的同情。"这种叙事行为所表达的群体性意味着,有些价值和标准可能最终还是得树立自己的霸权。也就是说,所有的叙事理所当然地受到叙述声音的限制并

---

① W·C·布斯著,华明、胡苏晓、周宪译,《小说修辞学》,北京:北京大学出版社,1987 年,第 274—279 页。

且也局限于叙述声音。但是在集体型的叙事场合中,叙事的多元性可以冲淡这种局限性;众多差异性之中不论偶尔闪现出什么样的相似性,对话的可能性无论受到何种阻碍,这些都会被强化显现出来。"①在多个不同人物的叙述声音中,云罗和影曼爱情产生的合理性得到了一步步强化。

女同性恋题材的产生与"五四"时期女性生活状况密切相关。在"五四"及之后的一段时期,一些女性可以走出家庭去学校学习。但其中绝大多数人只能在女校中学习,学成之后又面临着包办婚姻的命运。这些女性一方面在学校接受了新文化、新伦理的影响,另一方面又受到旧式家庭的限制。这些女性正处于青春期,充满了对爱情的渴望,女性们的共同际遇使她们都怀有一种共同的情感诉求——追求恋爱的自由。但女校无异性的实际,又在客观上造成了女性同性之爱的产生。

四、以群体发声的方式走向女性自我认同

现代文学女同性恋题材主要出现在"五四"时期及至 20 年代主要的五六位女性作家中,其中有四位作家写过多篇女同性恋小说,这在中国女性作家的小说创作中令人瞩目。中国古代文献中,虽早已有同性恋的记载,但女同性恋的文本是十分罕见的。这说明在中国历史上,女性之间的感情与友谊常常在传说中被忽略甚至被隐藏,"在匮乏或谎言的话语中丧失了意义"而被埋葬,它变得无法启齿,也不可言喻。② 就中国传统伦理文化而言,被宋代新儒学所抽象出来的五伦关系:君臣、父子、夫妻、兄弟关系以及以兄弟关系为榜样的男性朋友关系,唯独没有将女性之间的关系纳入在内,姐妹关系以及女性朋友之间的关系被排斥在外。③ 女同性恋文本的增多,与"五四"新文化的"女儿们"有机会走入社会是有极大关系的,走出父母家庭拥有了一定的自由,在女性中又缺乏与异性接触的机会,实际这种集中的女同性恋书写也是中国新旧两种文化并存时的一种体现。这些女性多数都是一些知识女性所结成的团体,这一团体之所以"倾向于

---

① 苏珊·S·兰瑟著、黄必康译,《虚构的权威——女性作家与叙述声音》,北京:北京大学出版社,2002 年,第 302 页。

② 张京媛,"解构神话——评王安忆的《兄弟们》",《当代作家评论》1992 年第 2 期。

③ 凯瑟琳·卡利兹著,蒲隆、杨士虎译,"欲望、危险、身体——中国明末女德故事",载《性别与中国》,上海:三联书店,1994 年,第 161 页。

同性恋,多半出自于女性自我保护的本能,而同性恋使她们在同性之间结成一种'联盟',来应付男性的挑战……也是与男性世界一种感情上的博弈……"①

凌叔华《说有这么一回事》同样也非常细腻地描写了女校中同性恋的故事。小说一方面将这种女同性恋归结于对异性恋的模仿,是女子学校没有异性而造成的后果。但是又让小说中的女性人物们对影曼与云罗的女同性恋情持一种同情和认可的态度。同时通过切入女性人物内心的方式,专注于描写二人情感真实、细腻、感人的成分,实际上也揭示了女同性恋爱存在的合理性。小说表面上所形成的对女性人物的反讽态度,在小说人物真切感人的爱情中被消解了。

艾德里安娜·里奇曾这样评价女同性恋:

> 女同性恋的存在既囊括了事实又体现了历史,还包含我对这一存在含义的不断理解。我说的女同性恋连续统一体是指一个贯穿每个妇女的生活、贯穿整个历史的女性生活的范畴,而不是简单地指一名妇女与另一名有性的体验或自觉地希望跟她有性往来这样一个事实。如果我们扩展其含义,包括更多形式的妇女之间和妇女内部的原有的强烈感情。如分享丰富的内心生活,结合起来反抗男性暴君,提供和接受物质支持和政治援助;如果我们还能从中听到反抗婚姻……那么,我们就领悟了女性历史和女性心理的深邃涵义。②

通过这些女同性恋爱文本叙述声音的分析,我们不仅可以看到女性作家笔下的叙述者对待女同性恋行为的不同态度,同时也可以从叙述声音中,发现女性身上所发生的同性恋行为与男性同性恋爱的差异。从这些内容中和女性作者身上发现异性恋霸权思想强大控制力的存在,但从细节的分析中,又听到女性对异性恋霸权的反抗之声。实际上,同性恋小说描写使我们了解了多样的性别恋爱的事实存在。这种描写的历史贡献在于将多元共存的同性恋、异性恋、双性恋纳入写作者的视野,促使人类跨越自己知识的局限。它将"重新书写着人类性别差异和性别歧视基础上的全部文明史,一个文化多元、性别多样、美学和伦理观念彼此独立而又相互

---

① 殷国明、陈志红,《中国现当代小说中的知识女性》,广州:广东高等教育出版社,1990年,第52—54页。

② 艾德里安娜·里奇,"强迫的异性爱和女同性恋的存在",载玛丽·伊格尔顿编,胡敏、陈彩霞、林树明译,《女权主义文学理论》,长沙:湖南文艺出版社,1989年,第39页。

宽容、色彩纷呈的世界正在出现"①。并且,在女性写作中,将女性性别写作的自我开掘从单一精神走向多元,女性自我认同不再局限于父母子女关系以及"同性相斥,异性相吸"的单一认同方式。它预示着"女性写作的某种成熟状态、自我认同的某种成熟状态,也意味着丰富而自由的性爱模式建构的可能"②。

---

① 矛锋,《同性恋文学史》,台北:汉忠文化事业股份有限公司,1996 年,第 364 页。
② 王艳芳,"僭越的性爱模式建构——从中国现代女作家的同性恋题材小说谈起",
《中国现代文学研究丛刊》2012 年第 5 期。